MORE GREY

Après avoir travaillé pendant vingt-cinq ans pour la télévision, E L James décide de poursuivre son rêve d'enfant en écrivant des histoires dont les lecteurs tomberaient amoureux. Il en a résulté le très sensuel *Cinquante nuances de Grey* et les deux tomes suivants, *Cinquante nuances plus sombres* et *Cinquante nuances plus claires*, une trilogie vendue à plus de cent cinquante millions d'exemplaires à travers le monde et traduite dans cinquante-deux langues. *Cinquante nuances de Grey* a figuré sur la liste des best-sellers du *New York Times* durant cent trente-trois semaines et, en 2015, l'adaptation cinématographique, dont James a été productrice, a battu les records d'entrées d'Universal Pictures partout dans le monde. E L James vit avec son mari, le romancier et scénariste Niall Leonard, leurs deux fils et leurs deux chiens dans l'ouest de Londres, et travaille actuellement sur de nouveaux romans et projets de films.

*Paru au Livre de Poche :*

MONSIEUR

Série *Fifty Shades*

CINQUANTE NUANCES DE GREY
CINQUANTE NUANCES PLUS SOMBRES
CINQUANTE NUANCES PLUS CLAIRES
GREY
DARKER

E L JAMES

# *More Grey*

ROMAN TRADUIT DE L'ANGLAIS
PAR DENYSE BEAULIEU, DOMINIQUE DEFERT
ET CAROLE DELPORTE

JC LATTÈS

*Titre original :*

FREED

Publié par Bloom Books, une division de Sourcebooks, États-Unis.

Ce livre est une œuvre de fiction. Les noms propres, personnages, lieux et événements sont soit issus de l'imagination de l'autrice, soit utilisés de manière fictive. Toute ressemblance avec des personnes, des situations ou des lieux existants, ou ayant existé, serait purement fortuite.

Toutes les marques et noms de produits cités dans ce livre sont des marques déposées, enregistrées, ou noms de marques de leurs propriétaires respectifs. Sourcebooks n'est associé à aucun produit ou vendeur dans ce livre.

Certains passages de ce livre, notamment certains dialogues et échanges de mails, sont déjà parus dans les ouvrages précédents de l'autrice.



ISBN : 978-2-253-93683-1 – 1re publication LGF

*Pour Eva et Sue,*
*Merci, merci, merci pour ce que vous faites.*

*Et pour Catherine,*
*Une femme qui nous manque.*

Dimanche 19 juin 2011

Nous reposons en pleine extase post-coïtale sous les lanternes en papier rose, les fleurs des champs et les guirlandes qui scintillent au plafond. Tandis que ma respiration s'apaise, je serre Ana contre moi. Elle est affalée en travers de mon corps, la joue contre ma poitrine, la main sur mon cœur battant. Mes ténèbres se sont dissipées, chassées par mon attrape-rêves… ma fiancée. Mon amour. Ma lumière.

*Plus heureux qu'en ce moment, c'est possible ?*

Je grave la scène dans ma mémoire : le hangar à bateaux, le clapotis réconfortant des vagues, les fleurs, les lumières. Les yeux fermés, je mémorise la sensation de cette femme que je tiens dans mes bras, son poids sur moi, son dos qui monte et descend lentement au rythme de son souffle, nos jambes entrelacées. Son parfum m'emplit et m'apaise jusque dans les moindres replis de mon âme, lissant toutes mes aspérités. Je suis dans mon havre de paix. Le Dr Flynn serait fier de moi. Cette femme magnifique a consenti à être mienne. De toutes les façons possibles. Une fois de plus.

Je lui murmure à l'oreille :

— On se marie demain ?

— Mmm.

Le son, dans sa gorge, vibre doucement sur ma peau.

— C'est oui ?

— Mmm.

— Non ?

— Mmm.

Je souris. Elle est vidée.

— Mademoiselle Steele, ne seriez-vous pas un peu incohérente, par hasard ?

Je devine le sourire qui me répond et pars dans un grand rire. Je resserre mon étreinte et embrasse ses cheveux.

— Alors demain, à Las Vegas ?

Elle relève la tête, les yeux mi-clos dans la douce lueur des lanternes – l'air ensommeillé, mais son désir assouvi.

— Ça m'étonnerait que mes parents soient d'accord.

Elle repose sa tête contre ma poitrine et j'effleure son dos nu du bout des doigts, savourant la tiédeur de sa peau satinée.

— Qu'est-ce que tu préfères, Anastasia ? Las Vegas ? Un grand mariage avec tout le tralala ? Dis-moi.

— Pas un grand mariage… Rien que la famille et les amis.

— D'accord. Où ?

Elle hausse les épaules. Je vois qu'elle n'y a pas encore songé.

— On pourrait faire ça ici ? dis-je.

— Chez tes parents ? Ça ne les embêterait pas ?

J'éclate de rire. Grace ne manquera pas de sauter sur l'occasion.

— Ma mère serait folle de joie.

— Alors, d'accord. Ça fera plaisir à mes parents.

*À moi aussi.* Pour une fois, nous sommes d'accord. Pas de discussions. Une première ! Je caresse doucement ses cheveux, un peu ébouriffés après nos ébats passionnés.

— Bon, on a décidé où. Maintenant, quand ?

— Tu devrais quand même poser la question à ta mère, non ?

— Je lui laisse un mois, pas plus. J'ai trop envie de toi pour t'attendre plus longtemps.

— Christian, tu m'as déjà. Tu m'as depuis un bon moment. Mais va pour un mois.

Elle dépose un tendre baiser sur ma poitrine. Heureusement, mes ténèbres ne se réveillent pas. La présence d'Ana les tient à distance.

— On devrait les rejoindre. Pas question que Mia nous interrompe, comme la dernière fois.

Ana s'esclaffe.

— Ah oui, elle a bien failli nous surprendre. Ma première baise de punition.

Elle effleure ma mâchoire du bout des doigts. Je me retourne et l'entraîne avec moi pour la plaquer contre l'épaisse moquette.

— Ne m'en parle pas. Ça n'a pas été mon heure la plus glorieuse.

Un sourire pudique se dessine sur ses lèvres, mais son regard pétille d'humour.

— Pour une baise de punition, ça n'était pas si mal. Et puis j'ai pu récupérer ma culotte.

— En effet, tu l'as bien gagnée.

Ce souvenir m'amuse. Je l'embrasse rapidement avant de me lever.

— Allez, remets ta culotte, et allons voir ce qui reste de la fête.

Je remonte la fermeture Éclair de sa robe émeraude et drape ma veste sur ses épaules.

— Prête ?

Elle glisse ses doigts entre les miens et nous nous dirigeons vers l'escalier du hangar à bateaux. Elle s'arrête un moment pour contempler notre paradis fleuri comme si elle aussi voulait graver la scène dans sa mémoire.

— Que va-t-on faire de ces lumières et de ces fleurs ?

— Ne t'inquiète pas. Le fleuriste passe demain matin pour démonter la charmille. Ils ont fait un boulot formidable. Les fleurs seront envoyées dans une résidence pour personnes âgées.

Elle me presse la main.

— Tu es un homme bon, Christian Grey.

*Assez bon pour toi, j'espère.*

Ma famille est rassemblée dans le salon, en train d'infliger les derniers outrages au karaoké. Kate et Mia dansent en chantant « We Are Family », avec mes parents comme spectateurs. Je crois qu'ils sont tous un peu soûls. Avachi sur le canapé, Elliot sirote sa bière en articulant les paroles en silence.

Lorsque Kate aperçoit Ana, elle lui fait signe de prendre le micro.

— Oh mon Dieu ! hurle Mia en couvrant la chanson de son cri. Regardez-moi ce caillou ! (Elle agrippe la main d'Ana en sifflant.) Christian Grey, tu ne t'es pas fichu d'elle.

Ana lui répond par un sourire timide alors que Kate et ma mère s'approchent pour examiner sa bague avec les exclamations admiratives qui s'imposent. Intérieurement, j'ai l'impression d'être un géant.

*Ouais. Elle aime. Elles aiment. Bien joué, Grey.*

— Christian, je peux te parler ? me demande soudain Carrick en se levant, l'air sévère.

*Quoi, maintenant ?*

Son regard ne cille pas. Il me suggère de sortir de la pièce.

— Euh, d'accord.

Je jette un coup d'œil à Grace, qui détourne la tête.

*Elle lui a dit, pour Elena ? Putain, j'espère que non.*

Je suis Carrick dans son bureau. Il s'efface pour me laisser passer et referme la porte derrière lui.

— Ta mère m'a tout raconté, lâche-t-il sans préambule.

Je jette un coup d'œil à l'horloge – 0 h 28. Il est trop tard pour avoir ce genre de discussion… dans tous les sens du terme.

— Papa, je suis fatigué…

— Non, tu n'éviteras pas cette conversation.

Sa voix est ferme. Il me fixe par-dessus ses lunettes et ses yeux ne sont plus que des têtes d'épingle. Il est furieux. Vraiment furieux.

— Papa…

— Silence, mon fils. Et écoute-moi.

Il s'assoit au bord de son bureau, retire ses lunettes et les essuie avec un mouchoir. Je reste planté devant lui, comme si souvent dans ma vie. J'ai l'impression d'avoir quatorze ans et de m'être une fois de plus fait virer du lycée. Résigné, je prends une profonde inspiration, soupire aussi fort que possible et me prépare à l'offensive.

— Te dire que je suis déçu serait un euphémisme. Ce qu'Elena a fait est un crime…

— Papa…

Il me foudroie du regard.

— Non, Christian. Tu n'as pas droit à la parole pour le moment. Elle mérite la prison.

*Papa !*

Il se tait un instant et remet ses lunettes.

— Mais je crois que ce qui me déçoit le plus, ce sont tes mensonges. Chaque fois que tu quittais cette maison sous prétexte d'aller réviser avec tes amis – des amis que nous n'avons jamais rencontrés –, tu étais en train de baiser cette femme.

*Nom de Dieu !*

— Désormais, comment veux-tu que je te croie ? reprend-il.

*Bordel de merde.* Sa réaction est totalement excessive.

— Je peux parler, maintenant ?

— Non. Tu ne peux pas. Bien sûr, je me sens responsable. Je pensais t'avoir inculqué un semblant de morale. À présent, je me demande si je t'ai appris quoi que ce soit.

— C'est juste une question pour la forme ?

Il poursuit, comme si je n'avais rien dit.

— Cette femme était mariée, et tu n'as eu aucun respect pour ça. Bientôt, toi aussi tu seras marié…

— Ça n'a rien à voir avec Anastasia !

— Je ne te permets pas d'élever la voix, réplique-t-il avec une telle animosité que je me tais aussitôt.

Je crois ne l'avoir jamais vu, ni entendu, si en colère. Ça me dégrise d'un coup.

— Ça a tout à voir avec elle. Tu es sur le point de t'engager pour la vie avec une jeune femme. (Sa voix se radoucit.) Ça nous a tous pris par surprise. Et je suis heureux pour toi. Mais il s'agit des liens sacrés du mariage, Christian. Si tu ne les respectes pas, tu ne dois pas te marier.

— Papa…

— Et si tu montres autant de désinvolture pour ces vœux, tu dois sérieusement envisager un contrat prénuptial.

*Quoi ?* Je lève les mains pour le faire taire. Il va trop loin. Je suis adulte, bordel !

— Ne mêle pas Ana à ça. Elle ne s'intéresse pas à ma fortune.

— Il ne s'agit pas d'elle. (Il se redresse et s'approche de moi.) Il s'agit de toi. Tu dois assumer tes responsabilités et être un homme décent, digne de confiance. Et te montrer capable d'être un bon mari.

— Mais bon sang, papa, j'avais quinze ans !

Nous nous affrontons du regard. Pourquoi réagit-il aussi violemment à cette histoire ? Je sais que je l'ai souvent déçu, pourtant jamais il ne l'a exprimé aussi clairement.

Il ferme les yeux et se pince l'arête du nez. Je me rends compte que je fais le même geste quand je suis stressé. Cette habitude a beau me venir de lui, dans le cas présent, le fruit est tombé bien loin de l'arbre.

— Tu as raison. Tu étais un enfant vulnérable. Mais visiblement tu ne comprends toujours pas que ce qu'Elena a fait était mal. Tu continues à la fréquenter, à la fois comme amie de la famille et comme associée. Vous nous mentez depuis des années, elle et toi. Et c'est ça qui me cause le plus de peine. (Il baisse la voix.) C'était l'amie de ta mère. Nous pensions qu'elle était bien intentionnée. C'est le contraire. Tu dois rompre tout lien financier avec elle.

*Va te faire foutre, Carrick.* J'aimerais lui dire qu'Elena m'a fait du bien, et que je n'aurais jamais continué à la fréquenter si ça n'avait pas été le cas. Je sais qu'il est incapable de l'entendre. Quand j'avais quatorze ans et que je galérais à l'école, il ne voulait déjà pas m'écouter. Et, apparemment, il n'en a pas plus l'intention aujourd'hui.

— C'est bon, tu as fini ?

Mes mots, amers, sifflent entre mes dents.

— Réfléchis à ce que je t'ai dit.

Je veux m'en aller. J'en ai assez.

— Songe au contrat prénuptial. Ça t'épargnera bien des soucis.

Sans répondre, je sors de son bureau en claquant la porte. *Qu'il aille se faire foutre !*

Dans le couloir, je tombe sur Grace.

— Pourquoi lui as-tu raconté tout ça ?

Mais Carrick est sorti de son bureau, et elle ne répond pas. Elle se contente de le fixer d'un air glacial. Je vais chercher Ana. Pour rentrer à la maison.

D'humeur sombre, je suis les hurlements de chats écorchés jusqu'au séjour et trouve Elliot et Ana en train de massacrer « Ain't No Mountain High Enough ». Si je n'étais pas aussi en colère, j'en rirais. Les borborygmes d'Elliot, qui n'ont rien à voir avec du chant, couvrent la douce voix d'Ana. Heureusement, la chanson est presque finie, ce qui m'épargne le pire.

— À mon avis, Marvin Gaye et Tammi Terrell sont en train de se retourner dans leur tombe, fais-je observer, ironique, lorsqu'ils se taisent.

— Moi, je trouve que c'était une interprétation assez réussie.

Elliot s'incline, théâtral, devant Mia et Kate, qui applaudissent avec un enthousiasme exagéré. Ils sont tous ivres, c'est clair. Ana glousse, rose et ravissante.

— On rentre à la maison, ordonné-je.

Son visage se décompose.

— J'ai promis à ta mère qu'on restait.

— Ah bon ? À l'instant ?

— Oui. Elle vient de nous apporter de quoi nous changer. Je me faisais une joie de passer la nuit dans ta chambre.

— Mon chéri, j'espérais vraiment que vous resteriez, plaide ma mère, debout à l'entrée de la pièce. (Carrick se tient derrière elle.) Kate et Elliot dorment ici. J'aime bien avoir tous mes poussins sous le même toit. (Elle me prend la main.) Et cette semaine, on a bien cru qu'on t'avait perdu.

Je marmonne un gros mot dans ma barbe en tentant de calmer ma colère. Mon frère et ma sœur ne se rendent pas compte du drame qui est en train de se dérouler. De la part d'Elliot, ce manque de discernement ne me surprend pas, mais je m'attendais à mieux de Mia.

— Reste, mon fils. S'il te plaît, déclare mon père.

Son regard est perçant, mais il me semble plutôt cordial. Après tout, ce n'est pas comme s'il venait de me dire à quel point je l'avais déçu. *Une fois de plus.*

Sans lui répondre, je m'adresse à ma mère :

— D'accord.

C'est seulement parce que Ana m'implore en silence. Je sais que si je m'en vais fâché, je gâcherai une belle journée.

Ana m'enlace.

— Merci, me murmure-t-elle, et aussitôt le nuage noir qui flotte au-dessus de moi commence à se dissiper.

Mia tend le micro à notre père et l'entraîne devant l'écran.

— Allez, papa, une dernière chanson !

— Au lit.

Ce n'est pas une demande. J'en ai assez de ma famille pour ce soir. Ana acquiesce et j'entremêle mes doigts aux siens.

— Bonne nuit, tout le monde. Merci pour la fête, maman.

Grace me serre dans ses bras.

— Tu sais que nous t'aimons. Nous voulons ce qu'il y a de mieux pour toi. Cette bonne nouvelle me réjouit vraiment. Et je suis tellement heureuse que tu sois là.

— Oui, maman. Merci. (Je l'embrasse rapidement.) On est fatigués. On va se coucher. Bonne nuit.

— Bonne nuit, Ana. Et merci, ajoute Grace en l'étreignant à son tour.

Je prends Ana par la main et l'entraîne alors que Mia met « Wild Thing » pour faire chanter Carrick. Je ne veux pas voir ça.

Je referme la porte de la chambre et attire Ana dans mes bras pour rechercher sa chaleur et tenter de chasser les reproches cinglants de Carrick.

— Hé, ça va ? s'étonne-t-elle. Tu as l'air morose.

— Je suis en colère contre mon père, c'est tout. Rien de nouveau. Il me traite encore comme si j'étais un ado.

Ana resserre son étreinte.

— Ton père t'aime.

— Eh bien, ce soir, je l'ai beaucoup déçu. Une fois de plus. Mais je n'ai pas envie d'en parler maintenant.

Je l'embrasse sur les cheveux et elle renverse son visage pour m'observer. La compassion et la compréhension brillent dans ses yeux, et je sais que ni l'un ni l'autre ne voulons évoquer le fantôme d'Elena… *Mrs Robinson.*

Je me rappelle le moment où Grace, dans toute sa splendeur vengeresse, a chassé Elena de chez elle. Je me demande ce qu'aurait pensé ma mère, à l'époque, si elle m'avait surpris avec une fille dans ma chambre. Tout d'un coup, je suis ragaillardi par le même frisson adolescent que j'ai éprouvé lorsque Ana et moi y sommes montés en cachette, le week-end dernier, durant le bal masqué.

— Il y a une fille dans ma chambre, dis-je enjôleur.

Ana me lance un sourire charmeur.

— Et que vas-tu lui faire ?

— Mmm. Toutes les choses que j'avais envie de faire aux filles quand j'étais ado. (Ce qui était impossible. Parce que je ne supportais pas de me laisser toucher.) Sauf si tu es fatiguée.

J'effleure la douce rondeur de sa joue.

— Christian, je suis exténuée. Et très contente, aussi.

*Ah, bébé.* Compatissant, je l'embrasse en vitesse.

— Il vaut peut-être mieux qu'on dorme. La journée a été longue. Allez, je vais te mettre au lit. Tourne-toi.

Elle obéit et je tends la main vers la fermeture Éclair de sa robe.

Tandis que ma fiancée sommeille à côté de moi, j'envoie un texto à Taylor pour lui demander de nous apporter des vêtements de l'Escala demain matin. Me faufilant entre les draps auprès d'Ana, je contemple son profil, émerveillé de voir qu'elle dort déjà… et qu'elle ait accepté d'être à moi.

*Serai-je un bon mari pour elle ?* Mon père semble en douter.

Je soupire et m'allonge sur le dos. Je vais lui prouver qu'il se trompe. Il a toujours été strict avec moi. Plus qu'avec Elliot ou Mia. Il sait que je suis une mauvaise graine. Tout en repensant à sa tirade, je dérive jusqu'au moment où le sommeil s'empare de moi.

*Lève les bras, Christian.* Papa a l'air sérieux. Il nous apprend à plonger dans la piscine. *Voilà. Maintenant, mets tes orteils au bord de la piscine. Bien. Courbe le dos et penche-toi. C'est ça. Maintenant, pousse.* Je tombe. Et je tombe. Et je tombe. Plouf. Dans l'eau fraîche, claire. Dans le bleu. Dans le calme. Dans le silence. Mes brassards me font remonter à la surface. Et je cherche papa des yeux. *Regarde, papa, regarde.* Elliot lui saute dessus. Et ils tombent par terre. Papa chatouille Elliot. Elliot rit. Et rit. Et rit. Et papa lui embrasse le ventre. Papa ne me fait pas ça. Je n'aime pas. Je suis dans l'eau. Je voudrais être là-haut. Avec eux. Avec papa. Et je suis debout entre les arbres. Je regarde papa et Mia. Elle crie de joie quand il la chatouille. Et il rit. Et elle se tortille pour se libérer et elle saute sur lui. Il la fait tourner dans les airs et l'attrape. Je suis debout sous les arbres, tout seul. Je les regarde. Je les envie. L'air sent bon. Il sent les pommes.

— Bonjour, monsieur Grey, chuchote Ana lorsque j'ouvre les yeux.

Le soleil matinal éclaire les fenêtres et je suis enroulé autour d'elle comme une liane. Le nœud de nostalgie et de tristesse que je sens dans mon ventre – sûrement une conséquence de mon rêve – se dénoue dès que je la vois. Je l'aime tellement. Mon corps se tend vers elle.

— Bonjour, mademoiselle Steele.

Même si elle porte le tee-shirt *I ♥ Paris* de Mia, elle est belle à tomber. Elle prend mon visage entre ses mains, les yeux pétillants. Sa crinière brille dans la lumière du matin. Elle passe le pouce sur mon menton pour chatouiller ma barbe naissante.

— Je te regardais dormir.

— Ah bon ?

— Et j'admirais ma belle bague de fiançailles.

Elle allonge la main et remue les doigts. Le diamant capte la lumière et projette de minuscules arcs-en-ciel sur mes vieilles affiches de cinéma et mes posters.

— Oh ! roucoule-t-elle. C'est un signe.

*Un bon signe, Grey. J'espère.*

— Je ne la retirerai jamais.

— Tant mieux !

Je me déplace pour remonter le drap sur elle.

— Alors, tu me regardes depuis combien de temps ?

Je frotte mon nez contre le sien et pose mes lèvres sur les siennes.

— Ah, non.

Elle me repousse – j'éprouve aussitôt un pincement de déception –, mais elle me fait rouler sur le dos pour me chevaucher. Se redressant, elle arrache son tee-shirt d'un seul mouvement et le balance par terre.

— Je pensais te réveiller en fanfare.

— Ah ?

Ma queue et moi sommes ravis.

Avant que je puisse réagir, elle se penche pour déposer un doux baiser sur ma poitrine. Ses cheveux dégringolent sur nous, créant un havre châtain. Ses yeux bleus me regardent.

— En commençant par là.

Elle m'embrasse à nouveau. J'inspire brusquement.

— Puis en descendant là.

Elle fait courir sa langue de mon sternum à mon ventre.

*Oui.* Les ténèbres restent à distance, domptées par la déesse qui me chevauche – ou par ma libido prête à exploser, je ne sais pas.

— Vous avez sacrément bon goût, monsieur Grey, souffle-t-elle contre ma peau.

— Vous m'en voyez ravi.

Ma voix est rauque.

Elle me lèche et me mordille sous les côtes. Ses seins effleurent mon bas-ventre. *Ah !* Une fois, deux fois, trois fois.

— Ana !

Je l'attrape par les genoux tandis que ma respiration s'accélère. Elle se tortille sur mon entrejambe, alors je la lâche. Elle se soulève, me laissant attendre, avide. Je pense qu'elle va me prendre. Elle est prête. Moi aussi. *Putain, qu'est-ce que je suis prêt.*

Mais elle descend le long de mon corps, bécote mon ventre, fait glisser sa langue dans mon nombril, puis broute mes poils. Elle me mordille à nouveau et je le sens directement dans ma queue.

— Ah !

— Te voilà, chuchote-t-elle en fixant, gourmande, ma queue redressée, avant de me regarder avec un sourire aguicheur.

Lentement, sans me quitter des yeux, elle me prend dans sa bouche. *Mon Dieu.* Sa tête remonte et redescend, ses dents gainées sous ses lèvres, tandis qu'elle me prend un peu plus profondément dans sa bouche chaque fois. J'écarte ses cheveux afin de contempler les lèvres de ma future épouse autour de ma queue. Je serre les fesses et me cambre, m'enfonce plus profondément encore. Et elle me prend, la bouche serrée comme un étau autour de moi. Plus fort. Encore plus fort. *Ah, Ana. Ma déesse.* Elle accélère le rythme. Je ferme les yeux.

Elle est tellement douée…

— Oui, soufflé-je entre mes dents en me perdant dans sa bouche exquise qui monte et qui descend.

Je vais jouir. Tout d'un coup, elle s'arrête. *Merde. Non !* J'ouvre les yeux et je la vois se redresser avant de descendre lentement, très lentement, sur ma queue au bord de l'explosion. Je gémis en savourant chaque précieux centimètre. Ses cheveux cascadent sur ses seins nus. Je tends les mains pour les caresser, passant mes pouces sur les pointes qui durcissent.

Elle émet un long gémissement en se pressant contre mes mains.

*Ah, bébé.*

Puis elle se penche brusquement pour m'embrasser, sa langue m'envahit, et je savoure mon goût salé dans sa bouche si douce.

*Ana.*

Je pose les mains sur ses hanches pour la soulever, je sors presque d'elle, puis je l'attire de nouveau en donnant un coup de reins.

Elle crie et se retient à mes poignets. Je recommence. Encore. Et encore. Et encore.

— Christian, lance-t-elle au plafond, gémissante, tout en s'accordant à mon tempo.

Nous bougeons ensemble. Au même rythme. Intimes. Nous ne faisons qu'un. Jusqu'à ce qu'elle s'effondre sur moi, m'entraînant avec elle et déclenchant mon orgasme.

Je promène mon nez dans sa crinière en tapotant son dos du bout des doigts. Elle me coupe le souffle. C'est toujours aussi nouveau pour moi. Ana qui mène le jeu. Ana qui prend l'initiative. J'adore.

— Voilà, ça, c'est une messe du dimanche, chuchoté-je.

— Christian !

Elle a brusquement relevé la tête, les yeux écarquillés de désapprobation. J'éclate de rire. *Me lasserai-je jamais de choquer Mlle Steele ?* Je la serre fort contre moi et nous roulons l'un sur l'autre.

— Bonjour, mademoiselle Steele. C'est toujours un plaisir d'être réveillé par vous.

Elle me caresse la joue.

— Et par vous, monsieur Grey, répond-elle d'une voix douce. On est obligés de se lever ? J'aime bien être dans ta chambre.

— Non. (Je consulte le réveil sur la table de chevet.) Mes parents sont à la messe.

Je m'écarte pour me caler à côté d'elle.

— Je ne savais pas qu'ils étaient pratiquants.

Je grimace.

— Si, ils le sont. Catholiques.

— Et toi ?

— Non, Anastasia.

*Dieu et moi, on est partis chacun de notre côté il y a bien longtemps.*

— Et toi ? dis-je, me rappelant que Welch ne lui avait trouvé aucune appartenance religieuse lorsqu'il avait enquêté sur elle.

Elle secoue la tête.

— Non, mes parents ne sont pas pratiquants. J'aimerais pourtant aller à l'église aujourd'hui. J'ai besoin de remercier… quelqu'un, de t'avoir ramené vivant de cet accident d'hélicoptère.

Je soupire, redoutant la foudre qui me réduirait en cendres si j'osais poser le pied sur le sol consacré d'une église. Mais pour Ana, j'irai.

— D'accord. Je vais voir ce que je peux faire. (Je l'embrasse rapidement.) Allez, viens prendre ta douche avec moi.

Un petit sac de voyage en cuir est posé devant ma chambre – Taylor est passé. Je le récupère et referme la porte. Ana est enroulée dans une serviette, des perles d'eau brillent sur ses épaules. Elle regarde attentivement mon tableau d'affichage, en particulier la photo de la pute camée. Elle tourne vers moi son beau visage interrogateur… mais je ne veux pas lui répondre.

— Tu l'as toujours, commente-t-elle.

*Oui. J'ai encore la photo. Et alors ?*

Tandis que sa question reste en suspens, ses yeux deviennent plus lumineux dans le soleil matinal. Elle me supplie du regard, attend une réponse. Je n'y arrive pas. Je n'ai aucune envie de m'engager sur ce terrain. Soudain, je me rappelle le coup dans le ventre que j'ai ressenti quand Carrick m'a remis cette photo, il y a tant d'années.

*Putain. Ne t'aventure pas là, Grey.*

— Taylor nous a apporté de quoi nous changer, dis-je en lâchant le sac sur le lit.

Le silence entre nous se prolonge, insupportable.

— OK, finit-elle par répondre en attrapant ses affaires.

Je suis rassasié. Mes parents sont rentrés de la messe et ma mère nous a préparé son brunch traditionnel : un vrai menu pour l'infarctus. Bacon, saucisses, galettes de pomme de terre, œufs et muffins anglais. Grace reste silencieuse. Je la soupçonne d'avoir la gueule de bois.

Toute la matinée, j'ai évité mon père. Je ne lui ai pas pardonné pour hier.

Ana, Elliot et Kate se chamaillent – au sujet du bacon, entre autres – et se disputent la dernière saucisse. Amusé, j'écoute à moitié, tout en lisant un article sur le taux de faillites des banques locales dans l'édition dominicale du *Seattle Times*.

Mia pousse un cri et pose son iPad sur la table.

— Regardez ! Le site Seattle Nooz a publié une brève sur vos fiançailles.

— Déjà ? s'étonne Grace.

*Ils n'ont rien de mieux à foutre, ces branleurs ?*

Mia lit l'article à voix haute :

— « Le Nooz vient d'apprendre que le plus beau parti de Seattle, Christian Grey, a fini par craquer et s'apprête à se faire passer la corde au cou. »

Je jette un coup d'œil à Ana, qui blêmit. Ses grands yeux bleus passent de moi à Mia.

— « Mais qui est l'heureuse élue ? poursuit Mia. Le Nooz mène l'enquête. Parions qu'elle est déjà en train de négocier les clauses de son contrat prénuptial. »

Mia se met à pouffer. Je la foudroie du regard. *Putain, tais-toi, Mia.* Elle s'interrompt en pinçant les lèvres. Je l'ignore, ainsi que tous les regards anxieux qui s'échangent autour de la table. Je reporte mon attention sur Ana, de plus en plus pâle.

— Non, articulé-je en silence, pour tenter de la rassurer.

— Christian, intervient papa.

Je ne peux pas m'empêcher d'aboyer :

— Je n'ai aucune intention d'en rediscuter !

Mon père s'apprête néanmoins à insister.

— Pas de contrat de mariage ! dis-je avec une telle véhémence qu'il garde le silence.

*Ta gueule, Carrick.* Furieux, je reprends mon journal et me rends compte que je suis en train de relire sans arrêt la même phrase.

— Christian, murmure Ana, je signerai tout ce que vous me demanderez de signer, M. Grey et toi.

Je lève la tête. Ses yeux brillants de larmes me supplient. *Ana, arrête.*

— Non !

À mon tour, je l'implore en silence de laisser tomber le sujet.

— Mais c'est pour te protéger, murmure-t-elle.

— Christian, Ana, je crois que vous devriez discuter de tout ça en tête à tête, s'interpose Grace, tout en fronçant les sourcils à l'intention de Carrick et Mia.

— Ana, il ne s'agit pas de toi, marmonne mon père. Et, s'il te plaît, appelle-moi Carrick.

*Papa, n'essaie pas de te rattraper maintenant.* Je fulmine. Soudain, tout le monde s'agite autour de moi. Kate et Mia se lèvent pour débarrasser, tandis qu'Elliot harponne la dernière saucisse avec sa fourchette.

— Moi, en tout cas, je préfère les saucisses, décrète-t-il avec un entrain forcé.

Ana semble anéantie.

*Eh merde, papa ! Tu vois ce que tu as fait ?*

Je tends la main pour prendre les siennes et lui chuchote :

— N'écoute pas Carrick, Ana. C'est à moi qu'il s'adresse. S'il est de mauvaise humeur, c'est à cause d'Elena. Je regrette que ma mère lui ait tout raconté.

— Il n'a pas tort, Christian. Tu es très riche, et moi je ne t'apporte rien, à part mes emprunts étudiants.

*Bébé, je me fous de tout ça. C'est toi que je veux. Tu le sais !*

— Anastasia, si jamais tu me quittes, j'aime autant que tu prennes tout. Tu m'as déjà quitté une fois. Si je revivais ça…

— C'était différent, murmure-t-elle. Mais… tu voudras peut-être me quitter un jour, toi.

Maintenant, elle devient ridicule.

— Christian, et si je faisais une très grosse connerie et que tu…

Elle s'interrompt.

*Ça, c'est vraiment peu probable.*

— Arrête. Arrête tout de suite. Cette conversation est terminée, Ana. On n'en reparlera plus jamais. Pas de contrat de mariage. Ni maintenant ni jamais.

Je réfléchis à toute vitesse, pour tenter de trouver un terrain moins miné, quand me vient une idée. Je me tourne vers Grace, qui se tord les mains en me regardant anxieusement.

— Maman, on pourrait se marier ici ?

Son expression passe brusquement de l'inquiétude à la joie et à la gratitude.

— Mon chéri, ce serait merveilleux. (Puis, après réflexion, elle ajoute :) Tu ne veux pas te marier à l'église ?

Je lui lance un bref coup d'œil et elle capitule aussitôt.

— Nous serions ravis que vous vous mariiez ici, n'est-ce pas, Carrick ?

— Oui. Oui, bien sûr.

Mon père nous adresse un sourire bienveillant, à Ana et moi, mais je ne parviens pas à lui faire face.

— Vous avez pensé à une date ? s'enquiert Grace.

— Dans quatre semaines.

— Christian, tu ne me laisses pas assez de temps !

— C'est bien assez.

— J'ai besoin d'au moins huit semaines !

— Maman, s'il te plaît.

— Six ? supplie-t-elle.

— Ce serait merveilleux. Merci, madame Grey, intervient Ana en m'adressant un regard qui me met au défi de la contredire.

— Alors va pour six, dis-je. Merci, maman.

Durant notre retour vers Seattle, Ana garde le silence. Elle pense sans doute à mon emportement contre Carrick ce matin – ma dispute avec mon père ne cesse de me tarauder. Sa désapprobation m'irrite, comme une bardane qui frotterait contre ma peau. Au fond, j'ai peur qu'il ait raison ; je ne ferai peut-être pas un bon mari.

*Nom de Dieu, je lui prouverai qu'il a tort. Contrairement à ce qu'il pense, je ne suis plus un adolescent.*

Je fixe la route devant moi, abattu. Ma chérie est avec moi, nous avons fixé la date de notre mariage, et je devrais être aux anges, pourtant je continue de ressasser la tirade furieuse de mon père au sujet d'Elena et du contrat prénuptial. Cela dit, je crois qu'il sait qu'il a merdé. Il a tenté de se rattraper quand nous nous sommes dit au revoir tout à l'heure, mais je suis encore blessé par sa tentative maladroite, insuffisante, de réconciliation. *Christian, j'ai toujours fait tout ce que j'ai pu pour te protéger. Et je n'ai pas réussi. J'aurais dû être là pour toi.* Je n'avais pas voulu l'écouter. Ça, il aurait dû le dire hier soir. Il ne l'a pas fait. Je secoue la tête.

Il faut que je me libère de cette humeur noire. Je me penche vers Ana.

— Hé, j'ai une idée.

Ma chance est peut-être en train de tourner – il y a une place pour se garer juste en face de la cathédrale St. James. Ana contemple, entre les arbres, l'édifice majestueux qui domine tout un pâté de maisons sur la 9e Avenue, puis se tourne pour m'interroger du regard.

— Une église, dis-je en guise d'explication.

— C'est grand, pour une église, Christian.

— Exact.

Elle sourit.

— C'est parfait.

Nous franchissons le portique, main dans la main. D'instinct, j'esquisse un geste vers le bénitier pour y tremper les doigts et faire le signe de croix, mais je me retiens à temps. Si je suis foudroyé, ce sera à cet instant précis. Ana en reste bouche bée. Je me détourne pour admirer l'impressionnante voûte tout en attendant le jugement de Dieu. *Rien. Pour la foudre, on repassera.* Je marmonne :

— Une vieille habitude.

Je suis un peu gêné, mais soulagé de ne pas avoir été réduit en cendres au seuil de la cathédrale. Ana reporte son attention sur le magnifique décor : les hauts plafonds richement ornés, les colonnes en marbre, les vitraux aux couleurs chatoyantes. La lumière du soleil se déverse à travers l'oculus du dôme du transept, comme si Dieu souriait au lieu. Un silence bruissant de murmures remplit la nef, nous enveloppant d'une sérénité spirituelle que seuls interrompent les toussotements des rares visiteurs. La cathédrale est un havre de paix au cœur de l'agitation de Seattle. J'avais oublié à quel point cet endroit est beau et tranquille. Il est vrai que je n'y ai pas mis les pieds depuis plusieurs années. Jadis, j'adorais le faste et le cérémonial de la messe catholique. Le rituel. Les réponses. Le parfum de l'encens. Grace s'est assurée que ses trois enfants reçoivent une éducation catholique, et à une époque, j'aurais fait n'importe quoi pour plaire à ma nouvelle mère.

Et puis la puberté est arrivée, et tout a merdé. Ma relation à Dieu ne s'en est jamais remise, ce qui a changé ma relation à ma famille, surtout à mon père.

Depuis que j'ai treize ans, on s'est toujours affrontés, lui et moi.

Je chasse ce souvenir douloureux. Aujourd'hui, debout dans la splendeur de la nef, je suis submergé par une émotion ancienne : je me sens en paix.

— Viens, je vais te montrer quelque chose.

Les talons d'Ana résonnent sur les dalles, tandis que nous remontons l'allée jusqu'à une petite chapelle. Ses murs dorés et son sol foncé forment un écrin parfait à la statue de la Sainte Vierge, entourée de cierges aux flammes tremblotantes.

Ana retient son souffle en la découvrant.

C'est sans doute l'un des plus beaux sanctuaires que j'aie jamais vus. Marie, les yeux pudiquement baissés, présente son enfant. Ses vêtements or et bleu scintillent sous les flammes. C'est sublime. Je chuchote :

— Ma mère nous emmenait parfois assister à la messe ici. C'était mon endroit favori. Le sanctuaire de la Bienheureuse Vierge Marie.

Ana, immobile, contemple la statue, les murs, le sombre plafond constellé d'étoiles dorées.

— C'est ça qui t'a inspiré pour ta collection ? Tes madones ? demande-t-elle, émerveillée.

— Oui.

— La maternité, murmure-t-elle en me regardant à la dérobée.

Je hausse les épaules.

— J'ai connu une bonne et une mauvaise mère.

— Ta mère biologique ?

Je hoche la tête, et ses grands yeux émus m'interrogent. Je ne veux pas répondre. Je suis trop à vif.

Je glisse un billet de cinquante dollars dans le tronc et lui tends un cierge. Reconnaissante, Ana allume la mèche et place le sien dans un candélabre en fer fixé au mur. Il brille d'une lumière éclatante au milieu des autres.

— Merci, dit-elle doucement à Marie, en m'enlaçant par la taille pour poser la tête sur mon épaule.

Ensemble, nous contemplons en silence ce magnifique sanctuaire au cœur de la ville.

La paix, la tranquillité et le bonheur d'être avec Ana me rendent ma bonne humeur. Tant pis pour le boulot cet après-midi. C'est dimanche. Je veux me divertir avec ma chérie.

— Et si on allait au match ?

— Quel match ?

— Les Phillies jouent contre les Mariners à Safeco Field. GEH y a une loge.

— C'est une bonne idée. Allons-y, répond Ana avec un grand sourire.

Toujours main dans la main, nous retournons à la R8.

Lundi 20 juin 2011

Cette matinée a été extrêmement irritante, et je suis prêt à démembrer le premier qui se pointera. Des hordes de journalistes, y compris deux équipes télé, campaient devant l'Escala et la Seattle Independent Publishing. *Ils n'ont rien de mieux à foutre ?* À la maison, nous avons pu les éviter facilement en passant par le garage souterrain. À la SIP, c'était une autre affaire. Je suis abasourdi et consterné que ces charognards aient réussi à retrouver Ana aussi rapidement. Nous les avons esquivés en contournant l'immeuble de la SIP pour entrer côté livraison. Et maintenant, Ana est prisonnière de son bureau. Au moins, elle y est en sécurité, mais je suis certain qu'elle ne tolérera pas longtemps d'y rester enfermée. Mon cœur se serre. Rien d'étonnant à ce que les médias de Seattle s'interrogent sur ma fiancée. Ça fait partie du bonus Christian Grey. Pourvu que leur curiosité ne la fasse pas fuir.

Sawyer se gare devant Grey House, où rôdent deux ou trois plumitifs. Flanqué de Taylor, je les dépasse, furieux, sans répondre aux questions qu'ils me lancent. *Putain, tu parles d'une façon de commencer la journée.*

Toujours énervé, j'attends l'ascenseur. J'ai une liste de choses à faire plus longue que ma queue et je dois gérer les retombées de ce week-end : mon père, ma mère et Elena Lincoln ont tenté de me joindre. *Pourquoi elle m'appelle ? C'est fini, entre nous. J'ai pourtant été clair, samedi soir.*

J'aimerais mieux être à la maison avec ma chérie.

Dans l'ascenseur, je consulte mon téléphone. J'ai un mail d'Ana.

---

**De** : Anastasia Steele
**Objet** : Faire passer un bon moment à sa fiancée
**Date** : 20 juin 2011 09:25
**À** : Christian Grey

Mon cher futur mari,
Je serais fautive si je ne te remerciais pas :
a) d'avoir survécu à un crash d'hélicoptère
b) pour cette demande en mariage exemplaire avec des fleurs et des cœurs
c) pour ce merveilleux week-end
d) du retour à la Chambre rouge
e) pour ce très joli caillou, que tout le monde a remarqué
f) pour mon réveil en fanfare ce matin (surtout ça ! ;))
Ax

Anastasia Steele
Éditrice intérimaire, SIP

P.-S. : Tu as une stratégie pour gérer la presse ?

De : Christian Grey
Sujet : Faire passer un bon moment à son homme
Date : 20 juin 2011 09:36
À : Anastasia Steele

Mon Ana adorée,
Tu es plus que bienvenue.
Merci pour ce merveilleux week-end.
Je t'aime.
Je reviens vers toi avec une stratégie pour la p***** de presse.

Christian Grey
P-DG, Grey Enterprises Holdings, Inc.

P.-S. : Je crois que les réveils en fanfare sont très sous-estimés.
P.-P.-S. : P*****, LE BLACKBERRY !!!!!!!!!!

*Combien de fois dois-je te le répéter !* Amusé et amadoué par notre échange, je déboule de l'ascenseur au pas de course. Andrea est à son poste.

— Bonjour, monsieur Grey. Je… euh… je suis heureuse que vous soyez toujours parmi nous.

— Merci, Andrea. C'est gentil. Et merci pour votre aide vendredi soir. Vous m'avez été précieuse.

Elle rosit, gênée, je crois, par ma reconnaissance.

— Où est la nouvelle ?

— Sarah ? Elle fait une course. Café ?

— S'il vous plaît. Noir. Serré. J'ai beaucoup à faire.

Elle se lève.

— Si mon père, ma mère ou Mme Lincoln veulent me joindre, prenez le message. Renvoyez toutes les demandes de la presse à Sam. Mais si la FAA, Eurocopter ou Welch appellent, passez-les-moi.

— Oui, monsieur.

— Et, bien sûr, Anastasia Steele.

Le visage d'Andrea se radoucit grâce à l'un de ses rares sourires.

— Tous mes vœux de bonheur, monsieur Grey.

— Vous savez ?

— Tout le monde le sait, monsieur.

J'éclate de rire.

— Merci, Andrea.

Dans mon bureau, j'allume mon iMac. J'ai un autre mail d'Ana.

---

**De** : Anastasia Steele
**Objet** : Des limites du langage
**Date** : 20 juin 2011 09:38
**À** : Christian Grey
**. ****, **** ******* !
*** ***** ** **********.
** **** ***,***.
Ax

J'éclate de rire même si je n'ai pas la moindre idée de ce qu'elle m'a écrit. Andrea entre avec mon café et s'assoit pour que nous fassions le point sur le planning de la journée avant mon premier appel.

J'ai l'impression d'avoir passé au moins trois heures au téléphone. Quand je finis par raccrocher, il est 13 h 15. On récupère Charlie Tango aujourd'hui. Il devrait arriver ce soir à Boeing Field. La Federal Aviation Administration a chargé le National Transportation Safety Board de l'enquête sur le crash. D'après l'ingénieur d'Eurocopter arrivé le premier sur les lieux, j'ai eu une chance incroyable d'être parvenu à éteindre le feu avec l'extincteur. Ça facilitera leur enquête et celle du NTSB. J'espère recevoir leur rapport dès demain.

Welch s'est procuré les bandes des caméras de surveillance de l'héliport de Portland pour toute la semaine dernière, ainsi que celles de l'intérieur et de l'extérieur du hangar privé de Charlie Tango à Boeing Field. Selon lui, il est possible qu'il s'agisse d'un sabotage, et je dois avouer que j'y ai aussi songé, puisque les deux moteurs ont pris feu. *Un sabotage. Mais pourquoi ?* J'ai demandé à Welch et à son équipe de passer tous les enregistrements au peigne fin pour voir s'ils trouvent des indices.

Face à l'insistance de Sam, mon attaché de presse, j'ai accepté de faire une courte déclaration dans l'après-midi. Son ton pressant résonne encore dans ma tête. « *Vous devez prendre les devants, Christian. L'histoire de votre survie miraculeuse tourne encore sur toutes les chaînes. Ils ont des prises de vues aériennes de l'opération de sauvetage.* »

À vrai dire, je pense que Sam adore tout ce cinéma. J'espère simplement que ce speech dissuadera les journalistes de nous harceler, Ana et moi.

Andrea m'appelle.

— J'ai le Dr Grey au téléphone à nouveau.

Je ne pourrai pas éternellement l'éviter.

— Très bien, passez-la-moi.

Je m'appuie contre mon bureau.

— Christian, je sais que tu es très occupé. Deux choses.

— Oui, maman.

— Premièrement, j'ai trouvé une organisatrice de mariage, Alondra Gutierrez. C'est elle qui a organisé le bal de « Faire face ensemble » cette année. Je crois qu'Ana et toi devriez la rencontrer.

Je lève les yeux au ciel.

— D'accord.

— Très bien. Je prévois un rendez-vous cette semaine. Deuxièmement, ton père tient vraiment à te parler.

— On a longuement discuté le soir où j'ai annoncé mes fiançailles. Nous étions aussi en train de célébrer ma vingt-huitième année et, comme tu le sais, je n'aime pas particulièrement marquer ces étapes. (Je suis lancé.) Et je venais de survivre à un crash. (Je hausse le ton.) Papa m'a vraiment gâché la soirée. Il en a assez dit l'autre soir. Je ne veux pas avoir affaire à lui maintenant.

*C'est un connard moralisateur.*

— Christian. Arrête de bouder. Accepte d'écouter ton père.

*Bouder ? Je suis furax, Grace.*

Le silence de ma mère se prolonge. Je soupire.

— Je vais y réfléchir. (Mon autre ligne clignote.) Il faut que j'y aille.

— Très bien, mon chéri. Je te tiens au courant, pour le rendez-vous avec Alondra.

— Au revoir, maman.

Mon téléphone bourdonne à nouveau.

— Monsieur Grey, j'ai Anastasia Steele pour vous.

Ma mauvaise humeur se dissipe.

— Formidable. Merci, Andrea.

— Christian ?

Sa voix est tremblotante. J'ai l'impression qu'elle a peur.

— Ana, tout va bien ?

— Euh… je suis sortie pour prendre l'air. Je pensais qu'ils étaient partis. Et…

— Les journalistes et les photographes ?

— Oui.

*Enculés.*

— Je n'ai rien dit, j'ai fait demi-tour et je suis rentrée en courant.

J'aurais dû lui laisser Sawyer. Une fois de plus, je suis reconnaissant à Taylor de m'avoir convaincu de le garder après l'incident avec Leila Williams.

— Ana, ne t'inquiète pas. J'allais justement t'appeler. Je vais donner une conférence de presse cet après-midi au sujet de Charlie Tango. Ils vont me poser des questions sur nos fiançailles. Je leur donnerai un minimum de détails. J'espère qu'ils s'en satisferont.

— Tant mieux.

Je tente ma chance :

— Tu veux que je t'envoie Sawyer ?

— Oui, acquiesce-t-elle aussitôt.

*Dis donc, c'est passé comme une lettre à la poste.* Elle doit être encore plus secouée que je ne le pensais.

— Tu es sûre que ça va ? D'habitude, tu n'es pas aussi conciliante.

— Je le suis de temps à autre, monsieur Grey. Surtout quand je suis traquée par les médias. Ça vaut une bonne séance de sport. J'étais à bout de souffle quand je suis arrivée à mon bureau.

Elle prend la situation à la légère.

— Vraiment, mademoiselle Steele ? Vous êtes très endurante, normalement.

— Mais enfin, monsieur Grey, de quoi parlez-vous ?

Je perçois un sourire dans sa voix. Je murmure :

— Je crois que tu le sais.

Elle inspire brusquement. Ce son m'atteint directement à l'entrejambe.

— Flirterais-tu avec moi, par hasard ? demande-t-elle.

— Je l'espère.

— Tu mettras ma résistance à l'épreuve, tout à l'heure ?

Sa voix est grave et langoureuse. *Ah, Ana.* Le désir me parcourt le corps.

— Rien ne me ferait plus plaisir.

— Je suis ravie de l'entendre, Christian Grey.

Elle est tellement douée à ce petit jeu-là.

— Et moi, je suis ravi que tu m'aies appelé. Un vrai bonheur.

Elle pouffe de rire.

— Vous satisfaire est ma priorité. Il faudra que je contacte mon coach, pour pouvoir tenir le rythme avec vous !

Je ris aussi :

— Bastille en sera enchanté.

Elle reste un instant silencieuse.

— Merci de m'avoir remonté le moral.

— C'est tout naturel.

— En effet. Et tu t'y prends très bien.

Je savoure ces mots tendres. *Ana, avec toi je me sens enfin entier.*

On toque à ma porte, et je sais que c'est Andrea ou Sarah avec mon déjeuner.

— Je dois te laisser.

— Merci, Christian.

— De quoi ?

— D'être toi. Ah, encore une chose. L'info sur ton rachat de la SIP est toujours sous embargo, non ?

— Oui, pendant encore trois semaines.
— D'accord. Je ne dirai rien.
— Parfait. À plus, bébé.
— À plus, Christian.

Andrea et Sarah ont mis les petits plats dans les grands, aujourd'hui. J'ai mon sandwich préféré – un club à la dinde avec cornichons, une petite salade et des chips –, le tout servi sur un plateau avec un set de table GEH, un verre à cocktail en cristal rempli d'eau pétillante, et un vase assorti avec une jolie rose.

— Merci, dis-je, perplexe, tandis qu'elles s'affairent.

— Tout le plaisir est pour nous, monsieur Grey, répond Andrea avec un sourire qui, décidément, devient de moins en moins rare.

Curieusement, elles ont toutes les deux l'air distrait et un peu nerveux. *Que mijotent-elles ?* Je vérifie mes messages en déjeunant. Elena m'a encore envoyé des SMS. *Merde.*

« Appelle-moi. Je t'en prie. »

« Appelle-moi. Je deviens folle. »

« Je ne sais pas quoi te dire. J'ai passé le week-end à repenser à ce qui s'est passé. Je ne sais pas comment les choses ont pu basculer comme ça. Appelle-moi. »

« S'il te plaît, réponds-moi. »

Je vais devoir l'affronter tôt ou tard. Mes parents tiennent à ce que je rompe tous liens avec elle. Franchement, je ne vois pas comment nous pourrions revenir en arrière, après ce que nous nous sommes hurlé dessus samedi soir. J'ai balancé des choses assez immondes. *Elle aussi.*

Il est temps d'en finir. J'ai dit à Ana que je ferais cadeau à Elena de sa société. Je parcours ma liste de contacts et trouve le numéro de mon avocate. Ironie du sort, c'est Elena qui me l'a présentée. Debra Kingston est spécialisée en droit commercial et elle apprécie le même style de vie que moi. C'est elle qui a rédigé tous mes contrats Dominant/Soumise et mes accords de confidentialité. Elle a également géré toutes mes transactions avec Elena ainsi que les affaires de notre société.

Je l'appelle.

— Bonjour, Christian. Ça fait un bail. Alors, il paraît que je dois vous féliciter ?

— Merci, Debra.

*Les nouvelles vont vite.*

— Que puis-je pour vous ?

— Je veux faire cadeau à Elena Lincoln de sa société.

— Je vous demande pardon ?

— Vous m'avez bien entendu. Je veux offrir les salons à Elena. J'aimerais que vous rédigiez le contrat. Je lui donne tout. Les prêts. Les propriétés. Les actifs. L'ensemble est à elle.

— Vous en êtes sûr ?

— Oui.

— Vous cherchez à couper les ponts ?

— Oui. Je ne veux plus avoir le moindre rapport avec cette affaire.

— Christian, je suis votre avocate et j'ai le devoir de vous poser la question : êtes-vous certain de ce que vous faites ? Il s'agit d'un cadeau incroyablement généreux. Vous allez perdre des centaines de milliers de dollars.

— Debra, j'en suis parfaitement conscient.

Elle soupire.

— Très bien, puisque vous insistez. Je vous ferai parvenir une version préliminaire du contrat d'ici deux jours.

— Merci. Et je souhaite que toute correspondance avec elle passe par vous.

— Vous êtes vraiment brouillés, tous les deux.

Je n'ai aucune intention de discuter de ma vie privée avec Debra. En tout cas, pas de cet aspect-là.

— Ah, j'ai compris, ajoute-t-elle. C'est pour faire plaisir à la légitime ?

*Mais comment se permet-elle… !?*

— Debra, préparez-moi ce putain de contrat, c'est tout.

— Très bien, Christian. J'en informerai Mme Lincoln, répond-elle froidement.

Voilà qui devrait me débarrasser d'Elena. Je raccroche. *Ouf. C'est fait.* Je suis soulagé. Grey Holdings vient de perdre une petite fortune, mais je lui dois bien ça. Sans elle, GEH n'existerait pas.

*— Je repensais à notre dernière conversation, Christian.*

*— Oui, madame ?*

*— Ton départ de Harvard. Je te prête 100 000 dollars pour démarrer ton affaire.*

*— Vous feriez ça ?*

*— Christian, je crois en toi. Tu es destiné à devenir un maître de l'univers. C'est un prêt que tu me rembourseras.*

*— Elena… je…*

— *Tu peux me remercier en me montrant ce que tu as appris aujourd'hui. Toi en dominant. Moi en soumise. Ne me marque pas.*

Je secoue la tête. C'est ainsi qu'a débuté mon apprentissage de Dominant. Mon succès en affaires est lié à mon style de vie. Je ricane à cette pensée, puis fronce les sourcils. Comment n'ai-je jamais fait le lien auparavant ?

*Merde.* Je ne peux pas me cacher derrière mon avocate. Je lui dois un coup de fil. *En piste, Grey.* À contrecœur, j'appuie sur son contact. Elle répond à la première sonnerie.

— Christian, pourquoi ne m'as-tu pas rappelée ?

— Je le fais maintenant.

— Qu'est-ce qui a pris à ta mère et à ta... fiancée ?

Elle a un petit rire méprisant en prononçant ce mot.

— Elena, je t'appelle par courtoisie. Je t'offre les salons. J'ai parlé à Debra Kingston ; elle prépare les documents. C'est fini. On ne peut plus continuer.

— Quoi ? Mais de quoi parles-tu ?

— Tu m'as bien entendu. Je t'ai demandé de laisser Ana tranquille et tu ne m'as pas écouté. On récolte ce qu'on sème, madame Lincoln. C'est fini. Ne me rappelle plus.

— Chris...

Je raccroche. Mon téléphone vibre aussitôt. Son nom s'affiche. Je l'éteins et consulte ce qu'il me reste à faire. J'ai environ une heure avant la conférence de presse. Pour ne plus penser à Elena, je prends mon téléphone personnel pour joindre mon frère.

— Salut, champion. Alors, qu'est-ce que tu racontes ? Tu as changé d'avis ?

— Va te faire foutre, Elliot.

— C'est elle qui a changé d'avis ? ricane-t-il.

— Tu pourrais faire taire ton trouduc intérieur, deux minutes ?

— Aussi longtemps que ça ? J'en doute.

— J'achète une maison.

— Hou là. Pour toi et la future Mme Grey ? Tu ne perds pas de temps. Tu l'as mise en cloque ?

— Non !

*Putain.*

Il ricane à nouveau.

— Laisse-moi deviner. C'est à Denny-Blaine ou Laurelhurst ?

*Évidemment. Les banlieues préférées des millionnaires de la tech.*

— Non.

— Medina ?

Je rigole.

— Ce serait beaucoup trop près de nos parents. Non, c'est au bord de l'eau, au nord de Broadview.

— Carrément !

— Oui. Je veux voir le soleil se coucher sur le détroit de Puget.

Elliot s'esclaffe.

— Toi, romantique ? Qui l'eût cru ?

*Pas moi, en tout cas.*

— Il faut tout refaire.

— Ah bon ? (Voilà qui intéresse davantage Elliot.) Tu veux que je te recommande quelqu'un ?

— Non, vieux. C'est toi qui vas t'en charger. Conçois quelque chose de durable et d'écologique. Le genre de maison dont tu nous bassines à tous les repas de famille.

— Oh ! (Il paraît surpris.) Je peux voir la maison ?

— Oui, bien sûr. Le contrat n'est pas encore signé, mais le relevé de la propriété a lieu la semaine prochaine.

— C'est génial. Il te faudra quand même un architecte. Je ne peux pas tout gérer.

— Comment s'appelait cette femme qui s'est occupée des rénovations à Aspen ?

— Euh… Gia Matteo. Elle est cool. Elle travaille pour un grand cabinet du centre-ville.

— Elle a fait un super boulot sur la maison d'Aspen. Et si je me rappelle bien, elle a des références impressionnantes et son travail est très créatif. Tu me la recommanderais ?

— Ouais… Bien sûr.

— Tu as l'air d'hésiter.

— Enfin, tu sais… C'est le genre de femme qui n'accepte pas qu'on lui dise non.

— C'est-à-dire ?

— Elle est… ambitieuse. Affamée. Prête à tout pour obtenir ce qu'elle veut.

— Ça ne me gêne pas.

— Moi non plus, répond Elliot. J'aime bien les prédatrices.

— Ah bon ?

*Effectivement, c'est tout Kavanagh, ça.*

— Elle et moi…

Elliot ne termine pas sa phrase. Je ne peux m'empêcher de lever les yeux au ciel. Mon frère est un vrai débauché.

— Ça va te poser un problème ?

— Non. Bien sûr que non. Elle est compétente.

— Je vais l'appeler. Et jeter un coup d'œil à ses dernières réalisations.

Je note son numéro de téléphone.

— Cool. Dis-moi quand on peut aller jeter un coup d'œil à la maison.

— Ça marche. À plus.

— À plus, vieux.

Je raccroche en me demandant combien de femmes mon frère a baisées. Je secoue la tête. Est-ce qu'il sait que Katherine Kavanagh a des projets pour lui ? Il ne l'a pas compris ce week-end ? J'espère qu'il ne finira pas avec elle. C'est la femme la plus agaçante que je connaisse.

Sam m'a envoyé par mail ma déclaration pour la conférence de presse, qui a lieu dans une demi-heure. Je la relis et, comme d'habitude, je modifie sa prose ampoulée et prétentieuse. Parfois, je me demande pourquoi je l'ai engagé.

Vingt minutes plus tard, il frappe à ma porte.

— Christian, vous êtes prêt ?

— Donc, monsieur Grey, d'après vous il pourrait s'agir d'un sabotage ? me demande le journaliste du *Seattle Times*.

— Aucune hypothèse n'est à écarter. Nous attendons le rapport sur l'accident.

— Félicitations pour vos fiançailles, monsieur Grey. Comment avez-vous rencontré Anastasia Steele ?

— Je ne répondrai à aucune question sur ma vie privée. Je me contenterai de répéter que je suis très heureux qu'elle ait accepté de m'épouser.

Sam vient à mon secours.

— C'est la dernière question, merci, mesdames et messieurs.

Il m'escorte hors de la salle de conférences de GEH. *Dieu merci, c'est fini.*

— Vous vous en êtes bien sorti, me déclare Sam comme si j'avais besoin de son approbation. Je suis certain que la presse va vouloir une photo de vous deux. Sinon, ils continueront à vous harceler.

— Je vais y penser. Pour l'instant, il faut que je retourne travailler.

— Je vous enverrai la revue de presse.

Je monte dans l'ascenseur, ravi de constater que j'y suis seul. Je consulte mon téléphone. Elena m'a appelé plusieurs fois. *Pour l'amour du ciel, madame Lincoln. C'est fini.*

Il y a aussi un mail d'Ana.

---

De : Anastasia Steele
Objet : Des nouvelles !
Date : 20 juin 2011 16:55
À : Christian Grey

Monsieur Grey,
Excellente conférence de presse.
Pourquoi est-ce que ça ne m'étonne pas ?
Vous étiez très sexy.
J'adore votre cravate.
Ax
P.-S. : Sabotage ?

Ma main se porte à ma cravate. *La Brioni. Ma préférée.*

*J'étais très sexy.* Ces mots me font plus plaisir qu'ils ne le devraient. J'aime bien être sexy pour Ana, et son mail me donne une idée.

De : Christian Grey
Objet : Je vais t'en faire, du sexy
Date : 20 juin 2011 17:08
À : Anastasia Steele

Ma chère future épouse
Je vais peut-être utiliser la cravate ce soir, pour tester ton endurance.

Christian Grey
P-DG impatient, Grey Enterprises Holdings, Inc.

P.-S. : Pour le sabotage, ce n'est qu'une conjecture. Cesse de t'inquiéter. C'est un ordre.

La porte de l'ascenseur s'ouvre.

— Bon anniversaire, monsieur Grey ! s'exclament plusieurs voix.

Andrea, sur le seuil de mon bureau, porte un gros gâteau où sont inscrits *Bon anniversaire* et *Félicitations* en glaçage bleu. Une seule bougie dorée est plantée au milieu.

*C'est quoi, ce bordel ?* Ils ne m'ont encore jamais fait ce coup-là.

Le groupe – qui comprend Ros, Barney, Fred, Marco, Vanessa et tous les directeurs de département – entonne « Joyeux anniversaire » avec enthousiasme. Je plaque un sourire sur mon visage et, lorsqu'ils ont terminé, je souffle la bougie. Ils m'acclament et m'applaudissent comme si j'avais accompli un exploit.

Sarah m'offre une flûte de champagne. Certains crient : « Un discours, un discours. »

— Pour une surprise, c'est une surprise, dis-je en me tournant vers Andrea, qui hausse légèrement les épaules. Mais merci.

Ros me lance :

— Nous sommes heureux que vous soyez toujours parmi nous, Christian, surtout moi, car ça veut dire que je suis là aussi. (Quelques rires polis fusent au milieu des applaudissements.) Nous voulions vous exprimer notre gratitude. (Elle désigne ses collègues d'un geste.) Et aussi vous souhaiter un bon anniversaire et vous féliciter pour vos fiançailles. Alors portons un toast à Christian Grey !

Je lève mon verre pour la saluer et avale une grande gorgée de champagne. On applaudit à nouveau. Qu'est-ce qui leur prend ? Pourquoi maintenant ? D'où ça sort, tout ça ?

— C'est votre idée ? m'enquiers-je auprès d'Andrea lorsqu'elle me tend une part de gâteau.

— Non, monsieur. Celle de Ros.

— Mais vous avez tout organisé ensemble.

— Sarah et moi, monsieur.

— Merci. J'apprécie.

— Je vous en prie, monsieur Grey.

Ros m'adresse un sourire chaleureux et trinque avec moi. Tiens, au fait, je lui dois une paire de Manolo.

Je mets trente-cinq minutes à me libérer de la petite fête. Je suis touché, et étonné d'être touché. Je deviens trop sensible avec l'âge. Et comme toujours, j'ai hâte de rentrer chez moi… hâte de retrouver Ana.

Quand elle sort en courant par la porte arrière de la SIP, mon cœur fait un bond. Sawyer est à côté d'elle ; il ouvre la portière de l'Audi et elle se glisse contre moi tandis que Sawyer monte devant avec Taylor.

— Salut.

Son sourire est éblouissant.

— Salut. Comment s'est passée ta journée ?

Je lui prends la main et embrasse ses doigts.

Mardi 21 juin 2011

Les yeux d'Elena sont comme du silex. Froids. Durs. Elle est furieuse. Elle me jette à la figure : *Je suis ce qui t'est arrivé de mieux. Regarde-toi, maintenant. Tu es l'un des entrepreneurs les plus riches et les plus célèbres des États-Unis. Tu n'as besoin de rien. Tu es un maître de l'univers.* Maintenant, elle est à genoux devant moi. Elle se prosterne, le front contre le parquet. Sa chevelure forme un halo étincelant sur les lattes en bois sombre. Sa main est tendue. Ses doigts écartés. Ses ongles écarlates. Elle me supplie. *Garde la tête contre le sol.* Ma voix ricoche contre les murs en béton. Elle veut que j'arrête. Elle en a assez. Ma main se crispe sur la cravache. *Assez, Grey.* J'enroule mes doigts autour de ma queue, durcie par sa bouche, barbouillée de rouge à lèvres carmin. Ma paume monte et descend. Plus vite. Plus vite. Plus vite. *Oui.* Je jouis dans un cri guttural. Je peins son dos de foutre. Je suis debout au-dessus d'elle. Haletant. Exalté. Assouvi. Un grand fracas survient. La porte s'ouvre brusquement. Sa silhouette se dessine sur le seuil. Il rugit, et ce son à glacer le sang remplit la pièce. *Non*, hurle Elena. *Merde. Non. Non. Non.* Il est là. Il sait. Elena s'interpose entre lui et moi. *Non,* crie-t-elle. Il la frappe tellement fort qu'elle tombe par terre. Elle crie. Et crie. *Laisse-le. Laisse-le.* Je suis en état de choc. Il me frappe. Un crochet droit au menton. Je tombe. J'ai la tête qui tourne. Je vais m'évanouir. *Non. Arrêtez de crier. Arrêtez.* Ça continue. Encore. Je suis sous la table de la cuisine. Les mains sur les oreilles. Elles ne m'empêchent pourtant pas d'entendre. Il est là. Je perçois ses bottes. De grosses bottes. Avec des boucles. Elle crie. Qu'est-ce qu'il a fait ? Où est-elle ? Je sens sa puanteur avant de le voir. Il se penche sous la table, une cigarette allumée à la main. *Te voilà, petit merdeux.*

Je me réveille en sursaut, haletant, inondé de sueur. La peur court dans mes veines. *Où suis-je ?*

Mes yeux s'accoutument à la lumière. Je suis chez moi, à l'Escala. L'aube jette une lueur rosée sur la silhouette assoupie d'Ana, et un immense soulagement m'envahit. *Dieu merci.* Elle est là. Avec moi. Je pousse un long soupir. *C'était quoi, ça ?* Je rêve rarement d'Elena, encore moins de ce moment horrible de notre histoire. Je frémis en fixant le plafond. Trop tendu pour me rendormir, j'envisage de réveiller Ana – j'ai envie de me perdre à nouveau en elle. Mais hier soir, elle m'a plus que démontré son endurance ; elle travaille aujourd'hui et elle a besoin de dormir. En plus, je me sens mal, j'ai des frissons, et ce cauchemar m'a laissé un goût amer dans la bouche. Ce doit être ma rupture avec Elena qui me hante. Après tout, Mme Lincoln a été mon point de repère pendant plus d'une décennie. *Oh, et puis merde.* Il fallait que je le fasse. Maintenant, c'est fini. *Fini.*

Je m'assois et passe la main dans mes cheveux, en prenant soin de ne pas déranger Ana. Il est tôt, 5 h 05. Pour l'instant, j'ai besoin d'un verre d'eau. Je me lève et marche sur ma cravate, qui gît par terre après nos frasques d'hier soir. Je me rappelle Ana, les mains liées au-dessus de la tête, le corps tendu, la tête renversée par l'extase, agrippée aux barreaux de la tête de lit, alors que je lèche son clitoris. C'est un souvenir beaucoup plus agréable que les lambeaux de mon cauchemar. Je ramasse ma cravate, la plie et la pose sur ma table de chevet.

Je fais rarement de mauvais rêves lorsque Ana dort avec moi. J'espère qu'il s'agit d'une exception. Heureusement, j'ai rendez-vous avec Flynn aujourd'hui. Je pourrai disséquer ce nouvel élément avec lui. J'enfile mon pantalon de pyjama, prends mon téléphone et sors de la chambre. Chopin ou Bach sauront peut-être me réconforter. En m'asseyant au piano, je consulte mes messages. Celui de Welch, envoyé à minuit, attire mon attention.

> « Soupçon de sabotage. Rapport initial demain à la première heure. »

*Putain.* Mon cuir chevelu picote, et le sang reflue de ma tête. Mes pires craintes se confirment. Quelqu'un veut ma mort. *Qui ?* Je songe aux quelques partenaires en affaires que j'ai doublés au fil des ans. Woods ? Stevens ? Carver ? Waring ? S'abaisseraient-ils à ça ? Ils y ont tous gagné de l'argent – beaucoup d'argent. Mais ils ont perdu leurs sociétés. Je n'arrive tout de même pas à croire que ça puisse être lié à mes activités commerciales.

Et si c'était personnel ? Dans ce cas, une seule personne me vient à l'esprit. Linc. Pourtant l'ex-mari d'Elena s'est déjà vengé sur elle, il y a plusieurs années. Pourquoi agirait-il maintenant ?

C'est peut-être quelqu'un d'autre. Un employé mécontent ? Une ex ? Je ne vois personne qui pourrait me faire ça. À part Leila, toutes mes ex vont bien.

Il faut que je réfléchisse. *Ana ! Merde !* S'ils s'en prennent à moi, ils pourraient lui faire du mal, à elle. La peur me submerge. J'en ai la chair de poule. Il faut que je protège Ana à tout prix. J'envoie aussitôt un SMS à Welch.

« Venez ce matin, 8 heures à Grey House. »

« Ça marche. »

J'envoie aussi un texto à Andrea pour qu'elle annule mes réunions du matin, puis j'écris un mail à Taylor.

---

De : Christian Grey
Objet : Sabotage
Date : 21 juin 2011 05:18
À : J B Taylor

Welch vient de m'informer que Charlie Tango a peut-être été saboté. Le premier rapport devrait arriver dans la matinée. Nous nous retrouvons à Grey House à 8 heures. Rengagez Reynolds et Ryan s'ils sont toujours disponibles. Je veux qu'Ana soit accompagnée en permanence. Sawyer peut rester avec elle aujourd'hui.
Merci.

Christian Grey
P-DG, Grey Enterprises Holdings, Inc.

Je suis trop nerveux. Je dois me défouler. Je me faufile dans le dressing pour me changer.

Tout en courant sur le tapis, je regarde les cours de la Bourse sur la télé en écoutant les Foo Fighters. *Mais qui peut bien vouloir ma mort ?*

Ana sent le sommeil, le sexe et un verger parfumé en automne. Son odeur me ramène à une époque plus heureuse, quand j'étais seul avec ma chérie, loin des ennuis.

— Hé, bébé, réveille-toi.

Je frotte mon nez contre son oreille. Elle ouvre les yeux, et son visage s'illumine en me voyant.

— Bonjour, dit-elle en passant le pouce sur mes lèvres, avant de me donner un chaste baiser.

— Tu as bien dormi ?

— Mmm. Qu'est-ce que tu sens bon. Qu'est-ce que tu es beau !

Je souris. Tout ça, parce que je porte un costume bien coupé…

— Il faut que je sois au bureau à la première heure.

Elle s'assoit et jette un coup d'œil au radio-réveil. Il est 7 h 08.

— Déjà ?

— Un imprévu. Sawyer va t'accompagner aujourd'hui et tenir la presse à distance. Ça te va ?

Elle acquiesce. *Bien.* Je ne veux pas l'inquiéter en lui parlant de Charlie Tango.

— À plus tard.

Je l'embrasse sur le front et pars avant d'être tenté.

Le rapport est bref.

RAPPORT D'ENQUÊTE, FEDERAL AVIATION ADMINISTRATION (FAA)

INFORMATION GÉNÉRALE

Source de données : BASE DE DONNÉES ACCIDENTS ET INCIDENTS

Numéro de rapport : 20110453923

Date locale : 17-JUIN-11
Ville : CASTLE ROCK
État : WA
Nom : HÉLIPORT PORTLAND
Type d'événement : INCIDENT
Collision en vol : AUCUNE COLLISION

INFORMATION AÉRONEF
Dommages à l'aéronef : IMPORTANTS
Marque de l'aéronef : EURCPT
Modèle de l'aéronef : EC-135
Série de l'aéronef : EC-135-P2
Heures cellule : 1470
Opérateur : GEH INC
Type d'opération : Taxi aérien, navette
Nombre de personnes à bord : 2
Morts : 0
Blessés : 0
Classe de poids de l'aéronef : MOINS DE 6 000 KG
Nombre de moteurs : 2
Marque des moteurs : TURBOM
Modèle des moteurs : ARRIUS 2B2

INFORMATIONS ENVIRONNEMENT / OPÉRATIONS
Conditions de vol primaires : RÈGLES DE NAVIGATION À VUE
Conditions de vol secondaires : PAS DE FACTEUR MÉTÉO
Plan de vol déposé : OUI

PILOTE AUX COMMANDES
Licence de pilote : PILOTE COMMERCIAL
Qualification de vol : AÉRONEF À VOILURE TOURNANTE / HÉLICOPTÈRE
Qualification du pilote : QUALIFIÉ
Total des heures de vol : 1 180
Total sur le modèle : 860
Total au cours des 90 derniers jours : 28

RAPPORT D'ÉVÉNEMENT
LE 17 JUIN 2011, À ENVIRON 14:20 PT, UN EC-135, N124CT, APPARTENANT À ET OPÉRÉ PAR GREY ENTERPRISES HOLDINGS INC, A EU UN INCIDENT GRAVE. L'AÉRONEF ÉTAIT STABLE LORSQU'IL A BRUSQUEMENT PIQUÉ DU NEZ ET QUE LE VOYANT DU MOTEUR #1 S'EST ALLUMÉ. LE PILOTE A FAIT UN ATTERRISSAGE D'URGENCE AU COIN SUD-EST DE SILVER LAKE. EN ATTERRISSANT LE PILOTE A UTILISÉ LE SECOND EXTINCTEUR, COUPÉ LES MOTEURS ET ÉVACUÉ L'AÉRONEF. AUCUN BLESSÉ N'EST À DÉPLORER. LE PILOTE A UTILISÉ L'EXTINCTEUR DE BORD. LE FABRICANT DE L'AÉRONEF EXAMINE ACTUELLEMENT LES MOTEURS DE L'AÉRONEF ET D'APRÈS SON RAPPORT PRÉLIMINAIRE LES DOMMAGES SONT SUSPECTS ET POURRAIENT RÉSULTER D'UN ACTE DE MALVEILLANCE. LE NATIONAL TRANSPORTATION SAFETY BOARD EXIGE UN COMPLÉMENT D'ENQUÊTE.

Dans mon bureau, Welch, Taylor et moi étudions le rapport. Le visage de Welch est plus marqué que jamais dans la lumière crue du matin. Il a l'air sombre.

— À l'heure actuelle, le NTSB ne fait que soupçonner le sabotage, mais nous devons agir comme s'il s'agissait d'un acte de malveillance. Nous avons visionné toutes les bandes des caméras de surveillance à l'héliport de Portland et n'avons constaté aucune activité suspecte. (Il s'éclaircit la gorge.) En revanche, il y a un problème au hangar de GEH à Boeing Field.

*Ah ?*

— Deux des caméras étaient HS. Nous n'avons donc pas de couverture complète.

— Quoi ! Et comment est-ce arrivé ?

*Putain, je les paie pour quoi, ces mecs ?*

— Nous sommes en train d'enquêter. C'est un incident grave, répond Welch de sa voix rocailleuse comme le pot d'échappement d'une vieille bagnole.

*Tu m'étonnes.*

— Qui est responsable du hangar ?

— Il y a un système de roulement. Nous avons quatre ou cinq personnes à interroger.

— S'ils ont fait preuve de négligence, je les vire. Tous.

Il jette un coup d'œil à Taylor.

— Pour l'instant, aucune piste ne nous permet d'identifier le responsable, affirme Taylor.

— L'hélico va faire l'objet d'une expertise scientifique, ajoute Welch. J'espère qu'ils trouveront quelque chose.

J'élève la voix.

— L'espoir, je m'en fous. Je veux des réponses, bordel de merde !

— Oui, monsieur, répondent-ils en même temps, l'air contrit.

*Grey. Reprends-toi.* Ils n'y sont pour rien. Je poursuis d'une voix plus mesurée.

— Trouvez-moi qui a merdé au hangar. Et virez-le. Dès qu'on aura une idée de ce qui s'est passé, je veux le savoir. En attendant, assurez-vous que le jet soit placé sous bonne garde.

— Oui, monsieur, acquiesce Taylor.

— On s'en occupe, grogne Welch.

Il est furieux. Il y a de quoi. C'est lui le responsable de ma sécurité.

— Le NTSB est sur l'affaire et je présume qu'ils brieferont les autorités lorsque leur enquête aura avancé et, si nécessaire, qu'il les invitera à enquêter en parallèle. Je les recontacte pour le confirmer.

— La police ? demandé-je.

— Non, ce sera le FBI.

— D'accord. Ils découvriront peut-être quelque chose. (Je m'adresse à Taylor.) Où en est-on avec les agents de sécurité ?

— Reynolds et Ryan sont disponibles et ils commencent dès aujourd'hui.

— Je veux tenir Anastasia à l'écart de tout ça. Inutile de l'inquiéter. Et il me faut les noms de tous ceux qui pourraient être derrière cette affaire. Mais je dois avouer que je n'en ai aucune idée.

— Mon équipe est en train de dresser une liste des suspects potentiels, dit Welch.

— Monsieur, maintenant que ce rapport est sur le site de la FAA, la presse risque de poser des questions, signale Taylor.

*Merde.*

— Vous avez raison. Il faut briefer Sam. Je vais le faire monter.

Si l'affaire devient publique, il faut aussi qu'Ana soit au courant. *Comment en est-on arrivés là ? Un sabotage ? Il ne manquait plus que ça.*

Je laisse les deux hommes discuter et passe la tête par la porte. Andrea relève le nez de son ordinateur.

— Monsieur Grey ?

— Demandez à Sam et Ros de nous rejoindre.

On frappe à ma porte. C'est Andrea.

— Voulez-vous un autre café ?

— S'il vous plaît.

L'écran de mon ordinateur affiche toutes les acquisitions que j'ai faites depuis que j'ai fondé ma société. Je les parcours pour repérer ceux susceptibles de m'en vouloir. Pour l'instant, rien. C'est déprimant. Je suis très inquiet pour Ana – si on me veut du mal, elle risque d'en être la victime collatérale. Comment pourrais-je vivre si quelque chose lui arrivait ?

— *Latte* ?

— Non. Noir. Serré.

— Oui, monsieur.

Elle referme la porte et un mail de ma chérie s'affiche à l'écran.

---

De : Anastasia Steele
Objet : Calme avant/après la tempête ?
Date : 21 juin 2011 14:18
À : Christian Grey

Mon très cher monsieur Grey,
Vous êtes bien silencieux aujourd'hui. Ça m'inquiète. J'espère que tout va pour le mieux au pays de la haute finance et des affaires.
Merci pour hier soir. Je ne suis pas restée sur ma faim. ;)
A xx
P.-S. : Je vois M. Bastille cet après-midi.

*Ana !* Tout d'un coup, une onde de chaleur se diffuse en moi. Je desserre ma cravate avant de rédiger ma réponse.

---

De : Christian Grey
Objet : Avis de tempête
Date : 21 juin 2011 14:25
À : Anastasia Steele

Ma fiancée chérie,
Je dois vous féliciter de vous être rappelé d'utiliser votre BlackBerry. Ici, les nuages orageux s'accumulent à l'hori-

zon. Dès mon retour, je vous communiquerai le bulletin météo au sujet du déluge à venir.
Entre-temps, j'espère que Bastille ne sera pas trop dur avec toi. Ça, c'est mon rôle. ;)
Merci à TOI pour hier soir. Ton endurance et ta bouche continuent à m'étonner, de la meilleure façon possible. ;) ;) :)

Christian Grey
Météorologue et P-DG, Grey Enterprises Holdings, Inc.

P.-S. : J'aimerais que tu passes prendre le reste de tes affaires dans ton appartement cette semaine. Tu n'y es jamais...

---

**De** : Anastasia Steele
**Objet** : Prévisions météo
**Date** : 21 juin 2011 14:29
**À** : Christian Grey

Ton mail n'a pas soulagé mes inquiétudes. Je me rassure en songeant que tu es propriétaire d'un chantier naval et que tu peux bâtir une arche, au besoin. Après tout, tu es l'homme le plus compétent que je connaisse.
Ta dévouée Ana xxx
P.-S. : On reparlera ce soir de mon emménagement.
P.-P.-S. : C'est vraiment ton truc, la météorologie ?

Son mail me fait sourire. Je pose mon doigt sur les x.

De : Christian Grey
Objet : C'est toi, mon truc
Date : 21 juin 2011 14:32
À : Anastasia Steele

Toujours.

Christian Grey
P-DG fou amoureux, Grey Enterprises Holdings, Inc.

Il est 17 h 30 lorsque le Dr Flynn me fait signe de passer dans son bureau.

— Bonjour, Christian.

— John.

Je me dirige vers le divan, m'assois, et attends qu'il se cale dans son fauteuil.

— Alors, le week-end a été mouvementé, dit-il d'une voix affable.

Je détourne les yeux. Par où commencer ?

— Qu'est-ce qu'il y a ?

— Quelqu'un essaie de me tuer.

Flynn pâlit.

— Le crash ?

J'acquiesce. Il fronce les sourcils.

— Je suis désolé de l'apprendre.

— Mes gars sont sur l'affaire. Je n'ai aucune idée de qui ça peut être.

— Vous n'avez pas le moindre soupçon ?

Je secoue la tête.

— J'espère que la police mène l'enquête et que vous trouverez le coupable.

— Le FBI va s'en charger. Mais je m'inquiète surtout pour Ana.

John hoche la tête.

— Pour sa sécurité ?

— Oui. J'ai engagé d'autres gardes du corps mais je ne sais pas si ça suffira.

Je ravale mon angoisse.

— Nous avons déjà parlé de tout ça, répond-il. Je sais que vous ne supportez pas de ne pas contrôler la situation. Vous avez peur pour Ana, et je le comprends. Mais vous avez suffisamment de moyens pour assurer sa sécurité. Inutile d'en faire plus. Vous ne pouvez tout de même pas l'enfermer, ajoute-t-il en souriant.

Mon éclat de rire est cathartique.

— Je sais.

— Je sais aussi que ça ne vous déplairait pas. Seulement, mettez-vous à sa place.

— Je comprends. Je ne veux pas la faire fuir.

— Exactement.

— Ce n'est pas la seule chose dont je souhaitais vous parler.

— Quoi d'autre ?

Je pousse un long soupir avant de raconter, avec le plus de concision possible, ma dispute avec Elena le soir de mon anniversaire et mes querelles avec mes parents.

— Décidément, avec vous, on ne s'ennuie jamais, Christian. (Flynn se frotte le menton, en guise de réponse à mon sourire résigné.) Nous n'avons qu'une heure – quel sujet aimeriez-vous aborder ?

— J'ai fait un cauchemar hier soir. Au sujet d'Elena.

— Je vois.

— J'ai rompu avec elle, comme me l'ont demandé mes parents. Je lui ai fait cadeau des salons.

— C'est généreux.

Je hausse les épaules.

— En effet. Peu importe. Sauf qu'évidemment elle continue de m'appeler.

— Elle a eu une influence énorme sur votre vie.

— C'est vrai. Mais il est temps pour moi de tourner la page.

Flynn prend un air songeur.

— Qu'est-ce qui vous a le plus affecté, la dispute avec Elena ou avec vos parents ?

— Avec Elena, c'était gênant, car Ana était dans la pièce. Nous nous sommes parlé très durement. Même si, au fond, j'aurais préféré que nous nous quittions en meilleurs termes. Et puis Grace était tellement furieuse contre moi. Je ne l'avais jamais entendue jurer auparavant. Mais le pire, ça a été la dispute avec mon père. Il s'est vraiment conduit comme un connard.

— Il était en colère ?

— Très.

Cette déloyauté envers Carrick me tord le ventre. Je m'empresse de chasser ce sentiment de culpabilité.

— Je me demande s'il ne projette pas sur vous sa colère envers lui-même. Vous pouvez le comprendre, non ?

*Non. Oui. Peut-être.* Flynn poursuit :

— Que vous soyez d'accord ou pas, pour votre père, Elena a abusé d'un adolescent vulnérable. C'était son rôle de vous protéger. Et il n'a pas réussi. C'est sans doute ainsi qu'il voit les choses.

— Elle n'a pas abusé de moi. J'étais plus que consentant.

*J'en ai tellement marre de cet argument.* John soupire.

— Nous en avons déjà discuté plusieurs fois, et je ne tiens pas à recommencer. Vous devriez toutefois essayer de comprendre le point de vue de votre père.

— D'après lui, je ne ferai pas un mari digne de ce nom.

— Ah. Et comment réagissez-vous ?

— Je suis en colère. Inquiet qu'il puisse avoir raison. *Honteux.*

— Dans quel contexte a-t-il dit cela ?

— Il me faisait un sermon sur les liens sacrés du mariage. Il a soutenu que si je n'avais aucun respect pour eux, je ne devrais pas me marier.

John fronce les sourcils. Je précise :

— Puisque Elena était mariée.

Il pince les lèvres.

— Je vois. Christian, reprend-il doucement, votre père n'a peut-être pas entièrement tort.

*Quoi ?*

— Ou vous avez consenti, de votre plein gré, à une relation avec une femme mariée, relation qui lui a coûté son mariage – et plus encore, compte tenu de ce qui lui est arrivé. Ou alors vous étiez un adolescent vulnérable dont elle a abusé. Dans quel cas vous situez-vous ? Ça ne peut pas être les deux en même temps.

Je lui lance un regard noir. *Mais qu'est-ce qu'il raconte ?*

— Le mariage est une affaire sérieuse.

— Enfin, John, je le sais bien. Vous parlez exactement comme lui !

— Ah bon ? Ce n'est pas mon intention. Je cherche simplement à vous aider à prendre un peu de recul.

*Du recul ? Et puis quoi encore ?* Je le fixe d'un œil furieux, puis je regarde mes mains. Le silence se prolonge entre nous. *Du recul, mon cul.*

— Je crois que Carrick a tort, finis-je par marmonner en me rendant compte que je parle comme l'adolescent revêche que mon père voit toujours en moi.

— Bien entendu, qu'il a tort. Quel que soit mon point de vue sur votre relation avec Mme Lincoln, au fil des ans vous n'avez jamais failli à votre engagement envers elle. Je crois que c'est votre regret d'avoir cessé tout contact avec elle qui vous pèse sur la conscience.

— Ce n'est pas du regret ! Je l'ai fait de mon plein gré.

— De la culpabilité, alors ?

Je soupire.

— Coupable ? Je ne me sens pas coupable.

*À moins que… ?* Flynn reste impassible. Je reprends :

— D'où les cauchemars ?

— Peut-être. (Il se tapote la bouche de l'index.) Vous avez renoncé à une relation de longue date, qui a changé votre vie, pour faire plaisir à vos parents.

— Pas pour mes parents. Pour Ana.

Il hoche la tête.

— Vous rejetez tout ce que vous avez connu pour Anastasia, la femme que vous aimez. C'est un pas énorme. (Il sourit de nouveau.) Dans la bonne direction, si vous voulez mon avis. (Je le regarde sans savoir que répondre.) Réfléchissez à tout ce que je vous ai dit. La séance est finie, ajoute-t-il. Nous pourrons en reparler quand nous nous reverrons.

Je me lève, déconcerté. Comme toujours, Flynn me donne matière à réflexion. Mais j'ai une dernière question.

— Comment va Leila ?

— Mieux.

— Bonne nouvelle.

— En effet. À la semaine prochaine.

Taylor m'attend devant le Q7.

— Je rentre à pied. (J'ai besoin de cogiter.) On se retrouve à l'Escala.

Il m'adresse un regard peiné.

— Quoi ?

— Monsieur, je préférerais que vous fassiez le trajet en voiture.

*Ah oui, c'est vrai. Quelqu'un essaie de me tuer.* Je regarde Taylor d'un air renfrogné lorsqu'il m'ouvre la portière arrière, mais je monte, résigné. *Ne suis-je donc plus le maître de mon univers ?* Mon humeur noire s'assombrit encore.

— Où est Ana ? demandé-je à Mme Jones lorsque j'entre dans le salon.

— Bonsoir, monsieur Grey. Je crois qu'elle prend sa douche.

— Merci.

— Dîner dans vingt minutes ? demande-t-elle en remuant une cuillère dans une casserole à l'odeur appétissante.

— Plutôt trente.

Ana sous la douche ? Ça me laisse plusieurs possibilités. Mme Jones tente de cacher son sourire. Je le vois et l'ignore pour partir à la recherche de ma belle. Elle n'est pas dans la salle de bains mais dans la chambre, à la fenêtre, enroulée dans une serviette, toute rose après sa douche.

— Salut, lance-t-elle avec un grand sourire qui s'évanouit aussitôt. Qu'est-ce qui ne va pas ?

Je l'enlace pour respirer le parfum apaisant de sa peau.

— Christian, que se passe-t-il ?

Elle me caresse le dos et m'attire contre elle.

— J'ai juste envie de te tenir dans mes bras.

J'enfouis mon visage dans ses cheveux, relevés dans un chignon flou.

— Je suis là.

Je déteste qu'elle soit angoissée. Je renverse sa tête en arrière pour l'embrasser, déversant mon anxiété dans notre baiser. Elle réagit aussitôt, caressant mon visage, s'ouvrant à moi, sa langue jouant avec la mienne. *Ah, Ana.* Quand elle s'écarte, nous sommes tous les deux à bout de souffle. *Putain, qu'est-ce que je bande.*

— Qu'est-ce qui ne va pas ? me demande-t-elle en scrutant mon visage.

— Plus tard, murmuré-je contre ses lèvres, en la faisant reculer vers le lit.

Elle s'agrippe aux revers de ma veste et tente de me la retirer. Sa serviette tombe. Elle est nue dans mes bras. Je tends la main pour tirer sur l'élastique qui retient son chignon et libère sa chevelure. Ma main glisse sur son dos pour prendre ses fesses et la serrer contre moi.

— J'ai envie de toi.

— J'avais deviné.

Elle s'agite contre mon érection. Je la pousse doucement sur le lit. Je me dresse devant elle, mes jambes entre ses genoux.

— Voilà qui est mieux, dis-je, en oubliant mon humeur noire.

— Monsieur Grey, bien que je vous trouve très séduisant en costume, il me semble que vous êtes trop habillé.

Son inquiétude a disparu – ses yeux brillent de désir. Ça m'excite.

— Voyons ce qu'on peut faire, mademoiselle Steele.

Elle mord sa lèvre inférieure et fait courir ses doigts entre ses seins. Ses tétons sont rosés, dressés. Ils attendent ma bouche. Il me faut toute ma volonté pour ne pas arracher mes vêtements et m'enfouir en elle. Au lieu de ça, j'attrape le nœud de ma cravate et je tire doucement dessus. Une fois dénouée, je la jette par terre et défais le premier bouton de ma chemise. La bouche d'Ana s'ouvre avec un gémissement admiratif. D'un mouvement, je fais glisser ma veste et la laisse tomber dans un bruit sourd. Je crois que c'est mon téléphone. Tant pis. Je tire les pans de ma chemise de mon pantalon.

— Je la garde ou je la retire ?

Ana n'hésite pas.

— Retire-la. Maintenant. S'il te plaît.

Je souris en défaisant tranquillement mon bouton de manchette gauche, puis le droit. Ana se tortille sur le lit.

— Ne bouge pas, bébé.

J'enlève le dernier bouton de ma chemise, puis je remonte pour passer au suivant, et au suivant, sans la quitter des yeux. Quand ma chemise est déboutonnée, elle rejoint ma veste, et je saisis ma ceinture. Les yeux d'Ana s'écarquillent et nous nous contemplons. Je sors le bout de ma ceinture du passant et défais la boucle. Ensuite, aussi lentement que possible, je tire dessus. Ana penche légèrement la tête de côté en m'observant, et je remarque, à la façon dont ses seins montent et descendent, que sa respiration s'accélère. Je replie la ceinture en deux et la laisse glisser entre mes doigts.

*Ah, Ana… tout ce que j'aimerais faire avec ça.* Ses hanches montent et descendent. Je laisse claquer la ceinture, une fois. Ana ne cille pas, pourtant je sais qu'elle n'a pas consenti à ça, alors je la lâche. Elle pousse un petit soupir, soulagée et peut-être un peu déçue ? Je l'ignore. Et ce n'est pas le moment d'y penser. Je retire mes chaussures et mes chaussettes, puis je fais sauter le bouton de ma braguette.

— Prête ?

— J'attends, répond-elle d'une voix rauque de désir.

Je savoure le spectacle avant d'abandonner mon pantalon et mon boxer pour libérer ma queue. Agenouillé par terre, je plante des baisers à l'intérieur de son mollet, de sa cuisse, le long de son sexe, jusqu'à son nombril, puis sur chacun de ses seins, jusqu'à ce que je sois au-dessus d'elle, prêt à la prendre.

— Je t'aime, murmuré-je en m'enfonçant doucement en elle, tout en l'embrassant.

Elle gémit.

— Christian.

Et je commence à bouger. Lentement. En la savourant. Ma douce, douce Ana. Mon amour. Elle noue ses jambes autour de moi, ses doigts s'enfoncent dans mes cheveux et tirent dessus.

— Je t'aime, moi aussi, ronronne-t-elle à mon oreille en ondulant.

Nous sommes en phase. Ensemble. Nous ne faisons qu'un. Et quand elle jouit dans mes bras, elle m'emporte avec elle.

Elle frotte son nez contre ma poitrine et je me crispe, attendant les ténèbres. Elle relève la tête.

— Même si j'ai beaucoup apprécié ton strip-tease impromptu et la suite des événements, est-ce que tu vas enfin me donner le bulletin météo dont tu parlais dans tes mails, et me raconter ce qui se passe ?

Je fais courir mes doigts le long de son dos.

— On peut manger d'abord ?

Elle sourit.

— Oui. J'ai faim. Et j'ai peut-être besoin de reprendre une douche.

— J'aime bien te salir. (Je m'assois et lui donne une tape sur les fesses.) Allez, debout ! J'ai dit à Gail qu'on mangerait dans une demi-heure.

— Tu as dit ça ?

Ana est scandalisée. Je souris.

— Eh oui.

Le curry thaï de Mme Jones est délicieux, tout comme le verre de chablis qui l'accompagne.

— Le rapport préliminaire de la FAA est arrivé. Il sera bientôt rendu public.

Ana lève les yeux de son assiette.

— Ah ?

— Il semblerait qu'on ait trafiqué Charlie Tango.

— Sabotage ?

— Exactement. J'ai renforcé nos dispositifs de sécurité jusqu'à ce que nous trouvions le responsable. Et je pense que pour l'instant, il vaut mieux que tu restes à la maison.

Elle hoche la tête, les yeux écarquillés par l'appréhension.

— Nous devons rester vigilants.

— D'accord.

Je hausse un sourcil.

— Je ne bouge pas d'ici, si tu veux, s'empresse-t-elle d'ajouter.

— Ne t'inquiète pas, je ferai tout ce qui est en mon pouvoir pour te protéger.

— Ce n'est pas pour moi que je suis inquiète, mais pour toi.

— Taylor et son équipe veillent sur moi. Ne t'affole pas. (Elle fronce les sourcils et pose sa fourchette dans son assiette.) Et ne t'arrête pas de manger.

Ana mordille sa lèvre inférieure et je tends la main vers la sienne.

— Ana. Tout ira bien. Fais-moi confiance. Je ne laisserai rien t'arriver.

Je change de sujet, pour aborder un terrain moins miné.

— Et avec Bastille, c'était comment ?

Un sourire affectueux éclaire ses traits.

— Très bien. Il est consciencieux. Je crois que je vais apprécier mes séances avec lui.

— J'ai hâte de m'entraîner avec toi.

— Il me semble qu'on vient de le faire, non ?

J'éclate de rire. *Touché, Anastasia… touché.*

Jeudi 23 juin 2011

Le soleil matinal inonde mon bureau. Je m'assois avec Ros à ma table de réunion.

— Comment allez-vous ?

— Bien, merci, Christian. Je me suis remise de notre atterrissage forcé de la semaine dernière.

— Et vos pieds ?

Elle rit.

— Mes ampoules sont en voie de guérison. Et vous, ça va ?

— Oui, je crois. Mais savoir qu'il s'agit de sabotage, ça me préoccupe.

— Qui pourrait avoir fait une chose pareille ?

— Je n'en ai aucune idée.

— Vous avez songé à un employé mécontent ?

— L'équipe de Welch a passé au peigne fin les dossiers de tous les employés et ex-employés. Le seul suspect potentiel est Jack Hyde, le type que j'ai viré de la SIP.

— L'éditeur ?

Ros en est si abasourdie que j'ai presque envie de rire.

— Oui.

— Ça me paraît peu probable.

— En effet. Welch essaie de le retrouver. Apparemment, il n'est pas rentré chez lui depuis que je l'ai viré.

— Et Woods ?

— Il est effectivement sur la liste. Encore une fois, Welch enquête.

— J'espère que vous le pincerez, ce salaud.

— Je l'espère aussi, et le plus vite sera le mieux. Alors, par quoi commence-t-on aujourd'hui ?

— Kavanagh Media. Il faut qu'on avance sur cette affaire. Avez-vous validé les coûts ?

— J'ai deux ou trois points à revoir avec Fred. Dès que je lui aurai parlé, on pourra envoyer notre proposition. Si leur équipe approuve le coût au mètre, on pourra commencer le relevé du tracé du câble optique.

— OK. Alors j'attends votre réunion avec Fred.

— Elle a lieu tout à l'heure. Il doit me montrer la dernière version de la tablette. Je crois que nous sommes prêts à passer au prochain prototype.

— Excellente nouvelle. Avez-vous avancé sur Taiwan ?

— J'ai lu les rapports. Ils sont intéressants. Manifestement, leur chantier naval est florissant, et je comprends qu'ils veuillent se développer. Ce que je n'arrive pas à saisir, c'est pourquoi ils cherchent à investir aux États-Unis.

— L'Oncle Sam nous appuie, affirme Ros.

— C'est vrai. Je suis certain qu'il y aura des avantages fiscaux. Mais délocaliser une partie de notre structure, c'est une décision importante. Je dois être sûr qu'ils ont les reins solides, et que ce soit avantageux pour GEH.

— Christian, ça coûtera moins cher à long terme. Vous le savez.

— Sans aucun doute, et avec le prix de l'acier qui grimpe en ce moment, c'est peut-être la seule façon d'assurer la survie du chantier naval de GEH et de protéger nos emplois.

— On devrait faire une étude d'impact.

— Bonne idée.

— J'en parle à Marco pour qu'il mette son équipe là-dessus. Mais je ne crois pas qu'on puisse laisser traîner trop longtemps. Sinon les Taiwanais iront voir ailleurs.

— Compris. Ensuite ?

— L'usine de Detroit. Bill a identifié trois friches industrielles et on attend que vous preniez une décision.

Elle me fait les gros yeux. Je sais… je laisse traîner. *Et merde, pourquoi faut-il que ce soit précisément à Detroit ?* Je soupire.

— OK. Je sais que Detroit propose les meilleures conditions fiscales. Dressons une analyse comparative des coûts et on en reparle la semaine prochaine.

Nous discutons une fois de plus de Woods, et de la possibilité de le poursuivre pour non-respect de notre accord de confidentialité.

— Je pense qu'il s'est tiré une balle dans le pied, dis-je. La presse ne l'a pas épargné.

— J'ai rédigé une lettre pour le menacer d'un procès.

— Et pour lui faire part de notre déception ?

— Oui, approuve-t-elle en riant.

— Espérons que ça le fera taire. Connard.

J'ai marmonné ce dernier mot à mi-voix. Ros fronce les sourcils, désapprobatrice. Je me défends :

— Mais c'est vrai : c'est un connard. En plus, c'est l'un de nos suspects.

Toujours aussi professionnelle, Ros ignore ma grossièreté.

— Sur un plan plus personnel, l'achat de votre maison suit son cours. Vous devrez faire un dépôt en main tierce. Je vous envoie les détails et nous pourrons procéder aux relevés.

— J'ai dit à mon entrepreneur qu'on les démarrerait la semaine prochaine, même si je ne suis pas certain d'en avoir besoin. Je vais sans doute rénover la maison.

— Ça ne sera pas perdu. C'est une bonne chose que votre entrepreneur voie ce qu'il en est.

Je hoche la tête.

— Vous avez raison.

Elle fronce à nouveau les sourcils.

— Vous savez, j'ai réfléchi.

— Oui ?

— Avez-vous songé à faire installer une pièce sécurisée dans votre appartement ?

Je suis pris de court.

— Non, ça ne m'a jamais traversé l'esprit. Je vis au dernier étage. Mais vous avez raison, je devrais peut-être l'envisager.

— Voilà, c'est tout, conclut Ros.

— Pas tout à fait. (Je passe la main sous la table pour prendre le sac de Nordstrom que Taylor m'a déposé dans la matinée.) C'est pour vous. Comme promis.

Ros fronce les sourcils, perplexe, en s'emparant du sac pour regarder à l'intérieur.

— Des Manolo. J'espère qu'elles sont à votre taille.

— Christian, il ne fallait pas, proteste-t-elle.

Je lève les mains.

— Je vous ai donné ma parole. J'espère qu'elles vous iront.

Elle incline la tête et me regarde avec affection. Ça me déstabilise.

— Merci. Et malgré ce qui s'est passé, sachez que je revolerai avec vous quand vous voudrez.

*Ça, c'est vraiment le plus beau compliment qu'elle puisse me faire.*

Après son départ, j'appelle Vanessa Conway, ma directrice des achats.

— Monsieur Grey ?

— Bonjour, Vanessa. Je sais que c'est beaucoup demander, mais voilà : après le crash de mon hélicoptère, Ros et moi avons été secourus par un dénommé Seb, qui conduisait un semi-remorque. Il travaille à son compte. Nous pourrions peut-être l'employer ?

— Vous voulez que je le contacte ?

— Oui. Seulement il va d'abord falloir le retrouver. Je n'ai pas son numéro de téléphone.

— Je vais voir ça.

— Il fait surtout le trajet entre Portland et Seattle, je crois.

— D'accord. Je m'en occupe.

— Merci, Vanessa.

Je raccroche en regrettant une fois de plus que Seb ne m'ait pas laissé sa carte. Au moins, il a la mienne, s'il ne l'a pas jetée. J'aimerais bien le remercier d'une façon ou d'une autre.

J'allume mon ordinateur pour vérifier mes mails. J'en ai un d'Ana.

---

**De** : Anastasia Steele
**Objet** : Tu me manques
**Date** : 23 juin 2011 11:03
**À** : Christian Grey

C'est tout.
A xx

De : Christian Grey
**Objet** : Tu me manques encore plus
**Date** : 23 juin 2011 11:33
**À** : Anastasia Steele

J'aimerais bien que tu changes d'avis et que tu déménages le reste de tes affaires à l'Escala ce week-end. Tu passes déjà toutes tes nuits avec moi, à quoi ça sert de payer le loyer d'un appartement où tu n'es jamais ?

Christian Grey
P-DG, Grey Enterprises Holdings, Inc.

J'essaie de persuader Ana d'emménager avec moi. Elle s'y refuse. Pourquoi ? Depuis qu'elle est arrivée à Seattle, elle a à peine habité dans son appartement. Elle accepte de m'épouser… mais pas de s'installer chez moi ? Je ne comprends pas. C'est énervant. *Viens vivre avec moi, Ana.*

**De** : Anastasia Steele
**Objet** : Viens habiter avec moi
**Date** : 23 juin 2011 11:39
**À** : Christian Grey

Bien joué, Grey.
J'ai des souvenirs merveilleux de toi dans mon appartement.
Je te l'ai déjà dit. J'en veux plus.
J'en veux toujours plus.
Pourquoi ne viens-tu pas chez moi ?
A xx

Ah, Ana, Ana, Ana. Tu en veux toujours plus. J'irais chez toi, si nos vies n'étaient pas menacées.

---

**De** : Christian Grey
**Objet** : Ta sécurité
**Date** : 23 juin 2011 11:42
**À** : Anastasia Steele

M'importe davantage en ce moment que nos futurs souvenirs.
Dans ma Tour d'Ivoire, je peux te protéger.
S'il te plaît, réfléchis.

Christian Grey
P-DG, Grey Enterprises Holdings, Inc.

P.-S. : J'espère que l'organisatrice de mariage te plaira.

Ma mère vient nous retrouver avec elle ce soir à l'Escala. J'aurais préféré passer ma soirée autrement… On n'aurait pas pu partir se marier à Las Vegas ? On serait mari et femme, à l'heure qu'il est. Et peut-être que je serais moins impatient si Ana arrêtait de se faire prier et qu'elle emménageait avec moi.

*Pourquoi hésite-t-elle ? Est-ce au cas où elle changerait d'avis ? Assez, Grey. Le doute est un mauvais état d'esprit. Elle a accepté de t'épouser !*

Pour me changer les idées, j'appelle Welch. Il faut qu'il me donne les dernières nouvelles de l'enquête sur le crash et me dise s'il a retrouvé Jack Hyde. Je vais aussi lui demander de se renseigner, pour la pièce sécurisée.

Taylor ne veut pas que je me rende à pied jusqu'au bureau du maire, ni en revenir. Après un déjeuner interminable à la mairie, je remonte donc dans l'Audi pour le court trajet jusqu'à Grey House. Je ne suis pas certain d'apprécier de voir Taylor s'agiter autour de moi comme une mère poule. C'est suffocant. Je lâche un long soupir.

*Merde.* C'est exactement ce que me reproche Ana. J'espère qu'elle supporte la surveillance de Sawyer. Le seul avantage de cette histoire, c'est que Taylor m'a recommandé d'arrêter le golf. Apparemment, il y a trop d'arbres autour du terrain, un assassin pourrait s'y dissimuler. Comme je ne suis pas fan, ce n'est pas un grand sacrifice. Même si je trouve que Taylor en fait un peu trop.

Levant les yeux vers le toit panoramique, j'aperçois un beau ciel d'été au-dessus des tours de verre et d'acier du centre-ville. Qu'est-ce que je regrette de ne pas être là-haut…

*Libre de marcher sur l'air.* Il faudra que je retourne faire du planeur avec Ana. Là-haut, nous serions en sécurité. Et nous pourrions nous soustraire à la surveillance de nos gardes du corps. L'idée me plaît. Si je veux emmener Ana, il me faut un nouveau planeur biplace. Je me frotte les mains. Voilà le genre de shopping qui m'intéresse. J'extirpe mon téléphone de ma poche et commence à parcourir le site d'Alexander Schleicher pour voir leurs derniers modèles.

— Mille mercis, Christian, Ana. J'ai été ravie de faire votre connaissance, et je vous promets le mariage le plus magique du monde.

— Merci, Alondra, roucoule Grace. J'adore vos idées.

Ma mère lui serre les mains avec enthousiasme. Je plaque un sourire sur mon visage et me retiens de lever les yeux au ciel. Je dois rester exemplaire. Les idées de Mme Gutierrez sont formidables, certes. Mais j'aimerais qu'on en finisse le plus vite possible, pour que nous soyons mariés.

— Je vous raccompagne, dit Ana en la précédant.

— Alors, qu'est-ce que tu en penses ? me demande Grace.

— Elle est bien.

— Tout de même, Christian, elle est beaucoup mieux que bien, s'indigne ma mère.

— D'accord : c'est la Rolls Royce des organisatrices de mariage.

Grace pince les lèvres et je crois qu'elle est sur le point de me sermonner lorsque Ana nous rejoint.

— Comment tu la trouves ?

Elle me dévisage pour tenter de deviner ma réponse.

— Bien. Et toi, elle te plaît ?

*C'est le principal.*

— Bien sûr. Elle a des idées très créatives. Docteur Gre…

— Ana, s'il te plaît, appelle-moi Grace.

— Grace, se reprend Ana, faut-il envoyer un « save the date » à nos invités ? (Tout d'un coup, elle se tait et écarquille les yeux.) Au fait, on n'a pas de liste d'invités !

Je la rassure :

— Ce sera vite vu. À part la famille, j'ai deux invités : Ros, le Dr Flynn et leurs partenaires respectifs. Peut-être Bastille… et Mac.

— Encore une chose, ajoute Grace.

— Quoi ?

— Je sais que tu ne souhaites pas un mariage religieux, mais envisagerais-tu de demander au révérend Michael Walsh de présider à la cérémonie ? (*Le révérend Walsh ? Ce nom me dit quelque chose.*) L'aumônier de mon hôpital, précise ma mère. C'est un très bon ami.

— Ah oui, je me souviens de lui. Il a toujours été gentil avec moi. Je ne veux pas d'office religieux, enfin si c'est lui, je suis d'accord. À condition qu'Ana le soit aussi.

Ana hoche la tête. Elle a l'air un peu dépassée.

— Formidable. Je lui parlerai demain. En attendant, je vous laisse faire votre liste.

Grace me tend la joue, j'y dépose une bise.

— Au revoir, mon chéri. Au revoir, Ana. Je vous appellerai.

— Très bien, répond ma chérie sans conviction.

Elle n'aime pas l'organisatrice de mariage ? Se sent-elle aussi déroutée que moi ? Je lui serre la main pour la rassurer, et nous raccompagnons ma mère ensemble. Alors qu'elle attend l'ascenseur, Grace se tourne vers moi.

— Je t'en prie, Christian, appelle ton père.

Je soupire.

— J'y réfléchirai.

— Arrête de bouder, m'enjoint-elle posément.

— Grace !

*Fiche-moi la paix.*

Ana nous regarde tous les deux, elle a la sagesse de se taire. Je suis sauvé par le ping de l'ascenseur. Je prends la main d'Ana.

— Bonne soirée, souffle Grace tandis que les portes se referment sur elle.

— Tu ne veux pas parler à ton père ? s'étonne Ana.

Je hausse les épaules.

— Je n'irais pas jusque-là.

— C'est à cause du week-end dernier ? De ta dispute avec lui ?

Je soutiens son regard curieux sans un mot. C'est entre lui et moi.

— Christian, c'est ton père. Il veut te protéger, c'est tout.

Je lève la main en espérant qu'elle s'arrêtera.

— Je n'ai aucune envie d'en discuter.

Elle croise les bras et relève le menton, entêtée.

— Anastasia, laisse tomber.

Son regard lance un éclair bleu cobalt, mais elle soupire puis baisse les bras pour me regarder avec un mélange de frustration et de compassion.

*Cinquante nuances, bébé.*

— On a un autre problème, lâche-t-elle. Mon père veut payer le mariage.

— Ah bon ?

*Pas question.* Ça va coûter une fortune, qu'il n'a pas. Je n'ai aucune intention de pousser mon futur beau-père à la banqueroute.

— C'est hors de question.

— Pourquoi ? se hérisse Ana.

Inutile d'aborder le sujet.

— Bébé, tu le sais bien. La réponse est non.

— Mais…

— Non.

Ses lèvres dessinent cette petite moue butée que je connais si bien.

— Ana, tu as carte blanche pour ce mariage. Tout ce que tu veux. Sauf ça. Et ce n'est pas juste pour ton père. On est en 2011, pas en 1911.

Elle soupire.

— Je ne sais pas ce que je vais lui dire.

— Simplement que je tiens à subvenir à tous nos besoins. Que pour moi, c'est un besoin profond.

*Parce que c'est vrai.* Elle soupire à nouveau, visiblement résignée.

— Bon, alors, on se met à cette liste ?

— D'accord, acquiesce-t-elle.

Nous venons d'éviter une querelle.

J'effleure son oreille du bout du nez. Elle vient de jouir, haletante. La sueur perle à son front et elle agrippe toujours mes cheveux.

— C'était comment, Anastasia ?

Elle bredouille mon nom et je crois qu'elle dit « fantastique ». Je souris.

— S'il te plaît, emménage avec moi.

Ses paupières papillotent et s'ouvrent.

— Oui. Mais pas ce week-end, Christian. Je t'en prie.

*Merde. Encore raté.*

— Bon, dis-je. À mon tour, maintenant.

Je lui mordille le lobe et la retourne sur le dos.

Mardi 28 juin 2011

— Leila veut vous parler, m'annonce Flynn.

Il plisse les yeux, observant ma réaction. Je crois que c'est un test.

— À quel sujet ?

— Je pense qu'elle veut vous remercier.

— Devrais-je accepter ?

John se cale dans son fauteuil.

— Je ne pense pas que ce soit une bonne idée.

— Quel mal y aurait-il ?

— Christian, elle éprouve des sentiments très forts pour vous. Elle a reporté sur vous tout ce qu'elle ressentait pour son défunt amant. Elle pense qu'elle est amoureuse de vous.

Mon cuir chevelu picote et l'angoisse m'étreint le cœur. *Non ! Comment peut-elle m'aimer ?* Cette pensée m'est intolérable. *Il n'y aura toujours qu'Ana.* Le soleil, la lune, les étoiles se couchent et se lèvent avec elle.

— Pour le bien de Leila, vous devez établir des limites très claires si vous avez l'intention d'avoir des rapports avec elle, précise Flynn.

*Pour mon bien aussi.*

— Nos échanges peuvent-ils passer par vous ? Elle a mon mail, mais elle ne m'a jamais contacté.

— Elle craint sans doute que vous ne répondiez pas.

— Elle a raison. Je ne lui pardonnerai jamais d'avoir braqué une arme sur Ana.

— Si cela peut vous consoler, elle éprouve beaucoup de remords.

Je me fiche de ses remords. Je veux qu'elle guérisse et qu'elle disparaisse de ma vie.

— Mais elle va bien ?

— Oui, très bien. L'art-thérapie lui réussit ; elle veut s'inscrire dans une école des beaux-arts à sa sortie.

— Si elle reste loin d'Ana – et de moi aussi, d'ailleurs –, je financerai ses études.

— C'est très généreux de votre part.

Flynn fronce les sourcils. Je le soupçonne d'avoir des objections. Je m'empresse d'ajouter :

— J'en ai les moyens. Je suis juste heureux qu'elle soit en train de guérir.

— Elle sort cette semaine. Elle rentre chez ses parents.

— Dans le Connecticut ?

Il hoche la tête.

— Très bien.

Elle sera de l'autre côté du pays. Je préfère.

— Je lui ai recommandé un psychiatre à New Haven, pour qu'elle n'ait pas à se déplacer. On va bien s'occuper d'elle. (Il se tait un instant.) Vos cauchemars ont-ils cessé ?

— Pour l'instant.

— Et Elena ?

— J'ai évité tout contact avec elle, mais j'ai signé les contrats hier. C'est fait. Le groupe Esclava lui appartient.

Le nom choisi par Elena pour sa chaîne de salons m'a toujours fait sourire.

— Et que ressentez-vous ?

— Je n'y ai pas vraiment réfléchi. Je suis juste soulagé que ce soit fini.

Flynn me dévisage, comme s'il allait pousser plus loin ses questions, puis il change de sujet.

— Et comment vous sentez-vous, de manière générale ?

Je me tais pour réfléchir. À vrai dire, à part le sabotage de mon Charlie Tango bien-aimé, et le fait que quelqu'un souhaite ma mort, je me sens… bien. Je suis anxieux, évidemment, et mécontent qu'Ana ne veuille pas emménager à l'Escala, mais je comprends qu'elle souhaite passer une autre nuit avec moi à l'appartement. Ce week-end, sans doute. La pièce sécurisée doit être installée et il faudra qu'on dorme ailleurs, soit à l'hôtel, soit à bord du *Grace*, ou alors chez Ana.

— Ça va.

— Je vois ça. J'en suis étonné.

Flynn a l'air songeur.

— Pourquoi ? Qu'est-ce qu'il y a ?

— C'est bien que vous extériorisiez votre angoisse plutôt que de la retourner contre vous-même.

Je fronce les sourcils.

— Il me semble que la menace qui pèse sur ma vie vient de l'extérieur.

Il acquiesce.

— Oui, en effet. Elle fait diversion, et vous empêche de vous tourmenter.

— Je n'y avais pas pensé sous cet angle.

— Vous avez parlé à votre père ?

— Non.

Flynn reste impassible, il pince légèrement les lèvres. Je soupire.

— Je l'appellerai.

Il jette un coup d'œil à l'horloge.

— La séance est terminée.

Vendredi 1er juillet 2011

On toque à ma porte, et lorsque Andrea entre, je lève les yeux de la sélection de faire-part de mariage qu'Ana m'a envoyée. Son intrusion me surprend.

— Oui ?

— Votre père est ici.

*Quoi ?*

— Dans votre bureau ?

— Il monte.

*Merde !*

— Je suis désolée, monsieur Grey, reprend Andrea. Je ne pouvais pas le laisser à l'accueil. (Elle hausse les épaules pour s'excuser.) C'est votre père.

*Bon Dieu !* Je consulte l'heure. Il est 17 h 15 et je dois partir à 17 h 30.

— Demandez-lui d'attendre.

— Oui, monsieur.

Elle referme la porte derrière elle.

*Qu'est-ce qui lui prend* ? Je n'ai aucune envie de discuter avec mon père… Maintenant, grâce à mon assistante, je n'ai plus le choix. *Merde !* Contrairement à ma mère, il ne débarque jamais à l'improviste. J'inspire profondément, me lève et m'étire. Je prends ma veste sur le dossier de ma chaise, l'enfile et la boutonne. Je tire sur mes manches de chemise, rajuste ma cravate et passe les mains dans mes cheveux. *En piste, Grey.*

Carrick est là, son attaché-case élimé à la main.

— Papa, dis-je d'une voix neutre.

Un sourire chaleureux et ouvert se dessine sur ses lèvres. J'y lis vingt-quatre ans d'amour et de fierté paternels. J'en reste bouche bée.

— Mon fils.

— Entre. Je te sers quelque chose ?

J'éprouve des émotions contradictoires. *Il veut la bagarre ? Faire la paix ? Quoi ?*

— Andrea s'est déjà occupée de moi, merci. Je ne resterai pas longtemps.

Une fois dans mon bureau, il regarde rapidement autour de lui tandis que je referme la porte.

— Il y a un bon moment que je ne suis pas venu.

— Oui.

— Il est très beau, ce portrait d'Ana.

Face à ma table, Ana nous scrute en noir et blanc avec un doux sourire qui dévoile un brin d'amusement et qui cache sa force. J'aime croire qu'elle se moque de moi, comme elle le fait parfois, de cette façon qui me fait rire de moi-même.

— Je viens de l'acheter. Ce portrait est de son ami José Rodriguez. Il a exposé à Portland. C'est une série de sept. J'ai tout acheté. Celui-ci vient d'être accroché cette semaine. Elle a un beau sourire, tu ne trouves pas ?

Je bafouille. Le regard de Carrick est à la fois affectueux et circonspect. Il se passe la main dans les cheveux.

— Christian, je…

— Quoi ?

— Je suis venu m'excuser.

À ces mots, je me dégonfle.

— Ce n'était pas bien, ce que je t'ai dit. J'étais en colère. Contre moi-même.

Il agrippe sa vieille mallette. J'ai la gorge serrée, je ne sais que répondre, et je me rappelle cet attaché-case, toujours posé sur un vieux fauteuil dans son bureau.

*— Christian, c'est le deuxième lycée qui te renvoie parce que tu t'es bagarré.*

*Papa, hors de lui, est en mode « vieux con ».*

*— C'est totalement inadmissible. Ta mère et moi ne savons plus quoi faire de toi.*

*Il fait les cent pas devant son bureau, les mains derrière le dos.*

*Je reste planté devant lui. Mes jointures écorchées m'élancent et j'ai mal aux côtes, là où j'ai reçu des coups de pied. Je m'en fous. Wilde n'a eu que ce qu'il méritait. Cette brute qui aime s'en prendre à des gamins plus petits que lui. Plus pauvres que lui. C'est une ordure, et il a été viré, lui aussi.*

*— Mon fils, nous avons de moins en moins d'options.*

*Mes parents ont des relations. Je sais qu'ils peuvent me trouver un autre lycée. Et puis merde, je n'ai plus besoin de poursuivre mes études.*

*— Nous avons même envisagé l'école militaire.*

*Il retire ses lunettes, comme dans les films, pour me regarder d'un œil sévère, en attendant que je réagisse. Mais je l'emmerde. J'emmerde l'école militaire. S'ils veulent se débarrasser de moi, je les emmerde tous. Je baisse les yeux pour fixer la mallette pourrie qu'il trimballe partout, ignorant la douleur de ma gorge serrée. Pourquoi est-ce qu'il n'est jamais de mon côté ? Jamais ! Ce type m'a sauté dessus. Je n'ai pas reculé, c'est tout.*

*Je l'emmerde.*

Aujourd'hui, ses pattes-d'oie sont plus marquées et les verres de ses lunettes, plus épais. Il attend ma réponse calmement, patiemment. *Papa.* Je hoche la tête.

— Moi aussi, je m'excuse.

— Bien. (Il s'éclaircit la voix et regarde à nouveau le portrait d'Ana.) C'est une très belle jeune femme.

— Oui, elle est belle. De toutes les façons possibles.

Son regard s'adoucit.

— Bon, alors je ne te retiens pas.

Il me sourit et, avant que j'aie pu réagir, il s'éclipse en refermant la porte derrière lui. Le nœud qui m'étreint la gorge se resserre encore.

*Bon sang.* Des excuses. De mon père. C'est une première. J'arrive à peine à le croire. Je regarde Ana, avec son sourire secret, et j'ai l'impression qu'elle avait deviné. *Christian, c'est ton père.* Sa phrase résonne dans ma tête et je me rends compte que j'ai besoin de l'entendre en vrai. Là, maintenant.

Je prends mon téléphone. Ana répond dès la première sonnerie, comme si elle attendait mon appel.

— Salut.

Sa voix met du baume au cœur.

— Salut. Tu m'as manqué.

J'entends presque son sourire.

— Tu m'as manqué aussi, Christian.

— Prête pour la soirée ?

— Oui.

— Conseil de guerre ?

— Oui, glousse-t-elle.

Ce soir, nous organisons le mariage. Chez elle.

Ana ouvre la porte de son appartement et sa silhouette se dessine à contre-jour. Elle porte une robe en mousseline à fleurs que je n'ai jamais vue, toute transparente avec la lumière. Ses courbes ressemblent à celles d'une magnifique sculpture. Et ça, rien que pour moi !

— Bonsoir, dit-elle.

— Bonsoir. Jolie robe.

— Ce vieux machin ?

Elle virevolte, et je sais qu'elle l'a mise exprès pour moi.

— J'ai hâte de te l'enlever.

Je lui tends le bouquet de pivoines que j'ai acheté au Pike Place Market.

— Des fleurs ?

Son visage s'illumine. Elle prend le bouquet et enfouit son nez dedans.

— Je ne peux pas acheter de fleurs à ma fiancée ?

— Bien sûr que si. Mais je crois que c'est la première fois que tu me les livres en personne.

— Tu as raison. Je peux entrer ?

Elle rit en m'ouvrant les bras. Je la serre contre moi et plonge le nez dans ses cheveux pour humer son parfum.

Quand je suis avec Ana, je suis chez moi. Elle est ma vie.

— Ça va ?

Elle pose la paume sur ma joue, cherchant mes yeux de son regard bleu vif.

— Maintenant, oui.

Je me penche pour l'embrasser rapidement. Ses lèvres effleurent les miennes, et ce que je pensais être un simple baiser je-suis-heureux-de-te-voir devient... beaucoup plus. Les doigts de sa main libre s'enroulent sur ma nuque et elle s'ouvre à moi comme une fleur exotique. Ma paume glisse sur l'étoffe qui adhère à son corps et je lui caresse les fesses. Sa langue accueille la mienne jusqu'à ce que nous soyons tous les deux hors d'haleine.

Je m'écarte pour contempler son beau visage rêveur avant de me retourner.

— OK, Taylor, c'est bon, vous pouvez y aller.

— Merci, monsieur.

Taylor sort de l'ombre du palier, dépose mon sac de week-end en cuir à l'intérieur, nous adresse un signe de tête et s'éclipse. Ana pouffe de rire.

— Je ne savais pas qu'il était là.

— Moi aussi, j'avais oublié.

Je suis déçu lorsque Ana me lâche.

— Je dois mettre ces magnifiques fleurs dans l'eau.

Elle se dirige vers l'îlot de cuisine. La dernière fois que je suis venu, Ana affrontait Leila, armée et en plein délire. Un frisson me parcourt. Cet incident aurait pu tourner à la tragédie. Pas étonnant qu'Ana tienne à ce que nous passions une autre nuit ici. Je suis sûr qu'elle aimerait garder un souvenir plus agréable de son appartement.

Tout d'un coup, je me rappelle qu'Ana ne vit pas seule.

— Où est Kate ?

— Avec ton frère, répond-elle en remplissant un vase d'eau.

— Alors nous avons l'appartement à nous.

Je fais glisser ma veste, retire ma cravate et déboutonne le col de ma chemise.

— Eh oui. (Ana brandit un calepin.) J'ai fait une liste de tout ce dont nous devons parler pour le mariage.

— On peut remettre à plus tard ?

— Non. Je sais ce que ça veut dire pour toi, « remettre à plus tard ». Et il faut vraiment qu'on s'en occupe, Christian. Rappelle-toi : conseil de guerre.

Elle agite le carnet sous mon nez et avance le menton, avec cette détermination à la Steele qui lui va si bien. Ce mariage la stresse. Je ne sais pas pourquoi. Mme Gutierrez semble compétente et s'occupe de tous les préparatifs avec sang-froid et efficacité. Notre discussion ne devrait pas durer longtemps.

— Allez, ne boude pas, ajoute-t-elle avec un petit sourire.

— Très bien. Voyons ça.

Une heure plus tard, nous sommes assis sur les tabourets de bar de la cuisine. Nous avons complété le formulaire de mariage. Nous nous sommes mis d'accord sur les faire-part. Les couleurs. Les menus. Le gâteau. Et les petits cadeaux pour les invités. *Des cadeaux pour les invités, et puis quoi encore ?*

— Christian, je ne pense pas que nous devrions déposer une liste.

— Une liste ?

— Pour les cadeaux de mariage.

— Mon Dieu, non.

— Mais si les gens veulent nous offrir quelque chose, ils pourront peut-être faire un don à l'organisme caritatif de tes parents, « Faire face ensemble » ?

Je la dévisage, à la fois stupéfait et ému.

— C'est une idée géniale.

— Ravie qu'elle te plaise.

Je me penche pour l'embrasser.

— C'est pour ça que je t'épouse.

— Je pensais que c'était pour mes talents de cuisinière.

— Aussi.

Elle éclate de rire, et ce son me remplit de joie.

— Bon, j'ai demandé à Kate d'être mon témoin, m'annonce Ana.

— Ça tombe sous le sens.

Je suis mortifié : Katherine est la femme la plus crispante que je connaisse. Mais c'est la meilleure amie d'Ana… alors… *Tu la fermes, Grey.*

— Je vais aussi voir avec Mia si elle veut bien être ma demoiselle d'honneur.

— Mia adorera, j'en suis sûr.

— Tu dois te trouver un témoin, toi aussi.

Un témoin ? Je ne vois guère qu'Elliot. Il faudra que je lui pose la question. Il va se foutre de ma gueule. Ana m'observe.

— Tout ça ne te fait pas vraiment plaisir, n'est-ce pas ?

— Ce qui me fait plaisir, c'est de t'épouser.

Elle penche la tête. Ma réponse ne la satisfait pas. Je soupire.

— Effectivement, je n'ai jamais aimé être au centre de l'attention, ce qui est l'une des raisons pour lesquelles je t'épouse.

Un petit *v* se creuse entre les sourcils d'Ana. Je lui caresse la joue – je ne l'ai pas touchée depuis plusieurs minutes.

— C'est toi qui seras au centre de l'attention.

Ana lève les yeux au ciel.

— Ça reste à voir. Je parie que vous serez très séduisant en marié, monsieur Grey.

— Tu as choisi ta robe ?

— C'est la mère de Kate qui la crée pour moi. (Elle baisse les yeux avant d'ajouter :) J'ai demandé à mon père de la payer.

— Et il est d'accord ?

Elle hoche la tête.

— Il est soulagé de ne pas payer tout le mariage, mais il est ravi d'y contribuer.

— Anastasia Steele, tu es géniale, m'exclamé-je en souriant. Je savais que tu trouverais un compromis. Tu es tellement douée, comme négociatrice…

Je m'incline vers elle pour poser un baiser sur ses lèvres.

— Tu as faim ?

— Oui.

— Je vais nous faire des steaks.

— Alors, les pièces sécurisées, ça marche comment ? me demande Ana en découpant son filet mignon.

— Il y en aura une dans le bureau de Taylor, et une autre dans notre dressing. On appuie sur un bouton, les portes se referment et elles deviennent infranchissables. Ça donne le temps aux secours d'arriver. En tout cas, c'est l'idée.

— Oh.

Ana blêmit. Je lui prends la main.

— Ce n'est qu'une mesure de précaution. On n'aura sans doute jamais à s'en servir. On trinque à ça ?

Je lève mon pinot noir. Elle choque son verre contre le mien.

— Ne sois pas si inquiète. Je ferai tout ce qui est en mon pouvoir pour te protéger.

— Ce n'est pas pour moi que j'ai peur, Christian. Tu le sais bien. L'enquête avance ?

— Ça traîne. Mais n'y pense pas. Mon équipe s'en occupe. (Je ne veux pas qu'Ana panique.) Ce steak était délicieux.

Je pose mes couverts.

— Merci, répond-elle en repoussant son assiette.

— On fait quoi, maintenant ?

J'ai pris une voix caressante, en espérant être explicite. Nous avons tout l'appartement pour nous, ce qui n'est pas le cas à la maison. Ana me regarde entre ses cils.

— J'ai une idée.

Sa voix est douce, langoureuse, excitante. Elle passe sa langue sur sa lèvre supérieure et pose la main sur mon genou. L'air devient électrique entre nous. *Ana.* Elle s'abaisse devant moi, m'offre une vue imprenable sur son décolleté et me murmure à l'oreille :

— Je te préviens, il va falloir se mouiller.

*Ah ?* Elle passe le doigt à l'intérieur de ma cuisse. *Nom de Dieu.*

— Oui ?

Elle s'aventure encore plus bas, jusqu'à ce que son souffle chatouille mon oreille.

— Et si… on faisait la vaisselle ?

*Allumeuse, va !* Je réprime un sourire et, sans la quitter des yeux, mon index court de sa joue à son menton, puis de sa gorge au décolleté de sa robe. Elle entrouvre les lèvres en inspirant profondément. Je pince l'étoffe entre le pouce et l'index et l'attire vers moi.

— J'ai une meilleure idée. (Elle retient son souffle. J'insiste :) Une bien meilleure idée.

— Quoi ?

— On pourrait baiser.

— Christian Grey !

Je souris. J'adore choquer Ana. J'ajoute :

— Ou bien faire l'amour.

*Bien joué, Grey. Très bien joué.*

— J'aime mieux ton idée que la mienne.

— Ah bon, vraiment ?

— Mmm, je choisis l'option un.

Ses yeux se sont embrumés. *Ana, ma déesse.*

— Excellent choix. Retire cette robe, maintenant. Lentement.

Elle se met debout entre mes jambes, et je crois qu'elle va obéir. Soudain elle pose les mains sur mes cuisses, puis caresse le coin de ma bouche de ses lèvres.

— Fais-le, toi, murmure-t-elle contre ma peau.

Chaque poil de mon corps se met au garde-à-vous tant le désir échauffe mon sang.

— Comme vous voulez, mademoiselle Steele.

Je tends la main vers le lien qui retient sa robe portefeuille et tire doucement sur le nœud. Ana ne porte pas de soutien-gorge. *Ô joie.* Je fais courir mes mains dans son dos alors qu'elle prend mon visage entre les siennes pour m'embrasser. Ses lèvres sont insistantes et sa langue exigeante. Je gémis et ferme les yeux tandis que nous savourons notre baiser. Sa peau est douce sous mes doigts. Je l'attire contre moi. Ses mains s'entortillent dans mes cheveux. Elle tire dessus pour me forcer à relever la tête.

*Putain.* Ana prend ma lèvre inférieure entre ses dents et l'aspire. *Aïe.* Je recule la tête et l'attrape par les poignets en lui chuchotant :

— Tu es déchaînée, ce soir.

Elle frémit entre mes jambes. Ses tétons frôlent ma chemise et durcissent à vue d'œil. Ses cheveux retombent sur ses épaules et voilent ses seins. Mon pantalon rétrécit à chaque seconde. *Qu'est-ce qui lui prend ?* Elle est exaltante. Provocante.

— Tu m'allumes ?

— Oui. Prends-moi.

— Je te prendrai. Ici. Quand je serai prêt.

Elle inspire brusquement, le regard torride, engageant, et je songe qu'elle a peut-être bu plus de vin que je ne le croyais. Doucement, je la repousse et lâche ses mains en me levant de mon siège. Je baisse la tête pour la regarder tandis qu'elle m'observe sous ses longs cils.

— Et si on faisait ça ici ?

Je tapote le tabouret. Elle cligne des yeux deux ou trois fois en entrouvrant les lèvres, étonnée.

— Penche-toi en avant.

Ses dents s'enfoncent dans sa lèvre, laissant de petites traces. Elle le fait exprès, je le sais.

— Tu as choisi l'option un, il me semble.

— En effet.

— Viens, je ne te le demanderai pas deux fois.

Je défais ma braguette, offrant à mon érection l'espace dont elle a bien besoin. Ana me fixe, licencieuse et ravissante, uniquement vêtue de sa robe ouverte, d'une culotte blanche et de ses sandales à talons hauts. Elle fait mine de la retirer.

— Garde ta robe.

Je fouille mon pantalon pour sortir ma queue.

— Prête ?

Ma main coulisse sur mon sexe. Son regard assombri passe de ma main à mon visage. Avec un sourire coquin, elle se retourne et se penche sur le tabouret.

— Accroche-toi aux pieds, lui suggéré-je.

Elle obéit, enroule les doigts autour des supports de fer. Sa chevelure frôle le parquet, et je repousse sa robe pour qu'elle pende sur le côté, révélant son cul magnifique.

— On se débarrasse de ça.

Je passe un doigt sous l'élastique de sa culotte, m'agenouille et la fais descendre le long de ses jambes jusqu'à ses chaussures. Puis je prends son cul dans mes mains et le malaxe.

— Vous êtes bien belle, vue sous cet angle, mademoiselle Steele.

J'embrasse ses fesses. Elle se tortille. C'est plus fort que moi : je lui claque le cul si fort qu'elle lâche un glapissement, tout en la pénétrant d'un doigt. Elle gémit bruyamment et tend son corps.

Elle en a envie. Elle est mouillée. Tellement mouillée. *Ana. Tu ne me déçois jamais.* J'embrasse son cul à nouveau et me relève en allant et venant avec mes doigts.

— Les jambes. Ouvre-les encore plus, ordonné-je en lui pelotant les fesses.

Elle obtempère.

— Plus !

Elle obéit encore. *Parfait.*

— Tiens-toi bien, bébé.

Je retire ma main et, avec une lenteur infinie, je me glisse en elle. Elle halète brusquement. *Nom de Dieu.* Je suis au paradis. Je plaque ma main sur son dos et de l'autre je m'agrippe au bord du comptoir de la cuisine pour que nous ne tombions pas à la renverse. Je ressors doucement, puis je la pénètre à fond. Elle crie.

— C'est trop ?

— Non, continue ! gémit-elle.

Ses désirs sont des ordres. Je me mets à la baiser. Brutalement. Chaque coup de reins m'emporte loin de toutes mes querelles, de tous mes soucis. Il n'y a qu'Ana. Ma chérie. Mon amour. Ma lumière.

Elle crie. Une fois, deux fois, trois fois. Elle me supplie de continuer. Et je l'entraîne avec moi. Toujours plus haut. Encore, et encore, jusqu'à ce qu'elle émette une version étranglée de mon nom. Elle jouit avec la puissance d'un torrent de printemps. Je la rejoins en criant son nom, m'effondre sur elle avant de tomber à genoux. Je l'entraîne avec moi pour la bercer dans mes bras. J'embrasse ses paupières, son nez, sa bouche, et elle entoure mon cou de ses bras.

— Alors, l'option un, c'était comment ?

— Mmm, fredonne-t-elle rêveuse.

— Pareil pour moi.

— On recommence ?

— Encore ? Bon sang, Ana !

Elle embrasse ma poitrine dans l'échancrure de ma chemise, et je me rends compte que je la porte toujours. Je murmure dans ses cheveux :

— Et si on essayait le lit, cette fois ?

Les mains d'Ana sont liées à la barre de la tête de lit avec la ceinture de son peignoir. Elle est nue, ses tétons durcis pointent vers le ciel, grâce à ma langue. D'une main, je maintiens ses pieds sous ses fesses, de sorte qu'elle écarte largement ses jambes repliées. Elle se tend vers moi, avide de jouissance. Lentement, je fais coulisser mon index en elle tandis que mon pouce encercle son clitoris.

Elle ne peut pas bouger.

— Et ça, c'est comment ?

— S'il te plaît !

Sa voix est rauque.

— Tu aimes m'allumer ?

— Oui.

— Moi aussi, j'adore !

Je cesse de remuer le pouce, mon index encore en elle.

— Christian, ne t'arrête pas !

— Œil pour œil, Anastasia.

Elle essaie de pousser ses hanches contre ma main pour se soulager.

— Ne bouge pas.

Sa bouche est grande ouverte, ses yeux sombres pleins de sensualité.

— S'il te plaît, me supplie-t-elle.

Je libère ses pieds et retire ma main. Agrippant son genou, je fais courir mon nez et mes lèvres à l'intérieur de sa cuisse jusqu'à mon but. Elle hurle quand ma langue se met à tourbillonner sur son clitoris gonflé. Je glisse deux doigts en elle, je pousse une fois, deux fois. Elle lâche un cri vibrant et son orgasme me submerge. J'embrasse son ventre, son estomac, ses seins, puis je m'enfonce lentement en elle tandis que sa jouissance reflue.

— Je t'aime, Ana.

Ana dort à côté de moi. La ceinture de son peignoir est toujours attachée à la tête de lit. Je songe à la réveiller pour la prendre une troisième fois. Incroyable. J'ai encore envie d'elle. Serai-je un jour rassasié d'Anastasia Steele ? Mais il faut qu'elle dorme. Demain, nous faisons de la voile. Rien que nous deux, à bord du *Grace*. Elle aura besoin de toute son énergie pour me seconder à bord. Nous serons loin de tout pendant trois jours entiers, pour fêter le 4 juillet à notre façon. Et j'espère que j'arriverai enfin à me détendre.

Je repense à mon père et à ses excuses inattendues, aux menus et aux cadeaux pour les invités, au crash et au saboteur inconnu. J'espère que tout va bien pour Reynolds et Ryan. Ils montent la garde en bas de l'immeuble. Ana est en sécurité. Nous sommes en sécurité.

Mardi 5 juillet 2011

Assis à mon bureau, je contemple le détroit de Puget. J'ai l'impression d'être illuminé de l'intérieur. Est-ce la mer, le soleil et le vent de ces moments à bord du *Grace* ? Ou le fait d'avoir passé trois jours entiers en tête à tête avec Anastasia ? Malgré tous les problèmes que j'ai dû affronter au cours des dernières semaines, je ne me suis jamais senti aussi détendu qu'avec elle à bord de mon catamaran. Ana nourrit mon âme.

*Anastasia dort à poings fermés. La lumière du petit matin scintille à travers les hublots, effleurant sa chevelure emmêlée, mordorée et magnifique. Assis à côté d'elle, je pose une tasse de thé sur la table de chevet, tandis que le* Grace *danse doucement sur les eaux de Bowman Bay. Je me penche pour planter un petit baiser sur sa joue.*

*— Réveille-toi, paresseuse. Je me sens seul.*

*Elle gémit, puis son expression se radoucit. Je l'embrasse à nouveau et ses yeux s'ouvrent en papillonnant. Son visage s'illumine d'un sourire à couper le souffle. Elle tend la main pour caresser ma joue.*

*— Bonjour, mon futur époux.*

*— Bonjour, ma future épouse. Je t'ai fait du thé.*

*Elle glousse, incrédule.*

*— Mon cher homme… Encore une première ? Et je parie que tu es fier de toi.*

*Son sourire répond au mien.*

*— Effectivement, mademoiselle Steele. Je le suis. J'ai préparé un excellent thé.*

*Elle s'assoit et, hélas, tire la couverture pour cacher ses seins nus. Elle semble incapable de cacher sa joie.*

*— Je suis drôlement épatée. C'est un processus complexe, pourtant.*

*— En effet, il a fallu faire bouillir de l'eau.*

*— Et tremper le sachet de thé. Monsieur Grey, vous êtes d'une compétence…*

*Je ris et plisse les yeux.*

*— Dénigrerais-tu mes talents de cuisinier ?*

*Elle lâche un petit cri faussement horrifié en agrippant un collier de perles imaginaire.*

*— Jamais je ne me le permettrais, réplique-t-elle en tendant la main pour prendre sa tasse.*

*— On ne sait jamais, avec toi…*

Je suis tiré de ma rêverie par quelqu'un qui frappe à la porte de mon bureau. Andrea passe la tête.

— Monsieur Grey, votre tailleur est là.

— Ah, très bien. Faites-le entrer.

J'ai commandé un costume pour le mariage.

Marco gère le portefeuille de la société ainsi que notre département fusions et acquisitions. Ce matin, il détaille à notre équipe de direction les plus récents investissements de Grey Holdings.

— Nous détenons désormais vingt-cinq pour cent de Blue Cee Tech, trente-quatre pour cent de Fifteen-GenFour, et soixante-six pour cent de Lincoln Timber.

Alors que je l'écoute d'une oreille distraite, ma curiosité est piquée par cette dernière info. Il s'agit d'un projet ancien, et je suis ravi d'apprendre que nous sommes maintenant actionnaires majoritaires de Lincoln Timber via l'une de nos sociétés écrans. Linc doit avoir besoin d'argent. Intéressant.

*La vengeance est un plat… Ça suffit, Grey. Concentre-toi.*

Marco passe à la liste d'acquisitions potentielles. Il a particulièrement envie de racheter deux sociétés. Pendant qu'il en énumère les avantages, mes pensées dérivent vers mon week-end avec Ana.

*Ana est à la barre du* Grace *qui vogue sur l'océan scintillant. Nous doublons* Admiralty Head *sur Whidbey Island. Le vent souffle dans ses cheveux, qui brillent au soleil. Son sourire ferait fondre le cœur le plus dur.*

*Il a fait fondre le mien.*

*Elle est belle. Détendue. Libre.*

*— Tiens bien le cap, lui crié-je au-dessus du rugissement des flots.*

*— À vos ordres, capitaine. Je veux dire, monsieur.*

*Ana se mord la lèvre. Je sais qu'elle me taquine, comme d'habitude. Elle me salue quand je fronce les sourcils pour plaisanter, avant de resserrer un nœud de chaise, incapable de dissimuler mon sourire.*

Marco est en train de parler d'une société d'énergie solaire qui a du mal à trouver des investisseurs.

*Une odeur appétissante de pâte à crêpes et de bacon m'accueille quand je passe dans la cambuse. Ma chérie fait des pancakes. Elle est vêtue d'un tee-shirt et d'un short en jean beaucoup trop court, et elle porte des couettes.*

*— Bonjour.*

*Je l'enlace en pressant son dos contre ma poitrine, et frôle sa nuque de mes lèvres. Elle sent bon, le savon, la peau tiède et Ana, ma douce, douce Ana.*

*— Bonjour, monsieur Grey.*

*Elle penche la tête pour m'offrir son cou.*

*— Ça me rappelle des souvenirs, murmuré-je tout contre elle, en tirant sur l'une de ses couettes.*

*Elle se met à rire.*

*— J'ai l'impression que ça fait une éternité. Mais ce ne sont pas des pancakes dépucelage-par-un-aspirant-Dominant. Ce sont des pancakes Independence Day. Bonne fête nationale !*

*— Je ne peux imaginer meilleure façon de la célébrer. (Je l'embrasse sous l'oreille.) Cela dit, j'aurais bien une autre idée. (Je tire encore sur sa couette.) Tu décroches un nouveau A.*

— Christian ! s'impatiente Ros.

Sept paires d'yeux sont braquées sur moi. *Merde*. Je fixe Ros le regard vide et incline la tête.

— Vous en pensez quoi ?

Elle dissimule à peine son irritation. J'en déduis que ce n'est pas la première fois qu'elle me pose la question. *Avoue, Grey.*

— Désolé, j'étais ailleurs.

Elle pince les lèvres et jette un coup d'œil à Marco, qui m'adresse un sourire chaleureux et me résume ce qu'il vient d'expliquer.

— D'accord, dis-je lorsqu'il a terminé. Voyons si on peut racheter Geolumara. Ça pourrait en valoir la peine pour notre département énergie. Nous devons augmenter notre empreinte dans les énergies vertes.

— Et le reste ?

Je secoue la tête.

— Mieux vaut consolider. On se concentre sur Geolumara. Envoyez-moi les détails.

— Ça marche.

— Il faut qu'on se décide pour le chantier naval de Taiwan. Ils attendent notre réponse.

Ros me regarde avec insistance.

— J'ai lu l'étude d'impact. C'est risqué.

— En effet, reconnaît-elle.

— Dans la vie, c'est souvent le cas. Au moins, avec une joint-venture, on partage le risque et ça pourrait assurer l'avenir du chantier naval de Seattle.

Ros et Marco acquiescent.

— On y va.

— Je mets mes équipes sur le dossier, déclare Marco.

— Bien. Je pense que c'est tout. Merci.

Ils se lèvent, sauf Ros.

— Je peux vous toucher un mot en vitesse ?

— Bien sûr.

Elle attend que tout le monde soit sorti.

— Alors ?

Je m'attends à ce qu'elle me reproche ma distraction.

— Woods a retiré sa menace de procès.

— Je pensais que vous alliez me dire autre chose.

— En effet. Franchement, Christian, j'ai l'impression que vous êtes déjà en voyage de noces.

— Voyage de noces ? Ça ne m'a même pas traversé l'esprit.

*Merde. Encore un truc à organiser.*

Ros sourit.

— Vous avez intérêt à vous y mettre. (Elle secoue la tête.) Moi, je sais ce que je ferais : j'emmènerais Gwen en Europe.

Ros discute rarement de sa vie privée, même si je sais qu'elle vit avec Gwen. De nombreuses tentatives de légaliser le mariage gay ont échoué dans l'État de Washington. Il faudra que j'en parle à la sénatrice Blandino la prochaine fois que nous nous verrons. Elle peut sûrement faire pression sur le gouverneur pour que le dossier avance.

— Ana et moi pourrions passer la nuit près de Bellevue. Nous travaillons tous les deux.

— Grey, vous devez prévoir mieux que ça.

L'air faussement écœuré, Ros rassemble ses papiers. Je rigole doucement.

— Oui, en effet. Et en plus, c'est amusant à préparer. L'Europe, vous disiez ?

*Ana a toujours rêvé d'aller en Europe. Surtout en Angleterre.* Un sourire bienveillant flotte sur les lèvres de Ros tandis qu'elle se lève.

— Bonne chance.

Ces paroles résonnent dans la salle désertée. Je reste seul, à me demander où diable je peux emmener la future Mme Grey en lune de miel. J'espère qu'elle a un passeport.

De retour dans mon bureau, je consulte mon ordinateur. Ana m'a envoyé un mail il y a une heure.

---

**De :** Anastasia Steele
**Objet :** Foc et empannage. Nœuds de chaise et drisses.
**Date :** 5 juillet 2011 9:54
**À :** Christian Grey

Mon monsieur Grey adoré,

Quel week-end spectaculaire ! Le plus beau 4 juillet de ma vie. Merci.

Je souhaite aussi te prévenir que je passerai la nuit à mon appartement avec Kate vendredi. Je fais mes cartons pour

pouvoir emménager chez toi samedi. Et je t'avertis, cette soirée est réservée aux filles, donc ta présence ne sera pas requise, même si tu me manqueras. Tu pourrais peut-être en profiter pour rédiger tes vœux ?
Ce n'est qu'une suggestion.
À plus, bébé.
A xxx

---

De : Christian Grey
Objet : Abandonner le navire
Date : 5 juillet 2011 11:03
À : Anastasia Steele

Ma fiancée chérie,
Merci à TOI pour le 4 juillet le plus détendu que j'aie jamais vécu.
Tu me manqueras vendredi.
Mais je t'aiderai à déménager samedi.
Tu transformes mes rêves en un monde vrai.
Je songerai à mes vœux et peut-être que j'en rédigerai.
La rime n'est pas intentionnelle !

Christian Grey
P-DG & poète, Grey Enterprises Holdings, Inc.

P.-S. : As-tu un passeport ?

---

De : Anastasia Steele
Objet : Citoyenne des USA
Date : 5 juillet 2011 11:14
À : Christian Grey

Cher poète,
Je m'en tiendrais à la finance si j'étais vous.

Même si je suis heureuse d'avoir réalisé vos rêves les plus fous.
Je suis ravie et honorée de rapporter
Qu'un nouveau passeport m'a été procuré.
Maintenant, je me demande pour quelle raison ?
Prévoyez-vous un voyage en avion ?
J'aimerais parcourir le monde avec vous.
Mais il est vrai qu'à vos côtés, j'ai envie de tout.
Curieuse à Seattle xxx
(Mais pas poète, comme tu peux le constater !)

Ma future épouse est une poète consternante ! Tout en souriant de sa réponse, j'attrape mon sac de gym et me dirige vers le sous-sol, pour affronter Bastille.

Après mon entraînement, je dévore un sandwich au poulet dans mon bureau. Il est temps d'appeler Elliot. J'ai repoussé ce moment car je suis certain qu'il va se foutre de moi.

— Champion ! Quoi de neuf ?

— Hello, Elliot. Comment vas-tu ?

Il éclate de rire.

— Que me vaut cet appel ? Tu t'emmerdes ?

*Pourquoi est-ce aussi difficile de poser la question ?*

— Non, je travaille. Et je prends un moment pour te parler.

— Maintenant tu as l'air contrarié.

— En effet.

— J'ai dit quelque chose ?

Il ricane, et j'ai envie de raccrocher. J'inspire profondément.

— J'ai quelque chose à te demander.

— Au sujet de la nouvelle maison ?

— Non.

*À toi de jouer, Grey. Lance-toi.*

— Allez, accouche, vieux. J'ai l'impression d'attendre que le béton sèche.

— Tu veux bien être mon témoin ?

Voilà. C'est fait. Il inspire brusquement. Puis, silence assourdissant à l'autre bout du fil. *Merde.* Il va refuser ?

— Elliot ?

— Ouais, répond-il, laconique – contrairement à son habitude. Ce serait, euh… un honneur.

Il est scié. Pourquoi ? Il n'avait pas prévu ?

— Tant mieux. Merci.

Lorsqu'il se marre, je sais que mon frère a retrouvé son sens de l'humour à la mords-moi-le-nœud.

— Du coup, c'est à moi d'organiser ton enterrement de vie de garçon, ducon !

Il lâche un cri de gorille déchaîné. *Un enterrement de vie de garçon ?* Il plaisante, là, non ?

— Si tu le dis. (Tout d'un coup, j'ai une idée.) Passe à la maison vendredi. On jouera au billard. Ana sera avec Kate.

— Oui, elle m'a prévenu. Pas de souci. On parlera strip-teaseuses, et de l'endroit où on te laissera menotté après une nuit de beuverie !

J'éclate de rire – il ne se doute de rien.

— On ?

— Je sais bien que tu n'as pas d'amis, espèce d'ermite. Je vais rassembler un gang de fêtards.

*Tout, mais pas ça !*

— On en reparle vendredi.

— Avec plaisir. Au fait, tu as contacté Gia ?

— Oui. Ana et moi avons regardé son site, et ça nous a beaucoup plu. Elle va visiter la propriété avec l'agent immobilier.

— Il faut que je voie l'endroit, moi aussi, champion.

— Je sais. On ira vendredi, après le boulot.

— Super. D'accord.

— Bon, à plus, Elliot. (Une bouffée d'affection inattendue m'envahit.) Et, euh… merci.

— Ça sert à quoi sinon, un frère ?

*— Alors voilà ton nouveau bureau, champion.*

*Elliot franchit le seuil d'un pas tranquille.*

*— Tu es vraiment obligé de m'appeler comme ça, Lelliot ?*

*Je lui fais signe de prendre place sur mon canapé en cuir blanc.*

*— C'est parce que tu l'es. Regarde-moi ça.*

*Il désigne la pièce d'un geste. Vêtu d'un jean, d'un tee-shirt et d'un sweat des Aztecs de San Diego State, le moins qu'on puisse dire, c'est qu'il détonne. Je m'assois en face de lui et remarque que son genou tressaute et qu'il évite de croiser mon regard. Mais qu'est-ce qui lui prend ? Je ne l'ai jamais vu dans cet état.*

*— Qu'est-ce qu'il y a ?*

*Il se tortille sur le canapé et presse ses mains l'une contre l'autre.*

*— Je veux lancer ma boîte, lâche-t-il précipitamment.*

*— Et tu cherches un investisseur.*

*Ses yeux bleu vif se plantent dans les miens.*

*— Oui, répond-il avec une détermination qui m'étonne.*

*— Il te faut combien ?*

*— Environ cent mille.*

*Marrant. C'est avec cette somme que j'ai commencé.*

*— Tu les auras.*

*— Tu ne veux pas lire mon business plan ? Écouter mon pitch ? s'étonne Elliot.*

— *Non. Tu as beau être parfois un sacré con, tu es travailleur, je le sais. Ton boulot te passionne. Cette boîte, c'est ton rêve. Et j'y crois, moi aussi. On devrait tous essayer d'avoir un mode de vie plus durable. En plus, tu es mon frère, et ça sert à quoi, sinon, un frère ?*

*Quand Elliot sourit, la pièce s'illumine.*

Déconcerté par ce soudain élan d'affection pour mon frère, je compose le numéro de Welch pour savoir où il en est de son enquête.

Mon bureau à l'Escala est plongé dans la nuit. J'étudie le dossier de Geolumara. Situées dans le Nevada, leurs fermes solaires génèrent déjà assez d'électricité pour alimenter deux quartiers. Leur expertise leur permettra de fournir une énergie renouvelable à d'autres parties des États-Unis. Je crois qu'ils ont un gros potentiel. Je serais ravi d'acheter la société et de voir ce que nous pouvons ajouter à leur business model. J'envoie un mail à Marco pour confirmer mon intérêt, puis je vais retrouver Ana.

— Salut, dis-je lorsqu'elle lève la tête.

— Salut, sourit-elle.

— Tu lis un manuscrit ?

— Je rédige le premier jet de mes vœux.

— Je vois. Et ça avance ?

— C'est intimidant, monsieur Grey. Un peu comme vous.

— Intimidant ? Moi ?

Je pose la main sur ma poitrine, feignant la stupéfaction. Elle serre les lèvres pour réprimer un rire.

— C'est ta spécialité.

Je m'installe dans un fauteuil à côté de celui d'Ana et me penche vers elle, les coudes sur les genoux.

— Ah. Moi qui pensais avoir d'autres spécialités…

Même à cette distance, je sens son parfum. *Ana à l'état pur*. C'est enivrant.

Un joli rose lui monte aux joues.

— Certes, tu as d'autres spécialités. Indéniablement.

Elle ferme son ordinateur, cale ses pieds sous ses fesses et relève le menton en prenant l'air guindé d'une institutrice revêche. J'éclate de rire. Je connais son secret. Ana a un monstre intérieur.

— Pourvu que tu promettes de m'aimer, de m'honorer et de m'obéir, je suis sûr que tes vœux seront parfaits.

Ana se met à glousser.

— Christian, je ne promettrai pas de t'obéir.

— Quoi ?

*Elle croit que je plaisante ?*

— Pas question, rétorque-t-elle simplement.

— Qu'est-ce que tu veux dire par tu ne vas pas m'obéir ?

J'ai l'impression que mon cœur a fait une chute de vingt mètres. Mon commentaire était juste une plaisanterie. Sa réaction me déconcerte. Ana rejette ses cheveux derrière ses épaules. La lumière de la lampe y allume des reflets blonds et roux, et ça me distrait. Mon attention se reporte sur sa bouche. Ses lèvres ne forment plus qu'un trait entêté. Elle croise les bras et redresse les épaules, comme lorsqu'elle se prépare à la bagarre.

*Bon sang. Elle veut se disputer avec moi ?*

— Tu n'es pas sérieux ! Je t'aimerai et je t'honorerai toujours, mais t'obéir ? Je ne crois pas.

— Pourquoi ?

Je suis parfaitement sérieux, au contraire.

— Parce qu'on est au XXIe siècle !

— Et ?

*Comment peut-elle s'opposer à moi sur ce point ?* Cette conversation prend un tour inattendu.

— Eh bien, j'espère que nous pourrons régler nos problèmes grâce à la discussion. Tu sais… en communiquant.

— Moi aussi, je l'espère. Mais si on n'y arrive pas, si on est dans l'impasse. Si tu pars, que tu te mets en danger inutilement…

Des scénarios tous plus atroces les uns que les autres me traversent l'esprit. Le visage d'Ana s'adoucit.

— Christian, tu imagines toujours le pire. Tu t'inquiètes trop.

Elle me caresse le visage.

— Ana; j'ai besoin de ça.

Dans un long soupir, elle retire sa main pour me scruter, comme si elle essayait de me faire passer un message télépathique.

— Christian, je ne suis pas pratiquante, mais ces vœux de mariage sont sacrés, et je ne suis pas prête à prendre un engagement que je ne pourrais pas tenir.

Sa réponse me terrasse, comme si je venais de recevoir un coup de poing dans l'estomac. Elle fait écho aux paroles de Carrick, lorsqu'il m'a sermonné au sujet d'Elena. *Il s'agit des liens sacrés du mariage. Si tu ne les respectes pas, tu ne dois pas te marier.* Mon anxiété se transforme en frustration.

— Anastasia, sois raisonnable.

Elle secoue la tête.

— Christian, c'est à toi d'être raisonnable. Tu sais que tu as tendance à exagérer. La réponse est non.

*Moi ? Exagérer ?* Je la regarde d'un œil noir, et pour la première fois depuis longtemps, je ne sais pas quoi répondre.

— C'est le mariage qui te stresse. On est tous les deux tendus, souligne-t-elle doucement.

— Je suis nettement plus tendu depuis que je sais que tu n'es pas disposée à obéir, Ana. Reviens sur ta décision. S'il te plaît.

Je passe la main dans mes cheveux et fixe ses grands yeux bleus. Je n'y lis que détermination et témérité. Elle ne cédera pas. *Putain.* Cette discussion ne mène à rien, et je commence à avoir du mal à contenir ma fureur. Il faut que je m'éclipse avant de dire quelque chose que je regretterais. Je me lève et fais une dernière tentative.

— Réfléchis. J'ai du travail à terminer.

Avant qu'elle ne réagisse, je retourne dans mon bureau en me demandant comment lui faire entendre raison. Il faut bien que l'un de nous soit aux commandes, enfin !

Je m'affale sur mon fauteuil, accablé. Je lui en veux de dévoiler aussi tard qu'elle n'a aucune intention de m'obéir. Et puis merde. Il faut qu'elle comprenne. Mais comment ? Trop énervé pour avoir les idées claires, je refoule ma frustration et ouvre mon ordinateur pour consulter mes mails.

Bonne nouvelle : mon nouveau planeur arrive d'Allemagne la semaine prochaine. Il sera livré à mon hangar sur l'aérodrome d'Ephrata. Je m'autorise un moment de joie : un planeur pour deux ! J'aurais envie de courir l'annoncer à Ana, mais je me rappelle que je suis en colère contre elle.

*Nom de Dieu.* C'est déprimant. Pour me remonter le moral, je relis la notice du nouvel aéronef, puis retourne à mes rapports financiers.

Je suis interrompu lorsqu'on frappe timidement à la porte.

— Oui ?

Ana passe la tête.

— Il est presque minuit, lance-t-elle avec un sourire enjôleur.

Elle ouvre la porte et reste sur le seuil, vêtue d'une chemise de nuit en satin. L'étoffe caresse son corps, moulant chaque courbe. Ma bouche s'assèche et mon corps réagit.

— Tu viens te coucher ? murmure-t-elle.

Je fais taire mon excitation.

— J'ai encore deux ou trois trucs à finir.

— Bon.

Elle sourit, et je lui réponds par un demi-sourire. Je l'aime, simplement je ne céderai pas. Elle doit entendre raison. Ana m'adresse un petit regard provocateur par-dessus son épaule avant de refermer la porte derrière elle.

*Merde*. J'ai envie d'elle. Mais elle ne veut pas m'obéir et je suis furieux. Fou furieux.

Je me penche à nouveau sur les derniers chiffres de Barney chez GEH. Ils sont loin d'être aussi séduisants que la très délectable et très désobéissante Mlle Steele.

Mercredi 6 juillet 2011

Ana est profondément endormie lorsque je me glisse dans le lit à côté d'elle. Toujours attentionnée, elle a laissé la lampe de ma table de chevet allumée pour que je ne me perde pas dans le noir. Et pourtant, c'est exactement ce que je ressens. Je suis perdu. Découragé. Qu'est-ce qu'elle ne comprend pas ? Ce n'est pas trop demander, pourtant ? Si ?

Tandis que j'observe son visage ravissant et tranquille, ses seins qui montent et descendent, un vilain sentiment rôde dans ma poitrine – c'est l'envie. Je suis désorienté, malheureux, pendant qu'Ana dort comme si elle n'avait pas le moindre souci au monde. Est-ce que je voudrais qu'il en soit autrement ? Bien sûr que non. Je veux qu'elle soit heureuse, et je souhaite la protéger. Seulement comment y parvenir si elle n'accepte pas de m'obéir ?

*Débrouille-toi, Grey.* En soupirant, je me penche pour effleurer ses cheveux de mes lèvres. Je la touche à peine, car je ne veux pas la réveiller. Je l'implore cependant en silence de changer d'avis.

*S'il te plaît, Ana. Accorde-moi ça.*

J'éteins et je reste les yeux grands ouverts dans le noir. Le silence, dans la pièce, devient assourdissant. Oppressant. Mon cœur bat de plus en plus vite.

Je sombre dans un marécage de désespoir. Il me submerge. Est-ce que je commets une énorme erreur en l'épousant ? Notre couple ne survivra jamais si elle ne consent pas à se soumettre.

*Qu'est-ce qui m'a pris ?* Je veux peut-être – non, j'ai besoin d'une femme plus soumise. J'ai besoin de contrôler. Toujours. Sans contrôle, c'est le chaos. La colère. La douleur. La peur… et la souffrance. *Merde.* Que faire ? C'est un obstacle insurmontable. *Vraiment ?* C'est vivre sans Ana qui serait insupportable. Elle m'éclaire de sa lumière. Elle est la chaleur, la vie, le foyer. Elle est tout. Je la veux près de moi. Je l'aime.

Comment la convaincre de changer d'avis ? Je me frotte le visage pour chasser mes pensées moroses. *Reprends-toi, Grey.* Elle finira bien par céder. Je ferme les yeux et essaie les exercices de relaxation du Dr Flynn pour trouver mon havre de paix. Une charmille fleurie dans un hangar à bateaux, peut-être…

Je marche sur l'air, en pleine ascension au-dessus d'Ephrata. Le paysage de Washington est un patchwork sous mes pieds. Je fais un wing over en m'émerveillant de cette mosaïque de bruns, de bleus et de verts quadrillés par des routes et des canaux d'irrigation. Emporté par une thermique, je m'élève loin d'une crête. Le ciel est d'un bleu éblouissant, et je suis en paix. Le vent est mon compagnon. Constant. Bruissant. C'est le seul son. Je suis seul. Seul. Je fais un autre wing over. Mon monde est tête en bas. Ana est devant moi dans le cockpit, les mains tendues, elle crie de joie et d'émerveillement. Mon cœur déborde. Voilà, c'est ça, le bonheur. C'est ça, l'amour. Voilà ce qu'on ressent. J'incline le planeur, et soudain je pars en piqué. Ana a disparu. Je tape des pieds, mais la gouverne n'est plus là. Je me bats contre le manche, mais les ailerons ne répondent pas. Je ne contrôle plus rien.

Tout ce que j'entends, c'est le rugissement du vent et quelqu'un qui crie. Nous tombons en vrille. Plus bas. Plus bas. Plus bas. *Nom de Dieu.* Je vais m'écraser. Non. *Non !*

Je me réveille en sursaut. *Putain.* Je suis enroulé autour d'Ana, et elle passe ses doigts dans mes cheveux. Son parfum est réconfortant et il emplit le vide désespérant qui hante le fond de mon âme.

— Bonjour, dit-elle.

Aussitôt, je suis plus calme. Je reviens sur terre.

— Bonjour.

Normalement, je me réveille avant Ana.

— Tu faisais un cauchemar.

— Quelle heure est-il ?

— Un peu plus de 7 h 30.

— Merde. Je suis en retard.

Je lui donne un baiser rapide et me lève d'un bond.

— Christian !

— Je ne peux pas, dis-je en disparaissant dans la salle de bains.

Je n'ai pas oublié qu'elle m'a défié hier soir. Et je suis toujours en rogne.

À mon bureau, je contemple le petit planeur qu'Anastasia m'a offert quand elle est partie. J'ai mis une journée à le monter. Je me sens mal. Est-ce l'écho de mon rêve ou le souvenir de la désolation que j'ai éprouvée lorsqu'elle m'a quitté ? Je touche la pointe de l'aile, pinçant le plastique entre le pouce et l'index… Je ne veux plus jamais éprouver ça.

*Jamais.*

Je chasse ce sentiment et sirote l'expresso préparé par Andrea, en avalant une bouchée de croissant. Je jette un coup d'œil à mon iMac. Ana m'a écrit un mail.

De : Anastasia Steele
Objet : Mange !
Date : 6 juillet 2011 9:22
À : Christian Grey

Mon très cher futur époux,
Ça ne te ressemble pas de partir sans prendre ton petit déjeuner. Tu m'as manqué. J'espère que tu n'as pas faim. Je sais à quel point ça t'est désagréable.
Je te souhaite une bonne journée.
A xxx

Je suis réconforté par le nombre de petits x à la fin de son message, mais je referme le mail sans y répondre, et appelle Andrea pour revoir mon emploi du temps. *Je suis encore fâché.*

Après un rendez-vous à l'extérieur avec Eamon Kavanagh, je consulte mon BlackBerry. Il y a un autre mail d'Ana.

De : Anastasia Steele
Objet : Ça va ?
Date : 6 juillet 2011 14:27
À : Christian Grey

Mon très cher futur époux,
Ça ne te ressemble pas de ne pas répondre. La dernière fois, ton hélicoptère avait disparu. Fais-moi savoir que tout va bien.
Ana

Un pincement de culpabilité me serre l'estomac, d'autant que le mot est dénué de tout baiser. *Enfin, merde. Je suis en colère contre toi, Anastasia.* Mais je ne veux pas qu'elle s'inquiète. Je lui réponds en vitesse.

---

**De :** Christian Grey
**Objet :** Ça va ?
**Date :** 6 juillet 2011 14:32
**À :** Anastasia Steele

Ça va. Je suis occupé.

Christian Grey
P-DG, Grey Enterprises Holdings, Inc.

Je clique sur « envoi » en espérant que ma réponse soulagera son inquiétude. Andrea me lance un regard circonspect lorsque je relève le nez de l'ordinateur. J'aboie :

— Oui ?

— Rien, monsieur Grey. Je voulais simplement savoir si vous souhaitiez un café ?

— Où est Sarah ?

— Elle photocopie les rapports que vous avez demandés.

— Bien. Pas de café, merci, dis-je d'une voix plus posée. (*Pourquoi est-ce que je me comporte comme un connard avec mon personnel ?*) Appelez-moi Welch.

Elle hoche la tête et décroche le téléphone. Je marmonne « merci » et rentre dans mon bureau. Je me laisse tomber sur mon fauteuil pour regarder par la fenêtre, morose. La journée est radieuse, contrairement à mon humeur.

Mon téléphone bourdonne.

— Grey.

— J'ai Anastasia Steele en ligne pour vous.

*Merde.* Lui est-il arrivé quelque chose ?

— Passez-la-moi.

— Salut.

Sa voix triste et hésitante me fait froid dans le dos.

— Qu'est-ce qu'il y a ? Ça va ?

— Ça va. C'est toi qui m'inquiètes.

Mon soulagement se mue en irritation.

— Je suis occupé, c'est tout.

— On peut se parler quand tu rentres ?

— D'accord.

Je sais que ma réponse est abrupte. Elle ne réagit pas, mais je l'entends respirer à l'autre bout du fil. Elle paraît troublée, et le frisson qui m'a parcouru il y a un instant est remplacé par de la nostalgie.

*Qu'est-ce qu'il y a, Ana ? Qu'est-ce que tu veux me dire ?* Le silence s'éternise entre nous, plein de récriminations et de non-dits. Elle le rompt enfin.

— Christian…

— Anastasia, je dois y aller.

— À ce soir, souffle-t-elle.

— À ce soir.

Je raccroche en regardant le téléphone d'un air sombre. *Ce n'est pourtant pas trop demander, Anastasia.*

— On va à la maison ? me demande Taylor en prenant le volant de l'Audi.

— Bien sûr, réponds-je distraitement.

Quelque part, je n'ai pas envie de rentrer. Je n'ai toujours pas trouvé d'argument susceptible de faire changer Ana d'avis. Et j'ai du travail. De la lecture – deux énormes rapports du Département des sciences de l'environnement de la WSU –, des résultats de sites expérimentaux en Afrique et le compte rendu des recherches de la Pr Gravett sur la bactérie responsable de la fixation de l'azote dans les sols. Apparemment, les micro-organismes sont essentiels à la régénération des sols et au piégeage du dioxyde de carbone. Cette semaine, je dois décider si je continue à financer son département.

Et si j'invitais Ana à dîner ? Nous pourrions discuter de ses vœux. J'arriverais peut-être à la convaincre tout en buvant un verre de vin. Je me rappelle notre dîner pour parler du contrat Dominant/Soumise… *Putain.* Ça s'est passé comme prévu, ça, peut-être ?

Morose, je regarde l'empressement des touristes et des gens qui sortent des bureaux. Mon indignation monte. Ce n'est pas grand-chose, enfin, merde ! C'est même la seule chose que je lui demande. Elle aura tout ce qu'elle veut. Mais savoir qu'elle m'obéira me procurerait un sentiment de sécurité. Pourquoi ne le comprend-elle pas ?

Sur le trottoir, un jeune homme avec des lunettes noires et un short aux couleurs criardes se dispute avec une femme à la robe bariolée. Leur querelle attire les regards déconcertés des passants. Ça, ce sera Ana et moi ce soir. Je le sais. Et cette perspective me déprime encore plus.

Il faudra tout simplement que je lui explique ce que ça signifie pour moi. J'ai besoin de m'assurer qu'elle est en sécurité. Oui. Elle comprendra.

La femme se retourne et, dans un geste théâtral, elle lève les bras et part à grandes enjambées, laissant l'homme sur le trottoir. Je parie qu'il est ivre. *Pauvre con.*

J'arriverais peut-être à convaincre Ana en la baisant ? Cette idée m'apporte une lueur d'espoir, et je me cale dans mon siège pour le reste du trajet vers l'Escala.

— Bonsoir, monsieur Grey, me salue Mme Jones lorsque j'entre dans le salon.

D'après les effluves appétissants qui me parviennent de la cuisine, je devine que sa délicieuse sauce bolognaise est en train de mijoter. J'en ai l'eau à la bouche.

— Bonsoir, Gail. Ça sent bon. Où est Ana ?

— Je crois qu'elle est dans la bibliothèque, monsieur.

— Merci.

— Dîner dans une demi-heure ?

— Parfait. Merci.

J'aurai le temps de courir un peu sur le tapis, puisque je n'ai pas fait de sport ce matin. Je me dirige vers la chambre pour me changer, en évitant la bibliothèque.

Bruce Springsteen rugit dans mes oreilles. Je repousse les limites de mon corps. Quatre kilomètres huit cents en vingt minutes… Lorsque j'arrête, je suis hors d'haleine et dégoulinant de sueur. J'essuie mon front du revers de la main et me penche pour étirer mes ischio-jambiers. Ça fait du bien.

Quand je me redresse, Anastasia, appuyée au chambranle de la porte, m'observe de ses grands yeux inquiets. Elle porte un chemisier gris clair sans manches et une jupe moulante. L'image même d'une professionnelle. Mais jeune. Si jeune. Et si malheureuse.

— Salut, lance-t-elle.

— Salut, dis-je entre deux souffles.

— Tu n'es pas venu me voir en rentrant. Tu m'évites ?

Ana ne tourne pas autour du pot. Et là, j'ai envie de chasser la tristesse de son visage.

— J'avais besoin de me dépenser. Je te dis bonjour, maintenant.

J'ouvre les bras et m'avance vers elle, sachant pertinemment que je suis trempé de sueur. Ana rit, grimace et lève les mains.

— On peut remettre à plus tard ?

Je bondis vers elle et l'attrape avant qu'elle ne prenne la fuite. Elle pousse un cri et recule, mais elle rit, elle aussi. Et c'est comme si un poids s'était envolé de mon âme. J'adore la faire rire.

— Ah, bébé, tu m'as manqué.

Peu m'importe que je sois impropre à la consommation : je l'embrasse, et je suis heureux qu'elle réponde à mon baiser. Ses doigts se resserrent sur mes épaules, ses ongles s'enfoncent dans ma chair et nos langues dansent cette valse qu'elles connaissent si bien.

Nous sommes tous deux à bout de souffle. Je saisis son visage entre mes mains et effleure ses lèvres du pouce, en plongeant mon regard dans ses beaux yeux rêveurs. Je l'implore :

— Ana, change tes vœux. Promets-moi de m'obéir. Ne te dispute pas avec moi. Je déteste ça. S'il te plaît.

Mes lèvres frôlent les siennes en attendant sa réponse, mais elle cligne des yeux plusieurs fois comme si elle dissipait un brouillard, puis se dégage d'un mouvement d'épaule et recule d'un pas.

— Non, Christian. S'il te plaît.

Je laisse retomber mes mains le long de mon corps. Ses paroles me font l'effet d'une douche froide.

— Si c'est rédhibitoire pour toi, je t'en prie, dis-le-moi, reprend-elle en haussant le ton. Parce que ça l'est pour moi. Alors je peux arrêter d'organiser notre mariage, rentrer dans mon appartement et me bourrer la gueule avec Kate.

— Tu partirais ?

Ma voix est à peine audible. Ses paroles viennent de désaxer mon univers.

— Oui, tout de suite. Tu te comportes comme un ado gâté.

— Ce n'est pas juste. J'ai besoin de ça.

— Non, tu n'en as pas besoin. C'est simplement ce que tu t'imagines. Nous sommes censés être adultes, bon sang. Nous réglerons nos problèmes en discutant. Comme des adultes.

Nous nous dévisageons par-delà le gouffre qui nous sépare. Elle n'a pas l'intention de céder. *Et merde.* Je marmonne :

— J'ai besoin de prendre une douche.

Elle s'efface pour me laisser sortir.

Quand j'arrive dans le séjour, Ana est assise au comptoir de la cuisine et le couvert est mis pour deux. Gail s'affaire. J'annonce :

— Je n'ai pas faim. Et j'ai du travail.

Ana fronce les sourcils et ouvre la bouche pour parler mais se ravise. Je surprends le regard qu'elle échange avec Mme Jones. *Que complote-t-elle ?* Cette pensée me fait bouillir de rage. Je fonce dans mon bureau en claquant la porte derrière moi.

Le bruit me fait sursauter et me réveille abruptement. Ana a raison, je me comporte comme un ado gâté. En plus, j'ai faim. *Je déteste avoir faim.*

Un souvenir sombre et douloureux de l'époque où je n'étais pas encore Christian Grey menace de refaire surface. Je le refoule. *Ne t'aventure pas sur ce terrain-là, Grey…* Les rapports sont sur mon bureau, là où Taylor les a déposés. Je m'assois, prends le premier et entame ma lecture.

On frappe discrètement à la porte. J'émerge de considérations sur la rotation des cultures au Ghana, et mon cœur tressaille. *Ana.*

— Entre.

C'est Gail qui ouvre la porte. Ma joie fugace se dégonfle comme un ballon. Cela dit, elle porte un plateau avec une assiette de pâtes bien chaudes. Elle le pose sur mon bureau.

— Merci.

— C'est une idée d'Ana. Elle sait que vous adorez les spaghettis à la bolognaise.

Son ton est froid. Avant que je ne puisse répondre, elle tourne les talons et s'en va. Je lance un regard noir à sa silhouette qui s'efface. Évidemment que c'est l'idée d'Ana. Une fois de plus, je suis sidéré par sa prévenance. Pourquoi n'est-ce pas suffisant ? Elle dit qu'elle m'aime. Alors pourquoi est-ce que je veux, est-ce que j'ai besoin de son obéissance ?

D'humeur encore plus morose, je fixe les lueurs rose et or peintes sur les murs de mon bureau par le soleil couchant. *Pourquoi me défie-t-elle ?* Je prends ma fourchette et attaque mon repas, enroulant les pâtes pour former une grosse bouchée d'extase. C'est délicieux.

De nouveau, Ana a laissé la lampe allumée pour moi sur la table de chevet. Elle dort à poings fermés, et lorsque je me glisse sous les draps mon corps s'anime. J'ai faim d'elle.

Je songe encore à la convaincre en la baisant. Mais au fond je sais qu'elle est déterminée. Elle pourrait encore dire non. Et en ce moment, je ne pense pas que j'y survivrais.

Je lui tourne le dos et j'éteins. La chambre est plongée dans une obscurité qui reflète mon humeur. Je suis encore plus malheureux que je ne l'étais ce matin.

*Bordel. Comment ai-je laissé la situation dégénérer à ce point ?* Je ferme les yeux.

« Maman ! Maman ! » Maman dort par terre. Ça fait longtemps qu'elle dort. Je lui brosse les cheveux parce qu'elle aime ça. Elle ne se réveille pas. Je la secoue. Maman ! J'ai mal au ventre. J'ai faim. J'ai soif. Dans la cuisine, je traîne une chaise jusqu'à l'évier et je bois. Je mouille mon chandail bleu. Maman dort encore. « Maman, réveille-toi ! » Elle ne bouge pas. Elle est froide. Je prends mon doudou et je couvre maman, et je m'allonge à côté d'elle sur la moquette verte toute tachée. Maman dort encore. « Maman, réveille-toi ! » J'ai deux petites voitures. Je joue avec mes voitures par terre à côté de maman qui dort. Je pense que maman est malade. Je cherche quelque chose à manger. Dans le congélateur, je trouve des petits pois. Ils sont froids. Je les mange. Ça fait mal au ventre. Je dors à côté de maman. Il n'y a plus de petits pois. Il y a un truc dans le congélateur. Ça pue. Je le lèche et ma langue colle dessus. Je le mange. Ce n'est pas bon. Je bois de l'eau. Je joue avec mes voitures, puis je dors à côté de maman. Maman est froide, et elle ne veut pas se réveiller. La porte s'ouvre tout d'un coup. Je cache maman avec ma couverture. Il est là. « Putain. C'est quoi ce bordel… Merde, la pute ! Putain de merde. Pousse-toi de là, petit merdeux. » Il me donne un coup de pied, et je me cogne la tête par terre. J'ai mal à la tête. Il téléphone à quelqu'un et il s'en va. Il ferme la porte à clé. Je m'allonge à côté de maman. J'ai mal à la tête. La dame de la police arrive. Non. Non. Non. Ne me touchez pas. Je reste à côté de maman. Non. Laissez-moi. La dame de la police prend mon doudou et m'attrape. Je crie. Maman ! Maman ! Je veux ma maman. Les mots sont partis. Je ne peux plus dire les mots. Maman ne peut pas m'entendre. Je n'ai plus de mots.

— Christian ! Christian !

Une voix pressante me tire des tréfonds de mon cauchemar, de mon désespoir.

— Je suis là. Je suis là.

Je me réveille. Penchée sur moi, Ana me secoue par les épaules, le visage tordu d'angoisse, ses grands yeux bleus débordant de larmes.

— Ana.

Ma voix n'est qu'un souffle – le goût de la peur salit ma bouche.

— Tu es là.

— Bien sûr que je suis là.

— Je rêvais…

— Je sais. Je suis là.

— Ana.

Ce nom est une incantation sur mes lèvres, un talisman contre la panique qui s'empare de mon corps.

— Chut, je suis là.

Elle s'enroule autour de moi, forme un cocon de ses membres, m'insuffle sa chaleur, chasse les ombres, repousse l'effroi. Elle est le soleil, elle est la lumière. Elle est à moi.

— S'il te plaît, on ne se dispute plus jamais, dis-je d'une voix rauque en l'enlaçant.

— D'accord.

— Nos vœux de mariage… Tu refuses d'obéir. J'essaie d'accepter. Ça va aller.

Les mots se déversent de ma bouche dans un mélange d'émotion, de confusion et d'anxiété.

— Oui. Ça va aller. On trouvera toujours un moyen, chuchote-t-elle en collant ses lèvres sur les miennes, pour me faire taire et me ramener à l'instant présent.

Vendredi 8 juillet 2011

Le Dr Flynn se frotte le menton. Je ne sais pas s'il gagne du temps ou s'il est étonné.

— Elle a menacé de partir ? Sérieusement ?

— Oui.

— Alors vous avez capitulé ?

— Je n'avais pas le choix.

— Christian, vous avez toujours le choix. Vous croyez que l'attitude d'Anastasia est déraisonnable ?

Je soutiens son regard et j'en envie de crier « oui », mais au fond, je sais qu'Ana n'est pas quelqu'un de déraisonnable. *C'est toi, Grey. Déraisonnable pourrait être votre deuxième prénom.* Elle m'a dit ça, il y a longtemps. *Nom de Dieu, qu'est-ce que je peux être négatif, parfois.*

— Comment vous sentez-vous maintenant ? me demande Flynn.

— J'ai peur.

Mon aveu est comme un coup de poignard. J'en perds presque le souffle. *Elle pourrait me quitter.*

— Votre peur de l'abandon remonte à la surface.

Je reste muet, distrait par la lumière de fin d'après-midi qui éclaire les orchidées sur sa table basse. *Que répondre ?* Si je l'admets à haute voix, mes craintes se concrétiseront. J'ai horreur de me sentir aussi faible. Aussi vulnérable. Ana a le pouvoir de me blesser et de me porter un coup fatal.

— Vous avez des doutes au sujet du mariage ?

*Non. Peut-être. Je suis terrifié à l'idée qu'elle me fasse mal. Comme elle l'a fait… quand elle est partie.*

— Non, je ne veux pas la perdre.

Il sourit, comme si c'était ce qu'il voulait entendre.

— Vous avez renoncé à beaucoup de choses pour elle.

— En effet. (Je ravale un sourire indulgent.) C'est une excellente négociatrice.

Flynn se frotte à nouveau le menton.

— Vous lui en voulez ?

— Oui. En partie. Je lui ai tellement donné, et elle ne veut pas m'accorder ça.

— Vous avez l'air en colère contre elle.

— Je le suis.

— Avez-vous songé à le lui dire ?

— Que je suis en colère ? Non.

— Pourquoi pas ?

— J'ai peur de dire quelque chose que je regretterais. J'ai peur qu'elle parte. Elle m'a déjà quitté une fois.

— Mais vous lui aviez fait mal.

— C'est vrai.

Le souvenir du visage d'Ana mouillé de larmes et de ses paroles amères ne me quitte jamais. *Pauvre cinglé.* Je frémis et tente de le cacher à Flynn. Chaque fois que je repense à ce jour-là, je suis accablé par la honte.

— Je ne veux plus jamais lui faire mal. Plus jamais.

— C'est bien. Vous devez toutefois trouver une façon saine d'exprimer et de canaliser votre colère. Vous l'avez intériorisée tellement longtemps. Trop longtemps. (Il se tait un instant.) Vous connaissez mon opinion là-dessus. Je ne vais pas me répéter, Christian. Vous êtes incroyablement résilient et plein de ressources. Vous aviez la solution à cette impasse dès le début. Vous avez capitulé, le problème est résolu. On n'obtient pas toujours ce que l'on veut dans la vie. L'important, c'est de le reconnaître. Parfois, mieux vaut concéder une bataille pour gagner la guerre. Communication et compromis, voilà ce qu'est le mariage.

Je ricane en me rappelant un mail d'Ana, dans une autre vie.

— Qu'est-ce qui vous fait rire ?

Je secoue la tête.

— Rien.

— Ayez foi en vous-même, et en elle.

— Le mariage est un immense acte de foi, marmonné-je.

— En effet. Et vous êtes bien équipé pour vous en sortir. Concentrez-vous sur votre but. Sur ce que vous souhaitez devenir. J'ai l'impression que c'est ce que vous avez fait, au cours des dernières semaines. Vous m'avez semblé plus heureux.

Je le regarde dans les yeux.

— Ceci n'est qu'un petit revers, déclare-t-il.

*Je l'espère.*

— À la semaine prochaine.

La nuit est en train de tomber. Elliot et moi sommes debout sur la terrasse de la nouvelle maison, en train d'admirer la vue. Elliot siffle entre ses dents.

— Je comprends pourquoi tu as acheté cette baraque.

Nous restons silencieux un moment, à contempler la majesté du crépuscule sur le détroit de Puget : le ciel d'opale, la brume orangée au loin, les eaux pourpres… La beauté. Le calme.

— Superbe, non ?

— Oui. C'est un endroit incroyable pour une résidence magnifique.

— Que tu vas rénover, dis-je en souriant.

Elliot me donne un coup de poing dans le bras.

— Je suis heureux de t'aider. Il y a beaucoup de boulot, et ça va te coûter bonbon de rendre cette maison plus écologique. Mais tu en as les moyens. Je contacterai Gia la semaine prochaine pour savoir ce qu'elle prévoit, et si c'est faisable.

— Je vais signer l'acte d'achat d'ici la fin juillet. On devrait se voir Ana, Gia, toi et moi une fois que ce sera fait.

— Retrouvons-nous avant. À mon avis, quels que soient les résultats du relevé de propriété, ça ne risque pas de te faire changer d'avis.

— Tu as raison. (Je regarde mon agenda.) Tu serais libre quand ?

— Pour quoi faire ?

— Pour rénover, mon gars. Pour rénover.

— Si le projet du Spokani Eden avance comme prévu, au début de l'automne ?

— Ça se passe bien ?

— Nickel.

Elliot a l'air fier de lui. Il a raison. C'est un chantier ambitieux, et lorsqu'il sera terminé, ce sera une vitrine pour ses techniques de construction durable. Il repousse sa casquette des Seahawks sur son front et tape dans ses mains.

— Putain, c'est vendredi, champion. On rentre chez toi pour boire une bière ?

— Je me demande ce que fabriquent nos femmes ? lâche Elliot durant le trajet vers l'Escala.

— Elles emballent les affaires d'Ana, j'imagine.

Je jette un coup d'œil à Elliot. Il a mis son pied sur mon tableau de bord, et il regarde le paysage comme s'il n'en avait rien à foutre. *Putain, qu'est-ce que je l'envie.*

— Elles sont probablement en train de manger une pizza, de picoler et de parler de nous, plaisante-t-il.

*J'espère bien que non !*

— Ou alors, elles regardent le match.

— Kate aime le baseball ?

— Ouais. Elle aime tous les sports.

Une fois de plus, je n'arrive pas à comprendre pourquoi elle et Ana sont amies. Ana ne s'intéresse pas du tout au sport, même si nous avons tous les deux adoré le match des Mariners, récemment.

— Alors Kate, c'est ta femme ?

— Oui. Pour l'instant.

— Ce n'est pas sérieux, elle et toi ?

Il hausse les épaules.

— Elle est cool. On verra. Elle ne me fait pas chier. Tu vois ?

— Non, pas vraiment, Dieu merci, marmonné-je en secouant la tête.

Ce doit être la « relation » la plus longue de son existence.

— Et si on s'arrêtait dans un bar ? suggère-t-il.

— Non. Pas d'alcool au volant.

— Hé vieux, tu parles comme papa !

— Lâche-moi, pauvre con.

J'appuie sur l'accélérateur et la R8 fonce vers la bretelle d'accès à la I-5.

— Tu as trouvé le connard qui t'a démoli ton coucou ?

Je soupire.

— Mon hélicoptère, Elliot. Non. Et ça m'emmerde vraiment.

— Qui aurait pu faire ça ?

— Je ne sais pas. Mon équipe n'a rien trouvé. J'attends le rapport du NTSB. Ils traînent la patte. J'ai dû renforcer les dispositifs de sécurité. Deux gars surveillent l'appart d'Ana et Kate.

— Sans blague ! Remarque, je te comprends, vieux. Il y a des cinglés partout.

Je le regarde de travers.

— Quoi ? C'est vrai, non ? Je suis content qu'elles ne risquent rien, reprend-il. (Je commence à croire qu'il tient vraiment à Kavanagh.) Bon, tu veux faire quoi pour ton enterrement de vie de garçon ?

— Elliot, je n'ai ni envie ni besoin d'un enterrement de vie de garçon.

— Tu épouses la première fille qui s'est intéressée à toi un peu sérieusement. Évidemment, que tu as besoin d'un enterrement de vie de garçon !

J'éclate de rire. *Mon gars, si tu savais…*

— Je pensais que tu l'avais mise en cloque.

Je deviens glacial.

— Fous-moi la paix, frangin. Ana est beaucoup trop jeune pour avoir des enfants. Nous devons vivre notre vie avant de penser à fonder une famille.

Elliot s'esclaffe.

— Toi, avec des mômes. Ça va te décoincer !

Je fais comme s'il n'avait rien dit.

— Et Mia, qu'est-ce qu'elle fabrique ?

— Elle court la queue.

— Quoi ?

— Le frère de Kate. Je ne crois pas qu'il soit intéressé.

— Je n'aime pas entendre les mots « queue » et « Mia » dans la même phrase.

— Ce n'est plus une gamine, champion. Tu sais, elle est à peine plus jeune qu'Ana et Kate. Bon, alors tu préfères jouer au billard ou regarder le match ?

Il fait bien de changer de sujet.

— Comme tu veux.

Lorsque nous nous garons à l'Escala, je m'efforce toujours de ne pas penser à Mia et Ethan Kavanagh.

Elliot ronfle devant la télé. Que ce soit au boulot ou quand il s'amuse, il en fait toujours un peu trop. Il cuvera sa bière dans la chambre d'amis. La soirée était plutôt agréable : nous avons regardé les temps forts du match des Mariners contre les Angels (les Mariners ont perdu), il m'a battu à plate couture sur *Call of Duty*, mais j'ai gagné au billard, pour changer. Demain matin, je passerai chez Ana pour l'aider à déménager ses affaires. Elle a mis le temps. Je consulte ma montre, en me demandant ce qu'elle peut bien fabriquer. Mon téléphone vibre, et c'est comme si elle m'avait entendu penser.

> « J'ai fait mes cartons. Tu me manques.
> Dors bien. Pas de cauchemars.
> C'est un ordre.
> Je ne suis pas là pour te serrer dans mes bras.
> Je t'aime. ♥ »

Ses mots me réchauffent le cœur. D'après Flynn, notre récente querelle n'est qu'un petit revers ; j'espère qu'il a raison. Je réponds à son SMS.

« Rêve de moi.
J'espère que je rêverai de toi.
Pas de cauchemars. »

« Promis ? »

« Pas de promesses.
De l'espoir. Des rêves.
Et de l'amour. Pour toi. »

« Un jour, tu m'as dit que les histoires d'amour, ça n'était pas ton truc.
Je suis tellement heureuse que tu te sois trompé. Je fonds, là !
Je t'aime, Christian.
Bonne nuit. xxx »

« Bonne nuit, Ana.
J'aime te faire fondre.
Je t'aime. Toujours. x »

Lundi 11 juillet 2011

Je relis le communiqué de presse de Sam, que j'ai réécrit, comme d'habitude.

**Pour diffusion immédiate**
**GREY ENTERPRISES HOLDINGS INC.**
**FAIT L'ACQUISITION**
**DE SEATTLE INDEPENDENT PUBLISHING**

Seattle, WA, 11 juillet 2011 – Grey Enterprises Holdings, Inc. (GEH), annonce l'acquisition de Seattle Independent Publishing (SIP) à Seattle, WA, pour la somme de 15 millions de dollars.

D'après le porte-parole de GEH, « GEH est ravi d'ajouter la SIP à son portefeuille d'entreprises locales ». Le P-DG Christian Grey explique : « Je souhaite diversifier nos activités dans le domaine de l'édition et utiliser l'expertise de GEH pour développer la SIP comme plateforme de publication pour les auteurs du Nord-Ouest Pacifique. »

La Seattle Independent Publishing a été fondée il y a trente-deux ans par Jeremy Roach, qui restera P-DG. La SIP a connu un succès considérable en défendant des auteurs locaux, notamment Bee Edmonston, autrice de trois best-sellers *USA Today*, et le poète et artiste de performance Keon Kinger, dont le dernier recueil, *By the Sound*, a été sélectionné pour le prestigieux prix Arthur Rense en 2010.

La SIP restera indépendante et conservera ses trente-deux collaborateurs. Jeremy Roach déclare que « c'est une chance formidable pour le personnel et les auteurs de la SIP, et nous avons hâte de voir où nous conduira notre partenariat avec GEH au cours de la prochaine décennie et au-delà ».

Pour toute demande, s'adresser à Sam Saster.

Directeur des relations publiques, Grey Enterprises Holdings, Inc.

Les mots d'Ana me reviennent. *Bien sûr que je suis en colère contre toi. Enfin, quel homme d'affaires responsable peut prendre des décisions en fonction de la personne qu'il baise ?*

*Moi, Ana.* Mais seulement parce que je te baise, toi.

Des souvenirs se bousculent dans ma tête. Ana attachée à son petit lit blanc, toute gluante de crème glacée. Moi, en train d'essayer de hacher des poivrons. Elle qui me traite de con… Je jette un coup d'œil à mon petit planeur. Est-ce pour cette raison qu'elle ne veut pas m'obéir ? Parce qu'elle me prend pour un con ?

*Grey. Assez. Le doute est un mauvais état d'esprit.* Voilà ma nouvelle devise. Pour Flynn, notre dispute n'est qu'une petite contrariété. Tous les couples se disputent. Elle a emménagé avec moi, et nous nous marions dans moins de trois semaines. Que désirer de plus ?

*Et merde.* Si seulement nous étions déjà mariés ! Cette attente me met les nerfs à vif. Je ne veux pas qu'elle change d'avis. Elle n'a pas beaucoup parlé ce week-end. Nous étions occupés à déménager ses affaires, et elle est très prise par les préparatifs du mariage. Elle est fatiguée, tout simplement. *Arrête d'être aussi négatif, Grey. Concentre-toi sur ton boulot.*

Je décroche le combiné pour appeler Sam.

— Christian.

Parfois, ça m'exaspère lorsqu'il m'appelle par mon prénom. Je prends un ton glacial.

— Je vous ai renvoyé le communiqué de presse révisé et plus succinct. La concision, voilà ce qu'il faut. Tâchez de vous en souvenir.

— Comme vous voulez, monsieur Grey.

*Parfait. Je me suis fait comprendre.*

— Et puis, retirez le prix et mettez « pour un montant non divulgué ».

— Ça marche.

Je me tourne vers mon ordinateur. J'espère qu'un petit flirt avec ma fiancée par mails interposés nous mettra l'un et l'autre de meilleure humeur.

---

**De** : Christian Grey
**Objet** : Le consommateur compulsif consomme
**Date** : 11 juillet 2011 08:42
**À** : Anastasia Steele

Mon Anastasia chérie,
Je me rappelle le jour où tu as appris que j'avais acheté la SIP. Je crois que tu m'as traité de con, alors que j'exerçais simplement mon droit, en tant que citoyen de notre beau pays, d'acheter ce qui me plaît. En tant que consommateur compulsif, je t'informe que la nouvelle de ma plus récente acquisition n'est plus sous embargo et qu'un communiqué de presse sera diffusé aujourd'hui.
Je suis tellement heureux que tu aies emménagé avec moi.
J'ai bien dormi hier soir, sachant que tu étais là.
Je t'aime.

Christian Grey
P-DG pas con, Grey Enterprises Holdings, Inc.

De : Anastasia Steele
Objet : Patron ou petit chef ?
Date : 11 juillet 2011 08:56
À : Christian Grey

Mon très cher futur époux,
Tu as été con (je persiste et signe), et tu es le patron du patron de mon patron. Je me souviens d'une soirée extrêmement divertissante et collante. Peut-être un peu de crème glacée, ce soir ? Il fait si chaud dehors...
Je t'aime, moi aussi. Beaucoup.
Je prépare notre réunion ce soir avec Alondra pour les derniers détails !
Des demandes de dernière minute ?
Tu es toujours d'accord pour que le dîner de répétition se fasse à l'Escala ?

Anastasia Steele,
Éditrice intérimaire, SIP

---

De : Christian Grey
Objet : Combien de fois ???
Date : 11 juillet 2011 08:59
À : Anastasia Steele

Mon Anastasia chérie,
J'aimerais que la cérémonie soit courte.
J'ai hâte que tu sois à moi.
Oui pour l'Escala. Loin des curieux.
Au fait, BLACKBERRY !!!
ET BEN & JERRY'S & ANA
Mon dessert préféré.

Christian Grey
P-DG et petit chef, Grey Enterprises Holdings, Inc.

De : Anastasia Steele
Objet : Super chef
Date : 11 juillet 2011 09:02
À : Christian Grey

Taratata, monsieur Grey.
C'est aussi mon dessert préféré.
Ana x

Je souris. La voilà qui cite *Autant en emporte le vent*. Elle semble d'excellente humeur. Je secoue la tête et appelle Andrea, nettement ragaillardi.

*Merci, mademoiselle Steele.*

Au milieu de la matinée, Andrea me passe Darius Jackson, de l'aérodrome d'Ephrata.

— Bonjour, Christian.

— Darius, ça me fait plaisir de vous entendre. Il est arrivé ?

Tout d'un coup, j'ai à nouveau dix ans, et c'est Noël. J'arrive à peine à contenir mon enthousiasme.

— Il est là, monsieur Grey. Et il est de toute beauté.

— Vous l'avez assemblé ?

— J'y travaille. Je vous enverrai des photos dès que j'aurai terminé.

— J'ai hâte de le voir.

— Vous voulez que je lui fasse faire son vol d'essai, ou vous souhaitez vous en occuper ?

— Non, allez-y. Vous me direz comment il se comporte.

— J'en serai ravi. Quand comptez-vous passer ?

— J'essaierai de venir ce week-end. Je vous tiens au courant.

— OK. J'y retourne. On ne fait pas poireauter une merveille pareille.

Il glousse en raccrochant. Je ris. Peut-être qu'Ana et moi pourrions tester le planeur ce week-end.

Durant le dîner, Ana pinaille devant son risotto en silence. *Elle a peut-être changé d'avis ?*

— Qu'est-ce qui ne va pas ?

— Rien. La journée a été longue, c'est tout.

Mon angoisse monte. Elle me cache quelque chose.

— Sawyer m'a raconté qu'il y avait des paparazzis devant votre immeuble, dis-je, essayant d'en savoir plus.

— On est sortis par la porte de livraison. On a réussi à les esquiver.

Ce n'est donc pas le harcèlement de la presse qui la taraude. Je tente une approche différente :

— Tu as fait quoi, aujourd'hui ?

— J'ai passé toute la journée au téléphone à tenter de rassurer nos auteurs.

Je recrache presque ma bouchée. *Mais qu'est-ce qu'elle raconte ?* Mon expression la fait rire, et sa réaction me remonte aussitôt le moral.

— Oui, ils redoutent d'être exploités par le grand capital, précise-t-elle.

— Ah.

— Roach a réuni l'équipe éditoriale ce matin pour nous annoncer la nouvelle du rachat. Évidemment, moi je savais déjà, mais personne n'était au courant. C'était bizarre. Comme si j'étais à part…

C'est une bonne chose, pourtant, non ? Le savoir, c'est le pouvoir.

— Christian… (Son regard est plein d'appréhension, et ses mots se déversent comme un torrent.) Mon fiancé est le propriétaire de la société pour laquelle je travaille. Roach m'a dévisagée à plusieurs reprises. Je ne sais pas ce qu'il pense. Déjà qu'il a pété les plombs quand il a découvert que nous allions nous marier… Cette réunion était bizarre. Je me suis sentie mal à l'aise, gênée.

*Merde !*

— Tu ne m'as pas dit qu'il s'était énervé.

*Connard.*

— Ça fait un moment, quand il a appris que nous étions fiancés.

— C'est lui qui t'a embarrassée ?

*Si c'est lui, je le vire.*

Elle m'observe, sérieuse, comme si elle réfléchissait à ma question.

— Un peu. Peut-être. Ou alors, c'est moi qui projette. Je ne sais pas. En tout cas, il m'a confirmée dans mon poste d'éditrice.

— Aujourd'hui ?

— Cet après-midi.

Hum. Je n'ai pas encore annulé le moratoire sur le recrutement du nouveau personnel. *Ce vieux renard.* Je prends la main d'Ana.

— Félicitations. Nous devrions fêter ça. Tu avais peur de me l'annoncer ?

— Je pensais que tu savais déjà…

J'éclate de rire.

— Non, absolument pas. Mais c'est une très bonne nouvelle.

Elle semble soulagée. Est-ce pour cette raison qu'elle se taisait ?

— Ne t'en fais pas, Ana. On se fiche de ce que pensent tes collègues et Roach. J'espère que tout le monde a été rassuré par le communiqué de presse. Je ne prévois aucun changement dans l'immédiat, de toute façon. Et je suis certain que tes auteurs ont été ravis de t'entendre.

— Certains, oui. D'autres regrettent Jack.

— Vraiment ? Ça m'étonne.

— Il leur a donné leur chance. Ils lui restent loyaux. Je crois qu'ils le suivront quand il trouvera un autre poste.

*Il ne retrouvera jamais d'autre poste si j'ai mon mot à dire.*

Elle resserre ses doigts autour des miens.

— En tout cas, merci.

— De quoi ?

— De m'avoir écoutée.

Elle fronce à nouveau les sourcils et je me demande si elle veut ajouter quelque chose. *Quoi, Ana ? Dis-moi.*

— Tu es prêt pour notre réunion avec Alondra ?

— Bien sûr. Finis de manger.

Je regarde son assiette avec insistance. À mon grand soulagement, elle prend une grande bouchée de risotto et l'engloutit. Je décompresse peu à peu. Elle voulait simplement me parler de sa promotion et elle s'attendait à ce que je sois au courant.

*Bon sang, Grey. Détends-toi.*

— Il ne nous reste plus qu'à décider de ce que vous voulez faire après la réception.

Alondra Gutierrez sourit. Ana se tourne vers moi.

— Nous n'en avons pas encore discuté.

— Je m'en charge, dis-je.

Ana paraît étonnée. *Ah, bébé. Fais-moi confiance.*

— Je vous en parlerai plus tard, Alondra.

— Très bien, monsieur Grey. Je suis impatiente de vous entendre !

— Moi aussi, renchérit Ana.

— Tu devras attendre le grand jour.

Je souris. *J'espère que tu aimeras ce que j'ai prévu.* Une moue se dessine sur le visage d'Ana. Il y a de l'humour dans son expression et autre chose… quelque chose de plus sombre, de plus sensuel, qui parle à ma queue. *Putain.*

Alondra rassemble ses affaires et nous assure que nous pouvons encore faire des changements de dernière minute. En la remerciant, nous nous levons. Alondra prend congé et Taylor l'attend devant la porte. Je me tourne vers Ana.

— Elle a l'air de bien gérer.

— Alondra est très compétente.

— En effet. Et maintenant ? Qu'est-ce que tu as envie de faire ?

Ana se retourne pour me regarder dans les yeux, entrouvrant les lèvres. Nous sommes à quelques centimètres l'un de l'autre. Nous ne nous touchons pas. Mais je la sens. Tout entière. Le silence entre nous devient assourdissant, il emplit l'espace qui nous entoure… Tout d'un coup, il n'y a plus d'oxygène dans la pièce. Il n'y a que nous et notre désir qui crépite entre nous, invisible. Je le vois dans l'été de ses yeux. Ses pupilles se dilatent. S'assombrissent. Reflétant ma soif. Mon amour. Notre amour.

— Tu étais si distant ce week-end, fait-elle d'une voix à peine audible.

— Pas distant. J'avais peur.

— Non ! dit-elle dans un élan de tendresse.

Elle abolit l'espace qui nous sépare sans se mouvoir. Elle tend la main, effleurant ma barbe du bout des doigts, et ce contact résonne au plus profond de moi. Je ferme les yeux. Mon corps répond. *Ana.* Ses doigts s'affairent à déboutonner mon col de chemise.

— N'aie pas peur, souffle-t-elle en posant un baiser sur l'une de mes cicatrices, au-dessus de mon cœur battant.

Je n'y tiens plus : je prends son visage entre mes mains, approche ses lèvres des miennes et l'embrasse férocement. Elle est comme un banquet pour un affamé. Elle a le goût de l'amour et du désir et d'Ana. Je l'implore :

— Allons-y. Maintenant. À Vegas. On leur dira qu'on ne pouvait pas attendre.

Elle gémit et je l'embrasse à nouveau, prenant tout ce qu'elle peut me donner, me noyant dans son désir, dans son amour. J'ai faim d'elle, j'ai désespérément besoin d'elle. Quand elle s'écarte, nous sommes à bout de souffle. Son regard égaré cherche le mien.

— Si c'est ce que tu veux…

Elle ferait ça pour moi ! Elle ne veut pas obéir… mais elle ferait ça. *Putain.* Je sais qu'il faut que je lui offre un beau mariage, pas une cérémonie à la sauvette dans une chapelle à Vegas. Ma chérie mérite ce qu'il y a de mieux.

— Viens te coucher, lui susurré-je à l'oreille.

Elle glisse ses doigts dans mes cheveux tandis que je la soulève dans mes bras.

— Enfin ! Je pensais que tu ne te déciderais jamais.

Samedi 16 juillet 2011

— Réveille-toi, paresseuse.

Je tire doucement sur le lobe d'Ana avec mes dents.

— Mmm…

Elle gémit et refuse d'ouvrir les yeux. Je tire encore.

— Ah ! se plaint-elle.

Ses paupières se soulèvent.

— Bonjour, mademoiselle Steele.

— Bonjour.

Elle caresse mon visage. Je suis allongé près d'elle, tout habillé.

— Tu as bien dormi ?

J'embrasse sa paume. Elle acquiesce, encore ensommeillée.

— J'ai une surprise. Debout !

Je me lève.

— Quelle surprise ?

— Si je te le disais…

Elle laisse retomber sa tête, blasée. Il lui faut une réponse.

— Ça te dirait de planer au-dessus du Nord-Ouest Pacifique ?

Elle se redresse aussitôt.

— Planer ?

— Exactement.

— On pourra chasser… (Elle jette un coup d'œil par la fenêtre.)… la pluie ? termine-t-elle abattue.

— Il fera beau là où nous allons.

— Alors nous pourrons chasser le soleil de midi !

— Oui. Si tu te lèves !

Tout en bondissant, elle pousse un petit cri de joie, s'arrête pour me donner un baiser chaste et rapide, et fonce dans la salle de bains.

Tandis que nous filons sur la I-90 dans la R8, fuyant le temps maussade, je m'offre le luxe de profiter de l'instant. Ma belle est à mes côtés, les Killers à fond, et nous allons faire du planeur. Tout va pour le mieux. *Flynn serait fier de moi.* Évidemment, nous sommes suivis par Sawyer et Reynolds, mais on ne peut pas tout avoir.

— On va où ? demande Ana en scrutant l'horizon à travers la bruine.

— Ephrata.

Du coin de l'œil, je vois qu'elle est perplexe.

— C'est à deux heures et demie d'ici environ. C'est là que j'entrepose mes planeurs.

— Tu en as plusieurs ?

— Deux. Maintenant.

— Le Blaník ? demande-t-elle. (Me voyant froncer les sourcils, elle poursuit avec un peu moins d'assurance :) Tu en as parlé au pilote lorsque nous avons testé le planeur en Georgie.

Elle baisse les yeux vers ses doigts et fait tourner sa bague de fiançailles.

— C'est pour ça que je t'ai acheté le modèle réduit.

Elle parle si bas que j'ai du mal à l'entendre.

— Mon seul Blaník, c'est ce petit planeur. Il occupe la place d'honneur sur mon bureau.

Je lui presse le genou, en me rappelant les circonstances de ce cadeau. *Ne t'aventure pas sur ce terrain-là, Grey.*

— Mais j'ai appris à voler sur un Blaník. Maintenant, j'ai un ASH 30 tout neuf, dernier modèle. L'un des premiers au monde. Ce sera mon… notre vol inaugural.

Je lui adresse un grand sourire. Ana me répond par le sien. Elle secoue la tête affectueusement.

— Quoi ?

— Toi.

— Moi ?

— Oui. Toi et tes jouets.

— Il faut bien qu'un homme se détende, Ana.

Je lui fais un clin d'œil et elle rosit.

— Tu ne vas jamais me laisser oublier ça, pas vrai ?

— Ça, et ta question « Êtes-vous gay ? ».

Ana éclate de rire.

— Tu as des loisirs coûteux.

— Ça n'est pas nouveau.

Elle ravale son sourire et secoue la tête. Je ne sais pas si elle rit de moi ou avec moi.

Un peu avant 11 heures, nous nous garons devant l'aérodrome d'Ephrata. Comme prévu, le soleil est au rendez-vous et les nuages de pluie sont remplacés par de jolis cumulus blancs, parfaits pour le planeur. Je meurs d'envie de découvrir mon nouveau planeur et de l'essayer.

— Prête ?

— Oui !

Les yeux d'Ana brillent, son enthousiasme est palpable. Comme le mien.

— Il y a du soleil, il nous faudra des lunettes.

De la boîte à gants, je sors mes Ray-Ban et tends une paire de Wayfarer à Ana, puis j'attrape deux casquettes des Mariners.

— Merci. J'avais oublié mes lunettes de soleil.

Sawyer arrive dans le Q7 et se gare à côté de la R8. Je lui fais signe et il baisse la vitre.

— Il y a un lounge pour les pilotes, si vous voulez nous y attendre, dis-je. Suivez-nous.

— Monsieur Grey, s'il vous plaît.

Il veut inspecter les bureaux avant qu'Ana et moi y entrions. Je m'efface pour le laisser passer avec Reynolds. *Je commence à en avoir marre de ces mères poules.* J'inspire profondément. Sa vigilance n'entamera pas ma bonne humeur – après tout, je le paie pour ça. Prenant la main d'Ana, je suis nos gardes du corps dans le bureau, où m'attend Darius Jackson.

— Christian Grey, lance-t-il en me broyant cordialement la main.

Je suis content de le retrouver. C'est un grand costaud, un peu plus enrobé que la dernière fois que je l'ai vu.

— Vous avez bonne mine, fait-il observer.

— Vous aussi, Darius. Voici ma fiancée, Anastasia Steele.

— Mademoiselle Steele.

Darius lui adresse un sourire éblouissant.

— Ana, le reprend-elle en lui serrant la main.

— Darius a été mon instructeur de vol.

— Vous étiez mon élève le plus doué, Christian. Il a ça dans le sang.

Ana me regarde et il me semble voir de la fierté sur son beau visage.

— Félicitations pour vos fiançailles.

— Merci. Il est prêt ? demandé-je.

— Fin prêt à vous accueillir. Mon fils Marlon va nous aider.

— Oh ! Marlon ! Qu'est-ce que tu as grandi !

Marlon, âgé d'une quinzaine d'années maintenant, a hérité du sourire et de la poigne de son père.

— Eh oui. Ça pousse, les gamins.

Les yeux sombres de Darius débordent d'amour paternel.

— Merci pour ton aide, Marlon.

— Pas de souci, monsieur Grey.

Le N88765CG m'attend sur le tarmac. C'est le planeur le plus majestueux de la planète : un Schleicher ASH 30 d'un blanc éblouissant, avec une envergure impressionnante de vingt-six mètres cinquante et une grande verrière. Une petite merveille du génie aéronautique. Darius me relate par le menu son vol d'essai tandis que nous faisons le tour du planeur pour admirer son élégance.

— Il est parfait, Christian. C'est comme si on marchait sur l'air.

Son émerveillement est digne de cet aéronef racé, à la pointe de la technologie.

— Il est superbe, dis-je.

J'ouvre la verrière et Darius m'explique chacune des commandes.

— J'ai remis du ballast, indique-t-il en jetant un coup d'œil à Ana, vous en aurez besoin.

— Très bien.

— Je vais chercher vos parachutes.

— Ouh là ! s'exclame Ana en regardant dans le cockpit. Il a plus de cadrans et de bidules que l'autre planeur !

— C'est clair. Mais il est plus docile, ajouté-je en riant.

Ana penche la tête en plissant les yeux, tentant vainement de cacher son amusement.

— Docile ?

— Facile à manier. Il fait ce qu'on lui demande… lui.

Darius revient et me tend les parachutes avant de retourner dans son bureau. Je m'accroupis et aide Ana à passer le sien, en resserrant les sangles autour de ses cuisses.

— Comme vous le savez, mademoiselle Steele, j'aime qu'on soit docile.

— Jusqu'à un certain point, monsieur Grey. Parfois, vous aimez qu'on vous défie.

Je souris.

— Seulement quand c'est toi.

J'ajuste les bloqueurs sur ses épaules.

— Ça te plaît, de me harnacher comme ça, pas vrai ? chuchote-t-elle.

— Plus que tu ne l'imagines.

— On devrait peut-être essayer plus tard ?

Je l'attire vers moi pour respirer son parfum.

— Ça me ferait très plaisir.

Ana me regarde par en dessous.

— À moi aussi.

Elle renverse la tête pour m'embrasser. Quand ses lèvres rencontrent les miennes, le désir embrase mon corps comme un feu follet. Avant que je puisse réagir, elle recule pour me laisser passer mon propre parachute. *Allumeuse, va !* L'œil étincelant, elle me regarde l'ajuster. Je prends bien soin de resserrer mes sangles.

— C'était chaud, chuchote-t-elle.

Avec un petit rire, et pour éviter que nous ne nous donnions en spectacle, je fais à nouveau le tour de mon Schleicher. Je vérifie que tout soit en place comme pour une inspection de pré-vol. Darius, qui m'a appris à piloter un planeur, n'en attendrait pas moins de ma part. *Il est décidément superbe.* Comme ma fiancée. Je fais courir ma main sur la pointe de son aile.

— Tout est parfait ! dis-je en rejoignant Ana.

Elle coiffe sa casquette et glisse sa queue-de-cheval par l'ouverture à l'arrière.

— Vous aussi, d'ailleurs, mademoiselle Steele.

Darius et Marlon nous rejoignent. Ensemble nous poussons l'ASH 30 vers la piste de décollage. Une fois en position, j'aide Ana à monter sur le siège avant du cockpit où j'ai encore le plaisir de l'attacher.

— Voilà qui devrait t'obliger à rester à ta place, lui chuchoté-je avec un sourire coquin, avant de m'installer derrière elle et de rabattre la verrière.

Darius fixe le câble de remorquage, lève le pouce et se dirige vers son monomoteur Cessna Skyhawk.

— Prête ?

— Et comment !

— Ne touche à rien.

— Attends…

— Quoi ?

— Tu n'as jamais piloté cet avion ?

Je ris.

— Non. Je n'avais jamais piloté le Blaník L23 non plus et nous avons survécu. (Elle reste silencieuse.) Ana, tous les planeurs se ressemblent, vraiment. En plus, tu as ton parachute. Ne flippe pas.

— OK.

Elle paraît peu convaincue.

— Tout ira bien. Fais-moi confiance.

Je teste toutes les commandes : gouverne de profondeur, ailerons, manche haut, bas, droite, gauche. Harnais, vu. Verrière et aérofreins, verrouillés. Instruments de bord, impec – pas de verre fissuré ; normal, il est neuf. La voix de Darius grésille sur la radio et je lui indique que nous sommes prêts. Un coup d'œil rapide à tribord me révèle que Marlon tient la pointe de l'aile tandis que Darius démarre le Skyhawk.

— C'est parti ! Allons chasser les thermiques et le soleil de midi ! dis-je par-dessus le vrombissement aigu du moteur du Cessna.

Darius commence à rouler tranquillement, et tout d'un coup nous filons sur le tarmac. Nous nous envolons avant même que le Cessna ait quitté la piste.

*Qu'est-ce qu'il décolle vite !* Nous grimpons de plus en plus haut. L'aérodrome d'Ephrata n'est plus qu'un jouet pour enfant. Nous volons vers les Beezley Hills, où nous sommes certains de trouver de la portance.

— C'est vraiment un décollage tout en douceur, s'émerveille Ana.

— Beaucoup plus que le Blaník.

L'ASH est époustouflant. Tellement léger et réactif. À 900 mètres d'altitude, je contacte Darius pour lui faire savoir que je détache le câble. Il nous a guidés jusqu'à un thermique, et lorsqu'il s'éloigne, j'effectue un grand cercle en maintenant une altitude constante tandis que nous nous élevons de plus en plus. La terre s'éloigne.

— Waouh ! souffle Ana.

— À bâbord, tu peux voir les Cascades.

— Bâbord ?

— À gauche.

Il y a encore un peu de neige au sommet des montagnes, même en juin.

— C'est quoi, ce plan d'eau, là-bas ?

— Banks Lake.

— Christian, c'est magnifique.

Nous sommes à 2 000 mètres et je sais que nous pourrions monter encore plus haut, parcourir des kilomètres et atterrir en plein champ. Ana et moi, seuls en pleine nature… L'idée me séduit, je doute cependant que Sawyer, Reynolds ou même Ana apprécient.

— Regarde ! lance Ana.

Un grand tourbillon de poussière s'élève dans les airs. *La portance !* Je me dirige droit dessus et nous montons encore à toute vitesse.

— Waouh ! s'écrie Ana, exaltée. Pas d'acrobaties aujourd'hui ?

— Non, pour l'instant je le prends en main.

*Et puis merde !* J'adore faire hurler Ana. J'effectue un tonneau et elle pousse un cri de ravissement alors que nous volons tête en bas. Elle allonge les bras, sa queue-de-cheval pend à l'envers, avec les plaines de Washington en dessous.

— Oh la vache ! s'exclame-t-elle.

Je nous remets à l'endroit et elle rit comme une folle. Ce son me comble. J'ai l'impression d'être un géant. L'ASH est une merveille à piloter ; nous volons au-dessus des nuages ; tout est calme, et nous sommes environnés de paysages beaux à couper le souffle. L'amour de ma vie est assise devant moi, heureuse et libre, en plein ciel. Et pour la première fois depuis un bon moment, je me sens en paix. Nous sommes ensemble, bercés par le ciel. Mon cœur déborde.

Je ne veux pas que cette sensation s'arrête. Cet enivrement. Je plane.

Les paroles de Flynn me reviennent. *Concentrez-vous sur votre but. Sur ce que vous souhaitez devenir. J'ai l'impression que c'est ce que vous avez fait, au cours des dernières semaines. Vous m'avez semblé plus heureux.*

Ana détient la clé de mon bonheur… Cette pensée est trop grande, trop envahissante. Je sais qu'elle m'engloutirait tout entier si je la laissais faire. Pour me distraire, je demande à Ana si elle veut essayer de piloter.

— Non. C'est ton vol inaugural. Profites-en, Christian. Je suis heureuse de t'accompagner.

— Je l'ai acheté pour toi.

— Vraiment ?

— Oui. J'ai un monoplace du même constructeur allemand. Ce planeur est absolument fantastique.

— C'est vrai, dit Ana en fixant l'horizon. Nous flottons dans l'air, poursuit-elle d'une voix rêveuse.

— Tu l'as dit, bébé… tu l'as dit.

Une heure plus tard, nous atterrissons en douceur. Ce nouveau modèle est à la hauteur de mes espérances. J'aimerais voir jusqu'où il peut aller. Sans doute plus tard, cet été.

Darius se précipite vers nous tandis que je déverrouille la verrière.

— Alors, c'était comment ?

— Fabuleux.

Je suis encore shooté à l'adrénaline. Darius se tourne vers Ana.

— Je suis d'accord avec Christian. Il est incroyable.

Je détache mes sangles, sors et m'étire. Puis je me penche pour libérer Ana.

— Ça m'a inspiré, murmuré-je en lui donnant un baiser en vitesse.

Avant qu'elle puisse répondre, je me tourne vers Darius.

— On le met dans le hangar ?

Alors que nous regagnons les voitures avec Sawyer et Reynolds, je marche derrière Ana. Sa queue-de-cheval danse dans son dos. Elle porte toujours la casquette, et sous son petit blouson de baseball marine, son jean moule son cul. Ses hanches ondulent, et sa démarche m'hypnotise. Putain, qu'est-ce qu'elle est sexy. Je contourne la voiture pour lui ouvrir la portière.

— Tu es magnifique. Je ne te l'ai pas dit, ce matin.

— Je crois que si, répond-elle avec un adorable sourire.

— Eh bien, je te le répète.

— Je te retourne le compliment, Christian Grey.

Elle passe les doigts sur mon tee-shirt et cette sensation résonne dans tout mon corps. *Il faut que je la ramène à la maison.* Mais d'abord, nous devons déjeuner. Nous nous arrêtons dans une pizzeria à Ephrata.

— Ça t'ennuie qu'on la prenne à emporter ? lui demandé-je en entrant dans le petit restaurant.

— Tu veux manger dans ta voiture ?

— Oui.

— Ta R8 immaculée ?

— Tout à fait.

— Bien sûr, répond Ana, perplexe.

— Je suis pressé de rentrer.

— Pourquoi ?

Je la dévisage en haussant un sourcil. Je n'ai qu'une idée en tête. *À ton avis, Ana ?*

— Oh.

Elle mord sa lèvre inférieure pour s'empêcher de sourire, mais ses joues rougissent.

— OK. D'accord. À emporter, lâche-t-elle, me faisant éclater de rire.

— Qu'est-ce qu'elle est bonne, cette pizza ! s'extasie Ana, la bouche pleine. (Heureusement, j'ai fait une provision de serviettes en papier.) Encore ?

Elle me tend la pointe de sa part pour que je prenne une bouchée. Quand j'ouvre la bouche, elle me la retire pour mordre dedans.

— Hé !

Elle pouffe de rire.

— C'est ma pizza à moi !

Je fais la moue. Comme je conduis, je ne peux pas me défendre.

— Allez, dit-elle, et cette fois elle me laisse croquer.

— Tu sais que je vais te le faire payer.

— Ah bon ? me provoque-t-elle. Quand tu veux.

— Tu verras, tu verras…

Je commence à envisager divers scénarios. Les répercussions sur mon corps sont immédiates. Je me tortille sur mon siège.

— Encore un peu de pizza, s'il te plaît.

Ana continue à me nourrir. Et à me titiller. *On devrait faire ça plus souvent.*

— Fini ! s'exclame Ana en glissant la boîte de pizza à ses pieds.

Je suis comblé. Je suis avec ma chérie, dans ma voiture préférée. J'écoute Radiohead et nous filons vers Vantage Bridge dans le paysage majestueux qui borde le fleuve Columbia. Avant Ana, que faisais-je de mes week-ends ?

*Naviguer, voler, baiser…*

J'éclate de rire. En apparence, rien n'a changé, mais c'est faux. Tout a changé, à cause de la jeune femme assise à côté de moi. Avant elle, je ne savais pas que j'étais seul. Je ne savais pas que j'avais besoin d'elle, et la voici près de moi. Je jette un coup d'œil à Ana, qui suce le bout de son index. Ce spectacle m'excite, et je repense aux sangles…

— *Ça te plaît, de me harnacher comme ça, pas vrai ?*
— *Plus que tu ne l'imagines.*
— *On devrait peut-être essayer plus tard.*
— *Ça me ferait très plaisir.*

Cette pensée me rend fou. J'appuie sur l'accélérateur et pousse la R8 à fond. J'ai trop hâte de rentrer.

Quand nous arrivons au garage de l'Escala, je suis en état d'alerte rouge.

— Enfin rentrés, souffle Ana alors que je coupe le contact.

Sa voix est rauque. Nous nous dévisageons. L'ambiance, dans la R8, est de plus en plus torride. Notre désir est là. Entre nous. Tellement puissant qu'il a presque une existence à part entière. Il nous réunit. Il me consume… nous consume.

— Merci, murmure-t-elle.

— Je t'en prie.

Elle m'observe à travers ses cils, le regard embrumé et débordant de sensualité. Je suis envoûté. À côté de nous, Sawyer et Reynolds se garent, descendent du Q7 et se dirigent vers l'ascenseur de service. Je ne vois pas s'ils nous attendent ou pas. Je n'en sais rien. Je m'en fiche. Ana et moi les ignorons. Nous sommes focalisés l'un sur l'autre. Le silence, dans la voiture, est enivrant.

— Ce nouveau planeur… C'était renversant.

— J'adore te renverser.

Un sourire sexy se dessine lentement sur ses lèvres.

— Moi aussi, j'adore.

— J'ai un plan.

— Ah bon ?

Je hoche la tête. L'image d'Ana, harnachée dans la salle de jeux, me traverse l'esprit.

— Dans la Chambre rouge ? s'enquiert-elle timidement.

J'acquiesce. Ses pupilles se dilatent et ses seins se soulèvent.

— Quand tu veux.

Je sors de la voiture. Quand j'arrive à la portière côté passager, elle est déjà dehors.

— Viens.

Je la prends par la main et marche à grands pas vers l'ascenseur. Heureusement, il est là. Nous nous y engouffrons. Je presse sa main. Nous nous appuyons tous les deux contre la paroi du fond. Elle approche son visage du mien.

— Non, attends.

Je lâche sa main et m'écarte.

— Christian, murmure-t-elle, le regard brûlant.

Je secoue la tête. *Je vais te faire patienter, bébé.* Elle pince les lèvres, mais ses yeux luisent d'un éclat d'acier. Ma chérie ne recule devant aucun défi.

*À moi de jouer.* La porte de l'ascenseur s'ouvre et je m'efface, courtois.

— Les dames d'abord.

Tête haute, elle sort de l'ascenseur en se déhanchant, puis s'arrête. Sawyer nous guette. *Là, ça devient gênant.*

— Monsieur Grey, avez-vous besoin d'autre chose ?

Il sait que Taylor est parti voir sa fille et je pense qu'il essaie d'assumer ses fonctions. Il regarde Ana, qui examine soudainement ses chaussures en tâchant de retenir son rire. Cachant mon amusement, je réponds :

— C'est bon, merci. (Puis pour la taquiner, j'ajoute :) Ana ?

— C'est bon.

Elle me fait les gros yeux, et il me faut tout mon self-control pour ne pas exploser de rire.

— Reynolds et vous, vous pouvez vous reposer. Nous ne sortons pas ce soir. Anastasia a un rendez-vous demain. Je vous enverrai un SMS pour vous préciser quand.

Ana a un essayage pour sa robe de mariée dans la matinée.

— Très bien, monsieur.

Il tourne les talons et je le suis dans le couloir. En jetant un coup d'œil au salon, je constate qu'Ana n'y est pas. Sawyer gagne le bureau de Taylor tandis que je pars à la recherche de Mlle Steele. Je la trouve dans la chambre, où elle délace ses bottes. Elle lève les yeux.

— Monsieur Grey, vous êtes vraiment méchant.

— Je fais ce que je peux. Salle de jeux. Dix minutes.

Je la laisse, bouche bée, dans ma… notre chambre.

Les lumières de la salle de jeux sont allumées, la lueur des lampes se reflète sur les murs rouges. Je sens que ce lieu redevient mon refuge. Nous n'y sommes pas revenus depuis quelques semaines. *Pourquoi le temps passe-t-il aussi vite ?* Je ricane – je parle comme mon père.

Je retire ma veste, mes chaussures et mes chaussettes. Sous mes pieds, le parquet est tiède. Du coffre à jouets, je retire un harnais de suspension en cuir – je vais me faire un plaisir de le passer à Ana. J'ai du mal à contenir mon impatience. Elle ne sera pas complètement suspendue, on ne devrait pas dépasser ses limites. Je pose le harnais sur le lit, glisse deux accessoires dans la poche arrière de mon jean et laisse le reste sur le coffre. Puis je me dirige vers la chambre de la soumise.

Je m'arrête un moment en sortant de la salle de bains. La chambre n'a pas changé depuis le départ de Susannah. Ana ne l'a jamais vraiment occupée ; elle paraît vide, abandonnée. Le décor est toujours aussi neutre. Blanc. Froid. Susannah s'est toujours refusée à la décorer. *Grey, stop.* Pas question de me laisser happer par les souvenirs. Pas quand ma belle m'attend.

Lorsque j'entre dans la pièce, Ana est pieds nus à côté du lit, en train d'examiner le harnais. Je me fige en la voyant. Elle a passé une guêpière en dentelle. Elle est toute en jambes et en dentelle noire, avec une culotte fine et transparente. *Rien que pour moi.* Je peux tout voir sous la dentelle. Ma bouche s'assèche quand elle s'avance vers moi, les cheveux retombant en boucles sous ses seins.

— Monsieur Grey, vous êtes bien trop habillé.

Je peux la jouer de deux façons. Pour l'instant, nous sommes encore en train de trouver nos marques dans ce lieu. Mais aujourd'hui, c'est le Dominant qui l'emporte.

— Tu veux jouer ?

— Oui.

— Oui, qui ?

Ana reste un instant bouche bée.

— Oui, monsieur.

— Dans ce cas, retourne-toi.

Elle cligne des yeux, étonnée par mon ton, et un petit *v* se forme entre ses sourcils.

— Ne fronce pas les sourcils.

— Suspension ?

— Pas complète, non. Tes orteils toucheront le parquet. Ce sera intense.

*Allez, Ana, ne te dégonfle pas.* Je lui souffle :

— On n'est pas obligés.

Sa bouche dessine ce sourire buté que je connais si bien. Elle réfléchit. Je penche la tête alors que son regard se pose sur le harnais, s'y attarde. Elle est intriguée, j'en suis sûr. Je lui relève le menton et frôle ses lèvres des miennes.

— Tu veux le porter, oui ou non ?

— Qu'est-ce que tu vas me faire ?

Ses mots sont étouffés, à peine audibles. Elle est excitée. Rien qu'en le regardant.

— Tout ce que je veux.

Elle inspire brusquement et se retourne aussitôt. *Oui !* Dans le premier tiroir de la commode, je prends un élastique et je tresse ses cheveux. *Pas question que sa magnifique crinière s'emmêle dans les sangles.* Je termine rapidement la tresse et l'attache avant de tirer dessus. Ana recule dans mes bras.

— Vous êtes très belle, mademoiselle Steele, lui murmuré-je à l'oreille. J'adore ta lingerie. Rappelle-toi, tu n'es pas obligée de faire quoi que ce soit. Tu n'as qu'à me dire d'arrêter. Maintenant, va prendre position près de la porte.

Elle m'adresse un regard des plus insoumis, qui dans une autre vie lui aurait mérité une bonne fessée, puis regagne la porte et s'agenouille, les paumes posées sur les cuisses, les jambes écartées.

*Ça, c'est tout elle.*

Elle est sublime, comme ça. Je pourrais jouir rien qu'en la regardant. *Tout doux, Grey. Contrôle-toi.*

Je sors mon iPod du coffre et le pose sur le socle. J'allume les enceintes Bose, choisis une piste et règle sur « repeat ». « Sinnerman », Nina Simone. Parfait. Ana m'observe.

— Baisse les yeux.

Elle m'obéit. Chaque fois qu'elle fait ce que je demande, je suis aux anges. Je n'arrive pas à la soumettre en dehors de cette pièce. Alors, je vais en profiter pleinement. Je m'avance tranquillement pour me planter devant elle.

— Écarte les jambes.

Elle déplace ses cuisses. Je grogne, approbateur, retire mon tee-shirt et le jette par terre. Lentement, je retire la boucle de ma ceinture et la sors des passants. Les doigts d'Ana se crispent. *Se demande-t-elle ce que je vais en faire ? Ces jours-là sont terminés, Ana.* Juste pour l'effet, je la jette par terre. Ana sursaute. *Merde.* Je me baisse pour caresser ses cheveux.

— N'aie pas peur, Ana.

Elle lève les yeux vers moi. Elle incarne le fantasme parfait du Dominant. Ma queue gonfle à en exploser. Lentement, je déboutonne ma braguette tout en lui agrippant les cheveux. Mon intention est claire et elle m'adresse un regard qui m'embrase de la tête aux pieds. Elle ouvre la bouche, prête à m'accueillir.

— Non, pas encore.

En l'agrippant toujours par les cheveux, je dégage ma queue durcie de mon jean et la garde dans ma main. Ses yeux ne quittent pas les miens. Du pouce, je frotte la goutte de rosée qui a perlé sur mon gland, puis je fais courir ma main à nouveau le long de ma queue. Je n'ai qu'une envie, lui prendre la bouche. Mais je veux que le plaisir dure.

— Embrasse-moi.

Les seins d'Ana montent et descendent de plus en plus vite. Ses tétons se dressent. Elle est excitée. Elle avance les lèvres et les pose sur mon sexe.

— Ouvre-la pour moi.

Elle écarte les lèvres et je me glisse dans sa bouche chaude, mouillée, consentante. *Putain.* Je ressors doucement, avant d'entrer une nouvelle fois. Elle a gainé ses dents. L'effet, lorsqu'elle m'aspire, est immédiat. *Oh oui.* Gémissant mon approbation, je me cramponne à ses cheveux et commence à bouger. J'entre. Je sors. Je baise sa bouche, et en véritable déesse… elle me prend. Tout entier. Encore et encore. Toujours plus profondément. Putain, je vais jouir. Je m'en fous. Je la lâche, appuie ma main contre le mur pour ne pas tomber et je me laisse aller. Je crie quand l'orgasme déferle en moi, tandis qu'Ana s'accroche à mes cuisses pour prendre tout ce que j'ai à donner.

« *I need you* », feule Nina alors que je me retire de la bouche de ma chérie, tentant de garder mon équilibre. Ana lève les yeux vers moi, triomphante. Elle s'essuie la bouche du revers de la main et se lèche les lèvres.

Je lui tends la main.

— Debout.

Je l'attire dans mes bras et l'embrasse en la plaquant au mur, déversant toute ma gratitude dans notre baiser. Il a mon goût, et celui de ma douce Ana. Quel mélange enivrant. Lorsque je m'écarte, elle est à bout de souffle, et ses lèvres sont un peu gonflées.

— Ça va mieux.

Elle émet un petit « mmm » rauque et sexy. Je souris.

— Passons aux choses sérieuses.

Je la conduis vers le lit, où le harnais est disposé. Après avoir joui, je suis plus calme, et prêt à attaquer la seconde partie des réjouissances. Je baisse les yeux vers Ana qui me regarde, dans l'expectative.

— Même si j'adore ce que tu portes, il faut que tu sois nue.

Elle passe un doigt sous la ceinture de mon jean.

— Et toi ?

— En temps et en heure, mademoiselle Steele.

Elle fait la moue et je prends doucement sa lèvre inférieure entre mes dents.

— Ne boude pas.

Je dégrafe sa guêpière, libérant ses seins magnifiques. Je la lui retire lentement, puis je la pose à côté du harnais.

— Et maintenant, ceci.

Je m'agenouille pour faire glisser doucement sa culotte sur ses jambes, en veillant à lui effleurer l'entrejambe du bout des doigts. Une fois parvenu aux chevilles, je m'arrête pour lui donner le temps de sortir les pieds. Je laisse la culotte à côté de la guêpière.

— Bonjour, toi, dis-je en m'adressant à son sexe.

Je pose un baiser juste au-dessus de son clitoris. Elle émet un petit rire, et je me rappelle l'époque où l'embrasser sur cette partie de son anatomie la faisait se tortiller et rougir. *Ah, Ana. Quel chemin on a parcouru.*

Je me redresse et saisis le harnais.

— C'est comme le parachute, ce matin.

— C'est ça qui t'en a donné l'idée ?

— Disons plutôt que c'est toi qui m'as donné l'idée. Bon, tu passes une jambe là, l'autre là.

Ana s'agrippe à mon biceps pour enfiler l'une, puis l'autre. Je fixe les attaches sur ses épaules et boucle toutes les sangles : sur sa poitrine, dans son dos, autour de sa taille et de chacun de ses bras.

Je recule d'un pas pour admirer mon œuvre et ma future épouse. *Putain, qu'est-ce qu'elle est bandante.* « *Oh, Sinnerman* », chante Nina.

— Ça va ?

Elle hoche rapidement la tête. Ses yeux sombres débordent de curiosité sexuelle. *Ah, Ana, tu ne sais pas ce qui t'attend.* Je prends les menottes en cuir dans un tiroir et les fixe à ses poignets, puis je clipse des mousquetons aux anneaux en cuivre sur chacun des brassards du haut des bras. Les mains d'Ana sont maintenant attachées au niveau de ses épaules, immobilisées.

— Ça va ?

— Oui, souffle-t-elle.

Doucement, j'attrape l'un des crochets incrustés dans la sangle de la poitrine et guide Ana sous la grille fixée au plafond de la salle de jeux. Je décroche le trapèze et le fais glisser jusqu'à ce qu'il arrive au-dessus d'Ana. À chaque extrémité du trapèze, il y a deux courtes cordes avec des mousquetons. Je les accroche aux anneaux sur ses épaules. Elle m'observe attentivement tandis que je continue ma tâche.

Maintenant, elle est accrochée. Les pieds bien à plat. Pour l'instant.

— Ce qui est intéressant, avec ce dispositif, c'est que je peux faire ça.

Je m'approche du mur. Un gros taquet en laiton y est fixé. Je déroule les cordes fixées au trapèze via la grille. Je tire à deux mains, et Ana se retrouve sur la pointe des pieds. Elle inspire brusquement et oscille d'avant en arrière et de droite à gauche en essayant de retrouver son équilibre. J'enroule à nouveau les cordes autour du taquet en laissant Ana danser sur la pointe des pieds.

Elle est sans défense. À ma merci. Cette pensée et ce spectacle sont totalement exaltants.

— Qu'est-ce que tu vas faire de moi ?

— Comme je te l'ai dit, exactement ce que je veux. Je suis un homme de parole.

— Tu ne vas pas me laisser comme ça ?

Elle a l'air paniquée. Je la prends par le menton.

— Jamais. Règle numéro un : ne jamais laisser seule une personne ligotée. Jamais. (Je l'embrasse en vitesse.) Ça va ?

Elle respire vite, excitée, et visiblement intimidée, mais elle hoche la tête. Je l'embrasse à nouveau, cette fois avec une tendresse infinie.

— Bon. Tu en as assez vu.

De la poche arrière de mon jean, je sors un masque de nuit que je glisse sur sa tête pour lui couvrir les yeux.

— Qu'est-ce que tu es sexy, Ana.

Je recule jusqu'à la commode, récupère l'accessoire dont j'ai besoin et le glisse dans ma poche arrière. Je tourne autour d'Ana pour admirer mon œuvre. De nouveau face à elle, je passe le pouce sur ses lèvres, puis sur son menton, jusqu'à son sternum.

« *Power* », hurle Nina.

— Tu vas m'obéir, ici ?

— C'est ce que tu veux ? me demande-t-elle d'une voix haletante.

J'effleure ses seins et ses tétons durcissent sous mes pouces. Je tire dessus. Fort.

— Ah ! crie-t-elle. Oui, oui, s'empresse-t-elle d'ajouter.

— Bien, ma belle.

Je continue de malaxer ses tétons entre le pouce et l'index. Elle gémit, rejetant la tête en arrière, et vacille sur ses pointes.

— Vas-y, bébé, lâche-toi. Tu veux jouir comme ça ?

— Oui. Non. Je ne sais pas.

— Je ne crois pas. J'ai d'autres projets pour toi.

Je pose les mains sur sa taille et penche la tête pour aspirer un téton dans ma bouche et le titiller avec ma langue. Ana pousse un cri. Je passe à son jumeau et lui prodigue les mêmes attentions, jusqu'à ce qu'Ana tire sur ses liens.

Quand je vois qu'elle n'en peut plus, je m'agenouille à ses pieds et plante des baisers sur son ventre, encerclant son nombril avec ma langue, puis je poursuis mon voyage vers le bas. Agrippant ses cuisses, je passe ses jambes par-dessus mes épaules et fais glisser son sexe vers ma bouche. Elle se cabre dans son harnais et lance un cri guttural lorsque mes lèvres et ma langue trouvent son clitoris gonflé. Je me dédie à la petite centrale électrique au sommet de ses cuisses. Je titille. Je teste. Je la torture avec ma bouche.

— Christian, halète-t-elle, et je sais qu'elle est au bord de l'orgasme.

Je m'arrête et la remets sur la pointe des pieds. Je veux qu'elle jouisse alors que ses orteils dansent sur le parquet. Ce sera intense. Je la stabilise et, de ma poche, je tire le gode en verre strié que je passe sur son ventre.

— Tu le sens ?

— Oui. Oui. C'est froid, souffle-t-elle.

— Froid. Bien. Je vais le mettre en toi. Et après t'avoir fait jouir, je vais te prendre.

Elle émet un gémissement étranglé.

— Écarte les jambes.

Ana ignore mon ordre.

— Ana !

Hésitante, elle déplace les pieds et je caresse l'intérieur de sa cuisse avec le bout du gode. Puis lentement, très lentement, je le glisse en elle.

— Ah ! C'est froid !

Doucement d'abord, j'imprime des va-et-vient, sachant que le verre est façonné de telle sorte qu'il frappera le point sensible qui se niche en elle. Ça ne sera pas long. De l'autre main, je l'attrape par la taille et la presse contre moi, embrassant sa gorge, respirant son parfum excitant.

*Ana chavire dans mes bras.*

Elle est si près. Si près. Ma main continue de bouger. Plus fort. Je l'emmène toujours plus haut. Ses jambes se raidissent. Soudain elle se raidit et hurle quand sa jouissance explose. Elle se cabre contre ses liens tandis que le gode la pénètre, pour qu'elle aille jusqu'au bout de son orgasme. Quand elle renverse la tête en arrière, bouche béante, je l'enlève. Je déclipse un mousqueton, puis l'autre, et la porte dans mes bras.

Je l'allonge sur le lit, toujours harnachée, les mains encore liées. Je retire le masque de nuit. Ses yeux sont fermés. J'enlève mon jean et mon boxer en vitesse. Debout au-dessus d'elle, je l'attrape par les cuisses, la soulève et la pénètre d'un grand coup de reins. Puis je m'immobilise. Elle lâche un cri et ouvre les yeux. Elle est mouillée. Vraiment mouillée. Et elle est à moi. Nous ne nous quittons pas des yeux. Les siens sont débordants de passion. De désir. De besoin.

— S'il te plaît, murmure-t-elle.

J'avance le bassin et je me mets à bouger. À la broyer. Mes doigts s'accrochent à ses cuisses, et elle croise les jambes derrière moi. Elle me tient. Je poursuis mes va-et-vient. Quand j'approche du but, je lâche ses jambes, qu'elle resserre autour de moi, et je me penche vers elle, m'appuyant de part et d'autre de ses épaules, mes doigts enfoncés dans les draps en satin rouge.

— Allez, bébé. Encore.

J'ai crié. Ma voix est presque méconnaissable. Ana se laisse aller et m'entraîne avec elle. Je jouis, fort, longtemps, en hurlant son nom. *Ana.*

Je m'effondre à côté d'elle. Totalement vidé.

Quand je reviens à la raison, je la libère du harnais et l'attire dans mes bras.

— C'était comment ?

Je crois qu'elle marmonne « renversant » avant de fermer les yeux et de se blottir contre moi. Je l'enlace. Nina chante toujours. Je trouve la télécommande sur le lit et éteins la sono, laissant le silence retomber sur nous.

— Bien joué, Ana Steele. Tu m'émerveilles.

Mais elle s'est endormie… avec le harnais. Je souris et l'embrasse sur les cheveux. *Ana, je t'aime. Et j'aime ton monstre intérieur.*

Lundi 18 juillet 2011

Il est tôt, et Bastille me tyrannise comme d'habitude.

— Bon, maintenant cross. Encore, me crie-t-il, en parlant comme une mitraillette.

Mon direct réussit à atteindre sa patte d'ours.

— Encore. Cross. Direct.

J'obéis.

— Changez de main. Jambe en arrière.

En appui sur ma jambe droite, je suis en position de combat.

— Allez.

Je mets tout mon poids dans mon gant droit et le bruit du cuir frappant le cuir résonne dans le gymnase du sous-sol de Grey House.

— Bien. Encore. Continuez. Il faut que vous soyez en forme, Grey. Que vous soyez beau pour le grand jour, rigole-t-il.

Ignorant ses moqueries, je fais pleuvoir les coups sur ses pattes d'ours.

— Cool. C'est bon. Assez.

Je m'arrête pour reprendre mon souffle. Je suis à bloc. Prêt à en découdre. Je sautille sur la pointe des pieds. L'adrénaline inonde mes veines. Je suis le putain de roi du monde.

— Ça suffit, pour l'échauffement. Maintenant on va vous secouer le cerveau pour vous sortir vos conneries de P-DG de la tête.

— Ça marche. Vous allez prendre une branlée.

Il m'adresse un sourire éblouissant en glissant ses gants sur ses mains bandées.

— Vous cherchez la bagarre, Grey ? Vous savez, votre nana fait beaucoup de progrès. Elle va vous mater. Un jour, elle sera une adversaire digne de ce nom.

*C'est déjà une adversaire digne de ce nom. Elle me mate. Et je la mate… Ne pense pas à ça maintenant !*

Bastille lève les poings.

— Prêt, vieux ?

*Hein ? J'ai dix ans de moins que lui !*

— Vieux ? Je vais vous en faire bouffer, des vieux, Bastille.

Je me jette sur lui.

Ragaillardi et prêt à affronter ma journée, je m'installe derrière mon bureau et allume mon iMac. Un mail d'Ana m'attend.

---

**De** : Anastasia Steele
**Objet** : S'envoyer en l'air, dehors et dans la Chambre rouge
**Date** : 18 juillet 2011 09:32
**À** : Christian Grey

Mon très cher monsieur Grey,
Difficile de savoir ce que je préfère : la voile, le planeur, ou la Chambre rouge ~~de la Douleur~~ du Plaisir. Merci pour cet autre week-end inoubliable.
J'aime m'envoyer en l'air de toutes les façons avec toi.

Je suis, comme toujours, émerveillée par tes talents… tous tes talents. ;)
Ta future épouse xxxx

Je n'arrive pas à contrôler mon sourire. Mais je m'en fous. Je lève les yeux quand Andrea pose une tasse de café sur mon bureau, l'air un peu absente.

— Merci, Andrea.

— Je demande à Ros de monter ?

— S'il vous plaît.

Je toussote en me demandant ce qui préoccupe mon assistante, puis je réponds en vitesse à Ana.

---

**De** : Christian Grey
**Objet** : Prouesses physiques
**Date** : 18 juillet 2011 09:58
**À** : Anastasia Steele

**Mon Anastasia chérie,**
**J'aime planer avec toi.**
**J'aime jouer avec toi.**
**J'aime tout avec toi.**
**Je t'aime.**
**Toujours.**

Christian Grey
P-DG, Grey Enterprises Holdings, Inc.

**P.-S. : Quel talent en particulier ? Juste pour savoir.**

Ros frappe et entre dans mon bureau.

— Bonjour, Christian, lance-t-elle au moment où je clique sur « envoi ».

Elle paraît de meilleure humeur que d'habitude. Je me lève et lui désigne la table.

— Bonjour.

— Pourquoi me regardez-vous comme ça ? me demande-t-elle en s'asseyant.

— Il me semble que je ne vous ai jamais vue d'aussi bonne humeur.

Son sourire pourrait rivaliser avec celui du Sphinx de Gizeh.

— Dieu est bon.

Je hausse les sourcils. Ça ne ressemble pas du tout à Ros. Installé en face d'elle, j'attends patiemment une explication. Elle me tend l'ordre du jour de notre réunion. Manifestement, elle ne compte pas m'éclairer, et je n'ai aucune envie d'être indiscret. Je passe au premier sujet.

— Le chantier de Taiwan ?

— Ils proposent de divulguer leurs pertes et profits, leurs actifs et leurs passifs. Ils veulent un partenariat avec une entreprise américaine. Ils aimeraient nous faire un pitch.

— Nous devrions accepter leur proposition et lancer un audit. Ensuite on passera à l'étape suivante. D'accord ?

— OK. À ce stade, on n'a rien à perdre.

— Alors on y va.

Ros passe au deuxième sujet à l'ordre du jour.

Un mail d'Ana m'attend lorsque j'ai terminé ma réunion avec Ros.

---

**De** : Anastasia Steele
**Objet** : Tes prouesses physiques
**Date** : 18 juillet 2011 10:01
**À** : Christian Grey

Enfin, monsieur Grey... si bestial et si modeste à la fois ! Je pense que vous pouvez deviner – votre sexpertise n'a pas de limites.

J'ai très hâte de revoir notre nouvelle maison ce soir. Ma réunion se termine à 17 heures. Tu passes me prendre ?
A x

Je prends mon téléphone et compose sa ligne directe.

— Ana Steele, répond-elle d'une voix ferme et professionnelle.

— Christian Grey.

— Ah, mon talentueux fiancé. Comme vas-tu ?

— Très bien, merci. Je serai là à 17 heures avec Taylor.

— Formidable. Maintenant, il faut que je retourne à mes rêveries… je veux dire à mon boulot. Je n'ai aucune envie que le patron du patron de mon patron m'accuse de glander.

— Que ferait-il s'il te surprenait, à ton avis ?

Elle inspire brusquement, et j'en frissonne de la tête aux pieds.

— Des trucs innommables, chuchote-t-elle.

— Ça peut se faire.

— Ta main te démange ?

— Comme tu le sais, elle me démange en permanence. Et son potentiel est un peu sous-exploité, ces derniers temps.

— Arrête. Tu me fais mouiller.

— Mouiller ? Mademoiselle Steele. (Je m'éclaircis la voix.) Ce mot devrait être réservé aux bateaux. Je vous aime trempée.

— J'aime que tu m'aimes trempée.

Sa voix est presque inaudible. Je me tortille sur mon fauteuil.

— 17 heures, chuchoté-je.

— Comment peux-tu rendre trois syllabes aussi séduisantes ?

— C'est une malédiction.

— C'est un don.

*Ah, Ana… Toujours le dernier mot.*

— On se voit à 17 heures. À plus, bébé.

Je suis le roi du monde. Elle rit de son rire délicieux, et je dois mobiliser toute ma volonté pour raccrocher.

Je bondis de mon fauteuil, débordant d'énergie. Flirter avec Ana est toujours jouissif. Discuter du dernier prototype de la tablette solaire avec Fred et Barney aussi. Je sors de mon bureau en me demandant si je n'aurais pas dû faire des études d'ingénieur.

Alors que je déjeune, le visage rigolard d'Elliot s'affiche sur mon écran de téléphone.

— Alors, vieux, ça marche toujours ?

— Oui. Ana et moi avons hâte de vous retrouver.

— Cool. Euh…

— Qu'est-ce qu'il y a ? Gia ? Elle sera là, elle aussi ?

Il ricane.

— Comme si elle risquait de rater ça. Non, je parle de ton enterrement de vie de garçon, champion. Samedi.

— Elliot…

— Ne sois pas aussi coincé, me coupe-t-il. Il aura lieu. Même s'il faut que je te kidnappe.

— Va te faire…

— Pas de ça, vieux. Mon équipe de maçons est en stand-by avec une fourgonnette et du chatterton. Tant pis pour ta gueule.

Je pousse un soupir aussi exaspéré que possible. Elliot se marre.

— Qu'est-ce que tu risques ?

— Je ne sais pas, Elliot. Tout dépend de ce que tu as prévu.

— Ça te fera oublier tes malheurs.

— Quels malheurs ?

— J'sais pas. Il y a quelqu'un qui veut t'assassiner, non ?

*Ah oui, c'est vrai.*

— Qu'est-ce que tu peux être lourd. J'ai du mal à croire qu'on ait été élevés par les mêmes personnes.

— À plus, champion, lance-t-il en rigolant.

Et il raccroche. *Connard.*

Il n'a pas tort. Welch n'a guère avancé dans son enquête. J'ai viré toute l'équipe responsable de la surveillance et de l'entretien de Charlie Tango, et j'attends toujours le rapport du NTSB. Je commence à me demander si le premier rapport de la FAA n'a pas conclu un peu précipitamment à un acte de malveillance, ou si les dégâts ne sont pas dus tout simplement à du vandalisme. Les deux hypothèses sont plausibles, et me donnent un peu d'espoir. Je ne veux pourtant pas baisser la garde. La sécurité d'Ana compte plus que tout pour moi. J'ai doublé les équipes de sécurité autour du Gulfstream de GEH, et il a fait deux vols d'essai depuis le crash de Charlie Tango. Il doit nous emmener en Europe pour notre voyage de noces.

Burgess doit encore me donner des nouvelles du yacht, mais j'espère que j'aurai celui que je veux. Je croise les doigts. J'imagine Ana allongée sur le pont en bikini. *Minute. A-t-elle seulement un bikini ?* Je ne me souviens pas d'avoir inclus de tenues de plage au nombre des vêtements choisis par l'acheteuse personnelle de Neiman Marcus. Quand elle deviendra ma femme, Ana aura besoin d'une autre garde-robe – pour les vacances, les réceptions, le travail… Je scrolle dans mes contacts et quand le nom de Caroline Acton apparaît, je l'appelle.

---

**De** : Christian Grey
**Objet** : Bête de mode
**Date** : 18 juillet 2011 15:22
**À** : Anastasia Steele

Mon Anastasia chérie,
J'ai pris rendez-vous avec Caroline Acton à 10:30 samedi pour te choisir une nouvelle garde-robe pour notre lune de miel.
Pas de discussions.
S'il te plaît.

Christian Grey
P-DG, Grey Enterprises Holdings, Inc.

---

**De** : Anastasia Steele
**Objet** : Des fringues ?
**Date** : 18 juillet 2011 15:27
**À** : Christian Grey

J'ai besoin d'une nouvelle garde-robe, moi ?
Je ne crois pas. J'ai plein de fringues.
On se voit à 17 heures.
A x

Je fronce les sourcils. Elle va me donner du fil à retordre.

De : Christian Grey
**Objet** : Nouvelles fringues
**Date** : 18 juillet 2011 15:29
**À** : Anastasia Steele

Oui. Tu en as besoin.

Christian Grey
P-DG, Grey Enterprises Holdings, Inc.

---

**De** : Anastasia Steele
**Objet** : Ces hommes qui ont plus d'argent que de bon sens…
**Date** : 18 juillet 2011 15:32
**À** : Christian Grey

La concision est-elle le secret de l'humour ?
Ana

---

**De** : Christian Grey
**Objet** : Tout moi
**Date** : 18 juillet 2011 15:33
**À** : Anastasia Steele

Oui. ;)

Christian Grey
P-DG, Grey Enterprises Holdings, Inc.

De : Anastasia Steele
Objet : Grrr…
Date : 18 juillet 2011 15:34
À : Christian Grey

Je suis en retard pour ma réunion. Arrête d'être aussi drôle.
À plus, bébé.
A xx

Mon téléphone vibre.

— Oui, Sam ?

— Christian, *Star Magazine* a mis la main sur des photos d'Anastasia et ils veulent faire un article sur elle, dans le genre Cendrillon des temps modernes.

— Putain, et puis quoi encore ?

— Je sais.

— Quel genre de photos ?

— Rien de compromettant.

*Encore heureux.* Il n'existe aucune photo compromettante d'Ana. N'est-ce pas ?

— Dites-leur d'aller se faire foutre. Mobilisez Ros. Menacez-les de poursuites.

Sam inspire profondément.

— Elles seront probablement publiées pendant votre voyage de noces. Les photos sont bien. Vous devriez les laisser paraître et ne pas réagir. Sinon, ça risque de faire encore plus de bruit.

J'entends presque son « je vous l'avais bien dit » à l'autre bout du fil. Il voulait nous organiser une séance photo ; j'aurais peut-être dû accepter. *Et merde.*

— Envoyez-moi ce que vous avez.

*Saletés de paparazzis !* Son mail apparaît dans ma boîte de réception et je consulte rapidement les pièces jointes. Je dois admettre à contrecœur qu'il a sans doute raison. Les photos d'Ana sont bien, juste un peu floues. Mais ils ont aussi récupéré celle de son yearbook. Elle est mignonne. Et très jeune. J'appelle Sam.

— Laissez-moi y réfléchir.

Dans la nouvelle maison, nous suivons Gia Matteo d'une pièce à l'autre.

— J'adore l'escalier, s'enthousiasme-t-elle. Je ne suis pas étonnée que vous vouliez le garder.

Elle me sourit comme si c'était mon idée. Alors que moi, je voulais du neuf. C'est Ana qui est tombée amoureuse de cette vieille baraque.

— J'adore ce qui est d'époque, renchérit Ana.

Gia lui adresse un sourire.

— Je vous comprends.

Nous arrivons dans le salon. Elliot traîne les pieds. Il est plus silencieux que d'habitude. Je me demande s'il n'a pas eu une aventure avec Gia – allez savoir. Elle est très volubile, et ses idées sont originales. Je me rappelle l'avoir brièvement croisée lorsqu'elle a rénové ma maison à Aspen. Elle a fait un boulot formidable.

— J'adore cette pièce ! s'exclame Gia lorsque nous passons dans le grand salon. Il faut mettre la luminosité en valeur.

Elle me tapote le bras. *Merde.* J'ai passé ma vie à éviter d'être touché. C'est un mécanisme de défense que j'ai élaboré au fil du temps pour éloigner les autres de mon espace vital et les obliger à garder leurs distances. Un pas par-ci, une esquive par-là pour éviter le moindre contact physique… J'en ai fait tout un art. Je déteste être touché. Non. Je le redoute. Sauf par Ana, évidemment. Le kickboxing m'a aidé. Je supporte les contacts durant un match ou une poignée de main ferme… ou la morsure d'une canne ou d'un fouet.

*Ne pense pas à ça.*

Mais c'est tout. De plus, j'ai mis au point un regard pas-touche plutôt efficace. *Sauf dans le cas de Gia Matteo.* Putain, qu'est-ce qu'elle est tactile. C'est exaspérant. Et ce n'est pas seulement à moi qu'elle fait le coup. Elle tend la main vers Elliot lorsqu'il entre dans le salon et lui adresse un sourire aguicheur, en lui prenant le bras. Elliot reluque son décolleté, qui s'expose à tous les regards. Ana le remarque, je la vois froncer les sourcils. Je me demande si ce qu'a dit mon frère au sujet de Mlle Matteo est vrai. C'est une femme qui ne comprend pas le mot non ; l'une de ces femmes ouvertement sexuelles, tactiles, qui ne respectent aucune limite.

*Un peu comme Elena.* Cette pensée me fait réfléchir. Je ne me rappelle pas avoir vu Gia sous cet angle lorsque nous nous sommes rencontrés il y a deux ou trois ans. *Tu penses trop, Grey.*

Je m'arrange pour mettre le plus de distance possible entre elle et moi.

— Un mur en verre, ce serait extraordinaire au bout de la pièce, propose Gia. Ça ouvrirait tout l'espace.

Ana sourit et me prend la main sans rien dire.

Taylor slalome au milieu de la circulation du début de soirée.

— Qu'est-ce que tu en penses ? m'enquiers-je.

— Du « Gia show » ?

— Elle a une personnalité un peu spéciale. Mais elle a de très bonnes idées, et ses réalisations sont impressionnantes.

Ana éclate de rire.

— Oui, et elle nous les a largement dévoilées, ses réalisations.

— Je ne vois vraiment pas ce que tu veux dire, fais-je en riant.

Ana hausse un sourcil, je lui prends la main, amusé.

— Merci d'être aussi drôle. Qu'est-ce que tu en penses ? Tu crois qu'il faut trouver quelqu'un d'autre ?

— Elle a de bonnes idées, concède Ana en souriant. Attendons de voir ce qu'elle nous propose.

— D'accord. Tu veux sortir dîner ? On n'a pas beaucoup bougé de l'Escala ces derniers temps.

— Ce n'est pas dangereux ?

— Je ne pense pas.

Je me tourne et croise le regard de Taylor dans le rétroviseur.

— Columbia Tower, s'il vous plaît, Taylor.

— Oui, monsieur.

— Le Mile High Club ? proposé-je.

— Ça me va. J'aimais bien son idée d'un mur en verre derrière la maison, reprend Ana.

— Oui. Moi aussi, mais on n'est pas pressés.

Elle sourit à nouveau.

— J'adore ta tour d'ivoire.

— J'adore t'y voir.

Ses yeux rencontrent les miens et son expression devient soudain sérieuse.

— J'en suis heureuse. Tu es sur le point de t'engager à m'y voir toute ta vie.

Je déglutis. C'est énorme. *Une vie avec Anastasia… cela me suffira-t-il ?*

— Un point pour vous, mademoiselle Steele.

Et tout à coup, je suis submergé par une émotion profonde devenue familière, mais toujours aussi inédite et terrifiante. Je suis plus heureux que je l'ai jamais été – seulement j'ai peur. *Je pourrais tout perdre.* Tout pourrait s'effondrer. La vie est éphémère. Je le sais. Je l'ai déjà vécu. Soudain, l'image d'une jeune femme pâle et immobile surgit dans mon esprit. Elle est allongée sur une moquette toute tachée, dans une chambre sale, tandis qu'un enfant tente en vain de la réveiller. *La pute camée. Non. Ne pense pas à elle.*

Je prends le visage d'Ana entre mes mains pour graver ses traits dans ma mémoire : la forme de son nez, sa lèvre inférieure charnue, ses yeux éblouissants. Je la veux près de moi pour toujours. Je ferme les yeux et l'embrasse, déversant toute mon angoisse en elle.

*Ne me quitte jamais.*

*Ne meurs pas.*

Samedi 23 juillet 2011

— Elliot a prévu quoi, à ton avis ?

Ana est allongée en travers de mon corps. Elle trace de petits cercles sur les poils de ma poitrine. C'est une sensation bizarre, et je ne suis pas tout à fait à l'aise. *Assez.* J'attrape sa main et enroule mes doigts autour des siens et plante un baiser sur l'index fautif.

— C'est trop ? murmure-t-elle.

Je glisse son doigt dans ma bouche en resserrant doucement les dents autour de sa jointure et en taquinant le bout avec ma langue. Un éclair de sensualité s'allume au fond de ses yeux, et elle bascule ses hanches contre ma cuisse. *Bébé.* Elle retire sa main, je détends mes mâchoires mais je referme les lèvres alors qu'elle sort son doigt de ma bouche. *Elle a drôlement bon goût.*

Tendrement, elle embrasse l'endroit de ma poitrine qu'elle vient de toucher, tandis que je caresse ses cheveux en savourant ce moment de tranquillité. Il est encore tôt, et rien ne figure dans notre emploi du temps sauf mon « enterrement de vie de garçon », l'enterrement de vie de jeune fille d'Ana et une virée shopping avec Caroline Acton. Ana lève la tête.

— Tu crois qu'il va t'emmener dans… dans un… restau à strip-tease ?

Je réprime un fou rire.

— Un restau à strip-tease ?

Ana glousse.

— Je ne sais pas comment ça s'appelle.

Je soupire et ferme les yeux, en imaginant le supplice que me prépare sans doute Elliot.

— Connaissant Elliot, c'est tout à fait possible.

— Je ne suis pas sûre que ça me plaise, réplique Ana d'un ton sec.

Je souris et la fais rouler sous moi.

— Et pourquoi donc, mademoiselle Steele. Vous désapprouvez ?

Je frotte mon nez contre le sien et elle se tortille sous moi.

— Profondément.

— Jalouse ?

Elle grimace. Je la rassure.

— Je préférerais passer la soirée ici avec toi.

— Tu n'es pas vraiment un fêtard, n'est-ce pas ?

— Non. Plutôt un solitaire.

— J'avais deviné.

Ses dents effleurent mon menton.

— Je pourrais en dire autant de toi.

— Je suis plutôt du genre à faire tapisserie, le nez dans un bouquin.

Mes lèvres courent de son oreille à sa gorge.

— Tu es trop belle pour faire tapisserie.

Elle gémit et parcourt mes omoplates du bout des ongles. Son corps vient à la rencontre du mien. Elle est encore mouillée de nos précédents ébats. Je me glisse en elle et nous bougeons ensemble, plus lentement et plus doucement cette fois. Ses ongles s'enfoncent dans la chair de mon dos, ses jambes entourent les miennes et elle pousse ses hanches. Encore et encore.

Lentement, doucement. Son plaisir monte… Je me fige.

— Christian, ne t'arrête pas, s'il te plaît.

*J'adore que tu me supplies, bébé.* Lentement, j'attrape ses cheveux au niveau de la nuque pour qu'elle ne puisse pas tourner la tête. Je la contemple, en m'émerveillant de la couleur subtile de ses iris. Je me remets à m'activer. Doucement. Je vais. Je viens. Puis je m'arrête à nouveau.

— Il n'y a que toi, Ana. Il n'y aura toujours que toi.

*Ne sois pas jalouse.* J'ajoute :

— Je t'aime.

Je recommence à aller et venir en elle. Ana ferme les yeux, renverse la tête et jouit, déclenchant mon propre orgasme. Dans un cri, je retombe à côté d'elle pour reprendre mon souffle. Lorsque je refais surface, je me tourne pour l'attirer contre moi et embrasser ses cheveux.

*J'adore me réveiller près d'Ana.* Je ferme les yeux et m'imagine que tous les samedis pourraient être comme celui-ci. Anastasia Steele a donné un sens à mon avenir. Et samedi prochain, j'aurai le document qui le prouvera. Elle sera à moi. *Jusqu'à ce que la mort nous sépare.*

Soudain, j'ai un flash : Ana gisant sur le sol froid et dur. Non ! Je me frotte le visage. *Stop. Grey. Stop.* J'embrasse ses cheveux, respire ce parfum qui me donne envie de vivre et je me calme.

Il doit être 9 heures du matin. Je prends mon téléphone sur ma table de chevet. J'y trouve un SMS d'Elliot.

> « Salut, trouduc. Je suis assis dans ton immense salon et j'attends que tu magnes ton cul de flemmard. Arrête

ce que tu fais. Immédiatement. Espèce de vicieux. »

*Mais qu'est-ce qu'il fout ici ?*

— Qu'est-ce que c'est ? me demande Ana, tout échevelée et particulièrement bandante.

— Elliot est ici.

Je me dégage de son étreinte. Elle fronce les sourcils.

— Ouais, moi non plus, je n'y comprends rien.

Je me lève, passe dans le dressing et enfile un jean. Elliot est vautré sur mon canapé en train de fixer son téléphone.

— Salut, champion. Pas trop tôt, gueule-t-il. Ça me fait plaisir que tu te sois fait beau pour moi.

Il regarde mon torse nu avec un dédain amusé.

— Putain, qu'est-ce que tu fous là ? Il est 9 heures du matin !

— Surprise ! Magne-toi le cul. J'ai des projets pour la journée.

*Quoi ?*

— Je suis censé emmener Ana faire du shopping.

— C'est une grande fille. Elle s'en sortira très bien toute seule.

— Mais…

— Vieux, je te sauve la vie. Faire du shopping avec les gonzesses, c'est l'enfer. Allez, va t'habiller, espèce de pervers. Et prends une douche, bordel. Tu pues le sexe d'ici.

— Je t'emmerde !

Parfois, mon frère est vraiment pénible.

— Prends des chaussures de randonnée et des baskets, me lance-t-il.

*Les deux ?*

— Comment es-tu entré ? lui dis-je en descendant au garage.

— Taylor.

— Ah, et c'est pour ça qu'on n'a aucun garde du corps.

— Je me suis dit que si tu partais avec moi, tu ne craignais rien. Ton gars, Taylor, a hésité, mais je l'ai persuadé.

Je hoche la tête, ravi. Ça devient usant d'être talonné en permanence par notre équipe de protection. Ana et moi sommes planqués à l'Escala depuis une éternité. Mais Sawyer et Reynolds vont garder l'œil sur elle. Ça, c'est non négociable.

— Il m'a beaucoup aidé, dit Elliot.

— Qui ?

— Taylor.

Sur ce, il ravale son sourire et se tait. *Qu'est-ce qu'il a foutu ?*

Elliot est d'humeur exubérante. C'est contagieux. Nous roulons sur la I-5 à bord de son pick-up.

— On va où, exactement ? lui demandé-je en haussant la voix pour me faire entendre par-dessus l'épouvantable hard rock qui m'explose les tympans.

— Surprise ! crie-t-il. Relax. Tu vas adorer.

Il est trop tard pour lui préciser que je ne suis pas fan des surprises, alors je me cale dans mon siège pour admirer la ville.

Nous n'avons pas passé de temps ensemble depuis que nous avons fait du VTT près de Portland. Une nuit des plus intéressantes… la première nuit où j'ai dormi avec Ana. Avec qui que ce soit, d'ailleurs ! Elliot avait baisé la meilleure amie d'Ana. Enfin Elliot a dû baiser la moitié des femmes qu'il a croisées. Ça ne m'étonne pas – il est agréable à vivre, décontracté, beau mec, si l'on veut. Il est entouré de femmes, il faut le reconnaître. Il les met à l'aise.

Il a toujours su comment charmer notre mère. Autrefois, je lui enviais sa façon de la faire tournoyer dans la cuisine, ou de la serrer dans ses bras, ou de lui claquer une bise en passant. Avec lui, tout a l'air facile. Et jusqu'ici, il semble n'avoir aucune intention de se caser. S'il le fait, j'espère au moins que ce ne sera pas avec Kavanagh.

J'envoie un texto en vitesse à Ana.

> « Aucune idée de ce qu'Elliot me prépare.
> Ce n'est pas comme ça que je prévoyais de passer la journée.
> Profite bien de ta virée shopping.
> Tu me manques. x »

« Tu me manques aussi. Je t'aime.
A x »

Elliot quitte la I-5 pour prendre la 532.

— Camano Island ? dis-je.

Il me décoche un clin d'œil. Il m'énerve. Bon sang qu'il m'énerve ! Je consulte ma montre, puis mon téléphone.

— Mais tu vas la lâcher, oui ? Elle est capable de se débrouiller sans toi, putain. Un peu de dignité, merde. J'ai préparé des casse-croûte. Je sais à quel point tu deviens désagréable quand tu n'as pas mangé.

— Des casse-croûte ? Où ça ?

Il ouvre le vide-poche, plein de sandwiches au saucisson, de chips et de Coca. De la haute gastronomie, façon Elliot.

— Nourrissant.

— Que du bon, frangin. Allez, arrête de râler. C'est ton enterrement de vie de garçon !

Après avoir roulé environ huit kilomètres sur Camano Island, Elliot prend à droite. Nous franchissons le portail d'une ferme, avançons sur une piste au cœur d'un pâturage puis nous arrêtons devant une grange.

— C'est ici.

— Ici, quoi ?

— Le parcours d'un ami. Il n'est pas encore ouvert au public. Mais c'est pour bientôt. Nous sommes ses cobayes.

— Pardon ?

— Eh bien, je me suis dit que le mariage, c'était un exercice de haute voltige. J'ai pensé que tu gagnerais à t'exercer.

— Tu parles de quoi, là ?

— On va faire de la tyrolienne.

Il sourit et sort du pick-up. Ah bon ? C'est ça, mon enterrement de vie de garçon ? Je ne m'attendais pas à ça. Après tout, ça doit être marrant.

Elliot salue nos hôtes qui nous indiquent la grange, où les équipements de sécurité sont pendus à une rangée de crochets : casques, harnais, sangles et mousquetons. Tout ça est rassurant et familier.

— Hé, champion, ces trucs sont bizarres, tu ne trouves pas ? On pourrait faire des trucs pervers avec ces harnais, lâche Elliot en enfilant le sien.

Je reste sans voix. *Est-ce qu'il sait ? Mes oreilles ont-elles rougi ? Merde ! Ana a-t-elle parlé à Kate ?* Mais Elliot a l'air aussi candide que d'habitude, donc je suppose que non, parce qu'il m'aurait charrié comme un malade. Je fais néanmoins diversion : c'est la meilleure option.

— Espèce d'abruti. C'est comme un parachute. Au fait, j'ai reçu un nouveau planeur la semaine dernière. Tu devrais venir passer la journée à Ephrata et on pourrait faire une virée.

— Un biplace ? Ce serait vraiment cool.

Nous sommes sur la première plateforme, entourée de pins.

— En route vers l'infini ! hurle Elliot en sautant avec la témérité qui le caractérise.

Il glapit comme un gorille en rut en filant à toute allure sur le câble. Sa joie est contagieuse. Il atterrit avec aisance sur la plateforme, à environ trente mètres de moi. Danielle, l'une de nos guides, clipse la ligne de vie à la poulie.

— Prêt, Christian ?

— Prêt.

Inspirant profondément, j'attrape le mousqueton sous la poulie d'une main, la ligne de vie de l'autre, et je saute. Je traverse la forêt fraîche et luxuriante, la poulie siffle au-dessus de moi, le visage balayé par la brise d'été. Ça ressemble à un manège de fête foraine, mais sans voiture. Je vole entre les sapins sous un ciel d'un bleu limpide. C'est à la fois exaltant et libérateur. J'atterris en douceur sur la plateforme à côté d'Elliot et de l'autre guide.

— Alors ?

Elliot me tape dans le dos. Je souris.

— Excellent.

Danielle est la dernière à atterrir sur la plateforme.

— Ça n'est qu'un début. On va aller plus haut et plus vite encore.

— Quand vous voulez !

Deux heures plus tard, encore shootés à l'adrénaline, nous sommes de nouveau en route, Elliot toujours au volant.

— Comme expérience, je reconnais que c'était vraiment top, frangin.

— Meilleur que le sexe ? ricane Elliot. Remarque, tu viens de le découvrir alors… sans doute pas.

— Disons que j'ai un peu plus de discernement que toi, vieux.

— J'aime bien répandre l'amour autour de moi. On ne peut rien refuser au grand E.

Je secoue la tête. Je préfère ne pas penser au grand E.

— On peut manger de la vraie nourriture maintenant ?

Elliot sourit.

— Désolé, mieux vaut que tu n'aies pas l'estomac plein pour ce qu'on a de prévu. Prends un sandwich.

— Encore ? Elliot, la tyrolienne, c'était génial. Tu as prévu autre chose ?

— Oh oui. Tant pis pour ta gueule, champion.

Je prends un des sandwiches sans conviction.

— Je les ai préparés de mes blanches mains.

— Arrête, tu vas me couper l'appétit.

— Le meilleur saucisson italien qu'on puisse trouver de ce côté-ci des Rocheuses se trouve là-dedans.

— Si tu le dis.

— Il faut que tu élargisses tes horizons culinaires.

— Grâce au saucisson italien ?

— Ben ouais. Tu m'en ouvres un ?

Je retire le papier sulfurisé et lui tends une création à l'allure douteuse. Il l'enfourne et se met à mastiquer.

Ce n'est pas un spectacle pour les âmes sensibles, et je comprends que je n'ai pas le choix : ce sera du saucisson, ou mourir de faim.

En mangeant, j'envoie un SMS à Ana.

« De la tyrolienne. C'était ça qu'Elliot avait prévu.
Et des sandwiches au saucisson italien.
Je vis un rêve. »

« LOL ! Je suis en train de dépenser ton argent. Ce n'est pas entièrement consensuel.
Caroline Acton est une force de la nature. Elle me fait penser à toi.
Prudence avec Elliot !
Je t'aime. Tu me manques. xxx »

« J'adore que tu dépenses mon argent.
Très bientôt, ce sera le tien aussi.
Je te raconterai la prochaine "surprise" d'Elliot. xxx »

Elliot sort de la I-5 pour prendre la 2.

— Surprise ! répond-il à mon regard interrogateur.

Apparemment, c'est le mot du jour.

Quinze minutes plus tard, il se range sur le parking de l'aérodrome de Harvey.

— Eh, il y a un restau, là-bas. On pourrait manger un vrai repas.

— Peut-être plus tard, mais là, on a un cours.

— Un cours ?

— Allez, champion, tu n'as pas encore deviné ?

— Non.

— On fait le grand saut, parce que tu vas faire le grand saut.

*Mais qu'est-ce qu'il raconte ?* Elliot abrège mes souffrances.

— Parachute.

— Ah ?

*Et merde !*

— J'ai déjà fait un saut en tandem. C'est dingue ! (Ça ne m'étonne pas de sa part.) T'inquiète.

— Ouais. Bon.

— Écoute, tu vas te marier, et les nanas, elles ne te laissent jamais faire ce genre de connerie. Allez, viens !

Alors que nous approchons de l'école de parachutisme, mon cœur s'emballe. J'aime le contrôle. Or quand on saute en tandem, quelqu'un d'autre a le contrôle… et je suis lié à lui. En plus, ce quelqu'un me touche. À haute altitude. *Nom de Dieu.* Je suis monté jusqu'à 4 500 mètres avec mon planeur, 6 000 avec Charlie Tango. Mais sauter d'un avion ? *Jamais. Merde.*

Comme il est hors de question de me dégonfler devant Elliot, je ravale mon appréhension tandis que nous entrons dans le bâtiment.

Mon frère nous a réservé un cours privé. Après une petite vidéo d'information, Ben, notre instructeur – qui a l'air plus jeune que moi –, nous explique ce que nous devons faire et à quoi nous attendre. On m'a appris comment utiliser un parachute lorsque j'ai passé ma licence de pilote de planeur, mais je n'ai jamais sauté. Et d'ailleurs… Je n'ai pas formé Ana. Il faudra qu'elle s'entraîne avant de remonter à bord de l'ASH 30.

Ben nous remet à chacun une décharge. Elliot signe immédiatement la sienne. Je prends le temps de lire, de plus en plus angoissé. *Inspire à fond, Grey.* S'il m'arrive quelque chose, Ana n'aura rien… *Oh, et puis merde.* Une fois que j'ai signé la décharge, j'écris au verso :

> *Ceci est mon testament. En cas de décès, je lègue tous mes biens à ma fiancée bien-aimée, Anastasia Steele, pour qu'elle en dispose à son gré.*
> *Signé : Christian Grey Date : 23/07/2011*

Je prends une photo en vitesse et l'envoie à Ros, avant de remettre la décharge à Ben, qui s'esclaffe :

— Vous ne risquez rien, Christian.

Je lui adresse un petit sourire crispé.

— Je me prépare simplement à toutes les éventualités.

— Bon, on va vous équiper, répond-il en riant.

Nous traversons le tarmac jusqu'à un hangar ouvert où se trouvent parachutes, casques et harnais. *Décidément…* Elliot entre en roulant des mécaniques. Il est exaspérant et, en ce moment, je l'envie plus que jamais. Ben nous passe à chacun une combinaison.

— Hé, champion, encore des trucs de pervers ! vocifère Elliot en enfilant le harnais.

Je lève les yeux au ciel et me tourne vers Ben.

— Il faut l'excuser. Elliot ne parle couramment que la langue des trouducs.

— Vous êtes parents ? demande Ben.

Elliot et moi échangeons un regard. *Oui. Non. Mais oui quand même.*

— Frères, répond Elliot en m'observant.

Et nous sourions tous les deux de ce sourire secret que partagent les frères et sœurs adoptifs.

Ben sait qu'il a raté un truc, mais il ne dit rien et aide d'abord Elliot, puis moi, à nous harnacher. Je vais sauter en tandem avec Ben et nous sommes rejoints par Matt, qui fera équipe avec Elliot. Sandra, une autre instructrice, est de la partie, avec une GoPro pour filmer nos exploits.

— Bonjour, dit Matt en nous serrant la main. Une occasion spéciale ?

— C'est l'enterrement de vie de garçon de mon frère. Sa dernière bouffée de liberté, raille Elliot.

— Tous mes vœux de bonheur, dit Matt.

— Merci, réponds-je sèchement. C'est une surprise.

— Une bonne surprise ?

— Ça reste à voir.

Matt éclate de rire.

— Vous allez adorer. Allez, le pilote est prêt.

Tous les cinq, nous rejoignons le monomoteur Cessna sur la piste de décollage. *C'est ta dernière chance pour changer d'avis, Grey.*

Il n'y a que deux sièges, derrière le pilote. Mais Matt et Ben se mettent par terre et nous font signe de nous asseoir devant eux. Ils commencent à fixer leurs harnais et les nôtres. Tandis que ses mains ajustent les sangles, je me rends compte que cela ne me perturbe pas que Ben me touche ; il va avoir ma vie entre ses mains.

— Vous avez déjà volé ? me demande-t-il en haussant le ton pour se faire entendre malgré le rugissement du moteur.

— J'ai une licence de pilote. Hélicoptère. Et j'ai deux planeurs.

— Ça va être facile pour vous, alors.

Mon rire sonne creux. *Ouais. Non. Si je suis pilote, c'est pour une bonne raison. J'ai le contrôle.* J'inspire profondément quand l'avion quitte la piste de décollage et entame son ascension. Snohomish Valley s'éloigne et nous grimpons dans le ciel sans nuage. Matt et Elliot déconnent. Ben se joint à eux. Je les ignore et je pense à Ana. Que fait-elle en ce moment ? Je la revois dans mes bras ce matin, enroulée autour de moi. Je pose la main sur ma poitrine, là où son doigt a tracé de petits cercles.

*Du calme, Grey. Respire.*

Lorsque nous approchons 3 600 mètres d'altitude, Ben me tend un casque en cuir avec mentonnière et lunettes. Pendant que je les mets, il me rappelle en vitesse les consignes. L'autre instructeur ouvre la porte arrière ; le bruit du vent est assourdissant.

*Merde. Ça y est.*

— Des questions ? hurle Ben.

— Non.

Ben consulte l'altimètre à son poignet droit.

— C'est le grand moment. Excité ? On y va.

Le bruit du moteur et du vent qui s'engouffre devient encore plus strident. Je jette un coup d'œil à Elliot, qui lève le pouce et m'adresse un sourire va-te-faire-foutre.

— Espèce d'enfoiré ! hurlé-je, et il rit.

Je croise les bras et m'agrippe à mon harnais comme si ma vie en dépendait… Car ma vie en dépend. Et je me retrouve suspendu, attaché à un inconnu, au-dessus de Snohomish Valley. Je ferme très fort les yeux et, pour la première fois depuis tant d'années, je prie ce Dieu qui m'a abandonné il y a si longtemps. Puis je les rouvre.

*Hou là.* Je vois les Cascades, le détroit de Possession, les îles San Juan – et le vide.

— C'est parti ! crie Ben en nous lançant hors de l'avion.

— Meeeeeeeeeeeeeerde !

Et je vole, au-dessus de la terre. Soit je n'ai pas le temps d'avoir peur, soit c'est l'adrénaline, mais je suis exalté. Je vois à des kilomètres à la ronde, et comme je ne suis pas derrière du verre ou du plastique, tout est hyperréel. Je suis dans le ciel. Qui me soutient. Le vent siffle autour de moi. Je tends les mains pour le sentir courir entre mes doigts. Ben lève le pouce et je lui rends le compliment.

*C'est incroyable.*

Plus haut, j'aperçois Elliot et Matt. Sandra nous dépasse à toute vitesse, en pointant sa caméra sur Ben et moi. Je souris comme un idiot.

— C'est génial ! m'exclamé-je tandis que nous surfons dans le ciel.

Je vois Ben lever le poignet pour consulter son altimètre. Nous sommes à 1 500 mètres. Il tire sur la poignée d'ouverture du parachute et nous ralentissons immédiatement – une voile multicolore se déploie au-dessus de nos têtes. Nous passons de la vélocité maximale au ralenti, et tout devient silencieux. Mon anxiété s'évapore, remplacée par un calme intérieur qui m'étonne. Je suis au sommet du monde, je marche littéralement sur l'air. Ben assure. Il sait ce qu'il fait. Et quelque part, au fond de mon esprit, une pensée se matérialise : j'espère que mon mariage avec Ana sera aussi exaltant et aussi facile.

Le spectacle est à couper le souffle. *Je regrette qu'elle ne soit pas là.* Même si je risquerais un infarctus en la voyant sauter de l'avion.

— Vous voulez guider ? propose Ben.

— Bien sûr.

Il me passe les élévateurs. Je tire sur celui de gauche et nous entamons un cercle, lentement et gracieusement.

— Super, vous assurez, me lance Ben.

Nous effectuons un autre cercle avant que Ben reprenne les commandes pour nous guider vers la zone d'atterrissage. Le sol approche à toute vitesse et je remonte les genoux tandis que Ben nous dépose en douceur sur le sol. Nous arrivons tous les deux sur le cul, et l'équipe au sol est là pour nous accueillir.

Ben détache son harnais du mien. Je me lève, en vacillant un peu, encore shooté à l'adrénaline. Derrière nous, Elliot et Matt atterrissent – Elliot glapit encore comme un gorille, sa façon préférée d'exprimer sa joie. Je m'arrête un instant pour reprendre mon souffle.

— Alors, c'était comment ? me demande Ben.

— Sublime. Merci.

— Super.

On se fait un check. Elliot nous rejoint en courant.

— Putain !

— Génial, non ?

— Je crevais de trouille.

— Je sais ! Ça fait du bien de te voir enfin perdre ton putain de sang-froid. C'est rare, vieux, s'esclaffe Elliot, mais son sourire reflète le mien. Alors, c'est mieux que le sexe ? demande-t-il.

— Non… mais pas loin.

Quinze minutes plus tard, nous sommes de retour dans son pick-up.

— Après tout ça, je boirais bien un verre, dis-je, sans me départir de mon sourire stupide.

— Moi aussi. Maintenant, on se rend à la troisième partie de ton enterrement de vie de garçon.

— Putain ! Quoi encore ?

Elliot reste muet. *Enfoiré, va.* Il ne veut rien me dire. Je vérifie mes messages.

« Rentrée. J'ai succombé à la fièvre acheteuse.
Je vais prendre un bain. Puis me préparer pour rejoindre Kate.
Je n'ai pas de nouvelles de toi. Tu sais bien que je m'inquiète.
A xxx »

« Tu avais raison de t'inquiéter.
On a sauté en PARACHUTE à 3 000 mètres !!
Au fait : il va falloir te former à utiliser le parachute.
Si je ne te vois pas, amuse-toi bien. Mais pas trop. »

« Du parachute. Hou là ! Heureusement que tu es sain et sauf.
Me former au parachute ? Ce n'est pas ce qu'on a fait le week-end dernier dans la Chambre rouge ? ;) »

J'éclate de rire.

— Quoi ? s'étonne Elliot.

Je secoue la tête.

— Rien.

Elliot nous ramène à l'Escala, mais cette fois il me laisse choisir une musique correcte sur sa playlist. Dans l'ascenseur, il m'annonce :

— Tu vas devoir te changer. Mettre un truc plus smart.

— Qu'est-ce que tu as prévu ?

Il me fait un clin d'œil.

— Enfoiré.

— Ça va de soi, plaisante-t-il.

Les portes de l'ascenseur s'ouvrent, et j'espère voir Ana.

— Mes affaires sont dans ta chambre d'amis. Départ dans une demi-heure.

— OK.

J'espère surprendre Ana dans la baignoire.

Elle n'est pas dans le salon et j'ai peur qu'elle soit déjà partie, mais je la retrouve dans la chambre. Je m'arrête sur le seuil pour la regarder finir de se maquiller. Elle est superbe. Ses cheveux sont remontés en chignon, elle porte des talons hauts et une robe noire à paillettes qui lui dénude les épaules. Elle se retourne et sursaute quand elle me voit. Elle a mis ses boucles d'oreilles de la seconde chance.

— Pardon, je ne voulais pas te faire peur. Tu es ravissante.

Son sourire tendre me fait chaud au cœur. Elle me rejoint en se déhanchant.

— Christian, quelle bonne surprise ! Je ne m'attendais pas à te voir.

Elle s'approche et je pose un rapide baiser sur ses lèvres avant de m'écarter. Elle sent divinement bon.

— Si je t'embrasse pour de vrai, je vais te démaquiller et t'arracher ta belle robe.

— Ce serait dommage.

Elle glousse et fait une pirouette. Sa jupe se soulève un peu, révélant ses jambes.

— Elle te plaît ?

Je m'appuie contre la porte et croise les bras.

— Pas trop courte. J'approuve. Tu es superbe, Ana. Qui sera là ?

Je plisse les yeux, ridiculement fier qu'elle soit à moi. Et possessif.

— Kate, Mia, des copines de la WSU. Ça devrait être marrant. On va commencer par des cocktails.

— Mia ? (Ana hoche la tête.) Ça fait un moment qu'on ne s'est pas vus. Dis-lui bonjour de ma part. J'espère qu'un dîner fait partie du programme, dis-je en haussant un sourcil. Règle numéro un : quand on boit, on mange.

Elle éclate de rire.

— Allez, range ta main qui te démange, Christian. On va dîner.

— Bien.

Je ne veux pas qu'elle se soûle. Elle consulte sa montre.

— Il faut que j'y aille, sinon je vais être en retard. Je suis ravie que tu sois rentré en un seul morceau. Je n'aurais jamais pardonné à Elliot s'il t'était arrivé quelque chose.

Elle me donne un autre baiser, et prend sa pochette de soirée sur le lit.

— À plus, bébé, lance-t-elle avec un sourire provocant.

Je la regarde rejoindre Sawyer et Reynolds dans le vestibule. Je leur fais un salut militaire quand ils montent dans l'ascenseur. Puis je retourne dans la chambre pour prendre une douche en vitesse.

Vingt minutes plus tard, vêtu d'un costume marine et d'une chemise blanche, j'attends Elliot dans la cuisine. Je trouve des bretzels dans le frigo. *Putain, qu'est-ce que j'ai faim.* Elliot apparaît à l'entrée du salon. Il porte un costume sombre, une chemise grise et une cravate. *Merde.*

— J'ai besoin d'une cravate ?

*Mais on va où, comme ça ?*

— Non.

— Sûr ?

— Ouaip.

— Alors pourquoi tu en portes une ?

— Toi, tu t'habilles comme ça tous les jours. Pas moi. Ça me change. En plus, un costard cravate, c'est un piège à filles.

*Et Kavanagh, dans tout ça ?* Elliot ricane en voyant mon regard interrogateur. Taylor s'avance vers nous.

— Prêt, monsieur ? demande-t-il à Elliot.

Taylor roule vers le sud sur la I-5.

— Enfin, putain, on va faire quoi, Elliot ?

— Du calme, Christian. Que des bonnes choses.

Il regarde par la fenêtre, apparemment détendu, tandis que je tambourine des doigts sur mon genou. Je déteste ne pas savoir. Taylor prend la sortie de Boeing Field, et je me demande s'il y a une boîte de strip-tease sordide dans le coin. Je consulte ma montre : 18 h 20. Il se dirige vers le Signature Flight Support et, sur le tarmac, se trouve le Gulfstream de GEH. De sa poche intérieure, Elliot tire un passeport.

— Tu vas en avoir besoin.

Taylor nous dépose à l'entrée du terminal et je suis Elliot, abasourdi.

— Elliot !

Le frère de Kavanagh, un blond style surfeur, le rejoint et lui serre la main. Dans son costume gris clair, il a l'air soigné pour une fois. Je remarque qu'il ne porte pas de cravate non plus.

— Ethan, je suis content de te revoir, répond Elliot en lui tapant dans le dos.

— Christian.

— Salut, lance-t-il en me serrant la main.

— Mac ! s'exclame Elliot.

Liam McConnell, qui travaille au chantier naval de GEH et s'occupe aussi de mon yacht, s'avance vers nous.

— Content de te revoir, lui dis-je. Mais je te préviens, je n'ai aucune idée de ce qui se prépare.

— Moi non plus, rétorque-t-il en riant.

Nous nous tournons vers Elliot, tandis que Taylor nous rejoint.

— Vous étiez au courant ?

— Oui, monsieur.

Son regard est à la fois sincère et amusé. J'éclate de rire et secoue la tête.

— On y va ? propose Elliot.

— Canada ?

— Exact, répond Elliot.

Nous sommes installés dans l'avion à siroter du Cristal Roederer et à manger les toasts que Sara, notre hôtesse de l'air, a distribués alors que nous roulions sur la piste de décollage. Taylor est à l'arrière, en train de lire un roman de Lee Child. Stephan et sa copilote Beighley sont aux commandes.

— Vancouver, c'est ça ? demandé-je à Elliot.

— Bingo ! Je me suis dit que, si tu fais le con, tu risquais moins d'être reconnu en Colombie-Britannique.

— Tu veux bien m'expliquer ce que tu as prévu ?

— Calmos, frangin, répond Elliot en levant son verre.

Une fois que nous avons atteint notre altitude de croisière, Sara nous sert des bières et de la pizza au pepperoni bien chaude, d'une pizzeria locale de Georgetown. Je pense que c'est la première pizza à passer les portes de mon jet privé – mais ça, pour Elliot, c'est l'idée du paradis. À vrai dire, j'ai tellement faim que j'y prends goût. Mac, assis en face de moi, dévore d'un bel appétit.

— Pas de quoi remplir une dent creuse, lâche-t-il avec son accent irlandais.

— Elliot m'a déjà fait faire de la tyrolienne et du saut en parachute aujourd'hui.

— Oh putain ! Pas étonnant que tu sois mort de faim.

Le trajet dure moins de cinquante minutes. Lorsque nous nous garons près du terminal du Signature Flight Support de Vancouver, Taylor est le premier à descendre pour présenter nos passeports au fonctionnaire de l'immigration qui nous attend sur la piste.

— Prêt ? lance Elliot, détachant sa ceinture pour s'étirer les jambes.

Sur le tarmac, Taylor prend le volant d'un Suburban. Nous nous y entassons et nous dirigeons vers les lumières éblouissantes du centre-ville de Vancouver, une glacière pleine de bières à nos pieds. Mes trois compagnons se servent mais je refuse.

— Pas question que tu restes sobre ce soir, proteste Elliot en me tendant une bière.

*Qu'est-ce qu'il est lourd.* En plus, j'ai horreur d'être soûl. En levant les yeux au ciel, j'accepte la bouteille. Il est tôt. Il faut que je me ménage. Je trinque avec lui, puis avec Mac et Ethan.

— À la vôtre, messieurs.

J'avale une gorgée pour la forme.

Notre premier arrêt est le bar du Rosewood Georgia Hotel. Je m'y suis déjà rendu pour affaires, mais jamais pour la soirée. Ses murs lambrissés et ses sièges en cuir lui donnent un charme désuet, et ce soir le gratin de Vancouver semble s'y être donné rendez-vous. Les hommes sont en costume, les femmes vêtues avec élégance. Elliot commande une tournée, nous prenons place autour d'une table réservée et notre conversation se porte sur la candidature d'Ethan à l'université de Seattle pour y faire une maîtrise en psychologie. Depuis qu'Ana a déménagé, il habite avec Kate, dans l'ancienne chambre d'Ana. Ça ne doit pas être de tout repos – c'est peut-être pour ça qu'il boit plus vite que nous. Il est le premier à finir sa bière et propose de nous offrir la tournée suivante.

Mac nous parle du *Grace*. C'est l'un des artisans qui l'ont construit et il veut se lancer dans le design de bateaux. Il a des idées pour rendre le catamaran que nous avons conçu encore plus aérodynamique.

Bizarre. C'est seulement quand Elliot m'y oblige que je me retrouve en compagnie d'hommes de mon âge, en général ses (nombreux) amis. Il ne laisse jamais la conversation retomber. Mon frère est vraiment un type sociable. Nous passons des Mariners aux Seahawks, puisque nous sommes apparemment fans des deux équipes. À la fin de la deuxième tournée, nous sommes tous détendus, et je m'amuse.

— OK. Finissez vos bières. Prochaine étape, annonce Elliot.

Taylor attend dehors avec le SUV. Ethan est déjà éméché. Ça pourrait devenir intéressant. Je suis tenté de le faire parler de Mia mais quelque part, je n'ai aucune envie de savoir.

L'arrêt suivant est à Yaletown, quartier connu pour ses entrepôts transformés en restaurants et en bars branchés. Taylor nous dépose devant une boîte de nuit d'où retentit de la dance music tonitruante, même s'il est encore relativement tôt. À l'intérieur, le bar de style industriel est pris d'assaut et une table nous attend au carré VIP. Je continue à la bière, et pendant qu'Ethan et Mac scrutent la salle, j'inspecte les beautés locales.

— Tu n'es pas intéressé ? demandé-je à Elliot.

— Pas ce soir, champion, me répond-il en rigolant.

Il lance un regard en coin à Ethan, et je me demande si le frère de Kate ne bride pas le « grand E ». Je consulte ma montre et m'interroge : que fait Ana ? Je suis tenté d'appeler Sawyer. À vrai dire, mon seuil de tolérance pour ce genre de virée a ses limites.

Après deux tournées, Elliot a encore d'autres projets. Taylor est prêt avec le SUV, et il nous conduit dans un club de strip-tease.

*Il l'a fait, ce con.*

— Allez, vieux, ne sois pas aussi coincé. C'est le passage obligé de tout enterrement de vie de garçon.

Ethan applaudit, mais son sourire ne lui arrive pas jusqu'aux yeux. Je crois qu'il est aussi mal à l'aise que moi. J'avertis Elliot :

— Je te préviens, je ne veux pas de lap dance.

Je me rappelle une époque, il n'y a pas si longtemps, où j'étais au fin fond d'un club privé à Seattle. *Où tout est permis.* Dans une autre vie. Elliot éclate de rire.

— Ce qui se passe à Vancouver reste à Vancouver.

Il me fait un clin d'œil tandis qu'on nous accompagne à une nouvelle table VIP. Cette fois, mon frère a commandé une bouteille de vodka qui arrive en grande pompe, avec ses cierges magiques et son chœur de femmes vêtues de minijupes rouges et de hauts de bikini qui leur couvrent à peine les seins. J'ai peur qu'elles s'assoient avec nous, mais dès que les verres à shot sont alignés, elles s'en vont.

Il y a de belles femmes partout. J'observe une blonde svelte aux yeux sombres qui retire ses vêtements avec une grâce athlétique en faisant des mouvements de gymnastique et des poses à la barre. S'il était pratiqué par les hommes, le pole dance serait un sport olympique.

Mac est fasciné. Je lui demande s'il est en couple.

— Non, je suis célibataire. Je cherche.

Il se retourne pour regarder la blonde. Je hoche la tête, je ne sais pas quoi répondre – je suis mal placé pour donner des conseils. Et toujours aussi étonné qu'Ana ait accepté d'être à moi. D'ailleurs, elle a consenti à bien des choses. Je laisse échapper un petit rire. Mon esprit me ramène à la Chambre rouge, le week-end dernier, et ce souvenir produit ses effets sur mon corps. Je sors mon téléphone.

— Non. Range ça, m'ordonne Elliot.

— Mon téléphone ?

Nous rions tous les deux. Et j'engloutis un shot de vodka.

— On bouge, dis-je.

— Ça te plaît pas ?

— Non.

— Putain, qu'est-ce que tu peux être coincé.

*Ça n'est pas mon truc, vieux.*

— OK. Une dernière étape. Ici, c'était pour respecter la tradition des enterrements de vie de garçon.

— Ça m'étonnerait qu'Ana soit impressionnée.

Ethan me tape dans le dos et je me fige.

— Alors ne lui dis rien.

Quelque chose dans sa façon de s'adresser à moi me hérisse.

— Tu baises ma sœur ?

Ethan recule comme si je l'avais frappé. Choqué, il lève les deux mains.

— Non. Non. Sans vouloir te vexer, elle est très jolie, mais c'est une amie, rien de plus.

— Très bien. Que ça reste comme ça alors.

Il rit nerveusement et s'envoie deux shots de vodka. *Mission accomplie.*

— Tu comptes faire peur à tous ses mecs potentiels ? me demande Elliot.

— Peut-être.

Il me regarde avec des yeux ronds.

— On s'arrache. Cet endroit te met d'humeur massacrante.

— D'accord.

Nous abandonnons la vodka et je laisse sur la table un pourboire d'un montant obscène.

De retour dans le SUV, je me sens dans de meilleures dispositions. Taylor est au volant et nous sortons du centre-ville de Vancouver, en direction de l'aéroport. Pourtant nous ne retournons pas à l'avion. Taylor se range devant un énorme complexe hôtel-casino au bord du fleuve Fraser.

— Le mariage, c'est un jeu de hasard, plaisante Elliot.

— La vie est un jeu de hasard. Je préfère ça.

— Je me disais bien. Tu m'as toujours battu aux cartes, répond-il. Et comment se fait-il que tu sois encore sobre ?

— C'est mathématique, Elliot. Je n'ai pas bu grand-chose, et maintenant, j'en suis ravi.

Elliot et Ethan se dirigent vers les tables de craps et de roulette tandis que Mac préfère le black-jack et moi le poker.

Le silence est tombé sur la salle. J'ai 118 000 dollars d'avance et c'est mon dernier tour d'enchères. Il est tard ; derrière moi, Elliot observe la partie. Je ne sais pas où se trouvent Ethan et Mac. La dernière main est en jeu, et mes voisins se couchent. J'ai deux valets, et parce que c'est le dernier tour et que je suis en veine, je relance en mettant 16 000 dollars de jetons dans le pot. L'adversaire à ma gauche, une femme dans la cinquantaine, se couche aussitôt.

— Je n'ai rien, grogne-t-elle.

Mon dernier adversaire – qui me rappelle mon père – me jette un coup d'œil, regarde ses cartes, et posément, en comptant ses jetons, suit ma relance. *C'est parti, Grey.* Le donneur ramasse les cartes abandonnées et pose le flop. *Alléluia.* Un valet et une paire de neuf. J'ai un full. Je dévisage mon adversaire, impassible. Il s'agite, regarde à nouveau ses cartes, déglutit. Il n'a rien.

— Parole, dit mon adversaire.

*En piste, Grey.* Lentement, en ménageant mes effets, je tapote le tapis vert de l'index et remets 50 000 dollars dans le pot.

— Je relance.

— Relance de cinquante mille dollars, répond le donneur.

Mon opposant grogne, ramasse ses cartes et les jette sur la table, dégoûté. Intérieurement, je danse. J'ai gagné 134 000 dollars. Pas mal pour une partie de quarante-cinq minutes.

— J'abandonne, déclare la dame à côté de moi en m'adressant un signe de tête.

— Merci pour la partie. Moi aussi, il faut que j'y aille.

Je lance un gros jeton au donneur en guise de pourboire, ramasse mes gains et me lève.

— Bonne soirée.

Elliot s'avance pour m'aider à transporter mes jetons.

— Putain de veinard !

Il est presque minuit quand nous montons à bord de l'avion.

— Je prendrai un armagnac, Sara, merci.

— C'est maintenant que tu te mets à boire ? s'exclame Elliot.

— On a tous gagné, commente Mac. Ta chance doit déteindre sur nous, Christian.

— Je trinque à ça, lance Ethan.

Je souris en me calant dans mon siège en cuir. Ma victoire est un bon présage. Quelle façon géniale de terminer la soirée !

Dimanche 24 juillet 2011

Nous entamons notre descente. Je tends la main vers ma ceinture en riant dans ma barbe. J'ai passé la journée à me harnacher.

Elliot, assis devant moi, lève les yeux.

— Qu'est-ce qui te fait rigoler ?

— Rien. Je voulais juste te remercier pour aujourd'hui. C'était vraiment super.

Elliot consulte sa montre.

— Techniquement, c'était hier.

— Je me suis éclaté. Tu as bien rempli ta mission de témoin. Il ne te reste plus qu'à faire un discours. Pas obligé qu'il soit long.

Elliot blêmit.

— Pas la peine de me le rappeler, vieux.

Je grimace.

— Ouais. Et moi, il faut que j'écrive mes vœux.

— C'est du lourd, ça. (Il paraît horrifié.) Mais la semaine prochaine, à cette heure, tu seras marié.

— Et à bord de cet avion.

— Où est-ce que tu emmènes Ana ?

— En Europe. C'est une surprise. Elle n'a jamais quitté les États-Unis.

— Ah bon ?

— Je sais. Je n'aurais jamais imaginé que je… que je serais…

Une bouffée d'émotion m'empêche de terminer ma phrase. Peur, exaltation, anxiété ou bonheur ? Je ne sais pas, je suis submergé. *Putain. Je me marie.* Elliot fronce les sourcils.

— Pourquoi ? Tu es beau mec. Un connard aussi, mais ça, c'est parce que tu es un maître de l'univers avec les dents qui rayent le parquet. (Il secoue la tête.) Je n'ai jamais compris pourquoi tu ne t'intéressais pas aux copines de Mia. Elles étaient toutes amoureuses de toi. Je pensais que tu étais gay.

Il hausse les épaules. Je souris. Toute ma famille pensait que j'étais gay.

— J'attendais la femme qu'il me fallait, c'est tout.

— J'ai l'impression que tu l'as trouvée.

Son expression se radoucit, mais son regard bleu est chargé de mélancolie.

— Je crois que oui.

— L'amour te va bien, lâche Elliot.

Je roule des yeux. C'est probablement le truc le plus cucul qu'il m'ait jamais dit.

— Trouvez une chambre, les gars ! s'exclame Mac, au moment où nous touchons le tarmac. Je ne te laisserai jamais oublier que tu es le seul futur marié du Nord-Ouest Pacifique à ne pas s'être bourré la gueule le soir de son enterrement de vie de garçon.

— Si je me marie, c'est exactement comme ça que je veux terminer le mien, déclare Elliot.

— J'en prends bonne note.

Elliot éclate de rire.

— Il est temps de réveiller Ethan.

Taylor, toujours au volant du Q7, nous raccompagne Elliot et moi à l'Escala. Mac et Ethan, après nous avoir dit au revoir en nous tapant dans le dos, ont pris un taxi. Elliot a l'air de dormir.

— Merci pour cette soirée, Taylor, dis-je en allongeant les jambes.

— Ça m'a fait plaisir, monsieur.

Son regard croise le mien dans le rétroviseur, et même dans le noir je remarque qu'il plisse les yeux, amusé. J'attrape mon téléphone. *Pas de messages.*

— Vous avez des nouvelles de Sawyer et Reynolds ?

— Oui, monsieur, répond Taylor. Mlle Steele et Mlle Kavanagh ne sont pas encore rentrées.

*Quoi ?* Je consulte ma montre. Il est plus d'une heure du matin.

— Où est-elle ?

Je ravale mon affolement et jette un coup d'œil à Elliot qui comate.

— Dans une boîte de nuit.

— Laquelle ?

— Trinity.

— Sur Pioneer Square ?

— Oui, monsieur.

— On y va.

Taylor me regarde d'un air sceptique.

— Vous pensez que ce n'est pas une bonne idée ?

— Oui, monsieur.

*Nom de Dieu. Compte jusqu'à dix, Grey.* Je me rappelle la seule et unique fois où je suis allé en boîte avec Ana, dans ce bar à Portland où elle fêtait la fin de ses études. Elle était tellement ivre qu'elle s'est évanouie. Dans mes bras. *Merde.*

— Monsieur, Sawyer et Reynolds sont avec elle, me rappelle-t-il.

*Mettez-vous à sa place.* Les paroles de Flynn me taraudent. C'est sa soirée. Avec ses copines. *Grey, laisse-la respirer.*

— OK, rentrons à l'Escala.

— Bien, monsieur.

Je réveille Elliot dans le parking de l'Escala.

— Debout, ivrogne, on est arrivés.

— Je vais rentrer. Mais si tu veux prendre un dernier verre, je suis partant.

Il arrive à peine à ouvrir les yeux.

— Taylor te ramène, Elliot.

— J'aimerais d'abord vous raccompagner chez vous, monsieur Grey, dit Taylor.

— D'accord.

Je soupire. Il est toujours en mode mère poule. Il se gare près de l'ascenseur et descend.

— Je reste dans la bagnole, marmonne Elliot.

Je me penche pour lui serrer la main mais il agrippe la mienne.

— Va te faire foutre avec ta putain de poignée de main, grommelle-t-il.

Il m'attire dans ses bras pour une accolade pataude de grand mâle alpha.

— Ne froisse pas ton costume, dis-je, curieusement touché par son geste.

Il me libère.

— Bonne nuit, vieux.

Je lui tape sur le genou.

— Encore merci. Tu as besoin des trucs que tu as laissés ici ?

— Je reviens vendredi pour le dîner de répétition.

— OK. Bonne nuit, Lelliot.

Après un grand sourire, il referme les yeux.

Taylor me suit dans l'appartement.

— Vous savez que vous n'êtes pas obligé, Taylor.

— C'est mon travail, monsieur.

Il regarde droit devant lui.

— Vous êtes armé ?

Les yeux de Taylor se tournent vers moi une seconde.

— Oui, monsieur.

J'ai horreur des armes à feu. Je me demande s'il a emporté son arme au Canada et, si c'est le cas, comment il a pu passer les contrôles de sécurité. Enfin, je préfère ne pas le savoir.

— Pourquoi ne demandez-vous pas à Ryan de raccompagner Elliot ? Vous devez être épuisé.

— Ça va, monsieur Grey.

— Merci encore d'avoir participé à l'organisation de cette journée.

Il m'adresse un sourire chaleureux.

— Ça m'a fait plaisir.

Les portes de l'ascenseur s'ouvrent. Ryan m'accueille.

— Bonsoir, monsieur Grey.

— Bonsoir, Ryan. Rien à signaler ?

— Non, monsieur. Vous avez besoin de quelque chose ?

— Non, ça ira. Bonne nuit.

Je passe à la cuisine prendre une bouteille d'eau pétillante que je bois directement au goulot. Mon appartement est silencieux. Je n'entends que le bourdonnement du frigo et la circulation au loin. L'endroit paraît vide. *Parce que Ana n'est pas là.* Le bruit de mes pas résonne dans le salon quand je m'approche de la fenêtre. La lune est haute, elle brille dans un ciel dégagé, promettant une autre belle journée. Ana est proche, sous la même lune. Elle va bientôt rentrer.

J'appuie le front contre la vitre fraîche. Je pousse un long soupir, et mon haleine embue le verre. *Merde.* Je l'ai quittée il y a quelques heures à peine et elle me manque déjà.

*Putain, Grey. Tu es vraiment accro. Ressaisis-toi.* Cette journée était parfaite. Insouciante. Pleine d'aventure. Conviviale. Flynn serait fier de moi. La première fois que nous avons pris le *Grace*, Ana m'a demandé si j'avais des amis. Maintenant, je peux répondre que oui. *Peut-être.* Mais je ne comprends pas pourquoi je suis déprimé, tout d'un coup. Une sensation familière de solitude m'envahit. Comme s'il me manquait quelque chose. Je n'ai pas éprouvé ça depuis l'adolescence. Pourtant, j'ai toujours préféré être seul. En plus, j'ai ma famille. Pendant des années, j'ai eu Elena. Mes soumises, de temps en temps. Mais là, sans Ana, je me sens perdu. Son absence me fait mal – comme une cicatrice à l'âme.

Ce silence devient intolérable. Après le tapage de la soirée – les bars, la boîte de nuit, le casino –, il devrait être bienvenu. Non, ça me rend mélancolique. *Oh, et puis merde.* Je m'installe au piano et soulève le couvercle. Je pose les mains sur les touches, savourant la sensation de l'ivoire sous mes doigts. Je me mets à jouer le premier morceau qui me vient à l'esprit – le Bach-Marcello. Je me perds dans cette mélodie morose qui reflète si bien mon humeur. Je suis en train de le rejouer une deuxième fois lorsqu'un bruit me distrait.

— Chut…

Je lève les yeux et Ana est debout à côté du comptoir de la cuisine, un peu vacillante. Elle tient ses sandales à la main et elle est coiffée d'une tiare en plastique qu'elle porte de guingois. Une écharpe avec les mots *« Bientôt mariée »* est passée au-dessus de sa robe noire à paillettes. Elle a posé l'index sur sa bouche. Derrière elle, Sawyer et Reynolds restent de marbre. Je me lève et les remercie d'un signe de tête. Ils me sourient comme un seul homme et nous laissent seuls. Ana se retourne en titubant pour les regarder partir.

— Au revoir !

Elle a presque crié en agitant le bras. Elle est ivre, c'est évident. En se tournant vers moi, elle me gratifie d'un sourire chaleureux et pompette, tout en trébuchant.

— Monsieur Christian Grey !

Je la rattrape avant qu'elle ne tombe. Elle me regarde d'un œil vague mais joyeux.

— Mademoiselle Anastasia Steele. Ravi de vous voir. Vous vous êtes bien amusée ?

— Super !

— Je t'en supplie, dis-moi que tu as mangé quelque chose.

— Oui ! On a mangé.

Elle laisse tomber ses chaussures par terre et entoure mon cou de ses bras.

— Je peux te remettre ta couronne ? dis-je en tentant de rajuster sa tiare.

— Tu m'as remis ma couronne il y a longtemps, lâche-t-elle d'une voix pâteuse.

*Quoi ?*

— Qu'est-ce qu'elle est belle, ta bouche.

Elle passe un doigt tremblant sur mes lèvres.

— C'est vrai ?

— Mmm. Oui. Tu me fais des trucs avec cette bouche-là.

— J'aime beaucoup te faire des trucs avec ma bouche.

— Maintenant ?

Son regard brumeux passe de ma bouche à mes yeux.

— C'est tentant. Seulement je ne suis pas certain que ce soit une bonne idée.

Elle vacille un peu et je la serre plus fort.

— Danse avec moi, marmonne-t-elle en me souriant.

Elle fait courir les mains sur le revers de ma veste pour m'attirer vers elle. Je la sens contre mon corps.

— On devrait te mettre au lit.

— Je veux danser… avec toi, murmure-t-elle en m'offrant ses lèvres.

— Ana…

J'aime la sentir dans mes bras, et encore plus la façon dont elle m'implore de ses grands yeux bleus.

— D'accord. Tu veux danser sur quoi ?

Je me sens indulgent.

— Muuuuusique.

Je ris, un peu exaspéré, et nous rapproche du comptoir de la cuisine où je prends la télécommande. « Bodyrock » de Moby démarre. C'était l'un de mes morceaux préférés quand j'étais plus jeune, mais c'est un peu agité pour l'occasion. Je passe à « My Baby Just Cares for Me » de Nina Simone.

— Ça te va ?

Ana m'adresse un sourire ivre.

— Oui.

Elle rejette la tête et les bras en arrière avec un tel enthousiasme que je manque la lâcher.

— Merde, Ana !

Heureusement que je la tiens par la taille. Elle se met à tituber et je crains qu'elle perde connaissance, puis je me rends compte qu'elle essaie de danser. Je l'enlace. Je n'ai jamais dansé avec quelqu'un d'aussi soûl. Elle est toute en bras et en jambes et en pirouettes imprévisibles. *Une vraie expérience.* J'essaie de la prendre par les mains et de lui faire faire le tour de la pièce dans un semblant de danse – ce serait plutôt une gigue. C'est déstabilisant. Soudain, elle s'arrête et se prend la tête entre les mains.

— Oh, la pièce tourne.

— Je pense qu'on devrait aller se coucher.

Elle me regarde entre ses doigts comme si elle avait peur.

— Quoi ? Qu'est-ce que tu vas me faire ?

*Elle plaisante ou elle me pose sérieusement la question ?*

— Te laisser dormir.

Elle grimace, déçue sans doute. Je la prends par la main et l'accompagne vers le comptoir de la cuisine. Je prends un verre dans le placard et le remplis d'eau.

— Bois.

Je le lui tends. Elle obéit.

— Tout.

Elle plisse les yeux – je pense qu'elle voit double.

— Toi, tu as déjà fait ça.

— Oui. Avec toi. La dernière fois que tu as été ivre.

Elle vide le verre et s'essuie la bouche du revers de la main.

— Tu vas me baiser ?

— Non, pas ce soir.

Elle fronce les sourcils.

— Allez, viens te coucher.

Je la conduis dans notre chambre, allume les lampes de chevet et lui lâche les mains une fois près du lit.

— Tu as la nausée ?

— Non ! dit-elle, gaiement.

Tant mieux.

— Tu as besoin d'aller aux toilettes !

— Non !

— Retourne-toi.

Elle m'adresse un sourire en coin, et je lui retire sa tiare.

— Retourne-toi – laisse-moi dézipper ta robe.

Je lui enlève son écharpe ridicule.

— Qu'est-ce que t'es gentil avec moi.

Elle pose sa main sur ma poitrine en écartant les doigts.

— Stop. Retourne-toi. Je ne le répéterai pas.

Elle sourit. *Ah, bébé.* Je la prends par les épaules et la fais pivoter doucement pour détacher sa robe, qui tombe immédiatement à ses pieds. Elle porte un soutien-gorge en dentelle noire, une culotte assortie, et une jarretière blanche. Je dégrafe son soutien-gorge et fais descendre ses bretelles le long de ses bras. Elle se frotte le cul contre moi et passe la main dans le dos pour malaxer ma queue, qui est plus qu'intéressée.

*Ana !* Je me permets un bref instant de pur plaisir et bascule les hanches pendant que sa main tâtonne sur mon sexe qui durcit. *Oui !* Je laisse tomber son soutien-gorge par terre, repousse sa chevelure et fais courir mes lèvres dans son cou.

— Ana, arrête.

Elle continue à me chauffer. Je gémis et m'écarte. Agenouillé, je fais glisser sa jarretière – qu'on lui a offerte, je suppose, avec son écharpe et sa tiare – ainsi que sa culotte le long de ses cuisses, et j'embrasse ses fesses.

— Enjambe.

Elle obéit. Je ramasse ses sous-vêtements et sa robe avant de rabattre la couette.

— Au lit.

Maintenant, elle se retourne.

— Viens avec moi, murmure-t-elle avec un sourire enjôleur.

Elle est nue, ravissante, et lascive, et tentante. Mais elle est aussi totalement ivre.

— Couche-toi. J'arrive.

Elle vacille, s'assoit, puis s'affale sur le lit. Je soulève ses pieds pour les mettre sur le matelas et je la couvre.

— Tu vas me punir ? marmonne-t-elle.

— Te punir ?

— De m'être soûlée. Une baise de punition. Tu peux faire ce que tu veux de moi, souffle-t-elle en me tendant les bras.

Mille pensées érotiques me traversent l'esprit, et j'ai besoin de toute ma volonté pour me pencher, déposer un baiser sur son front et m'éclipser. Dans le dressing, plein de sacs de shopping, je mets ses vêtements dans le panier à linge et retire mon costume et ma chemise. J'enfile un pantalon de pyjama et un tee-shirt et passe à la salle de bains. Tout en me brossant les dents, je me demande ce que je pourrais infliger à Ana. Elle veut être punie ? Mes pensées n'apaisent guère mon érection.

— Pervers, lancé-je à mon reflet.

De retour dans la chambre, comme je le supposais, Ana est inconsciente, ses cheveux étalés dans tous les sens sur les oreillers. Je m'allonge près d'elle et me cale sur le côté pour la regarder dormir. Elle aura une sacrée gueule de bois demain matin. Je me penche pour l'embrasser sur la tête.

— Je t'aime, Anastasia.

Je me remets sur le dos et je fixe le plafond, stupéfait de ne pas être furieux contre elle. En fait, je l'ai trouvée charmante, et drôle. Peut-être que j'ai mûri. *Enfin*. J'espère. Parce qu'à cette heure-ci la semaine prochaine, je serai un homme marié.

Mardi 26 juillet 2011

Je raccroche après un appel à Troy Whelan, mon banquier. Je viens d'ouvrir un compte joint qui sera activé dès qu'Ana sera devenue Mme Anastasia Grey. Je ne sais pas à quoi il pourrait lui servir, mais si quelque chose m'arrivait… Mon Dieu. Si quelque chose lui arrive, à elle… Mon téléphone vibre, me tirant de ces pensées lugubres.

— Monsieur Grey, votre mère est en ligne, m'annonce Andrea.

Je ravale un gémissement.

— Passez-la-moi.

— Mon chéri, comment vas-tu ?

— Ça va. Qu'est-ce qu'il y a ?

— Toujours aussi affable. J'appelais pour prendre de tes nouvelles, c'est tout. Je parle plus souvent à Ana ces jours-ci.

— Ça va. Je suis toujours là. Je me marie toujours. Merci pour tout ce que tu fais. Tu voulais me parler de quelque chose en particulier ?

Elle soupire.

— Non, mon chéri. J'ai hâte d'accueillir Ana la veille du mariage, avec sa mère et son beau-père. Je suis heureuse de faire leur connaissance. Ils s'entendent bien avec son père ?

— Avec Ray ? Je crois. Il faudra que tu poses la question à Ana.

— D'accord. Je suis ravie qu'il dorme chez toi.

*Ce n'est pas mon idée.*

— Ana espère que ça nous rapprochera.

À vrai dire, Raymond Steele m'intimide. Grace se tait un instant.

— J'en suis certaine. Vous avez votre licence de mariage ?

— Évidemment. Nous sommes passés la prendre la semaine dernière.

— Le voyage de noces ?

— Tout est organisé.

— Ton costume ?

Je lève les yeux au ciel.

— On me l'a livré aujourd'hui. Il me va.

— Les alliances ?

*Les alliances ? Et merde… Les alliances !*

— C'est bon.

Je ris. Comment a-t-on pu oublier les alliances ?

— Qu'est-ce qui te fait rire ?

— Rien, maman.

— Vous avez oublié les alliances, c'est ça ?

Je soupire.

— Comment as-tu deviné ?

— Je suis ta mère… et tu m'as appelée maman. Ça t'arrive rarement.

— Perspicace, docteur Grey.

Elle glousse.

— Ah, Christian, je t'aime tellement. Si vous n'avez pas d'alliances, il est temps d'en acheter. Ici, tout roule. La tente sera montée demain, et l'équipe pour la décoration va suivre.

— Merci, maman. Merci pour tout.

— À vendredi.

Elle raccroche et je contemple le panorama de Seattle, en rendant grâce au ciel de l'existence du Dr Grace Trevelyan-Grey. *Maman.* J'appelle Ana.

— Anastasia Steele.

Elle semble préoccupée.

— On a oublié les alliances.

— Les alliances ? Ah, merde ! Les alliances !

Je ris, parce qu'elle réagit comme moi.

— Je sais. Comment a-t-on pu oublier une chose pareille ?

— Comme le dit toujours ma mère, le diable est dans les détails.

— Elle n'a pas tort. Quel genre d'alliance te plairait ?

— Ah… euh…

— Je pensais à un anneau en platine assorti à ta bague de fiançailles ?

— Christian, ce serait… ce… euh… Ce serait vachement bien.

Je souris.

— Je vais en acheter deux assorties.

— Tu vas la porter, toi aussi ?

— Pourquoi pas ?

Sa question m'étonne.

— Je ne sais pas. Je suis ravie que tu en aies envie.

— Ana, je suis à toi. Je veux que le monde entier le sache.

— Je suis très heureuse de te l'entendre dire.

— Tu devrais le savoir, à ce stade.

— Je le sais, murmure-t-elle. Et ça me remue encore.

— Ça te remue ?

Elle pouffe de rire.

— Oui. Ça me remue.

— Ça me paraît douloureux.

— Non. C'est le contraire de la douleur.

Je déglutis pour tenter de contenir mon euphorie.

— Mieux vaut que je m'en occupe tout de suite.

— Tu as intérêt.

— À plus, bébé.

— À plus, Christian. Je t'aime.

Je laisse ses mots imprégner mon cœur. *Elle m'aime.*

— Tu raccroches ? demande-t-elle.

— Non.

Elle rit à nouveau.

— Il faut que j'y aille. J'ai une réunion et le patron du patron de mon patron… bref, tu sais bien.

— Ouais. Parfois, c'est un con.

— Parfois… Mais c'est souvent le meilleur des hommes.

Je regarde son portrait sur le mur de mon bureau ; son sourire timide et taquin s'adresse à moi. C'est l'une des choses les plus gentilles qu'elle m'ait jamais dites.

— À ce soir, lance-t-elle, et elle raccroche avant que j'aie pu répondre.

Anastasia Steele, tu es la femme la plus désarmante que je connaisse. Mon sourire éclairerait une nuit sans lune. Inspiré, je trouve le numéro d'Astoria Fine Jewelry et le compose. Il ne me faut pas seulement des alliances, mais aussi un cadeau de mariage pour ma future épouse.

Ma réunion avec Welch est peu concluante. Toujours aucune piste. Je commence à croire que le sabotage est le fruit de mon imagination. L'équipe de Welch passe au peigne fin tous les dossiers des ex-employés des sociétés rachetées par Grey Holdings, ce que nous avons déjà fait. Les seuls suspects potentiels étaient Hyde et Woods. Hyde a été écarté puisqu'il est en Floride depuis qu'il a été viré, et aucune preuve ne lie encore Woods au crash.

— Je sais à quel point c'est exaspérant pour vous, monsieur Grey, déclare Welch de sa grosse voix bourrue. Nous surveillons de très près le Gulfstream.

— Je me demande si nous n'avons pas surréagi au rapport de la FAA.

— Non. Il s'agit de votre sécurité. Il va simplement falloir être patient. J'attends le rapport du NTSB d'un jour à l'autre.

— Dès que vous l'aurez…

— Oui, monsieur.

— En attendant, contactez Taylor. Il nous accompagne pour s'occuper de notre sécurité durant notre voyage de noces.

— Ça marche. Et encore tous mes vœux.

De retour à mon bureau, je vérifie mes mails.

---

De : Dr John Flynn
Objet : TR : Pour Christian Grey
Date : 26 juillet 2011 14:53
À : Christian Grey

Christian,
J'ai reçu le mail ci-joint de Leila Williams. Nous pourrons en discuter lors de notre rendez-vous de jeudi.
JF

De : Leila Williams
Objet : Pour Christian Grey
Date : 26 juillet 2011 06:32 EST
À : Dr John Flynn

Mon très cher John,
Merci de votre soutien. Je ne peux pas vous dire à quel point il a compté pour moi. Mes parents m'ont accueillie à bras ouverts. J'ai du mal à croire qu'ils puissent être aussi attentionnés après tous les ennuis que je leur ai causés. Mon divorce sera prononcé le mois prochain. Je vais enfin pouvoir tourner la page.
Mon seul regret est de n'avoir pas pu remercier M. Grey en personne. S'il vous plaît, transmettez-lui ce mot. Ma vie aurait pu si mal tourner sans son intervention et la vôtre.
Mille mercis,
Leila

*C'est hors de question.* Leila est la dernière personne au monde que j'aie envie de voir. Mais je suis heureux qu'elle aille mieux, qu'elle soit en voie de guérison, et qu'elle divorce de ce minable qu'elle a épousé. Je mets le mail à la corbeille, décidé à ne plus penser à elle.

J'appelle Andrea. J'ai besoin d'un café. De toute urgence.

Il est tard. Le soleil a disparu à l'horizon, et je fixe un écran blanc. *Mes vœux.* J'ai plus de mal à les rédiger que je ne l'aurais cru. Tout ce que j'écris sera prononcé à haute voix devant famille et amis. J'essaie de trouver des mots qui expriment ce que je ressens pour Ana, combien je suis heureux de partager sa vie, et honoré qu'elle m'ait choisi.

*Putain, c'est tellement dur.* Je repense à la soirée. Ana et moi avons reçu Gia Matteo. J'aime bien son projet, mais je ne suis pas certain que ce soit le cas d'Ana. Quand nous verrons les plans de Gia, nous pourrons en juger. Heureusement, la réunion a été brève. Et Gia ne m'a touché qu'une fois. Depuis, je tente d'avancer alors qu'Ana s'entretient au téléphone avec Alondra Gutierrez. J'espère simplement que ce mariage correspond à ce qu'elle souhaite. Si elle est heureuse, je le suis aussi. Surtout, je veux la protéger. La vie sans Ana serait insoutenable. Une foule d'images surgissent dans mon esprit : Ana menacée d'une arme dans son ancien appartement ; Ana, plutôt que Ros, assise à côté de moi tandis que Charlie Tango fonce vers le sol ; Ana gisant pâle et immobile sur une moquette sordide qui a jadis été verte…

*Grey, stop. Stop !* Assez de pensées morbides. *Concentre-toi, Grey. Concentre-toi sur ton avenir. Avec Ana.* Je veux lui offrir le monde. Je me tourne à nouveau vers mon écran et me mets à écrire.

Ana lève les yeux lorsque je passe dans la bibliothèque et elle m'adresse un sourire adorable mais fatigué. Elle lit un manuscrit. Je m'assois dans le fauteuil voisin et lui ouvre mes bras. Elle n'hésite pas, déplie ses longues jambes et bondit vers moi. Je l'enlace, embrasse sa tête et respire son parfum. C'est le paradis sur terre. Ana pousse un doux soupir de contentement. *C'est si bon de la tenir dans mes bras. Elle me met du baume au cœur. Mon Ana.*

Nous restons assis en silence. Je n'aurais jamais pu imaginer ça il y a à peine trois mois. *Non. Deux mois.* J'ai tellement changé que je ne me reconnais plus. Tous les doutes et les peurs que je ressentais tout à l'heure se sont évanouis. Ana est là, bien en sécurité, dans mes bras. Et je suis en sécurité… avec elle.

Jeudi 28 juillet 2011

La réunion de direction s'est bien passée. Je laisse ma société entre de bonnes mains – je n'en ai d'ailleurs jamais douté. Je suis quand même anxieux. C'est la première fois que je prends de vraies vacances. Une fois que tous les autres sont partis, Ros s'approche.

— La maison est à vous.

— C'est fait ?

— C'est signé.

— Génial. Merci de vous en être chargée. Les clés ?

— On les envoie par coursier.

— Je les donnerai à mon frère. C'est lui qui s'occupe de la rénovation.

Elle écarquille les yeux.

— Vous la rénovez, en plus ? Vous allez être débordé, Christian. Je crois qu'il est grand temps que vous preniez des vacances.

— Je pense aussi. Je suis impatient de partir.

— Où allez-vous ?

— J'ai suivi votre conseil. En Europe.

Son visage s'éclaire.

— Gwen et moi, nous avons hâte de venir samedi.

— Moi, j'ai hâte que ce soit passé, réponds-je avec un petit sourire forcé.

— Christian ! s'étonne-t-elle. Il faut que vous profitiez de la journée !

— Je veux surtout qu'Ana en profite.

Ros se radoucit aussitôt.

— Vous l'avez vraiment dans la peau.

— Je plaide coupable.

Elle sourit, le regard chaleureux. Ça lui va bien.

— Je profiterai mieux de mon voyage de noces, sachant que vous êtes là pour faire tourner la boîte.

Son sourire s'élargit.

— Ne vous inquiétez pas. Vous serez en Europe, pas sur Mars. S'il le faut, je vous appellerai.

— Christian, vous tournez comme un lion en cage. Qu'est-ce qu'il y a ? me demande Flynn.

Il me regarde faire les cent pas dans son cabinet. Je m'arrête et jette un coup d'œil par la fenêtre. Taylor, qui m'attend près de la voiture, observe la rue derrière ses Ray-Ban. Je me hasarde à une supposition :

— Trac ?

Je retourne près du divan, puis m'y affale.

— C'est compréhensible. Vous vous mariez dans deux jours.

— Vraiment ?

— Bien entendu. C'est tout à fait naturel d'être nerveux. Vous allez déclarer publiquement à quel point vous tenez à Anastasia. Tout devient réel.

*Oui. En effet.*

— Nous avons mis si longtemps à parvenir à ce stade qu'à la dernière minute nous avons oublié les alliances. (Je lève les mains, frustré.) Ça signifie quoi, cet acte manqué ?

— Que vous êtes tous deux très occupés ? suggère-t-il d'une voix affable.

Son interprétation ne m'apaise pas.

— Tout le monde me répète sans cesse d'en profiter.

Je fronce les sourcils. Flynn reste muet. Il attend que je m'explique.

— Je voudrais que ce soit déjà passé !

— Vous êtes sûr de vous ?

*Quoi ?* Je le regarde comme s'il était un extraterrestre.

— Le mariage ? Évidemment !

— C'est ce que je pensais.

— Alors pourquoi me poser la question ?

— Christian, j'essaie seulement de comprendre la cause de votre agitation.

— Je veux juste que ce soit fait.

J'ai craché ces mots d'une voix exaspérée. Flynn continue de m'observer. J'attends qu'il m'éclaire. Devant son silence, je suggère :

— C'est trop long. Je ne suis pas un homme patient.

— Quelques semaines, ce n'est pas très long.

Je pousse un long soupir en tentant de débrouiller mes sentiments.

— J'ai peur qu'Ana change d'avis.

— Je pense qu'à ce stade c'est très peu probable. Et pourquoi le ferait-elle ? Elle vous aime, non ?

Il soutient mon regard. Je le fixe, incapable de formuler ce que j'ai envie de dire. C'est frustrant. Flynn me tend une perche.

— Vous voulez être déjà marié ?

— Oui. Une fois mariés, elle sera à moi. Et je pourrai la protéger.

Flynn hoche la tête et soupire.

— Il ne s'agit pas seulement de trac, Christian. Expliquez-moi.

*C'est parti.* Je déglutis avant de confesser ma pire crainte.

— Ma vie serait insoutenable sans elle. J'ai des pensées morbides, épouvantables.

Il se tapote la bouche du bout des doigts.

— Vous voulez en parler ?

— Non.

*Si j'en parle, elles deviendront réelles.*

— Pourquoi pas ?

Je secoue la tête. Je me sens exposé, vulnérable, comme si j'étais nu au sommet d'une colline sans arbres, avec le vent hurlant autour de moi. John se frotte le menton.

— Christian, vos peurs sont totalement compréhensibles. Ce sont celles d'un enfant maltraité et abandonné.

En fermant les yeux, je revois la pute camée, morte par terre. Sauf que c'est Ana. *Bordel de merde.*

— Vous êtes adulte, maintenant. Un adulte qui a très bien réussi, reprend John. Rien n'est jamais garanti dans la vie. Cependant il est tout à fait improbable qu'il arrive quoi que ce soit à Ana, étant donné tout ce que vous avez mis en place.

Je croise le regard de Flynn. Il veut que je continue.

— J'ai plus peur pour elle que pour moi.

— Je comprends, Christian. Vous l'aimez. Mais vous devez mettre cette peur en perspective, la contrôler. Elle est irrationnelle. Et au fond, vous le savez.

Je lâche un nouveau soupir.

— Je sais. Je sais.

— Je dois simplement vous mettre en garde, poursuit-il en me regardant pour s'assurer que je l'écoute attentivement. Je ne veux pas que vous sabotiez votre bonheur, Christian. Même si vous pensez ne pas le mériter. L'idée même de bonheur est assez inédite pour vous, vous devriez toutefois la cultiver et la chérir.

— C'est le cas. Mais ça m'angoisse.

— J'ai bien compris. Seulement, faites attention.

Je hoche la tête.

— Vous avez les moyens de vaincre votre anxiété. Utilisez-les.

*C'est bon.* J'en ai marre de son sermon. Je l'ai déjà entendu mille fois.

— On passe à autre chose ?

Il pince les lèvres.

— Vous en êtes certain ?

— Oui.

— Bon. À propos du sabotage, vous avez des nouvelles ?

— Non ! (J'ai craché ma réponse comme une grossièreté. Je reprends :) Je commence à me demander si je n'ai pas surréagi.

— Ce ne serait pas la première fois.

Mes lèvres esquissent un demi-sourire.

— C'est ce que pense Ana.

— Elle vous a bien cerné.

— Oui. Mieux que quiconque. Hormis vous.

— Vous me flattez, Christian. Je suis sûr qu'elle vous connaît mieux que moi. Nous choisissons ce que nous voulons montrer aux gens. C'est ce qui fait de nous des êtres humains. Je crois qu'elle a vu le meilleur et le pire, chez vous.

*C'est vrai.*

— Parce qu'elle fait ressortir le meilleur et le pire, chez moi.

— Si vous le décidez, vous pouvez vous concentrer sur le meilleur. Ne vous focalisez pas sur ce qui est négatif, mais sur l'instant présent. Utilisez tout ce que vous avez appris ici.

— Je peux essayer.

— Non, faites-le. Vous en êtes capable, Christian. (Il croise les jambes et poursuit :) Comment ça se passe, avec vos parents ?

— Beaucoup mieux.

Je lui raconte ma dernière conversation avec Grace.

— Très bien ? Et votre père ?

— Rien à signaler depuis qu'il est venu me présenter ses excuses.

— Bon. Et vous avez eu le mail que je vous ai transmis de Leila ?

— Oui. Je ne veux pas la voir.

— C'est sans doute pour le mieux. Je le lui ferai savoir.

— Merci.

Il sourit.

— Vous savez, vous n'attendez peut-être pas ce mariage avec impatience, mais ma femme, elle, ne tient pas en place !

J'éclate de rire.

— Nous venons avec les garçons. J'espère que tout sera fixé au sol, chez vos parents ?

— Je pense que Ros, mon bras droit, vient avec ses enfants elle aussi.

— Vous avez parlé d'enfants, avec Ana ?

— Seulement de manière générale. Nous avons du temps devant nous. Nous sommes encore jeunes, tous les deux. D'ailleurs, j'oublie parfois combien Ana est jeune.

*Oui, et moi, je suis un ado boudeur.*

Il jette un coup d'œil à l'horloge.

— Je pense que c'est bon, à moins que vous vouliez me parler d'autre chose ? Je ne vous verrai pas à titre professionnel avant un bon moment.

— C'est bon. Merci pour votre écoute, John.

— C'est mon travail. Et rappelez-vous, ne vous focalisez pas sur le négatif. Focalisez-vous sur le positif.

Je hoche la tête et me lève.

— Et un petit conseil, à titre personnel, poursuit Flynn. Épouse heureuse, vie heureuse. Croyez-moi.

J'émets un petit ricanement.

— C'est bon de vous entendre rire, Christian, me lance-t-il en souriant.

Ana et moi nous regardons dans les yeux. Nous sommes allongés nez à nez, assouvis. Aucun de nous n'a envie de dormir.

— C'était sympa, me souffle Ana.

Je plisse les yeux.

— Encore ce mot !

Elle sourit. Je caresse sa joue du bout du doigt. Son sourire s'évanouit.

— Qu'est-ce qu'il y a ?

Elle baisse les yeux.

— Ana ?

Ses yeux trouvent les miens et les fixent intensément.

— Tu ne crois pas qu'on brûle les étapes ? me demande-t-elle d'une petite voix timide.

Soudain, je suis en état d'alerte. *Bordel de merde, elle veut en venir où, avec ça ?*

— Non ! Qu'est-ce qui te fait dire ça ?

— C'est juste que je suis tellement heureuse en ce moment. Je ne sais pas si c'est possible de l'être plus. Je ne veux rien changer.

Je ferme les yeux, soulagé. Elle pose la main sur ma joue.

— Et toi, tu es heureux ?

Je la dévisage avec toute la sincérité que je peux tirer de chaque fibre de mon être.

— Bien sûr. Tu n'as pas idée à quel point tu as changé ma vie. En mieux. Je serai pourtant encore plus heureux une fois que nous serons mariés.

— Tu es angoissé. Je le vois dans tes yeux.

Ses doigts effleurent mon menton.

— Je suis impatient que tu sois à moi.

— Je suis à toi, murmure-t-elle.

— Mais nous allons devoir endurer deux jours de mondanités.

Elle pouffe de rire.

— Oui, en effet.

— Je n'ai qu'une hâte, partir avec toi.

— J'ai hâte, moi aussi. On va où ?

— Surprise !

— J'aime bien les surprises.

— Je t'aime bien, toi.

— Je t'aime bien toi aussi, Christian.

Elle s'avance pour m'embrasser sur le nez. Je lui demande :

— Tu as sommeil ?

— Non.

*Tant mieux.*

— Moi non plus. Je n'en ai pas encore fini avec toi.

Samedi 30 juillet 2011

Elliot avale une lampée de Macallan. Il est un peu plus de minuit. Vautré sur mon canapé, les pieds sur les coussins, il occupe toute la place qu'il peut. Ce type n'a aucun sens des convenances.

— Qu'est-ce qu'il est bon, ce scotch.

— Tu m'étonnes.

*Il est cher, en tout cas.*

— Qu'est-ce qu'elle t'a offert ? me demande-t-il.

Je tire de ma poche la boîte turquoise de chez Tiffany contenant mon cadeau de mariage d'Ana. Elle contient des boutons de manchette en platine gravés d'un C et d'un A entrelacés. Je les porterai pour mon mariage. Je les tends à Elliot, qui hoche la tête, approbateur.

— Joli.

— Oui. Ils sont parfaits.

— Bon, il se fait tard, vieux, bâille-t-il. On devrait aller se coucher. Au cas où tu l'aies oublié, tu te maries demain matin.

— Allons-y.

L'armagnac me réchauffe le palais avant de descendre dans ma gorge en douceur.

— Ça va me faire bizarre de dormir seul.

*Voilà une phrase que je n'aurais jamais imaginé prononcer.*

— C'était cool, cette soirée. J'aime bien les parents d'Ana. Bob n'a pas dit grand-chose. D'ailleurs, maintenant que j'y pense, le père d'Ana non plus.

— Ils sont taciturnes tous les deux, dis-je en haussant un sourcil. Carla craque toujours pour le même genre d'homme, apparemment.

Elliot éclate de rire.

— Il faut se méfier des types qui ne disent rien. Comme toi, champion. Si ça se trouve, tu as un ticket.

Il lève son verre et me gratifie d'un large sourire. *Va te faire foutre, Elliot.* Je fronce les sourcils.

— Je ne sais pas de quoi tu parles, et je ne veux même pas y penser.

— La mère d'Ana est sexy. Les femmes mûres, ça pourrait me brancher.

*Pas question de suivre Elliot sur ce terrain-là !*

— Oh ! Et Kavanagh ?

Il me sourit, penaud, et aborde un terrain moins miné.

— Je parie que tu es ravi que nos parents et les siens s'entendent. En plus, Ray est un fan des Mariners, alors c'est forcément un type bien.

J'acquiesce. Je suis soulagé. Même Raymond Steele s'est détendu, conquis par les égards et la chaleur de Grace. Et il n'y a aucune animosité entre lui et la mère d'Ana, ce qui est une bonne nouvelle. Ray s'est retiré pour la nuit. Ironie du sort, il dort dans la chambre qui aurait été occupée par Ana si elle avait accepté d'être ma soumise. Mieux vaut ne pas y penser.

— Et tu as de quoi être fier de ta Mme Jones, poursuit Elliot.

— Effectivement. Gail est une excellente cuisinière. Elle s'est surpassée, ce soir.

Elliot engloutit son verre et claque sa langue en signe d'appréciation. *Mon frère est un rustre.*

— Vraiment excellent, ce whisky, champion. Bon, je vais me coucher. Toi ?

— J'ai encore des choses à faire.

Elliot consulte sa montre.

— Maintenant ? Il est tard.

— Je dois répondre à un mail que j'ai reçu avant le dîner. Je n'en ai pas pour longtemps.

De toute façon, je ne sais pas si je vais arriver à dormir.

— Après tout, c'est toi qui te fais passer la corde au cou…

Il sourit et bondit du canapé avec l'énergie qui le caractérise.

— Bonne nuit. Essaie quand même de dormir, d'accord ?

Il me donne un coup de poing dans le bras et prend congé. Je lance :

— Bonne nuit. N'oublie pas les alliances !

Il me répond par un doigt d'honneur. Malgré moi, j'éclate de rire. Je me lève et glisse la boîte Tiffany dans ma poche. Une fois dans mon bureau, j'ouvre le mail qui me taraude depuis que je l'ai reçu en début de soirée. Il est de Welch et il contient le rapport du NTSB sur Charlie Tango.

De : Welch, H.C.
Objet : Rapport du NTSB
Date : 29 juillet 2011 18:57
À : Christian Grey
Cc : J B Taylor

Monsieur Grey,
Vous trouverez ci-joint le rapport détaillé du National Transportation Safety Board. Ils confirment qu'il s'agit bien d'un acte de sabotage. Les conduites de carburant ont été sectionnées, le kérosène a donc fui dans les moteurs.
Le rapport a été transmis au FBI. Une enquête criminelle va être ouverte. Heureusement, le NTSB les a tenus au courant au fur et à mesure et le FBI a déjà relevé les empreintes digitales la semaine dernière. Ils sont en train d'enquêter sur les ingénieurs et le personnel au sol, mais pour l'instant ils n'ont pas trouvé de suspect.
Demain, j'aimerais transférer le Gulfstream à Sea-Tac pour que vous décolliez de là plutôt que de Boeing Field. Je ferai en sorte que vous embarquiez directement sur la piste.
J'ai ajouté quatre agents de sécurité supplémentaires à l'équipe présente à votre mariage. C.V. ci-joints. Taylor les a approuvés. Deux d'entre eux ont déjà été envoyés sur les lieux.
Désolé de vous envoyer ça la veille de votre mariage. Nous nous occupons de tout. Tâchez de profiter de votre grand jour.
Welch

Donc, nous avions raison. Mais qui peut bien vouloir ma peau ? Je jette le reste de mon armagnac dans l'évier et décide de lire le rapport au lit. Je suis seul. Ana dort chez mes parents ce soir. *Qu'est-ce qu'on en a à foutre, de ces traditions à la con ?* Elle devrait être ici, avec moi. Elle me manque. Au moins, Sawyer l'accompagne. Il veillera sur elle. D'humeur de plus en plus morose, j'attrape les pages du rapport sur mon imprimante. J'en ai marre de ces merdes.

Le compte rendu est très détaillé et assez ennuyeux, mais malgré mes paupières qui tombent, j'arrive à le terminer. Prochaine étape : remettre Charlie Tango au FBI et, une fois qu'ils en auront terminé, le rendre à Eurocopter pour une évaluation complète. J'espère qu'on pourra le réparer et que GEH n'aura pas de démêlés avec les experts en sinistres de notre assureur. J'éteins la lampe et fixe le plafond.

*Pourquoi est-ce qu'il faut que ça me tombe dessus la veille de mon mariage ?* Plongé dans l'obscurité, je sens le vide m'envahir. Un vide auquel je suis désormais capable de donner un nom : la solitude. Il manque un morceau à mon cœur, car Ana n'est pas à côté de moi. Cela dit, je ne suis pas seul. Mon futur beau-père dort au-dessus de ma tête, Elliot est dans la chambre d'amis, et les appartements du personnel sont presque entièrement occupés. Sauf qu'Anastasia Steele est absente. Je regrette qu'elle ne soit pas ici ; je la prendrais dans mes bras et je me perdrais en elle. Je suis tenté de lui envoyer un texto mais ça pourrait la réveiller, et elle a besoin de dormir. Sans elle, je suis perdu. Quelqu'un, quelque part, veut ma mort… *Stop. Arrête d'y penser, Grey.* Je ferme les yeux. *Respire, Grey. Respire.* Je me mets à compter les moutons.

Nous nous élevons dans les airs. Devant moi dans le cockpit, Ana tend les mains vers la verrière, et crie de joie, émerveillée. Mon cœur déborde. C'est ça, le bonheur. C'est ça, l'amour. Voilà ce que c'est. Nous sommes au sommet du monde. Notre vie s'étale dans un patchwork coloré de vert et de brun sous nos pieds. Je pique du nez, et tout d'un coup je suis en chute libre. Ana hurle. Nous sommes à bord de Charlie Tango et nous perdons de l'altitude. Ça sent le brûlé. Je lutte pour redresser l'hélicoptère. Je dois trouver un endroit où atterrir. Je n'entends plus que le rugissement des moteurs et les cris d'Ana. Nous allons nous écraser. Nous tombons en vrille. Non. Non ! Ana est par terre sur une moquette verte poisseuse. Je la secoue. Elle ne veut pas se réveiller. Ana. Ana. Ana ! Il y a un grand fracas. Et il est dans l'entrée. *Te voilà, petit merdeux !* Non. *Non.* Ana. *Ana !*

Je me réveille en sursaut, trempé de sueur. Il est trop tôt pour me lever. Je tente de contrôler ma respiration et ma terreur, puis je ferme les yeux et me retourne. J'attrape l'oreiller d'Ana et l'attire contre moi pour humer son parfum.

Grand-pa Theodore me tend une pomme. Elle est rouge. Et bien sucrée. La brise légère chatouille mes joues. Ça fait du bien avec le soleil. Nous sommes debout tous les deux dans le verger. Il me tient par la main. Sa paume est rugueuse. Maman, papa et Elliot arrivent. Ils ont un panier de pique-nique. Papa étale la couverture. Et Ana s'assoit dessus. Ana. Elle est là. Avec moi. Avec nous. Elle rit. Et je ris. Ana caresse mon visage. Elle dit : *tiens*. Et elle me passe bébé Mia. *Mia.* Et tout d'un coup j'ai six ans. *Miii-a*, je chuchote. Maman me regarde. *Qu'est-ce que tu as dit ? Miii-a. Oui.* Oui. *Mon garçon chéri. Tu retrouves la parole ! Mia. Elle s'appelle Mia*. Et maman se met à pleurer de joie.

J'ouvre les yeux. *De quoi ai-je rêvé ?* Le soleil est plus haut dans le ciel. C'est une heure plus convenable pour me lever. Je secoue la tête pour m'éclaircir les idées, puis je me rappelle… Aujourd'hui, Ana sera à moi. *Aujourd'hui, à midi. Oui !* Ensuite, je passerai trois semaines avec elle en Europe. J'ai hâte de faire découvrir ça à Ana. Allongé sur le lit, j'ai soudain une idée. Et si je prenais quelques accessoires pour pimenter nos jeux ? *Oui !*

Je bondis hors du lit, attrape un tee-shirt et gagne la cuisine. Depuis le couloir, j'entends des voix. Ray est assis au comptoir en train de manger des œufs au bacon, des galettes de pommes de terre et des saucisses. Il bavarde avec Mme Jones. Contrairement à moi, il est déjà habillé pour le mariage.

— Bonjour.

— Bonjour, Christian. Ça va ?

— Ça va.

— Bonjour, monsieur Grey. Un café ? me demande Gail.

— S'il vous plaît.

— Vous avez un sacré bel appartement ! s'exclame Ray.

— Merci.

— Ana me dit que vous avez acheté une maison.

— Oui. Sur la côte.

Ray hoche la tête.

— Il paraît que vous avez aussi une maison à Aspen et un appartement à New York.

— Euh… oui. J'ai des biens immobiliers… Histoire de diversifier mon portefeuille.

Il hoche la tête, son expression reste indéchiffrable.

— Ça fait beaucoup, pour une seule personne.

— À partir d'aujourd'hui, nous serons deux pour nous en occuper.

Il hausse les sourcils, et un sourire d'admiration ou d'incrédulité se dessine lentement sur ses traits. J'espère que c'est de l'admiration.

— En effet.

Je préfère changer de sujet.

— Vous avez bien dormi ?

— Oui. Je n'ai jamais dormi de ma vie dans une chambre aussi chic. La vue est superbe.

— Je suis heureux que vous soyez bien installé.

— Voici, monsieur Grey.

Mme Jones pose un café noir sur le comptoir devant moi.

— Merci, Gail.

— Que souhaitez-vous pour votre petit déjeuner ?

— La même chose que Ray.

Elle sourit.

— Tout de suite, monsieur.

Je me glisse sur un tabouret à côté de Ray et lui demande s'il est allé à la pêche récemment. Son regard s'illumine.

Je dois avouer qu'Elliot a belle allure en smoking. Nous sommes à l'arrière du Q7 et nous approchons de la propriété de nos parents à Bellevue.

— Tu te sens comment ?

— J'aimerais bien qu'on arrête de me poser la question.

— Toi ? Nerveux ? Tu es le mec le plus calme que je connaisse. Qu'est-ce qui se passe ? C'est parce que tu vas te caser avec la même femme pour le restant de tes jours ? Moi aussi, ça me rendrait nerveux.

Je lève les yeux au ciel.

— Tu n'as jamais su mettre de limites à ton libertinage, Elliot. Un de ces jours, tu vas trouver une fille qui va te chambouler. Je ne pensais pas que ça m'arriverait non plus. Et voilà.

Les yeux de mon frère se voilent, et il regarde par la fenêtre tandis que nous nous garons chez nos parents. Plusieurs véhicules attendent devant le service voiturier, et les invités tirés à quatre épingles suivent le tapis rose pâle qui les conduit derrière la maison. Quand Taylor se gare, deux types en costume sombre, avec oreillettes et Ray-Ban, s'avancent pour nous ouvrir les portières. Ce sont les nouveaux agents de sécurité.

— Prêt ? me demande Elliot. Si tu as changé d'avis, il est encore temps de fuir.

— Va te faire foutre.

Il sourit et descend de l'Audi. J'inspire profondément. Nous y voilà. *En piste, Grey.* Mon téléphone vibre, j'y jette un coup d'œil. Mon cuir chevelu picote. C'est un SMS d'Elena.

> « Tu commets une grave erreur.
> Je te connais.
> Mais je serai là pour toi quand
> tu craqueras.
> Parce que tu vas craquer.
> Et je serai là parce que malgré ce
> que j'ai dit, je t'aime.
> Je t'aimerai toujours. »

*Bordel de merde...* Elliot me rappelle à l'ordre.

— Christian, tu viens ?

— Oui.

Je supprime rapidement le texto et descends de voiture. *Qu'elle aille se faire foutre.* Elliot fronce les sourcils lorsque je le rejoins.

— Ça va ?

— Oui. Allez, c'est parti.

Je marche à grands pas en tentant de contrôler ma colère. Comment Elena ose-t-elle m'écrire une chose pareille le jour de mon mariage ? Debout dans l'allée, une jeune femme souriante est chargée de l'accueil.

Je l'ignore et fonce vers la porte d'entrée. Grace est dans le vestibule.

— Mon chéri, te voilà.

— Maman.

— Qu'est-ce que tu es beau !

Elle me serre rapidement dans ses bras et me tend la joue.

— Maman…

Elle s'écarte, le regard inquiet.

— Tout va bien ?

Je hoche la tête. Je n'ose pas parler.

— Ana est à l'étage. Tu n'as pas le droit de la voir avant le mariage. Elle a dormi dans ta chambre cette nuit. Viens avec moi.

Elle me prend par la main et me conduit au salon.

— Tu es nerveux, mon chéri ? Je te prendrais bien dans mes bras mais je ne veux pas mettre du fond de teint sur ta veste. La maquilleuse y est allée à la truelle. Je vais passer des mois à tout retirer.

Je ris. Heureusement que Grace est la première que j'ai croisée.

— Ça va, maman.

Elle me prend les mains.

— Tu es sûr ?

— Oui.

Ma colère s'est évaporée, chassée par la femme que j'appelle maman, et je décide qu'aujourd'hui, surtout aujourd'hui, je ne penserai pas à Mme Lincoln.

— Je suis tellement heureuse pour toi, mon chéri.

— Tu es très en beauté, maman. Maquillage, et le reste.

— Merci, mon chéri. Ah, et les dons à « Faire face ensemble » sont sans précédent. Je ne te remercierai jamais assez. C'est vraiment généreux de ta part.

— C'est l'idée d'Ana, pas la mienne.

— Ah. C'est adorable.

Elle paraît un peu étonnée.

— Je te l'ai déjà expliqué. Ana n'est pas cupide.

— Bien sûr que non. C'est un geste merveilleux de votre part. Tu es sûr que ça va ?

— Oui. J'ai reçu un texto énervant d'un ancien associé, c'est tout.

Grace plisse les yeux et je crois que j'en ai trop dit. Elle choisit cependant d'ignorer mon explication et consulte sa montre.

— On démarre dans quinze minutes. Tu préfères attendre ici ou te diriger vers la tente ?

— Je crois qu'Elliot et moi devrions aller nous asseoir.

Maman épingle une rose blanche au revers de ma veste et recule pour admirer son œuvre.

— Tu es très beau.

J'ai l'impression qu'elle va se mettre à pleurer. *Et merde, maman.* J'ai la gorge serrée, mais Elliot débarque à ce moment-là et nous sauve.

— Et moi, je sens le pâté, peut-être ? grogne-t-il.

— Ah, mon chéri, toi aussi, tu es très beau.

Elle se ressaisit et prend son visage dans ses mains pour lui tapoter les joues. Un petit pincement d'envie me vrille l'estomac.

— Maman, tu es superbe, une vraie reine.

Mon frère, toujours aussi charmeur, lui plante un baiser sur le front. Elle éclate d'un rire de jeune fille et se tapote les cheveux.

— Bon, les garçons, dehors ! Les placeurs vous montreront où aller. Mais d'abord, laisse-moi épingler cette fleur à ta boutonnière, Elliot.

Tandis que nous nous dirigeons vers la tente, Taylor m'intercepte.

— Monsieur, j'ai pris la valise de Mlle Steele, et tout le reste a été transféré à Sea-Tac.

— Parfait. Merci, Taylor.

Un sourire se dessine sur ses lèvres.

— Bonne chance, monsieur.

Je le remercie d'un signe et reprends mon chemin avec Elliot.

Un quatuor à cordes joue « Halo » de Beyoncé. J'attends Mlle Anastasia Steele. Ma famille a mis le paquet : le décor est somptueux. Elliot et moi sommes assis au premier rang ; les invités prennent place sur des chaises dorées. Je contemple le spectacle devant moi en espérant que ça fera passer mon trac. Un tapis rose pâle conduit à une immense charmille fleurie au bord de l'eau. Elle est composée de roses blanches et roses, entrelacées de lierre et de pivoines rose pâle qui me rappellent les joues d'Ana quand elle rougit. Le révérend Michael Walsh, l'ami de ma mère et l'aumônier de son hôpital, doit officier. Il attend patiemment à l'endroit indiqué. Derrière la tonnelle, le soleil bondit sur les eaux scintillantes de Meydenbauer Bay. C'est un jour magnifique pour se marier. L'une des photographes officielles est postée près de Walsh et braque son objectif sur moi. Je me détourne pour demander à Elliot, sans doute pour la dixième fois :

— Tu as les alliances ?

Je regarde nos invités arriver, en saluant de la tête et d'un geste ceux que je connais. Bastille et sa femme sont là ; Flynn arrive avec son épouse, Rhian, chacun tenant fermement par la main un de leurs petits garçons. Taylor et Gail sont assis côte à côte. Le photographe José Rodriguez et son père sont là. Ros arrive avec sa conjointe, Gwen, et elles font asseoir leurs petites filles. Eamon Kavanagh, sa femme, Britt, et Ethan sont là – Mia sera ravie. Mac me salue ; il est assis avec une jeune femme blonde que je n'ai jamais vue. Grand-ma et grand-pa Trevelyan sont à leurs places, juste derrière nous. Grand-ma nous salue avec enthousiasme. Alondra Gutierrez donne des directives à sa petite équipe. Je ne reconnais pas tous les invités – des amis de mes parents ou des parents d'Ana. Ma mère et mon père, puis Carla et Bob traversent l'assemblée pour prendre place.

Mon père se fraye un chemin pour s'élancer vers nous, débordant de fierté. Elliot et moi nous levons. Je lui tends la main mais il m'attire contre lui et m'étreint.

— Bonne chance, mon fils. Je suis si fier de toi.

— Merci, papa.

Les mots ont du mal à passer tellement j'ai la gorge serrée. Carrick serre aussi Elliot dans ses bras.

Le bourdonnement de l'assemblée se transforme en murmure plein d'expectative. Papa se dépêche de s'asseoir tandis que le quatuor à cordes entame « Chasing Cars ». Ah oui. Snow Patrol. L'un des groupes préférés d'Ana. Elle adore cette chanson.

Mia s'avance dans l'allée centrale, vêtue d'une explosion de tulle rose pâle. Derrière elle, Kate Kavanagh est svelte et élégante dans une longue robe en soie rose pâle.

*Ana.*

Ma bouche s'assèche. Elle est éblouissante dans sa robe en dentelle ajustée, les épaules nues recouvertes d'un tulle très fin. Ses cheveux sont relevés en chignon haut, et quelques mèches encadrent son beau visage.

Son bouquet est fait de roses blanches et roses. Ray marche à ses côtés, sa main recouvrant celle d'Ana qui le tient par le bras. Il retient ses larmes.

Le nœud se resserre dans ma gorge. Le regard d'Ana trouve le mien, et sous son voile son visage s'illumine comme un jour d'été. Ils parviennent à notre hauteur et Ana tend son bouquet à Kate, qui s'arrête avec Mia. Ray remonte le voile d'Ana et l'embrasse sur la joue.

— Je t'aime, Annie, l'entends-je chuchoter d'une voix rauque.

Il se tourne vers moi et me remet la main d'Ana. Nos regards se croisent, le sien luisant de larmes, et je dois me détourner, son expression risque de me faire craquer.

— Salut, dis-je à ma mariée, car c'est tout ce dont je suis capable pour l'instant.

— Salut, répond-elle en me pressant la main.

— Tu es superbe.

— Toi aussi.

Elle sourit et mon trac s'évanouit, tout comme la musique. Il n'y a plus qu'Ana et moi, et le révérend Walsh. Il s'éclaircit la voix pour attirer l'attention, et la cérémonie commence.

— Mes bien chers frères et sœurs, nous sommes réunis aujourd'hui pour assister au mariage de Christian Trevelyan-Grey et d'Anastasia Rose Steele.

Le révérend nous sourit avec bienveillance, et je serre plus fort la main d'Ana. Il demande à l'assemblée si quiconque souhaite s'opposer à ce mariage. Le SMS d'Elena me revient à l'esprit, et je m'en veux d'y penser. Heureusement, Ana m'en distrait en regardant la foule. Comme le silence règne, l'assemblée pousse un soupir de soulagement, suivi de rires étouffés. Ana lève vers moi ses yeux pétillants. Quand je lui souffle « Ouf », elle réprime un sourire. Le révérend nous demande à chacun de déclarer qu'aucune raison juridique ne nous empêche de nous marier. Tandis qu'il nous explique le sérieux de notre engagement l'un envers l'autre, ma gorge se remet à brûler. Ana le regarde, absorbée, et je remarque qu'elle porte d'élégantes boucles d'oreilles en perles que je ne lui ai jamais vues. Je me demande s'il s'agit d'un cadeau de sa famille.

— Et maintenant, je vous invite à échanger vos consentements. (Il m'encourage du regard.) Christian ?

J'inspire profondément et, en fixant l'amour de ma vie dans les yeux, je récite mes vœux par cœur d'une voix claire et forte :

— Moi, Christian Trevelyan-Grey, te prends, Anastasia Rose Steele, pour épouse. Je promets solennellement de sauvegarder et de chérir du plus profond de mon cœur notre union et toi. Je promets de t'aimer fidèlement, renonçant à toute autre, pour le meilleur et pour le pire, dans la santé et dans la maladie, où que nous conduise la vie. Je te protégerai, te ferai confiance et te respecterai.

Des larmes brillent dans les yeux d'Ana et le bout de son nez rosit joliment.

— Je partagerai tes joies et tes peines, et je te réconforterai dans la détresse. Je promets de te chérir et de soutenir tes espoirs et tes rêves et de te garder auprès de moi. Tout ce qui est à moi est à toi. Je te donne ma main, mon cœur et mon amour, aujourd'hui, et aussi longtemps que nous vivrons.

Ana essuie une larme et je respire, soulagé de ne rien avoir oublié.

— Ana ? l'incite le révérend.

De sa manche, elle tire un petit bout de papier rose et lit :

— Moi, Anastasia Rose Steele, te prends, Christian Trevelyan-Grey, comme époux. Je fais la promesse solennelle d'être ta partenaire fidèle dans la richesse comme dans la pauvreté, dans la santé comme dans la maladie, dans la joie comme dans la peine…

Elle lève les yeux vers moi et continue sans lire. Je retiens mon souffle.

— Je promets de t'aimer inconditionnellement, de soutenir tes rêves et tes aspirations, de t'honorer et de te respecter, de rire et de pleurer avec toi, de partager mes espoirs et mes rêves, de te consoler dans la détresse. Et de te chérir aussi longtemps que nous vivrons.

Elle cligne des paupières pour retenir ses larmes, et je lutte pour ravaler les miennes.

— Vous pouvez maintenant échanger vos alliances, symbole de votre amour inconditionnel l'un pour l'autre. L'anneau est un cercle infini, symbole d'une unité perpétuelle. Ainsi sera votre engagement l'un envers l'autre et envers cette union, à partir d'aujourd'hui et jusqu'à ce que la mort vous sépare. Christian, passez l'alliance au doigt d'Ana.

Elliot me remet l'alliance et je la place au bout de l'annulaire gauche d'Ana.

— Répétez après moi, dit le révérend Walsh. Anastasia, je te donne cet anneau, signe de notre foi indéfectible l'un envers l'autre, de notre union et de notre amour éternel.

Je répète les paroles d'une voix claire et forte, et glisse l'alliance au doigt d'Ana.

— Ana, passez l'alliance au doigt de Christian.

Elliot adresse un grand sourire à Ana et lui remet mon alliance.

— Répétez après moi : Christian, je te donne cet anneau, signe de notre foi indéfectible l'un envers l'autre, de notre union et de notre amour éternel.

Ana répète ces mots d'une voix douce, puis elle passe l'alliance à mon doigt. Le révérend nous joint les mains et s'adresse à l'assemblée :

— C'est l'amour qui nous réunit ici. Le mariage est fondé sur l'amour. Ces deux jeunes gens ont juré de s'aimer pour toujours. Nous les honorons et leur souhaitons force, courage et confiance, pour qu'ils évoluent ensemble, qu'ils apprennent l'un de l'autre et restent fidèles l'un à l'autre sur le chemin où les mènera la vie.

» Christian et Anastasia, vous avez accepté de vous marier et de vivre ensemble dans le mariage. Vous avez déclaré votre amour l'un pour l'autre et promis de rester fidèles à cet amour par vos vœux. Par le pouvoir que me confère l'État de Washington, je vous déclare mari et femme.

Il libère nos mains et Ana m'adresse un sourire radieux. *Ma femme.* Mon cœur s'envole.

— Vous pouvez embrasser la mariée, annonce le révérend Walsh avec un immense sourire.

— Enfin, tu es à moi, chuchoté-je à Ana en la prenant dans mes bras pour l'embrasser chastement sur la bouche.

De petits boutons ferment le dos de sa robe et je fantasme déjà sur le moment où je les déboutonnerai lentement. J'ignore les vivats et les applaudissements des invités. Mon corps s'anime.

— Tu es belle, Ana, dis-je en lui caressant le visage. Ne laisse personne d'autre que moi te retirer cette robe, compris ?

Elle hoche la tête, le regard assombri par le désir. *Oh, Ana.* J'aurais envie de l'emporter jusqu'à ma chambre d'enfant pour consommer notre mariage. *Immédiatement.* Mais on ne me le pardonnerait pas. *Retiens-toi, Grey.*

— Prête à faire la fête, madame Grey ?

Je souris à ma femme.

— Plus que jamais.

La chaleur de son sourire m'enveloppe. La prenant par la main, je tends l'autre au révérend Walsh.

— Merci, révérend. C'était une très belle cérémonie. Et très brève.

— J'avais des instructions, répond-il en nous serrant tour à tour la main. Tous mes vœux de bonheur, à tous les deux.

Je dois lâcher Ana car Kate l'attrape pour l'étreindre, et Elliot me serre dans ses bras.

— Ça y est, vieux, c'est fait. Félicitations.

— Christian ! hurle Mia en s'écrasant dans mes bras. J'adore Ana ! Je t'adore ! s'exclame-t-elle en me broyant contre elle.

— Mia. Tout doux. J'ai besoin de mes côtes.

C'est le début d'une suite interminable de félicitations, de bises et d'étreintes. Je m'arme de courage pour subir ces contacts inutiles. Heureusement, je suis euphorique. Quand je me tourne vers ma mère, elle sanglote. Je la serre rapidement dans mes bras pour ne pas abîmer son maquillage, tandis que Carrick me tape dans le dos. Carla et Bob les suivent. Ray Steele me serre la main, de plus en plus fort.

— Tous mes vœux de bonheur, Christian. Il faut que tu saches que si tu lui fais du mal, je te tuerai.

— Je n'en attends pas moins de vous, Ray.

— Je suis heureux qu'on se comprenne.

Il sourit et lâche ma main endolorie pour me donner une tape amicale. Je plie et déplie les doigts en me rappelant que Raymond Steele est un ancien militaire.

Tout en sirotant une coupe de La Grande Année Rosé, j'observe ma magnifique épouse qui s'avance vers moi. Nous venons de terminer une séance avec les photographes du mariage, et maintenant, planté à côté de notre table, j'espère enfin pouvoir manger – ce mariage m'a creusé l'appétit. Ana s'arrête çà et là pour parler à nos invités et recevoir avec grâce leurs vœux de bonheur. Elle est si radieuse que son sourire illumine tous ceux qu'elle salue. Elle est une femme remarquable, extraordinaire. Et elle est à moi.

Quand elle finit par me rejoindre, je lui prends la main pour la porter à mes lèvres.

— Salut. Tu m'as manqué.

— Salut. Tu m'as manqué aussi.

— Tu as retiré ton voile. Il était ravissant.

— Oui, mais on n'arrêtait pas de marcher dessus.

Mon père prend le micro.

— Bon après-midi à tous. Bienvenue chez nous, au mariage de Christian et Ana. Si vous ne me connaissez pas encore, je suis très fier de vous annoncer que je suis Carrick, le père de Christian. J'espère parler à chacun d'entre vous au cours de cet après-midi ou de la soirée. Entre-temps, portons un toast à Christian et à sa ravissante épouse, Ana. Tous mes vœux de bonheur à vous deux. Bienvenue dans la famille, Ana. Soyez bons l'un pour l'autre. À Christian et Ana !

Mon père m'adresse un sourire tendre qui me remue jusqu'à la pointe des pieds. Je lève mon verre dans sa direction, tandis que tout le monde répète « À Christian et Ana ».

— Merci de regagner vos tables. Le déjeuner va bientôt commencer, ajoute papa.

Je tire la chaise d'Ana. Elle s'assoit et je m'installe à côté d'elle. D'ici, nous avons la plus belle vue. Je suis heureux d'être enfin assis. Je suis mort de faim. La table est couverte d'une nappe blanche avec un centre de table de roses blanches et roses. Nos parents se joignent à nous, avec Elliot et Kate, et Mia et Bob.

Ana et ma mère ont opté pour un buffet, mais comme nous sommes à la table des mariés, on nous sert nos entrées pendant que nos invités trouvent leurs places. Il y a des petits pains au levain, du beurre aux herbes et un délicieux soufflé au fromage avec une délicate salade verte. Ma femme et moi les dévorons.

Elliot va attaquer son discours. Comme il a bu plusieurs coupes de champagne, ça pourrait mal tourner… Nous avons fini notre saumon en croûte. J'avale une gorgée de Bollinger et je m'arme de courage. Elliot me fait un clin d'œil et se lève.

— Bon après-midi à tous. Bienvenue. J'ai tiré à la courte paille – je veux dire que j'ai l'honneur d'être le témoin de Christian, et son frère, et à ce titre on m'a demandé de prononcer un discours. Je vous demande pardon d'avance – parler en public, ce n'est pas mon truc. Grandir avec Christian, ça n'était pas mon truc non plus, d'ailleurs. Comme frère, c'était un cauchemar. Vous n'avez qu'à demander à mes parents.

*Enfin, merde ! Elliot ?* Mais les gens rient. Ana me serre la main.

— Ce type qui ne paie pas de mine est pourtant capable de me casser la gueule, et ça lui est arrivé souvent. Ceux d'entre vous qui ont fait du kickboxing avec lui savent qu'il ne faut pas l'emmerder. C'est un dur, et un solitaire. Plus jeune, il préférait rester le nez dans un bouquin plutôt que d'écumer la ville avec des gars comme moi. Vous savez tous à quel point il a galéré à l'école, alors je passerai là-dessus. Il s'est quand même débrouillé, avec du bol, pas parce qu'il est intelligent, pour convaincre Harvard de l'accepter. Tout compte fait, Harvard, ça n'était pas son truc non plus. Il voulait se lancer dans les affaires… et il ne s'en est pas trop mal sorti.

Elliot hausse les épaules, l'air blasé, et à nouveau l'assemblée éclate de rire.

— Pendant ce temps-là, pas une seule fois il n'a manifesté le moindre intérêt pour le sexe opposé. Aucun. Bon, je vous laisse deviner ce que nous en avons déduit.

*Oh putain !* Je roule des yeux, et Elliot sourit.

— Imaginez donc notre surprise et notre joie lorsqu'il s'est pointé avec cette belle jeune femme, Anastasia Steele. Dès le début, il semblait clair qu'elle avait pris son cœur. Et pour une raison que j'ignore, peut-être parce qu'elle est tombée sur la tête quand elle était petite (il hausse à nouveau les épaules), elle a craqué pour lui.

Une nouvelle fois, nos invités s'esclaffent.

— Aujourd'hui, ils se sont mariés et juste une dernière chose : Christian, Ana, tous mes vœux de bonheur. On est là pour vous. Et, non, elle n'est pas enceinte !

À toutes les tables, on s'étrangle.

— À la santé des mariés, Ana et Christian !

Il lève son verre. J'ai envie de le tuer, et d'après l'expression de Ray Steele, lui aussi. Ana a les joues rouges, et l'air un peu scandalisée.

— Merci, Elliot, déclare-t-elle en riant.

Je lui lance ma serviette de table et me tourne vers Ana.

— On coupe le gâteau ?

— Avec plaisir.

Ana et moi prenons place au milieu de la piste de danse. Je l'enlace tandis que nos invités forment un cercle autour de nous. Du coin de l'œil, je vois Carla porter sa main à son cou lorsqu'elle reconnaît les premières mesures de « Like a Star » de Corinne Bailey Rae. Puis je n'ai plus d'yeux que pour ma femme. Tout le reste disparaît. Il n'y a plus que nous.

— Comme une étoile dans mon ciel, murmure Ana.

Quand elle pose ses lèvres sur les miennes, je suis perdu… et retrouvé.

— Maman, merci de ne pas avoir insisté pour une cérémonie catholique.

— Ne sois pas ridicule, Christian. Je ne pouvais pas te l'imposer. Michael a été très bien.

— C'est vrai.

Je me penche pour embrasser ma mère sur le front. Elle ferme les yeux, et lorsqu'elle les rouvre ils brûlent d'une curieuse intensité.

— Tu as l'air si heureux, mon chéri. Je suis vraiment ravie pour vous deux.

— Merci, maman.

Je jette un coup d'œil à Ana, en grande conversation avec Kate. Elliot les observe, lui aussi. *Non.* Elliot observe Kate. Il n'arrive pas à la quitter des yeux. Il tient peut-être plus à elle qu'il ne le laisse entendre. Il y a foule sur la piste ; Ray et Carla dansent ensemble. Ils s'entendent bien, c'est vrai. Je jette un coup d'œil à ma montre – 17 heures. Il serait temps de songer à partir. Je rejoins ma femme. Kate la serre dans ses bras, puis me sourit, et je me sens moins remonté contre elle.

— Salut, bébé.

Je glisse le bras autour de la taille d'Ana et l'embrasse sur la tempe, en ajoutant « Kate ».

— Rebonjour, Christian. Je vais chercher ton témoin, qui se trouve être également mon cavalier.

Elle part rejoindre Elliot, qui boit avec Ethan et José.

— On y va ? dis-je.

J'en ai marre de cette fête. Je veux être seul avec ma femme.

— Déjà ? Pour une fois que je suis ravie d'être le centre de l'attention dans une fête…

Elle se retourne dans mes bras pour me sourire.

— C'est justifié. Tu es superbe, Anastasia.

— Toi aussi.

— Cette robe te va à ravir.

J'adore la façon dont elle lui dévoile les épaules.

— Quoi, ce vieux machin ?

Elle lève les yeux vers moi à travers ses cils. Je me penche pour l'embrasser.

— Allez, on y va. J'en ai marre de te partager avec tous ces gens.

— C'est possible de filer à l'anglaise, comme ça, de la réception de son propre mariage ?

— Bébé, on peut faire ce qu'on veut, maintenant qu'on a coupé le gâteau. J'ai envie de t'enlever pour t'avoir à moi seul.

Elle rit doucement.

— Vous m'aurez pour toute la vie, monsieur Grey.

— Je suis ravi de l'entendre, madame Grey.

— Ah, vous voilà, les amoureux !

*Eh merde !* Grand-ma Trevelyan a encore frappé.

— Christian, mon chéri, tu veux bien faire danser ta grand-mère ?

Je ravale un soupir.

— Bien sûr, grand-mère.

— Et toi, belle Anastasia, va faire plaisir à un vieux monsieur et danse avec Théo.

— Qui est Théo, madame Trevelyan ?

— Grand-père Trevelyan. Et puis tu peux bien m'appeler grand-mère, maintenant. Bon, il va falloir que vous vous mettiez sérieusement à l'ouvrage pour me faire des arrière-petits-enfants. Je n'en ai plus pour longtemps.

Elle nous adresse un sourire quasiment égrillard. *Grand-ma ! Bon sang !*

— Allez, grand-mère, viens danser !

*Nous avons des années devant nous avant de penser aux enfants.* Tout en l'entraînant précipitamment vers la piste, je me retourne vers Ana et lève les yeux au ciel.

— À plus, bébé.

— Mon chéri, tu es tellement beau dans ce costume. Et la mariée ! Épatante. Vous allez faire de beaux enfants.

— Un jour, grand-mère. Alors, ce mariage, ça te plaît ?

— Tes parents sont d'excellents hôtes. Évidemment, ta mère tient ça de moi. Théo préfère s'occuper de la ferme. Mais ça, tu le sais déjà.

— Je sais.

J'ai un tas de bons souvenirs du verger où j'aidais grand-pa. C'est l'un de mes endroits préférés.

— Il faudra que j'emmène Ana.

— Absolument. Tu me promets ?

— Promis.

Nous traînons les pieds sur la piste au rythme de « Just the Way You Are » de Bruno Mars, suivi de « Moves Like Jagger » de Maroon 5. Ma grand-mère s'éclate. Je crois qu'elle a un petit coup dans le nez. Lorsque les premières mesures de « Sex on Fire » explosent, je décide qu'il est temps de ramener grand-ma à sa table. Ana n'est pas là. Je m'assois avec grand-pa Trevelyan qui me raconte qu'il attend une récolte record cet automne.

— Ces pommes seront les plus sucrées jamais produites !

— J'ai hâte de les goûter.

Je hausse le ton parce qu'il est un peu dur d'oreille.

— Tu es heureux, mon garçon ? demande-t-il.

— Très.

— Oui. On dirait. (Il me tapote le genou.) C'est beau à voir. Ta femme est une fille superbe. Prends bien soin d'elle, et elle prendra bien soin de toi.

— C'est mon intention. Maintenant, je vais la retrouver. Ça m'a fait plaisir de te voir, grand-pa.

Je me lève et Flynn s'approche, l'un de ses garçonnets endormi dans ses bras. Rhian, sa femme, tient l'autre – également KO.

— Christian, tous mes vœux de bonheur. Très beau mariage. (Il me serre la main.) Je vous donnerais bien l'accolade mais comme vous le voyez, je suis lesté d'un petit bonhomme, et puis je pense que ce serait enfreindre mon éthique médicale.

J'éclate de rire.

— Merci d'être venu.

— La journée a été magnifique, Christian, dit Rhian. Splendide mariage. Maintenant, il faut qu'on ramène ces deux petits monstres à la maison.

— Ils ont été très sages.

— C'est parce qu'on les a drogués.

Elle me fait un clin d'œil. Je m'étrangle.

— Elle plaisante, précise John en regardant sa femme de travers. Même si on est parfois tentés !

Elle rit.

— À force de courir dans tous les sens, ils sont crevés. Vos parents ont une très grande propriété.

— Profitez bien de votre voyage de noces, dit Flynn en prenant la main de Rhian.

— Merci. Au revoir.

J'aperçois Ana sur la terrasse à côté des portes-fenêtres et j'envoie un SMS à Taylor pour le prévenir que nous sommes prêts à partir. J'enfonce les mains dans mes poches et traverse la pelouse pour rejoindre ma femme. Pensive, elle regarde le soleil descendre sur Seattle. *Je me demande à quoi elle pense.*

— Salut, dis-je en la rejoignant.

— Salut.

— On y va, maintenant !

Je suis impatient d'être seul avec elle.

— Bon, alors je vais monter me changer.

Elle me prend par la main, mais je la retiens. Elle fronce les sourcils, perplexe.

— Je croyais que tu voulais me retirer ma robe ?

— Exact. Mais pas ici, autrement, on ne sera pas partis avant…

J'agite la main en espérant que cette explication lui suffira. Elle rougit et me libère. J'ai très envie de la déshabiller, seulement un jet nous attend, avec un créneau de décollage.

— Ne défais pas ton chignon non plus.

— Mais…

Elle fronce les sourcils.

— Il n'y a pas de mais, Anastasia, tu es très belle comme ça, et je veux te déshabiller. Prends ta tenue de voyage avec toi. Tu en auras besoin. Taylor a ta grosse valise.

— D'accord.

Elle me sourit tendrement et je la quitte pour aller annoncer à ma mère et à Alondra que nous partons. Je trouve d'abord Alondra et lui serre la main.

— Merci. Tout a été parfait.

— Je vous en prie, monsieur Grey. Je vais rassembler les invités.

— Formidable. Et merci encore.

L'œil embué, Carla regarde sa fille et son ex-mari échanger une accolade rendue maladroite par le bouquet que tient Ana. Les yeux d'Ana brillent.

— Tu vas faire une bonne épouse, murmure Ray.

Une fois de plus, des larmes affleurent à ses yeux. Il m'aperçoit, secoue la tête, puis me serre la main chaleureusement.

— Prends bien soin de ma fille, Christian.

— J'en ai l'intention, Ray. Carla.

Je fais la bise à la mère d'Ana. Devant les portes-fenêtres, nos invités se sont rangés pour faire une haie d'honneur et lèvent les bras pour former une longue arche jusqu'à la porte d'entrée de la maison. Je regarde l'expression d'Ana. Elle a retrouvé le sourire.

— Prête ?

— Oui.

Main dans la main, nous nous penchons sous les bras tendus et courons sous cette arche vivante. Nos invités nous crient des vœux de bonheur en nous jetant des poignées de riz. Mon père et ma mère nous attendent en bout de haie.

— Merci, maman, dis-je tandis qu'elle me presse contre elle, sans plus se soucier de tacher mon costume avec son maquillage.

Papa me serre à son tour dans ses bras.

— Bravo, mon fils. Profite bien de ton voyage de noces.

Ils étreignent Ana, et Grace se remet à pleurer. *Maman ! Reprends-toi !* Taylor s'avance pour ouvrir la portière à Ana. Je secoue la tête et le fais moi-même. Ana se retourne et lance son bouquet de mariée dans la foule. Mia l'attrape avec un cri de joie qui retentit au-dessus des sifflements et des applaudissements. J'aide Ana à monter dans l'Audi en ramassant le bas de sa robe pour qu'elle ne se coince pas dans la portière et je sprinte de l'autre côté de la voiture. Taylor me tient la portière.

— Félicitations, monsieur, dit-il chaleureusement.

— Merci, Taylor.

Je m'installe à côté de mon épouse. *Dieu merci !* Nous voilà enfin partis. J'ai cru qu'on n'arriverait jamais à s'échapper. Taylor roule au pas jusqu'au bout de l'allée, au son des vivats et du riz qui ricoche sur la carrosserie. Je prends la main d'Ana et embrasse ses doigts.

— Tout va bien, madame Grey ?

— Tout va merveilleusement bien, monsieur Grey. Où va-t-on ?

— À l'aéroport.

Ana paraît perplexe. J'effleure sa lèvre du pouce.

— Tu me fais confiance ?

— Ça va sans dire, souffle-t-elle.

— Et ton mariage, c'était comment ?

— Fantastique. Le tien ?

— Génial.

Nous nous sourions comme des idiots.

Nous franchissons le portail de sécurité de Sea-Tac pour rouler sur le tarmac jusqu'au Gulfstream.

— Encore de l'abus de bien social ? lance Ana lorsqu'elle aperçoit l'avion.

Ses yeux lancent des étincelles, et elle agrippe ma main, folle de joie. Je lui adresse mon sourire le plus impudique.

— Ce n'est pas la seule chose dont je compte abuser, Anastasia.

Taylor gare la voiture au pied de l'escalier d'embarquement, descend et m'ouvre la portière.

— Merci encore, Taylor. On se retrouve à Londres.

J'ai parlé bas pour qu'Ana ne nous entende pas.

— Bon voyage, monsieur.

— Vous aussi.

— Je vais prendre les bagages à main de Mme Grey, prévient-il, et rien qu'à entendre le nouveau titre d'Ana, j'ai chaud au cœur.

Je me dirige vers sa portière, l'ouvre toute grande et soulève Ana dans mes bras.

— Tu fais quoi, là ? glapit-elle.

— Je te porte pour franchir le seuil.

Elle rit, passe les bras autour de mon cou, et je gravis avec elle les marches de l'escalier d'embarquement. Stephan nous attend.

— Bienvenue à bord, madame Grey, déclare-t-il avec un grand sourire.

Je dépose Ana pour lui serrer la main.

— Tous mes vœux de bonheur, ajoute-t-il.

— Merci beaucoup. Anastasia, tu connais déjà Stephan, notre commandant de bord, et voici sa copilote, la commandante en second Beighley.

— Enchantée, dit Beighley à Ana.

Ana a l'air un peu sous le choc, mais elle les salue à son tour.

— Parés au décollage ?

— Oui, monsieur, répond Beighley avec son assurance habituelle.

— Nous avons l'autorisation de décoller, annonce Stephan. Grand beau temps jusqu'à Boston.

— Turbulences ?

— Un front au-dessus de Shannon pourrait nous secouer.

— Bon, avec un peu de chance, d'ici là on dormira.

— On y va, monsieur, répond Stephan. Je vous laisse aux bons soins de Natalia, votre hôtesse.

*Natalia ? Où est passée Sara ?* La tête de Natalia me rappelle vaguement quelque chose.

— Excellent, dis-je à Stephan et, prenant la main d'Ana, je l'accompagne vers l'un des sièges. Installe-toi.

Elle obéit, se calant dans le siège avec une grâce étonnante. Je retire ma veste, déboutonne mon gilet et m'assois en face d'elle.

— Bienvenue à bord, monsieur, madame, et tous mes vœux de bonheur.

Natalia s'est approchée pour nous offrir du champagne rosé dans deux flûtes en cristal.

— Merci.

Je les prends pour en offrir une à Ana, tandis que Natalia disparaît.

— Buvons un toast au bonheur conjugal, Anastasia.

Je lève ma flûte et nous trinquons.

— Bollinger ?

— Comme toujours.

Nous en avons bu presque tout l'après-midi.

— La première fois que j'en ai bu, c'était dans une tasse à thé.

Elle prend un air rêveur.

— Je me rappelle très bien. C'était le soir de la remise des diplômes.

Et quelle soirée... Je me rappelle une fessée... Hum... et une discussion sur les limites à ne pas franchir. Ana me ramène à la réalité.

— Alors, on va où ?

— Shannon.

— En Irlande ? couine-t-elle.

— On y fait escale pour se ravitailler en carburant.

— Et ensuite ?

Ana roule des yeux. Son enthousiasme est contagieux. Je souris en silence pour la faire mariner.

— Christian !

J'abrège ses souffrances.

— Londres.

Elle en reste bouche bée. Puis elle m'adresse un sourire capable d'illuminer Seattle.

— Et ensuite, Paris. Puis la Côte d'Azur.

J'ai l'impression qu'Ana va exploser.

— Je sais que tu as toujours rêvé d'aller en Europe, et je veux que tous tes rêves se réalisent, Anastasia.

— C'est toi, mon rêve, Christian.

— Je vous retourne le compliment, madame Grey.

Ses mots me font chaud au cœur. J'avale une autre gorgée de champagne.

— Attache ta ceinture.

Ana sourit. Moi aussi. Nous nous envolons dans le coucher de soleil pour aller chasser l'aube de l'autre côté de l'Atlantique.

Une fois parvenus à notre altitude de croisière, Natalia nous sert à dîner. Je suis affamé. *Pourquoi ?* Se marier, ça use. Ana et moi échangeons nos impressions sur les temps forts de la cérémonie. Pour moi, c'est le moment où je l'ai vue dans sa belle robe.

— De te voir, confesse Ana. De voir que tu étais bien là !

— Comment ça ?

— Une partie de moi se demandait si tout ça n'était pas un rêve, et si tu n'allais pas disparaître.

— Ana, rien au monde n'aurait pu m'empêcher d'être là.

— Dessert, monsieur Grey ? demande Natalia.

Je refuse et me tourne pour observer ma femme. Je lisse ma lèvre inférieure avec mon index en regardant Ana, attendant sa réponse.

— Non, merci, dit-elle à Natalia sans me quitter des yeux.

Natalia s'éloigne. *Nom de Dieu. Je vais enfin prendre possession de ma femme.*

— Tant mieux. Mon dessert, c'est toi.

Ana soutient mon regard. Ses yeux s'assombrissent. Elle mordille sa lèvre inférieure. Je me lève en lui tendant la main.

— Viens.

Nous allons vers le fond de la cabine, loin du cockpit et de l'office. Je désigne une porte.

— Voici la salle de bains.

Longeant un petit couloir, nous débouchons dans la cabine où nous attend un grand lit. J'attire Ana dans mes bras.

— J'avais envie qu'on passe notre nuit de noces à dix mille mètres d'altitude. Je n'ai jamais fait ça.

Ana inspire brusquement et ce son résonne jusqu'à mon entrejambe.

— Mais tout d'abord, il faut que je t'enlève cette robe magnifique.

Elle en oublie de respirer. Elle aussi, elle a envie.

— Retourne-toi.

Elle obéit aussitôt et j'étudie son chignon. Chaque épingle est ornée d'une petite perle – c'est superbe. *Comme Ana.* Doucement, j'entreprends de les retirer une à une, pour libérer chaque mèche de sa chevelure. J'effleure sa tempe, sa nuque, le lobe de son oreille du bout du doigt. Je veux titiller ma femme jusqu'à la folie. Et ça marche. Elle se dandine d'un pied sur l'autre. Elle est impatiente. Elle respire plus fort… Le simple contact de mes doigts l'excite. Et sa réaction m'excite tout autant.

— Tu as des cheveux magnifiques, Anastasia.

Je souffle ces mots contre sa tempe en savourant son parfum délicieux, et elle laisse échapper un petit soupir. Quand j'ai retiré toutes ses épingles, je plonge mes doigts dans ses cheveux pour lui masser doucement le crâne. Elle lâche un gémissement de plaisir et s'appuie contre moi. Mes doigts courent de sa tête à sa nuque. J'attrape une poignée de cheveux et tire dessus pour qu'elle me livre sa gorge.

— Tu es à moi.

Je chatouille son lobe du bout des dents. Elle gémit.

— Chut.

Je passe ses cheveux par-dessus son épaule et fais courir mes doigts sur le bord en dentelle de son décolleté. Elle frissonne lorsque je pose les lèvres sur sa peau, juste au-dessus du premier bouton de sa robe.

— Tu es si belle, murmuré-je en le déboutonnant. Aujourd'hui, tu as fait de moi l'homme le plus heureux de la terre.

Avec une lenteur infinie, je détache chaque bouton. Sa robe s'ouvre, révélant un corset en satin rose chair retenu par des agrafes. Ma queue approuve.

— Je t'aime tant.

Je plante des baisers de sa nuque à son épaule et entre chacun d'eux, je murmure :

— Je. Te. Désire. Je. Veux. Être. En. Toi. Tu. Es. À. Moi.

Elle renverse la tête en arrière pour mieux m'offrir son cou.

— À moi.

Je fais glisser ses manches sur ses bras et sa robe de mariée tombe à ses pieds dans un doux froufrou de soie et de dentelle. Elle ne porte plus que son corset et ses bas, retenus par des jarretelles. *Putain. Des bas.* Tout mon sang met le cap vers le sud.

— Retourne-toi, dis-je d'une voix rauque.

Je détaille ma femme. Elle a l'air à la fois pudique et incroyablement sexy ; ses seins débordent de son balconnet et ses cheveux retombent en cascade sur ses épaules.

— Ça te plaît ? me demande-t-elle en rosissant, une teinte ravissante, assortie à ses dessous coquins.

— Plus que ça, bébé. Tu es sensationnelle. Viens. (Je lui tends la main, et elle enjambe sa robe.) Ne bouge plus. Stop.

Je la fixe et j'effleure le doux renflement de ses seins. Ils frémissent sous mon doigt. Elle respire plus vite… *J'adore exciter ma femme.* À contrecœur, je lève le doigt et lui fais signe de se retourner. Elle obéit. Lorsqu'elle fait face au lit, je lui demande de s'arrêter. J'enlace sa taille pour l'attirer contre moi et lui bécoter le cou. J'ai une vue imprenable sur ses seins qui débordent du corset. Je n'y tiens plus. Je les prends dans mes mains. Mes pouces caressent les pointes, qui dardent sous le satin.

— À moi.

— À toi, murmure-t-elle.

Elle pousse son cul contre ma queue et je dois me retenir pour ne pas me glisser en elle. J'effleure le satin de son corset, faisant courir mes doigts de son ventre à ses cuisses. Mes pouces frôlent son sexe. Les yeux fermés, elle renverse la tête contre moi et gémit. Mes doigts trouvent ses jarretelles ; j'en dégrafe une. Puis je passe à son cul merveilleux.

— Tu es à moi.

Tout en caressant ses fesses, j'effleure son sexe du bout des doigts.

— Ah…

Elle est toute mouillée. *Nom de Dieu. Ana. Ma sirène.*

— Chut.

Je détache les jarretelles de l'autre bas, puis me penche pour rabattre le couvre-lit.

— Assieds-toi.

Elle obéit à nouveau. Je m'agenouille devant elle pour lui retirer ses chaussures. Je lui enlève ensuite lentement ses bas, tout en effleurant ses jambes avec mes pouces…

— C'est comme si je déballais mon cadeau de Noël.

Je lève les yeux vers elle.

— Un cadeau qui t'appartient déjà…

— Pas du tout, bébé. Cette fois, tu es vraiment à moi.

— Christian, je suis à toi depuis que je t'ai dit oui. (Elle se penche pour prendre mon visage entre ses mains.) Je suis à toi. Je serai toujours à toi. Et maintenant, mon cher mari, je crois que tu es trop habillé.

Elle se penche pour m'embrasser. Le mot « mari » résonne dans mon cœur. Je suis à elle. Vraiment à elle. Je m'agenouille et l'embrasse, glissant mes doigts dans ses cheveux.

— Ana. Mon Ana.

Je l'embrasse encore. À fond. Ma langue envahit sa bouche. Je savoure ma femme. Elle répond à ma passion muette. Sa langue vient à la rencontre de la mienne.

— Déshabille-toi, réclame-t-elle lorsque nous reprenons notre souffle.

Elle tente d'enlever mon gilet. Je la lâche et le retire pendant qu'elle me regarde de ses beaux grands yeux bleus assombris par le désir.

— Laisse-moi faire, s'il te plaît, supplie-t-elle.

Je m'accroupis et elle se penche pour dénouer ma cravate. *LA cravate. Ma préférée.* Elle tire dessus pour me l'enlever. Je lève le menton pour lui laisser défaire le premier bouton de ma chemise. Elle passe à ceux de manchette en platine. Je tends la main et elle les dépose dans ma paume. Je referme le poing dessus, embrasse ma main, puis les glisse dans la poche de mon pantalon.

— Monsieur Grey, vous êtes un romantique.

— Pour vous, madame Grey, des fleurs et des cœurs. Toujours.

Elle me prend la main et tout en me regardant à travers ses longs cils elle baise mon alliance. *Oh mon Dieu.* Je ferme les yeux et gémis.

— Ana.

Elle commence à déboutonner ma chemise. Après chaque bouton, elle plante un doux baiser sur ma poitrine et chuchote un mot entre chaque :

— Tu. Me. Rends. Si. Heureuse. Je. T'aime.

Je n'en peux plus. *Putain, qu'est-ce que j'ai envie d'elle.* Je geins et retire ma chemise. Je la soulève pour l'étendre sur le lit et l'allonger sous moi. Mes lèvres trouvent les siennes. Je lui attrape la tête pour l'immobiliser. Nous partageons notre premier baiser horizontal en tant que mari et femme. *Ana.*

Je suis trop à l'étroit dans mon pantalon. Je m'agenouille entre ses jambes. Ana halète, les lèvres gonflées par nos baisers, puis me regarde fixement avec envie.

— Tu es si belle… ma femme.

Je fais courir mes mains le long de ses jambes, puis j'agrippe le pied gauche.

— Tu as de si jolies jambes. J'ai envie d'en embrasser chaque centimètre. En commençant ici.

J'effleure son gros orteil avec mes dents. Ana émet un son et ferme les yeux. Ma langue glisse sur la cambrure de son pied jusqu'à son talon, que je mordille, puis sa cheville. Je remonte jusqu'à son mollet en semant une guirlande de baisers mouillés. Ana frémit de plaisir.

— Ne bougez pas, madame Grey.

Pendant un instant, je regarde ses seins qui montent et qui descendent dans son corset serré. C'est de toute beauté. *Assez.* Il est temps de le retirer. Je la retourne sur le ventre pour reprendre mon lent périple de ses jambes à ses cuisses, à ses fesses… Je m'arrête, réfléchissant à tout ce que j'aimerais faire à ce cul. Ana proteste.

— S'il te plaît…

— Je te veux nue.

J'ôte les agrafes une à une, en prenant tout mon temps. Une fois le corset retombé à plat sur le lit, je pose un baiser mouillé au creux de son dos et fais courir ma langue le long de sa colonne vertébrale. Ana proteste :

— Christian…

Je suis penché au-dessus d'elle, ma queue emprisonnée pressée contre son cul, et elle s'agite contre moi. Je lui glisse à l'oreille :

— Que désirez-vous, madame Grey ?

— Toi.

— Et moi aussi je te désire. Mon amour, ma vie…

Je défais mon pantalon, m'agenouille à côté d'elle et la retourne sur le dos. Je me relève rapidement et me débarrasse de mon boxer tandis qu'Ana me regarde, les yeux écarquillés, pantelante de désir. J'accroche sa culotte et l'arrache : elle est nue sous moi. J'articule en silence : « Tu es à moi. »

— S'il te plaît, m'implore Ana.

Je ne peux pas m'empêcher de sourire. *Ah, bébé. J'adore que tu me supplies.* Je rampe sur le lit en plantant des baisers sur son autre jambe jusqu'à ce que je parvienne au sommet de ses cuisses. Mon objectif. Le pic sacré. Quand j'atteins mon but, je lui écarte largement les jambes. Elle mouille. Elle me veut. Exactement comme je l'aime.

— Ah… ma femme.

Ma langue court sur elle pour la goûter, et je me concentre sur son clitoris. *Mmm…* Lentement, je la torture avec ma bouche. Ma langue tourne et tourne pour taquiner son bouton si sensible. Ana resserre les poings dans mes cheveux et se trémousse sous moi, ses hanches asservies au rythme que je connais si bien. Elle se cabre. Mais je l'immobilise sans arrêter ma délicieuse torture.

— Christian…, lance-t-elle en me tirant les cheveux.

Elle y est presque.

— Pas encore.

Je remonte le long de son corps, plongeant au passage ma langue dans son nombril.

— Non ! proteste-t-elle, frustrée, et je souris.

*Chaque chose en son temps, mon amour.* J'embrasse son ventre.

— Vous êtes trop impatiente, madame Grey. Nous avons jusqu'à l'atterrissage en Irlande.

Quand j'atteins ses seins, je leur rends hommage avec de tendres baisers, puis je prends un téton entre mes lèvres et tire dessus. Je la regarde, ses yeux sont assombris, sa bouche avide.

— Mon mari, j'ai envie de toi. S'il te plaît.

*Et moi, j'ai envie de toi.* Accoudé au-dessus d'elle, je la surplombe. Je frotte mon nez contre le sien. Ses mains sont sur moi. Mes épaules. Mon dos. Mes fesses.

— Vous satisfaire est notre priorité, madame Grey… (J'effleure ses lèvres des miennes.) Ma femme. Je t'aime.

— Je t'aime aussi.

Elle bascule le bassin pour venir à ma rencontre.

— Ouvre les yeux. Je veux te voir.

Ses yeux sont d'un bleu étonnant.

— Christian… ah…

Je m'enfonce lentement en elle, centimètre par centimètre.

— Ana, oh, Ana.

Son nom est une prière. Elle est le paradis. Mon paradis. Je commence à bouger, en savourant chaque sensation. Ses ongles s'enfoncent dans mes fesses et m'entraînent. Plus loin. Toujours plus loin. Elle est à moi. Vraiment à moi. Enfin, elle crie mon nom et chavire, son orgasme déclenchant le mien. Et je jouis, je jouis au-dedans de mon amour. Ma vie. Ma femme.

Mardi 16 août 2011

Je suis réveillé par le clapotis des vagues sur la coque du *My Fair Lady*. J'entends l'équipage s'affairer sur le pont. Nous avons jeté l'ancre dans la baie de Monte Carlo. C'est une journée d'été paradisiaque qui débute et, à côté de moi, Mme Anastasia Grey dort à poings fermés. Je me cale sur le côté pour l'observer, comme je le fais presque tous les matins depuis le début de notre voyage de noces. Elle est toute dorée. Ses cheveux ont un peu blondi. Ses lèvres sont entrouvertes, et sa respiration profonde. Et pour cause… Le souvenir de la nuit dernière me fait sourire. *Nous nous sommes endormis très tard. Et elle a joui, joui, joui…* Elle paraît si sereine. Je l'envie, même si je dois reconnaître que j'ai réussi à me détendre un peu. La semaine dernière, après les turbulences du Lundi noir, Marco et moi avons évité de grosses pertes en repositionnant nos actifs. Nous continuons à surveiller les marchés de très près pour adapter notre stratégie en temps réel.

Mais, de manière générale, j'ai plutôt joué que travaillé, et ça m'a requinqué. J'ai découvert de nouvelles facettes de ma femme. Elle adore Londres. Prendre le thé l'après-midi au Brown's. Elle adore les pubs et les Londoniens qui fument sur le trottoir en buvant leurs bières.

Elle adore Borough Market, surtout les œufs à l'écossaise. Elle n'aime pas trop faire du shopping, sauf chez Harrods. Elle n'est pas fan de la bière anglaise, moi non plus. *Comment peut-on boire de la bière tiède ?* Elle n'aime pas se raser… mais elle me laisse le faire. *Voilà un souvenir que je chérirai.* Elle adore Paris, le Louvre, le pont des Arts où nous avons accroché un cadenas, et la galerie des Glaces à Versailles. « *Monsieur Grey. Ce n'est pas une épreuve que de vous contempler sous tous les angles, ici.* » Et elle m'adore… en tout cas, j'ai l'impression.

Je suis tenté de la réveiller, mais hier, nous nous sommes couchés tard. Nous avons assisté à un ballet inspiré par *Le Songe d'une nuit d'été* de Shakespeare à l'opéra de Monte Carlo, puis nous sommes allés au casino, où Ana a gagné quelques centaines d'euros à la roulette. Elle était ravie.

Ses yeux s'ouvrent, comme si elle avait senti mon regard. Elle sourit.

— Bonjour.

— Bonjour, madame Grey. Bien dormi ?

Elle s'étire.

— Très bien, et j'ai fait de très beaux rêves.

— C'est toi, mon beau rêve, dis-je en l'embrassant sur le front. Alors, on fait l'amour ou on va nager ?

« Les deux », articule-t-elle en silence.

Emmitouflée dans un peignoir après notre baignade, Ana sirote son thé en lisant un manuscrit tandis qu'on nous sert le petit déjeuner sur le pont.

— Je pourrais m'habituer à tout ça, murmure-t-elle, rêveuse.

— Oui. C'est un très, très beau navire.

Je fixe Ana en buvant mon expresso. Elle hausse un sourcil. Avant qu'elle ne puisse répondre, notre steward

Rebecca nous apporte une assiette d'œufs brouillés et de saumon fumé.

— Votre petit déjeuner. Vous désirez autre chose ?

Je lui souris.

— Non, c'est très bien.

— C'est bon pour moi aussi, merci, répond Ana.

— Et si on allait à la plage aujourd'hui ? suggéré-je.

J'ai rarement l'occasion de lire autant. Depuis le début de notre voyage de noces, j'ai dévoré deux thrillers, deux livres sur le changement climatique. Maintenant, je parcours l'ouvrage de Morgenson et Rosner sur la façon dont la cupidité et la corruption ont provoqué la crise financière de 2008, alors qu'Ana, allongée sur un transat, somnole sous un parasol du Beach Plaza Monte Carlo. Son bikini turquoise, assez seyant au demeurant, ne laisse rien imaginer. Je ne suis pas certain d'approuver.

J'ai demandé à Taylor et à ses deux acolytes français, les jumeaux Ferreux, de rester à l'affût des paparazzis. Depuis que *Star Magazine* a publié son article sur Ana, ils sont prêts à tout pour obtenir des photos de nous. Nous ne sommes pourtant pas des célébrités. Ça me rend fou. Pas question que ma femme se retrouve étalée en pleine page, presque nue, sous prétexte qu'il n'y a pas d'actus ce jour-là.

Le soleil s'est déplacé, et Ana est complètement exposée. Je ne lui ai pas mis d'écran solaire depuis un petit moment. Je me penche pour lui chuchoter à l'oreille :

— Tu vas brûler.

Elle se réveille en sursaut et sourit.

— Je ne brûle que pour toi.

Mon cœur s'emballe. *Comment arrive-t-elle à me faire cet effet, rien qu'avec six petits mots et un sourire ?* D'un coup sec, je tire son transat pour la mettre à l'ombre.

— Vous voici à l'abri du soleil méditerranéen, madame Grey.

— Je vous sais gré de votre sollicitude, monsieur Grey.

— Tout le plaisir est pour moi, madame Grey, et il ne s'agit pas du tout de sollicitude. Si tu prends un coup de soleil, je ne pourrai pas te toucher.

Ana a un petit rire. Je plisse les yeux.

— Mais je crois que tu le sais, et que tu te moques de moi.

— Je ferais ça, moi ?

Elle bat des cils en tentant de prendre un air innocent. Peine perdue.

— Oui. Et souvent, encore. Ça fait partie des nombreuses choses que j'aime chez toi.

Je me penche pour l'embrasser et mordille sa lèvre inférieure.

— Tu veux bien me remettre de la crème solaire ?

*Ô joie.*

— Madame Grey, c'est un sale boulot, mais c'est une offre que je ne peux pas refuser. Assieds-toi.

J'adore la toucher. Même ici, en public. Elle se met face à moi, je verse de la crème solaire sur mes doigts, et lentement, sans rater la moindre parcelle de son corps, je la masse pour la faire pénétrer. Ses épaules, son cou, ses bras, le haut de ses seins, son ventre…

— Tu es vraiment ravissante. Qu'est-ce que j'ai de la chance.

— Oui, en effet, monsieur Grey.

Elle m'adresse un regard pudique qui me remue jusqu'à la queue.

— Madame Grey, la pudeur vous va bien. Retourne-toi, je veux te faire le dos.

Elle s'allonge et je détache le haut de son bikini.

— Tu dirais quoi, si je me mettais seins nus comme les autres femmes sur la plage ? me demande-t-elle d'une voix langoureuse.

Je fais couler un peu de crème solaire dans ma main.

— Je dirais non. Déjà que ça m'ennuie que tu sois presque nue en public…

Pas question qu'un salaud de paparazzi reluque ma femme à travers son objectif. Ils sont partout. Une véritable vermine. Ana me défie du regard. Je me penche pour lui souffler à l'oreille :

— Ne joue pas avec le feu.

— C'est un défi, monsieur Grey ?

— Non. C'est un ordre, madame Grey.

*Ceci n'est pas un jeu, Ana.* Je lui donne une petite claque sur les fesses.

— Ça ira comme ça, jeune fille.

Mon téléphone vibre. Je jette un coup d'œil à l'écran. C'est Ros qui vient au rapport.

— Tout ça, ce n'est que pour mes yeux, madame Grey, dis-je à Ana en ne plaisantant qu'à moitié.

Je lui donne encore une petite claque sur le cul avant de répondre. Ana remue les fesses, provocante, et ferme les yeux alors que je prends l'appel de Ros.

— Allô ? Il est tôt à Seattle, Ros. Tout va bien ?

— Je n'arrive pas à dormir et je préfère travailler quand tout est tranquille à la maison.

— Il se passe quelque chose ?

— Non. Hier, après vous avoir parlé, j'ai reçu un appel de Bill. La ville de Detroit nous met la pression. Vous devez prendre une décision pour l'usine.

*Detroit. Nom de Dieu.*

— Des trois sites que Bill m'a proposés, le deuxième était le plus intéressant.

— Celui de Schaefer Road ?

— Exactement.

— D'accord. Je m'y mets. Encore une chose. Woods.

*Qui figure toujours sur notre liste de suspects.*

— Qu'est-ce qu'il a fait, encore, cet enculé ?

Ros ignore ma grossièreté.

— Il harcèle ses ex-collaborateurs.

— Il cherche à envenimer la situation ?

— Oui. Je crois qu'il faudrait passer voir l'équipe à New York.

— Alors allez-y.

— Pas moi. Vous.

— Hum… j'y songerai, sur le chemin du retour.

— Ce serait une bonne idée.

— Ça me plairait bien d'aller à New York avec ma femme.

Je l'entends sourire.

— Et la Côte d'Azur ?

Mon regard s'attarde sur mon Ana assoupie… et sur son joli petit cul.

— Magnifique. Une vue superbe.

— Profitez-en bien. Je m'occupe de tout.

— Parfait, Ros.

— Croyez-le ou non, vous me manquez.

J'ouvre la bouche pour répondre, mais je ne sais pas quoi dire.

— Bon après-midi, Christian.

Elle raccroche et je fixe mon téléphone en me demandant si elle va bien. *Grey, elle va très bien. C'est l'une des personnes les plus compétentes que tu connaisses.* Je me replonge dans mon livre.

En ce milieu d'après-midi, le soleil est torride. Je commande à boire à la serveuse de l'hôtel, car je suis assoiffé. Ana se réveille et se tourne vers moi.

— Tu as soif ?

— Oui, fait-elle d'une voix ensommeillée.

Elle est ravissante.

— Je pourrais te regarder toute la journée. Tu as sommeil ?

Elle rougit à l'ombre du parasol.

— Je n'ai pas beaucoup dormi la nuit dernière.

— Moi non plus.

Je revois Ana en train de me chevaucher. Mon corps s'anime. *Merde.* Il faut que je me refroidisse. *Là, tout de suite.* Je me lève et retire mon short en jean.

— Tu viens nager ?

Je lui tends la main et Ana cligne des yeux, encore ensommeillée. J'insiste :

— Tu viens nager ?

Comme elle ne répond toujours pas, je la soulève de son transat.

— Je crois que tu as besoin d'être réveillée.

Elle hurle et rit en même temps.

— Christian ! Lâche-moi !

— Je te lâcherai dans l'eau, bébé.

Ana dans les bras, je franchis en riant l'étendue de sable brûlant. Près de l'eau, le sable humide est frais sous les pieds. Ana entoure mon cou de ses bras, le regard pétillant, tandis que je m'avance dans les vagues. Elle est bien réveillée, maintenant, et s'accroche à moi comme une sangsue.

— Tu n'oserais pas, me défie-t-elle, un peu haletante.

Je ne peux m'empêcher de sourire.

— Ana, mon bébé, tu n'as donc rien appris, depuis le temps qu'on se connaît ?

Je me penche pour l'embrasser et elle m'agrippe les cheveux. Avidement, elle me rend mon baiser avec une passion qui me coupe le souffle. *Ana.* Heureusement que je suis dans l'eau jusqu'à la taille. Je murmure contre ses lèvres :

— Tu essaies de faire diversion ?

Je m'enfonce lentement dans la mer en l'embrassant à nouveau. La fraîcheur de l'eau, sa bouche brûlante et humide contre la mienne… Ça m'excite. Elle enroule ses bras et ses jambes autour de moi. Je suis au paradis. Je la dévore. Notre passion monte, ma tête se vide. Il n'y a plus qu'Ana, ma belle chérie, et moi. Dans la mer. *J'ai envie d'elle. Ici. Maintenant.*

— Je croyais que tu voulais nager ? souffle-t-elle lorsque nous nous arrêtons pour respirer.

— Tu me déconcentres. (Je prends sa lèvre inférieure entre les miennes pour la sucer.) Mais je doute que les braves gens de Monte Carlo aient envie de voir ma femme dans les affres du plaisir.

Elle mordille ma mâchoire. Elle en veut plus.

— Ana !

Enroulant sa queue-de-cheval autour de mon poignet, je tire doucement dessus pour lui renverser la tête en arrière. Elle a un goût d'eau salée, de crème solaire à la noix de coco, de sueur et, surtout, d'Ana.

— Et si je te prenais dans la mer ?

— Vas-y.

Sa réponse est un murmure qui enflamme mon désir. *Putain. Ça suffit.* La situation devient incontrôlable.

— Madame Grey, vous êtes aussi impudique qu'insatiable. Quel monstre ai-je donc créé ?

— Un monstre à ta mesure. Tu me voudrais autrement ?

— Je te veux de toutes les manières possibles, tu le sais bien. Mais pas ici. Pas en public.

Je désigne la plage d'un signe de tête. Ana jette un coup d'œil aux vacanciers qui s'intéressent beaucoup à ce que nous faisons. *Stop, Grey.* Je l'attrape par la taille et la lance dans les vagues dans un grand plouf. Quand elle refait surface, elle est hilare mais feint l'indignation.

— Christian ! crie-t-elle en m'éclaboussant.

Je lui balance de l'eau en souriant de la voir aussi déçue. *Pas question de la baiser en public !*

— On a toute la nuit devant nous, lui dis-je, ravi de sa réaction.

Avant de changer d'avis et de risquer de nous faire arrêter tous les deux – certes, nous sommes en France, mais il y a des limites –, je me prépare à plonger.

— À plus, bébé !

Je m'enfonce dans les eaux claires et paisibles, et m'éloigne à la nage. J'ai besoin de me dépenser. Un bon crawl, ça me refroidira.

Calmé et rafraîchi, je traverse la plage en me demandant ce que fabrique ma femme… *Nom de Dieu !* Ana a les seins nus. Je presse le pas tout en scrutant la plage. J'attire l'attention de Taylor qui sirote un Perrier avec nos deux gardes du corps français. Tous trois inspectent les environs. Taylor secoue la tête pour me faire comprendre qu'il n'a repéré aucun photographe. Je m'en fous. Je suis au bord de l'infarctus. Dès que j'arrive à la hauteur d'Ana, je hurle, furieux :

— Bordel de merde, tu es folle, ou quoi ?

Elle ouvre les yeux. *Elle faisait semblant de dormir ?* Sur le dos ? Elle regarde autour d'elle, paniquée.

— J'étais sur le ventre, j'ai dû me retourner dans mon sommeil.

J'attrape le haut de son bikini sur mon transat et le lui lance en grognant :

— Mets ça tout de suite !

*Nom de Dieu. Je t'avais pourtant clairement demandé de ne pas faire ça. Pas pour ma santé mentale. Pour te protéger !*

— Christian, personne ne regarde !

— Penses-tu ! Je parie que Taylor et les gardes du corps ont bien profité du spectacle !

Elle plaque ses mains sur ses seins.

— Ouais. En plus, les paparazzis n'attendent que ça. Tu as envie de te retrouver à poil en couverture de *Star Magazine* ?

Horrifiée, Ana s'empresse de remettre son haut. *Pourquoi penses-tu que je t'ai dit non ?*

— L'addition, lancé-je à la serveuse. On s'en va.

— Tout de suite ?

— Tout de suite.

*Pas de discussion, Ana.* Je suis tellement énervé que je ne me sèche même pas. Je remets mon short sur mon maillot mouillé et enfile mon tee-shirt. La serveuse revient aussitôt et je règle l'addition. Ana s'habille à côté de moi tandis que je signale à Taylor que nous partons. Il prend son téléphone, sans doute pour appeler le *Fair Lady* et faire venir la vedette. J'attrape mon livre, mon téléphone et mets mes Ray-Ban. *Enfin, merde, qu'est-ce qui lui a pris ?*

— Je t'en prie, ne te fâche pas…, dit Ana avec une petite voix en me prenant mon livre et mon BlackBerry pour les ranger dans son sac à dos.

— Trop tard. Viens !

Je tente, sans y réussir, de maîtriser ma colère. Je l'attrape par la main en faisant signe à Taylor et aux frères Ferreux de traverser l'hôtel avec nous.

— Où va-t-on ? demande Ana.

— Au bateau.

La vedette est à quai, avec son Jet Ski. Ana donne son sac à dos à Taylor, qui lui tend un gilet de sauvetage. Taylor me regarde, mais je secoue la tête. Il pousse un petit soupir de frustration. Je sais qu'il veut que j'en porte un, moi aussi. Je fais mine de ne pas comprendre. Je vérifie que les courroies de celui d'Ana sont bien serrées.

— Ça ira.

J'enfourche le Jet Ski et tends la main à Ana. Quand elle est derrière moi, j'éloigne le Jet Ski du quai avec mon pied et j'attache le câble coupe-circuit au bas de mon tee-shirt.

— Accroche-toi !

Elle m'enlace et se presse contre moi. Je me raidis lorsqu'elle frotte son nez contre mon dos, parce que je suis fâché contre elle. Mais, à vrai dire, j'adore être dans ses bras.

— Tiens-toi bien.

Je tourne la clé dans le contact et le moteur rugit. Un coup d'accélérateur et le bolide fonce vers le *Fair Lady*. Tandis que nous filons sur l'eau, ma fureur s'apaise. Quand la vedette nous rattrape, Ana resserre ses bras et j'accélère à nouveau. *Ha ! J'adore ! Profite du moment présent, Grey.*

La Méditerranée est calme et étale. Nous dépassons le yacht pour foncer vers la haute mer. Le vent d'été sur mon visage, les embruns, la vitesse, Ana accrochée à moi… C'est galvanisant. Je fais demi-tour en direction du bateau – pourtant j'en veux plus. Je hurle à Ana :

— Encore ?

Elle me répond par un immense sourire, et je contourne le *Fair Lady* pour m'élancer à nouveau vers le large, dans les bras d'Ana. J'ai envie de hurler mon bonheur. *Mais… je suis encore un peu fâché.*

Gérard, l'un des stewards, aide Ana à descendre du Jet Ski pour monter sur la plateforme du *Fair Lady*. Ana gravit l'escalier en bois et m'attend sur le pont.

— Monsieur Grey, m'accueille Gérard en m'offrant son bras.

Je refuse d'un geste. Ana semble un peu inquiète, mais elle est ravissante, avec son teint ensoleillé.

— Tu as pris des couleurs, lui dis-je distraitement en détachant son gilet de sauvetage.

Je le remets à Greg, un autre steward.

— Ce sera tout, monsieur ?

Je me tourne vers Ana.

— Tu veux un apéritif ?

— Tu crois que j'en aurai besoin ?

Je fronce les sourcils.

— Pourquoi cette question ?

— Tu le sais très bien.

*Oui, Ana. Je suis en colère contre toi.*

— Deux gin-tonics, s'il vous plaît, avec des amandes et des olives.

Greg hoche la tête. Lorsqu'il s'éclipse, je comprends tout d'un coup ce qu'Ana me laisse entendre.

— Tu crois que je vais te punir ?

— Tu en as envie ?

— Oui.

— Comment ?

Ses yeux s'écarquillent. *Tiens donc, Ana, on dirait que ça t'intéresse.*

— Je trouverai bien une idée…

Je contemple l'horizon. Différentes images érotiques me traversent l'esprit.

— Et toi, tu as envie d'être punie ?

Ses yeux s'assombrissent et ses joues rougissent.

— Ça dépend.

*Ah, bébé.*

— De quoi ?

— Tu veux me faire mal ?

*Bon Dieu ! Je croyais qu'on avait dépassé ce stade.* Sa réponse m'irrite, mais je me penche pour l'embrasser sur le front.

— Anastasia, tu es ma femme. Pas ma soumise. Je ne veux plus jamais te faire mal, tu devrais l'avoir compris, depuis le temps. (Je soupire.) Mais… ne te déshabille plus jamais en public. Je n'ai aucune envie de te voir à poil dans tous les tabloïds. Toi non plus d'ailleurs, et je suis certain que ta mère et Ray n'apprécieraient pas.

Ana pâlit. *Oui, Ana. Tu serais mortifiée. Ray serait furieux. Et il me le reprocherait sans doute !* Greg revient avec nos apéritifs et les pose sur la table en teck.

— Assieds-toi !

Ana se cale sur l'un des sièges en toile. Congédiant le steward avec un sourire, je m'assois à côté d'elle, lui tends son verre et prends le mien.

— Tchin-tchin, madame Grey.

— Tchin-tchin, monsieur Grey.

Elle avale une petite gorgée tout en me scrutant attentivement. *Qu'est-ce que je vais bien pouvoir faire d'elle ? Une baise perverse, je pense. Ça fait un bail.*

— À qui appartient ce bateau ? me demande-t-elle, peut-être pour faire diversion.

— À un lord anglais. Son arrière-grand-père était épicier. Sa fille a épousé un prince héritier, quelque part en Europe.

— Alors il est super-riche ?

— Oui.

— Comme toi ?

— Oui. Et comme toi.

Je prends une olive.

— Ça me fait bizarre, d'être passée de rien à… (Elle agite la main pour désigner le pont et la vue fabuleuse de Monte Carlo.)… à tout.

— Tu t'y feras.

— Je ne crois pas.

Taylor apparaît.

— Un appel pour vous, monsieur.

Il me tend mon téléphone. Je me lève pour marcher vers la proue.

— Grey !

C'est Ros. *Encore ?* Elle veut des infos après la réunion que j'ai eue à Londres avec l'agence européenne de navigation par satellite au sujet de leur système Galileo. J'espère que nous pourrons incorporer leur service à la tablette solaire de Barney. Je lui réponds, étonné qu'elle ne m'ait pas posé ces questions plus tôt.

— Merci. Je vais le faire savoir à Marco, dit-elle.

— Vous savez, vous auriez pu m'envoyer un mail.

— Je le ferai la prochaine fois, mais Barney n'arrête pas de me relancer. Vous le connaissez…

Elle a un petit rire gêné. Je ris à mon tour.

— Il est enthousiaste. Je sais. C'est pour ça qu'il travaille chez nous, d'ailleurs. C'est tout ? Ma femme m'attend.

— Allez-y, Christian. Merci. Je ne vous embêterai pas plus longtemps. Au revoir.

Mon attention se reporte sur Ana, qui sirote son gin-tonic les yeux perdus au loin sur la côte. *À quoi pense-t-elle ? À l'incident de la plage ? Aux baises de punition ? À ma fortune ? Notre fortune !* Je hasarde :

— Tu t'y feras.

— À quoi ?

— À l'argent.

Elle m'adresse un regard indéchiffrable et pousse le bol d'amandes et d'olives vers moi.

— Vous êtes fou, monsieur.

Je remarque son demi-sourire. Elle réprime un rire. Elle se moque de moi. Une fois de plus. Mon projet se cristallise dans mon esprit.

— Je suis fou de toi.

*Et c'est la vérité.* Je prends une olive en me rappelant le soir de son enterrement de vie de jeune fille. Ana nue, sur le lit, me tendant les bras.

« *Tu vas me punir ?*

— *Te punir ?*

— *De m'être soûlée. Une baise de punition. Tu peux faire ce que tu veux de moi.* »

Ce souvenir m'excite. Elle veut être punie ? Il serait grossier de ma part de ne pas lui accorder ce plaisir.

— Finis ton verre ! On va se coucher.

Elle me fixe, bouche bée. J'insiste.

— Bois.

Ana porte le verre à ses lèvres et le vide d'une longue gorgée. *Bravo, ma belle.* Sans hésiter, ma petite chérie a relevé le défi. *Elle ne se dégonfle jamais. C'est parti, Grey.* Je me lève et me penche vers elle, les mains posées sur les accoudoirs de son fauteuil.

— Je vais te donner une leçon. Viens, et ne t'arrête pas pour faire pipi.

Son petit cri étranglé est gratifiant. Elle a l'air scandalisée. *Non, n'aie pas peur, ça n'est pas mon truc.*

— Ce n'est pas ce que tu penses, dis-je en lui tendant la main. Fais-moi confiance.

Un sourire coquin se dessine sur ses lèvres.

— D'accord.

Elle glisse sa main dans la mienne et nous nous dirigeons vers la cabine principale. Une fois à l'intérieur, je libère la main d'Ana et ferme la porte à clé. Pas question qu'on nous dérange. Je retire en vitesse mes vêtements et mes tongs, que je ne devrais d'ailleurs pas porter à bord, mais l'équipage est trop poli pour me le signaler.

Ana me fixe, les yeux écarquillés, en mordillant sa lèvre inférieure sans s'en rendre compte. Je lui attrape le menton pour qu'elle arrête, et j'effleure du pouce les petites marques laissées par ses dents.

— J'aime mieux ça.

Je sors mon sac d'accessoires de la garde-robe et en tire deux paires de menottes pour les poignets et les chevilles ainsi qu'un masque de nuit. Ana n'a pas bougé. Son regard s'est assombri. *Elle est excitée, Grey. Elle va halluciner.*

— Ça peut faire assez mal. (Je les brandis pour qu'elle les voie mieux.) Mordre dans la chair quand on tire trop fort. Mais j'ai vraiment envie de m'en servir sur toi. Tiens. (Je m'avance pour lui en tendre une paire.) Tu veux les essayer avant ?

Je parle d'une voix douce, tout en tentant de maîtriser ma libido. *J'en ai envie. Qu'est-ce que j'en ai envie.* Ana examine les menottes, retourne le métal froid entre ses mains. C'est déjà assez érotique de la voir les manipuler…

— Où sont les clés ? demande-t-elle d'une petite voix tremblante.

J'ouvre la main pour dévoiler la clé.

— Ça marche pour les deux paires. Pour toutes les menottes, d'ailleurs.

Ses yeux passent de ma main à mon visage. Son regard est interrogateur, curieux… brûlant de désir. Je caresse sa joue du bout de l'index et me penche comme pour l'embrasser, en chuchotant :

— Tu veux jouer ?

— Oui, répond-elle d'une voix presque inaudible.

— Très bien.

Je hume son parfum unique : Ana, en émoi. *Déjà !* Je ferme les yeux et déverse ma gratitude dans le léger baiser que je pose sur son front. *Merci, mon amour.*

— Il nous faut un mot d'alerte. « Arrête », ça ne suffit pas, parce que tu le diras de toute façon sans le penser vraiment.

Je frotte mon nez contre le sien. *Fais-moi confiance, Ana.*

— Ça ne va pas te faire mal. Mais ça va être intense, très intense, parce que je ne te laisserai pas bouger. Tu comprends ?

Elle inspire brusquement. Son souffle devient plus saccadé au fur et à mesure que son excitation monte. *J'adore t'exciter, bébé.* Son regard se porte sur mon érection. *Ouais, bébé. Je suis prêt. Je t'attends.*

— Oui, murmure-t-elle.

— Choisis un mot, Ana.

Un petit *v* se forme entre ses sourcils.

— Un mot d'alerte.

— Glaçon, lâche-t-elle, haletante et confuse.

— Glaçon ?

J'ai envie de rire.

— Oui.

— Intéressant, comme choix. Lève les bras.

Elle obéit – ce qui m'excite aussi. J'attrape l'ourlet de sa robe pour la tirer par-dessus sa tête et la jeter au sol. Je tends la main pour qu'elle me rende les menottes, pose les deux paires sur la table de chevet avec le masque, et rabats complètement le couvre-lit.

— Retourne-toi.

Elle obéit encore. Je détache son haut de maillot qui tombe par terre.

— Demain, je l'attache avec une agrafeuse, marmonné-je, tandis qu'une idée germe dans mon esprit.

*Des suçons.* Je libère ses cheveux, les attrape dans mon poing et tire doucement dessus pour la faire reculer vers moi. Je lui fais pencher la tête et mes lèvres courent de son épaule à son oreille.

— Tu as été très désobéissante.

— Oui, répond-elle, comme s'il y avait de quoi être fière.

— Mmm. Et qu'est-ce que je devrais faire, à ton avis ?

Elle a un goût exquis.

— T'y habituer, réplique-t-elle, me poussant à sourire contre son oreille.

*Ma chérie ne se dégonfle pas. Putain, qu'est-ce qu'elle est sexy.*

— Ah, madame Grey, toujours aussi optimiste.

Je l'embrasse à nouveau dans le cou, puis tresse ses cheveux. Une fois fini, je l'attache avec son élastique et tire doucement dessus.

— Je vais te donner une leçon.

Brusquement, je l'attrape par la taille, m'assois sur le lit et la plaque sur mes cuisses pour claquer son beau petit cul. Une fois. Vigoureusement. Ensuite je la retourne. Penché au-dessus d'elle, j'effleure sa cuisse du bout des doigts tandis que nous nous regardons les yeux dans les yeux.

— Sais-tu à quel point tu es belle ?

Elle se tord sur le lit, haletante. Elle attend. Le désir assombrit son regard. Sans la quitter des yeux, je me lève pour prendre les deux paires de menottes, empoigne sa jambe gauche et passe un bracelet autour de sa cheville. Je prends l'autre paire et l'attache à sa cheville droite.

— Assieds-toi.

Elle obéit instantanément.

— Maintenant, mets les bras autour des genoux.

Perplexe, elle ramène ses genoux contre sa poitrine et les entoure de ses bras. Après avoir soulevé son menton, je pose un doux baiser mouillé sur ses lèvres avant de lui mettre le masque sur les yeux.

— C'est quoi, le mot d'alerte, Anastasia ?

— Glaçon.

— Très bien.

Je saisis sa main gauche et fixe un bracelet à son poignet. Je réitère le processus du côté droit. Elle tire sur les deux et se rend compte qu'elle est incapable d'allonger les jambes. *Ça va être intense. Pour toi. Et pour moi.*

— Là, je vais te baiser jusqu'à ce que tu hurles.

*J'ai tellement hâte de t'entendre.* Elle pousse un petit cri étranglé quand je l'attrape par les talons pour la renverser sur le dos. J'écarte ses chevilles et, l'espace d'un instant, je savoure ce spectacle : rien qu'à la voir ouverte et sans défense devant moi, je pourrais jouir sur elle, là, tout de suite. Je suis tenté. Je m'agenouille finalement et lui embrasse la jambe jusqu'à l'intérieur de la cuisse. Elle gémit et tire sur ses menottes. *Attention, Ana. Elles vont te mordre.*

— Tu vas devoir absorber ton plaisir sans bouger, Anastasia.

Je me décale pour atteindre son bikini et effleure des lèvres son ventre ferme. Je tire sur les nœuds de chaque côté de la culotte, et la voilà entièrement nue.

Je mordille son nombril. Ana gémit. Ses seins montent et descendent de plus en plus rapidement. Je continue à planter des baisers mouillés sur son ventre.

— Chut… Tu es si belle, Anastasia.

Elle gémit, plus fort cette fois, et tire sur ses menottes.

— Aïe ! crie-t-elle lorsque le métal lui mord la peau.

Je poursuis la conquête de son corps, embrassant et mordillant sa peau parfumée.

— Je suis fou de toi, alors je vais te rendre folle.

J'embrasse ses seins. Ma langue, mes lèvres et mes dents arrachent des cris passionnés à Ana. Elle halète en tournant la tête de tous côtés. Je roule ses tétons entre mes doigts, les sentant durcir sous des caresses qui n'ont plus rien de tendre. Je tourne autour de chaque mamelon en suçant très fort, laissant une petite marque chaque fois.

À bout de souffle, elle essaie de bouger. Impossible. Elle est à moi. Et je n'arrête toujours pas.

— Christian ! me supplie-t-elle, et je sais que je la rends folle.

— Tu veux que je te fasse jouir comme ça ? (Je souffle sur son téton.) Tu sais que j'en suis capable.

Je suce plus fort et elle pousse un cri guttural. Je suis en pleine érection. Ma queue se tend vers elle pour la pénétrer.

— Oui, geint-elle.

— Ça, bébé, ce serait trop facile.

— Ah… s'il te plaît.

— Chut.

Mes dents filent sur son menton, puis je prends sa bouche et darde ma langue entre ses lèvres pour rencontrer la sienne. Elle a un goût d'Ana et de gin-tonic avec un zeste de citron. *Délicieux.* Avide, elle répond à mon baiser. Elle en veut plus. Toujours plus. *Qu'est-ce qu'elle a bon goût.* Elle est déchaînée. Sa tête se soulève des draps. *Ah, bébé.* Je libère sa bouche et agrippe son menton.

— Ne bouge pas, bébé. Je ne veux pas que tu bouges.

— J'ai envie de te voir, souffle-t-elle, désespérée.

— Non, Ana. Les sensations sont plus fortes comme ça.

Je bascule les hanches et la pénètre un peu. Elle ne peut pas bouger. Je me retire pour la provoquer davantage.

— Christian, je t'en supplie !

— Encore ?

Je ne reconnais pas ma propre voix.

— Christian !

Je la pénètre à nouveau, plus profondément cette fois, mais je me retire encore et taquine son téton droit.

— Arrête ! s'écrie-t-elle, frustrée.

— Tu me veux, Anastasia ?

— Oui !

— Dis-le-moi.

Ma voix est rauque. J'ai besoin qu'elle me le dise, je l'ensorcelle une fois de plus avec ma queue. Je la pénètre. Et je ressors.

— Je te veux. S'il te plaît !

*J'adore qu'elle me supplie.*

— Et tu m'auras, Anastasia.

Je m'enfonce en elle brutalement et elle hurle en tirant sur ses menottes. Je sais qu'elle est à ma merci, et j'en profite. Je m'immobilise pour la sentir autour de moi, puis je dessine un cercle avec mes hanches. Elle grogne.

— Pourquoi me défies-tu, Ana ?

— Christian, arrête…

Ce n'est pas le mot d'alerte. Je recommence le cercle, puis je ressors et m'enfonce bien à fond. *Ne jouis pas !* J'essaie de me contrôler.

— Dis-moi. Pourquoi ?

*Il faut que je sache.* Je la supplie :

— Dis-moi.

— Christian…

— Ana, il faut que je sache.

Je m'enfonce encore. *Dis-moi. S'il te plaît.*

— Je ne sais pas ! Parce que je peux ! Parce que je t'aime ! Je t'en supplie, Christian.

Je gémis bruyamment et je me laisse enfin l'aimer, prenant sa tête entre mes mains en la possédant. En lui donnant du plaisir. En me donnant du plaisir. Elle lutte contre les menottes. Halète. Me supplie. Son orgasme monte. Il arrive. Je le sens. Elle crie.

— C'est ça. Vas-y, bébé !

Ana hurle. Et elle jouit. Elle explose sous moi. La tête renversée. La bouche ouverte. Le visage crispé. Je m'agenouille en l'entraînant avec moi, pour l'asseoir sur mes cuisses et l'accompagner dans son orgasme. Je la serre fort dans mes bras et j'enfouis le visage dans son cou en me laissant aller.

*PUTAIN !* Mon orgasme est implacable. Vidé, je lui arrache son masque et embrasse ma femme. Ses paupières. Son nez. Ses joues. *Merci, Ana.* Elle pleure. J'embrasse les traces de ses larmes en prenant son visage entre mes mains.

— Je vous aime, madame Grey. Même si tu me rends fou furieux – avec toi, je me sens vivre.

Elle est épuisée, alors je la couche et me glisse hors d'elle.

— Non, marmonne-t-elle en le regrettant.

*Ah, bébé. Tu es éreintée.* Je prends la clé sur la table de chevet, détache ses menottes, et lui masse les poignets et les chevilles. Je m'allonge à côté d'elle tandis qu'elle étire les jambes, et la prends dans mes bras. Elle soupire avec un petit sourire de satisfaction et sa respiration s'apaise.

Elle s'est endormie. Je l'embrasse sur les cheveux et nous couvre tous les deux. Bon sang. Pour moi aussi, ça a été intense. *Ana, tu me fais un de ces effets…*

Je me réveille après avoir somnolé quinze minutes. Ana est toujours dans mes bras, paisiblement endormie. J'embrasse son front, me libère de son étreinte et me lève pour utiliser la salle de bains. Elle est encore KO lorsque je sors de la douche. Je m'habille en vitesse, déverrouille la porte de la cabine et regagne le pont, pour prévenir le capitaine que nous restons à bord ce soir.

Elle dort toujours à mon retour. Je range les menottes et prends mon ordinateur pour consulter mes mails et passer en revue les friches industrielles de Detroit, pour m'assurer que j'ai pris la bonne décision avec Ros cet après-midi.

L'équipage s'affaire sur le *Fair Lady.* J'entends un fracas métallique lorsqu'on remonte l'ancre, et le vrombissement lointain des moteurs. Nous prenons le large.

La nuit est tombée lorsque Ana se réveille.

— Salut, lui murmuré-je, heureux de la revoir.

*Tu m'as manqué pendant que tu dormais.*

— Salut.

Sa voix est hésitante, et elle tire la couverture jusqu'à son menton. *Elle est devenue timide avec moi, tout d'un coup ?*

— J'ai dormi combien de temps ?

— Une petite heure.

— On est en mer ?

— Je me suis dit que puisqu'on avait dîné en ville hier, et qu'on était allés au ballet et au casino, ce soir on se ferait une petite soirée tranquille en tête à tête.

Elle sourit, soulagée, je crois, de passer la soirée à bord.

— On va où ?

— Cannes.

— D'accord.

Elle s'étire à côté de moi, puis se lève et prend son peignoir. *Merde.* Ses suçons… Maintenant, en voyant les marbrures violettes qui lui marquent les seins, je ne suis pas sûr que l'idée ait été bonne. *Ça pourrait se retourner contre moi.* Elle entre dans la salle de bains et referme la porte.

Des heures ? Des minutes ? Des secondes ? Je ne sais pas combien de temps elle passe là-dedans, mais ça me semble une éternité. Quand elle finit par ressortir, elle évite de croiser mon regard et va s'enfermer dans le dressing. *C'est mauvais signe. Ou alors elle est peut-être fatiguée, tout simplement ?* J'attends. Elle reste trop longtemps. Je n'y tiens plus.

— Ça va, Anastasia ?

*Pas de réponse. Aïe.* Tout d'un coup, elle fait irruption dans la chambre et me lance une brosse à la figure. *Merde !* Je lève le bras pour me protéger la tête et elle rebondit sur mon avant-bras. Ana sort en trombe de la cabine en claquant la porte. *Putain.* Elle m'en veut. Je crois que je ne l'ai jamais vue aussi furieuse. Même lorsque nous nous sommes disputés au sujet de nos vœux et qu'elle a menacé d'annuler le mariage.

*Grey, qu'est-ce qui t'a pris ?* Ma bonne humeur cède à l'anxiété. Je n'ai pas éprouvé ça depuis notre mariage. Je me lève, pose mon ordinateur sur la table de chevet et cours à la recherche de ma furie.

Accoudée au bastingage, elle contemple la côte. La nuit est magnifique et le *Fair Lady* vogue sans bruit sur la Méditerranée. Elle a l'air désespérée. J'ai honte de moi.

— Tu es fâchée ?

— À ton avis ? réplique-t-elle sans se retourner.

— Très fâchée ?

— Sur une échelle de un à dix, je dirais que je suis à cinquante.

*Aïe.*

— À ce point-là ?

— Oui. Fâchée au point d'avoir des envies de meurtre, lâche-t-elle entre ses dents serrées.

Elle me regarde enfin, furieuse, blessée… et je sais qu'elle me voit comme je suis. *Un pauvre cinglé.* Son accusation résonne à nouveau dans ma tête. *Putain.* Il y a plusieurs semaines que je ne me suis pas senti aussi mal. Puis les mots de Flynn me reviennent : *communication et compromis.*

Ana inspire profondément et redresse les épaules.

— Christian, il faut que tu arrêtes d'essayer de me mettre au pas. Tu t'étais déjà très bien fait comprendre sur la plage.

— Comme ça, tu ne te remettras plus seins nus.

Même moi, je me rends compte que je parle comme un ado capricieux. Elle me foudroie du regard.

— Je n'aime pas que tu me fasses des marques. En tout cas, pas à ce point-là. C'est une limite à ne pas franchir !

— Et moi, je n'aime pas que tu te déshabilles en public. Pour moi, c'est ça, la limite à ne pas franchir.

*Je t'avais pourtant prévenue, Ana.*

— Et tu t'es bien débrouillé pour que ça soit impossible, reprend-elle. Regarde-moi !

Elle baisse son top pour exposer ses suçons. J'en compte six. Je n'avais pas prévu que mon plan serait aussi efficace. Mais comme je ne veux pas qu'on se dispute, je lève les mains en signe de reddition.

— D'accord. J'ai compris.

*J'ai peut-être un peu exagéré.*

— Tant mieux, lâche-t-elle froidement.

Je passe ma main dans mes cheveux. *Je suis perdu. Qu'est-ce que je peux faire de plus ?*

— Je suis désolé. Je t'en prie, ne sois pas fâchée contre moi.

— Parfois, tu te conduis vraiment comme un ado.

Ana hoche la tête. Elle paraît plus résignée que fâchée, maintenant. Je m'approche et tends la main pour caler une mèche de ses cheveux derrière son oreille.

— Je sais. J'ai encore beaucoup à apprendre.

— Moi aussi, marmonne-t-elle.

Elle soupire et pose la main sur mon cœur. *Ana.* Je mets ma main sur la sienne et lui souris, pour me faire pardonner.

— En tout cas, je viens d'apprendre que vous visez bien, madame Grey. Je ne l'aurais jamais soupçonné. Mais il est vrai que je ne cesse de te sous-estimer. Et toi, tu n'arrêtes pas de me surprendre.

Ses lèvres forment un demi-sourire, elle hausse un sourcil.

— Ray m'a appris à lancer et à tirer dans le mille, monsieur Grey. Vous feriez mieux de vous en souvenir.

— Je m'en souviendrai, madame Grey, ou alors je veillerai à ce que tous les projectiles potentiels soient cloués au mur et que vous n'ayez pas accès à une arme à feu.

Elle plisse les paupières.

— Je saurai me débrouiller.

— Je n'en doute pas.

Je lâche sa main pour l'enlacer. Elle me caresse le dos et m'étreint à son tour. J'enfouis mon nez dans ses cheveux pour respirer son parfum apaisant.

— Alors, je suis pardonné ?

— Et moi ?

— Oui.

— Pareil pour moi.

Nous restons à la proue, à contempler la Côte d'Azur qui défile, et nous sommes simplement… là. *Durant un moment, c'est la plus belle sensation du monde.*

— Tu as faim ? lui dis-je au bout d'un moment.

— Oui, je suis affamée. Toute cette… euh… activité m'a creusé l'appétit. Mais je ne suis pas habillée pour dîner.

— Moi, je te trouve très bien comme ça, Anastasia. En plus, on est chez nous, ici, on peut s'habiller comme on veut. Disons que mardi, sur la Côte d'Azur, le *dress code* est décontracté. De toute façon, je me disais qu'on pourrait manger sur le pont.

— Oui, ça me plairait bien.

Je lui prends le menton et approche ses lèvres des miennes pour l'embrasser. Lentement. Doucement. *Pardonne-moi, Ana.* Elle sourit et, main dans la main, nous nous dirigeons vers la poupe, où nous attendons le dîner.

— Pourquoi est-ce que tu me fais toujours une tresse ? me demande Ana au moment où je m'apprête à attaquer ma crème brûlée.

Je fronce les sourcils. La réponse est évidente.

— Je ne veux pas que tes cheveux s'accrochent.

*J'ai toujours fait ça. Les cheveux et les jouets, ça n'est pas compatible.*

— C'est par habitude, je crois.

Tout d'un coup, sans crier gare, la vision d'une jeune femme en train de chanter une chanson pop des années 1980 tout en brossant ses longs cheveux bruns me vient à l'esprit. Elle se retourne et me sourit. De petites poussières dansent autour d'elle. *Hé, Asticot, brosse-moi les cheveux.* Et me revoilà dans le taudis de Detroit.

Ana caresse mon menton et pose son index sur mes lèvres, me rappelant à bord du *Fair Lady. Pourquoi suis-je hanté par la pute camée ?*

— Peu importe, murmure Ana, je n'ai pas besoin de savoir. J'étais simplement curieuse.

Elle m'embrasse le coin de la bouche.

— Je t'aime.

— Je t'aimerai toujours, Christian.

— Moi aussi.

Je lui suis reconnaissant d'être là pour me tirer de l'abîme de ma petite enfance.

— Malgré ma désobéissance ?

Son petit gloussement détend aussitôt l'atmosphère. Je ris à mon tour. Je vais mieux.

— À cause de ta désobéissance, Anastasia.

Elle casse la croûte de caramel avec sa cuillère et l'image de la pute camée s'évanouit.

Je ressers un verre de rosé à Ana. Elle vérifie que nous sommes bien seuls avant de se pencher vers moi avec un air de conspiratrice.

— Pourquoi m'as-tu demandé de ne pas faire pipi avant ?

*Toujours aussi curieuse, madame Grey.*

— Tu tiens vraiment à le savoir ?

— Oui, pourquoi ?

Je souris.

— Plus tu as la vessie pleine, plus ton orgasme est intense, Ana.

— Ah. Je vois.

Elle rougit, gênée. *Ne le sois pas, bébé.*

— Bon, enfin… euh…

Elle avale précipitamment une gorgée de vin. Il est temps de passer à un sujet moins embarrassant pour elle.

— Tu as envie de faire quoi, ce soir ?

Elle hausse l'épaule droite avec une mine suggestive. *Encore, Ana ?* Me ferai-je pardonner ma transgression sur l'oreiller ?

— Moi, je sais ce que je veux faire.

Je prends mon verre, me lève et lui tends la main.

— Viens.

Je la conduis dans le salon principal. Mon iPod est sur la chaîne, branché à une enceinte impressionnante. Je choisis une chanson douce et romantique pour ma chérie.

— Danse avec moi.

Je l'attire dans mes bras.

— Si tu y tiens.

— J'y tiens, madame Grey.

Michael Bublé chante le classique de Lou Rawls, « You'll Never Find Another Love Like Mine ». Nous commençons à bouger. Ana se laisse guider. Quand je la fais basculer en arrière à la manière d'un danseur de tango, elle éclate de rire. Je la redresse ensuite et la laisse pivoter sous mon bras.

— Tu danses tellement bien que c'est comme si je savais danser, moi aussi.

Sa voix est un peu rauque. *J'adore danser avec toi, bébé.*

Elena m'apparaît un instant. Bien que je lui sois reconnaissant de m'avoir appris à danser, je ne suis pas heureux de penser à elle. *Ne t'aventure pas par là, Grey. Tout ça, c'est du passé. Profite du moment présent.* Je cabre à nouveau Ana et pose un baiser sur ses lèvres lorsqu'elle se redresse.

— Ton amour me manquerait, lâche-t-elle en répétant les paroles de la chanson.

— Moi, c'est plus que ça encore.

Je lui fredonne la chanson à l'oreille. Une fois la musique finie, nous nous arrêtons pour nous regarder dans les yeux. J'observe ses pupilles qui se dilatent de plus en plus. C'est magique, cette alchimie entre nous… Je la supplie :

— Tu veux bien coucher avec moi ?

Un sourire pudique éclaire ses traits, et elle pose sa main sur mon cœur. Sous ma poitrine, il se met à battre la chamade, débordant d'amour pour elle – pour ma femme –, cette femme magnifique qui saït me pardonner.

## Mercredi 17 août 2011

Maman est jolie aujourd'hui. Elle rit et s'assoit sur son lit. Il fait soleil et des tas de petits points brillants flottent dans l'air autour d'elle, comme si elle était une princesse. *Hé, Asticot, brosse-moi les cheveux.* Je passe la brosse dans ses longs cheveux. C'est dur parce qu'ils sont emmêlés. Mais maman aime ça. Elle chante. *What's love got to do, got to do with it*. Elle sourit de son sourire spécial. C'est son sourire pour moi. Rien que pour moi. Elle secoue les cheveux pour qu'ils retombent dans son dos comme de la soie. Je les caresse. Ils sentent le propre. Elle les sépare en trois serpents. Et puis elle les tortille pour faire un seul serpent avec des bosses. *Voilà, c'est fait, Asticot.* Elle prend sa brosse. Et elle brosse mes cheveux. Non ! maman, ça fait mal. C'est trop emmêlé. *Ne te débats pas, Asticot.* Non, maman ! J'essaie de l'empêcher. Il y a un grand bruit. Il est revenu. Non ! *T'es où, sale pute ? Je suis avec un pote. Un pote avec du fric.* Maman se lève, prend ma main et me pousse dans le placard. Je m'assois sur ses chaussures. Je ne fais pas de bruit. Comme une souris. Je me couvre les oreilles et je ferme les yeux. Si je suis tout petit il ne me verra pas. Les habits sentent maman. J'aime bien cette odeur. J'aime bien être ici. Loin de lui. Il crie. *Où il est, ce putain d'avorton ?* Il m'attrape par les cheveux et il me sort du placard. Il menace maman avec la brosse. *Je veux pas qu'il nous pourrisse l'ambiance, ce petit merdeux.* Il frappe maman à la figure avec la brosse. *Mets tes chaussures de pute, occupe-toi de mon pote, et t'auras ta dose, salope.* Maman me regarde et elle a des larmes. Ne pleure pas, maman. Un autre homme entre dans la chambre. Un gros bonhomme avec une salopette sale. Une salopette bleue. Le gros bonhomme sourit à maman. L'autre me tire par le bras pour aller dans la pièce à côté. Il me pousse par terre et j'ai mal aux genoux. Il agite la brosse devant moi. *Maintenant, qu'est-ce que je vais foutre de toi, petit merdeux ?* Il sent mauvais. Il sent la bière et il fume une cigarette.

Je me réveille en sursaut, la peur au ventre. *Où suis-je ?* J'étouffe. J'aspire une bouffée d'air et je tente de calmer mon cœur. Je mets un moment à y voir clair.... Je suis à bord du *Fair Lady*. Avec ma belle. Ana dort à poings fermés à côté de moi. Dieu merci. La voir m'apaise aussitôt. *Pourquoi ai-je fait ce cauchemar ?* Est-ce parce que je me suis disputé avec Ana ? À en juger par la lumière qui filtre entre les rideaux des hublots, c'est l'aube. Je devrais me rendormir. Je me blottis contre Ana, l'enlace et respire son parfum apaisant… et je dérive vers le sommeil.

Il fait jour lorsque je me réveille. Ana est toujours assoupie contre moi. Je la regarde un bon moment en savourant cette douce tranquillité. *Comprendra-t-elle un jour ce qu'elle signifie pour moi ?* Je l'embrasse sur la tête, me lève et enfile un maillot de bain. Je vais nager autour du bateau. Ça va peut-être m'aider à me libérer de ce malaise persistant.

Je me rase, encore secoué par mon cauchemar. *Je ne comprends pas. J'ai déjà fait ce genre de rêve. Pourquoi celui-ci me perturbe-t-il autant ?* La porte de la salle de bains s'ouvre et Ana apparaît, dissipant mes pensées sombres.

— Bonjour, madame Grey.

— Bonjour.

Elle sourit et s'appuie contre le mur, relevant le menton comme lorsque je me rase. Du coin de l'œil, je la regarde m'imiter.

— Tu profites du spectacle ?

— C'est l'un de mes préférés.

*Elle m'a pardonné.* En l'embrassant, je lui laisse une petite trace de mousse à raser sur le visage.

— Je recommence ?

Je brandis mon rasoir, comme le jour où je l'ai rasée dans notre suite du Brown's. Ana fait la moue.

— Non. La prochaine fois, je m'épilerai à la cire.

— Mais c'était bien, non ?

*Tu m'as enchanté, Ana.*

— Pour toi !

Elle refait la moue, mais ses yeux pétillent.

— Si mes souvenirs sont exacts, tu n'as pas été mécontente de la suite des événements.

Je continue de me raser. Ana garde le silence.

— Hé, je plaisante. Ça n'est pas ça que les maris fous amoureux de leur femme sont censés faire avec elle ?

Je m'approche pour scruter son expression. Elle est peut-être encore fâchée contre moi. Elle redresse les épaules. *Aïe.*

— Assieds-toi, m'ordonne-t-elle.

*Quoi ?* Elle pose les mains sur ma poitrine nue et me pousse doucement vers un tabouret. *Bon, d'accord, je veux bien jouer.* Je m'assois et elle prend mon rasoir. Je proteste :

— Ana…

Elle m'ignore et se penche pour m'embrasser.

— Tête en arrière.

Quand j'hésite, elle penche la tête vers son épaule.

— Donnant donnant, monsieur Grey.

Elle me provoque. Comment pourrais-je me dégonfler, alors que ma femme relève tous mes défis ?

— Tu sais ce que tu fais ?

Elle hoche la tête. *Du calme, Grey. Tu crois qu'elle va te trancher la gorge ?* J'inspire profondément, ferme les yeux et renverse la tête en arrière pour lui offrir mon cou. Elle glisse sa main dans mes cheveux et les empoigne. Je serre plus fort les yeux. Elle est si près de moi. Je la sens. La mer. Le soleil. Le sexe. La douceur. Ana. C'est un parfum qui me tourne la tête. Avec une tendresse infinie, elle fait glisser le rasoir de mon cou à mon menton. Je souffle, soulagé.

— Tu croyais que j'allais te faire mal ?

— Je ne sais jamais ce que tu vas faire, Ana. Mais non – pas volontairement.

Elle passe à nouveau le rasoir sur mon cou.

— Je ne te ferais jamais mal volontairement, Christian.

Elle semble si sincère. J'ouvre les yeux et l'enlace tandis qu'elle me rase la joue.

— Je sais.

Elle m'a blessé une seule fois, quand elle est partie. Et je le méritais. Je l'avais fait souffrir. *Pauvre cinglé… Grey, ne t'aventure pas sur ce terrain-là.* Je penche la tête sur le côté pour lui faciliter la tâche, et en deux coups de rasoir elle a terminé.

— Et voilà ! Sans verser une goutte de sang.

Elle me sourit fièrement. Je passe la main sur sa jambe sous sa chemise de nuit et je l'attire contre moi pour qu'elle me chevauche.

— Ça te dirait de te balader dans l'arrière-pays aujourd'hui ?

— Pas de bronzette ?

— Non, pas de bronzette. J'ai pensé que tu préférerais faire autre chose.

— De toute façon, vu l'état dans lequel tu m'as mise, pour la plage, c'est râpé. Alors pourquoi pas ?

*« Vous n'avez jamais eu d'adolescence – d'un point de vue émotionnel –, je crois que vous la vivez maintenant. »* Repoussant les paroles de Flynn et la référence d'Ana à mon comportement de la veille, je poursuis :

— Il y a un petit peu de route, mais il paraît que ça en vaut la peine. En plus, il y a plein de galeries à Saint-Paul-de-Vence, j'ai pensé qu'on trouverait peut-être des tableaux ou des sculptures pour la nouvelle maison.

Elle pince les lèvres et me dévisage avec une expression qui m'alarme.

— Quoi ?

— Je ne connais rien à l'art, Christian.

Je hausse les épaules.

— On n'achètera que ce qui nous plaît. Pas pour investir.

Elle paraît un peu moins inquiète, néanmoins elle semble toujours préoccupée.

— Quoi ? Écoute, je sais qu'il est un peu tôt pour songer à la décoration puisqu'on vient tout juste de recevoir les plans de l'architecte, mais il n'y a pas de mal à regarder.

Son expression reste la même.

— Quoi, maintenant ?

*Putain, Ana, tu n'es tout de même pas encore fâchée à cause d'hier soir ?* Elle secoue la tête. J'insiste :

— Dis-moi.

Elle persiste dans son silence.

— Tu m'en veux encore pour hier ?

Je n'arrive pas à la regarder dans les yeux. Je penche la tête et me frotte le visage contre ses seins.

— Non. J'ai faim, lâche-t-elle enfin.

— Pourquoi tu ne l'as pas dit plus tôt ?

Je la laisse se relever.

Nous sommes tombés sous le charme de Saint-Paul-de-Vence. Nous nous baladons dans les petites rues pavées en admirant l'architecture pittoresque, suivis discrètement par Taylor et Philippe Ferreux. Ana est nichée sous mon bras – elle a tout juste la bonne taille.

— Comment as-tu connu cet endroit ?

— Papa m'en a parlé dans un mail. Maman et lui y sont venus, à l'époque.

— C'est magnifique.

Nous nous arrêtons devant une petite galerie avec des œuvres abstraites en vitrine. À l'intérieur, je suis séduit par des photographies érotiques. Leur composition est superbe.

— Ce n'est pas tout à fait ce que j'avais en tête pour la maison, lance Ana d'un ton désapprobateur.

— Moi non plus, répliqué-je en souriant.

Je la prends par la main tandis que nous détaillons des natures mortes de fruits et de légumes. Elles sont magnifiques.

— J'aime bien ça, dit Ana en désignant des œuvres représentant des poivrons. Ça me rappelle la fois où tu as fait la cuisine dans mon appartement.

Elle glousse. Ce souvenir rend son regard malicieux – ou est-ce notre réconciliation d'hier soir ?

— Je trouve que je ne m'en suis pas trop mal tiré. J'étais juste un peu lent, et puis tu me déconcentrais.

(Je l'attire dans mes bras et lui mordille le lobe.) On les mettrait où ?

— Dans la cuisine, soupire-t-elle.

— Bien vu, madame Grey.

— C'est un peu cher, non ?

— Et alors ? rétorqué-je en me frottant le nez contre son oreille. On en a les moyens, il faudra que tu t'y fasses, Ana.

Je me dirige vers la vendeuse. J'achète les trois tableaux, et lui donne notre adresse à l'Escala pour qu'elle s'occupe de l'expédition.

— Merci, monsieur, minaude-t-elle avec un sourire aguicheur.

*Ma cocotte, je suis marié.* Je me caresse le menton de la main gauche pour afficher mon alliance, puis vais rejoindre Ana, qui regarde les nus.

— Tu as changé d'avis ?

Elle rit.

— Non, mais ils sont beaux. Et le photographe est une femme.

Je les regarde à nouveau. L'un d'eux retient mon attention : une femme agenouillée sur une chaise, tournant le dos à l'objectif. Elle est nue, sauf qu'elle porte ses chaussures à talons aiguilles. Ses longs cheveux sombres sont libres. Un souvenir remue au fond de mon esprit et je me rappelle la photo en noir et blanc de la pute camée sur mon tableau d'affichage.

Je me détourne pour prendre la main d'Ana.

— On y va. Tu as faim ?

— Oui, répond-elle d'un air incertain.

J'ouvre la porte pour sortir au grand air. Je suis heureux d'être dehors. J'arrive enfin à respirer. *Mais c'est quoi, mon problème ?*

Nous sommes attablés à la terrasse d'un hôtel-restaurant, sous de grands parasols rouges, pour nous protéger du soleil méditerranéen. Le lieu est magnifique, avec ses géraniums et son lierre grimpant aux murs de pierre. La nourriture aussi est exquise. *Bon sang, ces Français savent vraiment bien cuisiner !* J'espère que Mia a retenu la leçon. Il faut que je la persuade de nous préparer à dîner un de ces jours.

Au moment de régler la note, je laisse au serveur un généreux pourboire.

Ana sirote son café en admirant la vue. Je me demande à quoi elle pense.

*À hier ?* Je m'agite sur mon siège, incapable de chasser mon cauchemar. Des bribes me reviennent. Ana m'a interrogé au sujet des tresses hier soir. Ça a peut-être réveillé quelque chose dans mon subconscient ?

*Communication et compromis.* Les paroles de Flynn tournent en boucle dans ma tête. Je devrais en parler à Ana. Lui dire la vérité. J'inspire un grand coup.

— Tu m'as demandé pourquoi je te tressais les cheveux.

— Oui ?

— La pute camée me laissait jouer avec ses cheveux. Je ne sais pas s'il s'agit d'un souvenir ou d'un rêve.

Ana cligne des yeux, comme chaque fois qu'elle analyse une information, mais son regard est plein de compassion.

— J'aime bien que tu joues avec mes cheveux.

— C'est vrai ?

— Oui !

Sa spontanéité me surprend. Elle me serre la main.

— Je crois que tu l'aimais, Christian.

Le temps s'arrête, c'est comme si l'air se retirait de mes poumons. *Pourquoi dit-elle des horreurs pareilles ?*

Alors que je suis submergé par une vague d'incertitude, Ana est ma bouée de sauvetage, à tel point que je ne sais pas comment réagir.

*Je ne veux pas penser au passé.* C'est derrière moi. Et bien trop douloureux.

Mon regard tombe sur sa main dans la mienne, et sur la marque rouge autour de son poignet. Triste rappel de ce que je lui ai fait hier.

*Je lui ai fait mal.*

— Dis quelque chose, murmure-t-elle.

— On s'en va.

Dans la rue, je me sens totalement paumé. Pour me rassurer, je lui saisis de nouveau la main.

— Tu veux aller où ?

Mais je sais que je cherche une diversion au souvenir qui cherche à refaire surface. Quel qu'il soit, il provoque en moi des sentiments indésirables et… déstabilisants.

— Je suis contente que tu me parles encore, réplique-t-elle avec un sourire.

Comme tu dis ! *Car tu as associé « amour » et « pute camée » dans une même phrase.*

— Tu sais bien que je n'aime pas parler de ces trucs-là. Tout ça, c'est du passé. Terminé.

Je m'attends à ce qu'elle réplique, d'autant que je vois passer sur son visage un kaléidoscope d'émotions. Mais son regard est empreint d'amour.

*Son amour. Pour moi. Enfin, je crois.*

Tous mes doutes s'envolent. Je l'enlace par la taille et elle glisse sa main dans la poche arrière de mon jean. Un geste possessif, j'adore ça.

Nous déambulons dans les ruelles pavées, suivis par notre service d'ordre, quand la vitrine d'une joaillerie attire mon attention. Je ressens le besoin soudain d'offrir un bijou à Ana. Agrippant sa main libre, je passe le pouce sur la morsure rouge laissée par la menotte.

— Ça ne fait pas mal, me rassure Ana, qui a perçu mon inquiétude.

Je me tourne vers elle, l'obligeant à sortir son autre main de ma poche. À ce poignet-là, elle porte mon cadeau de mariage, acheté avec nos alliances chez Astoria Fine Jewelry. C'est une Omega De Ville sertie de diamants. Avec ces mots gravés :

*Anastasia*
*Tu es mon plus*
*Mon amour, ma vie*
*Christian*

Et c'est plus vrai que jamais. Pourtant, sous le bracelet affleure une marque rouge. Une marque que je lui ai faite. Comme les suçons. Parce que j'étais en colère contre elle.

*Merde.* La libérant, je lui soulève doucement le menton pour la regarder dans les yeux. Elle m'observe d'un regard innocent.

— Ça ne fait pas mal, souffle-t-elle à nouveau.

Je lui reprends la main et dépose un petit baiser sur son poignet.

*Je suis désolé, Ana.*

— Viens.

Nous entrons dans la boutique car un bracelet Chanel en vitrine m'a tapé dans l'œil. Je l'achète sans perdre une minute. Si je demande son avis à Ana, elle va poliment refuser. Le bijou est très joli – en or blanc incrusté de minuscules diamants – et il lui va à ravir.

— Là, dis-je en le lui passant au poignet. C'est mieux.

Il masque la marbrure.

— Mieux ? demande-t-elle, les sourcils froncés.

— Tu sais bien…

— Je n'ai pas besoin de ça.

Elle fait tourner le bracelet dont les diamants scintillent dans la lumière du soleil, projetant de petits arcs-en-ciel sur les murs de la bijouterie. Je lui murmure à l'oreille :

— J'en ai besoin, moi.

C'est ma manière de m'excuser. *Je ne sais pas faire autrement, Ana.*

— Non, Christian. Tu m'as déjà tellement donné. Une lune de miel magique. Londres, Paris, la Côte d'Azur… et toi. J'ai beaucoup de chance.

— Non, Anastasia. C'est moi qui ai de la chance.

— Merci.

Elle se met sur la pointe des pieds et enroule ses bras autour de mon cou pour m'embrasser. À pleine bouche. Devant tout le monde.

*Oh, bébé. Je t'aime.*

— Viens, on rentre, dis-je contre ses lèvres.

Sa main de nouveau dans ma poche, nous prenons le chemin du retour.

La Mercedes nous ramène à Cannes. Ferreux au volant et Taylor sur le siège passager. Je regarde par la vitre, tentant de comprendre pourquoi je suis aussi agité.

*Ça ne peut pas être juste à cause de mon rêve.*

Ma dispute avec Ana, hier ? La rougeur à son poignet ?

Ce n'est pourtant pas la première fois que je laisse des marques sur une femme. Pas de manière permanente, évidemment. *Non, jamais !* Ce n'est pas mon truc. Deux de mes soumises détestaient ça. Et bien sûr, jamais avec Elena. C'était impossible. Elle était mariée. Et puis il y a eu Susannah. Elle adorait ce petit jeu. Et chaque fois qu'elle avait des marbrures sur la peau, elle voulait que je la prenne en photo.

Ana me prend la main, ce qui m'arrache à mes réflexions. Elle porte une jupe courte qui dévoile ses longues jambes. Je lui caresse un genou. Elle a des jambes incroyables.

Ses chevilles ! Elles sont sûrement marquées aussi.

*Bon sang.* Je me penche et pose délicatement un de ses pieds sur mes cuisses.

— Je veux l'autre aussi.

Je dois les examiner de plus près.

Elle pivote vers moi sur la banquette et jette un coup d'œil à Taylor et Ferreux. *Elle fait sa timide ?*

Je presse un bouton pour faire remonter le panneau teinté qui nous sépare du conducteur.

— Laisse-moi voir tes chevilles.

Elle fronce les sourcils et place son autre pied sur mes genoux. Je fais courir mon pouce sous la cambrure et elle se tortille. Elle est sensible aux chatouilles. Étonnant que je ne l'aie pas remarqué plus tôt.

Je défais la lanière de sa sandale. Et voilà. Une autre marque. Plus sombre que celles de ses poignets. *Je suis un beau salaud.*

Je masse doucement la trace rouge en espérant la faire disparaître, et laisse à nouveau mon regard errer par la fenêtre. Elle remue le pied, et sa sandale tombe par terre. Mais je n'y prête pas attention.

— Hé ! lance-t-elle. Tu t'attendais à quoi ?

Elle m'observe comme si je débarquais de la planète Mars. Je hausse les épaules.

— Pas à éprouver ce que j'éprouve quand je vois ces marques.

— Et alors, tu te sens comment ?

*Merdeux.*

— Mal.

Et je ne sais pas vraiment pourquoi.

Soudain, elle détache sa ceinture et se rapproche de moi pour me prendre les mains.

— Ce sont surtout les suçons qui me dérangent. Tout le reste… ce que tu as fait… (Elle baisse la voix.)… avec les menottes, ça m'a plu. Mieux que ça. Je me suis éclatée. Tu peux recommencer quand tu veux.

*Oh.*

— Tu t'es éclatée ?

Ses paroles sont un baume pour mon cœur et ma libido.

— Oui.

Elle sourit et enroule ses orteils autour de ma queue, à présent des plus intéressée.

— Vous devriez remettre votre ceinture, madame Grey.

Elle continue à me titiller avec ses orteils. Je jette un œil à la vitre teintée. Est-ce qu'on pourrait… ? Mais mes pensées lubriques sont interrompues par la vibration de mon téléphone. *Merde.*

C'est le boulot. Je consulte ma montre. Il est très tôt à Seattle. Je décroche aussitôt.

— Barney ?

Ana veut éloigner ses orteils de mon érection, mais je les maintiens en place d'une main ferme.

— Monsieur Grey, nous avons eu un incendie dans la salle des serveurs.

*Quoi ?*

— Dans la salle des serveurs ?

*Comment c'est possible ?*

— Oui, monsieur.

— Le système d'extinction a bien fonctionné ?

Ana retire ses pieds, et cette fois je la laisse faire.

— Oui, très bien, monsieur.

Je baisse la vitre de séparation afin que Taylor m'entende.

— Il y a des blessés ?

— Non, monsieur, réplique Barney.

— Des dégâts ?

— Très peu, d'après les premières informations.

— Je vois…

— La sécurité nous a immédiatement avertis.

— Quand ?

Je regarde à nouveau ma montre.

— À l'instant. Le feu est maîtrisé, mais la sécurité de GEH veut savoir si elle doit appeler les pompiers.

— Non. Ni les pompiers ni la police. Pas tout de suite.

*J'ai besoin de réfléchir.*

— Welch vient de m'appeler sur l'autre ligne, ajoute Barney.

— Ah oui ?

— Il essaie sûrement de vous joindre. Je vais lui envoyer un SMS.

— OK.

— Je suis en route pour Grey Holdings.

— Très bien. Bon, je veux un rapport détaillé des dégâts et la liste complète de ceux qui ont eu accès à ce secteur au cours des cinq derniers jours, y compris le personnel d'entretien…

— Oui, monsieur.

— Dites à Andrea de m'appeler.

— Tout de suite. C'était une bonne idée de changer le vieux système d'extinction, ajoute Barney avec un soupir.

— Ouais, apparemment l'argon est tout aussi efficace, il vaut son pesant d'or.

— En effet, monsieur.

— Je sais qu'il est très tôt chez vous…

— J'étais réveillé. Ça roule bien à cette heure. Je suis bientôt arrivé. Je vais tout de suite évaluer la situation.

— Envoyez-moi un mail dans deux heures…

— J'espère que j'ai eu raison de vous déranger.

— Bien sûr, il fallait que je sois au courant. Merci de m'avoir appelé.

Je raccroche et je contacte Welch, qui se dirige lui aussi vers GEH alors que nous parlons. Durant notre bref échange, nous tombons d'accord pour augmenter le niveau de sécurité de l'ensemble du site, par précaution, et faire le point dans une heure. Mon appel terminé, j'ordonne à Philippe de nous ramener à bord le plus vite possible.

— Bien, monsieur, répond-il en accélérant.

Je me demande ce qui a bien pu mal tourner dans la salle des serveurs. Une défaillance électrique ? Une surchauffe ? Un acte criminel ?

Ana semble inquiète.

— Il y a des blessés ? interroge-t-elle.

— Non. Et les dégâts sont minimes. (Même si je n'ai pas lu le rapport, je veux la rassurer.) Ne t'en fais pas, mon équipe s'en occupe.

— L'incendie, c'était où ?

— Dans la salle des serveurs.

— De Grey Holdings ?

— Oui.

— Pourquoi si peu de dégâts ?

— La salle est équipée d'un système d'extinction ultra-moderne. Ana, je t'en prie… ne t'inquiète pas.

— Je ne suis pas inquiète, murmure-t-elle.

Pourtant je n'en suis pas convaincu.

— On ne sait pas encore s'il s'agit d'un incendie criminel.

Et c'est ma plus grande crainte.

Je suis installé dans le petit bureau du *Fair Lady*. Welch et Barney sont arrivés à Grey Holdings et Andrea est en route. À présent que Welch a évalué les dégâts, il recommande de contacter les pompiers : ils enverront un expert pour déterminer l'origine du feu. Nous avons passé en revue une série de protocoles et, comme je le craignais, Welch n'écarte pas la piste criminelle. Il a également dressé une liste de toutes les personnes ayant accès à la salle des serveurs pour faciliter le travail des pompiers.

À peine arrivée au bureau, Andrea m'appelle. Je fais les cent pas en écoutant son compte rendu quand on frappe à la porte.

C'est ma femme.

— Un moment, s'il vous plaît, Andrea.

L'expression d'Ana est déterminée – elle est visiblement prête à en découdre. Je me prépare à une épreuve de force.

— Je vais faire des courses. Avec mon garde du corps.

— Très bien. Prends un des jumeaux avec toi. Et Taylor aussi. (Elle s'attarde sur le seuil.) C'est tout ?

— Tu as besoin de quelque chose ?

— Non, bébé, l'équipage peut s'occuper de moi.

— D'accord.

Elle hésite, puis franchit vivement la distance qui nous sépare et me donne un baiser.

— Andrea, je vous rappelle.

— Oui, monsieur Grey, répond mon assistante.

Il me semble percevoir un sourire à l'autre bout de la ligne. Après avoir reposé le téléphone sur le bureau, j'enlace Ana et l'embrasse. Comme il faut. Sa bouche est douce, mouillée et chaude. Une agréable diversion. Quand je m'arrête, elle a le souffle court.

— Tu me déconcentres, là… Il faut que je règle ce problème le plus vite possible, pour qu'on puisse reprendre notre lune de miel.

Je fais courir mon doigt sur sa joue.

— D'accord. Excuse-moi.

— Ne vous excusez pas, madame Grey. J'adore être distrait par vous. (Je l'embrasse au coin des lèvres.) Va dépenser des sous.

— À vos ordres.

Avec un sourire mutin, elle quitte la pièce en se déhanchant effrontément. Quelque chose cloche dans son attitude. Qu'est-ce qu'elle me cache ?

Je chasse cette pensée et rappelle Andrea.

— Monsieur Grey, pendant que je vous ai, Ros a mentionné que vous alliez à New York la semaine prochaine. Je vous rappelle que le dîner de charité de l'Alliance pour les Télécommunications aura lieu jeudi prochain à Manhattan. Ils comptent sur votre présence.

— Ce voyage n'est pas encore confirmé. Mais faites-leur savoir que j'envisage d'accepter l'invitation et que, dans ce cas, ce sera pour deux personnes. Et voyez s'il faut programmer d'autres rendez-vous pendant mon séjour là-bas.

— Oui, monsieur.

— Je crois que c'est tout pour le moment. Vous pouvez me passer Ros ?

— Bien sûr.

Je résume la situation et lui demande de faire la liaison avec Barney et Welch.

Non loin du yacht, un bruit de moteur attire mon attention. Ça cale, puis ça redémarre, et ça stoppe à nouveau. Par le hublot, j'aperçois Ana juchée sur un des Jet Ski. Entièrement équipée.

*Je croyais qu'elle allait faire du shopping.*

— Ros, je vous rappelle !

Je dégringole sur la passerelle à tribord, mais elle est déjà partie. Me ruant du côté du port, je vois Ana fendre les eaux sur son scooter des mers, la vedette dans son sillage. Elle me fait un signe de la main.

*Non, Ana ! Ne lâche pas le guidon !*

J'en ai la nausée. À contrecœur, je lui adresse un signe en retour. C'était donc ça, son plan ? Je la regarde foncer vers la marina, suivie de près par ses gardes du corps. Je téléphone aussitôt à Taylor.

— Monsieur.

J'aboie :

— À quoi vous jouez, Anastasia et vous ?

— Monsieur Grey, Mme Grey voulait essayer le Jet Ski.

— Mais elle pourrait tomber ! Se noyer… merde !

Une boule se loge dans ma gorge.

— Elle se débrouille plutôt bien, monsieur.

— Bon sang, ne la laissez pas revenir avec !

J'entends Taylor soupirer. Mais je m'en contrefous.

— Oui, monsieur.

— Merci !

Je mets fin à l'appel. Dans le salon, je déniche les jumelles et épie Ana, qui gare l'engin à côté de la vedette. Taylor l'aide à monter à bord, puis à descendre sur le quai. Je l'appelle et la vois fouiller son sac à main.

— Allô ? répond-elle, légèrement essoufflée.

— Ana…

— Je reviens bientôt. Ne te fâche pas.

*Tiens, je m'attendais à plus de résistance.*

— Euh…

— En tout cas, je me suis bien amusée.

Elle semble tout émoustillée. Je la revois filer sur les eaux cristallines, les cheveux au vent, un grand sourire aux lèvres. Je pousse un soupir.

— Loin de moi l'idée d'abréger vos plaisirs, madame Grey. Mais fais attention. S'il te plaît.

— Promis. Tu veux que je te rapporte quelque chose ?

— Toi. Saine et sauve.

— Je ferai de mon mieux pour vous plaire, monsieur Grey.

— Je suis ravi de l'entendre, madame Grey.

— Vous satisfaire est notre priorité.

Elle glousse. Le carillon de sa voix me fait sourire. Mon téléphone bipe.

— J'ai un autre appel. À plus, bébé.

— À plus, Christian.

Je réponds à Grace sur l'autre ligne.

— Bonjour, mon chéri, comment vas-tu ?

— Ça va, maman.

— Je t'appelle juste pour m'assurer que tout va bien.

— Qu'est-ce qui t'inquiète ? (*Merde, elle est peut-être au courant.*) C'est à propos de l'incendie ?

— Quel incendie ? interroge-t-elle, soudain tendue.

— Ce n'est rien, maman.

— Quel incendie, Christian ?!

Son ton est intimidant. Je lui fais un rapide compte rendu de l'incident dans la salle des serveurs, sans omettre de détail.

— Maman, ne t'inquiète pas, il n'y a pas de dégâts.

Je ne veux surtout pas affoler Grace.

— Tu rentres bientôt ?

— Je ne vois aucune raison d'écourter mon voyage de noces. Le feu est maîtrisé et nous n'avons subi aucun dommage.

Elle se tait un moment.

— Grace, tout va bien, je t'assure.

Elle soupire.

— Si tu le dis, mon chéri. Comment se passe ton voyage de noces ?

— Eh bien, jusqu'à cet incident… merveilleusement bien. Ana a adoré Londres, Paris, et le bateau est fantastique !

— C'est formidable. Vous avez visité Saint-Paul-de-Vence ?

— Oui, aujourd'hui même. C'était magique.

— Je suis tombée amoureuse de cet endroit. Bon, je ne te retiens pas plus longtemps. Je sais que tu as beaucoup à faire. Je t'appelais juste pour vous inviter à déjeuner dimanche, Ana et toi, pour fêter votre retour.

— Bien sûr. Avec plaisir.

— Parfait. Alors à bientôt. Et n'oublie pas, nous t'aimons.

— Oui, maman. Merci de ton appel.

Quand je raccroche, je découvre un mail d'Ana dans ma messagerie.

De : Anastasia Grey
Objet : Merci
Date : 17 août 2011 16:55
À : Christian Grey

De ne pas avoir été trop grognon.
Ta femme qui t'aime.
xxx

Je lui réponds aussitôt.

De : Christian Grey
Objet : Restons calmes
Date : 17 août 2011 16:59
À : Anastasia Grey

De rien. Reviens-moi en un seul morceau. C'est un ordre.
x

Christian Grey
P-DG & Mari surprotecteur, Grey Enterprises Holdings, Inc.

Deux heures plus tard, je suis à mon bureau quand je reçois l'appel que je redoutais.

— C'était un acte criminel, déclare Welch de but en blanc.

— Merde.

Mon cœur s'arrête de battre. *Qui en a après moi ? Qu'est-ce qu'ils me veulent, bordel ?*

— Comme vous dites. Un petit engin explosif a été fixé à l'une des armoires des serveurs. Bizarrement, il était conçu pour faire de la fumée, rien d'autre. Je pense que c'était un avertissement.

*Un avertissement ?*

— Une idée du moment où ça s'est produit ?

— Je n'ai pas encore cette information. Mais nous avons déjà doublé la sécurité. Et je vais poster un garde devant la salle des serveurs H24. C'est le centre névralgique de la société.

— Bonne idée.

— Vous allez écourter votre séjour ?

— Est-ce nécessaire ?

*Pas question de mettre fin à notre voyage de noces !*

— Non, je ne crois pas. À mon sens, il faut surtout savoir si ça a un lien avec votre accident d'hélicoptère.

— Admettons que ce soit le cas. Autant envisager le pire scénario.

— Vous avez raison, répond Welch. Ça permet de parer à toute éventualité.

— Bon, je ne ferais rien de plus à Seattle. Et je pense que nous sommes plus en sécurité sur le bateau.

— En effet. Nos pistes sur les suspects éventuels n'ont mené à rien, mais je vais revoir les bandes des caméras de surveillance aux alentours de GEH. Nous allons l'épingler.

— Y a intérêt. Trouvez-moi ce type.

— Les experts de la police sont en train de passer la salle des serveurs au peigne fin. Ils cherchent des empreintes.

— Je parie que Barney n'est pas vraiment ravi.

Welch lâche un petit rire.

— Pas vraiment, non.

— Bon sang, qu'est-ce que c'est frustrant !

— Je sais, Christian. L'hélicoptère aussi a été inspecté de fond en comble par le FBI il y a quelques semaines. On attend toujours leurs conclusions. Eurocopter a récupéré l'engin. J'imagine qu'ils évaluent s'ils peuvent le réparer.

— D'accord.

— Je vous rappelle dès que j'en sais plus.

— Merci.

Je raccroche et contemple la côte, où les lumières de Cannes s'allument peu à peu.

*Qu'est-ce que je vais faire ? Est-ce que c'est ma faute ?*

*Grey, arrête ça.*

La vedette est amarrée au pont, ce qui signifie qu'Ana est rentrée.

*Ana, ma belle.*

Elle pourrait être prise dans des tirs croisés. J'enfouis ma tête dans mes mains pour conjurer l'image d'Ana inerte sur le sol de ma psyché.

*S'il lui arrive quoi que ce soit…*

Cette pensée est une torture. Je veux m'assurer qu'elle est en un seul morceau. Avant d'accéder à la cabine principale, je prends une grande inspiration.

Ana est assise sur le lit, un paquet-cadeau à côté d'elle.

— Tu es partie longtemps…

Surprise, elle lève sur moi un regard soucieux.

— Tout est sous contrôle à Seattle ?

— Plus ou moins.

Je ne veux pas lui faire peur.

— J'ai fait un peu de shopping ! lance-t-elle avec un sourire.

— Qu'est-ce que tu as acheté ?

— Ça.

Elle pose son pied sur le lit. À sa cheville brille une chaînette en argent.

— Très joli.

Du bout des doigts, je fais tinter les clochettes accrochées à la chaîne. Elles ont un charmant carillon, qui hélas ne parvient pas à me faire oublier la marque violacée à l'endroit de la menotte. *Bordel.*

— Et ça.

Elle me tend un petit paquet enrubanné d'un mouvement un peu trop empressé – sans doute pour détourner mon attention.

— C'est pour moi ?

Le paquet est étonnamment lourd. J'en éprouve un plaisir inattendu, et le secoue doucement.

— Merci.

— Tu ne l'as pas encore ouvert.

— Peu importe ce que c'est, je suis sûr que je vais adorer. On ne m'offre pas souvent des cadeaux.

— C'est difficile de t'acheter quelque chose, tu as tout.

— Je t'ai, toi.

— C'est vrai.

J'arrache l'emballage et découvre un appareil photo numérique reflex.

— Un Nikon ?

— Je sais que tu as déjà un appareil photo numérique, mais celui-là est pour… les portraits, ce genre de choses. Il a deux lentilles.

*Les portraits ?* Où veut-elle en venir ? Mon angoisse revient en force.

— Aujourd'hui, dans la galerie, j'ai vu que les nus te plaisaient. Et je me suis rappelé ce que tu m'avais dit au Louvre. Et puis évidemment, il y a ces autres photos…

*Non ! Je ne veux pas parler de ces clichés !*

— Je pensais que tu pourrais, euh… prendre des photos de moi.

— Des photos ? De toi ?

Elle hoche la tête, manifestement embarrassée. J'examine la boîte pour gagner du temps. C'est un appareil photo dernier cri, un présent très spécial de la part de ma femme très spéciale, mais je me sens mal à l'aise. Et je ne me l'explique pas.

Pourquoi désire-t-elle que je la prenne en photo nue ?

*Je ne veux plus de cette vie.* Je murmure :

— Qu'est-ce qui te fait penser que j'ai envie de ça ?

Une brusque inquiétude crispe ses traits.

— Tu ne veux pas ?

*Non, Ana.* Soudain, tout s'éclaircit : mon ancienne et ma nouvelle vie viennent d'entrer en collision. Au fond, ces photos servaient à me protéger, ma famille et moi. Il faut qu'elle comprenne qu'avec elle je n'en ai pas besoin… mais je redoute de la blesser.

— Pour moi, ce genre de photos étaient plutôt des polices d'assurance, Ana.

*Elles étaient aussi pour ton bon plaisir, Grey.*

Certes, ça paraissait intimiste, mais en réalité, je me sentais en sécurité quand j'observais mes soumises à travers l'objectif. L'appareil photo les mettait à distance, même si ça m'excitait de les capter dans des poses érotiques.

*Putain*. La honte me submerge. J'ai l'impression d'être au confessionnal.

— Je l'admets, j'ai longtemps traité les femmes comme des objets.

Ana a l'air aussi désemparée que moi.

— Et tu crois que prendre des photos de moi, ce serait… euh, me traiter comme un objet ?

Pourquoi toutes ces questions, bordel ? Elle pense que c'est ce que je veux faire avec elle ? Je soupire.

— Je ne sais plus où j'en suis.

— Pourquoi tu dis ça ? demande-t-elle doucement.

J'examine la trace rouge à son poignet. Moi qui voulais la préserver de mon ancienne vie, je m'y prends comme un manche !

Comment assurer sa sécurité, si je suis incapable de la protéger de moi ?

— Christian, ça n'est pas grave. Tu m'as donné un mot d'alerte. Hier, j'ai adoré. Arrête de t'en faire pour ça – ça me plaît, le sexe un peu brutal, je te l'ai déjà dit. (Elle semble paniquée.) C'est à cause de l'incendie ? Tu crois que ça a un rapport avec Charlie Tango ? C'est pour ça que tu es inquiet ? Parle-moi, Christian, je t'en prie.

*Ne la fais pas flipper davantage, Grey.*

— Tu réfléchis trop, Christian, ajoute-t-elle en fronçant les sourcils.

Elle saisit la boîte et en extrait le Nikon. Puis elle l'allume, enlève le cache et pointe l'objectif vers moi.

Je déteste qu'on me prenne en photo. La dernière fois que je me suis prêté à ce petit jeu, c'était au mariage, et à l'hôtel Heathman, pour faire plaisir à Ana. Tout ça avant que ma vie ne change irrémédiablement. Avant de la connaître.

Elle presse le déclencheur et prend une rafale de clichés.

— Alors c'est moi qui vais te traiter en objet !

Elle ne se laisse pas déstabiliser par mes sautes d'humeur et me taquine.

Elle se rapproche pour me mitrailler. Une, deux, trois photos. Elle s'en donne à cœur joie. À chaque prise, elle cale sa langue entre ses dents. Et ce réflexe dont elle n'a pas conscience a tendance à m'exciter. Elle immortalise mon sourire idiot.

*Ana, tu es la seule à pouvoir me ramener vers la lumière.*

Je prends la pose, comme l'imbécile heureux que je suis. Elle éclate de rire.

— Je croyais que c'était un cadeau pour moi ?

— Eh bien, c'était censé te distraire, mais apparemment c'est un symbole de l'oppression des femmes.

Elle prend d'autres clichés. Ma parole, elle se fout de moi !

*Tu veux jouer, Ana ?*

— Tu veux être opprimée ?

J'ai une délicieuse vision d'Ana à genoux devant moi, les mains attachées dans le dos, pendant qu'elle rend hommage à ma queue.

— Pas opprimée, non, dit-elle en continuant de jouer au photographe.

— Je pourrais vous opprimer à l'infini, madame Grey.

— Je sais, monsieur Grey, et vous ne vous en privez pas.

*Merde, elle est sérieuse !* Elle baisse soudain l'appareil et me fixe du regard.

— Qu'est-ce qui ne va pas, Christian ?

*Je veux juste que tu sois en sécurité.*

— Dis-moi, insiste-t-elle.

Je refoule mes sentiments. Pas question de perdre le contrôle maintenant.

— Rien.

D'un geste, je balance la boîte hors du lit et renverse Ana sur le matelas pour m'asseoir à califourchon sur elle.

— Hé ! proteste-t-elle en prenant une nouvelle photo de moi hilare.

Je lui arrache l'appareil des mains afin d'étudier son beau visage à travers l'objectif. Puis je capture son expression pour la postérité.

— Alors, vous voulez que je vous prenne en photo, madame Grey ?

Elle semble sérieuse tout à coup.

— Pour ça, il faudrait d'abord que vous souriiez !

De ma main libre, je commence à la chatouiller. Elle pouffe et gigote sous moi. J'en profite pour prendre plusieurs clichés.

Elle rit à n'en plus pouvoir.

— Non ! Arrête !

— Tu plaisantes ?

Je n'avais jamais chatouillé personne, et sa réaction est plutôt gratifiante. Je pose l'appareil pour utiliser mes deux mains.

— Christian ! gémit-elle en gesticulant dans tous les sens. Christian, arrête !

Compatissant, je lui agrippe les poignets pour les clouer de part et d'autre de sa tête.

— Tu es si belle…

*Je ne la mérite pas.* Penché sur elle, je ferme les yeux et l'embrasse. Ses lèvres sont douces, sa bouche accueillante. Je glisse mes doigts dans sa chevelure et intensifie mon baiser. J'en veux plus, toujours plus. Son corps se cabre et ses mains pétrissent mes biceps. Sa réaction m'embrase comme une torche.

*Non, c'est plus que ça.* Je la veux, oui, mais surtout, j'ai *besoin* d'Ana. Mon corps a faim d'elle. Chaque fois que je dérive, elle est ma bouée de sauvetage. Quand je suis avec elle, *en elle*, tout va bien dans le meilleur des mondes.

— Quel effet tu me fais !

Allongé de tout mon long sur elle, j'explore d'une main son sein, sa hanche, son cul, que je pétris avec ardeur. Ses doigts empoignent mes cheveux et m'attirent contre sa bouche avide, tandis que je la bois goulûment.

Mon désir est si violent que je crois que je vais entrer en combustion spontanée. *Putain.*

Soudain, je m'arrête. Je veux la posséder. Tout de suite. D'un bond, je me lève et la tire par les bras pour la redresser. Tombant à genoux, je lui enlève son short et sa culotte, puis la repousse sur le lit et m'allonge sur elle. Mes doigts défont rapidement ma braguette et libèrent ma queue impatiente.

En un mouvement, je plonge en elle. Brutalement. Et bien profond. Elle pousse un cri :

— Oui !

Je m'arrête pour examiner son visage. Elle a les yeux fermés, la tête rejetée en arrière, la bouche ouverte. Elle grogne et enroule ses jambes autour de moi.

— J'ai besoin de toi.

Je l'embrasse avec fièvre, prenant ce qu'elle me donne, tandis qu'elle me serre de toutes ses forces. Je suis totalement débridé. Mon besoin d'elle est plus désespéré que je ne l'imaginais. Je veux ramper sous sa peau pour ne faire qu'un avec elle, pour me sentir plein et entier. Elle me rend coup pour coup. M'encourage de ses gémissements.

Je la sens proche. Si proche ! Elle monte. Avec moi. Toujours plus haut.

— Jouis avec moi ! Ouvre les yeux. J'ai besoin de te voir.

Elle me regarde, les prunelles brillantes, et explose, renversant la tête au moment où l'orgasme la terrasse.

Emporté par la déferlante, je me déverse en elle en hurlant son nom. Puis je m'effondre sur le côté et la fais basculer avec moi. Je respire par saccades tout en l'étreignant.

Mon phare. Mon attrapeuse de rêves. Mon amour. Ma vie.

*Quelqu'un veut nous tuer, bordel de merde.*

Elle sème des baisers sur mon torse.

— Dis-moi, Christian, qu'est-ce qui ne va pas ?

Je l'enlace plus étroitement et ferme les yeux. *Je ne veux pas te perdre.*

— Je fais la promesse solennelle, chuchote-t-elle, d'être ta partenaire fidèle dans la richesse comme dans la pauvreté, dans la santé comme dans la maladie, dans la joie comme dans la peine…

Je me fige. Elle récite ses vœux. J'ouvre les yeux. Son visage reflète la plus pure sincérité.

— … Je promets de t'aimer inconditionnellement, de soutenir tes rêves et tes aspirations, de t'honorer et de te respecter, de rire et de pleurer avec toi, de partager mes espoirs et mes rêves avec toi, de te consoler dans la détresse. Et de te chérir aussi longtemps que nous vivrons.

— Oh, Ana.

Je me retire d'elle et m'allonge à côté d'elle. Nos regards sont rivés l'un à l'autre. À mon tour, je récite mes vœux, la voix enrouée d'émotion contenue.

— Je promets solennellement de sauvegarder et de chérir du plus profond de mon cœur notre union et toi. Je promets de t'aimer fidèlement, renonçant à toute autre, pour le meilleur et pour le pire, dans la santé et dans la maladie, où que nous conduise la vie. Je te protégerai, te ferai confiance et te respecterai. Je partagerai tes joies et tes peines, et je te réconforterai dans la détresse. Je promets de te chérir, de soutenir tes espoirs et tes rêves et de te garder auprès de moi. Tout ce qui est à moi est à toi. Je te donne ma main, mon cœur et mon amour aujourd'hui, et aussi longtemps que nous vivrons.

Ses yeux se mettent à briller.

— Ne pleure pas, dis-je en essuyant une larme avec mon pouce.

— Pourquoi ne veux-tu pas me parler ? Je t'en prie, Christian.

*Parce que parler rend tout ça trop réel, Ana.*

— J'ai promis de te réconforter dans la détresse. S'il te plaît, ne me fais pas rompre mes vœux.

Face à elle, je suis sans défense. Je l'aime tant ! Avant Ana, je ne ressentais *rien*. À présent, je ressens *tout*. Chaque émotion est décuplée. C'est difficile à intégrer. À comprendre.

Elle a pris un air suppliant. Vaincu, je pousse un long soupir, comme si tout ça était ma faute.

— C'est un incendie criminel. Et ce qui m'inquiète le plus, c'est que s'ils s'attaquent à moi…

Rien que d'y penser, ça me fout en l'air.

— … ils risquent de s'attaquer à moi aussi, termine Ana. Merci.

— De quoi ?

— De me l'avoir dit.

Je secoue la tête.

— Vous savez vous montrer très persuasive, madame Grey.

— Et toi, tu as le don de ruminer et d'intérioriser tes émotions. Tu vas mourir d'une crise cardiaque avant quarante ans, et je veux te garder bien plus longtemps que ça.

— C'est toi qui vas me tuer. Quand je t'ai vue en Jet Ski – c'est là que j'ai failli avoir une crise cardiaque.

Je me laisse retomber sur le lit et plaque la main sur mes yeux pour chasser ce souvenir. Mais ça ne sert à rien. Je la vois toujours étendue, inerte, sur le sol froid et dur. Je frissonne.

— Christian, même les gamins pilotent des scooters des mers, ici. Qu'est-ce que ce sera lorsque tu me verras sur une piste de ski quand nous irons dans ta maison à Aspen ?

Je m'étrangle. *Ana sur des skis ? Non !*

— *Notre* maison, je lui rappelle.

Est-ce qu'elle se moque de moi ? Non, je ne crois pas. C'est plutôt de la compassion.

— Je suis une adulte, Christian, et bien plus coriace que j'en ai l'air. Quand vas-tu enfin le comprendre ?

Je hausse les épaules. Elle ne me paraît pas si coriace – pas quand je la vois morte sur la moquette verte et poisseuse.

— Bon, alors cet incendie… La police est au courant ?

— Oui.

— Tant mieux.

— La sécurité va être renforcée.

— Je comprends.

Son regard parcourt mon corps, et soudain ses lèvres se retroussent.

— Quoi ?

— Toi.

— Moi ?

— Oui, toi. Tu es encore habillé.

— Ah.

Oui, je suis encore habillé. Car j'ai du mal à lui résister, surtout lorsqu'elle glousse comme une gamine.

Les yeux brillants de malice, elle se redresse brusquement pour me chevaucher. Devinant ce qu'elle a en tête, je lui attrape les poignets.

— Non, dis-je, tandis que les ténèbres enserrent ma poitrine, prêtes à refermer leurs griffes sur mon cœur. S'il te plaît, non. Je ne le supporterais pas. On ne m'a jamais chatouillé quand j'étais petit.

Ana laisse ses mains retomber et je poursuis :

— Je regardais Carrick chatouiller Elliot et Mia, et ça avait l'air très rigolo, mais je… je…

Elle place un doigt sur mes lèvres.

— Chut. Je sais.

Elle me donne un baiser et pose sa joue sur ma poitrine. Je la serre contre moi et enfouis mon nez dans ses cheveux. Son odeur est apaisante, avec une pointe de sexe. Nous restons plusieurs minutes dans le calme après la tempête. Puis Ana brise ce silence confortable :

— Quelle est la plus longue période que tu aies passée sans voir le Dr Flynn ?

— Deux semaines. Pourquoi ? Aurais-tu une envie irrésistible de me chatouiller ?

— Non, répond-elle en riant. Je pense qu'il te fait du bien.

— Il y a intérêt. Je le paie bien assez cher. Vous préoccuperiez-vous de mon bien-être, madame Grey ?

— Toute bonne épouse se préoccupe du bien-être de son mari adoré, monsieur Grey.

— Adoré ?

— Follement adoré, dit-elle en m'embrassant.

Quel soulagement ! Elle connaît la vérité et elle m'aime toujours. Mon angoisse s'est envolée, pour laisser place à la faim.

— Tu veux aller à terre pour dîner ?

— N'importe où, pourvu que tu sois heureux.

— Très bien. Alors on dîne à bord. Ici, je peux te protéger. Merci pour mon cadeau.

Je m'empare de l'appareil photo, le tiens à bout de bras et prends un cliché de nous deux enlacés.

Après le dîner, nous buvons notre café dans l'imposante salle à manger du *Fair Lady*. Comme Ana regarde par la fenêtre d'un air absent, je l'interroge :

— À quoi penses-tu ?

— À Versailles.

— Un peu bling-bling, non ?

Ana étudie le décor autour d'elle.

— Ça n'est pas bling-bling, ça, dis-je, un peu sur la défensive.

— Non, c'est très élégant. Tu m'as offert la plus belle lune de miel dont une femme puisse rêver.

— Vraiment ?

— Évidemment.

— On n'a plus que deux jours. Y a-t-il quelque chose que tu aies envie de voir ou de faire ?

— Rien, à part être avec toi.

Je me lève pour aller l'embrasser sur le front.

— Tu peux te passer de moi une heure ? Il faut que je consulte mes mails, voir ce qui se passe à la maison.

— Bien sûr.

— Merci encore pour l'appareil photo.

En chemin vers mon bureau, je me sens en paix. Est-ce l'agréable dîner, le sexe, ou le fait d'avoir dit à Ana la vérité ? Peut-être la combinaison des trois. Je saisis mon téléphone : j'ai un appel manqué de mon père.

— Salut, fiston, lance Carrick.

— Bonjour, papa.

— C'est comment, le sud de la France ?

— Super.

— Et Ana.

— Super aussi.

Je suis sûr que j'ai un sourire idiot en lui répondant.

— Tu as l'air heureux.

— Ouais. Le seul *hic*, c'est l'incendie.

— Ta mère m'a tout raconté. Mais il n'y a presque pas de dégâts, si j'ai bien compris ?

— C'est ça.

— Christian, qu'est-ce qui ne va pas ?

Son ton est très sérieux tout à coup. Sans doute à cause de mes réponses laconiques.

— C'était un acte criminel.

— Merde. La police est au courant ?

— Oui.

— Bien. Après ton hélicoptère, c'est louche.

— Welch est sur le coup. On ne voit pas du tout qui ça peut être. As-tu remarqué quelque chose d'inhabituel de ton côté ?

— Non. Mais je vais ouvrir l'œil.

— Bonne idée.

— Le jet, il est sûr ?

— Le Gulfstream ? Oui, je pense que oui.

— Tu devrais peut-être prendre un vol commercial pour rentrer.

*Pourquoi ?*

— C'est juste une idée, renchérit-il. Je ne veux pas t'inquiéter pour rien.

— Merci d'avoir pris des nouvelles, papa.

— Christian, je suis toujours là pour toi. Ne l'oublie pas. Passez une bonne fin de soirée.

Après avoir raccroché, j'appelle Ros pour faire le point.

Je suis encore au téléphone quand Ana passe la tête à la porte. Elle me souffle un baiser et me laisse à ma conversation avec Andrea, qui se charge de réserver nos vols de retour pour Seattle.

Lorsque je retourne dans notre cabine, Ana dort à poings fermés, pelotonnée sur le lit. Je m'étends à côté d'elle et l'enlace doucement, en prenant garde de ne pas la réveiller. Puis je ferme les yeux.

*Je dois absolument veiller à sa sécurité…*

Samedi 20 août 2011

À travers l'objectif de mon Nikon, je regarde ma femme dormir paisiblement. Pas trop tôt ! Ana a parlé dans son sommeil, suppliant quelqu'un de ne pas partir. De qui parlait-elle ? De moi ? Où irais-je sans elle ? Elle fait des cauchemars depuis que l'origine criminelle de l'incendie chez GEH a été confirmée. Elle a même sucé son pouce une fois. On aurait peut-être dû rentrer plus tôt. Mais je n'avais pas envie de quitter la tranquillité du *Fair Lady*. Et Ana non plus. Au moins, j'étais là pour la rassurer après ses terreurs nocturnes – la serrer dans mes bras. Comme elle le fait pour moi.

On doit à tout prix épingler ce salaud. Comment ose-t-il menacer ma femme ?

J'ai suivi le conseil de mon père et j'ai réservé un vol commercial pour rentrer à Seattle. Ana n'a jamais voyagé en première classe, ce sera une nouvelle expérience pour elle. Nous décollerons de Londres, pendant que le jet fera l'objet d'une inspection en règle à Nice. Je préfère ne prendre aucun risque, ni avec mon équipage, ni avec ma femme.

En dehors de ça, les derniers jours de notre voyage de noces ont été parfaits. Lire. Manger. Nager. Bronzer sur le pont. Faire l'amour. C'était magique. Il reste une activité que j'aimerais pratiquer avec Ana avant notre départ.

Je déclenche l'obturateur en espérant que le bruit ne la réveillera pas. Le Nikon était le cadeau idéal : grâce à lui, j'ai renoué avec ma passion pour la photographie. Nous sommes dans un décor photogénique : le *Fair Lady* est une merveille.

Ana remue et tend la main vers mon côté du lit. Elle me cherche. *Je suis tout près, bébé.*

Elle ouvre les yeux, l'air un peu perdu, alors je repose l'appareil photo et m'allonge près d'elle.

— Hé, pas de panique, tout va bien. (J'écarte une mèche de son visage.) Tu es très nerveuse depuis deux jours.

— Ne t'inquiète pas pour moi, Christian. (Elle se force à sourire.) Tu me regardais dormir ?

— Oui. Tu parlais.

— Ah ?

— Tu es inquiète. Quand tu fronces les sourcils, ça fait un petit *v*, là. C'est doux. Ne t'en fais pas, bébé, je te protégerai.

— Ce n'est pas pour moi que je m'inquiète, c'est pour toi. Qui te protège, toi ?

— Je suis assez grand et méchant pour me protéger moi-même. Allez. Debout. Il y a un truc que j'ai envie de faire avant qu'on rentre.

*Un truc fun.* Je lui donne une claque sur les fesses et suis récompensé par un glapissement.

— Allez, on se douchera plus tard ! Enfile ton maillot de bain.

— D'accord.

L'équipage a fait descendre le scooter dans l'eau. Je mets mon gilet de sauvetage puis j'aide Ana à passer le sien. Ensuite, j'attache la clé de démarrage et le bracelet de sécurité à son poignet.

— Tu veux que je pilote ? interroge-t-elle, incrédule.

— Oui. La lanière n'est pas trop serrée ?

— Ça va. C'est pour ça que tu as mis un gilet de sauvetage ?

Elle hausse un sourcil, peu impressionnée.

— Oui.

— Vous ne vous fiez toujours pas à mes compétences au volant, monsieur Grey ?

— Pas forcément, madame Grey.

— Bon, ça va, pas la peine de me faire un sermon, réplique-t-elle, sur la défensive.

Je lève les mains en signe d'apaisement.

— Je n'oserais pas.

— Cette fois, tu ne pourras pas m'obliger à me garer pour m'engueuler sur le trottoir.

— Très juste, madame Grey. Bon, on reste plantés là à discuter de tes compétences au volant ou on va s'éclater ?

— Après vous, monsieur Grey.

Elle enfourche le bolide et je m'installe derrière elle. Sur le pont, une petite troupe s'est rassemblée : l'équipage, nos gardes du corps français et Taylor. À l'aide du pied, je nous écarte du ponton et enlace fermement Ana, mes cuisses serrées contre les siennes. Elle tourne la clé de contact, presse le bouton de démarrage, et le moteur revient à la vie dans un vrombissement.

— Prêt ?

— Plus que jamais.

Elle appuie sur l'accélérateur, et l'engin s'éloigne lentement du bateau. *C'est bien, bébé.* Je resserre mon étreinte et Ana augmente brusquement l'allure.

— Hé, doucement !

Mais mon avertissement est inutile. Elle se penche en avant, m'obligeant à l'imiter, et fonce vers le large. Puis elle bifurque en direction de la côte, où la piste de l'aéroport de Nice se jette dans la Méditerranée. Je crie par-dessus le bruit du moteur :

— La prochaine fois, on louera deux Jet Ski !

Ce serait tellement génial. Faire la course tous les deux.

Ana s'élance dans les vagues. Nous rebondissons sur les crêtes soulevées par la brise estivale. Alors qu'elle s'approche de la côte, un avion nous survole et amorce sa descente vers la piste. Le bruit est assourdissant.

*Merde*. Ana fait une embardée. Je tente de l'avertir. Trop tard. Nous sommes tous deux éjectés du scooter et atterrissons dans la mer. L'eau me submerge, m'emplit la bouche. D'un coup de pied, je refais surface, et cherche Ana du regard. Le Jet-Ski termine mollement sa course non loin de là, sans vie et inoffensif. Ana s'essuie les yeux. Je nage vers elle, soulagé qu'elle soit indemne.

— Ça va ?

— Oui, répond-elle en recrachant de l'eau.

Elle a l'air ravie. Pourquoi ? Elle vient d'être catapultée dans la mer froide. Je prends son visage entre mes mains pour m'assurer qu'elle va bien.

— Tu vois, ce n'est pas si grave que ça ! s'exclame-t-elle.

Non, elle va bien.

— En effet. Sauf que maintenant, je suis mouillé.

— Moi aussi, je suis mouillée.

— J'aime bien que tu sois mouillée, dis-je avec une œillade lubrique.

— Christian !

Elle me reproche mon appétit insatiable, mais c'est plus fort que moi. Je l'embrasse. *Non.* Je la dévore. Quand je m'écarte, nous sommes tous les deux à bout de souffle.

— Allez. On rentre. On va prendre une douche. Cette fois, c'est moi qui pilote.

Je nage jusqu'au Jet-Ski, me hisse dessus et l'aide à s'asseoir derrière moi.

— Alors, vous vous êtes amusé, monsieur Grey ?

— Beaucoup, merci.

— Non, merci à toi. On peut rentrer maintenant ?

— Oui, s'il te plaît.

Anastasia sirote une coupe de champagne en lisant son iPad dans le salon VIP d'Heathrow. Nous attendons notre correspondance pour Seattle. Attendre, je déteste ça. Mais Ana semble plutôt contente. De temps à autre, elle lance des regards furtifs dans ma direction.

Intérieurement, je jubile. J'adore qu'elle m'épie.

Je lis le *Financial Times*. Voilà une lecture qui fait froid dans le dos. Le marché mondial est toujours frileux suite au Lundi Noir, et le dollar plonge. Un article interpelle le lecteur : les riches doivent-ils payer plus d'impôts ? Warren Buffett semble penser que oui. Il a peut-être raison.

Ana me prend soudain en photo. Je cligne des yeux dans la lumière du flash.

— Ça va, madame Grey ?

— Je suis un peu triste de rentrer, répond-elle avec une moue. J'aime bien t'avoir tout à moi.

Je m'empare de sa main et lui baise les doigts.

— Moi aussi…

— … mais ?

*Bon sang. Elle a perçu le doute dans ma voix.* Son regard s'étrécit, perspicace et interrogateur. Je soupire.

— J'ai hâte qu'on retrouve le responsable de cet incendie. Plus vite ce sera fait, plus vite il arrêtera de nous pourrir la vie.

— Ah.

*Voilà, c'est dit.*

— Si jamais Welch laisse ce genre d'incident se reproduire, je lui coupe les couilles.

Ça a suffisamment duré. On doit arrêter ce salopard.

Ana m'observe, interloquée, puis prend un nouveau cliché, sans le flash cette fois.

— Je t'ai eu !

Je souris, satisfait de la voir si joyeuse.

— Je crois qu'il est temps d'embarquer. Viens.

Sawyer gare l'Audi devant l'Escala et Taylor descend pour m'ouvrir la portière. Ana s'est endormie.

— Merci, Taylor, dis-je en étirant mes jambes. C'est bon d'être de retour.

— En effet, monsieur.

— Je vais réveiller Ana.

J'ouvre sa portière et me penche vers elle.

— Hé, debout, paresseuse ! On est arrivés !

Je défais sa ceinture.

— Hmm, marmonne-t-elle.

Je la soulève dans mes bras.

— Hé ! Je peux marcher, proteste-t-elle d'une voix pâteuse.

*Oh non, bébé.*

— Il faut que je te porte pour franchir le seuil.

Elle passe ses bras autour de mon cou.

— Tu comptes monter les trente étages à pied ?

— Madame Grey, je suis ravi de vous apprendre que vous avez grossi.

— Quoi ?

— Alors si ça ne t'ennuie pas, on va prendre l'ascenseur.

Taylor nous ouvre la porte de l'Escala.

— Bienvenue chez vous, monsieur, madame.

— Merci, Taylor.

Nous traversons le hall.

— Qu'est-ce que tu veux dire ? J'ai grossi ?

— Pas beaucoup.

Je souris pour la rassurer. Je me rappelle à quoi elle ressemblait quand je suis passé la prendre chez SIP, après notre rupture. Elle était maigre et triste. Une vision insupportable.

— Qu'est-ce qu'il y a ? interroge-t-elle.

— Tu as repris les kilos que tu avais perdus quand tu m'as quitté.

J'ai la voix éraillée. C'était ma faute.

*Je ne veux plus jamais la revoir dans cet état.*

Je presse le bouton d'appel.

— Hé ! me souffle Ana. Si je n'étais pas partie, on ne serait pas ici, comme ça, maintenant.

Ces simples mots déposent un baume sur mes plaies.

— Non.

*Elle a raison.* J'entre dans la cabine, avec ma femme dans les bras, et lui donne un petit baiser.

— Non, madame Grey, en effet. Mais si tu avais accepté mon contrat, tu ne passerais pas ton temps à me défier, et je serais plus à même de te protéger.

— J'aime bien te défier, plaisante-t-elle.

— Je sais. Et j'en suis… heureux.

— Même si je suis grosse ?

J'éclate de rire.

— Même si tu es grosse.

Ma bouche capture de nouveau la sienne et elle agrippe mes cheveux tandis que nous nous perdons dans un baiser fiévreux. L'ascenseur émet un ping. C'est la première fois que nous revenons à l'Escala en tant que mari et femme.

— Bienvenue chez vous, madame Grey, dis-je en l'embrassant à nouveau.

— Bienvenue chez vous, monsieur Grey.

Son visage est rayonnant. Je la porte dans le séjour et la dépose sur l'îlot de la cuisine. Je sors deux flûtes et une bouteille fraîche de Bollinger La Grande Année, notre rosé favori. Après avoir fait sauter le bouchon, je verse le liquide pétillant dans nos verres. J'en tends un à Ana qui, toujours assise sur le comptoir, me cale entre ses jambes.

— À nous deux, madame Grey.

— À nous deux, monsieur Grey.

Nous trinquons et buvons une gorgée.

— Je sais que tu es crevée, mais j'aimerais bien aller au lit… sans dormir. (Puis je susurre contre ses lèvres :) C'est notre première nuit à la maison, la première où tu es vraiment à moi.

Elle pousse un gémissement et renverse la tête pour m'offrir sa gorge.

*Ana, ma déesse. Mon amour. Ma vie.*

*Ma femme.*

Dimanche 21 août 2011

Je guette le roulis du *Fair Lady* sur la Méditerranée et les bruits de l'équipage qui se prépare pour la journée. Mais quand j'ouvre les yeux, je suis à la maison. Dehors, l'aube jette des stries dorées dans le ciel. Je sens le corps d'Ana se raidir sous mon bras. Elle a les yeux fixés sur le plafond.

— Qu'est-ce qui ne va pas ?

L'espace d'un instant, elle paraît perdue.

— Rien. Rendors-toi, murmure-t-elle.

Bien plus réveillée que moi, ma queue réagit instantanément à sa chaleur. Je me frotte le visage pour me réveiller.

— Décalage horaire ?

— Exact. Je n'arrive pas à me rendormir.

— J'ai la panacée pour ce genre de problème, bébé.

Un grand sourire aux lèvres, je presse mon érection contre ses hanches. Elle glousse, tandis que sa main descend vers ma queue.

En m'étirant une heure plus tard, je constate que la matinée est bien avancée. Je me sens ragaillardi, alors qu'Ana est toujours endormie à côté de moi. Je la laisse se reposer et me lève sans bruit. Un peu d'exercice, voilà ce qu'il me faut.

Pendant que je cours sur le tapis, Four Tet à pleins tubes dans mes écouteurs, je regarde les informations et les cours de la Bourse. Retourner à ma routine va nécessiter quelques ajustements. Ana et moi avons vécu dans une bulle ces dernières semaines, mais à présent je suis prêt à me remettre au boulot. Cette perspective m'enthousiasme. Ma femme et moi allons nous construire une nouvelle vie ensemble, même si je n'ai aucune idée de ce que ça suppose. Voyager peut-être ? Je pourrais emmener Ana voir la Grande Muraille de Chine, les Pyramides… les sept merveilles du monde. Il me suffirait de ralentir le rythme au bureau – Ros s'en sort très bien depuis mon départ –, et Ana n'a aucune raison de travailler. Après tout, elle n'a pas besoin d'argent.

Mais elle adore son job. Et elle est douée dans ce qu'elle fait. Peut-être qu'une grande carrière dans l'édition l'attend.

Je secoue la tête. Elle serait plus en sécurité à la maison.

*Arrête de flipper, Grey.*

Quand j'entre dans la salle de bains, Ana est sous la douche. Incapable de résister à la tentation, je la rejoins.

— Bonjour. Laissez-moi vous frotter le dos, madame Grey, dis-je en me calant derrière elle.

Elle me tend le gel douche avec un sourire désarmant. Je verse du produit dans ma main et commence par son cou.

— N'oublie pas qu'on va déjeuner chez mes parents aujourd'hui. J'espère que ça ne te dérange pas. Kate sera là.

Je lui mordille l'oreille.

— Hmm, grogne-t-elle, paupières closes.

— Tout va bien ? Tu es bien silencieuse.

— Je vais bien, Christian. Ma peau est toute fripée, ajoute-t-elle en remuant les doigts.

— Je te libère alors.

Elle sourit, sort de la douche et attrape son peignoir avant de quitter la pièce. Elle semble contente, pourtant quelque chose la préoccupe, j'en mettrais ma main à couper.

Ana est occupée à préparer le petit déjeuner dans la cuisine. Elle porte le même haut et la même jupe que lors de notre balade à Saint-Paul-de-Vence. Elle est charmante.

— Café ? propose-t-elle.

— S'il te plaît.

— Toasts au levain ?

— Oui, merci.

— Confiture ?

— À l'abricot, merci. (Je l'embrasse sur la joue.) J'ai deux ou trois affaires à régler avant de partir chez mes parents.

— D'accord. Je t'apporte le petit déjeuner.

Je trouve les plans retouchés de Gia Matteo sur ma table de travail, là où Gail a dû les laisser. Je les mets de côté et allume mon iMac. Welch et Barney ont visionné les bandes de vidéosurveillance de GEH, mais n'ont trouvé aucun indice sur l'auteur de l'incendie. Welch a renforcé la sécurité sur tous les sites de Grey Holdings. J'étudie le planning de notre protection rapprochée et découvre le nom d'une nouvelle agente. Belinda Prescott. Mais aujourd'hui, c'est Ryan et Sawyer qui nous accompagneront chez mes parents. Car Taylor doit rendre visite à sa fille après plusieurs semaines d'absence.

Ana pousse la porte de l'épaule et dépose une tasse de café et une assiette de toasts sur mon bureau.

— Merci, ma femme.

— De rien, mon mari, plaisante-t-elle. Je vais défaire nos bagages.

— Pas la peine. Gail s'en chargera.

— Ça ne me dérange pas. J'ai besoin de m'occuper.

— Hé… (Je scrute son expression.) Qu'est-ce qui te tracasse ?

— Rien. Je serai prête à partir à midi.

Je la relâche en fronçant les sourcils.

— D'accord.

Quelque chose cloche. Mais quoi ? Aucune idée. Ana a peut-être besoin de temps pour récupérer du décalage horaire. Je me concentre à nouveau sur mon travail, tâchant d'oublier mon trouble. J'ai reçu un mail de Gia Matteo, qui aimerait venir demain pour discuter des nouveaux plans. Je lui propose de passer en début de soirée.

On a de bonnes nouvelles d'Eurocopter qui est en mesure de remplacer les deux moteurs de Charlie Tango. Je pourrai récupérer mon joujou dans environ deux semaines, en parfait état de fonctionnement. En revanche, l'enquête du FBI sur le sabotage n'a pour l'instant rien donné. Très agaçant. *Pourquoi sont-ils si lents ?*

Ensuite, je passe en revue les derniers mails de Ros. Plus vite j'aurai terminé, plus vite je pourrai retrouver ma femme.

Le trajet jusqu'à la propriété de mes parents est très plaisant. Je n'ai pas conduit mon Audi R8 depuis des semaines et, avec Ana à côté de moi, j'apprécie la balade dans cette banlieue verdoyante de Seattle. Après le charme désuet du sud de la France, le paysage m'est agréablement familier. C'est bon d'être à la maison. Conduire m'a manqué, surtout cette voiture. Je jette un œil au rétroviseur. Bien sûr, Sawyer et Ryan sont derrière nous.

Ana garde le silence. Elle contemple le paysage éclaboussé de soleil tandis que nous filons sur la I-5.

— Tu me laisserais conduire ? lance-t-elle tout à coup.

*C'est à ça qu'elle pensait ?*

— Évidemment. Ce qui est à moi est à toi. Mais si tu lui fais la moindre égratignure, je t'emmène faire un tour dans la Chambre rouge de la Douleur.

J'ai employé exprès le nom qu'elle a donné à ma salle spéciale.

— Tu plaisantes, j'espère ? Tu me punirais parce que j'ai esquinté ta voiture ? Tu l'aimes plus que moi ? ajoute-t-elle, incrédule.

— Presque autant, dis-je en lui pressant le genou. Mais elle ne me tient pas chaud la nuit.

— Ça pourrait s'arranger. Tu pourrais dormir dedans, répond-elle d'un ton cassant.

J'adore la faire marcher.

— On n'est pas rentrés depuis vingt-quatre heures et tu me mets déjà à la niche ?

— Qu'est-ce qui te rend si joyeux ?

Je lui adresse un grand sourire, sans quitter la route des yeux.

— Je trouve cette conversation tellement… normale.

*N'est-ce pas le propre du mariage ? Ces petites joutes verbales ?*

— Normale ? s'indigne-t-elle. Pas après trois semaines de lune de miel, tout de même !

*Quoi ?* Mon sourire flanche.

— Je plaisante, Christian.

*Mon Dieu. Moi aussi !*

— Ne t'en fais pas, je me contenterai de la Saab, ronchonne-t-elle.

Elle se tourne à nouveau vers la fenêtre. *C'est raté pour les joutes verbales !*

— Hé ! Qu'est-ce qui ne va pas ?

— Rien.

— Tu es tellement frustrante parfois, Ana.

Elle se tourne vers moi avec un sourire ironique.

— Je vous retourne le compliment, monsieur Grey.

*Alors, c'est* moi *le problème ?*

— Je fais de mon mieux.

— Je sais. Moi aussi.

Elle sourit. Mais elle paraît lointaine. Son cœur est peut-être resté sur la Côte d'Azur. À moins que ce ne soit à cause de l'incendie criminel ? Ou de la sécurité renforcée ?

*Bon sang, j'aimerais bien savoir.*

Lorsque nous arrivons chez mes parents, c'est Elliot qui nous accueille.

— Salut, champion ! Ça roule ?

— Impec. Et toi, Elliot ?

— Cool de te voir, mec. Tu as bonne mine. Tu es bronzé on dirait. (Il se tourne vers Ana.) Salut belle-sœur ! braille-t-il en soulevant ma femme dans ses bras.

— Bonjour, Elliot, glousse-t-elle.

C'est un soulagement de l'entendre rire. Il la repose par terre.

— Tu es superbe, Ana. Il te traite bien au moins ?

— La plupart du temps.

— Entrez ! lance Elliot en s'écartant. Papa est aux manettes, au barbecue.

Mes parents adorent recevoir des invités. Nous sommes attablés sur la terrasse du jardin. Par-delà la pelouse, on peut admirer la baie et les gratte-ciel de Seattle. Une vue époustouflante. Comme d'habitude, Grace a mis les petits plats dans les grands. Carrick anime le repas avec des anecdotes sur le camping en famille et sa parfaite maîtrise du barbecue. Nous sommes en compagnie d'Elliot, de Kate, de Mia et d'Ethan. C'est bizarre, j'ai toujours eu l'impression d'être à l'écart de ma propre famille. Ils ne m'ont jamais exclu, bien au contraire, c'est moi qui avais tendance à m'isoler, pour me protéger. À présent, quand je les vois rire et plaisanter avec ma femme, je regrette presque d'avoir mis tant de distance entre nous. Dire que j'ai passé toutes ces années dans la tour d'ivoire que je me suis bâtie – un reproche qu'Ana me fait souvent.

Je lui prends la main et caresse l'alliance à son annulaire. Elle est radieuse. Elle rit tellement avec Kate que j'ai bon espoir que ses récents tracas soient de l'histoire ancienne. Elliot parle de la nouvelle maison.

— Alors si les plans sont finalisés avec Gia, j'ai un créneau de septembre à la mi-novembre pour mettre toute l'équipe sur le chantier.

Il glisse son bras autour des épaules de Kate. Je crois qu'il l'apprécie vraiment. Ce serait une première.

— Gia doit passer demain soir, dis-je. J'espère qu'on pourra tout finaliser à ce moment-là.

Je regarde Ana pour avoir son avis.

— Bien sûr, répond-elle avec un sourire.

Mais son regard s'est assombri. *Qu'est-ce qu'il y a ?* Bon sang, elle me rend dingue.

— À l'heureux couple ! s'exclame papa en levant son verre.

Tout le monde l'imite gaiement.

— Et félicitations à Ethan pour son admission en troisième cycle de psychologie à Seattle ! intervient Mia, avec fierté.

Elle en pince pour lui, c'est évident. Je me demande s'ils ont déjà couché ensemble. Difficile à dire, vu l'air mutin de ma sœur.

Ma famille est impatiente d'en savoir plus sur notre voyage de noces, alors je leur fais un résumé de nos trois dernières semaines.

Ana reste silencieuse. Est-ce qu'elle regrette ?

*Non, ne commence pas à ruminer, Grey.*

En faisant des blagues salaces à grand renfort de gestes, Elliot envoie accidentellement valdinguer un verre, qui se brise par terre. Ma mère se lève d'un bond, aussitôt imitée par Mia et Kate, tandis qu'Elliot reste le cul sur sa chaise, comme un imbécile.

Profitant de l'incident, je me penche vers Ana pour lui chuchoter à l'oreille :

— Je t'emmène dans le hangar à bateaux pour te flanquer une bonne fessée si tu ne cesses pas de faire cette tête.

Prise de court, elle s'assure que personne ne peut nous entendre avant de répondre :

— Tu n'oserais pas !

Je lève un sourcil. *Tu veux jouer, Ana ?*

— Il faudrait d'abord que tu m'attrapes, ajoute-t-elle d'un ton désinvolte, et je porte des ballerines.

— J'y prendrais beaucoup de plaisir.

Le visage d'Ana se colore d'une délicieuse teinte rose.

*Ah, je te retrouve, ma belle.*

Grace sert le dessert : des fraises à la crème fouettée. Ça me rappelle Londres. Et aussi la cantine d'Eton, il y en avait fréquemment en été. À peine avons-nous terminé que nous sommes surpris par une ondée.

— Tout le monde à l'intérieur ! s'écrie Grace en rassemblant les plats de service.

Ana semble heureuse. Elle rit avec Mia. La pluie fait des perles dans ses cheveux. Ça me réchauffe le cœur de la voir avec ma famille – ils sont tous tombés amoureux d'elle, comme moi. Mia va peut-être lui raconter ce qui se passe avec Ethan. Je souris intérieurement. Mon esprit inquisiteur a besoin de savoir.

Nous courons nous abriter dans le pavillon d'invités et, sans réfléchir, je m'assois devant le piano droit. C'est un bon vieux Steinway, au son riche et chaleureux. J'enfonce le *do* serrure et un son parfait résonne dans la pièce. Je souris en songeant à Grace. Je la soupçonne de continuer à le faire accorder, alors qu'elle ne pratique plus beaucoup. En fait, je ne l'ai pas entendue jouer depuis des années. Moi-même, je n'ai pas touché à ce piano depuis très longtemps. Enfant, la musique était mon refuge. Un espace où je pouvais m'échapper, me perdre. Au début, dans la répétition laborieuse des gammes et des arpèges, puis dans chaque morceau que j'apprenais.

La musique et la littérature m'ont aidé à traverser la puberté.

Une partition traîne sur le pupitre, je me demande à qui elle appartient. Peut-être à Grace. Ou à sa gouvernante – elle joue aussi, je crois. C'est un morceau que je connais. « Wherever You Will Go », du groupe The Calling. Les autres reprennent leurs discussions, pendant que je déchiffre les notes.

Instinctivement, je me mets à jouer. Et comme les paroles sont écrites sur la partition, je chante en même temps. Quelques mesures plus tard, je suis happé par la mélodie et le texte poignant – il n'y a plus que le piano, la musique et moi.

C'est une magnifique chanson. À propos de perte et… d'amour.

— « Je te suivrai partout où tu iras… »

Soudain, le silence autour de moi parvient à ma conscience. Le bourdonnement des conversations a cessé. Je m'arrête et découvre que tout le monde m'écoute.

— Continue ! m'encourage Grace d'une voix émue. Je ne t'ai jamais entendu chanter, Christian. Jamais.

Son visage est plein de fierté, d'amour et d'émerveillement.

C'est comme un coup dans l'estomac. *Maman.*

Une vague d'émotion envahit ma poitrine, menaçant de me noyer. Je ne peux plus respirer.

*Non, je ne peux pas faire ça.*

Je hausse les épaules et inspire lentement en regardant ma femme, mon ancre. Elle semble perplexe, sans doute à cause de la réaction bizarre de ma famille. Pour faire diversion, je me tourne vers les baies vitrées et observe le paysage.

Voilà pourquoi j'ai besoin de garder mes distances. Pour échapper à ces… *émotions.*

Un brouhaha emplit à nouveau la pièce. Du coin de l'œil, je vois Grace étreindre ma femme avec une ferveur qui surprend Ana. Ma mère lui murmure quelque chose à l'oreille et, une fois de plus, l'émotion remonte dans ma gorge et menace de m'étouffer. Avec un regard implorant, Grace embrasse Ana sur la joue, puis annonce d'une voix tremblante :

— Je vais préparer du thé.

Comme si elle me prenait en pitié, Ana vient à ma rescousse.

— Salut.

— Salut.

Je l'enlace par la taille et la rapproche de moi. La chaleur de son corps m'apaise aussitôt. Ana glisse la main dans la poche arrière de mon jean. Ensemble, nous regardons la pluie tomber et le soleil qui pointe à l'horizon.

— Ça va mieux ?

Elle hoche la tête.

— Bien.

— Tu as vraiment le don d'imposer le silence, ironise-t-elle.

— Ça m'arrive tous les jours, dis-je avec un large sourire.

— Au bureau, oui. Mais pas ici.

— C'est vrai. Pas ici.

— Personne ne t'a jamais entendu chanter ? Jamais ?

— Apparemment.

Elle me dévisage comme si elle essayait de résoudre une énigme. *Ce n'est que moi, Ana.*

— On s'en va ?

— Tu vas me donner la fessée ? chuchote-t-elle.

*Quoi ?* Encore une fois, elle me prend de court. Ses paroles réveillent mon désir.

— Je ne veux pas te faire mal, mais je serais ravi de jouer.

Ana regarde nerveusement autour d'elle.

*Bébé, personne ne peut nous entendre.* J'incline la tête et ajoute à voix basse :

— Seulement si vous faites des bêtises, madame Grey.

Elle prend une pose aguicheuse.

— Je vais voir ce que je peux faire.

Sait-elle à quel point je me sentais à la dérive une minute plus tôt ? Comment fait-elle pour me ramener chaque fois à bon port ? Je l'ignore, mais en cet instant mon cœur déborde d'amour pour elle.

— Allez, on y va.

— C'est si bon de te voir heureux, mon chéri, gazouille Grace en posant la main sur ma joue.

— Merci pour le déjeuner.

Je l'embrasse rapidement.

— Tu es le bienvenu, toujours, Christian. C'est ta maison à toi aussi.

— Merci, maman.

Sur une impulsion, je l'étreins. Elle me regarde d'un air attendri, avant de se tourner vers Ana, qu'elle serre fort contre elle. Quand je réussis à arracher ma femme aux griffes de ma mère, nous prenons congé du reste de la famille et nous dirigeons vers la voiture. En chemin, je songe que conduire la R8 doit être très différent de sa vieille Coccinelle. *Vas-y, Grey.*

— Tiens.

Je lance les clés de l'Audi à Anastasia. Elle les récupère d'une main.

— Si tu lui fais une bosse, ça va vraiment me mettre en pétard.

— Tu es sûr ? dit-elle, tout émoustillée.

— Oui, mais dépêche-toi, je pourrais changer d'avis.

*Ce qui est à moi est à toi. Même ça… j'imagine.*

Son visage s'illumine comme un sapin de Noël. Je lève les yeux au ciel et lui ouvre la portière. Elle démarre avant même que je sois installé.

— Pressée, madame Grey ? dis-je en bouclant ma ceinture.

— Très.

En voyant son regard brillant, je me demande si je n'ai pas commis une énorme erreur. Sans rabattre la capote – ma femme n'a pas une minute à perdre –, elle manœuvre pour remonter l'allée. Je jette un coup d'œil derrière nous : Sawyer et Ryan se dépêchent de monter dans le SUV. Où étaient-ils passés ? Ana atteint la sortie et m'observe à la dérobée. Son audace s'est un peu émoussée.

— Tu es sûr de vouloir me laisser conduire ?

— Oui.

*Mensonge.*

Elle s'engage sur la route et je me raidis. Dès que les roues accrochent le bitume, elle enfonce l'accélérateur. Je hurle :

— Doucement, Ana ! Ralentis, tu vas nous tuer !

Elle lève aussitôt le pied.

— Pardon.

Mais, vu son air ravi, Ana est tout sauf désolée. Ça me rappelle notre mésaventure en Jet-Ski. J'affiche un sourire narquois.

— Eh bien, on dirait que tu as fait une bêtise.

Ana ralentit encore l'allure. *Bien. J'ai mis dans le mille.*

Elle conduit prudemment sur Lake Washington Boulevard, puis franchit l'intersection de la 10$^{e}$.

Mon téléphone vibre. Je l'extirpe de mon jean en poussant un juron. C'est Sawyer.

— Quoi ?

— Désolé de vous déranger, monsieur Grey. Avez-vous remarqué la Dodge noire derrière vous ?

— Non.

Je me retourne pour examiner la route à travers la lunette arrière de la R8, mais nous sommes dans un virage et je ne vois aucun véhicule.

— C'est Mme Grey qui conduit ?

— Oui.

Ana bifurque sur la 84e Avenue.

— La Dodge vous suit depuis la maison. Le conducteur attendait dans la voiture. Nous avons vérifié sa plaque. Elle est fausse. Nous ne voulons prendre aucun risque. Ce n'est peut-être rien. Ou alors…

— Je vois.

Une foule de pensées se bouscule dans ma tête. Peut-être est-ce juste une coïncidence. *Non.* Après tout ce qui s'est passé récemment, c'est impossible. Et la personne qui nous a pris en filature pourrait être armée. Mon crâne me picote sous l'effet du danger. Comment en est-on arrivés là ? Sawyer et Ryan ne nous ont pas quittés d'une semelle. *N'est-ce pas ?* Mais ils n'ont pas trouvé bizarre qu'une personne attende seule dans sa voiture ? Nous a-t-elle suivis depuis l'Escala ?

— Vous voulez essayer de la semer ? propose Sawyer.

— Oui…

— Mme Grey va s'en sortir ?

— Je ne sais pas.

*M'a-t-elle jamais fait faux bond ?*

Concentrée sur la route, Ana tient fermement le volant. Son humeur frivole s'est envolée. Elle a compris que quelque chose n'allait pas.

— Tout va bien, Ana, continue, lui dis-je le plus calmement possible.

Ses yeux s'écarquillent. Je ne l'ai pas du tout rassurée. *Merde !* Je reprends le téléphone. Sawyer me parle encore.

— Nous n'avons pas réussi à bien voir le conducteur. Le pont de la 520 est sûrement le meilleur endroit pour tenter de le semer. Mme Grey pourrait essayer. La Dodge ne fera pas le poids contre la R8.

— Très bien. Sur le pont. Dès qu'on l'atteint…

*Putain, pourquoi j'ai pas pris le volant ?*

— Nous serons juste derrière la Dodge. Et on va lui coller au train. Ça vous va ?

— Oui…

— Vous voulez mettre le haut-parleur, pour que Mme Grey nous entende ?

— Entendu.

Je repose le téléphone sur son socle, en mode mains libres.

— Qu'est-ce qui se passe, Christian ?

— Regarde où tu vas, bébé, dis-je doucement. Ne t'affole pas mais, dès que nous serons sur le pont, je veux que tu accélères. On nous suit.

Ana cligne plusieurs fois des yeux, le temps d'intégrer l'information, puis pâlit. *Bon sang !* Elle se redresse et regarde dans le rétroviseur arrière, sans doute pour chercher notre poursuivant.

— Surveille la route, bébé.

J'ai pris une voix posée. Je ne veux pas l'inquiéter davantage. Nous devons juste rentrer à l'Escala le plus vite possible et semer ce connard.

— Comment sais-tu qu'on nous suit ? interroge-t-elle d'une voix tendue.

— La Dodge derrière nous a de fausses plaques d'immatriculation.

Elle traverse prudemment la 28e, prend le rond-point et s'engage sur la rampe du pont. La circulation est fluide. Le regard d'Ana se reporte sur le rétroviseur arrière, puis elle prend une grande inspiration et, brusquement, elle ralentit.

*Ana, mais qu'est-ce que tu fous ?*

Elle étudie le flot de voitures. Soudain, elle enfonce la pédale d'accélérateur et s'élance sur l'autoroute. La Dodge a été forcée de s'arrêter et d'attendre une ouverture pour nous suivre. *Waouh.* Très malin, Ana.

*Mais tu vas trop vite !*

— Doucement, bébé.

Je garde un ton égal, alors que mon estomac fait des bonds. Elle décélère un peu et zigzague d'une voie à l'autre.

— Bien joué, ma belle.

Je regarde derrière moi et ne vois plus notre poursuivant.

— On est juste derrière le « sujin », déclare la voix de Sawyer. Il essaie de vous rattraper, monsieur. On va tenter de s'interposer entre vous et la Dodge.

— Compris. Mme Grey se débrouille bien. À cette allure, si la circulation reste fluide, nous aurons quitté le pont dans quelques minutes.

— Très bien, monsieur.

Nous sommes à mi-parcours du pont. Ana roule vite, mais avec assurance. Elle maîtrise la situation.

— Tu t'en sors vraiment bien, Ana.

— Je vais où ?

— Madame Grey, répond Sawyer, dirigez-vous vers l'I-5, puis vers le sud. Nous voulons savoir si la Dodge vous suivra jusqu'au bout.

Dieu merci, les feux sur le pont sont verts, et Ana maintient sa vitesse.

— Merde !

La sortie est bouchée. Ana est obligée de freiner. Je la vois jeter un œil au rétro, en quête de la Dodge.

— Environ dix voitures plus loin ?

Je vérifie et la repère à mon tour.

— Oui, je la vois. Putain, qui ça peut bien être ?

— On sait si c'est un homme qui conduit ? interroge Ana.

— Non, madame. Ça pourrait être un homme ou une femme. Les vitres sont teintées.

— Une femme ? s'étonne Ana. Ta Mrs Robinson ?

*Quoi ? Non !* Je n'ai pas eu de nouvelles d'Elena depuis… eh bien, depuis le mariage, quand elle m'a envoyé ce putain de texto.

Je reprends mon BlackBerry pour couper le mains-libres et râle :

— Ça n'est pas *ma* Mrs Robinson. Je ne lui ai pas reparlé depuis mon anniversaire.

*Ce n'est pas vrai, Grey.* Je l'ai appelée pour lui donner le business, mais ce n'est pas le moment de le mentionner.

— En plus, Elena ne ferait pas ça, ce n'est pas son genre.

— Leila ?

— Elle est dans le Connecticut avec ses parents, je te l'ai déjà dit.

— Tu es sûr ?

— Non, mais si elle avait fait une fugue, je suis certain que ses parents en auraient averti le Dr Flynn. On en reparlera à la maison. Concentre-toi.

— Mais cette voiture n'a peut-être rien à voir avec nous.

— Je ne veux pas courir ce risque. Pas en ce qui te concerne.

Je suis abrupt, mais je m'en contrefous. Ana, comme toujours, me défie. Je replace le BlackBerry sur son socle.

Comme la circulation se fluidifie à nouveau, Ana accélère.

— Et si les flics nous arrêtent ? interroge-t-elle.

— Ce serait une bonne chose.

— Pas pour mon permis.

— Ne t'en fais pas pour ça.

Le sabotage de Charlie Tango et l'incendie criminel font l'objet d'une enquête de la police. Je suis sûr que les flics seraient très intéressés par notre poursuivant.

— Il est sorti des bouchons et il accélère, nous informe la voix désincarnée de Sawyer. Il roule à 145.

Ana fait rugir le moteur et ma superbe voiture répond au quart de tour, grimpant sans effort à 155.

— Continue, Ana !

Ana s'engage sur la bretelle d'accès à l'I-5 sur les chapeaux de roues et franchit plusieurs voies pour gagner la plus rapide.

*Tout doux, bébé.*

— Il roule à 160, monsieur.

J'aboie :

— Ne le lâchez pas, Luke !

Un semi-remorque se rabat devant nous et Ana écrase le frein. Nous sommes brutalement projetés en avant.

— Connard !

*Bordel, il aurait pu nous tuer !*

— Double-le à droite, bébé.

Ana louvoie entre les trois voies, double plusieurs voitures et ce con de camion, puis reprend la voie rapide, laissant le pauvre type sur place.

— Bien joué, madame Grey. Où sont les flics quand on a besoin d'eux ?

— Je ne veux pas de contravention, Christian, commente-t-elle sans relâcher sa vigilance. Tu en as déjà eu une avec cette bagnole ?

— Non.

*Mais j'ai eu chaud aux fesses.*

— On t'a déjà arrêté ?

— Oui.

— Ah.

— Question de charme. Le charme, tout est là. Maintenant, concentre-toi. Où est la Dodge, Sawyer ?

— Elle vient d'atteindre les 175, monsieur.

Ana force l'allure. Une Ford Mustang nous bloque le passage. *C'est pas vrai !*

— Fais-lui des appels de phares.

— Mais… je vais passer pour une enfoirée !

— On s'en fout ! beuglé-je, reportant toute ma colère et ma frustration sur la Mustang.

— Euh… où sont les phares ?

— Là. Tire vers toi.

Le petit con comprend le message et dégage le passage en nous faisant un doigt d'honneur.

— C'est lui l'enfoiré… Sors sur Stewart ! (Puis à Sawyer :) On prend la sortie de Stewart Street.

— Rendez-vous directement à l'Escala, monsieur.

Ana jette un regard au rétro, les sourcils froncés. Elle met son clignotant et traverse les quatre voies pour gagner la bretelle de sortie d'autoroute. Puis elle ralentit dans le virage et s'engage en douceur sur Stewart Street.

*Elle est incroyable.*

— Nous avons eu de la chance avec la circulation, mais, du coup, la Dodge aussi. Ne ralentis pas, Ana. Ramène-nous à la maison.

— Je ne me rappelle plus le chemin ! s'écrie-t-elle, prise de panique.

— Continue sur Stewart jusqu'à ce que je te dise de tourner.

Elle file vers le sud.

*Merde, le feu sur Yale Avenue est passé à l'orange.*

— Grille-le, Ana !

Ana écrase l'accélérateur, nous plaquant sur nos sièges, et franchit le croisement à toute allure. Entre-temps, le feu est passé au rouge.

— Il s'engage sur Stewart, annonce Sawyer.

— Ne le lâchez pas, Luke.

— Luke ?

— C'est son prénom.

*Tu ne le savais pas ?* Elle me regarde d'un drôle d'air. Je rugis :

— Surveille la route !

— Luke Sawyer ?

— Oui !

*Pourquoi on parle de ça maintenant ?*

— Ah.

— À votre service, madame, déclare Sawyer. Le « sujin » roule sur Stewart, monsieur. Il accélère.

— Fonce, Ana. Arrête de papoter.

— Nous sommes arrêtés au premier feu rouge de Stewart, nous informe Sawyer.

— Ana, vite, tourne ici !

Je pointe du doigt le parking de Boren Avenue. Elle fait un virage serré, les mains plaquées sur le volant, et les pneus hors de prix de mon bolide crissent en guise de protestation. Mais Ana tient bon et s'insère dans le parking bondé sans dommage.

— Fais le tour. Vite !

Ana gagne le fond du parking.

— Là, je m'écrie en repérant une place libre.

Elle me jette un regard affolé.

— Putain, vas-y !

Elle freine et exécute un créneau parfait. À croire qu'elle a conduit cette voiture toute sa vie. *Bravo, ma belle.*

— Nous sommes planqués dans un parking entre Stewart et Boren, dis-je à Sawyer.

— Très bien, monsieur. Restez où vous êtes ; nous suivons le « sujin ».

*Bon sang, c'était moins une.* Je me tourne vers Ana.

— Ça va ?

— Oui, murmure-t-elle.

Sa voix tremble. Elle est clairement secouée.

J'opte pour l'humour, histoire de nous détendre tous les deux.

— Tu sais, le mec de la Dodge ne peut pas nous entendre.

Ana rit. Fort. Trop fort. Pour relâcher la pression.

— Nous sommes entre Stewart et Boren, nous informe Sawyer. Je vois le parking. Il est passé sans vous voir, monsieur.

Dieu merci ! Quel soulagement !

— Bien joué, madame Grey. Tu es une excellente conductrice.

Je tends la main vers son visage, mais mon geste la fait sursauter. Elle inspire une grande goulée d'air.

— Alors, tu vas arrêter de me critiquer quand je suis au volant, maintenant ?

J'éclate de rire. Ça fait du bien.

— Je n'irai pas jusque-là.

— Merci de m'avoir laissée conduire ta voiture. Et dans des circonstances aussi trépidantes.

Elle a pris un ton léger, mais elle semble sur le point de fondre en larmes. Comme elle ne bouge pas, je coupe le contact et lui propose doucement :

— Je devrais peut-être prendre le volant, maintenant.

— À vrai dire, je pense que je ne serais même pas capable de me lever pour te céder la place. J'ai les jambes en compote.

Ses mains se mettent à trembler.

— C'est l'adrénaline, bébé. Tu t'en es remarquablement bien sortie. Tu m'impressionnes, Ana. Comme toujours.

Je lui caresse le visage parce que j'ai besoin de la toucher, de la rassurer, et de me convaincre que nous sommes tous les deux en sécurité. Soudain, elle laisse échapper un sanglot étranglé, et des larmes roulent sur ses joues.

— Non, bébé, non. S'il te plaît, ne pleure pas.

Je ne supporte pas de la voir pleurer. Je déboucle ma ceinture et l'attire sur mes genoux. Ses pieds reposent sur le siège passager. Dégageant des mèches de son visage, je lui baise les yeux, les joues, puis enfouis mon nez dans sa chevelure alors qu'elle renifle dans mon cou.

*Ana. Ana. Ana. Tu as été formidable.*

La voix de Sawyer nous surprend.

— Le « sujin » a ralenti devant l'Escala. Il repère les lieux.

— Suivez-le !

Ana s'essuie le nez.

— Sers-toi de ma chemise, lui dis-je en l'embrassant sur la tempe.

— Désolée, dit-elle.

— Pourquoi ? Tu n'as pas à t'excuser.

Je lui soulève le menton pour lui donner un baiser.

— Tes lèvres sont si douces quand tu pleures, ma belle petite fille courageuse.

Je parle tout bas, conscient que nos agents de sécurité sont à l'autre bout de la ligne.

— Embrasse-moi encore, chuchote-t-elle.

Ça enflamme mon imagination.

Reprenant mon BlackBerry, je raccroche et le jette sur le siège conducteur. J'empoigne ses cheveux pendant que ma langue trouve la sienne. Elle accueille mon baiser avec une telle fièvre que j'en ai le souffle coupé.

Mon corps réagit aussitôt. Toute l'adrénaline fuse vers le sud.

*Putain. J'ai envie d'elle.* Je glisse ma main sur sa poitrine, sa taille, puis la plaque dans son dos. Elle chevauche mon érection piégée dans mon jean.

— Ah !

Je m'écarte, pantelant.

— Quoi ? dit-elle, le souffle court.

— Ana, on est dans un parking public en plein Seattle.

— Et alors ?

— Eh bien, là, j'ai envie de te baiser, tu te tortilles sur moi… ça me met mal à l'aise.

— Alors, baise-moi.

Ses paroles me prennent au dépourvu. J'observe ses prunelles sombres, pleines d'attente. Éberlué, je lui demande :

— Ici ?

— Oui. J'ai envie de toi. Ici. Tout de suite.

Je n'arrive pas à en croire mes oreilles.

— Madame Grey, vous êtes une dévergondée.

Je regarde autour de nous. Nous sommes bien cachés. Il n'y a personne. On peut le faire. Mon envie d'elle prend le dessus. Je l'embrasse à nouveau. Avidement. Goulûment. Je prends tout ce qu'elle me donne. Et plus encore.

Ma main caresse sa jambe. Elle se cramponne à mes cheveux.

— Heureusement que tu portes une jupe, murmuré-je en remontant le long de sa cuisse.

Elle gigote sur moi. *Ah !*

— Ne bouge pas, dis-je en la maintenant par la nuque.

*Bordel, elle va m'émasculer.*

Je passe la main sur sa culotte en dentelle. Elle est déjà mouillée. *Oh, bébé.* Du pouce, je décris des cercles autour de son clitoris, une fois, deux fois. Elle gémit, son corps électrisé par ma caresse.

— Ne bouge pas.

Je capture ses lèvres pendant que mon pouce fait subir à son bouton gonflé une délicieuse torture. Puis j'écarte le tissu et plonge deux doigts en elle. Elle grogne et se cambre pour accueillir ma main. *Oh, ma petite sauvageonne.*

— S'il te plaît, souffle-t-elle.

— Oh ! Tu es prête, dis-je en faisant coulisser mes doigts avec une lenteur atroce. Alors, le danger, ça t'excite ?

— C'est toi qui m'excites.

Ses paroles m'embrasent tout entier. J'enlève mes doigts et la soulève pour la positionner face au pare-brise.

— Écarte les jambes pour me chevaucher. (Je caresse ses cuisses, puis remonte sa jupe.) Pose tes mains sur mes genoux, bébé. Penche-toi en avant. Mets ce beau cul en l'air. Attention à ta tête.

Elle soulève ses superbes fesses pendant que je défais ma braguette et libère ma queue brûlante. Une main autour de sa taille, j'écarte sa culotte de l'autre et, basculant les hanches, l'empale d'un mouvement vif.

*Putain que c'est bon !*

— Ah ! gémit Ana en s'enfonçant sur moi.

Je lui tiens la mâchoire et sème des baisers dans son cou. Agrippant sa hanche de l'autre main, j'entame un lent mouvement. Elle vient à ma rencontre avec fougue. C'est brutal. Fort. Sauvage.

*Ah...* Elle geint et augmente la cadence, de plus en plus libérée. Elle monte et descend sur moi. Je me perds en elle à chaque coup de boutoir.

Ana pousse un cri étranglé, qui ne fait rien pour tempérer mon ardeur.

*Merde, je vais jouir.* Je grogne :

— Fais vite. Il faut faire vite, Ana.

Le front en sueur, j'accentue ma caresse sur son clitoris, que je tourmente implacablement.

— Oh ! s'écrie Ana.

— Vas-y, bébé, je veux t'entendre.

Je sens que ça monte en elle. Elle est prête.

*Nom de Dieu !* Je m'enfonce une dernière fois et elle renverse la tête en arrière, emportée par son orgasme. Je pousse un cri en même temps qu'elle jouit. Violemment.

— Ah, Ana.

Je me raidis et explose en elle.

Quand je reviens à la réalité, elle est affalée sur moi. Je fais courir mon nez le long de sa mâchoire et lui picore la gorge.

— Alors, ça a soulagé votre tension, madame Grey ?

Je referme mes dents sur son lobe et tire dessus. Elle gémit de plaisir. *Voilà un bruit agréable à entendre.*

— En tout cas, ça a soulagé la mienne, dis-je en la replaçant sur mes genoux. Tu as perdu ta voix ?

— Oui.

— Quelle dévergondée ! J'ignorais qu'en plus tu étais exhibitionniste.

Elle se redresse aussitôt, l'air affolé.

— On nous a vus, tu crois ?

Ses yeux sondent le parking.

— Penses-tu que je laisserais quiconque mater ma femme en train de jouir ?

Je lui caresse le dos pour la rassurer, et elle se tourne vers moi avec un air espiègle.

— On a baisé dans la bagnole !

Oui ! *C'est une première pour moi aussi, Ana.*

— On rentre ? C'est moi qui conduis.

Ana quitte mes genoux et je remonte ma braguette. Une fois au volant, j'appelle nos gardes du corps.

— Monsieur Grey, c'est Ryan.

— Où est Sawyer ?

— À l'Escala.

— Et la Dodge ?

— Je la suis sur l'I-5, en direction du sud.

— Pourquoi Sawyer n'est-il pas avec vous ?

— Il a pensé qu'il valait mieux attendre à l'Escala quand nous avons vu la femme au volant…

— Une femme ?

— Oui. La conductrice est une femme, répond Ryan. Je la suis pour essayer de l'identifier.

— Ne la lâchez pas.

Je raccroche et regarde Ana.

— C'était une femme qui conduisait la Dodge ? demande-t-elle, sidérée.

— Apparemment.

Je n'ai aucune idée de qui ça peut être. Pas Elena. Et sûrement pas Leila. Pas après le travail que Flynn a fait avec elle.

— Bon, je te ramène à la maison.

L'Audi revient à la vie, et nous quittons le parking pour reprendre le chemin de la maison.

— Où se trouve le, euh… le « sujin » ? Ça veut dire quoi, au fait ?

— Ça veut dire « sujet inconnu ». Ryan est un ancien agent du FBI.

— Du FBI ?

— Ne m'en demande pas plus.

C'est une longue histoire. Je lui raconterai tout au dîner. C'est sûrement pour cette raison qu'on sait que les plaques de la Dodge sont fausses. Il a des relations.

— Alors, il est où, ce… « sujin » ? demande Ana.

— Sur l'I-5.

Qui peut bien être cette personne venue repérer les lieux chez mes parents ?

Ana pose la main sur ma cuisse et en caresse l'intérieur du bout des doigts. *Waouh*. Nous nous arrêtons à un feu rouge. Je lui saisis la main pour l'empêcher de progresser jusqu'à mon entrejambe.

— Arrête. On a réussi à arriver jusqu'ici vivants. Je n'ai aucune envie d'avoir un accident à trois rues de chez nous.

Je lui embrasse les doigts et reporte mon attention sur la route, bien décidé à nous ramener tous les deux en un seul morceau. J'ai besoin d'un compte rendu détaillé de Sawyer. Je suis furieux contre lui. Mes gardes du corps auraient dû repérer la Dodge.

*Je les paie pour ça, non ?*

Ana est silencieuse à présent. Nous approchons du garage de l'Escala.

— Donc, c'est une femme ? lance-t-elle soudain.

— On dirait.

Je soupire et compose le code d'ouverture du garage.

*Ouais*. J'aimerais bien savoir qui c'est. Welch a enquêté sur toutes mes ex-soumises, même celles du club privé que je fréquentais autrefois. Comme je le pensais, aucune ne pose problème. Je vais me renseigner sur Leila via Flynn. Mais, aux dernières nouvelles, elle avait retrouvé les joies du cocon familial.

Je gare la R8 à sa place. Ana me tire de mes sombres pensées.

— J'adore cette voiture, déclare-t-elle.

— Moi aussi. Et j'adore ta façon de la conduire – outre le fait que tu aies réussi à ne pas l'abîmer.

Elle fait la moue.

— Alors tu pourrais m'en acheter une pour mon anniversaire.

— Anastasia Ste… Grey !

Ça alors ! Jamais je n'aurais imaginé qu'elle me demanderait quoi que ce soit un jour ! Je suis si estomaqué que je ne sais pas quoi dire. Elle descend de voiture et se retourne pour m'adresser un sourire insolent.

— Blanche, je pense.

J'éclate de rire. Blanche. Absolument. Elle est la lumière de mes ténèbres.

— Anastasia Grey, tu ne cesseras jamais de me surprendre.

Je sors à mon tour. Debout près du coffre, Ana a tout d'une déesse du sexe réclamant une bagnole à deux cent mille dollars.

*Pourquoi est-ce si sexy ?*

Je m'approche d'elle, tel un prédateur, et lui chuchote :

— Tu adores cette voiture. J'adore cette voiture. Je t'ai baisée dedans… je devrais peut-être te baiser sur le capot ?

Elle ouvre la bouche et rougit. Ah, ce délicieux rose sur ses joues ! Le moteur d'une voiture à l'approche me tire de ma contemplation. C'est une BMW gris argent série 3.

*Casseur de coup.*

— Mais on n'est pas seuls, on dirait. Viens !

Je la prends par la main et l'entraîne vers l'ascenseur. Malheureusement, nous sommes rejoints par le casseur de coup à la BMW. Il a à peu près mon âge. Peut-être plus jeune.

— Bonjour, lance-t-il en gratifiant ma femme d'un regard appréciateur.

J'enlace Ana. *Dégage, ducon.*

— Je viens d'emménager dans l'appartement 16.

Il affiche un visage radieux.

— Bonjour, répond Ana d'un ton amical.

Sauvés par l'arrivée de l'ascenseur. Dans la cabine, je garde Ana tout près de moi. Elle semble décidée à engager la conversation avec cet inconnu.

— Vous êtes Christian Grey ?

*Ouais, c'est moi.*

— Noah Logan.

Il me serre la main avec un peu trop d'enthousiasme.

— Quel étage ? s'enquiert Logan.

— J'ai un code.

— Ah.

— Dernier étage.

— Naturellement.

Il appuie sur le bouton du huitième et les portes se referment.

— Madame Grey, je suppose ?

On dirait un gamin énamouré.

— Oui.

Elle lui adresse un petit sourire et lui serre la main elle aussi. Ce crétin pique un fard.

— Vous avez emménagé quand ? interroge Ana pendant que je resserre mon étreinte.

*Ne l'encourage pas, bébé.*

— Le week-end dernier. J'adore cet endroit.

Elle lui sourit. *Encore !* Enfin, la cabine s'arrête à son étage.

— Ravi d'avoir fait votre connaissance, dit-il d'un air soulagé, avant de dégager le plancher.

Les portes se referment derrière lui et j'entre le code du penthouse.

— Il a l'air gentil, commente Ana. Je n'ai jamais rencontré nos voisins.

Je grimace.

— Je préfère.

— C'est parce que tu es un ermite. Moi, je l'ai trouvé sympathique.

— Un ermite ?

— Un ermite, prisonnier de sa tour d'ivoire, renchérit-elle d'un ton pince-sans-rire.

Je réussis à me retenir de rire.

— *Notre* tour d'ivoire. Et je crois que vous pouvez ajouter un autre nom à la liste de vos admirateurs, madame Grey.

Elle roule des yeux.

— Christian, tu t'imagines que tous les hommes sont mes admirateurs.

*Oh, joie immense !* Je reprends avec un plaisir non dissimulé :

— Ana, tu viens de lever les yeux au ciel en me regardant ?

Elle m'observe sous ses longs cils.

— Et comment !

*Ah, madame Grey.* Cette journée s'améliore de minute en minute.

— Et ça mérite quoi, ça ?

— Un truc hard.

*Putain.* Ma queue se réveille instantanément. Je déglutis.

— Hard ?

— S'il te plaît.

— Tu en redemandes ?

Elle hoche lentement la tête sans me quitter des yeux. *C'est sacrément bandant.*

Les portes de l'ascenseur s'ouvrent, mais nous ne bougeons pas. Pétrifiés par notre attirance mutuelle.

— Hard, à quel point ? dis-je dans un souffle.

Les dents d'Ana se plantent dans sa lèvre inférieure, mais elle ne répond pas.

*Bordel.* Je ferme les yeux pour savourer ce moment sensuel, puis je lui agrippe la main et sors de la cabine. Sawyer nous attend dans le vestibule.

*Merde. Qu'il déguerpisse celui-là !*

— Sawyer, je veux être débriefé dans une heure.

— Oui, monsieur.

Il s'éloigne vers le bureau de Taylor. Parfait.

Je me tourne vers ma femme.

— Hard ?

Elle hoche la tête, d'un air très sérieux.

— Madame Grey, aujourd'hui, c'est votre jour de chance. (Mon esprit turbine en songeant à l'éventail de possibilités.) J'accepte les demandes spéciales.

Elle hausse l'épaule gauche avec coquetterie. *Qu'est-ce que ça veut dire ?*

— Tu as envie de quelque chose en particulier ? Baise perverse ?

Elle acquiesce, les joues en feu.

— Tu me donnes carte blanche ?

— Oui.

Sa réponse enflamme mes sens.

— Viens.

Je la guide vers la salle de jeux à l'étage. Après avoir déverrouillé la porte, je m'efface pour la laisser entrer.

— Après vous, madame Grey.

Ana pénètre dans mon sanctuaire. Je la suis et allume la lumière. Elle se retourne et me regarde refermer la porte à double tour.

*Respire, Grey.* J'adore cet instant. L'anticipation. C'est si excitant.

Elle se tient là, vibrante de désir. Soumise à ma volonté.

La dernière fois qu'on est venus ici, je lui ai passé le harnais. C'était fun.

*Qu'est-ce que je vais lui faire aujourd'hui ?*

— Tu as envie de quoi, Anastasia ?

— De toi.

— Tu m'as. Tu m'as depuis que tu es tombée dans mon bureau.

— Alors étonnez-moi, monsieur Grey.

Quelle audace !

— Comme vous voulez, madame Grey.

Je croise les bras pour me donner le temps de la réflexion.

*Je sais ce que j'ai envie de lui faire.*

*J'en ai envie depuis très, très longtemps.*

*Mais ne grillons pas les étapes.*

— Je crois qu'on va commencer par te débarrasser de tes vêtements.

Je lui retire sa veste en jean et la laisse tomber par terre.

— Lève les bras.

Son débardeur noir subit le même sort. Elle se retrouve en soutien-gorge de dentelle noire, ses tétons visibles à travers le tissu. Je dépose un baiser sur ses lèvres.

*Ma femme est si sexy.*

— Tiens, dit-elle.

À ma grande surprise, elle me tend un élastique pour cheveux. Ma confession à Saint-Paul-de-Vence ne l'a pas découragée.

*Ne réfléchis pas trop, Grey.*

En un instant, je lui fais une tresse, que je noue avec l'élastique. Puis je tire sur sa natte pour lui renverser la tête.

— Bien vu, madame Grey. Maintenant, retourne-toi et retire ta jupe.

Elle recule d'un pas, pivote sur elle-même et, sans me quitter des yeux, fait lentement descendre la fermeture Éclair. La jupe chute en corolle à ses pieds.

*Mon Aphrodite.*

— Enjambe-la.

Obéissante, elle fait un pas vers moi. Je m'agenouille pour défaire ses sandales l'une après l'autre. Puis je m'assois sur les talons et admire ma femme. En sous-vêtements de dentelle noire, elle est époustouflante.

— Quel beau spectacle, madame Grey.

Je l'attrape par les hanches et l'attire à moi pour enfouir mon nez dans le triangle béni de ses cuisses.

— Tu sens toi, moi et le sexe, dis-je en inspirant à fond. C'est enivrant.

J'embrasse son sexe à travers la dentelle, puis je m'écarte et rassemble ses vêtements.

— Va à côté de la table.

Je gagne la commode où je range mes jouets. Ana suit mes faits et gestes comme un faucon. *Ah non, pas question qu'elle regarde !*

— Face au mur ! Vous vouliez que je vous surprenne, madame Grey ? Vous satisfaire est notre priorité.

Je dépose ses sandales près de la porte et ses vêtements sur la commode. Puis j'enlève ma chemise, mes chaussures, et je vérifie qu'Ana n'a pas bougé. *Bien.* Dans le tiroir consacré au cul, je trouve ce dont j'ai besoin et pose l'objet sur la commode. Ensuite je choisis un morceau sur l'iPod : « The Great Gig in the Sky », des Pink Floyd.

*À présent, voyons si elle est partante.*

Je rejoins Ana et place mon jouet sur la table, hors de sa vue. Puis je lui chuchote à l'oreille :

— Vous avez dit « hard », madame Grey ?

— Mmm.

— Si c'est trop, tu dis stop et j'arrête immédiatement. Tu comprends ?

— Oui.

— Je veux que tu me le promettes.

— Promis, lâche-t-elle d'une voix rauque.

— Très bien, ma belle, dis-je en plantant un baiser sur son épaule nue.

Je passe un doigt sous la bretelle de son soutien-gorge et ordonne :

— Enlève-le.

*Je la veux nue.*

À la hâte, elle dégrafe son soutien-gorge et le laisse tomber par terre. Du bout des doigts, je trace un chemin jusqu'à sa culotte et, les pouces crochetés sous l'élastique, la fais glisser le long de ses superbes jambes. Une fois celle-ci aux chevilles, je lui demande de l'enjamber, ce qu'elle fait aussitôt.

Les yeux à hauteur de son cul sublime, j'embrasse une fesse après l'autre en songeant que nous allons bientôt faire plus ample connaissance. Puis je me relève. Un frisson me parcourt. Ça fait très longtemps que j'attends ce moment.

— Je vais te bander les yeux, pour que ce soit plus intense, murmuré-je en ajustant un masque de sommeil sur ses yeux.

Autour de nous, la musique enfle, la voix de la chanteuse vibre.

*Parfait.*

— Penche-toi sur la table.

Les épaules d'Ana se haussent imperceptiblement et sa respiration s'accélère lorsqu'elle pose le buste sur la table.

— Allonge les bras devant toi pour te tenir au bord.

Elle tend les bras et agrippe le rebord. Comme le plateau est large, elle doit s'étirer au maximum.

— Si tu lâches, je te donne la fessée, compris ?

— Oui.

— Tu veux que je te donne la fessée, Anastasia ?

Ses lèvres s'entrouvrent.

— Oui.

— Pourquoi ?

Elle ne répond pas, mais je crois qu'elle essaie de hausser les épaules. J'insiste :

— Dis-moi.

— Euh…

Je lui donne une grande claque sur les fesses. Le son résonne dans toute la salle de jeux.

— Aïe !

À mes oreilles, ces deux bruits sont extrêmement satisfaisants.

— Silence, maintenant.

Je lui frotte doucement la croupe. Debout devant son cul, je me penche sur son dos, ma queue serrée dans mon jean, et je sème une série de baisers mouillés le long de sa colonne vertébrale. Quand je me relève, ma salive brille sur sa peau.

— Écarte les jambes.

Elle s'exécute.

— Plus.

Elle coopère avec un grognement.

— C'est bien, ma belle.

Je glisse mon index dans la fente de ses fesses, puis sur son anus, qui se rétracte à mon contact.

— On va s'amuser avec ça.

Elle se raidit aussitôt. Ça ne freine pas mes ardeurs. Mon doigt s'introduit lentement dans son sexe. *Quelle douce moiteur. Le paradis.*

— Tu mouilles beaucoup, Anastasia. À cause de tout à l'heure dans la voiture, ou de ce que je viens de te faire ?

Elle pousse un gémissement quand j'entame un lent va-et-vient et bascule ses hanches vers ma main.

— Oh, Ana. Je crois que tu adores être ici, comme ça, à moi.

J'intensifie le rythme. Elle geint. Soudain, je retire mon doigt et assène une claque à son cul parfait.

— Ah !

— Dis-le-moi, dis-je d'une voix rauque de désir.

— Oui, j'aime ça.

Je lui gifle de nouveau le cul, lui arrachant un cri, puis insère deux doigts en elle pour les lubrifier. Ensuite, je les retire et humecte son anus. Elle se raidit instinctivement.

— Qu'est-ce que tu vas faire ?

— Ce n'est pas ce que tu crois. Je te l'ai déjà dit : pour ça, on y va une étape à la fois, bébé.

Je saisis le tube de lubrifiant et en étale une généreuse quantité sur mes doigts, puis je masse son petit trou plissé. Elle se tortille et sa respiration s'accélère. Elle est excitée. Je lui donne une nouvelle claque sonore sur le cul, un peu plus bas, pour que mes doigts touchent ses lèvres mouillées. Elle gémit pour en réclamer davantage.

— Ne bouge pas. Et ne lâche pas la table.

Je prends une nouvelle giclée du tube.

— Aaah…

— Je te mets du lubrifiant.

J'en étale encore tout autour de son anus.

— Il y a un bon moment que j'ai envie de te faire ça, Ana, dis-je en m'emparant du plug anal métallique.

Elle gémit quand je passe le plug le long de son épine dorsale.

— J'ai un petit cadeau pour toi.

Je le fais glisser entre ses fesses.

— Je vais le faire rentrer, très lentement.

— Ça va faire mal ?

— Non, bébé, c'est tout petit. Et une fois que je te l'aurai mis, je vais te baiser à fond.

Elle pousse un râle.

— Prête ?

*Parce que moi je le suis. Ma queue est sur le point d'éclater.*

— Oui, murmure-t-elle.

Le plug dans ma main gauche, je l'imbibe de lubrifiant, puis je passe mon pouce droit entre ses fesses, sur son anus, et le plonge dans son vagin, avant de décrire des cercles à l'intérieur. Mes doigts effleurent son clitoris, titillant méthodiquement son bouton fébrile pendant que mon pouce poursuit son œuvre. Elle geint de plaisir. C'est le signal. Très lentement, j'enfonce le plug dans son anus.

*Ah !* Comme je rencontre peu de résistance, je pousse le plug un peu plus profondément. Oh, joie, il entre facilement.

— Ah, bébé.

Mon pouce en elle sent le poids du plug dans son cul. Lentement, je fais tourner le plug, et lui arrache un miaulement. Un son étrange, de pure jouissance.

*Waouh.*

— Christian…, murmure-t-elle, à l'agonie.

J'enlève mon pouce. Elle est à bout de souffle.

— C'est bien, bébé.

Laissant le plug en place, je libère mon sexe et lui enserre la taille pour tirer son cul vers moi. Du pied, je la force à écarter un peu plus les jambes.

— Ne lâche pas la table, Ana.

— Non, halète-t-elle.

— Tu voulais du hard ? Tu me diras si je suis trop brutal. Compris ?

— Oui.

D'un coup de reins brusque, je m'enfonce en elle.

— Putain ! crie-t-elle.

Je me fige, savourant la sensation de ma femme autour de moi. Elle s'en sort bien. Sa respiration est aussi saccadée que la mienne. Je passe la main entre nous et fais tourner le plug dans son cul.

Elle laisse échapper un râle de plaisir. Qui manque de me faire jouir.

— Encore ?

— Oui.

Elle semble désespérée, elle en veut davantage.

— Reste à plat ventre.

Je me retire, puis lui donne un nouveau coup de boutoir.

— Oui…, piaille-t-elle.

J'accélère le rythme, de plus en plus fort, je la pilonne sauvagement. Je n'avais jamais ressenti ça. Entraîner Ana du côté obscur. *Putain, j'adore.*

— Ah, Ana !

Je tourne à nouveau le plug. Elle gémit alors que je la possède tout entière. La consume. La fais mienne.

— Oh, putain…

Je sais qu'elle y est presque.

— Oui, bébé.

— Pitié, supplie-t-elle.

— C'est ça.

*Ma déesse. Ana.*

Je lui donne une grande claque sur les fesses et elle pousse un cri strident, déchirée par un violent orgasme. Je retire le plug et le jette dans le bol à côté.

— Putain ! hurle-t-elle.

Je lui empoigne les hanches et la maintiens fermement au moment où j'explose en elle.

Vidé, je la prends dans mes bras et m'échoue par terre avec elle. La tête sur ma poitrine, elle respire par à-coups.

Je lui enlève son masque.

— Salut.

Elle cligne des paupières, un peu égarée, tandis que ses yeux s'habituent à la lumière tamisée. Ça a l'air d'aller. Mais je me demande avec inquiétude ce qu'elle ressent.

— Alors, j'ai répondu à ta demande ?

Ses sourcils se froncent.

— Ma demande ?

— Tu voulais du hard.

Son visage s'éclaire.

— Dans ce cas, je crois que oui.

Ses paroles sont un baume pour mon âme.

— Je suis ravi de l'entendre. En ce moment, tu es très belle et tu m'as l'air bien baisée.

— C'est comme ça que je me sens.

Son visage entre mes mains, je l'embrasse avec toute la tendresse qu'elle mérite. Parce que je l'aime.

— Tu ne me déçois jamais, Ana. Tu te sens comment ?

— Bien. Bel et bien baisée.

Elle s'empourpre et me sourit. Son air timide est en totale contradiction avec ses paroles obscènes.

— Mais dites donc, madame Grey, vous dites des mots cochons maintenant ?

— C'est parce que j'ai épousé un garçon très, très cochon, monsieur Grey.

Aux anges, je lui souris de toutes mes dents. Je me fais penser au chat d'*Alice au pays des merveilles*.

— Je suis ravi que tu l'aies épousé.

J'attrape sa tresse et joue avec le bout.

*Je t'aime, Ana. Ne me quitte jamais.*

Elle me prend la main gauche et embrasse mon alliance.

— Tu es à moi.

— À toi.

Je fourre mon nez dans ses cheveux.

— Tu veux que je te fasse couler un bain ?

— À condition que tu le prennes avec moi.

— D'accord.

Je l'aide à se mettre debout. Elle pointe mon jean du doigt.

— La prochaine fois, tu voudrais bien porter… euh… ton autre jean ?

— Mon autre jean ?

— Celui que tu portais ici, avant… Il est très sexy.

— Ah bon ?

*Mon jean de dominant ?*

— Ouais… vraiment très sexy.

*Comment refuser ?* Je veux être sexy pour ma femme.

— Pour vous, madame Grey, je ferai peut-être cet effort.

Je pose le petit bol contenant nos distractions de cet après-midi sur la commode, puis je récupère mon iPod et arrête la musique.

— Qui lave ces jouets ?

*Oh. Euh…*

— Moi… Mme Jones…

— Vraiment ?

Elle a l'air horrifiée. *Ouaip.* Gail sait tout de mes petits secrets, et elle travaille toujours pour moi. Ana m'observe bouche bée, attendant d'autres explications.

— En fait, euh…

— C'étaient tes soumises qui faisaient ça ?

Elle a fini par comprendre.

— Tiens.

Je lui donne ma chemise, qu'elle passe rapidement sans rien ajouter. Laissant nos affaires sur la commode, je prends Ana par la main et l'entraîne vers notre salle de bains à l'étage inférieur. Elle marque un temps d'arrêt sur le seuil et s'étire en bâillant.

— Qu'est-ce qu'il y a ? dis-je en ouvrant le robinet.

Ana secoue la tête. *Pourquoi cette pudeur tout à coup ?*

— Dis-moi.

Je verse de l'huile de bain dans l'eau.

— Je me sens mieux, c'est tout, répond-elle en rosissant.

— Oui, vous avez été d'humeur bizarre aujourd'hui, madame Grey. Je sais que les événements récents t'inquiètent. Je suis désolé que tu y sois mêlée. Je ne sais pas s'il s'agit de la vengeance d'un ex-employé ou d'un concurrent. Mais s'il t'arrivait quoi que ce soit à cause de moi…

Encore cette vision atroce d'Ana étendue sans vie à la place de la pute camée…

*Grey, arrête ça !*

Elle me serre fort contre elle.

— Et s'il t'arrivait quelque chose à toi, Christian ? demande-t-elle d'une voix blanche.

— On va éclaircir cette histoire. Pour l'instant, on va t'enlever cette chemise et te donner un bain.

— Tu ne dois pas parler à Sawyer ?

— Il attendra, celui-là.

Je suis toujours en pétard contre mon garde du corps. Il va passer un sale quart d'heure.

Je débarrasse Ana de ma chemise. *Merde*. Elle a toujours des marques rouges aux poignets. Estompées, mais bien présentes, me rappelant quel salaud je suis.

— Je me demande si Ryan a rattrapé la Dodge.

Il est évident qu'elle cherche à détourner mon attention.

— On verra après le bain. Allez !

Je l'aide à entrer dans la baignoire remplie d'eau mousseuse. Elle s'assoit maladroitement.

— Aïe.

Elle fait la grimace quand ses fesses entrent en contact avec l'eau chaude.

— Doucement, bébé.

Une fois confortablement installée, elle est aux anges. J'enlève mon jean et la rejoins dans le bain, me calant derrière elle pour l'envelopper de mes bras. Lentement, je sens tous mes membres se relaxer.

*Profite du moment, Grey. Bon sang, ça fait un bien fou.*

*Et Ana a été parfaite.*

J'enfouis mon nez dans ses cheveux avec un soupir d'aise. C'est si facile d'être en sa compagnie. Nous n'avons pas besoin de mots. Nous restons simplement enlacés dans le bain.

Les yeux clos, je réfléchis à cette journée.

Une course-poursuite brillamment menée par Ana, en vraie pro.

Je caresse le bout de sa tresse d'un air absent. Et nous avons joué dans ma salle de jeux. Nous avons fait une chose que je voulais depuis longtemps.

*Ma femme. Ma merveilleuse femme.*

Au bout d'un moment, je me rappelle que Gia Matteo doit se joindre à nous demain soir. Je brise l'agréable silence entre nous.

— Il faut qu'on regarde les plans de la nouvelle maison. On fait ça ce soir ?

— D'accord. Il faut que je prépare mes affaires pour demain, ajoute-t-elle d'un air résigné.

Sa tresse m'échappe.

— Tu sais que tu n'es pas obligée de retourner travailler.

Les épaules d'Ana se contractent aussitôt.

— Christian, on en a déjà discuté. S'il te plaît, ne recommence pas.

*D'accord.* Je tire doucement sur sa natte pour lui renverser la tête.

— Tu sais, je disais ça comme ça…

Et je dépose un chaste baiser sur ses lèvres.

Laissant Ana profiter encore un peu du bain, je me rends dans mon bureau pour débriefer Sawyer. Mme Jones est dans la cuisine.

— Bonsoir, Gail.

— Monsieur Grey. Bienvenue à la maison. Et encore toutes mes félicitations.

— Merci. Votre sœur va bien ?

— Très bien, monsieur. Désirez-vous quelque chose ?

— Non, merci. J'ai du travail.

— Et Mme Grey ?

— Elle est dans son bain.

J'arbore un grand sourire. Gail hoche la tête, visiblement ravie.

— Je lui poserai la question quand elle aura terminé, monsieur.

À peine dans mon bureau, je convoque Sawyer. Un instant plus tard, on frappe un coup discret à ma porte.

— Entrez.

Sawyer entre et se campe devant moi, l'air calme, décontracté, très professionnel dans son costume-cravate. Son comportement m'agace au plus haut point. Je contourne lentement ma table de travail et, les deux mains appuyées sur le rebord, j'aboie :

— Qu'est-ce que vous foutiez, bordel ?

Surpris par mon éclat, Sawyer a un mouvement de recul.

— Pourquoi vous n'étiez pas prêts à partir quand on a décollé ?

Je croise les bras en m'efforçant de contenir ma colère.

— Monsieur Grey, répond-il en levant les mains dans un geste d'apaisement. Nous faisions le tour de la propriété, comme vous nous l'aviez demandé. Et nous ne savions pas que vous aviez décidé de partir.

*Oh.*

— D'ailleurs, poursuit-il sur sa lancée, j'avais remarqué le sujin. Il est arrivé pendant notre ronde et je voulais l'examiner de plus près, quand vous êtes sortis de la maison.

*Ah.* Ma colère retombe comme un soufflé.

— D'accord. Je vois.

J'aurais dû les avertir de notre départ. Mais si Taylor avait été avec nous, il aurait laissé son acolyte dans la voiture.

— Et Mme Grey a démarré en trombe, ajoute-t-il en haussant un sourcil désapprobateur.

Sa réponse me donne envie de rire. Même si je comprends son désarroi, je demeure impassible.

— En effet. Mais vous auriez dû nous rattraper. Vous êtes tous les deux formés à la conduite défensive.

— Oui, monsieur.

— Que cela ne se reproduise pas.

— Entendu, monsieur Grey, répond-il avec une mine contrite. Monsieur, le sujin ne nous a pas suivis. L'individu est arrivé peu avant votre départ. J'ai noté l'heure exacte où j'ai repéré la voiture : 14 h 53. Et il n'est pas descendu du véhicule. Il savait que vous étiez là.

Je pâlis.

— Que voulez-vous dire ?

— Eh bien, il se peut que quelqu'un surveille la maison de vos parents. Ou l'Escala. Mais si nous avions été suivis jusqu'à Bellevue, nous l'aurions remarqué.

— Merde.

— Précisément. J'ai fait mon rapport et je l'ai envoyé à Taylor et à M. Welch.

— Je vais le lire. Où est Ryan ?

— Toujours sur la route de Portland.

— Encore ?

— Oui. Espérons que le sujin va manquer de carburant.

— Pourquoi pensez-vous que le conducteur est une femme ?

— Il me semble que l'individu avait une queue-de-cheval.

— Ce n'est pas concluant.

— Non, monsieur, en effet.

— Tenez-moi au courant.

— Bien sûr.

— Merci, Luke. Vous pouvez disposer.

Sawyer s'en va sans un mot, et je me rassois à mon bureau, soulagé de ne pas avoir à les renvoyer, Ryan et lui. Cela dit, je suis impatient que Taylor revienne, demain soir. Je réfléchis à la théorie de Sawyer. Et si quelqu'un surveillait la propriété de mes parents ? Mais pourquoi ? Je pourrais appeler mon père, mais je ne veux pas l'inquiéter, et ma mère non plus.

*Putain ! Que faire ?*

J'ouvre mon ordinateur portable pour consulter mes mails et le rapport de Sawyer. Je suis en pleine lecture quand mon téléphone vibre.

— Barney ?

*Pourquoi me contacte-t-il un dimanche ?*

— Content que vous soyez rentré, monsieur Grey.

— Merci. Qu'est-ce qui se passe ?

— J'ai regardé les vidéos de la salle des serveurs et j'ai découvert quelque chose.

— Vraiment ?

— Oui, monsieur. Je n'ai pas pu attendre demain pour vous en parler. J'espère que vous ne m'en voudrez pas. Je peux vous envoyer un lien par mail pour que vous puissiez en juger par vous-même.

— Vous avez bien fait. Envoyez-le-moi tout de suite.

— C'est fait.

— Vous restez en ligne ?

— Oui, monsieur. Je suis impatient d'avoir votre avis.

Je souris. Barney est très soucieux de la protection de sa salle des serveurs. Je parie qu'il est furieux que quelqu'un ait réussi à s'y introduire par effraction. Son mail apparaît dans ma boîte. Je clique sur le lien, et quatre dossiers se matérialisent. Ça ressemble à des photos monochromes de la salle des serveurs de Grey House.

— Barney, vous êtes là ?

— Oui, monsieur Grey.

— Qu'est-ce que j'ai sous les yeux ?

— C'est le pôle sécurité de GEH. Si vous cliquez sur lecture dans le menu à gauche de l'écran, vous lancez les enregistrements de toutes les caméras de la salle des serveurs.

Je m'exécute et découvre quatre angles de vue de la salle. En bas de chaque vidéo, la date et l'heure. Soit le 10/08/2011 de 7 h 03 à 10 h 05. Et les millisecondes s'égrènent. Sur les images, un homme grand et élancé pénètre dans la pièce. Il a les cheveux noirs et hirsutes, le teint pâle, et porte une combinaison de travail. Il se dirige vers l'un des serveurs, se penche et place un petit objet noir, difficile à identifier, entre deux armoires. Ensuite, il se redresse, contemple son ouvrage et s'en va, se gardant bien de relever la tête.

— C'est lui ?

— Je pense que oui, monsieur. Personne n'a pu l'identifier. Et l'engin explosif a été retrouvé à cet endroit précis.

— C'était il y a plus d'une semaine. Comment a-t-il pu s'introduire, bon sang ?

— Le passe correspondant à l'heure d'entrée appartient à un membre de l'équipe de nettoyage.

— Quoi ?

*Comment se l'est-il procuré ?*

— Nous allons enquêter là-dessus demain.

La vidéo se fige.

— Vous venez de mettre sur pause ?

— Oui.

— Pouvez-vous me les renvoyer en une seule séquence ?

— Oui, monsieur. Tout de suite, si vous voulez.

— Welch les a visionnées ?

— C'est son équipe qui m'a averti. Ils les ont passées au peigne fin.

— Bien.

Un peu plus tard, je regarde les quatre vidéos mises bout à bout. Chaque fois que l'une d'elles s'arrête, j'appuie sur lecture pour voir la suivante.

— Je peux améliorer la qualité, annonce Barney avec enthousiasme.

Il veut épingler ce cinglé autant que moi.

— Allez-y.

L'image sur mon écran devient plus nette.

Tout à coup, la porte de mon bureau s'ouvre. Je lève les yeux, prêt à me débarrasser de l'intrus. C'est Ana.

— Vous pouvez encore améliorer la définition ? dis-je à Barney.

— Je vais essayer.

Ana s'approche d'un air déterminé et, avant que je puisse réagir, se glisse sur mes genoux.

— Voilà, je pense qu'on n'aura pas mieux, déclare Barney.

Ana se niche dans mon cou. Je la serre contre moi. *Qu'est-ce qui ne va pas ?*

— Euh, Barney, vous pouvez patienter un moment ?

— Oui, monsieur.

Je cale mon téléphone sous ma mâchoire.

— Ana, ça ne va pas ?

Elle secoue la tête, refusant de répondre. Je n'ai aucune idée de ce qui cloche et, franchement, je suis trop absorbé par la découverte de Barney.

— Oui, Barney, vous disiez ?

— Voilà, j'ai fait de mon mieux.

J'appuie sur lecture. L'image pixélisée en noir et blanc de l'incendiaire apparaît sur l'écran. L'intrus se rapproche de la caméra et se fige.

— OK, Barney, faites-moi un gros plan.

— D'accord.

Un carré noir se matérialise autour de la tête du type, puis Barney zoome dessus. Ana se redresse et scrute l'écran.

— C'est Barney qui fait ça ? interroge-t-elle.

— Oui.

Elle est ébahie par les prouesses techniques de mon directeur informatique.

— Vous pouvez rendre l'image plus nette ?

L'image se brouille, puis se recompose plus précisément sur le visage de ce fumier. Il a la tête baissée. Ana plisse les yeux pour l'étudier.

— Christian, murmure-t-elle d'une voix blanche. C'est Jack Hyde !

*Quoi !*

— Tu es sûre ?

Ana pointe la mâchoire de l'intrus.

— Je reconnais le bas de son visage, ses boucles d'oreilles, la forme de ses épaules. Et puis sa silhouette. Mais il doit porter une perruque, ou alors il s'est coupé et teint les cheveux.

Mon sang se glace. *Hyde ! Quel putain de salaud !*

— Barney, vous avez entendu ?

Je pose le téléphone sur le bureau et mets le haut-parleur. Puis je chuchote à Ana :

— Madame Grey, j'ai l'impression que vous avez beaucoup observé votre ancien patron.

Ana frissonne, tandis que la colère fuse dans mes veines.

— Oui, monsieur, j'ai entendu Mme Grey. Je suis en train d'analyser toutes les vidéos des caméras de surveillance avec un logiciel de reconnaissance faciale, pour voir si cet enculé – pardon, madame –, si cet individu s'est introduit ailleurs dans nos locaux.

— Pourquoi ferait-il une chose pareille ? s'étonne Ana.

Je hausse les épaules, tentant de refouler ma rage. *Salopard de Hyde.* C'est moi qui ai mis un terme à ses sales combines. Qui l'ai viré comme un malpropre. Avec mon poing dans la gueule.

— Peut-être pour se venger ? dis-je. Qui sait pourquoi les gens agissent comme ils le font ? Mais je suis furieux que tu l'aies côtoyé d'aussi près.

Nous devons transmettre immédiatement ces informations à la police, au FBI et à Welch, qui me doit des explications. Contrairement à ce qu'il pensait, Hyde n'est pas en Floride. Je dois absolument lui parler. Peut-être même que Hyde a regagné son appartement, ici, à Seattle. Welch doit lui mettre la main dessus au plus vite. Et, s'il y parvient, j'espère qu'il le cognera comme il faut. Une chose est sûre, il faut à tout prix l'empêcher d'approcher ma femme.

— Nous avons également le contenu de son disque dur, monsieur, ajoute Barney.

Je l'interromps avec la première idée qui me vient.

— Oui, je sais. Vous avez l'adresse de Hyde ?

Je ne veux pas alarmer Ana avec les détails que nous avons découverts sur l'ordinateur de son ancien patron.

— Oui, monsieur.

— Prévenez Welch.

Il doit s'assurer que Hyde n'est pas retourné chez lui.

— Tout de suite. Je vais aussi analyser les vidéos des caméras de surveillance municipales pour voir si je peux retracer ses déplacements.

— D'accord. Trouvez aussi la marque de son véhicule et le numéro de sa plaque d'immatriculation.

— Oui, monsieur.

— Barney peut faire tout ça ? s'enquiert Ana à voix basse, visiblement impressionnée.

Je hoche la tête, satisfait d'avoir cet expert à mon service.

— Qu'est-ce qu'il y avait sur son disque dur ?

— Pas grand-chose.

— Dis-moi.

— Non.

— C'est à propos de toi, ou de moi ?

Elle ne va rien lâcher.

— De moi, dis-je avec un soupir.

— Ton mode de vie ?

*Non.* Je secoue la tête et pose un doigt sur mes lèvres.

*On n'est pas seuls, Ana.*

Elle est contrariée mais n'ajoute rien.

— C'est une Camaro 2006, annonce Barney d'un ton fébrile. J'envoie le numéro de la plaque à Welch. Je suis sûr qu'il l'a déjà, mais on ne sait jamais.

— Très bien. Si cet enfoiré s'est baladé dans nos bureaux, je veux le savoir. Et recoupez cette image avec la photo du dossier des RH de la SIP. Je veux être certain que c'est lui.

— C'est déjà fait, monsieur. Mme Grey a raison. C'est bien Jack Hyde.

Ana sourit, ravie d'avoir élucidé le mystère. Impressionné par ma femme, je lui frotte le dos.

— Bien joué, madame Grey, murmuré-je avant de poursuivre avec Barney : Dès que vous aurez retracé ses mouvements dans le siège social, tenez-moi au courant. Vérifiez s'il a eu accès à d'autres immeubles de GEH, et demandez aux services de sécurité de les inspecter.

— Oui, monsieur.

— Merci, Barney. (Je raccroche.) Eh bien, madame Grey, non seulement vous êtes attrayante, mais vous savez aussi vous rendre utile.

— Attrayante.

— Très.

J'adore la faire enrager.

— Vous êtes bien plus attrayant que moi, monsieur Grey.

J'enroule sa tresse autour de mon poignet et l'embrasse passionnément. Elle a accompli tant de choses aujourd'hui. Et elle a identifié notre criminel ! Lorsqu'elle s'écarte, je lui demande :

— Tu as faim ?

— Non.

— Moi, oui, avoué-je.

— Faim de quoi ?

— Eh bien… de nourriture, en fait.

Elle pouffe de rire.

— Je vais te préparer quelque chose.

— J'adore entendre ça.

— Que je te propose de faire à manger ?

— Non, ton rire.

Elle se lève.

— Qu'est-ce que monsieur aimerait manger ?

Elle aussi aime me taquiner.

— Vous moqueriez-vous de moi, par hasard, madame Grey ?

— Peut-être un peu… monsieur Grey.

*Toujours envie de jouer, Ana ?* Je prends un air lascif.

— Je peux encore te donner une fessée.

*Et rien ne me ferait plus plaisir.*

— Je sais.

Ana prend un air malicieux et se penche pour m'embrasser.

— Ça fait partie de ton charme, mais pour l'instant, range ta main qui te démange. Tu as faim ?

— Ah, madame Grey, que vais-je faire de vous ?

— Tu vas répondre à ma question. Qu'est-ce que tu aimerais manger ?

— Un truc léger. Étonne-moi.

— Je vais voir ce que je peux faire.

Elle quitte le bureau, altière, comme si elle était propriétaire des lieux – ce qui est le cas.

J'appelle Welch pour le prévenir de la découverte d'Ana et Barney.

— Hyde ?

La voix habituellement bourrue de Welch a viré dans les aigus.

— Oui. Dans ma putain de salle des serveurs !

— On a tracé son portable jusqu'à Orlando. On pensait qu'il habitait chez sa mère. Et on n'a repéré aucun déplacement depuis.

— Eh bien, il est à Seattle.

J'inspire un grand coup pour calmer mes nerfs. Welch soupire, manifestement agacé lui aussi.

— On dirait, oui. Je mets une équipe sur lui tout de suite. Je ne comprends pas comment il a pu nous filer entre les doigts. Je vais tâcher de voir où on a merdé.

— D'accord. Tenez-moi au courant.

— C'est dingue qu'on n'ait trouvé aucune empreinte dans la salle des serveurs.

— Aucune vraiment ?

— Non.

— Bon sang. Il portait sûrement des gants, mais c'est difficile à voir sur les vidéos. Les empreintes de Hyde sont peut-être répertoriées quelque part.

— C'est une idée. Le FBI a trouvé une empreinte partielle, mais pas de correspondance.

— Sur Charlie Tango ?

— Oui.

— Pourquoi vous ne m'avez rien dit ?

— Ils n'ont pas pu l'identifier, explique Welch.

— Vous pensez qu'Hyde pourrait également être derrière le sabotage de mon hélico ?

— En l'absence de tout autre suspect, c'est une éventualité, grommelle Welch.

— Il est sur notre liste depuis le début.

*C'est dingue.*

— On l'a écarté pour trois raisons, précise Welch. Un, on pensait qu'il était en Floride. Deux, il n'a retiré de liquide dans aucun distributeur de la région de Seattle. Et trois, ses méfaits semblaient se limiter au harcèlement sexuel de ses employées.

— Vous devriez informer le FBI de tout ça.

— Je vais leur transmettre un compte rendu détaillé. (Après un bref silence, il reprend :) Sawyer m'a raconté la course-poursuite.

— Il pense que la maison de mes parents est sous surveillance.

— C'est possible. Pour le savoir, nous devons retrouver cette Dodge.

— Le conducteur aurait pu être Hyde.

— En effet.

— Comme il reste dangereux, je pense qu'il faut élargir le service de sécurité à toute ma famille.

— Bonne idée. On a trouvé sur l'ordinateur de Hyde des infos sur tous les membres de votre famille. Vous devriez prévenir vos parents.

Je soupire. J'ai peur de les inquiéter.

— Nous allons concentrer nos efforts sur ce salaud.

— Trouvez-le, Welch.

— On va le coincer, c'est sûr.

— Vous avez intérêt. Barney vous enverra ce qu'il a. Transmettez les vidéos de la salle des serveurs à la police. J'appelle mes parents et je vous tiens au courant.

— Oui, monsieur.

Il raccroche. J'appelle la ligne fixe de mes parents, et je tombe sur leur messagerie. Je tente le portable de mon père, et obtiens le même résultat. Ils sont sûrement à la messe. Je laisse un message à mon père, lui demandant de me rappeler dès que possible.

Je rassemble les plans de Gia et pars à la recherche de ma femme et de mon repas. Je la trouve dans la cuisine, charmante en survêtement et top à bretelles. Ce qu'elle prépare a l'air délicieux : une purée d'avocats. Posant les plans sur l'îlot central, je l'attire dans mes bras et l'embrasse dans le cou.

— Une femme dans ma cuisine, ça me plaît.

J'inspire l'odeur envoûtante de sa peau.

— Tu veux dire « papa au bureau, maman aux fourneaux » ?

*Papa ?* Merde. Non. *Des gosses ?* Sûrement pas.

— Il est un peu trop tôt pour ça, dis-je en tentant de calmer mon cœur qui s'est emballé.

— C'est aussi mon avis.

Ma tension se relâche instantanément.

— Alors on est d'accord, madame Grey.

Elle cesse d'écraser ses avocats.

— Mais tu veux des enfants ?

— Oui, bien sûr, un jour. Mais je ne suis pas encore prêt à te partager, dis-je en couvrant son cou de baisers.

*Un jour, oui.*

— Tu fais quoi ? Ça a l'air bon.

Elle m'adresse un sourire mutin.

— Je te mène à la baguette.

*Bon sang, j'aime l'humour de cette femme.*

Je mordille son lobe et chuchote :

— J'adore ça.

Je suis récompensé par un coup de coude.

— Monsieur Grey, vous me gênez.

— Madame Grey, vous m'avez fait mal.

Je me tient le flanc comme si je souffrais le martyre.

— Petite nature, raille Ana.

— Petite nature ? (Je lui donne une claque sur les fesses.) Dépêche-toi de me faire à manger, femme. Plus tard, je te montrerai si je suis une petite nature. (Nouvelle petite tape enjouée et j'ouvre le frigo.) Tu veux un verre de vin ?

— Oui, s'il te plaît, répond-elle gaiement.

Ana ferait une merveilleuse soumise – que puis-je dire ?

Après le repas, je débarrasse nos assiettes et les dépose dans l'évier. Puis je déroule les plans de Gia sur le bar. Elle a bossé dur et a fourni des croquis détaillés. Son travail est impressionnant. Mais qu'en pense Ana ?

— J'aime bien son idée de remplacer tout le mur du fond du rez-de-chaussée par un mur en verre, mais…

— Mais ?

Elle soupire.

— Je veux garder tout son caractère à la maison.

— Son caractère ?

— Oui. Gia propose des transformations assez radicales, et moi… enfin… je suis tombée amoureuse de la maison telle qu'elle était… avec ses défauts.

*Oh.* Pourtant, cette baraque a besoin d'un sérieux coup de neuf.

— Je l'aime bien comme elle est.

Elle ne plaisante pas. À cet instant, tout devient clair.

— Je veux que cette maison corresponde à tes envies. Elle sera comme tu veux. Elle est à toi.

Elle fronce les sourcils.

— Je veux que tu l'aimes, toi aussi, réplique-t-elle. Que tu y sois heureux.

— Je serai heureux partout où tu seras, c'est aussi simple que ça, Ana.

*Je le pense vraiment.* C'est *toi* qui en feras notre maison, et je veux ton bonheur. Toujours.

— Eh bien… (Elle s'éclaircit la gorge.) J'aime bien l'idée du mur en verre, mais on pourrait peut-être demander à Gia de l'incorporer à la maison d'une façon qui soit un peu plus cohérente avec son style.

— Bien sûr, comme tu veux. Et ses plans pour l'étage et le sous-sol, tu en penses quoi ?

— Ça me va.

— Très bien.

Elle se mord la lèvre.

— Tu veux faire installer une salle de jeux ? demande-t-elle soudain.

Sa question me prend totalement au dépourvu. Elle rougit.

*Ana. Ana. Ana. Même après aujourd'hui, tu fais ta timide ?* Je cache mon sourire.

— Et toi ?

Elle hausse une épaule et prend un air nonchalant.

— Euh… si tu veux.

Je crois qu'elle en a envie.

— On décidera plus tard. Après tout, ce sera une maison de famille. Et on peut improviser.

— J'adore improviser, murmure-t-elle.

*Moi aussi, bébé.*

— Je voulais ton avis sur un truc…

Je ne souhaite pas de salles de bains séparées. J'aime trop me doucher avec Ana. Heureusement, elle est d'accord.

— Tu retournes travailler ? interroge-t-elle pendant que je range les plans.

— Pas forcément. Tu veux faire quoi ?

— On pourrait regarder la télé ?

— D'accord.

Je laisse les croquis sur la table du dîner et nous gagnons la salle télé.

Sur le canapé, je m'empare de la télécommande et j'allume l'écran. Je zappe distraitement d'une chaîne à l'autre, pendant qu'Ana se blottit contre moi, la tête sur mon épaule. *Plutôt agréable.*

— Il y a une connerie en particulier que tu as envie de regarder ? m'enquiers-je.

— Tu n'aimes pas beaucoup la télé, on dirait ?

Je secoue la tête.

— C'est une perte de temps. Mais je veux bien regarder un truc avec toi.

— Ou alors on pourrait se peloter.

— Se peloter ?

J'arrête de zapper et la regarde, surpris.

— Oui.

Je fronce les sourcils.

— On peut se peloter au lit.

— On fait ça tout le temps. C'est quand, la dernière fois que tu as fait des câlins devant la télé ? demande-t-elle timidement.

*Euh… Jamais ?* Ne sachant quoi répondre, je hausse les épaules. Je n'ai jamais fait ça. Pourtant j'aurais bien aimé. Elliot ramenait tout le temps des filles à la maison, et ils se tripotaient sur le canapé. Ça me faisait envie. Mais je ne supportais pas l'idée d'être touché. Comment caresser une personne qui n'a pas le droit de poser les mains sur vous ?

*Putain*. C'étaient des années pas faciles.

Je continue de faire défiler les chaînes quand je tombe sur un vieil épisode d'*X-Files*. Ah, Scully ! Mon premier béguin d'ado !

— Christian ?

La voix d'Ana me ramène au présent.

— Je n'ai jamais fait ça.

*Peut-on passer à autre chose ?*

— Jamais ?

— Non.

— Pas même avec Mrs Robinson ?

Je ricane.

— Bébé, j'ai fait plein de trucs avec Mrs Robinson, mais on ne s'est jamais pelotés devant la télé.

Ana semble horrifiée. J'ai envie de me frapper ! Comment ai-je pu laisser Elena s'immiscer dans notre discussion ? Puis une idée horrible me vient – Ana a peut-être fricoté avec un tas de petits amis ?

— Et toi ?

— Évidemment.

Elle semble scandalisée que je puisse imaginer le contraire.

— Quoi ? Avec qui ?

Elle se referme comme une huître. *Ça veut dire quoi, bordel ?* Est-ce qu'elle a eu un premier grand amour ? En réalité, je ne connais rien de sa vie amoureuse. Comme un imbécile, je supposais qu'étant vierge elle n'en avait pas eu.

Il faut que je sache !

— Dis-moi, Ana. Je veux savoir le nom du type, pour aller lui casser la gueule.

Elle glousse.

— Eh bien, la première fois…

— La première fois ? Il y en a plus d'un, de ces enfoirés ?

— Pourquoi tant d'étonnement, monsieur Grey ?

Je me passe la main dans les cheveux. L'idée qu'un autre type touche Ana m'est… insupportable.

— Ça m'étonne, c'est tout… vu ton manque d'expérience.

— J'ai bien rattrapé mon retard depuis que je t'ai rencontré.

— En effet… (J'affiche un large sourire.) Raconte. J'ai envie de savoir.

— Tu tiens vraiment à ce que je te raconte ?

*Je veux tout savoir de toi, Ana.* Elle inspire à fond.

— J'ai habité quelque temps au Texas avec maman et son Mari Numéro Trois quand j'étais en seconde. Il s'appelait Bradley, c'était mon binôme en cours de physique.

— Tu avais quel âge ?
— Quinze ans.
— Et qu'est-ce qu'il fait maintenant ?
— Je ne sais pas.
— Il est allé jusqu'où avec toi ?
— Christian !

Elle me dévisage, l'air indigné. *J'emmerde ce Bradley.* Ça rime à quoi ce prénom d'abord ?

*Bon, ça suffit.* Je la renverse sur le canapé, me plaque sur elle et lui cloue les mains au-dessus de la tête.

— Et alors, ce Bradley, il t'a embrassée ?
— Oui.

Je libère une de ses mains et lui attrape le menton pour l'embrasser à pleine bouche. Nos langues s'entremêlent avec fougue tandis que son corps vient à la rencontre du mien.

— Comme ça ?
— Non… pas du tout, balbutie-t-elle.

Relâchant son menton, je glisse une main sur son sein.

— Il a fait ça ? Il t'a touchée comme ça ?

Sous le tissu fin, je caresse un téton avec mon pouce. La pointe se dresse aussitôt.

— Non, répond-elle en se tortillant.
— Il t'a pelotée ?

Je lui susurre ces mots à l'oreille tandis que ma main descend sur sa hanche. Puis, du bout des dents, je mordille son lobe et tire doucement dessus.

— Non.

Sa voix n'est plus qu'un murmure.

Je coupe le son de la télé. *X-Files* attendra. Puis j'observe Ana. Les cheveux en bataille, elle me regarde de ses grands yeux bleus, dans lesquels je pourrais me noyer.

— Et le deuxième type, il t'a pelotée ?

Ma main s'insinue sous l'élastique de son pantalon de survêtement.

— Non.

— Tant mieux.

Ma paume se referme sur son sexe, la porte du paradis.

— Pas de culotte, madame Grey ? J'approuve.

Je titille son clitoris, puis j'introduis un doigt en elle.

— On est censés se peloter ! proteste-t-elle avec un gémissement.

Je m'arrête aussitôt.

— Ce n'est pas ce qu'on est en train de faire ?

— Non. Pas de sexe.

— Quoi ?

*Pourquoi ?*

— Parce que…

— Pas de sexe, hein ?

Je retire lentement mon doigt et sors la main de son pantalon.

— Tiens.

Je passe mon doigt imprégné d'elle sur ses lèvres et l'insère dans sa bouche. Une fois. Deux fois. Et encore. *C'est bon, Ana ?*

Je me positionne entre ses jambes et me frotte sur elle, au grand soulagement de ma queue. Ana gémit. *Waouh.*

— C'est ça que tu veux ?

Je continue à me presser contre son sexe. *C'est vraiment bon.*

— Oui.

Je fais rouler son téton entre mes doigts, continue de tirer doucement dessus. Mes dents mordillent la ligne de sa mâchoire.

Elle sent Ana, le jasmin et l'excitation.

— Tu sais à quel point tu es bandante, Ana ?

Sa bouche s'ouvre, avide, et un grognement lui échappe. J'en profite pour l'emporter dans un baiser torride. *Elle est tellement excitante.*

Je libère son autre main et ses doigts palpent mon biceps, puis mon épaule et mes cheveux.

— Ça te plaît, que je te touche ? interroge-t-elle.

*Pourquoi demande-t-elle ça maintenant ?* Je cesse de bouger.

— Évidemment. J'adore que tu me touches, Ana. Quand il s'agit de tes caresses, je suis comme un homme qui meurt de faim devant un banquet.

Me mettant à genoux entre ses jambes, je la redresse pour lui enlever son haut et le jeter par terre. Mon tee-shirt valse à son tour sur le sol. Je lui demande dans un souffle :

— Touche-moi.

Sans se faire prier, elle effleure du bout des doigts mon sternum, puis mes cicatrices. J'inspire profondément tandis que sa chaleur irradie dans tout mon corps. Ses mains courent sur ma peau jusqu'à un téton, puis l'autre. Tous deux se dressent à son contact, comme une autre partie de mon anatomie. Elle se penche alors pour couvrir mon torse de baisers. Ses ongles éraflent mes épaules.

J'en ai le vertige. Il y a encore quelques mois, j'aurais juré que c'était impossible.

Voilà de quoi Ana est capable. Me toucher. M'aimer.

Et j'adore ça. J'adore tout d'elle.

— J'ai envie de toi, dis-je alors qu'elle enfonce ses doigts dans mes cheveux.

Elle me renverse la tête et s'empare de ma bouche, mêle fiévreusement sa langue à la mienne.

*Putain.* Je grogne et repousse Ana sur le canapé, puis la débarrasse de son survêtement d'un geste rapide et libère mon érection dans le même temps.

— Tant pis pour le pelotage, dis-je en la pénétrant.

Elle pousse un cri guttural. Je me fige et prends son visage entre mes mains.

— Je vous aime, madame Grey.

Et très tendrement, je fais l'amour à ma femme jusqu'à ce qu'elle laisse éclater sa jouissance et s'abandonne, m'enveloppant de ses bras pour me serrer contre son cœur.

Ana repose sur sa poitrine. Je pense que c'est la fin de l'épisode *X-Files*.

— Tu sais, dans cette séance de pelotage, on a un peu brûlé les étapes, commente-t-elle en faisant courir ses doigts sur mon torse.

J'éclate de rire.

— On se rattrapera la prochaine fois.

Je respire le parfum magique de sa chevelure et y dépose un baiser. Alors que défile le générique de fin d'*X-Files*, je m'empare de la télécommande et remets le son.

— Tu aimes bien cette série ? s'enquiert Ana.

— J'aimais bien quand j'étais gamin. Et toi ?

— J'étais trop petite.

— C'est vrai, tu es tellement jeune. (Je referme mes bras sur elle.) Ça me plaît, de vous peloter devant la télé, madame Grey.

— Je vous retourne le compliment, monsieur Grey.

Des pubs défilent. Pourquoi on regarde ça ?

*Parce que j'aime être là, avec Ana sur moi.*

Cette vie de couple marié, je pourrais bien m'y habituer.

— Les trois dernières semaines ont été paradisiaques, murmure Ana d'un ton rêveur. Malgré les poursuites automobiles, les incendies et les ex-patrons cinglés. Comme si on était dans notre petite bulle à nous.

— Hum. Je ne sais pas si je suis prêt à te partager avec le reste du monde.

— Demain, retour à la réalité, soupire-t-elle.

— La sécurité va être renforcée…

Elle m'interrompt en posant un doigt sur mes lèvres.

— Je sais. Je serai sage. Promis.

Puis elle se hisse sur les coudes pour scruter mon visage.

— Pourquoi engueulais-tu Sawyer ?

— Parce qu'on a été suivis.

— Ce n'était pas sa faute.

— Ils n'auraient jamais dû te laisser partir en trombe comme ça. Ils le savent.

— Ce n'était pas…

— Il n'y a pas à discuter, Anastasia. Ça ne se reproduira pas.

Sawyer a merdé. Inutile d'épiloguer.

— Très bien. Et Ryan, il a rattrapé la conductrice de la Dodge ?

— Non. Et je ne suis toujours pas convaincu que c'était une femme.

— Ah ?

— Sawyer a vu quelqu'un qui portait un catogan, brièvement, et il en a déduit que c'était une femme. Mais c'était peut-être cet enculé de Hyde.

*Si je mets la main sur ce fumier, il est mort.* Je caresse le dos d'Ana. Le contact de sa peau m'apaise.

— Si jamais il t'arrivait quoi que ce soit…

Cette pensée me hérisse.

— Je sais. Pour moi, c'est pareil en ce qui te concerne.

Elle frissonne.

— Viens. Tu vas prendre froid, dis-je en me redressant. Allons au lit.

Lundi 22 août 2011

À notre grand soulagement, il n'y a pas de photographes devant la SIP quand l'Audi Q7 se gare le long du trottoir. J'espère que l'intérêt de la presse s'est émoussé et que l'intrusion constante des médias dans nos vies va cesser. Quand Ryan coupe le contact, Ana saisit son sac, et je ne peux m'empêcher une dernière tentative.

— Tu sais que tu n'es pas obligée de faire ça ?

— Je sais, répond-elle à voix basse, pour que Ryan et Sawyer ne nous entendent pas. Mais tu sais bien que j'ai envie de travailler.

Son tendre baiser ne suffit pas à m'amadouer. Nous devons tous les deux revenir à la réalité, n'est-ce pas ?

— Qu'est-ce qui ne va pas ? s'inquiète-t-elle.

Je me rends compte que j'ai les sourcils froncés. Je ne vais pas la revoir avant ce soir. Nous avons passé les trois dernières semaines ensemble non-stop, et c'étaient les plus belles de ma vie.

Sawyer descend pour ouvrir la portière à Ana. J'en profite pour lui murmurer :

— Ça va me manquer, de ne plus t'avoir toute à moi.

Elle pose la main sur ma joue.

— Moi aussi. Merci pour cette merveilleuse lune de miel.

*C'était magique pour moi aussi, Ana.*

— Allez, au boulot, madame Grey !

— Vous aussi, monsieur Grey.

Sawyer ouvre la portière à Ana, qui me presse la main avant de descendre. Nous la regardons tous les deux se diriger vers l'immeuble.

— Ramenez-moi à Grey House, dis-je à Ryan en regardant par la vitre.

Le ciel est aussi gris et froid que mon humeur. Je me sens tout bizarre. Sans doute le même malaise qu'Ana hier, même si elle n'a pas réussi à le formuler.

*Je comprends ce que tu as ressenti, Ana.* Un cas classique de blues post-lune de miel.

Tandis que Ryan et moi franchissons l'entrée de Grey Holdings, j'aperçois Barry de l'autre côté des portes vitrées en compagnie d'un garde du corps que je ne connais pas. D'habitude, Barry se tient près de l'ascenseur, et il est le seul à surveiller la réception.

— Bonjour, monsieur Grey. Bon retour chez vous ! lance-t-il en m'ouvrant la porte.

— Merci, Barry. Bonjour.

Les deux agents vérifient que tous les employés de GEH portent leur badge. Je n'ai pas le mien, mais je suis l'exception qui confirme la règle. Welch a bien doublé les mesures de sécurité.

Après un petit signe de tête aux réceptionnistes, je me dirige vers les ascenseurs. Elles me rendent mon salut, et je note que leur badge est épinglé sur leur poitrine.

À mon arrivée, Andrea et Sarah lèvent les yeux.

— Bienvenue, monsieur Grey, dit Andrea.

— Bonjour, Andrea, comment allez-vous ? Oh, ceci est pour vous deux.

Je pose la grande boîte de chocolats – de chez Ladurée, près du Jardin des Tuileries à Paris – qu'Ana a tenu à acheter pour le bureau. Andrea rougit, sans voix.

Ouais. Je ne peux pas l'en blâmer. En dehors de son cadeau de mariage, c'est une première.

— Merci, dit précipitamment Sarah en lorgnant le paquet.

— Je vous en prie. Je vous aurais bien rapporté leurs célèbres macarons, mais on m'a conseillé de prendre les chocolats, qui résistent mieux au voyage.

— Merci, monsieur Grey, répond Andrea, qui a retrouvé sa langue. Vous voulez un café ?

— Je veux bien, merci.

— Tout de suite, monsieur.

Je gagne mon bureau, laissant Sarah glousser et Andrea lui intimer de se taire. Les yeux au ciel, je ferme la porte pour ne plus entendre leurs bavardages.

Après avoir fait le point sur Jack Hyde avec Welch, j'envoie un mail à Ana, curieux de savoir comment se passe son retour au bureau.

---

**De** : Christian Grey
**Objet** : Bulle
**Date** : 22 août 2011 09:32
**À** : Anastasia Grey

Madame Grey,

**Bon courage pour ta première journée au bureau.**
**Notre bulle me manque déjà.**
**X**

Christian Grey
P-DG revenu à la réalité, Grey Enterprises Holdings, Inc.

Mon portable vibre.

— Monsieur Grey, j'ai votre père en ligne, annonce Andrea.

— Passez-le-moi.

— Christian, tu as cherché à me joindre ?

— Oui, papa.

Je lui raconte tout ce qui s'est passé avec Jack Hyde depuis que je l'ai renvoyé à la mi-juin.

— Sa vendetta contre moi est devenue hors de contrôle. Nous avons transmis les vidéos de surveillance à la police et au FBI. Ils peuvent engager des poursuites. Il faut juste qu'ils le localisent. Mais vu ce qu'on a trouvé sur son disque dur, je veux étendre les protocoles de sécurité à maman, Mia, Elliot et toi.

— Tu es sûr que ce n'est pas un peu exagéré ?

— Papa, ce type est très intelligent. Je ne veux rien laisser au hasard.

Carrick pousse un soupir.

— Bon, si tu penses que c'est nécessaire.

— Oui, je le pense. On a été suivis depuis chez vous hier. Il sait où vous habitez.

— Merde !

*Papa !* Mon père soupire de nouveau.

— D'accord. Je vais appeler ta mère et Mia.

— Moi, je me charge de prévenir Elliot.

— Merci, Christian. Désolé d'en arriver là.

— Moi aussi.

À présent que j'ai l'approbation de mon père, je contacte Welch pour mettre en place des mesures renforcées pour toute ma famille. Reste à avertir Elliot. Je ne sais pas comment il va prendre la nouvelle. Quand je consulte mes mails, je constate que mon message à Ana a été rejeté. Sans doute n'a-t-elle pas eu le temps de modifier son adresse au bureau.

*Eh bien, on va s'amuser un peu.*

Je lui forwarde mon mail précédent avec un nouveau message.

---

De : Christian Grey
Objet : Épouse rebelle
Date : 22 août 2011 09:56
À : Anastasia Steele

Chère femme,
Je t'ai envoyé le mail ci-dessous et il a été rejeté parce que tu n'as pas changé ton nom. Tu as quelque chose à m'avouer ?

Christian Grey
P-DG, Grey Enterprises Holdings, Inc.

Andrea frappe à la porte pour m'apporter un autre café.

— Merci, Andrea. Peut-on revoir le planning ?

Elle s'assoit en face de moi et nous discutons de mes rendez-vous de la semaine et du mois à venir.

— Vous avez le gala de l'Union pour la Solidarité mercredi soir à Seattle. J'ai deux cartons. Votre mère est très investie dans cet organisme de charité.

— Bien sûr.

— Et la collecte de fonds de l'Alliance pour les Télécommunications jeudi soir à New York. Deux invitations également. Le Gulfstream sera de retour. Il a été entièrement inspecté. Stephan le ramène du Maine demain.

— Mes projets ne sont pas encore arrêtés. Je vais appeler Ros pour voir si je dois toujours me rendre chez GEH-Fibres optiques.

— D'accord. Stephan sera en stand-by si vous décidez d'y aller. Et je peux faire préparer l'appartement de TriBeCa, à moins que vous préfériez descendre au Lowell ?

Mon esprit tourne à plein régime.

— Si je vais à New York, je peux revenir via Washington. On pourrait prévoir deux réunions vendredi, une avec la SEC, l'autre avec la sénatrice Blandino.

— Très bien. Vous voulez que je m'en charge ?

— Je vais parler à Vanessa pour la SEC. Mais oui pour Blandino.

— Bien, monsieur.

— Parfait. Je vais voir Ros. Et ensuite, si vous pouviez joindre Flynn ? Oh, et trouvez-moi un créneau avec Bastille demain, s'il vous plaît.

— D'accord.

Après son départ, je consulte ma boîte. J'ai un mail d'Ana.

---

**De** : Anastasia Steele
**Objet** : Ne fais pas éclater la bulle
**Date** : 22 août 2011 09:58
**À** : Christian Grey

Cher mari,
Je préfère garder mon nom de jeune fille au travail. Je t'expliquerai ce soir. Je pars en réunion à l'instant. À moi aussi, notre bulle me manque...
P.-S. : Je croyais que je devais utiliser mon BlackBerry pour correspondre avec toi...

Anastasia Steele
Éditrice, SIP

Je relis le message.

Elle ne veut pas de mon nom. Pourquoi ?

*Pas maintenant, Asticot.*

J'ai l'impression d'avoir reçu un violent coup de poing dans le ventre. Je reste bouche bée devant l'écran, comme paralysé.

*Ne te débats pas, Asticot !*

Pourquoi ne m'a-t-elle pas prévenu ? Et je l'apprends par mail ? *Bordel.* Pas question. Je vais la faire changer d'avis.

*Comme pour le vœu d'obéissance, Grey ?*

Mon téléphone vibre. C'est Andrea.

— Ros est en train de monter.

— Merci. Envoyez-la-moi dès qu'elle arrive.

Puisque je ne sais pas quoi répondre à Ana, je fais abstraction de son message et me concentre sur mon point avec ma directrice des opérations.

Ros est dans une forme éblouissante. Elle passe tout l'agenda en revue avec une telle efficacité que nous avons terminé en une heure.

— Merci, vous avez fait du super boulot.

— Christian, je ne vais pas vous mentir. J'ai adoré ce travail. Mais, en toute honnêteté, vous m'avez manqué.

Je souris, faute de savoir comment réagir. Je n'ai pas l'habitude des compliments de la part de mes employés.

— En toute honnêteté, je ne peux pas en dire autant.

— C'est bien normal. Je suis sûre que vous avez passé un formidable moment.

— En effet. Merci.

*Sauf que ma femme ne veut pas de mon nom.*

Elle me jette un bref regard interrogateur, mais je me force à sourire.

— Je vais faire le point avec l'équipe de Detroit. Et j'appellerai Hassan pour savoir si vous devez venir à New York cette semaine.

— Jeudi, ce serait bien, si on a besoin de moi.

— Je vous tiens au courant.

Après son départ, je relis le mail d'Ana. C'est aussi décourageant que la première fois. Alors que je réfléchis à ma réponse, Andrea me passe Flynn.

— Christian. Content de vous entendre. Comment s'est passé votre voyage de noces ?

Il paraît de bonne humeur, avec un accent très *british*. Il a certainement séjourné en Grande-Bretagne récemment.

— Bien. Merci.

Il hésite. Je sais qu'il sent que quelque chose ne va pas.

— Je peux passer vous voir ?

— Désolé, Christian, mon agenda est complet aujourd'hui.

Comme je ne réponds pas, il soupire.

— Janet, ma secrétaire, va me haïr, mais je peux vous voir à l'heure du déjeuner. Vous devrez me regarder manger mon sandwich fromage-pickles.

— D'accord. À quelle heure ?

— 12 h 30.

— Très bien. À tout à l'heure.

Je raccroche et appelle Elliot pour lui raconter toute l'affaire Hyde.

— Quel enfoiré ! crache Elliot.

— Ouais. C'est bien résumé. N'en parle pas à Kate. Elle est toujours à l'affût d'un scoop.

— Hé…, proteste Elliot.

Mais je ne le laisse pas poursuivre.

— Elliot, elle n'est pas du genre à faire profil bas. J'ai rencontré ma femme grâce à la ténacité de Kate, et je ne veux pas qu'elle foute en l'air l'enquête de la police en y mettant le nez.

Elliot gardant le silence, j'ajoute aussitôt :

— Sans vouloir te vexer.

Il soupire.

— D'accord, mec. J'espère que la police va coincer ce salaud.

— Moi aussi.

— Je dois aller sur un chantier, mais tiens-moi au courant de ton rendez-vous avec Gia ce soir. Je suis impatient de lancer la commande des matériaux.

— OK.

— J'ai une demi-heure, Christian, me dit Flynn quand j'entre dans son bureau.

— Elle ne veut pas porter mon nom.

— Quoi ?

— Anastasia.

— Elle ne veut pas porter votre nom ? (Il paraît momentanément confus.) Anastasia Grey ?

— Oui. Elle m'a envoyé un mail ce matin pour me le dire.

— Asseyez-vous.

Il me désigne le canapé et, au lieu de son fauteuil habituel, il prend place sur le canapé d'en face. Sur la table basse devant lui, une assiette de sandwiches sans croûte et un verre de soda.

— Mon déjeuner, précise-t-il.

— Je vous en prie, ne vous gênez pas pour moi.

— Alors, Christian, revenons un peu en arrière. La dernière fois que je vous ai vu, c'était à votre mariage. Comment s'est passée votre lune de miel ?

Il mord allégrement dans son sandwich tandis que les derniers jours me reviennent en mémoire. Je me détends au souvenir du bleu profond de la Méditerranée, du parfum des lauriers-roses, de l'efficacité et la serviabilité de l'équipage du *Fair Lady*… Et surtout, du bonheur de la compagnie d'Anastasia.

— C'était sublime.

John sourit.

— Bien. Des problèmes ?

— Je n'ai pas envie d'en discuter.

Je ne suis pas prêt à lui parler de l'incident des suçons. Il me regarde avec curiosité.

— Comme vous empiétez sur ma pause déjeuner, autant vous dire que ça ne nous avance pas beaucoup.

Je soupire.

— Rien de sérieux. On a juste eu une altercation.

— À propos de votre nom ?

— Euh… non.

— D'accord. Quand vous serez décidé à en parler, n'hésitez pas. Alors, que s'est-il passé depuis ?

Je lui raconte tout. Hyde, son licenciement musclé, le début d'incendie chez GEH, et la foule d'informations sur moi, ma famille, Ana et la SIP trouvée sur son disque dur. Je lui raconte aussi la course-poursuite.

— Eh bien ça alors ! s'exclame Flynn.

— Il est le principal suspect du sabotage de mon hélicoptère.

— Bon Dieu, jure-t-il, avant de reprendre une bouchée de son sandwich.

— Mais ce n'est pas la raison de ma présence ici. Ce matin, j'ai reçu un mail d'Ana m'annonçant qu'elle ne voulait pas porter mon nom. J'aurais aimé au moins une discussion. Pas juste un mail.

— Je vois. (Il prend un air pensif.) Découvrir que l'ex-patron de votre femme a voulu incendier votre immeuble, et qu'il est peut-être responsable de l'accident d'hélicoptère qui a failli vous être fatal, c'est un coup dur, Christian. Sans parler de la course-poursuite. Avez-vous songé que votre réaction à ce mail pouvait être le résultat de tout ce stress accumulé ?

Je fronce les sourcils.

— Je ne pense pas.

Il se caresse le menton.

— Votre anxiété concernant la sécurité d'Ana et ces événements ont dû vous affecter profondément. De ce que j'ai appris ces derniers mois, elle est votre principal sujet d'inquiétude.

— Absolument.

— Vous êtes prêt à tout pour elle.

— En effet.

— Et vous avez renoncé à beaucoup de choses pour elle.

Je ne réponds pas. *Où veut-il en venir ?*

— Dès lors, vous pourriez interpréter son mail comme un désaveu, en particulier après tout ce que vous avez fait pour elle. Et cela vous blesse.

J'inspire à fond. *Ouais. Ça fait mal.*

— Je n'arrive pas à comprendre pourquoi elle ne m'en a pas parlé. C'est comme si elle me rejetait, moi et tout ce que j'ai accompli. Je ne suis pas né Grey.

Flynn fronce les sourcils.

— Il y aurait beaucoup à dire là-dessus, Christian. Malheureusement, je n'ai pas le temps d'en discuter maintenant. Je suis désolé de vous l'apprendre, mais l'intention d'Anastasia de garder son nom a peut-être plus à voir avec *elle* qu'avec vous.

Comment ça ? C'est *mon* nom. Le seul que je possède… Le seul que je reconnaisse.

*Ah te voilà, Asticot.*

Je continue de regarder Flynn, impassible.

— Le mieux serait de lui parler, poursuit Flynn. De lui expliquer ce que vous ressentez. Nous l'avons déjà évoqué. Ana est une personne raisonnable.

En effet. Sauf à propos du vœu d'obéissance.

— Il est évident que c'est un sujet très sensible pour vous. Parlez-lui. Nous pourrions nous revoir mercredi pour en discuter plus en détail. Et peut-être que, dans l'intervalle, vous réussirez à trouver une forme de compromis.

— De compromis ?

*Elle prend mon nom ou pas. Où est le compromis là-dedans ?*

— Demandez-lui ses raisons, Christian, ajoute-t-il doucement. Communication et compromis.

— Ouais, ouais. « Mieux vaut concéder une bataille pour gagner la guerre. »

Ce sont ses propres mots.

— Précisément.

Je me lève.

— Merci de m'avoir reçu si vite.

— Eh bien, j'espère vous avoir été utile.

— Je pense que oui.

*Je vais tout de suite aller parler à Ana.*

— Et je vous revois mercredi.

— Une dernière chose, John. Leila Williams… elle est toujours dans le Connecticut ?

— Je crois que oui. Elle a son premier cours demain à Hamden. J'ai reçu un mail hier soir. Elle est impatiente de commencer ses études. (Il incline la tête.) Pourquoi ?

— Pour rien. À mercredi.

— Ryan, conduisez-moi à la SIP.

— Bien, monsieur.

Durant le bref trajet jusqu'aux bureaux d'Ana, je réfléchis à ce que je vais lui dire. Nous avons eu trois semaines de voyage de noces pour discuter de son nom. Pourquoi ne pas avoir abordé le sujet à ce moment-là ? Je n'ai cessé de l'appeler « Madame Grey ». Elle n'a jamais objecté quoi que ce soit. J'ai peut-être fait une erreur d'appréciation sur ce point, mais Ana sait que j'ai... des problèmes. Elle doit ménager mes attentes.

Je veux que les gens sachent qu'elle est *ma* femme, même à son travail. Mon nom sert à ça. Il représente tout ce qu'il y a de bien dans ma vie. Mes parents. *Mon père*. Tout ce qu'il a fait pour moi. Pour Elliot et pour Mia aussi. Même si c'est parfois un connard.

Chaque fois que je me tenais devant son bureau pendant qu'il me remontait les bretelles, je savais que je n'avais pas été à la hauteur. Il m'a poussé à devenir une personne meilleure, un homme meilleur.

Je l'admire. *Je l'aime. Putain.*

Je devrais peut-être attendre ce soir.

Non. Impossible. Je risque d'exploser. C'est trop important pour moi. Ma colère monte. *Pourquoi ne m'a-t-elle rien dit, bon sang ?*

Lorsque je pénètre dans l'immeuble de la SIP, je suis comme une cocotte-minute. La première personne que je croise est Jerry Roach – il discute à l'accueil avec une femme mince aux cheveux noirs beaucoup trop longs.

— Christian Grey, articule-t-il, médusé, en me voyant.

— Jerry. Comment allez-vous ?

— Euh… bien. Voici Elizabeth Morgan, notre directrice des Ressources humaines.

— Bonjour.

Nous échangeons une poignée de main.

— Monsieur Grey, j'ai beaucoup entendu parler de vous, répond-elle d'un air faussement enjoué.

Je ne vois pas qui a pu lui parler de moi – sûrement pas Ana –, mais je n'ai pas le temps de creuser la question.

— En quoi pouvons-nous vous être utiles ? s'enquiert poliment Roach.

— J'aimerais dire un mot à Mlle Steele.

— Ana ? Bien sûr. Suivez-moi.

Son attitude servile m'agace au plus haut point. Je l'écoute d'une oreille distraite tandis que nous nous dirigeons vers le bureau d'Ana. Roach a failli s'étrangler quand il a découvert que nous étions fiancés. Ça ne joue pas en sa faveur. Machinalement, je l'imagine sous les ordres d'Ana. Ça le rendrait dingue.

*Voilà une idée amusante. Ça lui donnerait une bonne leçon.*

Ana occupe l'ancien bureau de Hyde. Je fais un signe de tête à Sawyer, qui se tient devant, pendant que Roach gratte à la porte.

— Entrez ! répond Ana.

La pièce est aussi petite et morne que dans mon souvenir. Les murs ont besoin d'un bon coup de peinture. Heureusement, des fleurs égaient l'atmosphère et les étagères sont soigneusement rangées. Ana déjeune avec une jeune femme, sans doute son assistante. Toutes deux me regardent bouche bée. Je me tourne vers l'assistante.

— Bonjour, vous devez être Hannah ? Je suis Christian Grey.

Hannah se lève d'un bond et me tend la main.

— Monsieur Grey, quel… quel plaisir de vous rencontrer, bredouille-t-elle. Puis-je vous apporter un café ?

— S'il vous plaît.

J'acquiesce poliment et elle se rue hors de la pièce. Puis je me tourne vers ma femme, qui a l'air un peu coupable, comme si je l'avais prise la main dans le sac. Mais elle est toujours aussi charmante. Un peu pâle peut-être. Et un peu hostile aussi. *Merde.* Ma colère reflue, laissant place à l'inquiétude.

— Monsieur Grey, quel plaisir de vous voir.

À son ton ironique, je sais que notre lune de miel est terminée. Mon humeur est en chute libre.

— Puis-je m'asseoir, *mademoiselle* Steele ?

Je désigne du menton le fauteuil en cuir élimé face au bureau.

— Faites comme chez vous. Cette entreprise vous appartient, répond Ana d'un air désinvolte.

— En effet.

Je lui adresse un sourire implacable. *Oui, bébé, tout est à moi ici.* Nous nous tournons autour, tels deux boxeurs sur un ring. Chassant mon amertume, je me prépare au combat. Le résultat est très important pour moi. En m'asseyant, je constate :

— Il est tout petit, ton bureau.

— Il me convient, réplique-t-elle.

Elle est fâchée contre moi.

— Que puis-je faire pour toi, Christian ?

— J'inspecte mes avoirs, c'est tout.

— Tes avoirs ? s'esclaffe-t-elle.

— Certains ont besoin d'une nouvelle image de marque.

— C'est-à-dire ?

— Tu m'as très bien compris.

Elle soupire.

— Ne me dis pas que tu as tout lâché au bureau après une absence de trois semaines rien que pour venir m'engueuler parce que je n'ai pas changé de nom ?

*Dans le mille !* Je croise les jambes et ôte une poussière imaginaire de mon pantalon, pour gagner du temps.

*Garde ton calme, Grey.*

— Pour t'engueuler ? Non, pas exactement.

Elle plisse les yeux.

— Christian, je bosse, là.

— Quand je suis arrivé, tu papotais avec ton assistante.

— On discutait de l'agenda de la semaine ! Et tu n'as pas répondu à ma question.

On frappe à la porte.

— Entrez ! aboie Ana, ce qui nous surprend tous les deux.

Hannah s'avance avec un petit plateau, qu'elle pose sur le bureau.

— Merci, Hannah, marmonne Ana.

— Souhaitez-vous autre chose, monsieur Grey ? s'enquiert Hannah.

— Non merci, ce sera tout.

Je lui adresse mon sourire M. Perfection, qui a l'effet escompté : elle se sauve sans demander son reste.

— Bien, *mademoiselle* Steele, où en étions-nous ?

— Tu étais en train d'interrompre ma journée de travail pour m'engueuler parce que je n'avais pas changé de nom.

Sa virulence me prend de court. Elle est vraiment furax.

*Moi aussi.* Elle aurait dû m'en parler avant.

— J'aime bien passer à l'improviste voir mes employés. Ça oblige la direction à rester sur le qui-vive et les épouses à bien se tenir.

— Je suis étonnée que tu aies le temps de t'amuser à ça, rétorque-t-elle, sarcastique.

*Ça suffit. Viens-en au fait, Grey.*

Je m'oblige à adopter un ton respectueux et lui demande doucement :

— Pourquoi n'as-tu pas changé ton nom ?

— Christian, tu tiens vraiment à discuter de ça *ici*, maintenant ?

— Je suis là, alors pourquoi pas ?

*C'est très important pour moi, Ana.*

— J'ai une tonne de boulot. Je te rappelle que j'ai été absente trois semaines.

— Tu as honte de moi ?

Ma question m'étonne moi-même. Elle révèle les ténèbres qui peuplent mon esprit. Pourtant, je ne voulais pas aller sur cette pente.

Je retiens mon souffle.

*Ne te débats pas, Asticot.*

— Quoi ? Bien sûr que non ! (Elle grimace, horrifiée.) Ça n'a rien à voir avec toi.

— Comment ça, rien à voir avec moi ?

J'attends une explication. Bien sûr que si, c'est à propos de moi. C'est mon nom.

Son expression s'adoucit.

— Christian, lorsque j'ai été engagée ici, je venais tout juste de te rencontrer. (Elle me parle comme à un petit garçon.) Je ne savais pas que tu allais racheter la boîte…

Elle enfouit la tête dans ses mains, comme s'il s'agissait d'un souvenir pénible. Puis elle relève les yeux.

— Pourquoi est-ce aussi important pour toi ?

— Je veux que tout le monde sache que tu es à moi.

— Mais je suis à toi ! Regarde !

Elle brandit la main pour me montrer son alliance et sa bague de fiançailles.

— Ça n'est pas suffisant.

— Ça n'est pas suffisant de t'avoir épousé ? murmure-t-elle.

— Ce n'est pas ce que je veux dire.

*Ana, ne déforme pas mes propos.*

— Alors qu'est-ce que tu veux dire, au juste ?

— Je veux que ton univers commence et se termine avec moi.

Ses yeux sont incroyablement bleus.

— C'est le cas, déclare-t-elle.

Je ne crois pas avoir déjà entendu trois mots aussi pleins de tendresse. Ils aspirent l'air de la pièce et me coupent le souffle.

— Je ne veux pas profiter de ton nom pour faire carrière. Il faut que je fasse quelque chose de ma vie, Christian.

Je ravale mon émotion et bois ses paroles.

— Je ne peux pas rester enfermée à l'Escala ou dans la nouvelle maison, je deviendrais folle. J'étoufferais. J'ai toujours travaillé. J'ai enfin le job dont j'ai toujours rêvé, mais ça ne veut pas dire pour autant que je t'aime moins. Tu es tout au monde pour moi.

Nos regards se croisent, défiant le silence entre nous.

*Tu es tout au monde pour moi, Ana.* Mais je te veux liée à moi de toutes les manières possibles. J'en ai besoin. Un peu trop, peut-être.

— Je t'étouffe ?

— Non… oui… non.

Elle paraît exaspérée et se masse les tempes.

— Écoute, là n'est pas la question. Je veux garder mon nom de jeune fille au travail parce que je veux me distancier de toi ici… mais seulement ici. Pas ailleurs. Tu sais, tout le monde croit que j'ai obtenu ce poste grâce à toi, alors qu'en réalité…

Elle se rassoit et me fusille du regard.

*Merde*. Elle lit dans mes pensées ou quoi ? *Crache le morceau, Grey.*

— Tu veux savoir pourquoi tu as obtenu ce poste, Anastasia ?

— Qu'est-ce que tu veux dire ?

— La direction t'a donné le poste de Hyde pour que tu gardes la place au chaud. Ils ne voulaient pas recruter un cadre supérieur alors que l'entreprise était en train de se faire racheter, parce qu'ils ne savaient pas encore ce que le nouveau propriétaire voudrait en faire une fois qu'il en aurait pris le contrôle. Donc, ils n'ont pas voulu risquer d'avoir à payer une grosse indemnité de licenciement. Ils voulaient que tu assures l'intérim jusqu'à ce que le nouveau propriétaire… moi, en l'occurrence, leur communique ses décisions.

*C'est la stricte vérité.*

— Et c'est maintenant que tu m'apprends ça ?

Elle semble profondément blessée.

*Bébé, ne te fais pas trop de bile pour ça.*

— Ne le prends pas mal. Tu t'es montrée largement à la hauteur de tes responsabilités.

*Tu es très douée dans ton travail, Anastasia Steele.*

— Ah.

Elle semble perdue tout à coup. Et tout devient clair pour moi. C'est ce qu'elle désire. C'est son rêve, et je peux l'aider à le réaliser. J'ai formé le vœu de la soutenir dans ses projets d'avenir. Je n'ai pas l'intention de la brimer. Au contraire, je souhaite qu'elle exploite son potentiel. Qu'elle vole de ses propres ailes… mais pas trop loin de moi.

— Je ne veux pas t'étouffer, Ana. Ni t'enfermer dans une cage dorée. Enfin, la partie rationnelle de mon esprit ne le veut pas.

Le pari est risqué, mais je décide de jouer ma carte la plus audacieuse, sur un coup de tête.

— Si je suis venu ici, ce n'était pas seulement pour rappeler mon épouse à l'ordre, mais aussi pour discuter de l'avenir de cette entreprise.

Ana prend un air sombre.

— Alors, quels sont tes projets ?

L'ironie perce dans chacune de ses paroles. Elle incline la tête sur le côté, une de ses petites manies. Ma parole, elle se moque de moi ! Dieu, que je l'aime ! Elle a du cran.

— La SIP s'appellera désormais Grey Publishing.

Ana cligne des paupières.

— Et dans un an, elle sera à toi.

Elle reste sans voix.

— C'est mon cadeau de mariage.

Elle ouvre la bouche pour parler, puis se ravise, visiblement sous le choc.

— Donc, je voulais savoir si tu préférais Steele Publishing.

— Christian, tu m'as déjà offert un cadeau de mariage, une montre… Je ne peux pas diriger une maison d'édition.

— Je dirige ma propre entreprise depuis l'âge de vingt et un ans.

— Oui, mais toi… c'est toi. Maniaque du contrôle et petit génie. Enfin, Christian, tu as étudié l'économie à Harvard avant d'abandonner tes études. Quand tu t'es lancé dans les affaires, tu connaissais ton sujet.

Moi, j'ai vendu des pots de peinture et des tournevis pendant trois ans à mi-temps, bon sang ! Je n'ai pratiquement rien vu du monde, et je ne sais presque rien !

*Je ne dirais pas ça.*

— Tu adores la littérature et tu es passionnée par ton métier. (Je dois à tout prix la convaincre.) Pendant notre voyage de noces, tu as lu combien de manuscrits ? Quatre ?

— Cinq, concède-t-elle.

— Et tu as écrit des rapports détaillés sur chacun d'eux. Tu es une femme très intelligente. Je suis certain que tu te montreras à la hauteur.

— Tu es fou ?

— Fou de toi.

*Toujours.*

— Si tu fais cadeau d'une maison d'édition à ta petite femme qui ne travaille à plein temps que depuis quelques mois, tu vas être la risée de tout le monde.

Je chasse son objection du revers de la main.

— Je me fous de ce qu'on peut penser de moi. Et puis, tu ne seras pas seule.

— Christian, je…

Elle hésite, cherche ses mots, et je savoure l'instant. Ça n'arrive pas souvent. Puis elle se prend la tête entre les mains, avant de la relever. Elle se retient de rire.

— Quelque chose vous amuse, mademoiselle Steele ?

— Oui. Toi.

Son hilarité est contagieuse. C'est Ana tout craché. Elle me désarme si facilement. *Chaque fois.*

— Vous riez de votre époux ? Ça ne va pas du tout, ça. (Elle plante ses dents dans sa lèvre inférieure.) Et vous vous mordillez la lèvre.

Mon regard s'assombrit… voilà une vision plus qu'attrayante pour ma queue.

— N'y pense même pas, gronde-t-elle.

— Penser à quoi, Anastasia ?

*Te baiser dans ton bureau ?* Une vague de désir déferle dans mes veines.

— Je connais ce regard. Pas ici, ajoute-t-elle.

*Tu sens ça, Ana ?* Le puissant sortilège entre nous. Je me penche pour respirer son odeur et je lui susurre :

— Un bureau convenablement insonorisé avec une porte qui se verrouille.

Je veux séduire ma femme.

— Abus de pouvoir.

Ses paroles sont un rempart à mes assauts.

— Pas avec ton mari.

— Avec le patron du patron de mon patron.

— Tu es ma femme.

— Christian, non. Je parle sérieusement. Tu peux me baiser jusqu'à ce que je vire de toutes les couleurs de l'arc-en-ciel. Mais ce soir, à la maison. Pas maintenant. Pas ici !

*Bordel.* Je prends une grande inspiration pour recouvrer mon calme. La température de la pièce revient à la normale. Puis j'éclate de rire, pour relâcher la pression.

— De toutes les couleurs ? (Je hausse un sourcil.) Je vais peut-être vous prendre au mot, *mademoiselle* Steele.

— Et puis arrête de m'appeler mademoiselle Steele ! (Elle abat sa paume sur le bureau, nous faisant sursauter tous les deux.) Pour l'amour du ciel, Christian ! Si tu y tiens tellement, je vais le changer, mon nom !

*Quoi ?* Elle accepte ? Le soulagement est immédiat. Un sourire idiot éclaire mon visage. J'ai gagné ma négo avec ma femme. Je pense que c'est une première.

*Merci, Ana.*

— Bien, dis-je en me levant. Mission accomplie. Bon, j'ai du boulot. Si vous voulez bien m'excuser, madame Grey.

Elle est sidérée.

— Mais…

— Mais quoi, madame Grey ?

Elle secoue la tête, manifestement exaspérée.

— Va-t'en.

— J'en ai l'intention. À ce soir. Je t'en ferai voir de toutes les couleurs. (J'ignore sa mine renfrognée.) Ah, au fait, j'ai un tas de mondanités où je voudrais que tu m'accompagnes.

Elle fronce les sourcils.

— Je demanderai à Andrea d'appeler Hannah. Il y a des gens que je veux que tu rencontres. Tu devrais demander à Hannah de s'occuper de ton agenda « mondain » à partir de maintenant.

— D'accord, marmonne-t-elle.

Je me penche au-dessus de son bureau et plonge mes yeux dans son regard bleu.

— C'est un plaisir de faire affaire avec vous, madame Grey.

Comme elle ne bouge pas d'un pouce, je plante un baiser sur ses lèvres.

— À plus, bébé.

Et je quitte son bureau.

L'Audi m'attend devant la SIP. Je m'installe à l'arrière et demande à Ryan de me ramener à la maison.

*Bon Dieu.* Mon soulagement est proportionnel à l'angoisse que j'ai ressentie en entrant dans l'immeuble. Il semblerait en effet que ma femme soit raisonnable. Je m'empare de mon téléphone pour lui envoyer un mail, et découvre qu'elle m'a devancé.

---

**De** : Anastasia Steele
**Objet** : JE NE SUIS PAS UN DE TES AVOIRS !
**Date** : 22 août 2011 14:23
**À** : Christian Grey

Monsieur Grey,
La prochaine fois que vous passerez me voir, prenez rendez-vous, pour que je puisse au moins me préparer à votre mégalomanie adolescente de maniaque du contrôle.
Bien à vous,

Anastasia Grey ← prière de remarquer la signature
Éditrice, SIP

Mégalomanie de maniaque du contrôle ? Ma femme a toujours su choisir ses mots.

---

**De** : Christian Grey
**Objet** : De toutes les couleurs
**Date** : 22 août 2011 14:34
**À** : Anastasia Steele

Ma chère madame Grey (avec l'accent sur « ma »),
Que puis-je dire pour ma défense ? Je passais dans le quartier. Et, non, vous n'êtes pas un de mes avoirs, vous êtes mon épouse bien-aimée.
Comme toujours, tu éclaires ma journée.

Christian Grey
P-DG & Mégalo, Grey Enterprises Holdings Inc.

Soulagé, je retourne dans mon bureau. C'est l'heure du déjeuner.

Tout l'après-midi, je surveille ma boîte mail, mais je ne reçois pas de réponse. Bon, j'imagine que l'affaire est réglée.

Plus tard, j'attends Ana devant l'immeuble de la SIP dans la voiture. Ryan pianote sur le volant, ce qui me rend dingue. Mais comme Taylor rentre ce soir, je m'enjoins de garder mon calme. Je lance des coups d'œil furtifs vers l'entrée pour guetter Ana. D'après ma montre, il est 17 h 35 précises. Elle a cinq minutes de retard. Nous avons rendez-vous avec Gia plus tard. J'espère qu'elle n'a pas oublié. *Où est-elle ?*

Sawyer apparaît, et tient la porte à Ana. Ryan descend de voiture et en fait le tour pour lui ouvrir la portière. *À quoi il joue ?*

Tête baissée, Ana s'approche à pas vif, talonnée par Sawyer, qui s'installe au volant pendant qu'Ana prend place à l'arrière. Ryan s'assoit sur le siège passager.

— Salut, dit-elle en évitant mon regard.

— Salut.

— Alors, qu'est-ce que tu as fait d'intéressant aujourd'hui ? Tu as empêché quelqu'un d'autre de travailler ?

Son ton est plus glacial que la banquise.

— Seulement Flynn.

Ses yeux papillonnent de surprise, mais elle les garde fixés devant elle.

— La prochaine fois que tu auras une séance avec lui, je te donnerai une liste de sujets à aborder.

Elle se hérisse comme une chatte sauvage à côté de moi.

*Mince, elle est encore furax.* Je m'éclaircis la gorge.

— Vous avez l'air de mauvais poil, madame Grey.

Elle m'ignore ostensiblement. Je lui prends la main en chuchotant :

— Hé… (Elle retire vivement sa main.) Tu es fâchée contre moi ?

— Oui.

Elle croise les bras et se tourne vers la fenêtre. *Bon sang.* Seattle défile sous mes yeux, mais je regarde la ville sans la voir. Je sens la frustration me gagner. Je croyais que cette affaire était réglée.

Sawyer se gare devant l'Escala. Ana attrape son sac et descend précipitamment du véhicule, nous prenant tous trois de court.

— Ana !

— Je m'en occupe, intervient Ryan en se précipitant derrière elle.

Sans attendre que Sawyer m'ouvre la portière, je me rue hors de l'Audi, juste à temps pour voir Ana entrer dans l'immeuble, Ryan sur les talons. Je suis juste derrière eux quand il arrive à la hauteur d'Ana, devant les ascenseurs. Elle presse le bouton d'appel et se tourne vers lui en aboyant :

— Quoi ?

Il rougit, sans doute surpris par sa brusquerie.

— Pardon, madame, bredouille-t-il.

Dès que je les rejoins, Ryan recule de plusieurs pas.

— Si je comprends bien, tu n'es pas fâchée seulement contre moi ? fais-je observer ironiquement.

— Tu te moques de moi ? siffle-t-elle, les yeux plissés.

— Je n'oserais pas.

Je lève les mains pour me rendre. Je ne fais pas le poids face à la mauvaise humeur de ma femme.

— Tu as besoin d'une bonne coupe, maugrée-t-elle en entrant dans la cabine.

— Tu crois ?

Je la suis en écartant mes cheveux de mon front.

— Oui.

Elle compose le code de notre appartement.

— Alors ça y est, tu daignes me parler ?

— Limite.

— Qu'est-ce qui te met en colère, au juste ? Donne-moi un indice.

Elle m'observe avec effarement.

— Tu ne devines pas ? Pourtant, tu as l'air d'un mec intelligent, tu devrais t'en douter ! Je n'arrive pas à croire que tu sois aussi obtus.

*Waouh.* Je recule d'un pas.

— Dis donc, tu es vraiment furieuse. Je pensais qu'on avait réglé ça dans ton bureau ?

— Christian, j'ai simplement capitulé devant ton gros caprice. C'est tout.

*Que répondre à ça ?* Les portes de l'ascenseur s'ouvrent, et Ana sort en trombe.

— Bonsoir, Taylor ! lance-t-elle.

J'arrive à mon tour dans le vestibule.

— Madame Grey, répond Taylor, manifestement perplexe.

Ana laisse tomber sa mallette dans le couloir.

— Content de vous voir, dis-je à Taylor.

— Monsieur.

Je rejoins ma femme dans la salle de séjour.

— Bonsoir, madame Grey.

— Bonsoir, madame Jones, répond Ana avant de se ruer sur le réfrigérateur.

Je fais un signe de tête à Gail, occupée à préparer le dîner. Ana sort une bouteille de vin blanc et un verre pendant que je cherche un moyen de briser la glace.

— Tu veux du vin ? propose-t-elle d'un ton sirupeux.

— Non, merci.

J'ôte ma cravate et desserre mon col sans la quitter des yeux. Elle se verse une large rasade de vin blanc pendant que Mme Jones, après un bref regard dans ma direction, quitte la cuisine.

Eh bien, Ana a fait fuir tout le personnel. Je suis le dernier dans la place.

Je me passe la main dans les cheveux avec un sentiment d'impuissance, tandis qu'elle boit une gorgée de vin et la savoure les yeux clos. Ça paraît agréable. *Bon, assez joué.*

— Ça suffit, Ana.

Je m'approche et cale une mèche derrière son oreille. Parce que j'ai besoin de la toucher. Elle inspire lentement, puis secoue la tête, ce qui m'oblige à m'écarter.

— Parle-moi, Ana.

— À quoi bon ? Tu ne m'écoutes pas.

— Au contraire, tu es l'une des rares personnes que j'écoute.

Elle avale une nouvelle gorgée de vin, les yeux toujours rivés sur moi.

— C'est à cause de ton nom ?

— Oui et non. C'est à cause de la façon dont tu as réagi quand je n'ai pas été d'accord avec toi.

Elle paraît désabusée.

— Ana, tu sais bien que j'ai des… problèmes. C'est dur, pour moi, de lâcher prise en ce qui te concerne.

— Mais je ne suis pas une enfant, et je ne suis pas l'un de tes avoirs.

— Je sais.

— Alors arrête de me traiter comme si c'était le cas, me supplie-t-elle.

Ne supportant plus de ne pas la toucher, je fais courir mon pouce sur sa joue.

— Ne sois pas fâchée. Tu m'es si précieuse. Comme un trésor inestimable. Comme une enfant.

— Je ne suis ni l'un ni l'autre, Christian. Je suis ta femme. Si c'est le fait de ne pas porter ton nom au boulot qui te blesse, tu aurais dû me le dire.

— Qui me blesse ?

Je fronce les sourcils. Est-ce que ça me blesse ? *Oui ! Pour l'amour du ciel !* Tout ça est très déstabilisant. Flynn avait raison.

Je consulte ma montre.

— L'architecte arrive dans moins d'une heure. On devrait manger.

Ana semble prise au dépourvu. Le petit *v* entre ses sourcils s'est accentué.

— Cette discussion n'est pas terminée.

— Mais de quoi veux-tu qu'on discute ?

— Tu pourrais revendre la maison d'édition.

— La revendre ?

— Oui.

*Pourquoi je ferais ça ?*

— Tu crois que je trouverais un acquéreur, vu l'état actuel du marché ?

— Tu l'as achetée combien ?

— Pas grand-chose.

— Et si elle fait faillite ?

— On survivra. Mais je ne la laisserai pas faire faillite, Anastasia, pas tant que tu y travailles.

— Et si je partais ?

— Pour faire quoi ?

— Je ne sais pas.

— Tu m'as dit que c'était le job dont tu avais toujours rêvé. Corrige-moi si je me trompe, mais j'ai promis devant Dieu, le révérend Walsh et tous nos proches de te chérir, de te soutenir dans tes espoirs et tes rêves, et de te protéger.

— Ça n'est pas très fair-play de me citer tes vœux de mariage.

— Je n'ai jamais juré d'être fair-play en ce qui te concerne. En plus, toi aussi, tu t'es servie de tes vœux de mariage comme d'une arme.

Elle fait une grimace.

— Anastasia, si tu es toujours en colère contre moi, défoule-toi sur moi plus tard, au lit.

*Tout de suite. Ici même.* Puis ça me revient :

— De toutes les couleurs. J'attends ça avec impatience.

Sa bouche s'ouvre et se referme aussitôt. *Oh, bébé. Ce que j'aimerais faire à cette bouche. Arrête, Grey.*

— Gail ! dis-je soudain.

Elle déboule aussitôt dans la cuisine.

— Monsieur Grey ?

— Nous aimerions manger maintenant, s'il vous plaît.

— Très bien, monsieur.

J'observe Ana. Elle est étrangement calme, et boit une autre gorgée de vin.

— Moi aussi, en fin de compte, je prendrais bien un verre.

Je repasse ma main dans mes cheveux. Elle a raison, ils sont trop longs, mais je ne pense pas qu'elle approuverait un rendez-vous chez Esclava pour les faire couper.

Pendant le dîner, Ana s'en tient à des réponses laconiques. Alors que je mange, elle chipote sa nourriture. Vu son irritation, je décide de ne pas la réprimander à ce sujet.

C'est frustrant. *Bon sang !* Je ne peux pas rester sans rien dire.

— Tu ne finis pas ?

— Non.

*Elle le fait exprès ?* Avant que je puisse poser la question, elle débarrasse nos assiettes.

— Gia va arriver d'un instant à l'autre, lance-t-elle.

— Laissez-moi faire ça, madame, intervient Gail.

— Merci.

— Ça ne vous a pas plu ? interroge Gail, inquiète.

— C'était très bon. Mais je n'avais pas faim.

Mme Jones adresse à Ana un regard apitoyé. Je me retiens de lever les yeux au ciel.

— J'ai deux ou trois coups de fil à passer, dis-je, désireux de m'échapper.

Je me réfugie dans mon bureau. Le coucher de soleil spectaculaire sur le détroit ne parvient pas à me remonter le moral. Je regrette de ne plus être sur le *Grace* ou le *Fair Lady* avec Ana. On ne s'y disputait pas… Enfin, en dehors de cette histoire de suçons.

Les mots de Flynn me reviennent : *Le mariage est une affaire sérieuse*. C'est certain. Même un peu trop. En particulier quand votre femme n'est pas d'accord avec vous.

*Communication et compromis.* Ça devrait être mon nouveau mantra. Pourquoi est-ce si difficile ?

*Je ne veux pas que vous sabotiez votre bonheur, Christian.* Flynn est toujours dans ma tête.

*Merde*, est-ce que c'est ce que je suis en train de faire ?

Maussade, j'appelle mon père pour l'informer que les mesures de sécurité ont bien été renforcées. L'appel terminé, je rassemble les plans de Gia et retourne dans le séjour.

Aucun signe d'Ana. Ni de Mme Jones, qui a fait place nette. Je déroule les plans sur la table, puis, à l'aide de la télécommande, je fais défiler la liste de mes morceaux. Je choisis le *Requiem* de Fauré.

*Voilà qui devrait apaiser mon âme.*

*Et peut-être celle d'Ana aussi.*

Les notes de l'orgue s'élèvent dans le séjour, bientôt rejointes par le chant céleste du chœur, dont les voix résonnent de vibrantes lamentations.

C'est fort. Transcendant. Parfait.

Ana apparaît sur le seuil et, la tête inclinée, elle écoute la musique. Elle semble différente. Elle est vêtue d'un ensemble gris perle, et sa magnifique chevelure brille dans la lumière du couloir. On dirait un ange.

— Madame Grey.

— C'est quoi ?

— Le *Requiem* de Fauré. Tu n'as pas la même tête…

— Ah. Je ne l'ai jamais entendu.

— C'est très relaxant. Qu'est-ce que tu as fait à tes cheveux ?

— Je les ai brossés.

Il y a trop de distance entre nous. Ces voix émouvantes me bouleversent. Transporté par la vision de ma fabuleuse femme et par la musique, je m'avance lentement vers elle.

— Tu danses avec moi ?

— Sur un requiem ?

— Oui.

*Pourquoi pas ?* Je l'attire contre moi et respire son odeur envoûtante. Elle m'enlace et se niche contre ma poitrine. Ensemble, nous oscillons au rythme de la musique.

*Ana. Comme ça m'a manqué. Toi. Dans mes bras.*

— Je déteste me disputer avec toi, murmuré-je.

— Alors, arrête de faire le con.

— Le con ?

J'éclate de rire et resserre mon étreinte.

— Un requiem ? répète-t-elle avec une pointe de réticence.

Je hausse les épaules.

— C'est une belle musique, Ana, c'est tout.

*Et je peux t'avoir tout contre moi.*

Taylor toussote discrètement. Je la libère à contre-cœur.

— Mlle Matteo est arrivée, annonce-t-il.

— Faites-la entrer, dis-je.

À l'arrivée de Gia, je saisis les doigts d'Ana.

— Christian. Ana, lance Gia avec un large sourire, avant de nous serrer la main tour à tour. Cette lune de miel vous a donné une mine superbe à tous les deux, ajoute-t-elle d'un ton doucereux.

J'enlace Ana par la taille.

— Merci. Nous avons fait un très beau voyage.

Je plante un baiser sur la tempe de ma femme, qui glisse une main dans la poche arrière de mon jean et, pour mon plus grand plaisir, me pétrit les fesses. Le sourire de Gia disparaît.

— Vous avez eu le temps d'étudier les plans ? s'enquiert-elle d'un ton enjoué.

— Oui, répond résolument Ana.

Je ne peux m'empêcher de sourire. Elle a clairement décidé de marquer son territoire. Ça me plaît.

— Venez, dis-je. Les plans sont ici.

Je désigne la table d'un geste. Malgré moi, je m'écarte d'Ana, mais sans lui lâcher la main.

— Voulez-vous boire quelque chose ? propose Ana. Un verre de vin ?

— Avec plaisir, répond Gia. Un blanc sec, si vous avez.

J'éteins la musique et rejoins Gia près de la table.

— Tu reprends du vin, Christian ? demande Ana depuis la cuisine.

— S'il te plaît, bébé. C'est du bon travail, Gia, conclus-je alors que l'architecte se rapproche d'un peu trop près. En particulier ceci, ajouté-je en pointant du doigt la partie arrière surélevée. Je crois qu'Ana a des doutes au sujet du mur en verre. Mais, en gros, nous sommes tous les deux très contents de votre projet.

— J'en suis ravie ! roucoule Gia en me palpant le bras.

*Garde tes putains de distances.* Elle porte un parfum capiteux qui me prend à la gorge. Je m'éloigne et lance à Ana :

— Ça vient, ce vin ?

— Tout de suite ! claironne-t-elle.

Peu après, elle revient avec nos verres et se positionne entre Gia et moi. *Délibérément.* A-t-elle remarqué que Gia avait les mains baladeuses ?

— Santé !

Je lève mon verre à l'intention d'Ana et avale une gorgée.

— Ana, le mur de verre ne vous plaît pas ? s'étonne Gia.

— Au contraire, mais j'aurais aimé qu'il s'intègre un peu mieux à la maison. Après tout, j'en suis tombée amoureuse telle qu'elle est, alors je ne veux pas de changements radicaux.

— Je vois.

Gia reporte son regard sur moi, mais je ne quitte pas ma femme des yeux.

— Je voudrais simplement que les transformations soient… plus conformes à l'esprit de la maison, insiste Ana, guettant mon approbation.

— Pas de transformations radicales, alors ?

— Non.

— Tu l'aimes comme elle est ?

— Dans l'ensemble, oui, répond-elle. J'ai toujours pensé qu'elle n'avait besoin que de soins attentifs.

Les prunelles d'Ana brillent. *On parle de la maison, là ? Ou de moi ?*

— D'accord. (Gia nous observe brièvement avant de poursuivre son petit numéro.) Je crois comprendre ce que vous désirez, Ana. Et si on gardait le mur en verre, mais en l'ouvrant sur une grande terrasse de style méditerranéen ? On pourrait ajouter des colonnes dans la même pierre, très espacées pour ne pas bloquer la vue, avec un toit en verre, ou en tuiles, comme le reste de la maison. Ça vous ferait une pièce supplémentaire pour manger ou vous asseoir en plein air.

Ana semble impressionnée. Gia poursuit :

— Ou alors, au lieu d'une terrasse fermée, on pourrait mettre des portes vitrées avec des cadres en bois, pour rester dans l'esprit méditerranéen.

— Bleus, comme les volets de la Côte d'Azur ? intervient Ana en me sondant du regard.

Je ne suis pas très fan de cette idée, mais je ne souhaite pas la contredire devant Mlle Matteo. Si c'est ce qu'elle veut, alors ça me va. J'ignore Gia, qui minaude à côté de moi.

— Ana, tu préfères quoi ?

— J'aime bien l'idée de la terrasse.

— Moi aussi.

Ana se tourne vers Gia.

— J'aimerais voir des plans révisés qui montrent la terrasse prolongée avec des colonnes.

— Bien sûr, répond l'architecte. Y a-t-il d'autres problèmes ?

— Christian aimerait revoir l'aménagement de notre chambre, ajoute Ana.

Un autre toussotement nous interrompt.

Taylor se tient sur le seuil.

— Oui ? dis-je.

— Je dois discuter avec vous d'une affaire urgente, monsieur.

Je prends affectueusement Ana par les épaules et lance à Gia :

— Mme Grey est responsable de ce projet. Elle a carte blanche. Tout ce qu'elle veut me va. Je fais totalement confiance à son instinct. Si vous voulez bien m'excuser…

Je les abandonne toutes les deux et suis Taylor dans son bureau. Prescott est assise devant l'écran de vidéosurveillance. Par-dessus son épaule, on peut voir les enregistrements de toutes les caméras de l'appartement et du périmètre autour de l'Escala.

— Monsieur Grey, me salue Prescott.

— Bonsoir. Quoi de neuf ?

Taylor tire une chaise à côté de Prescott et me propose de m'asseoir. Je m'exécute et les regarde avec impatience.

— Prescott a passé en revue toutes les bandes de ce week-end. Et elle a trouvé ceci.

Taylor fait signe à sa collègue. Prescott clique sur lecture. Une image granuleuse se met en mouvement. Un homme en combinaison se dirige vers l'entrée de l'immeuble et s'arrête pour examiner la caméra. Prescott appuie sur pause. *Putain.*

— C'est Jack Hyde, dis-je, en notant ses cheveux coiffés en arrière. Quand était-ce ?

— Le samedi 20 août, à environ 9 h 45 du matin.

Les cheveux de ce salaud sont plus clairs – il devait porter une perruque dans la salle des serveurs.

— Monsieur, intervient Prescott, j'ai isolé toutes les séquences que j'ai pu trouver de lui à peu près à la même heure.

— Et ça donne quoi ?

Elle me montre plusieurs vidéos de Hyde. À l'entrée, devant le garage, près de l'issue de secours. Il tient un balai, qu'il utilise de temps à autre pour se faire passer pour un employé de la voirie. *Malin, le fumier.*

— Vous avez envoyé ces bandes à Welch ?

— Pas encore, répond Taylor. Je pensais vous les montrer d'abord.

— Transmettez-les-lui. Il pourra peut-être retracer les mouvements de Hyde à partir de là.

— Très bien. C'est peut-être l'indice qui leur manque. Ils ne l'ont pas encore repéré. Apparemment, il n'a pas remis les pieds dans son appartement, monsieur.

— Vraiment ?

— Welch m'a fait un rapport complet, il y a une heure.

— D'accord. C'est du bon travail, Prescott.

Je lui adresse un bref sourire.

— Merci, monsieur.

— Sachant qu'il rôde autour du bâtiment, nous allons devoir faire très attention.

— En effet, dit Taylor.

— Je ferais bien d'y retourner. Merci à tous les deux.

Lorsque j'arrive dans le séjour, Ana et Gia semblent avoir terminé.

— C'est bon ? fais-je en prenant Ana par la taille.

— Oui, monsieur Grey, répond Gia avec un enthousiasme un peu forcé. Vous aurez les plans révisés dans deux ou trois jours.

*Je suis M. Grey maintenant ? Intéressant.*

— Excellent. Tu es contente ?

Ana hoche la tête, visiblement satisfaite d'elle-même. J'aimerais savoir ce qu'elle a dit à Gia.

— Bon, il faut que j'y aille ! lance Gia avec une gaieté exagérée.

Cette fois, c'est à Ana qu'elle tend la main en premier.

— À bientôt, Gia, déclare Ana avec un grand sourire.

— À bientôt, madame Grey. Monsieur Grey.

Apercevant Taylor à la porte de la grande pièce, Ana ajoute :

— Taylor va vous raccompagner.

Bras dessus, bras dessous, nous regardons Gia rejoindre Taylor dans le couloir. Après son départ, je regarde ma femme d'un air soupçonneux.

— Je l'ai trouvée beaucoup plus froide que tout à l'heure.

— Ah bon ? Je n'ai pas remarqué.

Elle hausse les épaules d'un air faussement détaché. Ma femme est une piètre menteuse.

— Et Taylor, qu'est-ce qu'il te voulait ?

Elle change délibérément de sujet. Je me mets à rouler les plans.

— Me parler de Hyde.

— Il y a du nouveau ?

Elle pâlit. *Merde. Je ne veux pas qu'elle fasse d'autres cauchemars.*

— Pas de quoi t'inquiéter, Ana. (Je lâche les croquis pour l'enlacer.) On a découvert qu'il n'avait pas mis les pieds chez lui depuis plusieurs semaines. (Je lui embrasse les cheveux, puis reviens aux plans.) Alors, tu as décidé quoi ?

— Je lui ai fait part de nos remarques, c'est tout. Je crois qu'elle craque pour toi.

*On dirait bien, oui.*

— Tu lui en as parlé ?

Elle baisse les yeux.

— Quand elle est arrivée, elle nous appelait Christian et Ana. Quand elle est repartie, nous étions devenus M. et Mme Grey.

— J'ai peut-être fait une remarque en passant..., reconnaît-elle.

*Oh, bébé, tu te battrais pour moi ?* J'ai souvent rencontré des femmes comme Gia. Mais toujours dans un cadre professionnel.

— C'est mon visage qui lui fait de l'effet, c'est tout.

Ana paraît surprise.

— Qu'est-ce que tu veux dire par là ?

— Tu n'es pas jalouse, dis-moi ?

Cette simple idée me choque. Elle rougit, mais ne répond pas et baisse à nouveau les yeux.

J'ai ma réponse. Elliot a fait une allusion au style de Gia, qui me rappelle Elena – une femme à qui on ne peut rien refuser. Qui obtient toujours ce qu'elle veut.

— Ana, Gia est une prédatrice sexuelle. Pas du tout mon genre. Comment peux-tu être jalouse d'elle ? Ou de qui que ce soit ? Elle ne m'intéresse absolument pas. (Agacé, je me passe la main dans les cheveux.) Il n'y a que toi, Ana. Il n'y aura toujours que toi.

J'abandonne les plans, m'approche vivement d'Ana et lui saisis le menton.

— Comment peux-tu t'imaginer autre chose ? T'ai-je déjà donné la moindre raison de soupçonner que je m'intéressais à quelqu'un d'autre ? même vaguement ?

— Non. Je suis idiote. C'est juste qu'aujourd'hui… tu…

— Quoi ?

— Oh, Christian. (Les larmes lui montent aux yeux.) J'essaie de m'adapter à ma nouvelle vie. Une vie où tout m'est offert sur un plateau d'argent. Mon boulot… Un beau mari que je n'aurais jamais… jamais cru pouvoir aimer comme ça, si fort, si vite, si… profondément.

Je la contemple, tétanisé, tandis qu'elle reprend son souffle.

— Mais tu fonces à cent à l'heure, et je ne veux pas me laisser bousculer. Parce que la fille dont tu es tombé amoureux risque de se faire écraser. Qu'est-ce qui te resterait ? Une mondaine évaporée qui papillonne de dîner en gala ?

*Waouh ! Ana !*

— Et maintenant, tu parles de me transformer en P-DG alors que je n'y ai jamais songé. Tu veux que je reste à la maison ou tu veux que je dirige ma boîte ? Je ne sais plus où j'en suis avec toi. (Elle ravale un sanglot.) Il faut que tu me laisses prendre mes propres décisions, mes propres risques, faire mes propres erreurs pour que je puisse en tirer des leçons. J'ai besoin de marcher avant de courir, Christian, tu ne comprends pas ça ? Je veux mon indépendance. Voilà ce que ça signifiait, pour moi, de garder mon nom au travail.

*Ça la concernait, elle !* Je lui demande doucement :

— Je te bouscule ?

Elle hoche la tête.

— Je veux juste t'offrir tout ce que tu désires, Ana. Et, en même temps, je veux te protéger. Mais je veux aussi que le monde entier sache que tu es à moi. Quand j'ai reçu ton mail ce matin, j'ai paniqué. Pourquoi ne m'as-tu pas dit que tu voulais garder ton nom de jeune fille ?

Elle rougit.

— J'ai pris ma décision pendant notre lune de miel, mais je ne voulais pas crever notre bulle. Et ensuite, j'ai oublié. Je m'en suis seulement souvenue hier soir, mais avec cette histoire de Hyde, ça m'est sorti de la tête. Je te demande pardon, j'aurais dû en discuter avec toi, mais je n'ai jamais trouvé le bon moment.

Je prends la mesure de ses paroles. Oui. On se serait certainement disputés à ce sujet pendant notre voyage de noces.

— Pourquoi as-tu paniqué ? demande-t-elle.

*Parce que je veux être digne de toi et que ton mail m'a fait dérailler.*

— Parce que je ne veux pas que tu me glisses entre les doigts.

— Mais enfin, je ne vais pas disparaître, tout de même ! Quand vas-tu le comprendre, à la fin ? Tu es bouché, ou quoi ? Je. T'aime. (Elle s'interrompt, comme pour chercher l'inspiration.) « Je t'aime plus que la vue, l'espace et la liberté. »

*Shakespeare ?*

— Tu m'aimes comme si tu étais ma fille ?

*J'espère que non !*

— Non, dit-elle en riant. C'est la seule citation qui me soit venue à l'esprit.

— Tu me prends pour le roi Lear ?

— Ce cher fou de roi Lear…

Elle me caresse le visage et je colle ma joue à sa paume, les yeux clos, pour savourer sa tendresse.

— Et toi, tu te rebaptiserais Christian Steele pour que tout le monde sache que tu m'appartiens ?

Je rouvre brusquement les yeux, et la regarde avec stupeur.

— Que je t'appartiens ?

— Que tu es à moi.

— Oui, je changerais de nom, si tu y tenais vraiment.

J'étais déjà prêt à tout abandonner pour elle, avant notre mariage, lorsque j'ai cru qu'elle ne reviendrait jamais.

— Alors tu tiens vraiment à ce que je m'appelle Ana Grey au bureau ?

— Oui.

— Très bien.

— Je croyais que tu avais déjà accepté ?

— En effet, mais maintenant que nous en avons rediscuté, je suis davantage satisfaite de ma décision.

— Ah !

Flynn avait raison. Toute cette histoire avait à voir avec elle. Ce n'était que son ressenti personnel. Mais je suis heureux qu'elle ait changé d'avis. C'est un soulagement – il n'y a plus de désaccord. Je lui adresse un sourire ravi, puis je l'attrape par la taille et la soulève dans les airs. *Merci, Anastasia.* Elle pouffe de rire et je la repose par terre.

— Madame Grey, savez-vous à quel point j'y tenais ?

— Je le sais maintenant.

Je glisse mes doigts dans sa chevelure soyeuse en murmurant contre ses lèvres :

— De toutes les couleurs de l'arc-en-ciel…

Puis je frotte mon nez contre le sien.

— Vraiment ? dit-elle en plissant les yeux.

Mais je vois bien qu'elle se retient de sourire.

— Certaines promesses m'ont été faites, une offre a été formulée, un accord a été négocié.

*Et je te veux.* Après cette engueulade, j'ai besoin de savoir que tout va bien entre nous.

— Euh…

Ana me regarde comme si j'avais perdu la raison.

— Tu reviens sur ta parole ? (Un plan se forme dans mon esprit.) J'ai une idée… Une affaire de la plus haute importance.

La surprise d'Ana est palpable. Elle me prend pour un fou.

— Oui, madame Grey. D'une importance cruciale.

*Je suis sûr qu'elle a perçu une lueur salace dans mes yeux.*

— Qu'est-ce que tu mijotes ?

— Il faut que tu me coupes les cheveux. Apparemment, ils sont trop longs, et ça ne plaît pas à ma femme.

— Je ne peux pas te couper les cheveux ! s'exclame-t-elle, éberluée.

— Si, tu peux.

Je secoue la tête de sorte que mes cheveux retombent sur mes yeux. Comment ai-je pu les laisser pousser autant ?

— Bon, dans ce cas, je vais demander un bol à Mme Jones.

Ana s'esclaffe.

— Ça va, j'ai compris. Je vais demander à Franco de le faire.

Son rire se mue subitement en grimace et, après un moment d'hésitation, elle m'attrape le bras avec une force surprenante.

— Viens.

Elle m'entraîne dans notre salle de bains. On dirait bien qu'elle va jouer les coiffeuses. Je la regarde approcher la chaise du lavabo. Ses hauts talons mettent en valeur ses superbes jambes et la jupe crayon sculpte son cul parfait. Le spectacle est de grande qualité. Elle désigne la chaise.

— Assis.

— Tu vas me laver les cheveux ?

Elle hoche la tête. *Waouh.* Personne ne l'a jamais fait. *Jamais.*

— D'accord.

Sans la quitter des yeux, je déboutonne lentement ma chemise, puis je lui présente ma manche droite, fermée d'un bouton de manchette.

*Débarrasse-moi de ça, bébé.*

Le regard ardent, elle le détache, puis répète l'opération avec la manche gauche, effleurant mes poignets de ses doigts graciles. Son chemisier, dont le bouton du haut est défait, laisse entrevoir le renflement de ses seins, prisonniers d'une fine dentelle.

Une vision des plus inspirantes. Lorsqu'elle s'approche pour repousser ma chemise sur mes épaules, une bouffée de son odeur me saisit.

— Prêt ? murmure-t-elle.

Chacune de ses paroles renferme une promesse. C'est excitant. Très excitant.

— À tout ce que tu veux, Ana.

Son regard s'attarde sur mes lèvres, elle se penche pour m'embrasser.

— Non, dis-je au prix d'un effort surhumain. Pas de ça. Sinon, pour la coupe de cheveux, c'est fichu.

Ses lèvres forment un *o* parfait.

— Et j'y tiens beaucoup, ajouté-je, me surprenant moi-même.

— Pourquoi ?

*Parce que personne ne m'a jamais lavé les cheveux.*

— Parce que ça me donnera l'impression d'être aimé.

Elle se fige devant mon aveu et, sans me laisser le temps de réagir, me serre fort contre elle. Puis elle dépose deux baisers sur mon torse, là où à peine deux mois plus tôt je ne supportais pas d'être touché.

— Ana. Mon Ana.

Fermant les yeux, je l'étreins, le cœur gonflé d'amour.

*Je crois que je suis pardonné de l'avoir bousculée.* Et j'ai comme l'impression que tout va bien entre nous.

Nous restons enlacés au milieu de la salle de bains pendant une éternité. Je me laisse imprégner de sa chaleur. Enfin, Ana se recule, les yeux brillants.

— Tu veux vraiment que je le fasse ?

Je hoche la tête. Elle désigne de nouveau la chaise.

— Alors, assieds-toi.

Pendant que je m'installe, elle se débarrasse de ses escarpins et va chercher mon shampoing dans la douche.

— Celui-ci convient-il à monsieur ?

Elle me le présente avec l'air cucul d'une présentatrice de télé-achat.

— Importé spécialement pour vous de la Côte d'Azur. Qu'est-ce que j'aime cette odeur…, murmure-t-elle en l'ouvrant. Ça sent toi.

— C'est parfait.

Elle repose le shampoing et s'empare d'une serviette.

— Penche-toi en avant, m'ordonne-t-elle avant de draper la serviette sur mes épaules.

Puis elle ouvre les robinets du lavabo derrière moi.

— Penche-toi en arrière.

*Qu'est-ce qu'elle est autoritaire !* J'adore ça. J'essaie de lui obéir, mais je n'y arrive pas – je suis trop grand. Alors je fais basculer la chaise sur deux pieds, de sorte que le haut du dossier repose contre le bord du lavabo. Ça marche ! Je renverse la tête et regarde Ana.

Penchée sur moi, elle verse de l'eau tiède sur ma tête à l'aide d'un verre.

— Vous sentez très bon, madame Grey.

Je ferme les yeux et me délecte du contact de ses mains sur mon crâne. Soudain, elle m'asperge d'eau, et j'en ai plein les yeux.

— Pardon ! s'écrie-t-elle.

Je ris et me tamponne les paupières avec la serviette.

— Je sais que je suis un con, mais ce n'est pas une raison pour me noyer.

Elle glousse et dépose un baiser sur mon front.

— Tiens, c'est une idée, ça.

Je l'attrape par la nuque et plaque mes lèvres sur les siennes. Leur goût est divin, un mélange de sauvignon blanc et d'Ana. Irrésistible.

— Mmm.

Je savoure l'instant, puis la relâche et me remets sagement en position. Elle m'observe d'en haut, tout sourire. J'entends le bruit du shampoing qu'elle presse dans sa main. Puis, très doucement, elle me masse le cuir chevelu, des tempes à l'arrière du crâne. Transporté, je ferme les yeux.

*Nom de Dieu !* Qui a dit que le paradis était au bout des doigts de sa femme ? Quand Franco me coupe les cheveux, il utilise toujours un spray. Il ne me les lave jamais. *Pourquoi d'ailleurs, Grey ?* C'est tellement relaxant.

À moins que ce soit l'effet Ana – je suis si sensible à sa présence physique. Sa jambe qui effleure la mienne, son bras qui frôle ma joue, ses mains, son odeur… Je soupire d'aise.

— C'est bon.

— Tant mieux, déclare-t-elle en m'embrassant à nouveau sur le front.

— J'aime quand tu me grattes la tête avec tes ongles.

— Relève la tête.

J'obéis et elle me masse l'arrière du crâne de ses ongles. Un délice.

— En arrière.

J'obtempère et elle me rince les cheveux avec le verre.

— Encore ? demande-t-elle.

— S'il te plaît.

— Tout de suite, monsieur Grey. (Elle remplit le lavabo.) Pour le rinçage, précise-t-elle.

Les yeux clos, je me rends à ses bons soins. Elle me rince abondamment les cheveux, me masse le crâne pour faire partir les dernières traces de shampoing, en usant allégrement de ses ongles.

J'ai trouvé mon Nirvana. *C'est le paradis.*

J'ouvre les paupières pour la contempler. Elle me donne un chaste baiser et se place face à moi, les seins tout près de ma figure.

*Putain !* Tandis que l'eau s'évacue par la bonde, je referme les yeux, plaque mes mains sur ses hanches et les fais glisser sur son cul magnifique.

— Bas les pattes !

— N'oublie pas que je suis un peu sourd, à mon âge.

Alors que mes doigts s'insinuent sous sa jupe, elle me donne une petite tape sur le bras. Je souris comme un gamin qui s'est fait prendre la main dans le pot de confiture. Je cesse mes enfantillages, mais laisse mes paumes sur les fesses de ma femme pendant qu'elle termine sa tâche. Je pianote sur son cul en m'imaginant en train de jouer la *Sonate au clair de lune* et pousse un grognement appréciateur.

— Là. C'est fini ! annonce-t-elle.

— Tant mieux.

Je resserre mes mains sur ses hanches et, les cheveux encore dégoulinants, je fais asseoir Ana sur mes genoux. La prenant par la nuque, je l'embrasse langoureusement. Elle a un cri étranglé alors que je pousse mon avantage, réclamant sa langue. J'en veux plus. Je suis excité. Dans les starting-blocks. Je me fiche qu'on mette de l'eau partout. Ana s'agrippe à mes cheveux trempés et répond à mon baiser avec fièvre.

Le désir coule dans mes veines. Il réclame d'être assouvi. Alors que je meurs d'envie d'arracher son chemisier, je tire gentiment sur le bouton du haut.

— Assez de bichonnage ! Maintenant, je veux te baiser jusqu'à ce que tu vires de toutes les couleurs de l'arc-en-ciel, ici ou dans la chambre, c'est toi qui décides.

Ana fait mine d'être indignée.

— Alors, Anastasia ?

— Tu es tout mouillé.

La maintenant fermement par les hanches, je presse mes cheveux trempés sur le devant de son chemisier. Elle se tortille en piaillant, mais je ne la laisse pas s'échapper.

— Pas de ça, bébé.

Quand je relève la tête, son chemisier lui colle à la peau et les pointes dressées sont visibles sous le tissu transparent. Elle est sublime, amusée et excitée à la fois.

— Joli spectacle, susurré-je en taquinant son téton du bout du nez.

Elle grogne et gigote.

— Alors, Ana, ici ou dans la chambre ?

— Ici, souffle-t-elle.

— Bon choix, madame Grey.

Je glisse ma main sur sa jambe, remonte davantage sous sa jupe tout en lui bécotant la mâchoire.

— Qu'est-ce que je vais te faire ?

Mes doigts s'arrêtent brusquement. Elle porte des bas ! *Ô joie !*

— Ça me plaît, ça.

Je passe un doigt sous le tissu soyeux et effleure l'intérieur tendre de sa cuisse. Ana se tortille de plaisir.

— Si tu veux que je te baise jusqu'à ce que tu vires de toutes les couleurs, ne bouge pas.

— Tu peux toujours essayer de m'en empêcher.

Son ton provocateur va droit à ma queue.

— Oh, madame Grey, vos désirs sont des ordres.

Ma main trouve sa culotte.

— On va te débarrasser de ça.

Elle se décale pour se positionner sur mon érection. *Putain.* Ma respiration devient sifflante. Je marmonne :

— Ne bouge pas.

— Je voulais t'aider.

Elle fait la moue en signe de protestation.

— Je t'ai dit de ne pas bouger.

Je fais descendre sa culotte le long de ses jambes et la chiffonne dans ma main. J'ai ma petite idée. Puis je trousse la jupe d'Ana et prends le temps d'admirer ses jambes gainées de bas aux bords en dentelle. Je la soulève par la taille.

— Assieds-toi. Chevauche-moi.

Ses yeux sombres plantés dans les miens, elle s'exécute, non sans relever le menton, une lueur de défi dans le regard. *Oh, Ana.*

— Madame Grey, seriez-vous en train de m'allumer ?

— Oui, et alors ?

*Bordel, j'adore quand elle me provoque.*

— Mets les mains derrière le dos.

Elle obtempère, et je lui attache les poignets avec sa culotte. Bien serrés. À présent, elle est à ma merci.

— Ma culotte ? Monsieur Grey, vous n'avez pas honte ?

— Jamais en ce qui vous concerne, madame Grey, mais ça, vous le savez déjà.

Son attitude rebelle me met dans tous mes états. Alors qu'elle se mâchonne la lèvre, ses yeux vrillés aux miens, je lui écarte un peu plus les cuisses. Ce sera bien plus intense comme ça. À présent, son chemisier est mouillé.

— Je crois qu'on n'a pas besoin de ça.

Je défais les boutons un à un, pour révéler ses seins encore humides. Ils se soulèvent rapidement tandis que sa respiration s'accélère. Ses pupilles se dilatent. Je passe mon pouce sur sa lèvre, puis le plonge dans sa bouche.

— Suce !

Elle ferme les yeux et pompe fort. *C'est ça, ma belle.* Elle plante ses dents dans la pulpe et mord. Je grogne et je retire mon pouce mouillé pour tracer un chemin humide sur son menton, sa gorge, sa poitrine. Puis je le passe sous le bonnet de son soutien-gorge, et tire dessus pour libérer un sein.

Sa bouche s'entrouvre et son regard m'implore. J'adore observer ses réactions. Elle se mordille la lèvre alors que je dégage son autre sein, lui aussi à ma merci. Deux délicieuses tentations. Je les prends au creux de mes mains et en effleure les pointes, avant de décrire des cercles autour, avec une atroce lenteur. Ses tétons se raidissent sous ma douce torture. Ana halète et se cambre, offrant ses seins à mes doigts experts. Je continue à taquiner ses tétons jusqu'à ce qu'elle renverse la tête en arrière avec un râle de plaisir.

— Chut.

Mes pouces poursuivent leur assaut implacable tandis qu'Ana arque ses hanches.

— Ne bouge pas, bébé.

Lui maintenant la nuque d'une main, j'agrippe ses cheveux pour l'obliger à rester immobile. Puis je me penche pour prendre son téton droit dans ma bouche et je le suce avec ardeur, pendant que mes doigts s'obstinent à tourmenter l'autre sans relâche.

— Ah ! Christian !

Elle geint et se tord de plus belle sur mes genoux. *Oh, mon bébé.* Je ne ralentis pas le mouvement. Mes lèvres et mes mains ne lui laissent aucun répit.

— Christian, je t'en prie, gémit-elle.

— Mmm… Je veux que tu jouisses comme ça, murmuré-je contre son sein.

Puis je reprends mon assaut sensuel, jouant de mes doigts et de mes dents avec un plaisir décuplé.

— Ah…

Pantelante, elle se tortille sur mes genoux, mais je la tiens fermement.

— S'il te plaît…

Je la regarde absorber l'onde de plaisir, la tête renversée et la bouche entrouverte. Elle n'est pas loin de l'extase.

— Tu as des seins superbes, Ana. Un jour, je vais les baiser.

Elle se cambre violemment, s'abandonnant tout entière, le souffle court. Ses cuisses se serrent contre les miennes. Elle est proche du but. Si proche.

— Lâche-toi…

Quand l'orgasme déferle sur elle, son visage se crispe et son corps est traversé d'un puissant spasme. Je la serre fort lorsqu'elle retombe sur moi, alanguie et repue.

— Qu'est-ce que j'aime te regarder jouir, Ana.

— C'était…

Je crois qu'elle est trop chamboulée pour parler.

— Je sais.

Je l'embrasse passionnément pour lui rappeler qu'elle est tout pour moi. Quand je m'écarte, elle cligne plusieurs fois des yeux.

— Et maintenant, je vais te baiser à fond.

J'ouvre ma braguette pour libérer ma queue qui s'impatiente. Le regard d'Ana s'assombrit.

— Ça te plaît ? je murmure.

— Mmm.

Elle émet un grognement très agréable. J'enserre mon sexe et le fais coulisser dans ma main… *Ah*.

— Vous vous mordillez la lèvre, madame Grey.

— C'est parce que j'ai faim.

— Faim ?

*Anastasia Grey, cette journée n'en finit pas de s'améliorer.*

— Mmm…

Elle lâche à nouveau un râle et se lèche les lèvres pendant que je continue à me donner du plaisir.

— Je vois. Tu aurais dû manger ton dîner.

Je suis tenté de lui donner une fessée, seulement je ne suis pas sûr qu'elle apprécierait.

— Mais on peut arranger ça. (Je la retiens pour qu'elle ne tombe pas et ordonne :) Debout !

Elle obéit à une vitesse indécente.

— À genoux.

Ses prunelles brillent d'une lueur gourmande et elle s'agenouille avec une grâce étonnante, vu qu'elle a les mains attachées. Je me cale au bord de la chaise en tenant mon membre dur.

— Embrasse-moi, dis-je en lui présentant ma queue.

Tandis que son regard passe de mon érection à mon visage, je fais glisser ma langue sur mes dents. *Vas-y, bébé.* Elle se penche et plante un petit baiser au bout, ses yeux dans les miens.

*C'est terriblement bandant.* Je pourrais jouir tout de suite.

Je pose la main sur sa joue alors qu'elle remue sa langue autour de mon gland. Je hoquette. Soudain elle me gobe tout entier et se met à me sucer, très fort.

— Ah !

La bouche d'Ana est un délice. Je bascule mes hanches pour m'enfoncer dans sa gorge, et elle me pompe à fond.

*Putain de merde.* Elle me dévore avec fièvre. *Ah.* Elle est tellement douée. Mais je ne veux pas jouir dans sa bouche. Je lui prends la tête à deux mains pour contrôler le rythme. *Doucement, bébé.* Haletant, je guide sa bouche. *Continue, bébé.* Sa langue opère sa magie.

— Putain, Ana.

Elle retrousse ses lèvres et je sens ses dents.

— Ah !

*Nom de Dieu.* Je l'arrête et l'empoigne pour la remonter sur mes genoux.

— Assez !

J'arrache sa culotte de ses poignets tandis qu'elle me contemple avec une satisfaction manifeste. Et pour cause ! Avec son regard sensuel, sous ses longs cils, ma femme est une déesse. Elle s'humecte les lèvres, referme ses doigts sur mon sexe et le tient fermement pendant qu'elle s'empale dessus avec une putain de lenteur.

*Oh, me sentir en elle.* Avec un râle, j'arrache son chemisier, puis je la cale sur moi, les mains sur ses hanches.

— Ne bouge pas. S'il te plaît, laisse-moi savourer.

Elle se fige. Ses prunelles noires expriment tout son amour et sa sensualité. La bouche entrouverte, elle se mordille la lèvre. Je bascule le bassin pour m'enfoncer encore plus profondément, lui arrachant un gémissement.

— C'est mon endroit préféré. En toi. Ma femme.

Les doigts d'Ana s'accrochent à mes cheveux, sa bouche possède la mienne et son corps se met à onduler. Elle me chevauche. Vite. De plus en plus vite. Je gémis tandis que nos langues se mêlent dans une danse sauvage. Elle est avide. Comme moi. *Tu vas trop vite, bébé.* Mes mains agrippent son cul pour m'accorder à son rythme effréné.

— Ah ! s'écrie-t-elle.

— Oui ! Oui, Ana, soufflé-je entre mes dents, en tentant de prolonger ce plaisir exquis. Bébé…

*Ana. Ana. Est-ce que ce sera toujours comme ça ?*

Brûlant. Bestial. Extrême.

— Ah, Christian, je t'aime ! Je t'aimerai toujours.

Ses mots causent ma perte. Après la tension accumulée entre nous ces derniers jours, je suis au bord de la rupture. La serrant de toutes mes forces, je jouis dans un cri éperdu, l'emportant vers le Nirvana avec moi. Elle explose autour de moi et se laisse retomber lourdement.

Nous restons immobiles un long moment. Puis nous refaisons surface. Ensemble.

Elle pleure.

— Hé ! (Je lui soulève doucement le menton.) Qu'est-ce qui ne va pas, Ana ? Dis-moi. Je t'ai fait mal ?

— Non, réplique-t-elle vivement.

Je repousse les cheveux de son visage et, du pouce, j'essuie une larme sur sa joue. Je me retire doucement, ce qui lui arrache une grimace.

— C'est juste que… que, parfois, je t'aime tellement que ça me bouleverse.

Mon cœur fond. Un sentiment de plénitude m'envahit.

— Tu me fais le même effet.

— C'est vrai ?

*Ana.*

— Tu le sais très bien.

— Parfois. Pas tout le temps.

— Je vous retourne le compliment, madame Grey.

*Quelle paire nous faisons, tous les deux.* Son sourire éclaire les ténèbres de mon âme. Elle sème un chapelet de baisers sur ma poitrine, puis se blottit contre moi, la joue contre mon cœur. Je lui caresse les cheveux et fais courir mon doigt le long de son dos. Elle porte encore son soutien-gorge. Ça ne doit pas être très confortable. Je le dégrafe et l'envoie rejoindre son chemisier sur le carrelage.

— Mmm. Peau contre peau.

Je l'enveloppe dans mes bras et bécote son épaule, puis son cou.

— Vous sentez divinement bon, madame Grey.

— Vous aussi, monsieur Grey.

— Vous faites plaisir à voir, madame Grey.

Elle se laisse aller contre moi avec un soupir de contentement. Je ne sais pas combien de temps nous restons assis enlacés, mais c'est un baume pour mon âme. Nous ne faisons qu'un. La tension entre nous s'est envolée. Je lui embrasse les cheveux, respire son parfum, et mon monde tourne à nouveau sur son axe.

— Il est tard.

Je n'ai aucune envie de bouger.

— Je ne t'ai pas encore coupé les cheveux.

J'éclate de rire.

— En effet, madame Grey. As-tu la force de finir ce que tu as commencé ?

— Pour vous, monsieur Grey, je ferais n'importe quoi.

Elle dépose un baiser sur mon torse et se lève.

— Reste là.

Je l'attrape par la taille et la fais pivoter vers moi. D'un geste leste, je dézippe sa jupe et la laisse chuter sur le sol, puis je lui offre ma main pour qu'elle enjambe le vêtement. Je prends le temps d'admirer ma femme uniquement vêtue de bas et porte-jarretelles.

— Vous faites plaisir à voir, madame Grey.

Elle ouvre les bras et exécute une petite pirouette. Je suis sous le charme.

— Bon sang, j'ai une sacrée chance.

— En effet.

— Mets ma chemise et je te laisse me couper les cheveux. Si tu restes dans cette tenue, on n'ira jamais au lit.

Son sourire est sexy en diable. Qu'est-ce qu'elle mijote ? Je remonte ma braguette tandis qu'elle tourne autour de ma chemise en roulant des hanches. Puis elle se penche jambes tendues – une pose digne de la couverture du magazine *Penthouse* – et ramasse ma chemise avec un air lascif, avant de la passer. *Oh, boy.*

— Quel spectacle, madame Grey !

Elle ne porte rien d'autre.

— On a des ciseaux ? demande-t-elle d'une voix innocente.

— Dans mon bureau, dis-je d'une voix rauque.

— Je vais les chercher.

Elle quitte la salle de bains, m'abandonnant avec une demi-molle. *Ah, madame Grey.* En son absence, je rassemble ses vêtements, les plie et les pose sur la commode. Quand je lance un coup d'œil au miroir, je reconnais à peine l'homme qui me contemple.

Donner les rênes à Ana en matière de sexe est très satisfaisant. J'aime mon Ana sauvage. Intrépide. J'aime qu'elle aime ma queue. *Ouais, surtout ça.* Et elle a accepté d'être aussi Mme Grey par le nom. Voilà ce qui s'appelle obtenir des résultats. Nous devons juste apprendre à mieux communiquer.

*Communication et compromis.*

Ana déboule soudain dans la salle de bains, visiblement paniquée.

— Qu'est-ce qui ne va pas ?

— Je viens de tomber sur Taylor.

— Oh. (Je fronce les sourcils.) Dans cette tenue ?

Elle écarquille les yeux.

— Ça n'est pas la faute de Taylor.

— Non, mais quand même…, dis-je.

*Je ne veux pas qu'on voie ma femme à moitié nue.*

— Je ne suis pas nue.

— Presque.

— Je ne sais pas lequel de nous deux était le plus gêné, lui ou moi.

J'imagine. Pauvre Taylor. Ou heureux Taylor. Je ne sais pas quoi en penser. L'incident du haut de bikini me revient à l'esprit, mais je chasse aussitôt cette pensée.

— Tu savais que lui et Gail étaient… euh… ensemble ?

Elle paraît ébahie. J'éclate de rire.

— Oui, évidemment.

— Et tu ne m'en as jamais parlé ?

— Je croyais que tu le savais.

— Non.

— Ana, ce sont des adultes. Ils vivent sous le même toit, ils sont tous les deux libres…

Elle pique un fard. Je ne sais pas pourquoi. Je suis content qu'ils soient là l'un pour l'autre.

— Évidemment, vu comme ça… Mais je pensais que Gail était plus âgée que Taylor.

— En effet, mais certains hommes préfèrent les femmes plus mûres…

— Je sais, réplique sèchement Ana.

*Merde. Pourquoi j'ai dit ça ?* Est-ce qu'Elena va tout le temps s'interposer entre nous ?

— D'ailleurs, ça me fait penser que…

— Quoi ?

Ana a l'air de bouder. Elle saisit la chaise pour la tourner face au lavabo.

— Assis !

Ma petite femme autoritaire. J'obéis sans laisser paraître mon amusement. *Tu vois, je sais me tenir.*

— Je pensais que, dans la nouvelle maison, on pourrait convertir en appartement les chambres au-dessus du garage, dis-je. Comme ça, Taylor pourrait faire venir sa fille.

Je guette la réaction d'Ana dans le miroir tandis qu'elle me coiffe. Elle fronce les sourcils.

— Pourquoi est-ce qu'elle ne vient jamais ici ?

— Taylor ne me l'a jamais demandé.

— Tu devrais peut-être le lui proposer. Mais il faudra être sages quand elle est là, toi et moi.

— Je n'y avais jamais songé.

*Les enfants. Ils gâchent tout.*

— C'est peut-être pour ça que Taylor ne t'a jamais demandé s'il pouvait l'inviter. Tu la connais, sa fille ?

— Oui. Elle est adorable. Timide. Très jolie. Je paie ses frais de scolarité.

Ana s'interrompt et m'observe dans le miroir.

— Je ne savais pas.

Je hausse les épaules.

— C'est la moindre des choses. En plus, comme ça, il n'est pas tenté de démissionner.

— Je suis sûre qu'il aime bien travailler pour toi.

— Je ne sais pas.

— Je crois qu'il a beaucoup d'affection pour toi, Christian.

Elle se remet à me peigner. C'est agréable.

— Tu crois ?

Ça ne m'a jamais traversé l'esprit.

— Oui.

*Eh bien, pourquoi pas ?* J'ai énormément de respect pour Taylor. J'aimerais qu'il reste à mon… à notre service indéfiniment. Et j'ai confiance en lui.

— Bon, alors tu parleras à Gia, pour les chambres au-dessus du garage ?

— Oui, bien sûr.

Un sourire flotte sur ses lèvres. Je me demande à quoi elle pense.

— Bon, tu es sûr de vouloir le faire ? demande-t-elle à mon reflet. C'est ta dernière chance de refuser.

— Montrez-moi de quoi vous êtes capable, madame Grey. Ça n'est pas moi qui serai obligé de me regarder, c'est toi.

Son sourire illumine l'espace.

— Christian, je pourrais te regarder du matin au soir.

Je secoue la tête.

— Ce n'est qu'une belle gueule, bébé.

— Et derrière cette belle gueule, il y a une très belle âme. (Elle m'embrasse sur la tempe.) Mon homme.

*Mon homme. Ça me plaît.*

Je me tiens tranquille pendant qu'elle manie les ciseaux. Elle cale sa langue entre ses dents, comme chaque fois qu'elle se concentre. C'est à la fois charmant et excitant. Alors je ferme les yeux et, songeant à notre lune de miel, je savoure mes souvenirs. De temps à autre, j'ouvre un œil pour épier Ana.

— Terminé ! annonce-t-elle peu après.

J'ouvre les yeux et examine son œuvre. C'est une vraie coupe. Et plutôt réussie.

— Excellent boulot, madame Grey.

Je l'attire à moi et frotte mon nez sur son ventre.

— Merci.

— Tout le plaisir est pour moi.

Elle m'embrasse rapidement.

— Il est tard. Allez, au lit !

Je lui donne une petite claque sur les fesses. La voir se déhancher devant moi était trop tentant.

— Avant, il faudrait que je balaie ça.

Des touffes de cheveux traînent un peu partout sur le sol.

— D'accord. Je vais aller chercher le balai. Je ne tiens pas à ce que tu choques le personnel en te baladant à moitié nue.

— Tu sais où se trouve le balai ?

Je m'arrête net.

— Euh… non.

Elle éclate de rire.

— J'y vais.

Et, l'air radieux, elle sort de la salle de bains d'une démarche chaloupée.

*Pourquoi je ne sais pas où se trouve le balai ?*

Je me tourne de nouveau vers le miroir. Ana a fait du bon travail. Une fois de plus impressionné, je souris, puis attrape ma brosse à dents.

Lorsque je rejoins Ana dans le lit, elle paraît pensive.

— Qu'est-ce qu'il y a ?

— Rien. Une idée, comme ça.

— Quelle idée ?

Je me tourne sur le côté pour la regarder.

— Christian, je ne crois pas que j'aie envie d'être chef d'entreprise.

— Pourquoi dis-tu ça ?

— Parce que ça ne m'a jamais attirée.

— Tu en as tout à fait l'étoffe, Anastasia.

— J'aime lire, Christian. Si je dirige la SIP, je n'aurai plus le temps de le faire.

— Tu pourrais t'occuper uniquement du côté créatif.

Elle soupire. Je ne sais pas si elle déteste cette suggestion ou si elle y réfléchit.

— Tu sais, pour qu'une entreprise ait du succès, il faut savoir tirer parti des talents de ses collaborateurs. Si tes propres talents et tes centres d'intérêt te portent vers le côté créatif, il faut que tu organises ta boîte de façon à pouvoir t'y consacrer. Ne rejette pas mon offre d'entrée de jeu, Anastasia. Tu es très compétente. Je crois que tu peux faire tout ce que tu veux, si tu en as envie.

Elle ne paraît pas convaincue.

— Et puis j'ai peur que ça me prenne trop de temps.

Je n'avais pas pensé à ça.

— Du temps que je pourrais te consacrer, murmure-t-elle.

*Je vois clair dans ton jeu, Ana.*

— Arrête ton petit manège.

— Quel manège ?

— Tu essaies de faire diversion, comme toujours. N'écarte pas cette idée, Ana. Réfléchis. C'est tout ce que je te demande.

Je lui donne un petit baiser sage. *Tu es si adorable. Si intelligente.*

— Je peux te poser une question ?

— Bien sûr.

— Tu m'as dit que si j'étais fâchée contre toi, je n'avais qu'à me défouler sur toi au lit. Qu'est-ce que tu voulais dire par là ?

— Qu'est-ce que tu penses que je voulais dire ?

— Que tu voulais que je t'attache.

*Quoi ?!*

— Euh… non. Pas du tout.

Je veux juste de la résistance au lit.

— Ah.

Elle a l'air déçue.

— Tu as envie de m'attacher ?

Je ne crois pas que j'en serais capable… Pas maintenant en tout cas. Ana pique un fard.

— Eh bien…

— Ana, je…

Ça signifierait une totale perte de contrôle et une absolue soumission. Je lui ai proposé une fois, mais elle a refusé. Je ne pense pas pouvoir supporter un autre rejet. De plus, je viens seulement d'apprendre à tolérer – non, à *apprécier* – ses caresses. Je ne veux pas tout gâcher.

— Christian…

Elle se redresse vivement et pose la main sur ma joue.

— Christian, laisse tomber. J'ai mal interprété tes paroles, c'est tout.

Je lui prends la main pour la placer sur ma poitrine. Sous ma peau et mes os, mon cœur bat à tout rompre.

— Ana, je ne sais pas si je supporterais que tu me touches pendant que je suis attaché.

Ses yeux s'écarquillent.

— Tout ça, c'est encore trop nouveau pour moi.

Je viens de lui avouer une de mes plus grandes peurs. Ana se penche vers moi et, alors que je me demande ce qu'elle va faire, elle effleure mes lèvres d'un baiser.

— Christian, j'avais mal compris. Oublie ce que j'ai dit, je t'en prie.

Elle m'embrasse à nouveau. Je ferme les yeux et lui rends son baiser avec avidité. Je m'abandonne à la chaleur de son étreinte, chassant mes démons par la même occasion.

Mardi 23 août 2011

Les ongles vermillon éraflent ma poitrine. Je ne peux pas bouger. Je ne vois rien. Je ne peux que ressentir. *Tu n'aimes pas ça, hein ?* Réduit au silence par un bâillon, je secoue frénétiquement la tête tandis que les ténèbres s'insinuent en moi. Ses talons claquent sur le sol et sèment la terreur autour de moi. *Silence, maintenant. Tu auras ta récompense.* Les lanières du martinet s'abattent sur mon torse, les petites perles cinglent ma peau avec un élancement douloureux qui balaie les ténèbres. La sueur sur mon front. *Tu as une si belle peau.* Elle me frappe de nouveau. Je tire sur mes liens alors que le martinet claque sur mon ventre. *Putain.* Elle va viser plus bas. La douleur va être difficile à encaisser. Je me contracte. J'attends. Ana se tient au-dessus de moi. Elle me caresse le visage avec mon gant de fourrure. Sa main descend sur ma gorge, ma poitrine. La douceur de la fourrure sur ma peau. Si apaisante. Elle repousse les ténèbres. Ana me regarde, les cheveux ébouriffés, le regard empreint d'amour. *Ana.* Sa main effleure mon torse dans la plus douce des caresses. Ses doigts s'emmêlent à mes cheveux.

Ouvrant les yeux, je me retrouve enroulé autour d'Ana, ma tête sur sa poitrine. Le gris de mes yeux rencontre le bleu étincelant de l'été.

— Bonjour, dis-je, heureux de la voir.

— Bonjour.

Sa chemise de nuit en satin souligne ses courbes, en particulier la vallée au creux de ses seins. Je l'embrasse tandis que le reste de mon corps s'éveille… totalement. Ma main glisse sur sa hanche.

— J'aimerais bien te déballer comme un bonbon, mais bien que tu sois appétissante – le réveil indique 7 h 30 –, il faut que je me lève.

À contrecœur, je démêle mes membres de ceux de ma femme et je sors du lit. Ana croise les mains derrière sa tête pour me regarder me déshabiller avec un air gourmand.

— Vous admirez le paysage, madame Grey ?

— Le panorama est splendide, monsieur Grey.

Son visage s'éclaire d'un sourire mutin, et je lui jette mon pantalon de pyjama à la figure. Elle l'attrape en gloussant.

*Et puis merde ! Tant pis pour le boulot.* J'arrache la couette, m'agenouille sur le lit et tire Ana par les chevilles. Sa chemise de nuit remonte et découvre ses cuisses, révélant mon endroit préféré.

Elle pousse un petit cri de protestation, qui m'excite. Je me penche et plante une série de baisers le long de sa jambe, jusqu'au cœur de sa féminité. *Bonjour, Ana.* Elle grogne de plaisir.

Lorsque j'entre dans la cuisine, Mme Jones s'affaire devant la cuisinière.

— Bonjour, monsieur Grey. Vous voulez du café ?

— Bonjour, Gail. Oui, s'il vous plaît.

Je suis affamé après nos ébats de ce matin, sans parler de nos activités d'hier soir.

— Je prendrai une omelette.

— Jambon, fromage et champignons ?

— Parfait.

— Mme Grey a fait des merveilles avec vos cheveux, monsieur, commente Mme Jones.

Une lueur amusée passe dans ses yeux.

— En effet. (Je me perche sur l'un des tabourets au bar de la cuisine, où le couvert est mis pour deux.) Ana ne va pas tarder.

— Bien, monsieur.

Elle m'apporte un mug de café et, pendant que mon omelette cuit, elle sort du muesli, un yaourt et des myrtilles pour Ana. J'étudie les cours de la Bourse sur mon téléphone.

— Bonjour, madame Grey, lance Gail à Ana, avant de lui tendre une tasse de thé.

Ma femme porte une robe droite bleue qui lui va à ravir. Elle arbore le style de la parfaite éditrice, professionnelle et décontractée. Pas celui de la sirène voluptueuse que je connais intimement. Elle s'installe à côté de moi.

— Comment allez-vous, madame Grey ?

J'ai pris un ton badin, sachant combien elle était comblée ce matin.

— Je crois que vous vous en doutez, monsieur Grey.

Elle m'observe sous ses longs cils, ce qui a le don d'aiguillonner ma libido.

— Mange ! Tu n'as rien mangé hier.

— Parce qu'hier, tu étais vraiment trop con.

Mme Jones laisse tomber l'assiette qu'elle était en train de laver dans l'évier. Le bruit fait sursauter Ana.

— Peu importe. Mange !

*Ne joue pas avec mes nerfs, Ana.* Elle lève les yeux au ciel.

— D'accord ! Regarde !

Malgré son agacement manifeste, elle ajoute une cuillerée de yaourt grec et une poignée de myrtilles à son muesli et entame son petit déjeuner. Je me détends et me rappelle que je dois lui parler d'une chose importante.

— Je vais peut-être être obligé d'aller à New York dans la semaine.

— Ah ?

— Je vais y passer une nuit. J'aimerais que tu viennes avec moi.

— Christian, je ne peux pas prendre de congé.

Je plisse les yeux. *Oh, je crois que ça peut s'arranger.* Elle soupire.

— Je sais que je travaille pour une boîte qui t'appartient, mais j'ai déjà été absente trois semaines. Comment crois-tu que je pourrais diriger une entreprise si je pars à tout bout de champ ? Ne t'en fais pas pour moi. Je suppose que tu prendras Taylor avec toi, mais Sawyer et Ryan seront là et…

Elle s'interrompt pour me regarder. Ma femme n'est jamais à court d'arguments.

— Quoi ? interroge-t-elle.

— Rien. Toi.

*Et tes talents de négociatrice.* Elle me lance un coup d'œil en coin, mais son expression est désormais exempte de malice.

— Tu y vas comment, à New York ?

— En jet, pourquoi ?

— Je voulais simplement savoir si tu prenais Charlie Tango.

Son visage est devenu tout pâle.

— Je n'irai pas à New York avec Charlie Tango. C'est un trajet trop long. En plus, il ne sera pas réparé avant deux semaines.

Elle paraît soulagée.

— Eh bien, je suis ravie que les réparations soient presque terminées, mais…

Elle baisse les yeux sur son yaourt.

— Qu'est-ce qu'il y a ?

Elle hausse les épaules.

— Ana ?

*Dis-moi.*

— C'est juste que… enfin, tu sais bien. La dernière fois que tu l'as pris… J'ai cru, on a tous cru que…

— Hé ! C'était un sabotage.

*Et je soupçonne ton ex-patron.*

— Je ne supporterais pas de te perdre.

— Cinq personnes ont été virées à cause de ça, Ana. Ça ne se reproduira plus.

— Cinq ?

Je hoche la tête. Elle fronce les sourcils.

— Au fait, tant que j'y pense… Il y a un revolver dans ton bureau.

*Bordel !* Comment elle a découvert ça ? *Ah oui, les ciseaux.*

— C'est celui de Leila.

— Il est chargé.

— Comment le sais-tu ?

— J'ai vérifié.

*Quoi ?*

— Je ne veux pas que tu joues avec cette arme. J'espère que tu as remis le cran de sûreté.

Elle me regarde comme si j'étais un extraterrestre.

— Mais Christian, il n'y a pas de cran de sûreté sur ce revolver. Tu ne connais donc rien aux armes ?

— Euh… non.

Taylor toussote discrètement depuis l'entrée. Il nous attend. Je consulte ma montre – il est plus tard que je ne le pensais.

*C'est parce que tu as fait l'amour à ta femme ce matin, Grey.*

— Il faut qu'on y aille.

Je me lève et enfile ma veste.

— Je vais juste me brosser les dents, lance Ana.

Taylor et moi la regardons se diriger vers la salle de bains. Je me tourne vers Taylor.

— J'y pense, l'anniversaire d'Ana est en septembre. Elle veut une R8. Blanche.

Il hausse un sourcil. J'éclate de rire.

— Ouais, moi aussi, ça m'a surpris. Vous pouvez en commander une ?

Taylor sourit de toutes ses dents.

— Avec grand plaisir, monsieur. Un Spyder comme le vôtre ?

— Oui. Je pense que c'est bien. Avec les mêmes options.

Taylor se frotte les mains avec une joie non dissimulée.

— Je m'en occupe.

— Il nous la faut au plus tard le 9 septembre.

— Pas de problème.

Ana revient et Taylor appelle l'ascenseur.

— Tu devrais demander à Taylor de te donner des cours de tir, dit-elle en entrant dans la cabine.

— Ah bon, tu crois ? fais-je, sarcastique.

— Oui.

— Anastasia, je hais les armes à feu. Ma mère a soigné trop de victimes de blessures par balles, et mon père est totalement opposé au port d'arme. J'ai été élevé avec ces valeurs. Je soutiens au moins deux initiatives de contrôle des armes à feu dans l'État de Washington.

— Ah. Et Taylor, il est armé ?

Je jette un coup d'œil à notre garde du corps en espérant que mon aversion pour les armes à feu ne soit pas trop flagrante.

— Parfois.

— Et tu n'approuves pas ? interroge Ana au moment où les portes s'ouvrent dans le hall.

— Non, dis-je en l'entraînant vers la sortie. Disons que Taylor et moi avons des points de vue très différents sur le contrôle des armes.

Dans la voiture, Ana me prend la main.

— Je t'en prie…

— Quoi ?

— Apprends à tirer.

Je lève les yeux au ciel.

— Non. Fin de la discussion, Anastasia.

Elle ouvre la bouche pour répondre, puis se ravise et se tourne vers la fenêtre, les bras croisés. J'imagine qu'être la fille d'un ancien soldat lui a donné une perspective différente de la mienne sur les armes à feu. Être le fils d'un médecin a forgé mon opinion.

— Au fait, où se trouve Leila en ce moment ? s'enquiert Ana.

*Pourquoi pense-t-elle à mon ex-soumise ?*

— Je te l'ai déjà dit. Elle est chez ses parents, dans le Connecticut.

— Tu sais si elle y est toujours ? Après tout, elle a les cheveux longs. C'était peut-être elle, au volant de la Dodge.

— Oui, j'ai vérifié. Elle est inscrite dans une école d'art à Hamden. Elle commence ses cours cette semaine.

— Tu lui as parlé ? interroge-t-elle d'une voix blanche.

— Non. Elle l'a dit à Flynn.

— Je vois.

— Quoi ?

— Rien.

Je soupire. C'est la deuxième fois aujourd'hui qu'elle réagit comme ça.

— Ana. Qu'est-ce qu'il y a ?

*Communication et compromis.* Elle hausse les épaules. Je n'ai aucune idée de ce qui la tracasse. Leila ? Peut-être qu'elle a besoin d'être rassurée.

— Je la fais surveiller, pour m'assurer qu'elle reste bien à l'autre bout du pays. Elle va mieux, Ana. Flynn l'a envoyée consulter un psy à New Haven, et tous ses rapports sont positifs. Elle s'est toujours intéressée à l'art, alors…

Je m'interromps, me demandant une nouvelle fois ce qui lui trotte dans la tête.

— Ne t'en fais pas pour ça, Anastasia.

Je lui serre la main, et elle la presse en retour, ce qui m'enlève aussitôt un poids.

— Jolie coupe, monsieur Grey, déclare Barry d'un ton jovial en ouvrant la porte vitrée de Grey Holdings.

— Euh, merci, Barry.

*Eh bien, c'est une première.*

— Comment va votre fils ?

— Très bien, monsieur. Il travaille bien à l'école.

Sa voix vibre de fierté paternelle. Je ne peux m'empêcher de sourire.

— Ça fait plaisir à entendre.

Ros et Sam sont dans l'ascenseur.

— Nouvelle coupe ? interroge Ros.

— Oui, en effet.

— Ça vous va bien, commente Sam.

— Merci.

*Qu'est-ce qui leur prend ?*

Après mon débriefing avec Barney sur le prototype de la tablette, j'envoie un mail à Ana. Je parie qu'elle a déjà fait modifier sa signature électronique.

---

**De :** Christian Grey
**Objet :** Flatterie
**Date :** 23 août 2011 09:54
**À :** Anastasia Grey

Madame Grey,
J'ai reçu trois compliments sur ma nouvelle coupe de cheveux. Les compliments de la part de mon personnel, c'est du jamais-vu. Je crois plutôt que je les dois au sourire ridicule que j'affiche chaque fois que je repense à hier soir. Tu es vraiment une femme merveilleuse, talentueuse et belle.

Christian Grey
P-DG, Grey Enterprises Holdings, Inc.

Je constate avec satisfaction que mon message n'est pas rejeté. Même si je n'ai pas de réaction immédiate. Sa réponse arrive un peu plus tard, alors que je suis entre deux réunions.

De : Anastasia Grey
Objet : J'essaie de me concentrer, là
Date : 23 août 2011 10:48
À : Christian Grey

Monsieur Grey,
J'essaie de travailler et je ne veux pas me laisser déconcentrer par de délicieux souvenirs. Est-ce le moment de vous avouer que je coupais régulièrement les cheveux de Ray ? Je ne savais pas que ce serait un entraînement aussi utile.
Et, oui, je suis à toi et toi, mon cher mari autoritaire qui refuse de jouir de son droit constitutionnel de porter des armes, tu es à moi. Mais ne t'en fais pas, parce que je te protégerai. Toujours.

Anastasia Grey
Éditrice, SIP

Elle coupait les cheveux de Ray. Bon sang, voilà pourquoi elle s'en est aussi bien tirée. Et elle va me protéger. Bien sûr. Je lance Google pour chercher « phobie des armes ».

De : Christian Grey
Objet : Calamity Jane
Date : 23 août 2011 10:53
À : Anastasia Grey

Madame Grey,
Je suis ravi de constater que vous avez demandé au service informatique de changer votre nom. :D Je dormirai plus

paisiblement en sachant que mon épouse porte-flingue dort à côté de moi.

Christian Grey
P-DG & Hoplophobe, Grey Enterprises Holdings, Inc.

---

**De :** Anastasia Grey
**Objet :** Toujours les grands mots
**Date :** 23 août 2011 10:58
**À :** Christian Grey

Monsieur Grey,
Une fois de plus, vos prouesses linguistiques m'éblouissent. Vos prouesses en général, d'ailleurs, et je crois que vous savez de quoi je parle.

Anastasia Grey
Éditrice, SIP

Sa réponse me fait sourire.

---

**De :** Christian Grey
**Objet :** Doux Jésus !
**Date :** 23 août 2011 11:01
**À :** Anastasia Grey

Madame Grey,
Seriez-vous en train de me draguer, par hasard ?

Christian Grey
P-DG Scandalisé, Grey Enterprises Holdings, Inc.

**De** : Anastasia Grey
**Objet** : Vous préféreriez…
**Date** : 23 août 2011 11:04
**À** : Christian Grey

… que je drague quelqu'un d'autre ?

Anastasia Grey
Éditrice courageuse, SIP

**De** : Christian Grey
**Objet** : Grrrr
**Date** : 23 août 2011 11:09
**À** : Anastasia Grey

NON !

Christian Grey
P-DG Possessif, Grey Enterprises Holdings, Inc.

**De** : Anastasia Grey
**Objet** : Waouh…
**Date** : 23 août 2011 11:14
**À** : Christian Grey

Gronderiez-vous comme un fauve ? Parce que c'est assez excitant.

Anastasia Grey
Éditrice qui se tortille (pour les bonnes raisons), SIP

J'adore qu'elle se tortille par mail.

De : Christian Grey
Objet : Attention
Date : 23 août 2011 11:16
À : Anastasia Grey

Après m'avoir dragué, vous m'allumez, madame Grey ?
Je risque de passer vous voir cet après-midi.

Christian Grey
P-DG Priapique, Grey Enterprises Holdings, Inc.

---

De : Anastasia Grey
Objet : Ah non !
Date : 23 août 2011 11:20
À : Christian Grey

Je serai sage. Je ne voudrais pas avoir le patron du patron de mon patron sur le dos.
Et maintenant, laisse-moi faire mon boulot. Sinon, le patron du patron de mon patron pourrait me botter le cul et me virer.

Anastasia Grey
Éditrice, SIP

---

De : Christian Grey
Objet : &*%$&*&*
Date : 23 août 2011 11:23
À : Anastasia Grey

Crois-moi, il y a des tas de choses que le patron du patron de ton patron aimerait faire à ton cul en ce moment. Te le botter ne figure pas sur la liste.

Christian Grey
P-DG & Fou du cul, Grey Enterprises Holdings, Inc.

De : Anastasia Grey
Objet : Allez, ouste !
Date : 23 août 2011 11:26
À : Christian Grey

Tu n'as pas un empire à gérer, toi ?
Arrête de me déranger. Mon rendez-vous vient d'arriver.
Je croyais que tu préférais les seins…
Pense à mon cul, je penserai au tien…
Je t'aime x

Anastasia Grey
Éditrice mouillée, SIP

*Mouillée ?* Ça m'émoustille. Malheureusement, je dois cesser notre correspondance car ma réunion avec Marco et son équipe commence dans quatre minutes.

Les négociations se passent très bien. Marco a fait une offre décisive pour Geolumara et nous avons emporté le morceau. Cette acquisition nous fera entrer dans une nouvelle ère d'énergie verte, via un panneau solaire moins cher et plus facile à fabriquer.

Apparemment, je vais devoir me rendre aussi à Taiwan, à moins que les propriétaires du chantier naval ne viennent à nous. Mais auparavant, ils aimeraient me parler. Ros est en train d'organiser une réunion téléphonique.

Lorsqu'elle raccroche, elle demande à me dire un mot en privé. Nous attendons le départ des autres.

— Hassan aimerait que vous alliez à New York. Le moral des troupes est au plus bas depuis le départ fracassant de Woods. Il n'était pas très apprécié, mais après le bordel qu'il a semé dans la presse, l'équipe technique est sur les nerfs. Il ne faudrait pas qu'on en perde un. Ils sont tous très bons.

— Hassan ne peut pas les rassurer ?

— Jusqu'à un certain point, Christian. Votre visite serait une preuve de soutien inconditionnel. Vous êtes doué pour rallier les troupes.

— D'accord.

— Je lui ferai savoir que vous venez jeudi.

— Merci.

— Oh, et Gwen est enceinte.

— Félicitations !

Je me demande fugacement comment ça fonctionne, mais je ne veux pas me montrer indiscret.

— Oui. Elle est à douze semaines, on peut l'annoncer.

— Trois enfants ! Waouh !

— Oui. Je pense qu'on va s'arrêter là.

Je souris.

— Eh bien, encore une fois, félicitations.

De retour à mon bureau, j'appelle Welch pour faire le point.

— Monsieur Grey, j'aimerais recontacter les anciennes assistantes de Hyde. Peut-être qu'elles accepteront de me parler cette fois.

— Ça ne coûte rien d'essayer.

— C'est ce que je me suis dit.

— Tenez-moi au courant.

— Bien sûr, monsieur.

Je raccroche et informe Ana que je dois partir pour New York.

De : Christian Grey
Objet : La Grosse Pomme
Date : 23 août 2011 12:59
À : Anastasia Grey

Ma très chère femme,
Mon empire réclame ma présence à NY jeudi.
Je serai de retour vendredi matin.
Comment te persuader de m'accompagner ?
Le patron du patron de ton patron a besoin de toi.

Christian Grey
P-DG Spécialiste cul & seins, Grey Enterprises Holdings, Inc.

De : Anastasia Grey
Objet : NY No-Go
Date : 23 août 2011 13:02
À : Christian Grey

Je pense que le patron du patron de mon patron peut s'en sortir sans mes seins et mon cul !
Loin des yeux, près du cœur, comme on dit !
Je serai sage, promis.

Anastasia Grey
Éditrice, SIP

Jeudi 25 août 2011

C'est encore la nuit, et ma femme est blottie sous la couette. À côté d'elle, un lien de serrage. Je le ramasse avec un sourire, me rappelant nos ébats de la veille, et le glisse dans la poche de mon pantalon.

*On s'est bien amusés.* Penché sur elle, je respire une bouffée de son odeur. Ana et le sexe. Le parfum le plus envoûtant du monde. Je dépose un baiser sur son front.

— Trop tôt, grommelle-t-elle.

*Merde.* Je l'ai dérangée, et je sais d'expérience qu'Ana n'est pas fan des réveils matinaux.

— Je te vois demain soir.

— Ne pars pas, murmure-t-elle d'une voix ensommeillée.

Mmm, elle est si appétissante.

— Je dois partir, dis-je en lui caressant la joue. Je vais te manquer, j'espère.

— Oui.

Elle s'humecte les lèvres. Je souris et embrasse ma femme.

— Au revoir, dis-je tout doucement.

Et, à contrecoeur, je m'en vais.

De : Christian Grey
**Objet** : Tu me manques déjà
**Date** : 25 août 2011 04:32
**À** : Anastasia Grey

Madame Grey,
Tu étais adorable ce matin.
Sois sage pendant mon absence.
Je t'aime.

Christian Grey
P-DG, Grey Enterprises Holdings, Inc.

Stephan et sa copilote Beighley sont aux commandes. Nous allons bientôt décoller pour New York. Je me déshabille dans la petite chambre à coucher, espérant rattraper au moins une heure de sommeil. Une fois allongé, je me remémore notre soirée. Ana et moi sommes allés au gala de charité de l'Union pour la Solidarité. Elle portait une élégante robe rose pâle et les boucles d'oreilles de la seconde chance. Mais elle a été encore plus époustouflante après la soirée, quand je l'ai dévêtue.

Elle devrait être avec moi en ce moment. Je ferme les yeux et me souviens de notre nuit de noces, à bord de ce même Gulfstream. *Hmm... j'espère que je vais rêver de ma femme.*

Je me réveille à une heure de New York avec l'impression d'être reposé. Je m'habille rapidement. Dans la cabine principale, Taylor est en train de manger quelque chose qui ressemble à un croissant jambon-fromage.

— Bonjour, monsieur.

— Bonjour. Petit déjeuner ? Parfait. Vous avez récupéré un peu ?

Taylor acquiesce avec sa discrétion habituelle.

— Oui, je vous remercie.

Stephan nous rejoint au moment où je m'assois.

— Vous avez bien dormi, monsieur ? s'enquiert-il.

— Oui, merci. Tout va bien ?

— Nous sommes redirigés vers JFK. Il y a eu un incident à l'aéroport de Teterboro.

— Un incident ?

— Rien de grave, mais on a perdu notre créneau d'atterrissage.

— Ça va écourter ma visite chez GEH-Fibres optiques, dis-je à Taylor.

— J'ai eu les gens de Sheltair, reprend Stephan. Ils font suivre votre voiture.

— Bien. Pouvez-vous ramener le Gulfstream à Teterboro dès qu'on aura atterri ? C'est plus simple pour moi de repartir de là-bas.

— Je ferai au mieux, répond le pilote avec un sourire.

Puis il regagne le cockpit.

Quarante minutes plus tard, nous atterrissons à JFK. Dans la navette qui nous emmène au terminal, je consulte ma boîte mail. Ana m'a écrit.

---

De : Anastasia Grey
Objet : Sois sage !
Date : 25 août 2011 09:03
À : Christian Grey

Donne-moi des nouvelles dès que tu atterris – je serai inquiète jusque-là.

Et je serai sage. Après tout, je ne vois pas quelles bêtises je pourrais faire avec Kate ?

Anastasia Grey
Éditrice, SIP

Kate ? Au contraire, je l'imagine très bien s'attirer des ennuis avec Kate. La deuxième fois que j'ai vu Mlle Kavanagh, Ana était bourrée. C'est comme ça que nous avons passé notre première nuit ensemble. *Merde !* Je l'appelle aussitôt.

— Ana Ste… Grey.

C'est un réel plaisir d'entendre sa voix.

— Salut.

— Salut. Tu as fait bon vol ?

— C'était long. Qu'est-ce que tu vas faire, avec Kate ?

— On sort prendre un verre tranquillement.

Elles sortent ? Avec Hyde qui rôde dans les parages ? *Putain !*

— Sawyer et la nouvelle – Prescott – nous escortent, ajoute-t-elle posément.

— Je croyais que vous alliez dîner à la maison ?

— Oui, mais avant, on va boire un verre.

— Pourquoi tu ne m'en as pas parlé ?

Je ne suis pas à Seattle. S'il lui arrive quoi que ce soit et que je ne suis pas là, je ne me le pardonnerai jamais.

— Christian, ne t'en fais pas, j'aurai Sawyer et Prescott avec moi. On ne fait que prendre un verre. Je n'ai pratiquement pas vu Kate depuis que je t'ai rencontré. Je t'en prie. C'est ma meilleure amie.

— Ana, je ne veux pas t'empêcher de voir tes amis, mais je pensais qu'elle venait à la maison.

Elle pousse un soupir résigné.

— Très bien, on ne sortira pas.

— Tant que ce cinglé est dans la nature, c'est préférable. S'il te plaît.

— Je t'ai déjà dit que c'était d'accord, bougonne-t-elle.

Je ricane, soulagé de l'avoir convaincue.

— Quand tu lèves les yeux au ciel, je le devine toujours.

— Écoute, je suis désolée, je ne voulais pas t'inquiéter. Je vais prévenir Kate.

— Bien.

Me voilà rassuré. Prêt à régler les affaires courantes sans m'inquiéter pour elle.

— Tu es où ?

— Sur le tarmac à JFK.

— Ah, alors tu viens juste d'arriver.

— Tu m'as demandé de t'appeler dès que j'atterrissais.

— Eh bien, monsieur Grey, je suis heureuse de constater que l'un de nous deux respecte scrupuleusement ses engagements.

— Madame Grey, vous savez manier l'hyperbole. Qu'est-ce que je vais faire de toi ?

— Je suis sûre que tu trouveras. Tu trouves toujours, chuchote-t-elle.

— Tu cherches encore à m'allumer ?

— Oui.

Même à l'autre bout du pays, sa voix m'excite.

— Ana, il faut que j'y aille. Et fais ce que les gardes du corps te disent, s'il te plaît. Ils connaissent leur boulot.

— Oui, Christian, promis.

J'imagine qu'elle roule encore des yeux.

— Je te rappelle plus tard.

— Pour savoir ce que je fais ?

— Oui.

— Christian !

— Au revoir, madame Grey.

— Au revoir, Christian. Je t'aime.

Je ne me lasserai jamais d'entendre ces mots.

— Moi aussi, Ana.

Aucun de nous deux ne veut mettre fin à la conversation.

— Raccroche, Christian, murmure-t-elle.

— Tu es une petite chose autoritaire, non ?

— *Ta* petite chose autoritaire.

— À moi, oui. Fais ce qu'on te dit : Raccroche.

— Oui, monsieur, minaude-t-elle.

Puis la ligne est coupée.

*Ana*. Le sentiment de vide est bien réel.

Je lui écris un mail vite fait.

---

**De** : Christian Grey
**Objet** : Les paumes qui me démangent
**Date** : 25 août 2011 13:42 EST
**À** : Anastasia Grey

Madame Grey,
C'est toujours aussi agréable de vous parler au téléphone. Mais je suis sérieux. Fais ce qu'on te dit. J'ai besoin de te savoir en sécurité.
Je t'aime.

Christian Grey
P-DG, Grey Enterprises Holdings, Inc.

L'avion s'immobilise devant le terminal. Notre voiture nous attend sur le tarmac. Il est temps de se rendre dans le Flatiron District et de rallier les troupes.

Je déteste le trajet de l'aéroport JFK à Manhattan. Nous sommes pris dans les embouteillages et nous roulons au pas. Voilà pourquoi je préfère atterrir à Teterboro. Je m'occupe en consultant mes mails et regarde défiler le paysage. Nous traversons le Queens par la voie express, empruntons le Midtown Tunnel – et Manhattan apparaît. Sa *skyline* est toujours aussi magique. Je ne suis pas venu à New York depuis des mois – la dernière fois, c'était avant de rencontrer Ana. Il faut que je l'emmène très bientôt, car elle ne connaît pas Manhattan, ne serait-ce que pour voir ce panorama mythique.

Nous allons tout droit chez GEH-Fibres optiques, situé dans un immeuble ancien de la 22e Rue Est. À peine descendu de voiture, je suis frappé par l'énergie de la ville. C'est tonifiant ! Je suis prêt pour ma première réunion de la journée.

L'équipe d'ingénieurs me fait forte impression. Ils sont jeunes. Créatifs. Dynamiques. Je me sens chez moi ici. Au cours d'un long déjeuner autour de sandwiches et de bières, je leur explique que leur travail est vital pour notre développement et que leur technologie va révolutionner Kavanagh Media. Ce sera le premier organe de presse important à utiliser cette technologie et, quand je leur montre comment nous allons étendre leur expertise à d'autres domaines, ils se lancent dans une discussion à bâtons rompus.

Ros avait raison – j'avais besoin de ça. Hassan, qui est à présent le vice-président de la société, est intelligent, jeune et ambitieux. Il me fait un peu penser à moi. Il a une volonté de fer et il est bien plus visionnaire que

Woods. Il suffit de voir ce que ce dernier a accompli pour comprendre qu'il n'avait aucun avenir. L'accueil est bien trop grand et franchement prétentieux, tandis que les bureaux sont petits, ternes et mal équipés. Il est grand temps de déménager. J'ai demandé à Rachel Morris, la responsable logistique, de trouver de nouveaux bureaux. Elle est impatiente de commencer les recherches. Tant mieux, car ce lieu est vraiment déprimant. Pas étonnant que le moral des employés soit au plus bas. J'envoie un mail à Ros pour lui demander d'étudier le bail pour savoir si on peut le résilier avant son terme – dans deux ans.

Il est 18 heures quand nous partons – nous sommes en retard. J'ai juste le temps de passer à mon appartement de TriBeCa et d'enfiler un smoking avant de me rendre au gala de charité de l'Alliance pour les Télécommunications, près d'Union Square. Dans la voiture, j'essaie de joindre Ana, mais je n'ai aucun réseau. *Bon sang !* Le sort s'acharne contre moi. Je referai une tentative plus tard.

Comme je m'y attendais, l'événement est plutôt convivial. C'est l'occasion pour moi de rencontrer d'autres entrepreneurs spécialisés dans les nouvelles technologies. La veille, j'ai assisté à un dîner de bienfaisance à Seattle avec Ana, et rien que pour cette raison, la soirée était nettement plus agréable.

Pendant que les invités se régalent des canapés et cocktails, je rappelle Ana, mais je tombe sur la messagerie. Je m'apprête à lui laisser un message quand notre hôte, le Dr Alan Michaels, vient me saluer et me remercier de ma présence.

À 21 h 30, alors que les convives dégustent l'entrée, Taylor se glisse discrètement derrière moi.

— Monsieur, Mme Grey prend un verre avec Kate Kavanagh au Zig Zag Café.

— Vraiment ?

Ana m'avait promis de rentrer à la maison. Je vérifie l'heure. Il est 18 h 30 à Seattle.

— Qui est avec elle ?

— Sawyer et Prescott.

— D'accord.

*Si c'est juste un verre.*

— Faites-moi savoir quand elles partiront.

*Elle m'avait pourtant promis. Pourquoi fait-elle ça ?* Elle sait combien je m'inquiète pour sa sécurité. Avec Hyde dans la nature. Ce type est cinglé. Et totalement imprévisible.

Mon humeur s'assombrit. J'ai du mal à me concentrer sur les conversations autour de moi. Je suis attablé avec plusieurs capitaines d'industrie et leurs épouses – et un mari, pour l'un d'entre eux. Cette collecte de fonds a pour but de fournir de la technologie aux écoles des quartiers défavorisés dans tout le pays. Nous sommes neuf à la table, plus un siège vide. Ma femme brille par son absence.

Elle n'est pas non plus à la maison.

— Où est votre femme ce soir ? me demande Callista Michaels.

Assise à ma gauche, elle est l'organisatrice de la soirée et l'épouse du Dr Michaels. Âgée d'une cinquantaine d'années, elle arbore de nombreux diamants.

— Elle est à Seattle.

*Dans un putain de bar.*

— Dommage qu'elle n'ait pas pu se joindre à nous.

— Elle travaille. Et elle adore son métier.

— Oh. Comme c'est original ! Que fait-elle ?

— Elle est dans l'édition.

Et je regrette vraiment qu'elle ne soit pas à New York. Ou moi à Seattle.

À présent, je broie du noir. Mon aloyau sauce béarnaise a perdu toute saveur. C'est bizarre, je suis toujours venu seul à ces soirées, et aujourd'hui je me demande ce qui m'a pris d'accepter cette invitation sans Ana.

*Eh bien, je pensais qu'elle m'accompagnerait.* Même si, à l'évidence, elle s'est ennuyée au gala d'hier.

Et ce soir, elle est avec Kate. Dans un bar. Elles boivent. Et s'amusent.

*Bon Dieu.* Chaque fois qu'elles sortent ensemble, Ana abuse de l'alcool. La première nuit que nous avons passée ensemble à Portland, elle était ivre et s'est écroulée dans mes bras. Et quand elle est rentrée de son enterrement de vie de jeune fille. Je garde l'image d'elle nue sur le lit, sa voix envoûtante : « Tu peux faire de moi ce que tu veux. »

*Putain !* C'est toujours la même histoire quand elle sort avec la petite Kavanagh. *Tout doux, Grey. Qu'est-ce qu'elle risque ?* Deux agents de sécurité sont avec elle.

Hyde. Qui rôde quelque part. Pour se venger ? Je ne sais pas. C'est un maniaque. Je regarde Taylor, posté à l'autre bout de la salle. Il secoue la tête. Elle est toujours en vadrouille. Elle picole. Avec Kavanagh.

Je reviens brutalement au présent. La conversation tourne autour des sources éthiques de minerai. Après une délicieuse et réconfortante tarte au chocolat noir, j'interroge à nouveau Taylor du regard. Même constat. *Bordel.* Combien de verres a-t-elle bus pendant tout ce temps ? J'espère qu'elle a mangé quelque chose.

— Veuillez m'excuser, j'ai un appel à passer…

Je me lève de table pour appeler Ana dans le hall. Elle ne décroche pas. Deuxième tentative. Sans succès. Au bout de la troisième, j'abandonne.

*Bordel !* Je lui envoie un SMS.

« BORDEL ! TU ES OÙ ? »

Elle devrait être à la maison. Ou ici avec moi. Je sais que je suis irritable, mais elle ne prend même pas mes appels !

Je retourne en trombe dans la salle de réception, où la vente aux enchères est sur le point de commencer. J'écoute la description des deux premiers lots – des parcours de golf.

*Rien à foutre.* Je fais un chèque de 200 000 dollars et le tends à Mme Michaels.

— Je suis désolé, Callista, mais je dois partir. Merci pour cette charmante soirée. Vous pouvez compter sur ma présence l'année prochaine. C'est une noble cause.

— Christian, c'est très généreux de votre part ! Merci.

Comme je me lève pour prendre congé, elle me plante une bise sur chaque joue, ce qui me prend au dépourvu.

— Bonne nuit, Callista, dis-je, avant de serrer la main à son mari.

Malgré les hauts plafonds de la salle et sa vue imprenable sur Manhattan, j'ai l'impression d'étouffer. Je suis soulagé de retrouver l'air du dehors.

— Monsieur, la voiture sera là dans deux minutes, annonce Taylor.

— Bien. Elle est toujours là-bas ? Au Zig Zag ?

— Oui, monsieur.

— Rentrons à la maison.

Taylor semble perplexe.

— À TriBeCa ?

— Non, à Seattle.

Il m'observe d'un air impassible, mais je sais qu'il me prend pour un fou. Je soupire.

— Oui, j'en suis sûr, dis-je en réponse à sa question muette. Je veux rentrer.

— Je préviens tout de suite Stephan.

Il s'écarte de l'entrée principale pour passer l'appel. Je téléphone à Ana pour la énième fois, et tombe à nouveau sur sa boîte vocale. Je préfère ne pas laisser de message. Je songe à contacter Sawyer, mais je me sens capable d'exploser. Taylor pourrait s'en charger. Mais dans quel but ? Sawyer ne peut tout de même pas ramener Ana de force. N'est-ce pas ?

*Grey, arrête ton délire !*

Taylor termine sa conversation et me lance :

— Monsieur, le Gulfstream est retourné à Teterboro. Il peut décoller dans une heure.

— Bien. Allons-y.

— Vous voulez repasser à l'appartement ?

— Non, je n'ai besoin de rien. Et vous ?

— Non, monsieur.

— Alors on va directement à l'aéroport.

Pendant le trajet, je rumine. J'ai l'impression de mal me comporter, mais pas autant que ma femme. Pourquoi ne respecte-t-elle pas ses engagements ? Elle pourrait au moins me prévenir !

Hyde lui en veut, et ça me fiche la trouille.

Pour elle. Et pour moi, si je la perds.

Vendredi 26 août 2011

À bord du jet, j'enlève mon nœud papillon et le fourre dans la poche de poitrine de mon smoking. Taylor suspend ma veste avec la sienne dans le petit placard, pendant que je sors deux couvertures, une pour chacun. Puis je m'installe dans un fauteuil de la cabine principale.

Alors que je contemple l'obscurité du New Jersey, je sens la tension de mes muscles gagner mes os. Avant d'embarquer, j'ai réussi à ne pas rappeler Ana. Mais je n'y tiens plus, et tandis que Stephan et Beighley font les dernières vérifications, je contacte Sawyer.

— Monsieur Grey ?

En fond sonore, j'entends le brouhaha du bar. Des gens qui s'amusent, qui rient. Comme Ana.

— Bonsoir, Sawyer. Mme Grey est toujours avec vous ?

— Oui, monsieur.

Je suis tenté de lui demander de me la passer, mais je sais que je vais piquer une crise et lui gâcher sa soirée. Ça me rassure de savoir qu'elle est sous la protection de Sawyer.

— Vous voulez lui parler ?

— Non. Ne la lâchez pas d'une semelle. Je compte sur vous.

*Hyde peut être n'importe où.*

— Oui, monsieur. Avec Prescott, nous sommes sur le qui-vive.

Je raccroche et observe Taylor à la dérobée. Son expression est indéchiffrable. Je baisse les yeux sur mon portable – je suis tellement en rogne contre ma femme que j'ai oublié d'informer Sawyer qu'on rentrait à Seattle. Taylor doit vraiment penser que j'ai perdu la raison.

*Je suis fou !* Fou de ma femme infernale, incapable de tenir parole. Taylor se souvient forcément combien j'étais désespéré, abattu, quand elle m'a quitté.

— Monsieur, il ne va rien lui arriver, me rassure-t-il avec douceur.

Je me mords la langue. *C'est pas son putain de business !* C'est entre ma femme et moi.

*Bordel, elle ne peut pas faire ce qu'on lui dit pour une fois ?* Juste une fois ? Rien qu'aujourd'hui ?

Ma fureur prend le dessus et je lui envoie un mail bien senti.

---

**De :** Christian Grey
**Objet :** Furieux. Tu ne m'as jamais vu vraiment furieux.
**Date :** 26 août 2011 00:42 EST
**À :** Anastasia Grey

Anastasia,

**Sawyer me dit que tu es en train de boire des cocktails dans un bar, alors que tu m'as promis de rentrer directement à la maison. As-tu la moindre idée du degré de ma colère, en ce moment ? À demain.**

Christian Grey
P-DG, Grey Enterprises Holdings, Inc.

Beighley annonce notre décollage imminent. Je boucle ma ceinture, Taylor m'imite.

— Vous pouvez prendre le lit si vous voulez, dis-je à Taylor. Je ne réussirai pas à fermer l'œil.

— C'est inutile, monsieur.

D'accord. Je ferme les yeux, reconnaissant que Beighley ait dormi tout l'après-midi. Elle va nous ramener à la maison.

Je m'assoupis par intermittence et fais des rêves bizarres, entre domination et soumission. Moi, une canne à la main, devant Ana. Moi, à genoux devant Elena qui brandit une canne.

C'est très perturbant.

J'essaie de ne pas me rendormir. Pour garder les yeux ouverts, je fais les cent pas. J'ai l'air d'un animal en cage, d'autant que le jet n'est pas du tout conçu pour tourner en rond.

J'ai envie de hurler à la lune. Je veux rentrer à la maison. Je veux me blottir contre Ana.

L'atterrissage à Boeing Field m'arrache à ma nuit agitée. J'ai les yeux rouges et secs, à cause du manque de sommeil et de l'air conditionné. Je m'empare aussitôt de mon téléphone.

Taylor est réveillé. Je me demande s'il a dormi. Quand l'appareil s'arrête au bout de la piste, je lui demande :

— Quelle heure est-il ?

— 4 h 10.

— Il est très tôt. Quelqu'un vient nous chercher ?

— J'ai envoyé un mail à Ryan. Espérons qu'il a eu le message.

Nous allumons nos téléphones en même temps. *Merde.* J'ai plusieurs messages. Et à en juger par les notifications irritantes venant de son portable, Taylor aussi. J'ai un texto et un appel manqué d'Ana. Je lis d'abord son texto.

« JE SUIS ENCORE VIVANTE.
J'AI PASSÉ UNE BONNE SOIRÉE.
TU ME MANQUES. S'IL TE PLAÎT,
NE SOIS PAS FURIEUX. »

*Trop tard, Ana.* Au moins, je lui manque. Elle m'a laissé aussi un message vocal, que j'écoute ensuite. Son ton est haletant.

« Allô, c'est moi. Il y a eu un incident à l'appartement, mais tout est sous contrôle, alors ne t'inquiète pas, personne n'est blessé. Rappelle-moi. »

*Bordel de merde. C'est quoi ce délire ?* Ma première crainte, c'est que Leila ait une nouvelle fois pénétré dans l'appartement. C'était peut-être elle au volant de la Dodge. Je regarde Taylor. Il est livide.

— Hyde s'est introduit dans l'appartement, explique-t-il. Ryan l'a mis hors d'état de nuire. Il est aux mains de la police.

Mon monde s'écroule brutalement.

— Ana ? dis-je dans un souffle, alors que l'air se retire de mes poumons.

— Elle va bien.

— Gail ?

— Bien aussi.

— Comment c'est arrivé, bon sang ?

— Aucune idée.

Taylor semble aussi secoué que moi. L'avion étant à l'arrêt, j'appelle Ana. Mais là encore, c'est sa messagerie.

*Pour l'amour du ciel. Hyde. Dans l'appartement ? Comment ? Pourquoi ?*

J'essaie d'imaginer ce qui s'est passé, mais la fatigue obscurcit mon jugement. Ana ne répond pas – j'espère qu'elle dort. Je suis soulagé qu'elle n'ait rien, mais j'ai besoin de la voir pour m'en assurer.

Stephan ouvre la porte de l'appareil. L'air frais du petit matin, qui s'engouffre dans la cabine, me pénètre jusqu'aux os. Frissonnant, je me lève et enfile la veste que me tend Taylor. Il descend le premier.

Je me tourne vers la copilote.

— Merci, Beighley.

— Je vous en prie, monsieur, répond-elle.

— Non, vraiment, je vous remercie. Pour le départ anticipé.

— Aucun problème.

— Reposez-vous maintenant.

Je débarque et rejoins Taylor qui m'attend près de l'Audi, à côté de Sawyer.

Pendant le trajet de retour à l'Escala, Sawyer nous fait un rapide compte rendu. Tandis qu'Ana et Kate passaient du bon temps au Zig Zag Café, Hyde, en combinaison de travail, a sonné à l'entrée de service de l'Escala. Ryan l'a reconnu et l'a fait entrer. Puis il l'a plaqué au sol. C'est arrivé juste avant le retour d'Ana, Sawyer et Prescott. La police et les secours sont arrivés et ont embarqué Hyde. Ils ont interrogé tout le monde.

*Le fumier !*

— Il était armé ? s'enquiert Taylor.

— Oui, répond Sawyer.

— Ryan va bien ? dis-je.

— Oui. Mais ils ont eu une altercation. Une des portes est abîmée.

— Une altercation ?

*C'est pas croyable !*

— Ils se sont battus.

*Putain.*

— Mais Ryan n'est pas blessé ?

— Non, monsieur.

— Et Gail, elle était là ? s'inquiète Taylor.

— Dans la pièce sécurisée.

*Merci mille fois, Ros Bailey !*

J'observe Taylor à la dérobée, qui se frotte le front, paupières closes. Bon Dieu ! Nos deux femmes menacées par ce salopard de Hyde.

— Qui a prévenu la police ? demande Taylor.

— Moi. Mme Grey a insisté.

— Elle a bien fait, marmonné-je. Qu'est-ce qu'il avait en tête, cet enfoiré ?

— Je ne sais pas, monsieur, réplique Sawyer. Une dernière chose : les journalistes étaient à l'affût devant l'immeuble hier soir.

*Évidemment.* Quand vont-ils nous lâcher les basques ceux-là ? Décidément, la journée s'annonce très mal et il n'est que – je consulte ma montre – 4 h 40.

— Ryan n'a pas lu votre mail tout de suite, ajoute Sawyer à l'intention de Taylor. Il était trop tard pour prévenir tout le monde de votre retour anticipé.

— Alors Ana et Gail ne sont pas au courant de notre retour.

— Non, monsieur.

— D'accord.

Nous gardons le silence pendant le reste du trajet. Chacun est perdu dans ses pensées. Si Ana était rentrée à la maison, elle se serait réfugiée dans la pièce sécurisée avec Gail, et Ryan aurait eu du renfort pour maîtriser Hyde.

*Pourquoi ne fait-elle jamais ce qu'on lui dit ?*

À peine Sawyer a-t-il garé l'Audi dans le garage que Taylor et moi en sortons pour nous ruer dans l'ascenseur.

— Heureux d'être rentré plus tôt, dis-je à Taylor.

— Moi aussi, monsieur, répond-il avec un signe de tête.

— Quel merdier !

— En effet.

Visiblement, il est toujours aussi crispé.

— Je veux un rapport complet quand tout le monde sera reposé.

— Bien sûr.

Les portes de l'ascenseur s'ouvrent et nous nous séparons dans le vestibule, tous deux avec un but précis en tête : vérifier que tout va bien pour notre femme. Je fonce droit dans notre chambre, pendant que Taylor fait la même chose de son côté, je le sais. Soulagé que l'épaisse moquette étouffe le bruit de mes pas, je traverse le couloir au pas de course et ouvre la porte à la volée.

Ana est profondément endormie de mon côté du lit. Roulée en boule, elle porte un de mes tee-shirts.

*Elle est là. Saine et sauve.*

Mon soulagement manque de me couper les jambes. Pourtant je reste un moment à la contempler. Je ne veux pas la toucher et risquer de la réveiller.

Et je m'enfouirais en elle. Je me demande si elle est rentrée ivre hier soir.

*Ana. Ana. Ana.*

Imaginer Hyde ici me glace.

Je soupire et effleure la joue d'Ana du bout du doigt. Elle marmonne quelque chose, et je me fige. Lorsqu'elle se rendort, je m'éclipse et gagne le séjour. J'ai besoin d'un verre. En entrant dans la pièce, je remarque que la porte est sortie de ses gonds. Il y a des éraflures sur les murs. Mais pas de traces de sang. Heureusement.

Une altercation ? On dirait plutôt une bataille rangée.

Et Hyde était armé. Il aurait pu tuer Ryan ici même, dans mon appartement. Cette pensée me rend malade.

Je m'approche de la desserte et me sers un Laphroaig. Je le bois d'un trait, savourant la brûlure de l'alcool dans ma gorge et la chaleur qui se répand dans mes entrailles. Avec une grande inspiration, je me verse une autre rasade, puis retourne dans notre chambre.

Je devrais dormir, car je suis rincé. Mais je suis trop fébrile. *Non, pas fébrile. Je suis furax !* Le sanctuaire de mon appartement violé par ce connard !

Sans un bruit, je m'assois près de la fenêtre, face à mon côté du lit, afin de siroter mon whisky en regardant Ana dormir. Je me pince l'arête du nez pour tenter de calmer la tempête qui fait rage en moi.

En vain. Hyde voulait faire du mal à ma femme. Je ne vois pas d'autre explication. Qu'avait-il en tête ? La kidnapper ? La tuer ? M'en faire baver ? Et Ana… n'était pas là. Alors que je lui avais demandé de rentrer. Ordonné même ! Ma colère enfle, se mue en une fureur amère. Et je n'ai aucun exutoire.

À part l'alcool qui laisse une trace brûlante dans ma gorge. Je croise les jambes et songe à toutes les manières dont je voudrais voir Hyde périr. Étranglé. Étouffé. Battu à mort. Tué par balle. J'ai le pistolet de Leila.

Et punir Ana pour avoir manqué à sa parole. Pagaie. Martinet. Canne… Ceinture. Mais je ne peux pas. Elle ne me laisserait pas faire.

Dès les premières lueurs de l'aube, la chambre s'éclaire peu à peu. Ana s'étire. Ses paupières papillonnent et, lorsqu'elle me voit, elle laisse échapper un hoquet de surprise.

— Bonjour, murmure-t-elle.

Je termine mon verre et le pose sur la table de nuit tout en réfléchissant à ce que je vais lui dire.

— Bonjour, dis-je, avec l'impression que quelqu'un d'autre a parlé à ma place.

Un robot. Ou une créature dénuée d'émotions.

— Tu es rentré ?

— Apparemment.

Elle s'assoit. Ses yeux sont d'un bleu infernal.

— Tu es là depuis longtemps ?

— Assez.

— Tu es encore fâché ?

*Oh, si seulement j'étais fâché.*

— Fâché ? (Mon moi robotisé répète le mot à voix haute, pour en éprouver la force. Mais on est loin du compte.) Non, Ana, je suis beaucoup, beaucoup plus que ça.

— Beaucoup plus que fâché… ça n'annonce rien de bon.

*Non, en effet.* Je meurs d'envie de me lever et de lui hurler ce que je ressens.

Combien j'ai été déçu, et soulagé à la fois. Combien j'ai eu peur aussi. Que je suis en rogne. Je ne pense pas avoir un jour ressenti autant d'émotions contradictoires. Mon moi robotisé ne sait plus quoi faire. Tous ses circuits sont grillés à force de vouloir contenir ma rage.

Ana saisit son verre d'eau et en boit une gorgée.

— Ryan a eu Jack, m'annonce-t-elle en reposant son verre à côté du mien sur la table de nuit.

— Je sais.

Ses sourcils se froncent.

— Tu vas me répondre longtemps par monosyllabes ?

*Ana, tu fais de l'humour, là ?*

— Oui, dis-je, incapable de mieux.

Elle prend une mine contrite pour me répondre :

— Je suis désolée d'être sortie hier soir.

— Vraiment ?

— En fait, non.

— Alors pourquoi t'excuses-tu ?

— Parce que je ne veux pas que tu sois fâché contre moi.

*C'est trop tard pour ça, Ana.* Je pousse un soupir et passe la main dans mes cheveux.

— Je crois que l'inspecteur Clark veut te parler.

— Le contraire m'aurait étonné.

— Christian, je t'en prie…

— Quoi ?

— Ne sois pas aussi froid avec moi.

*Froid ?*

— Anastasia, je ne suis pas froid en ce moment. Je brûle. Je brûle de rage. Je ne sais pas comment gérer ces… émotions.

Ses yeux s'écarquillent et, avant que je puisse l'arrêter, elle descend du lit et grimpe sur mes genoux. C'est si inattendu ! Une diversion désarmante, et salutaire. Doucement, pour ne pas la briser, je l'enserre dans mes bras et niche mon nez dans ses cheveux, respirant son odeur unique.

*Elle est saine et sauve.*

Ma gorge brûle de larmes de gratitude. Dieu merci elle va bien.

Elle m'enlace et me bécote le cou.

— Ah, madame Grey, que vais-je faire de vous ? dis-je d'une voix enrouée.

— Tu as beaucoup bu ?

— Pourquoi ?

— En général, tu ne bois pas d'alcool fort.

— C'est mon deuxième verre. J'ai eu une nuit éprouvante, Anastasia. Lâche-moi les baskets, tu veux ?

Je sens son sourire.

— Si vous insistez, monsieur Grey. Tu sens divinement bon. J'ai dormi de ton côté du lit parce que ton oreiller sent toi.

*Oh, Ana*. Je lui embrasse les cheveux.

— Je me demandais pourquoi tu étais de ce côté. Je suis encore fâché contre toi, tu sais.

— Je sais.

Ma main frotte machinalement son dos. La toucher me rassure, m'apaise, m'ancre dans le présent.

— Et moi, je suis fâchée contre toi, dit-elle.

Je m'arrête net.

— Et qu'ai-je fait, je te prie, pour mériter ton courroux ?

— Je te le dirai plus tard, quand tu ne brûleras plus de rage.

Elle m'embrasse dans le cou. Je ferme les yeux et la serre contre moi. Fort. Je ne veux plus jamais la laisser partir. J'aurais pu la perdre. Elle aurait pu être tuée par cette ordure.

— Quand je pense à ce qui aurait pu t'arriver…

Mes mots s'étranglent dans ma gorge.

— Je n'ai rien.

— Oh, Ana…

J'ai l'impression d'étouffer et j'ai envie de pleurer.

— On est tous un peu secoués, mais je n'ai rien, Gail va bien, Ryan va bien. Et Jack n'est plus là.

— Ce n'est pas grâce à toi.

Elle s'écarte pour me jeter un regard noir.

— Ça veut dire quoi, ça ?

— Je n'ai pas envie de me disputer pour l'instant, Ana.

Elle semble réfléchir à mes paroles, puis se blottit à nouveau contre ma poitrine. Si elle savait ce que je pense, elle s'abstiendrait.

Elle doit s'en douter. Elle me connaît. La mauvaise graine. Elle a vu le monstre.

— J'ai envie de te punir, chuchoté-je, telle une sombre confession. De te foutre une vraie raclée.

Elle se raidit.

— Je sais.

Ce n'est pas la réponse que j'attendais.

— Je le ferai peut-être.

— J'espère que non.

Sa voix est douce mais ferme. Je soupire. Ça n'arrivera jamais. Ça, je l'ai accepté quand elle m'est revenue. Pourtant, j'en ai envie. Une putain d'envie. Mais la dernière fois, elle m'a quitté.

Maintenant, elle est ma femme, et voilà où nous en sommes. Je resserre mon étreinte.

— Ana, Ana, tu mettrais à l'épreuve la patience d'un saint.

— Je pourrais vous accuser de bien des choses, monsieur Grey, mais pas d'être un saint.

Là, je la retrouve. *Mon Ana.* Je ricane. Même si mon rire sonne faux, ça fait du bien.

— C'est juste, madame Grey.

Je l'embrasse sur le front.

— Au lit. Tu t'es couchée tard, toi aussi.

Je la soulève et la dépose sur le lit.

— Tu t'allonges avec moi ?

Ses yeux m'implorent de rester.

— Non. J'ai à faire. (Je prends mon verre vide.) Dors, je te réveillerai dans deux heures.

— Tu es toujours fâché contre moi ?

— Oui.

— Alors, je me rendors.

— Tant mieux. Dors.

Je la borde et dépose un petit baiser sur son crâne. Puis je m'en vais avant de changer d'avis, car elle a le pouvoir de me blesser comme personne. Si Hyde réussissait à l'atteindre… Bon Dieu ! Sa disparition me ferait plus de mal que tout ce que j'ai pu endurer jusqu'ici.

Je laisse le verre dans l'évier de la cuisine et gagne mon bureau. Il me faut un plan d'action. D'abord, j'envoie un mail à Andrea pour annuler mon voyage à Washington. Je lui explique que j'ai dû rentrer à Seattle et que nos prochaines réunions seront en visioconférence. J'appuie sur envoi en songeant que dès que les journaux auront parlé de l'arrestation de Hyde, mes raisons seront évidentes pour tout le monde.

Je reprends le dossier de Hyde pour éplucher les informations fournies par Welch. J'aimerais comprendre son obsession pour ma famille. Un détail me turlupine depuis le début. Je me demande si c'est une coïncidence.

*Jackson « Jack » Daniel Hyde.*

*Né le 26 février 1979 à Brightmoor, Detroit, Michigan.*

Je suis tellement épuisé que je suis incapable de réfléchir, mais je n'arriverai pas à dormir. J'ai besoin d'air frais pour évacuer mon angoisse.

À pas de loup, je me glisse dans le dressing pour enfiler ma tenue de sport et jette un coup d'œil à Ana avant de partir. Elle dort profondément. Mon iPod fixé à mon bras, je prends l'ascenseur.

Quand les portes s'ouvrent dans le hall, je remarque un attroupement de photographes devant l'immeuble. Je m'éclipse par la porte de service, emprunte une série de couloirs, et me retrouve dans une ruelle derrière l'Escala. Je m'élance dans les rues de Seattle avec « Bitter Sweet Symphony » de The Verve à pleins tubes dans mes écouteurs.

Je cours, cours, cours… sur la 5e Avenue, puis Vine Street. Je passe devant l'ancien appartement d'Ana, où Kate Kavanagh doit cuver sa gueule de bois. Je continue sur Western Avenue, bifurque vers Pike Place Market. C'est éprouvant. Mais je ne m'arrête qu'une fois de retour à l'Escala. Et je repars pour un tour.

Je reviens en sueur, une casquette des Mariners baissée sur les yeux. Je traverse la foule des journalistes sans être reconnu et retrouve l'espace protégé de l'ascenseur.

Je tombe sur Mme Jones qui s'affaire dans la cuisine.

— Gail ! Comment allez-vous ?

— Bien, monsieur Grey. Contente de vous revoir.

— Racontez-moi ce qui s'est passé.

Pendant que j'avale un verre d'eau, elle me fait un résumé des événements de la veille. Ryan qui l'a poussée dans la pièce sécurisée. Et, après l'intrusion de Hyde, l'arrivée de la police et des secours.

— Je n'aurais jamais imaginé que cette pièce servirait un jour, conclut-elle.

— Je me félicite de l'avoir installée.

— En effet, monsieur. Voulez-vous du café ?

— Pas tout de suite. Pourrais-je avoir un jus d'orange pour Ana ?

Elle sourit.

— Tout de suite, monsieur.

— Taylor est réveillé ?

— Non, monsieur.

— Bien. Laissez-le dormir.

Le verre à la main, je retourne dans la chambre. Ana dort toujours.

— Tiens, je t'ai apporté un jus d'orange.

Je le pose sur la table de nuit. Elle s'étire et se mordille la lèvre.

— Je vais prendre une douche, dis-je avant d'entrer dans la salle de bains.

Je me déshabille rapidement et abandonne mes vêtements par terre. Mon jogging n'a guère amélioré mon humeur. Je me lave vigoureusement les cheveux, passant mentalement en revue ma liste de tâches pour ce matin. Je sens Ana avant de l'entendre. Elle referme la porte de la cabine et se coule derrière moi pour m'enlacer. Je me raidis à son contact.

*Ne me touche pas.* Ignorant ma réaction, elle plaque son corps nu contre le mien.

Peau contre peau.

C'est insupportable.

*Je suis trop en colère contre toi maintenant. Et trop en colère contre moi.*

Je me déplace pour que nous soyons tous les deux sous le jet et rince la mousse de mes cheveux. Elle presse ses lèvres sur ma peau.

*Non.*

— Ana…

— Mmm.

*Ça suffit.* Je brûle pour elle. Mais mes pensées sont trop sombres.

Sa main glisse sur mon ventre, et je sais ce qu'elle a en tête.

Mais ce n'est pas ça que je veux.

*Non !* Je pose mes mains sur les siennes et secoue la tête.

— Arrête.

Elle recule comme si je l'avais giflée. Je me retourne et elle baisse les yeux sur mon érection.

*Simple réaction physiologique, bébé.*

— Je suis encore furieux contre toi.

Je colle mon front contre le sien et ferme les yeux.

*J'aurais dû rester à Seattle.*

Elle me caresse le visage, et je meurs d'envie de m'abandonner à sa tendresse.

— Ne sois pas fâché, s'il te plaît. Je trouve ta réaction excessive.

*Quoi !* Je me redresse et la fusille du regard.

— Excessive ? Un cinglé entre dans mon appartement pour kidnapper ma femme, et tu trouves ma réaction excessive ?

— Non… euh, je ne parlais pas de ça. Je pensais que tu étais fâché parce que j'étais sortie.

*Oh.* Je la laisse une nuit et elle aurait pu être kidnappée. Voire pire. Assassinée par ce fou furieux.

— Christian, je n'étais pas là.

— Je sais. Et tout ça, parce que tu es incapable de faire ce qu'on te demande. Merde, c'était pourtant clair, ce que je t'ai dit. Je ne veux pas parler de ça ici, sous la douche. Je suis encore furieux contre toi, Anastasia. Tu m'obliges à remettre en cause mon jugement.

J'attrape une serviette et quitte la salle de bains à grands pas. J'ai besoin de m'accrocher à ma colère. Elle maintient Ana à distance. Et elle me protège… d'émotions encore plus complexes, plus pénibles.

Je me sèche rapidement. Je suis encore mouillé quand je m'habille, mais je m'en fiche. Puis je sors en trombe du dressing et file dans mon bureau. Quand je passe devant la cuisine, Gail me lance :

— Café, monsieur ?

— Oui, s'il vous plaît.

À ma table, je relis pour la énième fois le dossier de Hyde. Il y a une explication là, je le sens. Gail entre et m'apporte une tasse de café.

— Merci.

J'en bois une gorgée. Chaud et noir. Il est parfait.

J'appelle Welch.

— Bonjour, monsieur Grey, répond-il. J'ai appris que vous étiez rentré à Seattle.

— En effet. Qui vous l'a dit ?

— Je viens de faire le point avec Taylor.

— Alors vous êtes au courant pour Hyde.

— Oui. J'ai appelé mon contact dans la police. Pour essayer d'en savoir plus.

— Merci.

— Et j'ai eu des nouvelles du FBI.

On frappe un coup à la porte. Ana se tient sur le seuil, vêtue de sa robe prune qui souligne si joliment ses courbes. Elle a remonté ses cheveux en chignon, elle est terriblement sexy.

Je secoue la tête pour lui signifier que je ne suis pas disponible, et la vois grimacer avant de tourner les talons.

— Désolé, Welch… Vous disiez ?

— Le FBI. Ils ont trouvé une correspondance. Avec l'empreinte partielle de l'hélico.

— C'est Hyde ?

— Oui, monsieur. Le FBI a retrouvé son casier judiciaire quand il était mineur à Detroit.

*Detroit, encore.*

— C'est bien lui. Ce dossier est censé être confidentiel, c'est pour ça qu'il ont eu besoin de plusieurs jours.

— Qu'est-ce que ça signifie ?

— Que ça ne sera peut-être pas recevable dans un tribunal.

— Merde, vraiment ? Eh bien, on a également les vidéos de Hyde autour de l'Escala trouvées par Prescott. Il est clair qu'il fait du repérage. Et, bien sûr, les enregistrements de la salle des serveurs.

— La police voulait l'interroger au sujet du départ d'incendie chez GEH, mais ils n'ont pas réussi à mettre la main dessus.

— Maintenant, ils le tiennent.

— En effet, grommelle Welch. Et les deux enquêtes vont permettre de comparer les empreintes.

— Il serait temps. Vous avez obtenu des informations de ses anciennes assistantes ?

— Non. Elles refusent de dire la vérité. Toutes prétendent qu'il était un patron formidable.

— Plutôt difficile à croire.

— D'accord avec vous, étant donné les plaintes pour harcèlement. Nous n'avons pu en contacter que quatre. Mais on continue à chercher.

— Bien.

— Que voulez-vous faire concernant les mesures de sécurité renforcées pour votre famille ?

— On les maintient pour le moment, en attendant de connaître le sort de Hyde. Après tout, on ne sait pas s'il opérait seul.

— OK. Je vous rappelle dès que j'ai des nouvelles de mon contact dans la police.

— Parfait, merci.

Je consulte mes mails. J'en ai un de Sam, qui me fait savoir qu'il est submergé de questions par les journalistes à propos d'hier soir. Je lui suggère de transmettre toutes leurs demandes au bureau de presse de la police de King County.

— Bonjour, monsieur ! lance Taylor en entrant dans mon bureau.

— Vous avez réussi à dormir un peu ?

Il pousse un soupir.

— Quelques heures, oui. Ça me suffit.

— Bien. On a du pain sur la planche.

Il prend une chaise et nous nous mettons au travail.

— … et pour finir, faites venir un menuisier pour réparer la porte.

— Très bien. Je transmets vos instructions à l'équipe.

— Merci, Taylor.

— Sawyer et Ryan sont encore dans leurs quartiers. J'imagine qu'ils dorment. Prescott visionne les vidéos de la nuit dernière pour découvrir comment Hyde s'est introduit dans l'immeuble.

— Bien.

— Monsieur, ajoute-t-il, hésitant.

— Oui ?

— Je suis heureux qu'on soit rentrés hier soir. C'est à croire que vous avez un sixième sens.

Sa remarque me prend au dépourvu.

— Taylor, j'étais surtout en colère après ma femme.

Un sourire étire ses lèvres.

— C'est notre lot à tous, monsieur.

Je hoche la tête, mais ses paroles ne me rassurent pas – Taylor est divorcé.

— Dieu merci, Ana et Gail sont saines et sauves, conclus-je en me levant. Bon, je vais aller prendre mon petit déjeuner.

— Oui, monsieur.

Il me suit dans la cuisine.

— Je vous ai préparé une omelette, déclare Gail en nous gratifiant d'un grand sourire à tous les deux.

Est-ce que Taylor et Gail vont eux aussi franchir le pas ? Qui sait ?

Je m'installe au bar et, dès que Taylor a quitté la pièce, je demande à Gail si Ana a déjeuné.

— Oui, monsieur Grey. Une omelette aussi.

— Parfait.

Comme par enchantement, Ana se matérialise au même instant dans l'entrée avec sa veste sur le dos. Incrédule, je l'interpelle :

— Tu sors ?

— Travailler ? Oui, bien sûr. (Elle s'avance vers moi.) Christian, ça fait à peine une semaine qu'on est revenus. Il faut que j'aille au boulot.

— Mais…

*Après ce qui s'est passé hier ?* Hyde ! La tentative de kidnapping !

Pris d'une bouffée d'angoisse, je me passe la main dans les cheveux. Du coin de l'œil, je vois Gail quitter discrètement la cuisine.

— Il faut qu'on se parle, lâche-t-elle. Ce soir. D'ici là, tu te seras peut-être calmé.

— Calmé ?

Je sens à nouveau la rage fuser dans mes veines. Cette femme m'en fait voir de toutes les couleurs ce matin.

— Tu sais bien ce que je veux dire.

— Non, Anastasia, je ne sais pas ce que tu veux dire.

— Je n'ai pas envie qu'on se dispute. Je venais simplement te demander si je pouvais prendre ma voiture.

— Pas question !

— D'accord, réplique-t-elle doucement.

Sa voix fait retomber ma colère comme un soufflé. Je ne suis plus furieux, juste épuisé. Je m'attendais à devoir batailler avec elle.

— Prescott va t'accompagner, dis-je d'un ton radouci.

— Très bien.

Elle fait un nouveau pas vers moi. *Ana, qu'est-ce que tu fabriques ?*

Elle se penche et m'embrasse aux commissures des lèvres. Les yeux clos, je me délecte de la douceur de sa bouche.

*Je ne la mérite pas.*

— Ne me déteste pas, souffle-t-elle.

Je lui prends la main.

— Je ne te déteste pas.

*Ana, je ne pourrai jamais te détester.*

— Tu ne m'as pas embrassée, murmure-t-elle.

— Je sais.

Pourtant, j'en ai une furieuse envie. *Bon sang, Grey. Carpe diem.*

Me levant d'un bond, je prends son visage dans mes mains et l'attire à moi. Surprise, elle entrouvre les lèvres, et j'en profite pour prendre possession de sa langue et savourer son goût.

Un goût de paradis, avec une pointe de menthe, à cause du dentifrice.

*Ana, je t'aime. Tu. Me. Rends. Fou.*

Je la libère avant qu'elle ne réagisse. Elle n'ira jamais au bureau si je ne la laisse pas tranquille.

— Taylor va vous conduire à la SIP, Prescott et toi.

Je m'efforce de calmer ma respiration. Ana cligne des yeux, un peu essoufflée elle aussi.

— Taylor !

— Monsieur, répond ce dernier en apparaissant sur le seuil.

— Dites à Prescott que Mme Grey va au bureau. Pouvez-vous les accompagner, s'il vous plaît ?

— Certainement.

À présent maître de moi-même, je me tourne vers Ana.

— Si tu pouvais essayer d'éviter les ennuis aujourd'hui, ça me rendrait service.

— Je vais voir ce que je peux faire.

Une lueur moqueuse brille dans son regard.

— À ce soir.

— À plus.

Elle s'en va, Taylor et Prescott sur ses talons.

Mon petit déjeuner terminé, je retourne dans mon bureau et appelle Andrea. Je l'informe que je reste travailler à la maison. Elle me passe Sam, avec qui j'ai une conversation fastidieuse : il insiste sur la nécessité de « maîtriser le discours » concernant l'agression de Hyde.

— Non, Sam. Pas cette fois.

— Mais…

— Il n'y a pas de mais. C'est du ressort de la police. Transmettez-leur toutes les demandes de la presse. Fin de la discussion.

Il soupire. Sam tuerait pour un peu de publicité.

— Très bien, monsieur Grey.

Il est dépité, mais je m'en moque. Après avoir raccroché, j'appelle mon père pour lui raconter l'incident de la nuit précédente. Nous tombons d'accord pour garder la sécurité renforcée la semaine suivante.

— Tu en parles à maman ?

— Oui, fiston. Fais attention à toi.

— Bien sûr.

J'ai à peine raccroché que je reçois un SMS d'Elliot.

« Salut vieux ! Ça va ? Hyde ! Putain ! »

Concis et efficace. Il a dû voir les infos. Ou bien Ana l'a raconté à Kate. Je l'appelle pour lui résumer les événements, et nous convenons de nous voir ce week-end. Il doit me parler d'un truc important, ajoute-t-il, mais pas au téléphone.

— Comme tu voudras. Au fait, ta copine a entraîné ma femme dans un bar hier soir. Ana aurait dû être dans la pièce sécurisée – au lieu de ça elle se soûlait avec Katherine.

— Katherine, hein ?

— Kate. (Je lève les yeux au ciel.) Enfin, peu importe.

— Et pourquoi tu me dis ça ?

— Je ne sais pas, mec. Juste pour causer.

Elliot soupire.

— Faudra voir ça avec elle.

*Oh. Ils ont rompu ?* Qu'est-ce que ça veut dire ?

Avant que je puisse l'interroger, il poursuit :

— Ce gars qui me colle aux basques, j'en ai encore besoin ?

— Attendons de connaître le sort de Hyde.

— D'accord, champion. C'est ton fric.

— À plus, Elliot.

Ryan et Sawyer font un débriefing complet à Taylor. Je n'arrive pas à savoir si Ryan est un héros ou un parfait idiot d'avoir fait entrer ce cinglé dans l'appartement. À voir son visage tuméfié, il a dû sacrément dérouiller. Il a une entaille au-dessus de l'arcade sourcilière suite à cette « altercation ». Ryan précise qu'il n'a ouvert à Hyde que parce que Ana n'était pas là. Je lance un regard furtif à Taylor, dont l'expression s'est durcie. Ryan a mis Gail en danger, pièce sécurisée ou pas.

La bonne nouvelle, c'est que Prescott a trouvé la séquence vidéo où Hyde s'infiltre par le garage. Sa fourgonnette est toujours sur place. Je demande à Sawyer de communiquer immédiatement l'info à l'inspecteur Clark.

— Oui, monsieur.

— Rien d'autre ? demande Taylor à Ryan et Sawyer.

— Non, monsieur, répondent-ils à l'unisson.

— Merci pour tout, dis-je. Je vous suis reconnaissant d'avoir mis ce connard hors d'état de nuire, Ryan.

— Je dois reconnaître que ça m'a procuré une énorme satisfaction.

— Espérons que la police va l'inculper.

Ryan et Sawyer s'en vont.

— Le menuisier sera là dans une demi-heure pour réparer la porte, m'informe Taylor.

— Bien. Je vais éplucher les dossiers de Hyde pour essayer de comprendre ce qu'il trame.

— Monsieur, nous avons potentiellement un problème.

— Lequel ?

— Techniquement, Ryan a ouvert à Hyde.

Je pâlis.

— Uniquement à cause de circonstances très particulières. Et Hyde était armé.

— C'est vrai. Mais on doit garder ça en tête quand on parlera à la police.

— En effet. Briefez Ryan là-dessus.

— Très bien.

— Taylor, prenez votre soirée. Gail aussi. En fait, tout le personnel.

— Monsieur Grey…

— La nuit a été courte pour tout le monde.

— D'accord. Merci, monsieur.

Taylor prend congé et je me tourne vers mon ordinateur. Ce qui m'intéresse, ce sont les données que Barney a récupérées sur le disque dur de Hyde.

À 10 h 45, j'arrête de passer en revue les informations que ce détraqué a rassemblées sur les Grey, et je me connecte à ma réunion avec Vanessa et la Securities and Exchange Commission. La réunion est efficace et productive. GEH est invitée à faire partie d'une *task force* qui va examiner la problématique des minerais issus des zones de conflit dans les nouvelles technologies.

Quand nous en avons terminé avec la SEC, Vanessa m'informe qu'elle a retrouvé Sebastian Miller, le chauffeur de poids lourd qui nous a secourus, Ros et moi, quand Charlie Tango s'est écrasé. Elle l'a présenté à notre équipe logistique et il va bientôt travailler pour la société de transports routiers employée par GEH.

— Quelle excellente nouvelle !

— Monsieur Grey, il a été sidéré par notre appel.

— J'imagine. Merci de l'avoir retrouvé.

Ensuite, je contacte la sénatrice Blandino. Nous avons une brève discussion et convenons de déjeuner ensemble lors de son prochain passage à Seattle. Quand je raccroche, Taylor se tient sur le seuil.

— Oui ?

— L'inspecteur Clark est là, monsieur.

— Faites-le entrer.

L'inspecteur Clark s'avance et me donne une solide poignée de main.

— Monsieur Grey, merci de me recevoir.

— Je vous en prie, dis-je en désignant le siège en face de moi.

— Merci. J'espérais que vous pourriez me décrire vos relations avec Jackson Hyde.

— Bien sûr.

Je lui explique que je possède la SIP et qu'Ana travaillait sous ses ordres avant que je le fasse virer – avec en prime mon poing dans la figure.

— Vous l'avez frappé ? demande Clark en haussant les sourcils.

— Je lui ai appris les bonnes manières. Il a agressé ma femme.

— Je vois.

— Si vous vérifiez ses antécédents professionnels, vous constaterez qu'il a été renvoyé plusieurs fois pour harcèlement sexuel.

— Hmm… Vous pensez qu'il est responsable de la tentative d'incendie chez GEH ?

— Oui. Les caméras de surveillance le prouvent.

— En effet, j'ai vu les enregistrements. Et merci pour les vidéos du garage. Nos experts ont inspecté le van.

— Ils ont trouvé quelque chose ?

— Ceci.

Il sort un sachet plastique contenant un papier. Il le soulève pour que je puisse l'examiner à travers le film transparent. Un message est écrit au feutre noir :

**Grey, tu sais qui je suis ?**

**Parce que moi, je sais qui tu es, Bébé Oiseau.**

Je le relis plusieurs fois. *Bizarre*.

— Ça signifie quoi, d'après vous ? s'enquiert Clark.

Je secoue la tête.

— Aucune idée.

Il le range dans la poche intérieure de sa veste.

— J'ai des questions pour Mme Grey. Comment va-t-elle ?

— Bien. C'est une dure à cuire.

— Hmm… elle est là ?

— Non, au bureau. Mais vous pouvez l'appeler.

— Je préfère l'approche directe, marmonne Clark. J'aimerais lui parler en personne.

— Je suis sûr qu'on peut arranger ça. Mais étant donné le regain d'intérêt des journalistes pour ma femme et moi, je préférerais que vous vous rendiez à son bureau.

— Pas de problème.

J'envoie un mail à Hannah pour lui demander à quelle heure Ana peut recevoir l'inspecteur Clark. Puis je reprends :

— Hyde était armé. Savez-vous s'il a un permis de port d'arme en règle ?

— On est en train de vérifier.

— Vous avez parlé à l'équipe du FBI qui enquête sur le sabotage de mon hélicoptère ?

— Oui.

— Bien. Je le soupçonne d'être responsable de ça aussi.

— Hmm… il semble un peu obsédé par votre famille.

— C'est le moins qu'on puisse dire.

Je lui explique que nous avons trouvé une foule d'informations sur les Grey dans son ordinateur. L'inspecteur fronce les sourcils.

— Intéressant. Vous pouvez me transmettre ces données ?

— Bien sûr. Mon équipe informatique va vous les envoyer.

Mon ordinateur émet un ping. C'est la réponse d'Hannah.

— Ma femme est libre cet après-midi à 15 heures.

— Excellent. Eh bien, je ne vous retiens pas plus longtemps, monsieur Grey.

Il se lève en même temps que moi.

— Je suis soulagé que Hyde soit entre vos mains, dis-je. Espérons qu'il restera un bon moment derrière les barreaux.

Au sourire sinistre de Clark, je devine qu'il est du même avis.

— Quelle superbe vue vous avez là, ajoute-t-il.

— Merci.

Taylor le raccompagne pendant que j'écris à ma femme.

---

**De : Christian Grey**
**Objet : Déposition**
**Date : 26 août 2011 13:04**
**À : Anastasia Grey**

Anastasia,
L'inspecteur Clark passera te voir au bureau aujourd'hui à 15 heures pour prendre ta déposition. Je l'ai persuadé de se déplacer car je ne veux pas que tu te rendes au commissariat.

Christian Grey
P-DG, Grey Enterprises Holdings, Inc.

Je me remets à fouiller les fichiers informatiques de Hyde. La réponse d'Ana arrive rapidement.

---

**De :** Anastasia Grey
**Objet :** Déposition
**Date :** 26 août 2011 13:12
**À :** Christian Grey

Très bien.
Ana x

Anastasia Grey
Éditrice, SIP

Au moins, elle m'envoie un bisou.

J'ouvre le premier dossier. Il y a énormément d'informations sur Carrick. Pourquoi s'intéresse-t-il autant à mon père ? Je ne comprends pas.

---

**De :** Anastasia Grey
**Objet :** Ton vol
**Date :** 26 août 2011 13:24
**À :** Christian Grey

À quelle heure as-tu décidé de rentrer à Seattle hier ?

Anastasia Grey
Éditrice, SIP

Plus de baiser. Je réponds.

**De : Christian Grey**
**Objet : Ton vol**
**Date : 26 août 2011 13:26**
**À : Anastasia Grey**

**Pourquoi ?**

Christian Grey
P-DG, Grey Enterprises Holdings, Inc.

---

**De : Anastasia Grey**
**Objet : Ton vol**
**Date : 26 août 2011 13:29**
**À : Christian Grey**

**Disons que je suis curieuse.**

Anastasia Grey
Éditrice, SIP

Où veut-elle en venir ? J'opte pour l'humour.

---

**De : Christian Grey**
**Objet : Ton vol**
**Date : 26 août 2011 13:32**
**À : Anastasia Grey**

**La curiosité est un vilain défaut.**

Christian Grey
P-DG, Grey Enterprises Holdings, Inc.

De : Anastasia Grey
Objet : C'est-à-dire ?
Date : 26 août 2011 13:35
À : Christian Grey

Tu fais allusion à quoi ? À une autre menace ? Tu sais où je veux en venir, non ?
As-tu décidé de rentrer parce que je suis sortie prendre un verre avec une copine après que tu m'as demandé de ne pas le faire, ou parce qu'un fou s'est introduit dans ton appartement ?

Anastasia Grey
Éditrice, SIP

*Putain.* Je fixe l'écran sans savoir quoi répondre. Elle sait que je ne suis pas rentré pour Hyde. Sinon, elle n'a pas calculé le décalage horaire.

Que dire ? Je regarde d'un air absent par la fenêtre quand Mme Jones frappe à la porte de mon bureau.

— Voulez-vous déjeuner ?

— Oui, merci, Gail.

— Très bien, monsieur Grey.

Avec un sourire poli, elle me laisse à mes pensées. Je réfléchis encore à ma réponse, quand j'entends un nouveau ping sur mon iMac.

De : Anastasia Grey
Objet : Je t'explique…
Date : 26 août 2011 13:56
À : Christian Grey

Je considère ton silence comme l'aveu que tu es bel et bien rentré à Seattle parce que j'avais CHANGÉ D'AVIS. Je

suis une adulte, et je suis allée prendre un verre avec une amie. Je n'ai pas compris que ce CHANGEMENT D'AVIS me faisait courir un risque parce que TU NE ME DIS JAMAIS RIEN. J'ai appris par Kate que les mesures de sécurité avaient été accrues pour tous les Grey. Je crois que tes réactions sont excessives en général en ce qui concerne ma sécurité, et je comprends pourquoi, mais tu es comme le petit garçon qui crie au loup.
Du coup, je n'arrive jamais à distinguer ce qui est vraiment dangereux de ce que toi, tu perçois comme dangereux. J'avais deux gardes du corps avec moi. Je croyais que Kate et moi étions en sécurité. Et, à vrai dire, nous étions plus en sécurité dans ce bar que dans l'appartement. Si j'avais été PLEINEMENT INFORMÉE de la situation, j'aurais agi autrement.
D'après ce que j'ai compris, ton inquiétude est liée au contenu de l'ordinateur de Jack à la SIP – en tout cas, d'après Kate. Tu sais à quel point c'est énervant de découvrir que ma meilleure amie en sait plus que moi sur ce qui t'arrive ? Je suis ta FEMME. Alors, tu vas m'expliquer ? Ou vas-tu continuer à me traiter comme une gamine, t'assurant par là même que je continue à me comporter en gamine ?

Tu n'es pas le seul à être fou de rage. Compris ?
Ana

Anastasia Grey
Éditrice, SIP

Beaucoup de mots furieux en majuscules. Moi aussi je peux jouer à ce petit jeu.

De : Christian Grey
Objet : Je t'explique…
Date : 26 août 2011 13:59
À : Anastasia Grey

Comme toujours, madame Grey, vous êtes directe et agressive par mail. Nous pourrions peut-être en reparler lorsque nous rentrerons CHEZ NOUS.
Et vous devriez surveiller votre langage. Je suis encore fou de rage, moi aussi.

Christian Grey
P-DG, Grey Enterprises Holdings, Inc.

Merde alors ! Je refuse de m'engueuler avec Ana par mail. Je sors de mon bureau en trombe et déboule dans le séjour. Ma fureur s'apaise à la vue de la salade au poulet que Mme Jones a préparée.

Peut-être que c'est la faim qui me rend grincheux. Je remercie Gail.

— Je vais aller chez le traiteur grec que Mme Grey aime tant et prendre ses plats favoris pour le dîner. Elle n'aura qu'à les réchauffer au micro-ondes.

— Super, fais-je d'un air distrait.

*Pourquoi Ana est-elle si susceptible ces derniers temps ?*

— Monsieur Grey…

— Oui.

— Merci pour ce soir. Mais, en toute franchise, vous me paraissez fatigué. Avez-vous songé à faire une petite sieste ?

Je fronce les sourcils. Une sieste ? Je n'ai pas trois ans.

— Non.

— C'était juste un conseil.

— Je vais le prendre en considération, réponds-je d'un ton abrupt avant d'emporter ma salade dans mon bureau.

Welch m'appelle pendant que je déjeune.

— Alors ?

— On a du nouveau concernant Hyde, annonce-t-il de sa voix bourrue. Dans la fourgonnette, les enquêteurs ont trouvé un matelas et assez de kétamine pour assommer un bœuf.

— De la kétamine !

*J'avais raison !*

— Oui, monsieur. Et des seringues.

Je grimace. Je déteste les seringues. Welch poursuit :

— Apparemment, notre oiseau va être inculpé de tentative de kidnapping au premier degré. Ils vont sûrement ajouter effraction, cambriolage et possession illégale d'une arme à feu. Ah, ils ont aussi trouvé un message.

— Clark me l'a montré.

— Ça a une signification pour vous ?

— Non. Et comme le message est resté dans le van, Hyde a dû changer d'avis. Sinon ça n'a aucun sens.

— Peut-être. Il faisait une livraison pour l'un des nouveaux locataires de l'immeuble, grommelle Welch.

— Une livraison ? Comment ça ?

— Il s'est fait passer pour un livreur. Le client habite au n° 16.

— Ah, oui, je l'ai rencontré. Un type jeune. Voilà comment Hyde est entré alors. Rusé, le fumier.

— Tout à fait, monsieur, approuve Welch. Une dernière chose. Que j'ai apprise par la police et le FBI. Les empreintes concordent.

— On le tient !

— On dirait bien.

— Il y a forcément un lien avec Detroit, mais je n'arrive pas à trouver lequel.

— Je vais continuer à creuser, répond Welch. C'est tout pour l'instant.

— Merci pour le compte rendu.

Après avoir raccroché, je contemple mon assiette à moitié pleine. Je n'ai plus faim. Qu'est-ce que ce connard avait l'intention de faire avec ma femme ? La kidnapper ? La violer ? La tuer ? Il avait des seringues. Il allait peut-être la piquer avec une aiguille infecte. Je ravale la bile qui me remonte dans la gorge.

*Putain.*

J'ai besoin de sortir d'ici et de prendre l'air. Laissant mon déjeuner en plan, je traverse la salle de séjour et, sous le regard inquiet de Gail, m'engouffre dans l'ascenseur. En bas, les photographes étant partis, je sors par l'entrée principale.

Je marche sans but. La vie suit son cours dans la Cité Émeraude.

*Mon Ana. Il aurait pu la tuer.*

Si jamais je mets la main sur ce pervers… C'est fini pour lui. Une nouvelle fois, j'imagine toutes les manières dont je pourrais l'étriper.

*Pour l'amour du ciel, Grey, ressaisis-toi.*

Machinalement, je me retrouve devant Nordstrom. Et si j'achetais quelque chose pour Ana ? Je m'assure que mon portefeuille est bien dans ma poche arrière et j'entre dans le grand magasin. Je tombe dans la section des foulards. Une étole en soie… Ouais. Ça fera l'affaire.

Lorsque je rentre à l'appartement, je me sens plus détendu.

— Vous n'avez pas aimé votre repas ? s'étonne Gail. Souhaitez-vous autre chose ?

— Non, merci. Je crois que je vais suivre votre conseil et m'allonger. Je suis épuisé.

Une fois dans notre chambre, j'enlève mes chaussures, je m'étends sur le lit et je ferme les yeux.

Ana est nue devant moi. Elle me tend les bras. *Tu peux faire de moi ce que tu veux. Une baise de punition.* Elle est équipée du harnais. Dans la salle de jeux. *Qu'est-ce que tu vas me faire ?* J'ai une canne à la main. *Ce que je veux.* Elle est ligotée sur la table. Sur le ventre. Elle ne peut pas bouger. Je fais claquer la pagaie sur ma paume. Ses fesses frémissent d'impatience. Elle est à genoux, le front pressé sur le sol. Les mains attachées dans le dos. *Je veux ta bouche. Ton sexe. Ton cul. Ton corps. Ton âme.* Elle s'agenouille devant moi. *Je suis à toi. Je serai toujours à toi, mon mari.*

Je me réveille complètement désorienté.

Je suis à la maison. D'après la lumière douce qui baigne la chambre, c'est la fin de l'après-midi. Je vérifie l'heure : 17 h 30. Ana ne va pas tarder à rentrer. Un plan se forme dans mon esprit. Je m'attends à une bataille en règle. Ana a dit qu'elle était fâchée contre moi. Dans le dressing, j'enlève ma chemise, passe un tee-shirt et enfile mon jean de dominant. Je suis paré pour son retour. Et je glisse le nouveau foulard dans ma poche.

Peut-être pouvons-nous obtenir tous les deux ce que nous désirons.

Dans mon bureau, j'imprime son mail et remarque qu'elle n'en a pas envoyé d'autres. Ma femme n'est pas du genre à reculer face à un défi. Cette soirée s'annonce intéressante.

Gail n'est pas là. Taylor non plus. Je me demande ce qu'ils fabriquent. Je trouve Ryan dans le bureau de Taylor. Il se lève quand j'entre.

— Bonsoir, monsieur Grey.

— J'aimerais que tout le monde prenne sa soirée. Nous vous appellerons en cas de besoin.

Il hésite avant d'acquiescer.

— Bien, monsieur.

Sur ces mots, je retourne dans le séjour et me mets au piano en attendant le retour de ma femme.

Derrière moi, le soleil de fin de journée s'effiloche à l'horizon. Je patiente dans mon coin du ring, prêt pour la confrontation qui s'annonce. Gants aux poings. Protège-dents en place.

*Combien de rounds, madame Grey ?*

Le ping discret de l'ascenseur résonne dans le vestibule.

Elle est là. *À toi de jouer, Grey.*

Sa sacoche atterrit par terre, puis ses talons claquent sur le sol du salon. Lorsqu'elle m'aperçoit, elle s'immobilise.

— Bonsoir, madame Grey.

Pieds nus, je me dirige vers elle d'un pas de félin, tel un gangster dans un vieux film en noir et blanc, et poursuis d'une voix enjôleuse :

— Je suis ravi que tu sois rentrée. Je t'attendais.

— Ah bon ?

Elle est aussi belle que ce matin, malgré l'inquiétude qui assombrit ses yeux. Manifestement, elle est sur ses gardes.

*À nous deux, ma belle.*

— Absolument.

— J'aime bien ton pantalon, commente-t-elle en me reluquant de la tête aux pieds.

*Je le porte pour toi, bébé.*

De ma poche arrière, j'extirpe une feuille de papier que je déplie avec une mine sévère.

— D'après ce que j'ai compris, vous avez des problèmes, madame Grey ?

Ma tentative d'intimidation échoue lamentablement.

— Oui, en effet.

Son ton est ferme, mais sa voix trahit son trouble. Elle pousse un petit soupir.

— Moi aussi, murmuré-je en m'approchant tout près d'elle.

Ses paupières papillonnent.

— Tes problèmes, je les connais, Christian !

Elle hausse un sourcil. Une lueur mutine passe dans son regard.

*Ne me fais pas rire, Ana.* Elle a prononcé ces mêmes mots il n'y a pas si longtemps.

— Pourquoi es-tu rentré de New York ? demande-t-elle d'une voix de chaton qui cache mal la lionne tapie derrière.

— Tu le sais très bien.

— Parce que je suis sortie avec Kate ?

— Parce que tu as manqué à ta parole et que tu m'as défié en t'exposant à des risques inutiles.

— Manqué à ma parole ? C'est comme ça que tu le vois ?

— Oui.

Elle s'apprête à lever les yeux au ciel. Devant mon expression déterminée, elle se ravise. Je lui donnerais bien une fessée, mais je ne suis pas sûr qu'elle apprécierait.

— Christian, j'ai changé d'avis, explique-t-elle d'une voix doucereuse. Je suis une femme. Les femmes, c'est comme ça. Si j'avais cru un seul instant que tu abrégerais ton voyage d'affaires pour cette raison…

Elle s'interrompt, comme si elle hésitait.

— Tu as changé d'avis ?

— Oui.

— Et tu n'as pas songé à m'appeler ?

*Comment peux-tu te montrer aussi imprudente ?*

J'enfonce le clou :

— Qui plus est, en prenant deux gardes du corps, tu as réduit les effectifs du service de sécurité à l'appartement et mis la vie de Ryan en danger.

Ses joues deviennent cramoisies.

— J'aurais dû t'appeler, mais je ne voulais pas t'inquiéter. Et puis je suis sûre que tu m'aurais interdit de sortir. Kate me manque, j'avais envie de la voir. En plus, si j'avais été là quand Jack est arrivé, Ryan ne l'aurait pas laissé entrer.

Mais il l'a fait. Et si tu avais été là…

*Arrête, Grey.*

Je la prends dans mes bras.

— Ah, Ana, dis-je en la serrant de toutes mes forces, si jamais quelque chose t'arrivait…

*Il avait un pistolet. Et une seringue !*

— Il ne m'est rien arrivé.

— Mais ç'aurait pu… J'ai vécu mille morts aujourd'hui en songeant à ce qui aurait pu advenir. J'étais furieux, Ana. Furieux contre moi-même. Furieux contre toi. Furieux contre le monde entier. Je ne me souviens pas d'avoir été aussi furieux… sauf…

— Sauf ?

— Une fois, dans ton ancien appartement. Quand Leila est venue.

*Avec une putain d'arme à feu.*

— Ce matin, tu étais tellement froid…

Sa voix se brise sur le dernier mot.

*Non, Ana. Ne pleure pas.* Je relâche mon étreinte et lui soulève le menton.

— Je ne sais pas comment gérer ma colère.

Avant, j'avais un exutoire. Mais plus maintenant. Je m'abîme dans le regard bleu troublant qui attend ma confession. Et je me lance :

— Je ne crois pas que je veuille te faire mal. Mais ce matin, je mourais d'envie de te punir, et…

Comment lui expliquer ? *J'enrageais contre le monde, et tu es mon monde.*

— Et tu as eu peur de me faire mal.

— Je ne me faisais pas confiance.

— Christian, je sais que tu ne me feras jamais mal. Pas physiquement, en tout cas.

Elle prend mon visage entre ses mains.

— Vraiment ?

— Je savais que c'était une menace en l'air, que tu n'allais pas me foutre une raclée.

— J'en avais envie.

— Non, tu croyais en avoir envie, c'est tout.

— Je ne sais pas.

— Repense à ce que tu as éprouvé quand je t'ai quitté, dit-elle en nichant sa tête contre ma poitrine. Tu m'as souvent répété que ça avait changé ta vision du monde, ta façon de me voir. Je sais à quoi tu as renoncé pour moi. Et puis pense à ce que tu as éprouvé quand tu m'as fait des marques avec les menottes, durant notre lune de miel.

Elle marque un point. J'avais l'impression d'être un beau salaud, et je ne veux pas qu'elle me quitte à nouveau. Elle me caresse le dos, et peu à peu la tension de mes muscles se relâche. Je ne résiste pas plus longtemps. Je me penche pour l'embrasser, et mes lèvres avides la supplient de respecter ses engagements, de ne pas m'abandonner, de rester auprès de moi.

— Tu crois tellement en moi.

— C'est vrai.

Je caresse son visage en contemplant ses yeux si beaux, emplis de compassion, d'amour et de désir.

*Qu'ai-je fait pour la mériter ?*

— En plus, je te rappelle que je n'ai pas signé de contrat, ajoute-t-elle, sarcastique.

J'éclate de rire.

— En effet.

Un silence apaisé s'installe entre nous. C'est la première fois que je me sens serein depuis mon retour de New York. Est-ce la fin des hostilités ?

— Viens, dis-je au bout d'un long moment, on va se coucher.

— Christian, il faut qu'on parle.

— Plus tard.

— Christian, je t'en prie. Parle-moi.

*Bon sang.* Mon moral retombe en flèche. Peut-être que nous sommes seulement dans l'œil du cyclone. Je suis incapable de cacher mon irritation.

— De quoi veux-tu parler ?

— Tu le sais bien. Tu ne me dis jamais rien.

— Je veux te protéger.

— Je ne suis pas une gamine.

— J'en suis tout à fait conscient, madame Grey.

Je glisse mes mains le long de son dos et lui empoigne les fesses pour plaquer mon érection contre elle.

— Christian ! me gronde-t-elle. Parle-moi.

Comme d'habitude, elle ne lâche rien.

— Qu'est-ce que tu veux savoir ?

— Des tas de choses.

Je ramasse la copie du mail tombée par terre et l'entraîne vers le canapé.

— Assieds-toi.

Je prends place à côté d'elle et me prépare à une salve de questions.

— Interroge-moi.

— Pourquoi ces mesures de sécurité accrues pour ta famille ?

— Hyde représentait une menace pour eux.

— Comment le sais-tu ?

— Son ordinateur contenait des informations sur moi et sur le reste de ma famille, surtout Carrick.

— Pourquoi lui en particulier ?

— Je ne sais pas encore. (C'est pire que l'Inquisition ! Je change de tactique.) On va se coucher ?

— Christian, dis-moi !

— Te dire quoi ?

— Qu'est-ce que tu es… exaspérant ! s'écrie-t-elle en levant les mains.

— Toi aussi !

Elle soupire.

— Tu n'as pas renforcé les mesures de sécurité au moment où tu as appris que l'ordinateur contenait des informations sur ta famille, mais par la suite. Qu'est-ce qui s'est passé pour te faire changer d'avis ?

— Je ne savais pas qu'il allait tenter d'incendier mes bureaux ou…

Je ne veux pas lui parler de Charlie Tango. Ça la bouleverserait. Je décide de changer de stratégie.

— Nous pensions qu'il s'agissait simplement d'une obsession, mais… quand on est une personnalité publique, il y a beaucoup d'informations qui circulent. Il y avait un peu de tout dans les dossiers de Hyde : des articles sur l'époque où j'étais à Harvard, mes trophées d'aviron, ma carrière. Des articles sur les carrières de Carrick et de ma mère… Et quelques trucs sur Elliot et Mia.

Elle fronce les sourcils.

— Tu as dit « ou ».

— Ou quoi ?

— Tu as dit « tenter d'incendier mes bureaux ou… », comme si tu allais ajouter autre chose.

Rien ne lui échappe.

— Tu as faim ? (Je tente une diversion et, fort à propos, son estomac gargouille.) Tu as mangé aujourd'hui ? (Elle rougit ! J'ai ma réponse.) C'est bien ce que je pensais. Tu sais que je n'aime pas que tu sautes des repas. Viens, dis-je en me levant. Je vais te nourrir.

— Me nourrir ?

J'emmène Ana dans le coin cuisine et tire un tabouret de l'autre côté de l'îlot.

— Assieds-toi.

— Où est Mme Jones ?

Ana se perche sur le tabouret.

— Je lui ai donné sa soirée. À Taylor aussi.

— Pourquoi ?

Elle semble surprise. Pourtant, ils méritent bien une pause après les événements d'hier soir.

— Parce que je peux.

*Simple, non ?*

— Alors c'est toi qui vas faire la cuisine ?

Là, elle paraît totalement sidérée.

— Ô femme de peu de foi ! Ferme les yeux.

Elle continue de m'observer d'un air désapprobateur.

— Ferme-les !

Avec une moue, elle obéit.

— Mmm. Ça ne suffira pas.

De la poche de mon jean, j'extirpe le foulard que j'ai acheté un peu plus tôt, ravi de constater qu'il est assorti à sa robe. Elle hausse un sourcil.

— Ferme ! Défense de regarder.

— Tu vas me bander les yeux ?

— Oui.

— Christian…

Je pose un doigt sur ses lèvres.

— On parlera plus tard. Pour l'instant, je veux que tu manges. Tu m'as dit que tu avais faim.

Je plante un baiser léger sur ses lèvres et lui bande les yeux avec le foulard.

— Tu vois ?

— Non.

Elle plisse le front. Ça me fait rire. Elle est si prévisible parfois.

— Quand tu lèves les yeux au ciel, je le sens… et tu sais ce que j'en pense.

— Bon, on s'y met ?

— Quelle impatience, madame Grey. Toujours aussi pressée.

— Oui !

— Je dois d'abord te nourrir.

Je l'embrasse sur la tempe. Elle n'a pas idée combien elle est sexy sur ce tabouret, les yeux bandés et les cheveux relevés en chignon. J'ai très envie d'aller chercher mon appareil photo. Mais je dois d'abord lui donner à manger.

Du réfrigérateur, je sors une bouteille de sancerre et les plats que Gail a achetés chez le traiteur grec. Il y a de l'agneau dans un saladier en Pyrex. *Merde. Combien de temps faut-il le faire chauffer ?*

Je l'insère dans le four à micro-ondes et règle le thermostat au maximum pendant cinq minutes. Ça devrait suffire. Puis je mets deux pitas dans le grille-pain.

— Oui, je suis pressée de parler, déclare Ana.

À la manière dont elle incline la tête, il est évident qu'elle guette mes moindres faits et gestes. Je débouche la bouteille. Ana gigote sur son siège.

— Ne bouge pas, Anastasia. Je veux que tu sois bien sage, murmuré-je à son oreille. Et ne te mordille pas la lèvre.

J'attrape sa lèvre inférieure entre mes dents et la tire doucement. Son visage s'éclaire. *Enfin ! Un sourire.*

Je remplis un verre de vin. À présent, l'ambiance musicale. Sur mon iPod, je choisis un morceau de Chris Isaak, « Wicked Game ». Les accords de la guitare résonnent dans la pièce. *Oui, c'est parfait.*

— D'abord quelque chose à boire. Renverse la tête. Plus.

Elle s'exécute sans broncher. Je prends une gorgée de sancerre, l'embrasse, puis déverse le liquide frais dans sa bouche.

— Mmm…

Elle absorbe l'alcool avec un grognement appréciateur.

— Le vin te plaît ?

— Oui.

— Encore ?

— Avec toi, j'en veux toujours plus.

Je souris de toutes mes dents. *Encore*. Notre mot à nous.

— Madame Grey, chercheriez-vous à m'allumer ?

— Oui.

*Bien. J'adore ça.* Je prends une autre lampée et, saisissant le nœud du foulard, lui incline la tête pour faire couler le vin entre ses lèvres. Elle avale goulûment.

— Tu as faim ?

— Je crois que nous avons déjà évoqué cela, monsieur Grey.

Sa voix suinte l'ironie. *Ah, je te retrouve, Ana !*

Le four à micro-ondes sonne – l'agneau est prêt ! Un arôme appétissant embaume la cuisine. Un torchon à la main, j'ouvre la porte et saisis le plat.

— Putain ! Merde !

Mon doigt est entré directement en contact avec le verre. Je lâche le plat qui se fracasse par terre.

— Ça va ? s'inquiète Ana.

— Ouais !

*Non. Aïe.* Je décide de me faire plaindre.

— Je viens de me brûler. Tiens. (J'introduis mon pauvre index entre ses lèvres.) Tu le suceras mieux que moi.

Ana me saisit la main et retire lentement mon doigt de sa bouche.

— Là, là…

Puis elle souffle doucement dessus.

*Waouh.* C'est comme si elle soufflait directement sur ma queue. Elle embrasse ma phalange, une fois, deux fois, puis reprend mon doigt dans sa bouche et le suce.

Une vague de désir déferle dans mes veines et se propage jusqu'à mon sexe. *Oh, Ana.* Pendant qu'elle fait une fellation à mon index, son front se plisse.

— À quoi penses-tu ?

Je retire mon doigt pour tenter de garder le contrôle de mon corps.

— À tes sautes d'humeur.

*C'est pas nouveau.*

— Cinquante nuances, bébé.

— Mon Cinquante Nuances.

Elle attrape mon tee-shirt et m'attire à elle.

— Ah non, pas de ça, madame Grey. Pas touche… pas encore.

J'intercepte sa main.

— Tiens-toi droite. (Elle fait une grimace.) Si tu boudes, je te donne la fessée.

Avec ma fourchette je pique ce qui reste d'agneau, que je recouvre de sauce yaourt à la menthe.

— Ouvre grand.

Elle obéit et je glisse la bouchée entre ses lèvres.

— Mmm…

— C'est bon ?

— Oui.

J'en goûte à mon tour. C'est un festival de saveurs pour mes papilles. Je me rends compte que je meurs de faim.

— Encore ?

Comme elle acquiesce, elle a droit à un nouveau morceau d'agneau. Alors qu'elle se régale, je déchire un bout de pita et le plonge dans le houmous.

— Ouvre.

Ana déguste cette nouvelle bouchée avec enthousiasme. Je l'imite. C'est décidément le meilleur houmous de Seattle.

— Encore ?

— Encore de tout, s'il te plaît. Je meurs de faim.

Ses paroles sont une douce musique à mes oreilles. Je la nourris avec entrain, alternant entre le pain, le houmous et l'agneau. Ana mange avec appétit – elle apprécie le festin ! C'est un plaisir de la voir se régaler. De temps à autre, je lui donne une gorgée de vin, avec ma technique imparable du bouche-à-bouche.

Les restes du plat de viande terminés, je poursuis avec les feuilles de vigne farcies.

— Ouvre grand et mords.

Elle s'exécute.

— J'adore ça, marmonne-t-elle, la bouche pleine.

— Moi aussi. Elles sont délicieuses.

Quand j'ai terminé de la nourrir, elle me lèche les doigts. Un à un.

— Encore ?

Ma voix est rauque. Elle secoue la tête.

— Bien, lui dis-je à l'oreille, parce qu'il est temps pour moi de savourer mon plat préféré.

Je la soulève si brusquement qu'elle pousse un cri de surprise.

— Je peux retirer le foulard ?

— Non. Salle de jeux.

Ana se fige dans mes bras. Je lui susurre :

— Prête à relever le défi ?

— On y va.

Je savais qu'elle ne dirait pas non. Lorsque je la transporte dans l'escalier, elle me semble un peu plus légère.

— Je crois que tu as maigri.

Ma remarque semble lui faire plaisir. Une fois dans la salle de jeux, je la dépose par terre, lui ôte le foulard que je glisse dans ma poche et enlève les épingles de son chignon pour libérer sa tresse. L'enroulant autour de mon poignet, je tire doucement dessus pour qu'Ana se colle à moi.

— J'ai une idée.

— Ça ne m'étonne pas de toi.

Je l'embrasse dans le creux sous l'oreille, où bat son pouls.

— En effet, madame Grey.

Sa natte dans mon poing, je bascule sa tête en arrière et plante une série de baisers sur sa gorge.

— D'abord, il faut qu'on te déshabille.

Quand je la fais pivoter, son regard tombe sur le premier bouton de mon jean. Avant que je puisse l'arrêter, elle insère un doigt sous ma ceinture et joue avec les poils à la base de mon ventre.

*Ah !*

Elle m'observe sous ses longs cils.

— Tu devrais le garder.

— J'en ai l'intention, Anastasia.

Une main sur sa nuque, je l'embrasse avec fougue. Pendant notre baiser enflammé, je la pousse lentement jusqu'à la croix en pressant mon corps contre le sien. Ses lèvres sont avides, sa langue impatiente. Je me recule.

— On vire cette robe.

Prenant l'ourlet, je remonte lentement la robe, révélant son corps centimètre après centimètre.

— Penche-toi en avant.

Le vêtement finit par tomber à terre, tandis que ma femme se tient devant moi, superbe dans ses dessous en dentelle et ses sandales. Je lui attrape les poignets et les soulève au-dessus de sa tête.

*Des entraves, Ana ?*

Son regard intense embrase mes sens. Elle hoche la tête.

*C'est bien, ma belle. Tu ne dis jamais non.*

J'attache ses poignets avec les menottes en cuir au-dessus de sa tête et tire le foulard de ma poche.

— Je pense que tu en as assez vu, dis-je en lui bandant à nouveau les yeux. (Puis je lui chuchote :) Je vais te rendre folle.

Mes mains descendent le long de ses hanches et entraînent sa culotte au passage.

— Lève les pieds, l'un après l'autre.

Je la débarrasse de sa culotte, puis m'occupe de ses sandales. Après quoi, j'attache sa cheville droite à la croix et répète l'opération avec la gauche. Satisfait, je lui plante un baiser sur les lèvres.

— De la musique et des jouets, je crois. Vous êtes belle comme ça, madame Grey, et j'ai envie de faire une pause pour admirer le spectacle.

Je recule et la contemple, sachant que plus je la fais mariner, plus elle est excitée… et plus je deviens dur.

*Quelle vision fabuleuse !*

Mais pour le moment, je veux lui apprendre le déni d'orgasme.

D'un tiroir, j'extrais un vibromasseur et mon iPod. J'avise une petite boîte de baume du tigre et songe à en étaler un peu sur son clitoris. Ça ferait sacrément monter la température.

*Non, pas aujourd'hui.* Ce sera la prochaine étape.

Sur mon iPod, je choisis un morceau dérangeant, conforme à mon humeur. Bach. *Les Variations Goldberg*. Parfait. J'appuie sur lecture et les notes claires et tranchantes s'élèvent dans ma salle de jeux.

*Notre* salle de jeux.

Je fourre le vibro dans ma poche arrière, enlève mon tee-shirt, et retourne auprès de ma femme, qui mordille sa lèvre. Prenant son menton entre mes doigts, je le soulève pour l'obliger à lâcher prise. Elle esquisse un sourire doux et timide. Elle n'a aucune idée de ce qui l'attend.

*Oh, Ana.* Ce que je vais te faire.

Peut-être que je te laisserai jouir.

Peut-être pas.

Je passe mes phalanges sur la peau tendre de sa gorge, de son sternum et, d'un geste du pouce, libère un sein de son bonnet. Elle a des seins vraiment magnifiques. Pendant que je lui bécote le cou, je dégage son second sein et joue avec la pointe. Mes lèvres taquinent les tétons, l'un après l'autre, les mordillent et tirent dessus jusqu'à ce qu'ils se dressent et en redemandent.

Ana se tortille et tire sur ses liens en gémissant. Mais je ne m'arrête pas pour autant. Ma bouche et mes doigts poursuivent leur lent et sensuel tourment. Je sais combien il est facile de la faire jouir de cette manière.

— Christian ! bredouille-t-elle, le souffle court.

— Je sais, dis-je d'une voix éraillée. C'est ce que tu me fais ressentir.

Elle pousse un cri étranglé. Alors que je poursuis ma caresse implacable, ses hanches basculent vers moi et ses jambes se mettent à trembler.

— S'il te plaît !

*Oh, bébé, tu sens ça ?* Ma queue, qui enfle contre mon jean, qui supplie d'être libérée.

*Chaque chose en son temps, Grey.*

Je m'interromps et me redresse pour contempler son visage. La bouche ouverte, elle inspire l'air par à-coups et gesticule pour échapper à ses liens. Je pose une main sur sa hanche tandis que l'autre descend plus au sud. De nouveau, elle se cambre, s'offrant à ma caresse.

— Voyons où tu en es.

J'effleure son sexe de mes doigts, aussitôt mouillés. Mon érection est de plus en plus serrée dans mon jean. Du pouce, je titille le bouton à la jonction de ses cuisses. Elle geint et se presse contre ma main.

*Oh, Ana. Si passionnée.*

*Pourtant, tu n'es pas près de jouir. Si – et seulement si – je te laisse jouir.*

Lentement, j'insère mon majeur en elle, puis mon index. Elle gémit de plus belle.

— Oh, Anastasia, tu es prête.

Je décris des cercles en elle pendant que mon pouce caresse son clitoris. Ses jambes tremblent à nouveau et sa tête se renverse alors qu'elle absorbe la vague de plaisir. Elle n'est pas loin de l'orgasme.

De l'autre main, je prends le vibromasseur et l'allume.

— Quoi ? s'exclame-t-elle en entendant le bourdonnement.

— Chut…

Je la bâillonne d'un baiser, qu'elle me rend avec ardeur. Je me recule sans cesser de la mettre au supplice avec mes doigts en elle.

— C'est une baguette magique, bébé.

Je le pose contre son sternum et le regarde vibrer contre sa peau. Pendant que d'une main je pétris son sexe, de l'autre, je passe le vibromasseur entre ses seins, puis vais d'une pointe à l'autre.

— Ah !

Elle renverse la tête en arrière avec un râle. J'enlève aussitôt mes doigts et le vibromasseur.

— Non ! Christian !

Elle bascule ses hanches en vain vers moi.

*Si proche. Et pourtant si loin.*

— Ne bouge pas, bébé. Frustrant, hein ?

— Christian, je t'en prie !

— Chut !

Ma bouche et mes doigts reprennent leur supplice affolant, et le vibro continue de ronronner sur ses tétons au garde-à-vous.

Elle grimpe à nouveau vers l'extase. Mes mains l'emmènent tout près du Nirvana, si près… Puis s'arrêtent brutalement.

— Non !

Je plante un baiser sur son épaule et cesse de caresser son sexe. En revanche, j'augmente la vitesse de mon gros jouet et le glisse sur son ventre, puis sur son bouton gonflé de désir.

— Ah !

Elle hurle en tirant sur ses liens. Et je cesse à nouveau tout mouvement.

— Christian !

— Alors, frustrant ? Comme toi. Tu promets un truc, et après…

— Christian, s'il te plaît.

Je l'excite avec le vibromasseur. Et le retire.

Puis je recommence. Et stoppe à nouveau.

Elle est à bout de souffle.

— Chaque fois que je m'arrête, c'est plus intense quand je recommence, pas vrai ?

— S'il te plaît, supplie-t-elle.

J'éteins l'appareil et le pose sur l'étagère à côté de la croix. Ses lèvres réclament, ou plutôt implorent mes baisers.

— Tu es la femme la plus énervante que j'ai jamais rencontrée.

Elle secoue la tête.

— Christian, je n'ai jamais promis de t'obéir. Je t'en prie, je t'en prie…

Je lui empoigne les fesses et frotte mon sexe contre le sien. Elle geint. J'arrache son bandeau pour sonder son regard bleu.

— Tu me rends fou.

Je bascule mes hanches contre elle une, deux, trois fois, la poussant encore au bord de la jouissance – et stoppe.

— S'il te plaît…, halète-t-elle, le regard implorant.

*Oh, bébé, tu peux en supporter plus. Je le sais.*

Mes doigts frôlent à nouveau son clitoris, mais elle se raidit à mon contact et détourne la tête.

— Rouge, crie-t-elle. Rouge. Rouge !

Les larmes inondent son visage. Je me pétrifie.

— Non ! Nom de Dieu. Non.

Je lui détache aussitôt les mains, la soutiens par la taille et lui libère les chevilles. Elle enfouit sa tête dans ses mains et se met à sangloter.

— Non, non, non, Ana, je t'en prie.

Je suis allé trop loin. Je la transporte sur le lit et la prends sur mes genoux. Elle pleure à chaudes larmes. Comme elle agrippe le drap de satin derrière moi, je l'arrache au matelas et l'enveloppe dedans. Puis je la berce doucement contre moi.

— Pardon, pardon…

*Je suis un vrai salaud.*

Je couvre ses cheveux de baisers.

— Ana, pardonne-moi, je t'en prie.

Elle ne dit toujours rien. Chaque sanglot est une lame qui transperce mon âme noire.

*Ana, je suis tellement désolé. Je ne suis qu'une merde.*

Elle niche son visage dans mon cou. Ses larmes écorchent ma peau.

— S'il te plaît, arrête la musique.

— Oui, bien sûr.

Je récupère la télécommande dans ma poche arrière et éteins la musique. Je n'entends plus que ses reniflements.

— C'est mieux ?

Elle hoche la tête et j'essuie ses larmes de mon pouce.

— Tu n'es pas fan des *Variations Goldberg*, on dirait.

Piètre tentative d'humour.

— Non.

Elle lève sur moi un regard douloureux, et la honte me submerge comme un torrent.

— Pardon.

— P… Pourquoi tu m'as fait ça ? bredouille-t-elle.

— Je me suis laissé emporter.

Elle fronce les sourcils.

— Ana, le déni d'orgasme est un procédé habituel dans… Tu ne fais jamais…

*Bah, à quoi bon ?*

Elle se déplace sur mes genoux, écrasant ma demi-érection. Je grimace.

— Désolée, marmonne-t-elle en rougissant.

Même dans ces circonstances, elle me demande pardon. Quand je contemple cette femme, j'ai honte. Dégoûté de moi-même, je m'allonge en la gardant tout contre moi. Elle se tortille pour remettre son soutien-gorge en place.

— Tu as besoin d'un coup de main ?

Elle secoue vivement la tête et je comprends qu'elle ne veut pas que je la touche.

*Ana, je suis désolé.*

C'est insupportable. Je me tourne pour lui faire face et effleure sa joue mouillée. De nouvelles larmes lui montent aux yeux.

— Je t'en prie, ne pleure pas.

Elle semble si blessée, si triste. Ça me brise le cœur.

— Je ne fais jamais quoi ? interroge-t-elle.

Il me faut un moment pour comprendre qu'elle attend la fin de ma phrase.

— Ce qu'on te demande de faire. Tu as changé d'avis ; tu ne m'as pas dit où tu étais. Ana, j'étais à New York, impuissant et fou de rage. Si j'étais resté à Seattle, je t'aurais ramenée à la maison.

— Alors, tu me punis ?

*Oui. Non. Oui.* Je ferme les yeux, incapable de la regarder en face.

— Il faut que tu arrêtes de faire ça, lance-t-elle. D'abord, parce que tu te détestes encore plus après.

— Exact. Je n'aime pas te voir comme ça.

— Et moi, je n'aime pas me sentir comme ça. Sur le *Fair Lady*, tu m'as dit que tu n'avais pas épousé une soumise.

— Je sais. Je sais.

— Alors arrête de me traiter comme une soumise. Je suis désolée de ne pas t'avoir appelé. Je ne serai plus jamais aussi égoïste. Je sais que tu t'inquiètes pour moi.

Je pèse ses mots avant de répondre :

— Très bien. D'accord.

Je me penche vers son visage et lui demande tacitement la permission de me pardonner. Elle m'offre ses lèvres et je l'embrasse avec tendresse.

— Tes lèvres sont toujours plus douces quand tu as pleuré.

— Je n'ai jamais promis de t'obéir, Christian.

— Je sais.

— Alors accepte-le, s'il te plaît. Pour nous deux. Et moi, j'essaierai de tenir compte de ton… besoin de contrôle.

*Je ne sais pas quoi répondre à ça.*

— Je vais essayer.

Elle pousse un soupir.

— S'il te plaît. En plus, si j'avais été là…

— Je sais…

L'air se retire de mes poumons. Je m'allonge à nouveau, un bras en travers des yeux, imaginant pour la millième fois ce qui aurait pu se produire.

*Il aurait pu la tuer.*

Elle se blottit contre moi, la tête sur ma poitrine. Mes doigts dénouent sa tresse et démêlent ses longues mèches. C'est apaisant, ces cheveux doux entre mes doigts.

*Ana, je suis tellement désolé.*

Nous restons allongés ainsi un long moment, jusqu'à ce qu'Ana interrompe mes pensées.

— Tu voulais dire quoi, tout à l'heure, quand tu as dit « ou » ?

— « Ou » ?

— Un truc à propos de Jack.

— Tu ne renonces jamais, dis-moi.

— Renoncer ? Jamais. Parle. Je n'aime pas que tu me caches ces choses-là. D'après toi, j'ai besoin d'être protégée, mais tu ne sais même pas te servir d'une arme à feu. Moi, si. Tu crois que je suis incapable de me défendre contre ce truc que tu ne veux pas m'avouer, Christian ? Ton ex-soumise cinglée a pointé un revolver sur moi, ton ex-amante pédophile m'a harcelée…

*Ana !*

— Et ne me regarde pas comme ça ! Ta mère est du même avis que moi.

*Quoi ?*

— Tu as parlé d'Elena avec ma mère ?

Je n'en crois pas mes oreilles.

— Oui, Grace et moi avons discuté d'elle.

Je suis sans voix. Sans se démonter, Ana poursuit :

— Cette histoire l'a perturbée. Elle se sent responsable.

— Je n'arrive pas à croire que tu en aies parlé avec ma mère. Merde !

Je me sens plus honteux que jamais.

— Je ne suis pas rentrée dans les détails.

— Encore heureux. Grace n'a pas besoin de savoir tout ça. Nom de Dieu, Ana. Tu en as parlé à mon père aussi ?

— Non, se récrie-t-elle, indignée. Et puis là, tu essaies de changer de sujet, comme d'habitude. On parlait de Jack. Qu'est-ce que tu as appris sur lui ?

Il est clair qu'elle est en mode dis-moi-tout-maintenant-y-en-a-marre-de-tes-conneries. Avec un gros soupir, je lâche le morceau :

— Hyde est impliqué dans le sabotage de Charlie Tango. Les enquêteurs ont trouvé une empreinte partielle – seulement partielle, ce qui les a empêchés de l'identifier formellement. Mais ensuite, tu as reconnu Hyde dans la salle des serveurs. Il a fait de la prison pour mineurs à Detroit, et l'empreinte de son casier correspond. Ce matin, on a retrouvé une fourgonnette dans le parking de l'Escala. Hyde en était le conducteur. Hier, il a livré des trucs à ce nouveau type qui vient d'emménager, celui qu'on a croisé dans l'ascenseur.

— Je ne me rappelle plus son nom, dit Ana.

— Moi non plus. En tout cas, c'est comme ça que Hyde a réussi à pénétrer dans l'immeuble. Il faisait une livraison…

— Et alors, qu'est-ce qu'elle a de si important, cette fourgonnette ?

*Bon sang !*

— Christian, dis-moi.

— Les flics y ont trouvé… des choses.

Je n'ose pas en dire plus. J'ai peur qu'elle fasse des cauchemars.

— Quelles sortes de choses ? insiste-t-elle.

Je garde le silence un moment. Mais je sais qu'elle ne renoncera pas.

— Un matelas, assez de tranquillisants pour chevaux pour assommer douze bêtes, et un message.

J'essaie de cacher mon effroi et ne lui parle pas des seringues.

— Un message ?

— Il m'était adressé.

— Et il disait quoi ?

Je secoue la tête. *Des trucs sans queue ni tête.*

— Si Hyde est venu ici hier soir, c'était pour te kidnapper.

Elle réprime un frisson.

— Merde.

— En effet.

— Je ne comprends pas. Ça n'a pas de sens.

— Je sais. La police mène son enquête, Welch aussi. Nous pensons que c'est en rapport avec Detroit.

— Detroit ?

Ana paraît déroutée.

— Oui. Il a dû se passer quelque chose, là-bas.

— Je ne comprends toujours pas.

Je me hisse sur un coude pour la regarder et me rends compte qu'elle n'est pas au courant.

— Ana, je suis né à Detroit.

— Je croyais que tu étais né ici, à Seattle ?

*Non*. J'attrape un oreiller et le cale derrière ma nuque.

— Non. Elliot et moi, nous avons tous les deux été adoptés à Detroit. Nous nous sommes installés à Seattle peu de temps après mon adoption. Grace voulait habiter la côte Ouest pour s'éloigner des grandes villes, et elle a trouvé un poste au Northwest Hospital. J'ai très peu de souvenirs de cette période. Mia a été adoptée ici.

— Donc, Jack est de Detroit ?

— Oui.

— Comment le sais-tu ?

— J'ai fait une enquête sur lui quand il t'a recrutée.

— Alors lui aussi, il a son dossier en papier kraft ?

Je me retiens de sourire.

— Je crois que le sien est bleu clair.

— Et alors, qu'est-ce qu'il raconte, ce dossier ?

Je lui caresse la joue.

— Tu tiens vraiment à le savoir ?

— C'est grave à ce point-là ?

Je hausse les épaules.

— J'ai vu pire.

Mon triste et lamentable départ dans la vie remonte à ma mémoire.

Ana se love contre moi et tire le drap en satin rouge sur nous deux. Elle semble pensive.

— Quoi ?

— Rien, murmure-t-elle.

— Non. Donnant donnant, Ana. Qu'est-ce qu'il y a ?

Son front se plisse.

— Parfois, je t'imagine petit garçon… avant que tu ailles vivre avec les Grey.

Je me raidis malgré moi. Je refuse de discuter de ça.

— Je ne parlais pas de moi. Je ne veux pas de ta pitié, Anastasia. Cette partie de ma vie est terminée. Oubliée.

— Ce n'est pas de la pitié, c'est de la compassion, de la tristesse qu'on ait pu traiter un enfant comme ça.

Elle inspire profondément avant de reprendre d'une voix éraillée par l'émotion :

— Cette partie de ta vie n'est pas terminée, Christian – comment peux-tu dire une chose pareille ? Tu vis tous les jours avec ton passé. Tu me l'as dit toi-même.

Je soupire. *Laisse tomber, Ana.*

— Je sais que c'est pour ça que tu ressens le besoin de me contrôler, de me protéger.

— Et pourtant, tu choisis de me défier.

C'est ce qui est si perturbant avec Ana : elle connaît mes failles, et malgré tout elle me provoque continuellement.

— D'après le Dr Flynn, je dois t'accorder le bénéfice du doute. Je crois que j'y arrive. Si je me conduis comme ça, c'est peut-être ma façon de te ramener dans le présent, ici et maintenant, de t'arracher à ton passé. Je ne sais pas. Je n'arrive pas à estimer la portée de tes réactions.

— Flynn, je l'emmerde, bougonné-je.

— D'après lui, je devrais continuer à me conduire comme je me suis toujours conduite avec toi.

— Ah bon ?

*Flynn, je le retiens celui-là.*

Ana inspire un grand coup.

— Christian, je sais que tu aimais ta mère. Tu n'as pas pu la sauver. Ce n'était pas à toi de le faire. Mais je ne suis pas elle.

*Bordel de merde. Non ! Arrête.*

— Ana, tais-toi…

Je ne veux pas parler de la pute camée. Je flotte au-dessus d'un profond puits d'émotions douloureuses, que je refuse d'accepter, et surtout d'éprouver.

— Non, écoute-moi, s'il te plaît.

Ana lève la tête et transperce mon armure de son regard bleu étincelant.

— Je ne suis pas elle. Je suis beaucoup plus forte qu'elle. Je t'ai, toi, et tu es beaucoup plus fort maintenant, et je sais que tu m'aimes. Je t'aime, moi aussi.

— Tu m'aimes encore ?

— Évidemment, Christian. Je t'aimerai toujours, peu importe ce que tu m'auras fait.

*Ana, tu es folle.* Je flanque à nouveau mon bras en travers de mes yeux.

— Ne te cache pas, lance-t-elle en écartant doucement ma main. Tu as passé ta vie à te cacher. Je t'en supplie : ne te cache pas, pas de moi.

Je la regarde, éberlué.

— Je me cache ?

— Oui.

Je cale une mèche derrière son oreille.

— Aujourd'hui, tu m'as demandé si je te détestais. Je n'ai pas compris pourquoi, mais maintenant… Tu crois encore que je te déteste ? interroge-t-elle.

Je secoue la tête.

— Non, plus maintenant. Mais il faut que je sache… pourquoi as-tu utilisé le mot d'alerte, Ana ?

Un kaléidoscope d'émotions traverse son visage. Elle déglutit.

— Parce que… parce que tu étais tellement furieux, et distant, et… froid. Je ne savais pas jusqu'où tu irais.

Je sais bien qu'elle m'a supplié, encore et encore, de la laisser jouir. Pourtant je ne l'ai pas fait.

J'ai trahi sa confiance. *Heureusement qu'on a les mots d'alerte.*

— Avais-tu l'intention de me laisser jouir ?

Elle rougit en posant la question, mais sa voix reste ferme.

*Oui. Non. Je ne sais pas.*

— Non.

Mais en vérité, je n'en sais rien.

— C'est… dur.

Je lui effleure la joue de mon index brûlé.

Et j'ajoute dans un murmure :

— Mais efficace.

*Et tu m'as arrêté.*

*Nous aurons toujours les mots d'alerte. Si je vais trop loin.*

*Même si j'ai prétendu qu'on n'en a plus besoin.*

— Je suis content que tu aies prononcé le mot d'alerte.

— Vraiment ?

Elle n'a pas l'air d'y croire.

— Oui. Je ne veux pas te faire de mal. Je me suis laissé emporter. Ça m'arrive souvent avec toi.

Son visage s'éclaire d'un sourire.

— J'ignore pourquoi vous souriez, madame Grey.

— Moi aussi.

Je l'étreins et pose ma tête sur sa poitrine. D'une main, elle caresse mon dos nu et, de l'autre, elle enfouit ses doigts dans mes cheveux. J'ai tellement besoin de sa tendresse.

— Ça signifie que je peux te faire confiance… pour m'arrêter. Je ne veux pas te faire de mal, jamais. J'ai besoin…

*Dis-lui, Grey.*

— Tu as besoin de quoi ?

— J'ai besoin de contrôler, Ana, autant que j'ai besoin de toi. C'est la seule façon que j'ai de fonctionner. Je ne peux pas m'en défaire, je n'y arrive pas. J'ai essayé… Et pourtant, avec toi…

Exaspéré, je secoue la tête.

— Moi aussi, j'ai besoin de toi, dit-elle en me serrant plus fort. J'essaierai, Christian. J'essaierai d'avoir plus d'égards pour toi.

— Je veux que tu aies besoin de moi.

— Mais tu sais bien que c'est le cas ! s'écrie-t-elle.

— Je veux m'occuper de toi.

— Mais tu le fais tout le temps. Tu m'as tellement manqué quand tu étais à New York.

— Ah bon ?

— Évidemment. Je déteste que tu t'en ailles.

Je souris.

— Tu aurais pu venir avec moi.

— Christian, s'il te plaît, on ne va pas encore ressasser ce sujet.

Je soupire tandis qu'elle me caresse les cheveux, chassant toute ma tension.

— Je t'aime, Ana.

— Moi aussi, je t'aime, Christian. Je t'aimerai toujours.

Nous restons enlacés à moitié nus dans le drap de satin rouge, moi en jean, Ana en soutien-gorge.

*Nous formons une sacrée paire…*

Sa respiration devient plus régulière. Elle s'est endormie. Je ferme les yeux.

Maman est assise sur le canapé. Elle ne dit rien. Elle regarde le mur et cligne des yeux. Je joue devant elle avec mes petites voitures, mais elle ne me voit pas. Je lui fais un signe et là, elle me fait un signe en retour. *Non, Asticot, pas maintenant*. Il vient chez nous. Il fait du mal à maman. *Lève-toi, sale pute*. Il me fait du mal. Je le déteste. Je suis tellement en colère contre lui. Je cours dans la cuisine et me cache sous la table. *Lève-toi, salope*. Il hurle. Si fort. Maman crie. *Non*. Je plaque mes mains sur mes oreilles.

*Maman.* Il déboule dans la cuisine avec ses grosses bottes. Il sent mauvais. *Où tu te caches, petit merdeux ? Ah, te voilà. Ne bouge pas, je vais baiser ta salope de mère. Je ne veux pas voir ta face de rat de la soirée. T'as pigé ?* Je ne réponds pas, alors il me gifle. Fort. Mes joues me picotent. *Ou je te brûle, petite merde.* Non, non, je ne veux pas. Pas les brûlures. Ça fait mal. Il tire sur sa cigarette et l'agite devant moi. Il lui manque plusieurs dents. Et il éclate de rire. *Je vais préparer un truc pour cette pute. Avec une petite cuillère. Et ça ira là-dedans.* Il brandit une seringue. *Elle adore ça. Elle aime ça plus que moi ou toi, petit morveux.* Il se détourne. Et se transforme. Il devient Jack Hyde. Ana est étendue par terre à côté de lui et il plante la seringue dans sa cuisse.

— Non ! Non !

— Christian, réveille-toi !

J'ouvre les yeux. Elle est là. Elle me secoue.

— Christian, tu as fait un cauchemar. Tu es à la maison. En sécurité.

Je regarde autour de moi. On est dans la salle de jeux.

— Ana !

Elle est là. Saine et sauve. Je l'embrasse à pleine bouche, cherchant dans ce baiser ardent et désespéré l'apaisement et la consolation. Elle est tout pour moi. Ma vie. Mon amour. Ma lumière.

*Ana.*

Le désir traverse mon corps comme la foudre. Je roule sur elle et l'écrase sur le matelas. J'ai envie d'elle. La main campée sur sa nuque, je lui écarte les jambes avec mon genou et presse ma queue en feu sur son ventre.

— Ana…

Ses pupilles se dilatent. Elle aussi en a envie.

Mes lèvres capturent de nouveau sa bouche, tandis que je me frotte contre elle. Je baise son visage, ses paupières, ses joues, sa mâchoire. *Je la veux. Tout de suite.*

— Je suis là, souffle-t-elle en me serrant dans ses bras.

— Oh, Ana, j'ai besoin de toi.

Ma respiration est saccadée.

— Moi aussi, gémit-elle en plaquant ses mains dans mon dos.

J'ouvre ma braguette, libère ma queue et me positionne, prêt à la prendre. *Oui ? Non ? Ana ?*

Je plante mes yeux dans ses prunelles sombres et j'y vois le reflet de mon attente.

— Oui, s'il te plaît, murmure-t-elle d'une voix rauque.

Je m'enfonce brutalement en elle.

— Ah ! crie-t-elle.

*Ana.* Je savoure la sensation de la posséder pleinement et j'honore à nouveau sa bouche, pendant que mon angoisse et mon cauchemar se dissipent. Ana est tout aussi ardente et passionnée. Débridée, elle me rend coup pour coup.

— Ana !

Je pousse un grognement et jouis violemment, perdant tout contrôle, comme vaincu par un puissant sortilège.

Grâce à Ana, j'éprouve un sentiment de plénitude. Elle est ma lumière.

Alors que je reprends mon souffle, elle me serre fermement contre elle. Je me retire et la garde contre moi avec l'impression que mon monde tourne enfin sur son axe.

*Waouh. C'était du rapide !*

Je secoue la tête et me hisse sur les coudes pour contempler son magnifique visage.

— Ah, Ana. Nom de Dieu !

— Ça va ? demande-t-elle en posant la main sur ma joue.

Je hoche la tête et redescends enfin sur terre.

— Et toi ?

— Euh…

Elle gigote et se frotte sur moi. Je lui adresse un sourire sauvage. Je sais ce qu'elle essaie de me dire. Voilà un langage que je comprends.

— Madame Grey, vous aussi, vous avez des besoins.

Je lui donne un rapide baiser et me lève d'un bond, sans lui laisser le temps de protester. Puis je m'agenouille au pied du lit et tire ses jambes de sorte que son cul soit au bord du matelas.

— Assieds-toi.

Elle obéit. Ses cheveux retombent en cascade sur sa poitrine et, sans la quitter des yeux, je lui écarte lentement les jambes. Elle se penche en arrière, appuyée sur ses mains, ses seins se soulevant au rythme de sa respiration un peu haletante. Ses lèvres s'entrouvrent. Elle ne sait pas ce qui l'attend.

— Qu'est-ce que tu es belle, Ana.

Je couvre de baisers l'intérieur de ses cuisses et l'observe par en dessous, comme elle le fait souvent avec moi.

— Regarde, dis-je en donnant un coup de langue à son clitoris.

— Ah !

Il a le goût d'Ana et du sexe et de moi. Après ce que je lui ai fait, elle a besoin d'un traitement spécial. La maintenant fermement, ma langue produit son effet, la comblant de toute son attention.

Son corps se met bientôt à trembler.

— Non… ah…

J'en profite pour insérer un doigt en elle. Elle geint et se laisse tomber sur le lit pendant que je mets le feu à son intimité, tourmentant son clitoris de ma langue experte.

Elle est si proche. Ses jambes se raidissent. *Ana, laisse-toi aller.*

Elle arque le dos et crie mon nom au moment où sa jouissance explose. Je retire mon doigt, me débarrasse vivement de mon jean et me penche sur elle. Elle plonge les mains dans mes cheveux. Je chuchote contre sa peau douce :

— Je n'en ai pas encore fini avec toi.

Je me recule et la soulève pour l'asseoir sur mon sexe dressé. Quand je la pénètre, elle a un hoquet étranglé.

— Ah, bébé.

Je lui embrasse délicatement le visage. Puis je passe les mains sous ses fesses et la fais basculer vers moi.

— Ah, gémit-elle.

J'entame alors un lent va-et-vient. Ses cuisses serrées autour de moi, elle me chevauche. Lentement. Tendrement.

Elle renverse la tête et ouvre la bouche pour laisser échapper un cri de plaisir silencieux.

— Ana, dis-je en picorant sa gorge de baisers.

Nous nous mettons à onduler en cadence. Dans une parfaite harmonie.

— Je t'aime, Ana.

Elle enroule ses bras autour de mon cou.

— Moi aussi, je t'aime, Christian.

Ensemble, nous grimpons vers le Nirvana. Toujours plus haut.

Elle y est.

— Jouis pour moi, bébé.

Elle serre très fort les paupières et, emportée par un violent orgasme, lâche un cri primal.

*Ah !* Je pose mon front contre le sien et murmure son prénom alors que mon corps est à son tour traversé d'une puissante onde de plaisir.

Une fois redescendu de mon petit nuage, je m'allonge à côté d'elle.

— Ça va mieux ? dis-je en enfouissant mon nez dans son cou.

— Mmm.

— On va se coucher, où tu préfères dormir ici ?

— Mmm.

— Madame Grey, parlez-moi.

— Mmm.

— Tu ne peux pas faire mieux que ça ?

— Mmm.

— Viens. Je vais te coucher. Je n'aime pas dormir ici.

— Attends.

*Quoi encore ?*

— Ça va ? demande-t-elle.

Je ne peux m'empêcher d'afficher un sourire triomphant.

— Ça va très bien, maintenant.

— Christian, insiste-t-elle en me caressant la joue, je parlais de ton cauchemar.

*Mon cauchemar ?* L'horrible vision qui hante mes nuits me revient brutalement. Je l'enlace et me blottis dans son cou.

— Tais-toi.

*Ana, ne me parle pas de ça.*

— Pardon, dit-elle en passant sa main dans mes cheveux. Là, tout va bien…

— On va se coucher.

Je bondis sur mes pieds et remets mon jean. Elle se lève, pudiquement enveloppée de son drap rouge. Quand elle tend la main vers ses vêtements, je m'écrie :

— Laisse ! (Je la soulève dans mes bras.) Je ne tiens pas à ce que tu te prennes les pieds dans le drap et que tu te casses le cou.

Je la transporte dans notre chambre à l'étage inférieur et la dépose par terre. Elle enfile sa chemise de nuit, je passe mon pantalon de pyjama, puis nous nous glissons sous les draps.

— Bonne nuit, Ana.

Elle m'adresse un sourire ensommeillé et se love contre moi.

Je reste un moment à contempler le plafond, tentant de repousser mes pensées macabres. Hyde est en taule maintenant. Je devrais dormir, comme Ana. Il ne lui faut jamais très longtemps pour céder au sommeil. Comme je l'envie. Je ferme les yeux, heureux de la sentir toujours vivante contre moi.

Samedi 27 août 2011

Ana est à genoux. Tête baissée. Nue devant moi. Le front sur le sol de la salle de jeux. Ses cheveux forment une couronne brune sur le parquet. Sa main est tendue. Paume ouverte. Elle me supplie. J'ai une cravache à la main. J'en veux plus. J'en veux toujours plus. Mais elle ne le supporte pas. *Rouge. Rouge. Rouge.* Non ! Un craquement retentit et la porte s'ouvre avec fracas. Sa silhouette apparaît dans l'encadrement. Il pousse un hurlement à vous glacer le sang. *Putain. Non. Non. Non.* Il est là. Il sait. Ana crie. *Rouge. Rouge. Rouge.* Il me frappe. Un crochet du droit dans le menton. Je tombe. Ma tête tourne. Je suis faible. *Non.* Je veux que les cris cessent ! *Rouge. Rouge. Rouge.* Mais ça continue. Encore et encore. Quand tout s'arrête enfin, j'ouvre les yeux. Hyde est penché sur son corps, une seringue à la main. Il la reluque. Ana est inerte. Pâle. Froide. Je la secoue. Elle ne bouge pas. *Ana !* Elle gît sans vie dans mes bras. Je la secoue encore. *Réveille-toi.* Elle est morte. Morte ! Morte ! *Non.* Agenouillé sur la moquette verte poisseuse, je la serre de toutes mes forces et rejette la tête en arrière pour hurler. Ana. Ana. *Ana !*

Je me réveille en sursaut et inspire brusquement. *Ana !*

D'un simple regard, je me rends compte qu'elle dort paisiblement à côté de moi. *Dieu merci.*

Je pose mon bras sur mon front et contemple le plafond.

*C'est quoi ce bordel ?* Pourquoi ce fumier envahit-il ma psyché ? Il est derrière les verrous. Hors d'état de nuire.

Je respire lentement, laissant mes pensées vagabonder.

*Bébé Oiseau ? Qu'est-ce que ça peut bien vouloir dire ?* Dans les replis de mon cerveau, je sens un souvenir se former, puis s'évanouir aussitôt. Mon esprit turbine pour tenter de le retrouver au cœur des ténèbres. En vain. Je pense qu'il se cache parmi les souvenirs que je veux oublier. Un frisson me parcourt.

*Ne t'aventure pas par là, Grey.*

Je sais que je ne vais pas me rendormir de sitôt. Avec un soupir, je me lève et vais chercher un verre d'eau dans la cuisine. Devant l'évier, je me passe la main dans les cheveux. *Du nerf, Grey !*

Demain, nous pourrions faire une sortie spéciale. Pour ne plus penser à Hyde.

*De la voile ? Du shopping ? Aller à New York ?* Non, c'est trop loin, et après mes récentes mésaventures là-bas, je ne crois pas que ce soit une bonne idée.

*Aspen.*

Je pourrais y emmener Ana. Elle n'a jamais vu la maison. Les journalistes ne nous trouveront pas là-bas. Et si je demandais à Elliot et à Mia de se joindre à nous ? Ana a dit qu'elle regrettait de ne pas voir Kate plus souvent.

*Oui.* Depuis mon bureau, j'écris à Stephan, à Taylor et à M. et Mme Bentley, les gardiens de notre propriété d'Aspen, pour les avertir de notre probable arrivée dans la matinée. Puis j'envoie un mail à Mia et Elliot.

De : Christian Grey
Objet : Aspen AUJOURD'HUI !
Date : 27 août 2011 2:48
À : Elliot Grey ; Mia G. Chef Extraordinaire

Mia, Elliot,
Je veux faire une surprise à Ana : aller à Aspen en jet et passer la nuit de samedi là-bas. Venez avec nous. Kate et Ethan sont les bienvenus aussi. On rentrera dimanche soir. Dites-moi si vous êtes partants.

Christian Grey
P-DG, Grey Enterprises Holdings, Inc.

J'appuie sur envoi et, quelques secondes plus tard, mon téléphone vibre. C'est Elliot.

« Ça a l'air cool. »

Il est éveillé. Qu'est-ce qu'il fiche debout à cette heure ? D'habitude, il dort comme une souche.

« Tu ne dors pas ? »

« Non. Et toi ? »

Je lève les yeux au ciel.

« À ton avis ? »

« Ce connard de Hyde ? »

« Ouais. »

Mon portable bourdonne. Elliot m'appelle. *Merde alors.*

— Mec, il est tard, dis-je en décrochant.

— J'arrive pas à croire que je fais ça, bougonne-t-il.

— Tu fais quoi ?

— Demander des conseils à un gars qui a épousé sa première nana. Alors, comment t'as su ?

— Comment j'ai su quoi ?

— Qu'Ana était la bonne ?

*Quoi ?* Pourquoi il me demande un truc pareil ?

*Comment je l'ai su ?*

— Ça a été immédiat.

— Qu'est-ce que tu veux dire ?

Je revois Ana s'affaler dans mon bureau le jour de l'interview.

*Il y a une éternité.*

— Le jour de notre rencontre, elle m'a regardé avec ses grands yeux bleus, et j'ai su. Elle a vu au-delà des apparences. Elle m'a vu, *moi.* C'était terrifiant.

— Ouais, j'imagine.

— Pourquoi tu me poses la question ?

*Par pitié ne me dis pas que c'est à cause de Kavanagh !*

— C'est Kate, frangin.

*C'est pas vrai.*

— Je me rappelle la première fois que je l'ai vue, poursuit-il. Bon, elle était canon, pas de doute là-dessus. Et ensuite on a dansé dans ce club de Portland et j'ai pensé… Tu n'as pas besoin d'en faire autant. Tu m'as tapé dans l'œil ! Depuis il n'y a eu personne d'autre.

Je soupire. Ça ne ressemble pas du tout à Elliot. D'habitude, il collectionne les conquêtes.

— Alors c'est quoi le problème ?

— J'en sais rien ! Est-ce que c'est la bonne ? Comment être sûr ?

C'est la première fois que nous avons une conversation de ce genre. Elliot a eu tellement de femmes dans sa vie que je ne sais pas quoi lui répondre.

— Bon, Kate a entraîné Ana dans un bar hier soir, et chaque fois qu'elles sont ensemble Ana revient complètement ivre.

*Et c'est une emmerdeuse de première.* Mais ça, je le garde pour moi.

— Je m'éclate avec Kate. Mais peut-être que ça ne va pas plus loin. Et puis je ne sais pas ce qu'elle pense.

— Mon vieux, je suis mal placé pour te donner des conseils. Crois-moi. Tu vas devoir trouver la réponse tout seul.

— Ouais.

— Aspen est peut-être le bon endroit pour ça.

— T'as raison. Je vais lui envoyer un texto.

— Elle n'est pas avec toi ?

— Non. J'aimerais bien, mais je la joue cool.

— Comme tu veux. Je t'envoie les infos pour demain.

— Entendu. À demain, frangin.

— OK. Ce voyage est une surprise pour Ana. Préviens Kate. Je ne veux pas qu'elle vende la mèche.

— Compris.

— Bonne nuit, Elliot.

— Bonne nuit, champion.

Il raccroche. Je fixe un moment le téléphone, ahuri par cette curieuse discussion. Elliot ne m'a jamais demandé de conseil sur sa vie amoureuse. Jamais. Et, comme je le soupçonnais, il en pince vraiment pour Kavanagh. Je ne pige pas. Elle est vraiment exaspérante.

Il est tard. Je devrais retourner me coucher. Mais le piano m'attire. La musique a le don de m'apaiser. Je soulève le couvercle, m'assois, concentré. Les touches sont froides et familières sous mes doigts. Je commence à jouer un air de Chopin. La mélodie mélancolique m'enveloppe comme un cocon, les notes sombres et plaintives s'accordent parfaitement à mon humeur. Je joue le morceau une, deux, trois fois, happé par la musique, je finis par tout oublier. Alors que je le rejoue une quatrième fois, Ana apparaît dans mon champ de vision, vêtue d'un peignoir. Sans m'arrêter, je me décale pour lui laisser une place sur le tabouret. Elle s'installe à côté de moi et pose la tête sur mon épaule. Je dépose un baiser sur ses cheveux.

Quand j'ai terminé, je lui demande si je l'ai réveillée.

— Seulement parce que tu n'étais pas là. C'est quoi, ce morceau ?

— C'est du Chopin, un prélude en *mi* mineur. Ça s'appelle *Suffocation*...

L'ironie me fait presque sourire – elle qui m'accuse de l'étouffer !

Ana me serre la main.

— Tout ça t'a vraiment secoué, non ?

— Un détraqué s'introduit chez moi pour kidnapper ma femme. Elle ne fait pas ce qu'on lui demande de faire. Elle me rend fou. Elle me crie le mot d'alerte. (Je ferme les yeux.) Ouais, je suis assez secoué.

— Excuse-moi.

Je pose mon front contre le sien et, comme dans un confessionnal, lui avoue :

— J'ai rêvé que tu étais morte. Inerte, par terre. Froide. Je ne réussissais pas à te réveiller.

Je tente de chasser cette image horrible.

— Hé, murmure-t-elle d'une voix douce. C'était un cauchemar, rien de plus. (Elle prend ma tête entre ses mains.) Je suis là, et si j'ai froid, c'est parce que tu n'es pas au lit avec moi. Reviens te coucher, s'il te plaît.

Elle se lève et me tend la main. Après une brève hésitation, je la suis dans notre chambre à coucher. Elle enlève son peignoir et se glisse sous la couette avec moi. Je l'enlace étroitement.

— Dors, chuchote-t-elle.

Après un baiser sur son front, je ferme les yeux.

C'est sa chaleur qui me fait reprendre conscience. La chaleur de son corps et l'odeur de ses cheveux. Quand j'ouvre les yeux, je suis enroulé comme une liane autour de ma femme.

— Bonjour, monsieur Grey, lance-t-elle avec un adorable sourire.

— Bonjour, madame Grey. Vous avez bien dormi ?

Je m'étire, et me sens étonnamment en forme malgré ma nuit agitée.

— Oui, une fois que mon mari a arrêté de faire un boucan épouvantable au piano.

— Un boucan épouvantable ? Rappelle-moi d'envoyer un mail à Mlle Kathie pour le lui faire savoir.

— Mlle Kathie ?

— Ma prof de piano.

Elle pouffe de rire.

— Quel son délicieux. Alors, si on faisait un truc aujourd'hui pour se changer les idées ?

— D'accord. Quoi, par exemple ?

— Après avoir fait l'amour à ma femme, elle va me préparer mon petit déjeuner, et ensuite je l'emmène à Aspen.

Ana est prise au dépourvu.

— Aspen ?

— Oui.

— Aspen, au Colorado ?

— C'est cela même. À moins qu'on ne l'ait déplacé. Après tout, tu as payé vingt-quatre mille dollars pour ce séjour.

Elle me toise.

— C'était ton argent.

— *Notre* argent.

— C'était ton argent quand j'ai fait cette enchère.

— Oh, madame Grey, cessez de lever les yeux au ciel.

Ma main remonte sur sa cuisse.

— Mais on va mettre des heures à arriver là-bas, non ?

— Pas en jet, dis-je alors que mes doigts rencontrent la partie préférée de son anatomie.

Mon plan s'est déroulé sans accroc. L'équipage est au complet et nos invités sont déjà à bord. Je suis impatient de découvrir la réaction d'Ana. Lorsque la voiture se gare au pied du Gulfstream, je lui prends la main.

— J'ai une surprise pour toi, dis-je en la lui embrassant.

— Une bonne surprise ?

— Je l'espère.

Elle penche la tête, à la fois curieuse et amusée. Sawyer et Taylor se précipitent dans un même élan pour nous ouvrir les portières. En haut de la passerelle, je salue Stephan.

— Merci d'avoir accepté de venir à la dernière minute, dis-je au pilote. Nos invités sont arrivés ?

— Oui, monsieur.

Ana se rue à l'intérieur et découvre Kate, Elliot, Mia et Ethan, tous installés dans la cabine principale.

— Surprise !

— Comment ? Quand ? Qui ? bredouille-t-elle, sous le choc.

— Tu te plaignais de ne pas voir assez souvent tes amis.

Je hausse les épaules. *Eh bien, les voilà, tes amis.*

— Ah, Christian, merci !

Elle jette ses bras autour de mon cou et m'embrasse à pleine bouche. *Waouh*. Je suis ébahi par cette ferveur inattendue, mais m'abandonne rapidement à son baiser passionné, prenant tout ce qu'elle me donne. Puis je la presse contre moi et lui chuchote :

— Si tu continues, je te traîne jusqu'à la chambre.

— Tu n'oserais pas.

— Ah, Anastasia.

Quand comprendra-t-elle qu'aucun de nous deux ne renoncera à relever le défi ? Sourire aux lèvres, je l'attrape par les cuisses et la jette sans ménagement sur mon épaule.

— Christian, pose-moi par terre !

Elle me donne une claque sur les fesses, tandis que je fais un petit signe à nos invités et traverse la cabine.

— Si vous voulez bien nous excuser, dis-je à la ronde, il faut que je parle à ma femme en tête à tête.

Mia, Kate et Ethan sont éberlués. Elliot nous encourage comme si les Mariners étaient sur le point de faire un *home run*. *Ha !* Peut-être que je vais marquer un but.

— Christian ! Pose-moi par terre !

— Chaque chose en son temps, bébé.

Dans la petite chambre à l'arrière de l'appareil, je laisse Ana glisser sur le sol et ferme la porte. Elle ne paraît guère impressionnée.

— Vous nous avez donnés en spectacle, monsieur Grey.

Elle croise les bras, mais ne semble pas vraiment fâchée.

— C'était marrant, madame Grey.

— Et alors, tu comptes aller jusqu'au bout de tes intentions ?

Son ton a beau être provocateur, je ne suis pas sûr qu'elle l'envisage sérieusement. Elle jette un coup d'œil au lit et pique un fard. Peut-être se rappelle-t-elle notre nuit de noces. Son regard revient à moi, et bientôt nous nous sourions comme des idiots. Oui, c'est exactement à ça qu'elle pense.

— Ce serait grossier de laisser nos invités seuls, tu ne trouves pas ?

— Alors, bonne surprise ?

— Géniale !

Elle m'embrasse à nouveau avec fougue.

— Quand as-tu organisé tout ça ? demande-t-elle en fourrageant dans mes cheveux.

— Hier soir, quand je n'arrivais pas à dormir, j'ai écrit à Elliot et Mia, et les voilà.

— C'est très gentil. Merci. Je suis sûre qu'on va passer un très bon moment.

— Je l'espère. J'ai pensé qu'il serait plus facile d'éviter la presse à Aspen que chez nous. Viens, on va s'asseoir, on va bientôt décoller.

Nous retournons ensemble dans la cabine principale. Elliot applaudit en nous voyant.

— Voilà ce qui s'appelle s'envoyer en l'air avant le décollage !

*Sans rire !*

Je l'ignore et salue Mia et Ethan, pendant que Stephan annonce un départ imminent. Taylor a pris place à l'arrière.

— Bonjour, monsieur Grey, madame Grey, déclare Natalia, notre hôtesse de l'air.

Je lui rends son sourire et m'assois en face d'Elliot. Ana étreint Kate avant de s'installer à côté de moi. Je lui demande si elle a pris ses chaussures de randonnée.

— On ne va pas skier ?

— Ce serait difficile en août.

Elle lève les yeux au ciel.

— Tu sais skier, Ana ? interroge Elliot.

— Non.

La vision d'Ana sur des skis me met mal à l'aise.

— Je suis sûr que mon petit frère peut t'apprendre, raille Elliot avec un clin d'œil. Sur les pistes aussi, il va vite en besogne.

Je l'ignore et regarde Natalia, qui rappelle les consignes de sécurité, tandis que notre avion se dirige vers la piste de décollage.

— Ça va ? Après cette histoire avec Hyde ? lance Kate à Ana.

Ana hoche la tête.

— Alors, pourquoi il a pété les plombs ? insiste-t-elle.

Espérant la faire taire, j'interviens :

— Je l'ai viré.

— Ah ? Pourquoi ?

Kate nous observe intensément. *Merde. C'est un interrogatoire en règle.*

— Il m'a sauté dessus, répond Ana.

— Quand ? s'écrie Kate.

— Il y a longtemps.

— Tu ne m'as jamais dit qu'il t'avait sauté dessus ! s'étrangle-t-elle.

Ana hausse les épaules.

— Mais ça ne peut pas être que pour ça, tout de même ? insiste Kate. Sa réaction est beaucoup trop exagérée. (Elle se tourne vers moi.) Est-ce qu'il a des problèmes psychiatriques ? Et comment se fait-il qu'il ait recueilli toutes ces informations sur les Grey ?

*Elle ne va pas me lâcher.*

— Nous pensons que c'est peut-être en rapport avec Detroit.

— Hyde vient de Detroit, lui aussi ?

Je hoche la tête. *Comment sait-elle tout ça ?*

Ana se cramponne à ma main alors que l'avion prend de la vitesse. Mon intrépide femme n'est pas fan des décollages et des atterrissages. Je lui caresse les doigts. *Ça va aller, bébé.*

— Au fait, qu'est-ce que tu sais sur lui, exactement ?

Elliot est très sérieux pour une fois, et je n'ai d'autre choix que de lui révéler les informations en ma possession. J'adresse à Kate un regard d'avertissement.

— Ce que je vais te dire est strictement confidentiel. Nous ne savons pas grand-chose sur lui. Son père est mort à la suite d'une bagarre dans un bar. Sa mère était alcoolique. Il est passé de foyer en foyer quand il était petit… et il a connu ennuis sur ennuis. Vols de voitures, essentiellement. Il a séjourné en centre de détention pour mineurs. Sa mère a réussi à rentrer dans le droit chemin grâce à un centre d'aide sociale, et Hyde a changé de cap. Il a décroché une bourse pour Princeton.

— Princeton ? s'étonne Kate.

— Ouais. C'est un garçon brillant.

— Pas si brillant que ça, puisqu'il s'est fait pincer, remarque Elliot.

— Mais il n'a pas pu faire son coup tout seul, quand même ? lance Kate.

*Putain, qu'est-ce qu'elle est énervante ! Tout ça ne la concerne pas.*

— On ne le sait pas encore, dis-je sèchement.

Ana m'observe avec inquiétude. Je lui presse la main pour la rassurer alors que nous traversons les nuages. Elle pose la tête sur mon épaule.

— Quel âge a-t-il ? s'enquiert-elle à voix basse.

— Trente-deux ans, pourquoi ?

— Je suis curieuse, c'est tout.

— Ne te pose pas de questions sur Hyde. Cet enculé est en taule, c'est le principal.

— Et toi, tu crois qu'il a un complice ?

— Je ne sais pas.

— C'est peut-être quelqu'un qui t'en veut ? Elena, par exemple ?

*Bordel de merde, Ana !* Je vérifie que Kate et Ethan ne nous écoutent pas, mais ils sont en pleine conversation.

— On dirait que ça te plaît de la diaboliser. Elle nous en veut peut-être, mais elle ne ferait jamais un truc pareil. Ne parlons pas d'elle. Je sais qu'elle n'est pas ton sujet de conversation préféré.

— Tu lui as reparlé ?

— Ana, je n'ai pas eu de nouvelles depuis mon anniversaire. (*Enfin, pas en personne.*) Je t'en prie, laisse tomber, je ne veux pas parler d'elle.

Je porte ses doigts à mes lèvres et les embrasse.

— Trouvez-vous une chambre ! lance Elliot. Ah oui, c'est vrai, vous en avez déjà une, mais vous ne vous en êtes pas servis longtemps.

— Fous-moi la paix, Elliot.

— Mon gars, je dis les choses comme elles sont.

Le regard d'Elliot pétille de malice.

— Pour ce que tu en sais…

— Je sais que tu as épousé ta première nana, ricane-t-il en désignant Ana.

— Ça t'étonne ? dis-je en souriant à ma femme.

— Non.

Elliot éclate de rire et secoue la tête. Kate lui donne une claque sur la cuisse.

— Arrête de déconner, le gronde-t-elle.

— Écoute ta copine, mon vieux.

Peut-être que Kavanagh réussira à lui clouer le bec – elle lui lance un regard réprobateur. Puis Stephan nous informe de notre altitude et du temps de vol prévu, avant d'ajouter que nous pouvons à présent circuler librement dans la cabine.

— Désirez-vous encore du café ? nous propose Natalia.

Une fois le Gulfstream arrêté sur le tarmac de l'aéroport d'Aspen, Taylor se précipite pour sortir de l'avion.

— Bel atterrissage !

Je serre la main de Stephan alors que le reste de l'équipage s'apprête à débarquer.

— Question de masse volumique, répond le pilote. Beighley est douée pour les maths.

— Bien joué, Beighley. Atterrissage en douceur.

— Merci, monsieur, dit-elle avec un sourire satisfait.

— Profitez bien de votre week-end, mesdames et messieurs.

Stephan s'efface pour nous laisser passer, et nous descendons l'escalier pour rejoindre Taylor, qui nous attend à côté de notre véhicule.

— Un minibus ? dis-je en levant un sourcil.

Il fait glisser la portière latérale avec un sourire d'excuse.

— Je sais, on s'y est pris à la dernière minute. (Je me tourne vers Ana et lui murmure :) Tu veux qu'on se pelote au fond du bus ?

Elle glousse.

— Allez, les amoureux, montez ! lance Mia derrière nous.

Nous nous faufilons jusqu'à la banquette au fond du minibus. Une fois assis, je passe le bras autour des épaules d'Ana, qui se blottit contre moi.

— Bien installée ?

— Oui.

Je suis heureux que nous soyons ici tous ensemble. J'ai déjà fait des excursions de ce genre avec mes parents dans leur propriété du Montana, ainsi qu'avec Mia, Elliot et leurs amis. Mais je n'étais jamais accompagné. *Encore une première.*

Adolescent, je n'avais pas beaucoup de copains et, une fois adulte, j'étais trop occupé et trop solitaire pour apprécier ces escapades.

*D'ailleurs, j'ai toujours très peu d'amis.*

Après que Taylor et Elliot ont chargé les bagages, nous prenons la direction de la ville. Tout en admirant le paysage, je songe à notre maison de Red Mountain. Je me demande si elle va plaire à Ana.

*Je l'espère. J'adore cet endroit.*

À la fin de l'été, Aspen est très verdoyant. C'est pourquoi j'aime tant cette période de l'année. Les prairies aux herbes hautes et les montagnes couvertes de forêts denses. Aujourd'hui, le soleil brille, malgré quelques nuages épars à l'horizon. Pourvu que ce ne soit pas un mauvais présage.

— Tu es déjà venue à Aspen, Ana ? questionne Ethan en se retournant vers nous.

— Non, c'est la première fois. Et toi ?

— Kate et moi, on venait souvent quand on était ados. Papa adore le ski. Maman, pas tellement.

— J'espère que mon mari va m'apprendre à skier, déclare Ana à mon intention.

— Pas question, dis-je.

— Tu crois que je serais nulle ?

— Tu pourrais te casser le cou.

Un frisson me parcourt l'échinc.

— Tu as cette maison depuis longtemps ?

— Presque deux ans. C'est aussi ta maison, tu sais.

— Je sais, dit-elle en se lovant à nouveau contre moi.

Ethan me demande quelles sont mes pistes favorites, et je les énumère. Cela dit, je ne suis pas aussi intrépide qu'Elliot. Lui est capable de skier partout, à toute vitesse, en arrière, et même les yeux fermés…

— Moi aussi je sais skier ! claironne Mia en fixant Ethan du regard.

Il lui sourit d'un air indulgent. Je me demande où en sont les manigances de ma sœur pour gagner son cœur – et le mettre dans son lit ! Car vu la manière dont elle le couve du regard, Ethan semble être à son goût !

— Pourquoi as-tu choisi Aspen ? me demande Ana tandis que nous remontons la rue principale.

— Comment ça ?

— Pourquoi y avoir acheté une maison ?

— On venait avec mes parents quand on était petits. J'y ai appris à skier, et j'aime bien l'endroit. J'espère qu'il te plaira aussi – sinon, on vendra la maison et on trouvera autre chose ailleurs. (Je coince une mèche rebelle derrière son oreille.) Tu es ravissante aujourd'hui.

Ses joues rosissent et je ne résiste pas à l'envie de l'embrasser.

Comme la circulation est fluide, Taylor atteint le centre-ville en un rien de temps. Puis il bifurque vers le nord sur Mill Street, et nous traversons la Roaring Fork River pour partir à l'assaut de la montagne. Lorsque nous longeons la corniche, je prends une grande inspiration.

— Qu'est-ce qui ne va pas ? s'étonne Ana.

— J'espère que ça te plaira… On est arrivés.

Taylor se gare dans l'allée et Ana observe la maison pendant que nos invités descendent du minibus. Quand elle se tourne vers moi, son regard brille d'excitation.

— On est chez nous.

— C'est très beau.

— Viens, dis-je, impatient de lui montrer les lieux.

Mia se jette dans les bras de Carmella Bentley.

— Qui est-ce ? s'enquiert Ana en apercevant la frêle silhouette qui attend nos invités sur le seuil.

— Mme Bentley. Son mari et elle entretiennent la propriété.

Mia présente Ethan et Kate à Mme Bentley, puis Elliot l'étreint à son tour.

— Bienvenue, monsieur Grey, me dit-elle avec bienveillance.

— Carmella, je vous présente mon épouse, Anastasia.

— Madame Grey.

Ana lui serre la main en souriant.

— J'espère que vous avez fait bon vol. On annonce du soleil pour tout le week-end, mais je n'en suis pas si sûre. (Elle scrute les nuages sombres derrière nous.) Le déjeuner est prêt quand vous voulez.

Son ton est chaleureux. Je crois que ma femme lui plaît.

— Et hop !

Je soulève Ana dans mes bras.

— Qu'est-ce que tu fais ? glapit-elle.

— Je vous fais franchir un nouveau seuil, madame Grey.

Tout le monde s'écarte alors que je porte ma femme jusque dans le vestibule, où je lui donne un petit baiser avant de la déposer sur le parquet.

Derrière nous, Mia entraîne Ethan dans l'escalier. *Où est-ce qu'elle l'emmène ?*

Kate émet un sifflement appréciateur.

— Belle baraque !

— Je te fais faire le tour du propriétaire ? proposé-je à Ana.

— Si tu veux.

Tout émoustillé, je lui fais visiter chaque pièce de sa résidence secondaire : la cuisine, le salon, la salle de séjour, la cave et… la salle de billard.

Ana rougit en voyant la table.

— Envie de jouer ? lui dis-je d'une voix suggestive.

Je garde un souvenir ému de notre dernière partie. Elle secoue la tête.

— Par là, il y a un bureau, et les appartements de M. et Mme Bentley.

Elle acquiesce d'un air distrait. Peut-être que ça ne lui plaît pas.

Cette pensée me déprime.

Un peu déconfit, je la guide jusqu'au premier étage, où se trouvent les quatre chambres d'amis et la suite principale. La vue est époustouflante depuis les larges baies vitrées de la suite. C'est ce qui m'a convaincu d'acheter la maison. Ana s'approche pour admirer le paysage. Je reste sur le seuil pour la regarder.

— Là, c'est Ajax Mountain… qu'on appelle aussi Aspen Mountain, dis-je.

Elle hoche la tête sans un mot.

— Tu ne dis rien.

— C'est magnifique, Christian.

Elle semble un peu perdue. Je la rejoins et lui demande :

— Qu'est-ce qu'il y a ?

Je fouille son regard bleu en quête d'un indice.

— Tu es très riche.

*C'est tout ?* Je réprime mon soulagement.

— Oui.

Ça me rappelle combien elle était impressionnée la première fois qu'elle est venue à l'Escala.

— Parfois, ça me dépasse, que tu sois riche à ce point.

Je la corrige aussitôt :

— *Nous.*

— Nous, répète-t-elle timidement.

— Ne t'angoisse pas à cause de ça, Ana, je t'en prie. Ce n'est qu'une maison.

— Et qu'est-ce que Gia a fait ici, au juste ?

— Gia ?

— C'est elle qui a rénové la maison, non ?

— En effet. Et c'est Elliot qui s'est chargé des travaux.

*Où elle veut en venir ?*

— Pourquoi me parles-tu de Gia ?

— Tu savais qu'elle avait eu une aventure avec Elliot ?

Que répondre à ça ? Elle ne connaît rien à la vie dissolue d'Elliot. Je pousse un long soupir.

— Elliot a baisé tout Seattle. (Elle a un hoquet de surprise.) Enfin, surtout les femmes.

— Non !

Je hausse les épaules, amusé par son air horrifié.

— Mais ça ne me regarde pas.

Je n'ai aucune envie de parler de ça.

— Kate n'est pas au courant ? questionne Ana.

— Je ne pense pas qu'il le crie sur tous les toits. Mais Kate m'a l'air de savoir se défendre.

*Et puis Elliot est discret, ça aide.*

Elle m'observe attentivement. Je me demande ce qui trotte encore dans sa petite tête.

— Il ne s'agit pas seulement de Gia ou d'Elliot, n'est-ce pas ?

— Je te demande pardon. Après tout ce qui s'est passé cette semaine, je…

Les larmes lui montent aux yeux. *Non, Ana, ne pleure pas.* Je l'enlace et murmure dans ses cheveux :

— Je sais. C'est à moi de m'excuser. On va se détendre et passer un bon moment, d'accord ? Tu peux rester ici pour bouquiner, regarder des émissions débiles à la télé, aller faire du shopping, de la randonnée – ou même aller à la pêche. Tout ce que tu veux. Et oublie ce que je t'ai dit au sujet d'Elliot. J'ai manqué de discrétion.

— En tout cas, ça explique pourquoi il n'arrête pas de te taquiner, déclare-t-elle, la joue contre ma poitrine.

— Il ne sait rien de mon passé. Je te l'ai dit, ma famille supposait que j'étais gay. Chaste, mais gay.

Elle glousse.

— Moi aussi, je pensais que tu étais chaste. Quelle erreur !

— Madame Grey, est-ce que vous riez de moi, par hasard ?

— Un petit peu. En fait, ce que je ne comprends pas, c'est pourquoi tu as cette maison.

— Qu'est-ce que tu veux dire par là ?

— Tu as le catamaran, d'accord, l'appartement à New York pour les affaires – mais pourquoi une maison ici ? Tu n'avais personne avec qui partager cet endroit.

— Je t'attendais.

— C'est… c'est tellement beau que tu me dises ça.

Ses grands yeux clairs se lèvent sur les miens.

— C'est vrai. Je ne le savais pas encore à l'époque.

— Je suis heureuse que tu aies attendu.

— Vous méritiez d'être attendue, madame Grey.

Je glisse mon doigt sous son menton et pose mes lèvres sur les siennes.

— Toi aussi, dit-elle en souriant. Même si j'ai l'impression d'avoir un peu triché. Je ne t'ai pas attendu très longtemps, moi.

Je l'observe avec incrédulité.

— Tu trouves que je suis le gros lot ?

— Christian, tu es toi tout seul le gros lot, le traitement contre le cancer et les trois vœux de la lampe d'Aladin.

*Même après ce qui s'est passé hier ?*

Je me raidis. J'ai du mal à accepter le compliment.

— Quand vas-tu enfin le comprendre ? Pas à cause de tout ça, me gronde-t-elle gentiment en désignant l'opulent décor. Mais à cause de ça… (Elle pose sa main sur mon cœur.) Crois-moi, Christian, s'il te plaît.

Elle approche mon visage du sien et m'embrasse tendrement. Bientôt, notre baiser s'approfondit et nos langues se mêlent avec ardeur.

J'aimerais étrenner le lit. Mais c'est impossible. Pas maintenant.

Je m'écarte et la couve d'un regard brûlant, sachant combien elle pourrait me faire mal si elle décidait de… me quitter.

*Ne pense pas à ça, Grey.*

— Ma parole, tu es complètement buté ! Quand vas-tu enfin comprendre que je t'aime ?

— Ça viendra. Un jour.

Elle me gratifie d'un large sourire, qui fait instantanément refluer mes craintes.

— Allez, on va déjeuner ! Les autres vont se demander où nous sommes. On pourra parler de nos projets pour le week-cnd.

Pendant l'impressionnant repas que Mme Bentley a préparé pour nous, nous décidons d'aller faire une balade dans l'après-midi. Mais à la fin du déjeuner, la pièce s'est assombrie.

— Oh ! Non ! s'écrie Kate. Regardez !

Il pleut à verse.

— Pour la randonnée, c'est foutu, lâche Elliot, l'air vaguement soulagé.

— On pourrait aller faire un tour en ville, suggère Mia.

— C'est le temps idéal pour la pêche, renchéris-je.

— D'accord pour la pêche, acquiesce Ethan.

Mia bat des mains.

— Shopping pour les filles, trucs chiants en plein air pour les garçons !

— Ana, tu as envie de quoi ? dis-je.

— Peu importe. Mais je serais ravie d'aller faire du shopping.

Elle sourit à Kate et Mia. *Pourtant elle déteste le shopping.*

Songeant toujours à inaugurer le lit, je lui murmure :

— Je peux rester ici avec toi, si tu veux.

— Non, va à la pêche.

Mais sa moue mutine me donne à penser qu'elle préférerait rester à la maison.

Avec *moi*. Je me sens pousser des ailes.

— Bon, alors c'est décidé ! déclare Kate en se levant.

J'ajoute aussitôt :

— Taylor vous accompagne.

— On n'a pas besoin d'une nounou, rétorque Kate, toujours aussi directe.

Ana pose la main sur le bras de son amie.

— Il vaut mieux que Taylor nous accompagne.

Il n'y a pas à discuter.

Cette fille me hérisse. Je ne comprends pas ce que mon frère lui trouve.

— Il faut que j'aille en ville acheter une pile pour ma montre, prévient Elliot.

Aujourd'hui ? Ça ne peut pas attendre notre retour ?

— Prends l'Audi, Elliot, on ira à la pêche quand tu reviendras.

— Ouais, répond distraitement Elliot. Bonne idée.

*Qu'est-ce qui lui arrive ?*

Taylor conduit le minibus qui emmène Ana et sa petite troupe en ville. Elliot, à qui j'ai confié les clés de l'Audi de Mme Bentley, nous a demandé, à Ethan et moi, de partir sans lui.

— On sera à la Roaring Fork, dis-je. À l'endroit habituel.

Il prend les clés avec une expression bizarre, comme s'il devait faire face au peloton d'exécution.

— Merci, vieux, marmonne-t-il.

Je fronce les sourcils.

— Ça va ?

Il déglutit.

— Je vais le faire.

— Quoi ?

— La bague.

— Eh bien ?

— Je vais lui en acheter une. Il est temps.

*Merde.*

— Tu vas demander à Kate de t'épouser ?

Il hoche la tête.

— Tu es sûr ?

— Ouais. C'est la bonne.

*Kavanagh ?* C'est la meilleure de l'année.

— Le mariage ne réussit pas trop mal à mon frangin, on dirait.

Il a retrouvé sa désinvolture habituelle.

— Hé, champion, tu vas gober les mouches si tu continues à ouvrir le bec comme ça. Va donc pêcher plutôt.

Il éclate de rire. Sidéré, je le regarde grimper dans le SUV.

*Bordel de merde.* Il va épouser Kavanagh ! Cette femme sera toujours une épine dans mon pied. Peut-être qu'elle va refuser. Non, j'ai le pressentiment qu'elle va dire oui. Elliot recule dans l'allée et me fait un petit signe avant de s'éloigner. Je secoue la tête.

*Elliot Grey, j'espère que tu sais ce que tu fais, bon sang.*

Quand je rejoins Ethan, il est en train de vérifier les lignes dans le cabanon.

— On prend le bateau ?

— Non, mettons-nous à l'eau, répond Ethan. On sera de toute façon mouillés avec cette pluie.

— Les équipements sont là. (Je désigne les placards.) Je vais me changer. Prends ce que tu veux.

— Cool.

Ethan fouille les affaires et enfile une paire de cuissardes.

Nous chargeons nos sacs à dos et notre équipement dans mon pick-up, puis nous prenons la direction de la vallée. Même avec la pluie, le paysage est idyllique. Nous faisons d'abord une halte au magasin de pêche pour acheter nos permis. Après quoi, nous rejoignons mon coin préféré sur la Roaring Fork River.

— Tu as déjà pêché dans les environs, Ethan ?

Nous approchons de la berge.

— Pas ici, non. Mais sur la rivière Yakima, oui. Mon père est un grand amateur.

— Ah oui ?

*Encore une raison d'apprécier Eamon Kavanagh.*

— Ouais. Il m'a dit que vous bossiez ensemble.

— GEH améliore son réseau de fibre optique.

— Mon père en est ravi.

Je souris.

— J'aime bien travailler avec lui. Il a la tête sur les épaules.

Ethan hoche la tête.

— Il dit la même chose de toi.

— Content de l'apprendre.

Je sors la boîte de leurres de mon sac. Elle contient une impressionnante collection de mouches.

— C'est le mari de Carmella qui les a fabriquées. Elles sont idéales pour la truite.

— Super.

Ethan en choisit une et l'examine de près.

— Ouais. (J'en sélectionne une à mon tour.) Les éphémères sont en train d'éclore.

— Ça devrait faire l'affaire. Je vais te laisser de l'espace, lance Ethan tandis que nous partons chacun de notre côté sur la berge rocailleuse.

Mon moulinet étant déjà monté, j'assemble rapidement le reste de la canne, passe le fil à travers les anneaux et fixe le leurre au bout. Je suis prêt. Un coup d'œil à Ethan, à sept ou huit mètres de moi, m'indique qu'il l'est, lui aussi.

Je le regarde effectuer son premier lancer. Fluide et gracieux. La mouche se pose avec douceur sur la surface. Il connaît son affaire.

La rivière s'écoule paisiblement à mes pieds, flanquée de rochers et de bouleaux argentés. C'est un lieu tranquille, parfait pour la pêche. La simple vue de cet écrin de nature sauvage m'apaise. J'observe longuement le mouvement de l'eau, puis progresse lentement dans le lit de la rivière.

*Papa est dans l'eau avec moi, avec ses hautes bottes de pêche. Il étudie les remous de l'eau.*

*Regarde, fiston, il faut apprendre à lire la rivière comme un livre. Chercher les signes du passage de Mme Truite, qui peut se cacher sous les rochers.*

*Ou dans les zones de jonction. Observe bien l'endroit où les courants se rejoignent. Et cherche des bulles. Elle se nourrit souvent là.*

*Elle adore les éphémères, en particulier à cette période de l'année. Cette Mme Truite, elle attend son repas. On va l'appâter avec ces leurres. Prends ta mouche et attache-la au bout du fil. Comme ça.*

*Papa fait un double nœud.*

*Maintenant, à toi de jouer.*

*Après plusieurs tentatives, j'attache ma mouche. C'est un bon nœud, car papa m'a montré comment faire.*

*Bien, Christian. Souviens-toi : lance-la comme si tu donnais un coup de pinceau. Tout est dans le poignet.*

*L'éphémère atterrit et je la laisse dériver sur l'eau comme papa me l'a appris.*

*Ça mord !*

*Bien joué, Christian !*
*Ensemble, nous actionnons le moulinet.*

Mon père était un bon professeur. Je fais plusieurs lancers en amont et regarde la mouche dériver vers moi. Bientôt, je suis entièrement concentré sur ma tâche. Décidé à conquérir la rivière, j'oublie tout le reste.

Un héron se pose non loin de là. Le bourdonnement s'arrête.

Tout est paisible. Malgré la pluie, c'est si beau ici.

Ça mord. C'est une truite !

Un gros morceau. *Pas trop tôt !*

Le poisson se retourne et casse la ligne.

*Merde*. Je l'ai perdu. Et la mouche avec.

Ethan est plus chanceux que moi. Je le soupçonne d'avoir attrapé la truite qui vient de m'échapper. Je gémis :

— C'était ma prise.

— Celle-là a mon nom tatoué sur son dos ! fanfaronne Ethan.

Je consulte l'heure. Il faut rentrer.

— Elle est assez grosse pour être mangée. On peut la prendre ?

— Vaut mieux pas.

Il fait la grimace.

— Juste celle-là ?

Je ne peux m'empêcher de sourire.

— Allez, on l'embarque. Et on rentre.

— Finalement, Elliot n'est pas venu, commente Ethan en grimpant dans le pick-up.

— Sa course en ville a dû lui prendre plus de temps que prévu.

Ethan paraît pensif.

— C'est un mec bien. Je crois que ma sœur craque pour lui.

— Je crois que lui aussi. En parlant de sœur, comment ça se passe avec Mia ? dis-je d'un ton détaché.

— Ta sœur est une force de la nature. (Il secoue la tête.) Mais on est juste amis.

— Je crois qu'elle en attend plus.

— Ouais, j'en ai bien l'impression, soupire-t-il.

Une fois garés dans l'allée, j'active la porte automatique du garage.

Pendant que nous déchargeons le matériel, la porte se relève lentement et révèle Ana et Kate à côté d'Elliot, à cheval sur une de mes motocross KTM. Tous trois nous observent. Je les interpelle :

— Alors, on joue les mécanos ?

Je regarde Ana, dont les joues ont rosi. Elle me détaille des pieds à la tête avec une moue ironique. Mon accoutrement l'amuse.

*C'est pour pêcher, bébé.* Elle a sûrement reconnu la salopette qu'elle m'a vendue chez Clayton's.

— Salut, fais-je.

Qu'est-ce qu'ils foutent tous les trois dans le garage ?

— Salut. Très seyante, cette salopette, ironise Ana.

— Elle a plein de poches, c'est très pratique pour la pêche.

Je me rappelle combien elle était maladroite – et charmante – dans le magasin de bricolage. Elle rougit un peu plus. *Oh, bébé, on a fait du chemin depuis ce jour-là.* Du coin de l'œil, je vois Kate faire la grimace, mais je l'ignore.

— Tu es tout mouillé, murmure Ana.

— Il pleuvait. Qu'est-ce que vous fabriquez tous les trois dans le garage ?

— Ana est venue chercher de quoi se réchauffer, raille Elliot. J'ai essayé de la convaincre de faire un tour, ajoute-t-il en caressant la selle de manière obscène.

Quoi ? Par ce temps ? Pas question !

*Et arrête tes allusions salaces, mon vieux !*

— Elle a refusé, sous prétexte que tu ne serais pas d'accord, poursuit Elliot.

J'observe Ana à la dérobée.

— Tiens donc.

Ana paraît de plus en plus embarrassée.

— Bon, c'est très sympa de rester plantés là à discuter des faits et gestes d'Ana, mais on ne pourrait pas rentrer ? coupe Kate.

Elle ramasse deux bûches et quitte le garage d'un pas vif. Elliot descend de la moto en soupirant et la suit. Je me tourne vers Ana.

— Tu sais conduire une moto ?

— Ethan m'a appris.

Ah oui ? *Ma sœur, et maintenant ma femme…*

— Tu as pris la bonne décision. Le sol est très dur en ce moment, et la pluie l'a rendu glissant.

— Le matériel de pêche, je le range où ? s'enquiert Ethan.

— Laisse-le là, Taylor s'en occupera.

— Et le poisson ?

— Tu as attrapé un poisson ? s'étonne Ana.

*Non.*

— Pas moi. Kavanagh.

Je me renfrogne… Ana éclate de rire.

— Mme Bentley s'en chargera, dis-je de mauvaise grâce.

Ethan se dirige vers la maison, manifestement satisfait de lui-même.

— Je vous amuse, madame Grey ?

— Beaucoup. Tu es trempé… je te fais couler un bain ?

— À condition que tu te joignes à moi. (Je lui donne un baiser.) Je te rejoins. Il faut que je me débarrasse de ma tenue. Tu veux regarder ?

— Avec plaisir. Mais d'abord, je dois faire couler votre bain, monsicur.

Je la vois s'éloigner avec un sourire en coin, puis je me rends dans le cabanon.

— C'était génial ! s'exclame Ethan en retirant ses cuissardes.

— Ouais, c'est un super endroit.

— Je peux ranger le matériel.

— D'accord. Je vais te donner un coup de main.

— Non, ta femme t'attend. Je m'en occupe.

Il me congédie d'un signe de la main et retourne vers le pick-up. Inutile de discuter. J'enlève mon équipement et pends ma salopette à une patère du cabanon.

Sur le chemin de la maison, je tombe sur Mia.

— Salut, grand frère.

Elle m'étreint, ce qui me prend par surprise.

— Mia.

Je crois qu'elle est un peu pompette.

— Où est Ethan ?

— Il décharge le pick-up.

Elle plante ses mains sur ses hanches.

— Christian Grey, tu l'as laissé se débrouiller tout seul ?

— Il s'est proposé.

— Tu sais, tu ne m'as pas donné de nouvelles depuis ton mariage. C'est comme si je n'existais plus.

— Hé ! (Je l'embrasse sur le front.) Bien sûr que tu existes ! Et si je t'emmenais déjeuner la semaine prochaine ?

Elle applaudit.

— Mia, qu'est-ce que tu as bu ?

— Des daïquiris à la fraise, lance-t-elle en filant retrouver Ethan.

Je secoue la tête et monte les marches quatre à quatre.

Lorsque j'entre dans notre chambre, Ana range un vêtement argenté dans la penderie. Elle vient sûrement de l'acheter en ville.

— Tu t'es bien amusée ? dis-je en fermant la porte.

— Oui, réplique-t-elle, les prunelles sombres.

— Qu'est-ce qu'il y a ?

— Je me disais que tu m'avais beaucoup manqué.

Mon cœur rate un battement.

— Vous êtes vraiment atteinte, madame Grey.

— J'en ai bien peur, monsieur Grey.

— Qu'est-ce que tu as acheté ? demandé-je en m'approchant.

— Une robe, des chaussures, un collier. J'ai beaucoup dépensé ton argent.

Elle me regarde comme si elle était coupable d'un terrible crime.

*Ah non, pas de ça.*

— Tant mieux. Et pour la millionième fois, c'est *notre* argent.

Une odeur de jasmin et un bruit d'eau s'échappent de la salle de bains attenante. D'un geste tendre, je fais courir un doigt sur le devant de son tee-shirt, entre ses seins, sur son ventre, jusqu'à la couture du vêtement.

— Tu n'en auras pas besoin dans la baignoire. Lève les bras.

Elle s'exécute, son regard lumineux rivé au mien. J'ôte le tee-shirt et le laisse tomber par terre.

— Je croyais qu'on prenait un bain ? s'étonne-t-elle d'une voix rauque de désir.

— Tant qu'à faire, mieux vaut que tu sois bien sale avant. Toi aussi, tu m'as manqué.

Je me penche pour l'embrasser. Ses mains s'accrochent à mes cheveux tandis qu'elle accueille mon baiser, et bientôt nous nous abandonnons l'un à l'autre.

Ana renverse la tête et pousse un cri libérateur quand le plaisir atteint son paroxysme. Stimulé par sa réaction, je jouis violemment en elle. Haletant, je la serre contre moi, et nous restons ainsi un moment, alanguis et repus.

— Merde, l'eau ! s'exclame soudain Ana.

Pas question de la laisser partir, même si elle est affolée.

— Christian, la baignoire !

— Du calme. C'est une pièce étanche. (Je la plaque sur le matelas et la gratifie d'un baiser.) Je vais aller fermer le robinet.

Je me lève avec l'impression d'être enfin détendu, et j'arrête l'eau. En effet, la baignoire a débordé, mais ça en valait la peine.

— Tu vois ?

Je pointe du doigt l'eau qui tournoie dans l'évacuation au sol. Rassurée, elle grimpe dans la baignoire, et je m'assois en face d'elle. Nous mettons de l'eau partout. Elle entortille ses cheveux en un chignon impossible, d'où quelques mèches s'échappent, encadrant son visage. Elle est adorable.

*Et tout à moi.*

— Ton pied ! lui ordonné-je.

Elle pose son pied dans ma main. Je commence à en malaxer la plante avec mes pouces. Elle ferme les yeux en gémissant.

— Ça te plaît ?

— Mmm.

Tirant sur ses orteils un par un, je la regarde absorber les ondes de plaisir. Puis je les mordille chacun leur tour, jusqu'au plus petit. Elle gémit de nouveau et lance soudainement :

— Au fait, j'ai vu Gia.

— Ah bon ? Je crois qu'elle a une maison ici.

— Elle était avec Elliot.

— Qu'est-ce que tu veux dire par « avec Elliot » ?

— On était dans une boutique en face d'une joaillerie. Je l'ai vu seul, et j'ai pensé qu'il allait acheter une pile pour sa montre. Mais il est ressorti avec Gia Matteo. Ils riaient tous les deux, puis il l'a embrassée sur la joue et il est parti.

*Est-ce que Gia l'a aidé à choisir une bague ?*

— Ana, ils sont amis, rien de plus. Je crois qu'Elliot a Kate dans la peau. (*Hélas.*) En fait, je *sais* qu'il l'a dans la peau.

*Ce qui est incompréhensible.*

— Kate est super belle, commente Ana, comme si elle lisait dans mes pensées.

— N'empêche que je suis content que ce soit toi qui sois tombée à quatre pattes dans mon bureau.

Je lui mords le gros orteil et saisis son pied droit pour recommencer le processus à zéro. Ana savoure mon massage et nous cessons de parler d'Elliot, de Gia et de Kate.

*Je me demande bien quand il va faire sa demande.*

Pendant qu'Ana se prépare pour le dîner, je consulte mes mails dans le bureau. Plusieurs problèmes professionnels ont atterri dans ma boîte, mais je ne les traite pas tout de suite, car j'ai un message de Leila. *Qu'est-ce qu'elle me veut, bordel ?*

---

**De :** Leila Williams
**Objet :** Merci
**Date :** 27 août 2011 14:00 EST
**À :** Christian Grey

Monsieur, ou dois-je vous appeler simplement Christian ?
Je ne sais plus.
Je voulais vous remercier.
Pour tout. En personne.
S'il vous plaît.
Leila

Je scrute l'écran, ébahi par l'audace de Leila. Je l'ai priée, via Flynn, de ne plus me contacter directement, et voilà qu'elle m'écrit ! Je transfère son message à Flynn et lui demande de rappeler à Leila mes conditions au financement de son traitement et de ses études. Avec un peu de chance, ça ne se reproduira pas.

Pour ajouter à ma frustration, j'ai un mail de Ros qui m'informe que les Taiwanais veulent nous parler demain à 14 h 30. Un dimanche ? Quelle heure est-il là-bas ?

Je cherche sur Google – *merde*. C'est prévu pour ce soir, à minuit et demi ! C'est une blague ? J'appelle Ros.

— Christian, comment allez-vous ?

— Je suis fâché. Vous pouvez changer l'heure de cette réunion téléphonique ?

— Je sais, c'est absurde. Mais non. L'un des associés n'a aucune autre disponibilité.

— Un dimanche ?

— Apparemment, ils ne veulent pas être sur site pour discuter.

Je soupire.

— D'accord.

— Je serai présente aussi. Et nous aurons un interprète.

— OK. À ce soir alors.

Je raccroche encore plus furax. *Putain !*

Je me rends dans la salle de jeux, où Elliot et Ethan font une partie de billard en buvant une bière. Taylor a réservé une table pour six dans un restaurant local un peu plus tard.

— Alors, c'est quoi le plan entre Mia et toi ? demande Elliot à Ethan.

— Tu es aussi nul que Christian, raille Ethan. Comme je lui ai dit : on est juste amis.

Elliot hausse un sourcil et me jette un coup d'œil. Je bois une grande lampée de bière fraîche. Tout en regardant Ethan jouer son coup, j'interroge nonchalamment mon frère :

— Tu as trouvé ce que tu cherchais en ville ?

— Ouais, répond-il avec un large sourire.

— On t'a donné un coup de main ?

Visiblement, ma question le déstabilise.

— Qui t'a raconté ça ?

— Mon petit doigt.

Mon frère ne peut réprimer une grimace quand Ethan fait rentrer la bille blanche. C'est à Elliot de jouer.

Mon téléphone vibre dans ma poche.

De : Anastasia Grey
Objet : Tu trouves que ça me fait un gros cul ?
Date : 27 août 2011 18:53 MST
À : Christian Grey

Monsieur Grey,
J'ai besoin de vos conseils vestimentaires.
Bien à vous,
Mme G. xx

*Mince ! Il faut que je voie ça.* Je lui réponds aussitôt.

De : Christian Grey
Objet : Chouette !
Date : 27 août 2011 18:55 MST
À : Anastasia Grey

Madame Grey,
Franchement, j'en doute.
Mais je viendrai inspecter votre cul de près pour m'en assurer.
Dans l'attente de notre prochaine rencontre,
M. G. xx

Christian Grey,
P-DG, Grey Enterprises Holdings & Commission d'Inspection des Fesses, Inc.

J'abandonne ma bière, gravis les deux volées de marches et ouvre la porte de notre chambre.

*Waouh. Anastasia Grey.*

Je reste pétrifié sur le seuil. Ana se regarde dans le miroir en pied. Elle est habillée – enfin si on peut dire – d'une minuscule robe argentée, et perchée sur d'immenses talons aiguilles. Ses yeux sont soulignés de khôl et ses lèvres peintes d'un rouge sombre.

*Elle est sensationnelle.* Mon corps se met immédiatement au garde-à-vous.

— Alors ? demande-t-elle timidement.

— Ana, tu es… *Waouh.*

— Ça te plaît ?

— Oui… je crois.

Ma voix enrouée trahit mon désir. J'ai envie d'ébouriffer ses cheveux et de dévorer son rouge à lèvres. Je veux retrouver mon Ana, pas cette version d'elle. Cette femme puissante, séductrice, et franchement un peu intimidante.

*Sexy en diable.*

Je m'avance dans la chambre, ensorcelé par ma femme. Elle a des jambes incroyables, d'un galbe parfait. La vision d'Ana avec ses talons sur mes épaules se dessine dans mon esprit.

*Bordel.* Les paumes sur ses épaules nues, je la fais pivoter face au miroir.

*Nom de Dieu !* Cette robe n'a pratiquement pas de dos. Au moins, elle couvre son cul. Mais tout juste.

Nos regards se croisent dans le miroir. Ses prunelles bleu foncé et mes yeux gris sombre. Incapable de résister, je fais glisser un doigt le long de son dos nu, tandis qu'elle se cambre imperceptiblement sous ma caresse.

*Oh, Ana.* J'arrête mon geste au creux de ses reins.

— C'est très décolleté.

Ma main descend sur ses fesses, dont la forme est mise en valeur par le tissu moulant. Puis je l'insinue sous la jupe et remonte lentement le long de sa cuisse. Elle inspire brusquement, sa bouche formant un petit *o* tout à fait baisable.

— Il n'y a pas loin de là… à là.

Je caresse son sexe à travers le tissu fin de sa culotte. Elle pousse un cri étranglé. *Oh, bébé.*

— C'est-à-dire ? interroge-t-elle d'une voix rauque.

— C'est-à-dire qu'il n'y a pas loin de là… (Je passe un doigt sous le tissu.)… à là… Et puis… là.

La clouant du regard, je l'introduis en elle. Elle ferme les yeux et gémit. J'entame un lent va-et-vient et chuchote à son oreille :

— Tout ça, c'est à moi.

Sa respiration s'accélère. Je la regarde dans le miroir se consumer sous ma caresse.

— Je ne veux pas qu'un autre voie ça. Alors sois sage, ne te penche pas, et tout ira bien.

— Tu es d'accord ? souffle-t-elle.

— Non, mais je ne t'empêcherai pas de porter cette tenue. Tu es sublime, Anastasia.

*Bon, ça suffit.* Je veux la baiser. Malheureusement on n'a pas le temps. Et même si ça m'amuserait de ruiner son maquillage, je ne suis pas sûr qu'elle apprécierait.

Je retire mon doigt et me place devant elle. Avec une lenteur délibérée, j'effleure sa lèvre inférieure du bout de mon index. Elle retrousse ses lèvres carmin pour le prendre dans sa bouche.

Ce baiser mouillé électrise mon corps. Jusqu'à ma queue.

J'arbore mon sourire de prédateur. Voilà ma femme telle que je l'aime.

*Toujours prête à relever le défi.*

J'insère mon doigt dans ma bouche. Elle a si bon goût. Je me lèche les lèvres et Ana rougit. *Oui. C'est bien elle. Ma chérie.*

Aux anges, je lui prends la main, et nous descendons rejoindre nos invités. Je ne suis pas insensible aux regards admiratifs qui se posent sur ma femme.

— Ana ! Tu es canon ! s'extasie Mia avant de l'étreindre.

Je lâche la main d'Ana pour ouvrir la penderie de l'entrée.

— À qui est cet imper ? demandé-je en brandissant un trench.

— À moi, répond Mia.

— Tu vas le porter ?

— Pas ce soir.

— Bien. Je peux te l'emprunter ?

— Il est un peu petit pour toi, glousse Mia.

Ignorant la boutade, je tends le trench à Ana. Elle lève les yeux au ciel avant de l'enfiler.

*Bien.* Il ne faudrait pas qu'elle attrape froid.

Et que quelqu'un voie son cul.

La cuisine est excellente au Montagna, et la conversation – à ma grande surprise – plutôt agréable. C'est sans doute parce que je suis en bonne compagnie. J'adore voir ma femme interagir avec d'autres personnes. Elle est charmante, drôle, intelligente. Bien sûr, je le savais avant de l'épouser, mais aujourd'hui sa timidité ne se manifeste pas – elle semble même très à l'aise. Sans doute est-ce l'effet de tout l'alcool qu'elle a consommé, mais je m'en fiche. Elle est ensorcelante, et elle me donne de l'espoir pour notre avenir ensemble. Nous pourrions faire ça plus souvent : inviter des amis, passer du bon temps avec eux. Je n'aurais jamais cru que j'aimerais ce genre de trucs, mais pourquoi pas ?

J'apprécie de plus en plus Ethan. Il me parle avec enthousiasme de ses études et est impatient de débuter son troisième cycle de psychologie à l'université de Seattle.

— Mec, tu en sais long sur le sujet, me lance-t-il pendant qu'on attend nos desserts.

Je ricane.

— Normal. Avec tous les psys que j'ai vus.

Il fronce les sourcils, comme s'il n'y croyait pas trop.

— Vraiment ?

*Tu n'as pas idée.*

Soudain, Elliot se lève, faisant crisser sa chaise sur le sol. Nous nous tournons tous vers lui. Il a les yeux rivés sur Kate, qui le regarde comme s'il était un alien. Elliot met un genou à terre.

*Oh, putain. Sérieux, vieux ? Ici ?*

Alors qu'il lui prend la main, tout le monde dans le restaurant observe la scène.

— Kate, ma toute belle, je t'aime. Ta grâce, ta beauté, ton tempérament sont sans égal, et tu as conquis mon cœur. Passe ta vie avec moi. Épouse-moi.

Tous les regards se tournent vers Kavanagh, qui reste bouche bée devant Elliot. La larme à l'œil, elle pose une main sur sa poitrine, comme pour contenir son émotion.

— Oui, murmure-t-elle.

Toute la salle applaudit, siffle et félicite l'heureux couple.

C'est Elliot tout craché : déclarer sa flamme au milieu d'un établissement bondé. Il n'a vraiment peur de rien. Je suis admiratif. De sa poche arrière, il tire un écrin et l'ouvre, révélant la bague à l'intérieur.

Kate se jette à son cou et l'embrasse. Les acclamations de la salle redoublent. Elliot se lève, fait une petite révérence à l'assistance, et se rassoit à côté de sa fiancée avec un sourire idiot accroché au visage.

Ana me serre la main de toutes ses forces et fond en larmes. *Merde*.

La première fois que je lui ai demandé de m'épouser, elle pleurait aussi. Nous étions par terre, dans le séjour de l'Escala, et je lui avais avoué la noirceur de mon âme.

*Oublie ça, Grey.*

Elliot passe l'anneau au doigt de Kate – ce qui me rappelle que je ne sens plus ma main depuis un bon moment. Je bouge le bras et Ana me relâche enfin. Le sang afflue à nouveau.

— Pardon, dit-elle gentiment. Tu étais au courant ?

Je lui adresse mon sourire de Sphinx et appelle le serveur.

— Deux bouteilles de Cristal Roederer, s'il vous plaît. 2002, si vous avez.

Ana prend un air moqueur.

— Quoi ?

— Parce que le 2002 est bien meilleur que le 2003, c'est ça ?

Je ricane. *Absolument !*

— Pour les palais exigeants, Anastasia.

— En effet, votre palais est très exigeant, monsieur Grey, et vos goûts sont très particuliers.

— Certes, madame Grey. (Je me penche vers elle, captant une bouffée de son parfum, et chuchote :) Et c'est vous qui avez le meilleur goût.

Mia se lève pour enlacer Kate et Elliot. Ensuite, c'est au tour d'Ana.

— Kate, je suis tellement heureuse pour toi. Tous mes vœux de bonheur.

Je serre la main de mon frère. Elliot semble si heureux, si soulagé que je l'attire pour lui donner l'accolade – ce qui me surprend autant que lui.

— Félicitations, Lelliot.

Étonné par cette soudaine démonstration d'affection, il hésite avant de me répondre avec une émotion palpable :

— Merci, Christian.

Puis j'étreins rapidement Kate.

— J'espère que votre mariage sera aussi heureux que le mien, lui dis-je.

— Merci, Christian. Je l'espère également, répond-elle avec gentillesse.

Elle est capable de douceur ! Peut-être qu'elle n'est pas aussi invivable que je le pensais.

Le serveur débouche le champagne et remplit nos coupes. Levant la mienne, je porte un toast aux futurs mariés :

— À Kate et à mon cher frère, Elliot !

Ana sourit.

— À quoi penses-tu ?

— À la première fois que j'ai bu ce champagne.

Je fronce les sourcils et fouille ma mémoire. J'ai tant de souvenirs avec Ana.

— Dans ton club.

— Ah oui, je m'en souviens.

*Dans l'ascenseur ! Ana sans culotte.* Je lui fais un clin d'œil.

— Vous avez choisi une date ? s'enquiert Mia.

Elliot secoue la tête, visiblement agacé.

— Je viens de faire ma demande à Kate, alors si ça ne t'ennuie pas, on te répondra plus tard, d'ac ?

— J'ai une idée ! Mariez-vous le jour de Noël ! C'est romantique et puis comme ça, tu n'auras pas de mal à te rappeler votre anniversaire ! s'écrie Mia en battant des mains.

— J'y songerai, grommelle Elliot.

— On peut aller en boîte pour fêter ça ? suggère Mia en m'adressant un regard suppliant.

— C'est à Kate et Elliot qu'il faudrait demander ce qu'ils ont envie de faire.

Elliot hausse les épaules et Kate pique un fard. Je crois qu'ils préféreraient retrouver l'intimité de leur chambre.

Nous coupons la file d'attente du Zax et entrons dans la boîte de nuit. Mia a réussi à nous convaincre de poursuivre la soirée ici. La musique pulse dès la petite entrée. Je ne sais pas combien de temps je vais tenir là-dedans.

— Bienvenue, monsieur Grey, déclare la réceptionniste. Max va prendre votre manteau, ajoute-t-elle à l'intention d'Ana.

Un jeune homme vêtu de noir surgit à côté d'elle. Il semble apprécier la tenue de ma femme – un peu trop à mon goût.

— Jolie robe, déclare-t-il en la reluquant de la tête aux pieds.

Je le fusille du regard. *Dégage, connard.* L'homme me tend vivement notre ticket de vestiaire.

— Suivez-moi, je vous prie, annonce l'hôtesse en battant des cils.

Ana me serre le bras. Je l'observe à la dérobée : elle ne lâche pas des yeux l'hôtesse qui nous conduit dans l'espace VIP, près de la piste de danse.

— On vient tout de suite prendre votre commande.

Nous nous installons tandis qu'Ethan et Mia se dirigent vers la piste, main dans la main. Je leur lance :

— Champagne ?

Ethan lève le pouce.

— Montre-moi ta bague, demande Ana à Kate pendant que j'observe ma sœur et Ethan sur la piste.

Mia se trémousse comme une folle – du Mia tout craché –, tandis qu'Ethan semble avoir du mal à suivre le rythme.

La serveuse revient prendre nos commandes. Ignorant les protestations d'Elliot, qui veut régler la note, je lâche :

— Une bouteille de Cristal, trois bières – Peroni, si vous avez –, une bouteille d'eau minérale glacée et six verres.

— Très bien, monsieur.

Ana secoue la tête.

— Quoi ? dis-je.

— Elle n'a pas battu des cils en te regardant.

Je dois perdre mon sex-appeal. Je me retiens de rire.

— Ah. Elle était censée faire ça ?

— Comme toutes les femmes quand elles te voient.

— Madame Grey, seriez-vous jalouse, par hasard ?

— Absolument pas, réplique-t-elle avec une grimace.

Je lui prends la main et lui embrasse les doigts un à un.

— Vous n'avez aucune raison d'être jalouse, madame Grey.

— Je sais.

— Tant mieux.

La serveuse réapparaît avec nos boissons et ouvre la bouteille de champagne. Elle en verse dans nos coupes, et Ana en avale aussitôt une gorgée.

— Tiens, bois ça !

Ana fronce les sourcils devant le verre d'eau que je lui tends.

— Trois verres de vin blanc au dîner, deux coupes de champagne, après un daïquiri aux fraises et deux verres de frascati à midi… Bois. Tout de suite, Ana.

Elle fait la tête, sans doute parce que je surveille sa consommation d'alcool. Pourtant, elle obéit. J'espère lui éviter la gueule de bois demain. Elle s'essuie la bouche d'un revers de la main peu élégant. Sûrement sa manière de protester contre mon autorité.

— J'aime mieux ça. Tu m'as déjà vomi dessus une fois et je n'ai aucune envie de revivre cette expérience.

— Je ne sais pas de quoi tu te plains, puisque ça t'a donné l'occasion de dormir avec moi.

*La voix de la raison.*

— Ouais, c'est vrai.

— Ethan en a marre ! s'écrie Mia en revenant de la piste. Allez, les filles ! On va brûler des calories !

Kate se lève d'un bond.

— Tu viens ? propose-t-elle à Elliot.

— Je préfère te regarder.

— Je vais brûler des calories, annonce Ana en se penchant pour me montrer son décolleté. Tu peux me regarder, ajoute-t-elle, charmeuse.

— D'accord, mais surtout ne te penche pas, dis-je sur un ton d'avertissement.

— Promis.

Elle se redresse un peu trop vite et vacille. *Merde*. Je la soutiens, mais elle ne paraît pas le remarquer. Elle a le tournis. Ou bien elle est ivre. Ou les deux.

— Tu devrais boire encore un verre d'eau.

*Ou alors je te ramène à la maison.*

— Ce n'est rien. Les sièges sont bas et j'ai des talons hauts.

Kate l'entraîne sur la piste de danse.

*Je ne suis pas certain que ce soit une bonne idée.*

Kate enlace Ana et toutes deux se mettent à bouger en rythme. Mia est… toujours Mia. J'ai l'habitude de la voir perdue dans sa bulle, danser seule dans sa chambre. Elle reste rarement immobile.

Ma parole, Kavanagh sait danser.

Et ma femme aussi ! Elle illumine la piste dans ce bout de tissu qu'elle appelle une robe. Jambes, dos, cul, cheveux : tout ondule dans une danse lascive. Les yeux fermés, elle s'abandonne à la pulsation électrique. *Putain.* J'ai la bouche sèche.

Dans ma vie d'avant, j'ai souvent regardé des femmes danser de cette manière, mais c'était toujours dans l'intimité de mon appartement. Et sur mon ordre. Je m'agite sur mon siège alors que mon corps réagit aussitôt à la sensualité de ma femme. Je pourrais peut-être la convaincre de recommencer à la maison. Rien que pour mes yeux. Les paroles de la chanson – « Sexy Bitch » – tombent à pic.

*Damn, you's a sexy bitch.*

Alors que la musique résonne dans la boîte, la piste est de plus en plus bondée. Je lance un regard de biais à Elliot, qui me sourit.

— Pas mal, cette soirée.

— Ouaip.

— Tu as réussi, mon vieux, dis-je par-dessus la musique.

— Quoi ?

— Tu as fait ta demande. En public.

— Ouais. C'était maintenant ou jamais.

— Heureux ?

Il hoche la tête, radieux.

— Très.

Je jette un œil à Ana juste à temps pour voir une sorte de géant penché sur elle, et Ana lui coller une gifle.

*Qu'est-ce que… ?*

L'adrénaline fuse dans mes veines et une vague de colère me submerge. Bondissant de mon siège, je renverse ma bière, mais je m'en fous. Est-ce qu'il a posé ses mains sur ma femme ? *Bordel, je vais le buter.*

Je traverse la foule à grands pas et vois Ana regarder autour d'elle d'un air affolé. *Je suis là, bébé.* Je l'enlace par la taille et me plante devant le géant. Cet enfoiré fait une tête de plus que moi et a les épaules deux fois plus larges. Il a clairement forcé sur les stéroïdes. Il est jeune. Et stupide.

— Foutez la paix à ma femme !

— Elle est capable de se défendre toute seule, répond le gros connard.

Je lui en colle une. Uppercut dans le menton.

*Ne te relève pas, enculé.* Les muscles bandés à l'extrême, je suis prêt à lui défoncer la gueule.

— Christian, non !

Ana se campe devant moi, et j'ai vaguement conscience de la panique dans sa voix.

— Je l'ai déjà giflé ! crie-t-elle en me repoussant avec force.

J'ai les yeux rivés sur ce salaud à terre. Au moment où il se relève, je sens une main ferme sur mon bras. Je me raidis, prêt à tuer ce mec aussi.

C'est Elliot.

L'enfoiré lève les mains en signe d'apaisement.

— Doucement, d'accord ? Je suis désolé, bredouille-t-il en s'éloignant.

Je dois me faire violence pour ne pas le rattraper et lui apprendre les bonnes manières. Mon cœur cogne aussi fort que la pulsation de la boîte. Je le sens battre à mes tempes.

*Ou bien est-ce la musique ?* Je ne sais pas.

Elliot me lâche le bras. Je suis paralysé. Incapable de bouger, je lutte pour rester à la surface, pour ne pas plonger dans les abysses. Inspirant profondément, je regarde enfin Ana. Les bras autour de mon cou, elle me contemple avec de grands yeux inquiets. *Bordel.* Je réussis à articuler :

— Ça va ?

— Oui.

Ses prunelles sondent mon âme. Elle a peur.

*Pour moi ? Pour elle ? Pour le gros connard ?*

— Tu veux t'asseoir ?

— Non, danse avec moi.

Quoi ? Maintenant ? L'air impassible, je refoule ma colère, mais mon esprit repasse en boucle les deux dernières minutes.

— Danse avec moi, répète-t-elle d'un ton implorant. S'il te plaît, Christian.

Elle s'empare de mes mains et se met à onduler contre moi. Sa chaleur, son contact enflamment mes sens. C'est très… déstabilisant.

— Tu l'as giflé ?

Je n'en reviens toujours pas.

— Évidemment.

J'ai tellement envie de casser la gueule à ce type que mes poings se serrent malgré moi.

— Je pensais que c'était toi, mais tout d'un coup j'ai senti ses grosses pattes poilues. Je t'en supplie, danse avec moi.

Ses doigts se referment sur mes poings et elle se rapproche, de sorte que son parfum m'enveloppe.

*Ana.* Je la plaque contre moi et lui susurre :

— Tu veux danser ? D'accord.

Je roule des hanches contre elle et savoure le contact de son corps contre mon sexe. Peu à peu, je me détends. Ana me masse les bras, les épaules.

Et nous bougeons en cadence.

Front contre front.

Les yeux dans les yeux.

Corps contre corps.

Âme contre âme.

Je la serre tout contre moi. Elle se laisse aller, la tête rejetée en arrière.

*Dieu, qu'elle est sexy !* Je suis un homme chanceux.

Je la fais tournoyer sur la piste, ses cheveux virevoltent autour d'elle. Puis je la ramène à moi et nous vibrons au rythme frénétique de la musique.

Je n'avais jamais fait ça. Dans une boîte de nuit. Nous avons dansé à notre mariage, mais pas comme ça. C'est libérateur.

Quand le morceau change, Ana est à bout de souffle. Ses yeux brillent. Et j'ai retrouvé mon calme. Il faut que je télécharge cette chanson sur mon iPod. Je crois que le titre est « Touch me ».

*Très approprié.*

— On s'assoit ? propose-t-elle.

— D'accord.

Nous retournons à nos places.

— Qu'est-ce que j'ai chaud ! Je suis en sueur.

— J'aime que tu sois sexy et transpirante. Même si je préférerais être en privé.

Grisés, nous nous laissons choir sur la banquette. Je suis soulagé de constater que la bière que j'ai renversée a été nettoyée et remplacée. Tout comme la bouteille d'eau.

Les autres sont encore sur la piste. Ana boit une gorgée de champagne.

— Tiens.

Je pose un verre d'eau minérale devant elle, et la regarde vider son contenu avec reconnaissance. Moi-même, je saisis une bière fraîche dans le seau à glace et en avale une large rasade.

*Quelle soirée !*

— Et s'il y avait eu des photographes ? interroge Ana.

Je hausse les épaules.

— Je paie des avocats très cher pour ça.

Elle fronce les sourcils.

— Mais tu n'es pas au-dessus des lois, Christian. En plus, tu sais, je maîtrisais la situation.

*Vraiment ?*

— Personne ne touche à ce qui m'appartient.

Je déverse la juste quantité de venin dans cette déclaration. Ana avale à nouveau du champagne et ferme les yeux. Soudain, elle semble épuisée.

— Allez, je te ramène à la maison.

— Vous rentrez ? demande Kate.

Elliot arrive au même moment.

— Oui.

— Alors, on y va aussi.

Ana s'endort pendant le trajet du retour, sa tête sur mon épaule. Elle est lessivée. Je la secoue doucement quand Taylor se gare devant la maison.

— Réveille-toi, Ana.

Elle titube sur le trottoir, où Taylor nous attend patiemment.

— Tu veux que je te porte ?

Elle secoue la tête.

— Je vais aller chercher Mlle Grey et M. Kavanagh, me prévient Taylor.

Ana trébuche sur les marches en chêne du perron et se retient à moi. Prenant pitié d'elle, je me penche pour lui ôter ses chaussures.

— Ça va mieux ?

Elle hoche la tête avec un piètre sourire.

— Dire que je rêvais de les voir de chaque côté de ma tête.

Je soupire en déposant ses talons *baise-moi*. Elle est trop fatiguée pour ça.

Dans notre chambre, Ana se tient à côté du lit, les bras ballants.

— Tu es crevée, pas vrai ?

Elle hoche la tête et je m'emploie à dénouer son trench.

— Laisse, marmonne-t-elle en tentant vaguement de repousser mes mains.

— Non, je vais le faire.

Elle se résigne avec un soupir.

— C'est l'altitude. Tu n'y es pas habituée. Et l'alcool, évidemment.

Je la débarrasse de son imper, que je jette sur une chaise. Puis je l'entraîne dans la salle de bains.

Elle fronce les sourcils.

— Assieds-toi.

Elle s'affale sur la chaise et ferme les yeux. Si je ne fais pas vite, elle va s'endormir sur place. Dans sa trousse de toilette, je déniche de l'Advil, des lingettes et du démaquillant. Je me tourne vers Ana et lui incline doucement la tête. Elle ouvre ses paupières barbouillées de khôl.

— Ferme les yeux.

Très doucement, à l'aide d'un coton, je débarrasse son visage de tout artifice. Voilà !

— Ah, je retrouve enfin la femme que j'ai épousée.

— Ça ne te plaît pas, que je me maquille ?

— Si, mais je préfère ce qu'il y a en dessous. (Je lui embrasse le front.) Tiens. Avale ça.

Je pose deux comprimés d'Advil au creux de sa paume et lui tends un verre d'eau. Elle fait la grimace. *Quoi encore ?*

— Avale !

*Sinon, ce sera pire demain.* Elle lève les yeux au ciel, mais se décide à prendre les comprimés.

— Bien. Tu veux t'isoler ?

— Quels égards pour ma pudeur, monsieur Grey, s'esclaffe-t-elle. Oui, j'aimerais bien faire pipi.

J'éclate de rire.

— Tu veux que je parte ?

— Tu veux rester ?

*Mmm. C'est tentant.*

— Mais quel pervers, celui-là ! Dehors. Je ne veux pas que tu me regardes faire pipi. Tu dépasses les bornes.

Elle se lève et me chasse de la salle de bains. Je réprime un fou rire et bats en retraite. Dans la chambre, je me déshabille, enfile mon pyjama et suspends ma veste dans le placard. Quand je me retourne, Ana m'observe. Attrapant un tee-shirt, je m'avance vers elle, ravi qu'elle me dévore des yeux.

— Tu admires le paysage ?

— Comme toujours, répond-elle d'une voix pâteuse.

— Je crois que vous êtes légèrement pompette, madame Grey.

— Pour une fois, je suis d'accord avec vous, monsieur Grey.

— Laisse-moi t'aider à te débarrasser de ce bout de robe. Elle devrait être vendue avec la mention « Attention, danger » !

Je la fais pivoter, écarte ses cheveux de sa nuque et défais l'unique attache au niveau du cou.

— Tu étais vraiment furieux…, murmure-t-elle.

— En effet.

— Contre moi ?

— Non, pas contre toi, pour une fois.

Je plante un baiser sur son épaule.

— Ça change.

— Oui, ça change.

Je lui embrasse l'autre épaule, puis fais glisser sa robe par terre. Passant mes pouces dans sa culotte, je la descends sur ses chevilles et ordonne :

— Enjambe.

Elle s'exécute en s'accrochant à moi pour garder l'équilibre. J'envoie sa robe rejoindre le trench sur la chaise.

— Lève les bras.

Je lui enfile le tee-shirt et l'enlace pour l'embrasser. Elle a un goût de champagne, de dentifrice à la menthe et de mon parfum préféré, Ana.

— J'aimerais bien m'enfouir en vous, madame Grey, mais vous avez trop bu, vous êtes à près de 2 500 mètres d'altitude et vous n'avez pas bien dormi hier soir. Allez, au lit !

Elle se blottit sous la couette et je la borde avant de l'embrasser sagement sur le front.

— Ferme les yeux. Quand je viendrai me coucher, je m'attends à ce que tu dormes.

— Ne pars pas.

— J'ai des coups de fil à passer, Ana.

— On est samedi. Il est tard. S'il te plaît.

Elle me couve de son merveilleux regard bleu, qui sonde mon âme. Je passe ma main dans mes cheveux.

— Ana, si je me couche avec toi maintenant, tu ne te reposeras pas. Dors.

Elle fait la moue, mais ses paupières se ferment déjà. Elle est vraiment épuisée. Je dépose un dernier baiser sur son front.

— Bonne nuit, bébé.

Et je quitte la chambre. C'est l'heure de ma réunion avec Taipei.

Dimanche 28 août 2011

Lorsque je vais me coucher, Ana dort. Me glissant sous la couette, je lui embrasse les cheveux. Elle marmonne quelque chose d'inintelligible dans son sommeil. Je ferme les yeux. Ma conversation avec les propriétaires du chantier naval a été un succès. Un frère et une sœur qui gèrent une affaire ensemble, c'est une première pour moi. Et ils sont prêts à discuter des termes du contrat en personne. Nous devons juste choisir une date. Voilà une bonne journée qui se termine avec une cerise sur le gâteau. Enfin, en dehors de mon altercation explosive avec ce connard dans la boîte de nuit. Un sourire satisfait aux lèvres, je m'assoupis.

Ana s'agite à côté de moi et je me réveille. Comme d'habitude, nos bras et nos jambes sont emmêlés.

— Qu'est-ce qui ne va pas, Ana ?

— Rien. Bonjour.

Elle est radieuse dans la lumière de l'aube.

— Madame Grey, vous êtes ravissante ce matin.

Je l'embrasse sur la joue.

— Merci d'avoir pris soin de moi hier soir.

— J'aime bien prendre soin de toi.

— Avec toi, je me sens aimée.

Son sourire me réchauffe le cœur.

— Parce que tu l'es.

*Plus que tu ne le seras jamais.* Quand je lui presse la main, elle grimace. *Merde.*

— Le coup de poing ?

— C'était une gifle, pas un coup de poing.

— L'enculé. Ça me rend dingue, qu'il t'ait touchée.

Je vois aussitôt rouge.

— Il ne m'a pas fait mal, il a juste eu un geste déplacé. Christian, ça va, ma main est un peu endolorie, c'est tout. Tu dois bien savoir ce que c'est ?

Comme d'habitude, elle se moque de moi, et ma colère s'évanouit instantanément.

— En effet, madame Grey, je sais très bien ce que c'est. Je pourrais me rafraîchir la mémoire tout de suite, si vous le souhaitez.

— Rangez cette paume qui vous démange, monsieur Grey.

Elle joue avec les petits cheveux au niveau de mes oreilles. Je ne suis pas sûr d'aimer la sensation. J'intercepte sa main et la bécote.

— Pourquoi tu ne m'as pas dit que tu avais mal hier soir ?

— Euh… ça ne faisait pas vraiment mal hier soir, et puis ça va mieux maintenant.

*Bien sûr.* L'alcool a anesthésié la douleur.

— Tu te sens comment ?

— Mieux que ce que je mérite.

— C'est une sacrée droite que vous avez là, madame Grey.

— Vous feriez mieux de vous en souvenir, monsieur Grey.

Ah, cet air bravache que j'aime tant.

— Vraiment ?

Je roule vers elle, lui attrape les poignets et les plaque au-dessus de sa tête.

— Je me battrai contre vous quand vous voudrez, madame Grey. D'ailleurs, vous maîtriser au lit est l'un de mes fantasmes.

Rien que l'imaginer me donne le vertige.

— Je croyais que tu me maîtrisais tout le temps.

— Mmm... mais j'aimerais que tu me résistes.

Elle cesse de gigoter. *Elle est peut-être intéressée ?* Je lui lâche les poignets et m'appuie sur un coude.

— Tu veux que je me batte contre toi ? Ici ?

Elle a du mal à cacher son étonnement. Je hoche la tête. Pourquoi pas ? J'en ai toujours eu envie, mais c'était impossible, car je ne supportais pas qu'on me touche.

— Maintenant ? insiste-t-elle.

Je hoche à nouveau la tête tandis que mon érection gonfle contre sa peau douce. Ana mâchouille sa lèvre inférieure, réfléchissant manifestement à ma proposition.

— C'est ça que tu voulais dire quand tu parlais de me défouler au lit quand j'étais fâchée contre toi ?

*Oui. Exactement*. J'acquiesce.

— Arrête de te mordiller la lèvre.

Elle plisse les yeux, mais une lueur d'intérêt, voire de désir, brille dans ses pupilles dilatées.

— Je crains d'être en position de faiblesse pour l'instant, monsieur Grey.

Elle se tortille sous moi. Ça m'excite encore plus.

— De faiblesse ?

— Il me semble que tu as déjà le dessus.

Je souris malicieusement et me presse contre elle.

— Très juste, madame Grey.

Soudain, je la fais basculer afin qu'elle se retrouve à califourchon sur moi. Elle me capture les poignets et les maintient de chaque côté de ma tête. Ses cheveux retombent en cascade sur mon visage. Elle secoue la tête pour me chatouiller avec les pointes. C'est une vraie torture.

— Alors tu veux la bagarre ? lance-t-elle effrontément.

J'inspire un grand coup.

— Oui.

Elle se redresse et me lâche les mains.

— Attends.

Elle s'empare du verre d'eau minérale sur la table de nuit et en boit une grande goulée pendant que je pétris ses fesses. Elle se penche et déverse l'eau dans ma bouche.

— Très savoureux, madame Grey.

Je m'efforce de contenir mon excitation à la perspective de notre nouveau jeu. Reposant le verre sur la table de nuit, elle me reprend les mains et les cloue à nouveau sur le matelas.

— Si j'ai bien compris, je suis censée résister ?

— Oui.

— Je ne suis pas très bonne actrice.

— Essaie.

Elle s'approche pour me susurrer :

— Alors, d'accord. Je veux bien jouer.

Fermant les yeux, je lâche un grognement et, d'un mouvement brusque, la renverse sur le lit. Ana pousse un cri de surprise. Je tente de lui attraper les mains, mais elle parvient à m'échapper. Elle me repousse quand je veux écarter ses jambes avec mon genou. Ses cuisses sont fermement serrées l'une contre l'autre. Je saisis son poignet, mais elle empoigne mes cheveux de son autre main et tire dessus. Fort.

*Putain. C'est trop bon !*

— Aïe !

Je dégage ma tête et la contemple. Son regard est sauvage, sa respiration haletante. Ça aiguillonne ma libido.

— Sauvageonne, dis-je d'une voix rauque.

À ce simple mot, Ana se déchaîne – elle gesticule dans tous les sens pour me désarçonner. J'agrippe son poignet libre avec ma main gauche et glisse la droite sur sa poitrine dans le but de soulever son tee-shirt. Mais je m'attarde sur la chair tendre de son sein sous le tissu. Son téton frémit sous mes doigts.

Ana glapit et tente à nouveau de me renverser. Je me penche pour l'embrasser, mais elle détourne la tête. *Non !* Je lui saisis le menton et lui bécote la mâchoire.

— C'est ça, bébé, défends-toi.

Elle se contorsionne comme une diablesse, sans succès. Un sentiment enivrant de domination m'envahit.

Taquinant sa lèvre inférieure avec mes dents, j'essaie d'envahir sa bouche, mais soudain elle cesse de se démener et accueille mon baiser avec une ardeur qui me prend au dépourvu.

Je la relâche et ses mains s'enfouissent dans mes cheveux tandis qu'elle enroule ses jambes autour de ma taille et bascule son sexe contre moi.

— Ana.

Je prononce son prénom comme un talisman. Elle m'ensorcelle. Nous ne nous battons plus. Nous nous rendons l'un à l'autre. Je ne serai jamais rassasié d'elle. Elle a autant besoin de moi que moi d'elle. Nos langues s'enroulent fougueusement.

*Putain, j'ai tellement envie d'elle.* Je murmure :

— Ta peau.

Je la redresse et lui arrache son tee-shirt d'un geste.

— Toi.

Elle baisse mon pantalon d'un coup sec et referme la main sur mon érection.

*Bordel.*

Je la soulève par les cuisses pour la plaquer sur le lit, mais ses doigts serrent ma queue et elle passe son pouce sur le bout pendant que mes mains caressent ses hanches, son ventre, ses seins. Puis elle suce son pouce.

— C'est bon ? dis-je, fébrile.

— Oui. Tiens.

Elle le fourre dans ma bouche et j'en mordille la pulpe, émerveillé par son audace. Elle grogne et me tire par les cheveux.

— Qu'est-ce que tu es belle ! dis-je en lui picorant la gorge. Ta peau est si soyeuse.

Mes lèvres atteignent peu à peu ses seins.

— Christian, supplie-t-elle en se cramponnant à mes cheveux.

— Chut.

Ma langue lèche un de ses tétons, puis l'autre, avant de tirer doucement dessus.

— Ah ! gémit-elle.

— Impatiente, madame Grey ?

J'aspire la pointe, lui arrachant un nouveau râle.

— Attention, ou je t'attache.

— Prends-moi ! me supplie-t-elle.

— Chaque chose en son temps.

Mes lèvres honorent ses seins superbes, pendant qu'Ana geint et se presse sur ma queue plus que prête.

Soudain, elle se contorsionne à nouveau pour me repousser.

— Mais qu'est-ce que… ?

Je m'empare de ses mains et les cloue au matelas.

— Tu voulais que je te résiste ? grogne-t-elle.

Je me hisse sur les coudes pour l'observer et tenter de comprendre son soudain revirement. Ses talons s'enfoncent dans mon cul.

Elle me veut. Maintenant.

— Tu ne veux pas que j'y aille doucement ?

— Je veux juste que tu me fasses l'amour, Christian, souffle-t-elle entre ses dents. Je t'en prie…

Elle me talonne à nouveau, plus fort cette fois.

*Bordel. Qu'est-ce que ça veut dire ?*

Je m'accroupis et la tire sur mes genoux.

— Très bien, madame Grey, comme vous voulez.

Je la soulève et la fais coulisser lentement sur mon membre dressé.

— Ah !

*Dieu, que c'est bon !*

Elle enroule ses bras autour de mon cou, les doigts dans mes cheveux, et se met à me chevaucher. Sauvagement. Éperdument. Je m'abandonne à son mouvement frénétique, à son rythme endiablé, jusqu'à ce que nous atteignions l'extase, avant de retomber ensemble sur le lit.

*Waouh. C'était… différent.*

Nous restons un moment allongés, pour reprendre notre souffle. Elle joue avec les poils de ma poitrine tandis que mes doigts pianotent sur son dos.

— Tu ne dis rien ? demande Ana.

Je la regarde en essayant d'intégrer ce qui vient de se passer.

— C'était fun.

Son ton est hésitant.

— Tu me déconcertes, Ana.

— Je te déconcerte, moi ?

Je me tourne pour lui faire face.

— Oui. Toi. Le fait que tu prennes le contrôle. C'est… différent.

Le petit *v* apparaît entre ses sourcils froncés.

— En bien ou en mal ?

Elle fait courir son index sur mes lèvres. J'embrasse son doigt en réfléchissant à sa question.

— En bien.

*Mais un peu trop rapide.* J'aurais aimé que ça dure.

— Tu n'avais jamais vécu ce petit fantasme ?

— Non, Anastasia. Toi, tu peux me toucher.

*Et c'était terriblement excitant.* J'aimerais le refaire.

— Mais Mrs Robinson pouvait te toucher, elle.

*Pourquoi parler d'Elena ?*

— C'était différent.

Son regard me sonde. Comme d'habitude, elle lit en moi.

— En bien ou en mal ?

La douleur des mains d'Elena embrase mon imagination. Ses ongles sur ma peau, tandis que les ténèbres refermaient leurs griffes sur moi, tentant de la repousser.

*C'était insupportable.*

Je déglutis et chasse ce souvenir.

— En mal, je crois.

— Je croyais que tu aimais ça ?

— J'aimais ça, à l'époque.

— Plus maintenant ?

Les yeux d'Ana sont d'un bleu si pur, il m'est impossible de leur échapper. Lentement, je secoue la tête.

— Oh, Christian…

Dans un élan d'amour, elle picore mon visage, ma gorge, mon torse et mes cicatrices, l'une après l'autre. Je réponds à son baiser avec toute ma passion et mon amour. Et bientôt nous nous donnons l'un à l'autre, nous faisons l'amour à mon rythme. Lentement, tendrement, pour que je puisse lui prouver combien je l'aime.

Ana se lave les dents alors que je termine de m'habiller.

— Je vais voir ce que deviennent nos invités, lui dis-je.

Nos regards se trouvent dans le miroir de la salle de bains.

— J'ai une question.

Je m'appuie au montant de la porte.

— Eh bien, que voudriez-vous savoir, madame Grey ?

Enroulée dans une serviette, elle se tourne vers moi.

— Est-ce que Mme Bentley est au courant pour nos… euh… nos…

— Activités de prédilection ?

Elle pique un fard. C'est tellement adorable – Ana peut rougir pour un rien dès qu'il s'agit de sexe. Et parce que M. et Mme Bentley ne sont pas au courant.

— Non. Pas de salle de jeux ici. Nous devrons apporter quelques jouets.

Je lui fais un clin d'œil et la laisse bouche bée.

Je trouve Kate et Mme Bentley en train de papoter dans la cuisine. Visiblement, elles sont les premières réveillées, par cette belle matinée. Je les salue toutes les deux.

— Bonjour, monsieur Grey, me répond Carmella.

Kate affiche un grand sourire. C'est franchement agaçant. Je suis davantage habitué à ses sarcasmes.

— On pourrait aller faire une balade et un pique-nique avant de rentrer à la maison, suggéré-je à Kate.

— Bonne idée.

— J'ai fait des gaufres aujourd'hui. Ça ira ? s'enquiert Mme Bentley.

— Parfait. Un pique-nique pour plus tard, c'est possible pour vous ?

— Bien sûr, réplique-t-elle avec un regard de reproche à l'idée que je doute de ses aptitudes culinaires. Oh, et Martin aimerait vous dire un mot, ajoute-t-elle. Il est dans le jardin.

— Je vais aller le voir.

Martin Bentley désherbe ce que Mme Bentley appelle le « jardin de la cuisine ». Nous parlons de la pluie et du beau temps, puis il me fait faire le tour du propriétaire. Martin est un homme réfléchi, qui a une foule d'idées pour améliorer les lieux. Il entretient plusieurs autres domaines dans le voisinage, et il est pompier volontaire.

Nous évoquons l'idée d'ajouter un jacuzzi, peut-être même une piscine. J'avise une canne en bambou abandonnée et la ramasse pendant que nous poursuivons notre visite. Elle est un peu lourde, et pas très flexible. Machinalement, je gifle l'air avec.

— Ça coûterait cher, fait remarquer Martin à propos de la piscine. Et pour être honnête, combien de fois l'utiliseriez-vous ?

— Vous avez raison. On pourrait installer un court de tennis à la place.

— Ou laisser pousser les fleurs sauvages.

Son sourire est contagieux. Je contemple le domaine : une piscine, un court de tennis ou des fleurs sauvages ? Que préférerait Ana ? Je fends l'air une nouvelle fois avec ma canne pendant que M. Bentley ouvre la porte du sous-sol. Sans réfléchir, je lève les yeux et vois Ana m'épiant par la fenêtre de la cuisine. Elle agite la main, mais a l'air coupable – pourquoi ? Je n'en ai aucune idée. Je donne la canne à Martin et retourne dans la maison. J'ai faim de gaufres.

Le vol de retour est tranquille. Ana somnole à côté de moi tandis que j'étudie le projet de contrat d'acquisition de Geolumara. Tout le monde est fatigué après la randonnée à marche forcée dans laquelle nous a entraînés Elliot. Mais rien que pour la vue, ça en valait la peine. La soirée tardive, l'altitude et l'alcool nous ont tous rattrapés : Elliot et Ana sont KO ; Kate et Ethan se reposent ; Mia lit. Ethan et elle paraissent en froid. Je crois que cette entêtée de Mia vient de comprendre le « seulement amis » d'Ethan.

Stephan annonce que nous entamons notre descente sur Seattle.

— Hé, paresseuse ! On atterrit bientôt. Attache ta ceinture.

Tandis qu'Ana s'étire, je boucle sa ceinture et lui donne un baiser sur le front.

Le week-end a été un succès, je crois. Mais pour moi, c'était assez perturbant. J'éprouve un sentiment croissant de… contentement. Un sentiment qui pourrait disparaître en un claquement de doigts. Je regarde Ana pour essayer de chasser mon trouble. C'est si nouveau. Et si fragile.

Reportant mon attention sur les documents sous mes yeux, je poursuis ma lecture et prends des notes dans la marge.

*Ne réfléchis pas trop à ton bonheur, Grey.*

Le conseil récent de Flynn me revient en mémoire. *Chérissez-le.*

*Comment ?*

Elliot se réveille et plaisante avec Ana pendant que Beighley annonce que notre atterrissage est proche. Je serre la main de ma femme.

— Christian, Ana, merci pour ce fantastique week-end, lance Kate en mêlant ses doigts à ceux d'Elliot.

— Pas de quoi, dis-je.

Et là, de nouveau, ce sentiment. De *contentement*.

— Alors, madame Grey, votre week-end vous a plu ?

Nous sommes dans l'Audi et nous dirigeons vers l'Escala. Ryan est au volant, Taylor sur le siège passager. Même Taylor paraît détendu.

— Énormément. Merci.

— On y retourne quand tu veux, et tu invites qui tu veux.

— Alors Ray… ça lui plairait d'aller pêcher là-bas.

— Bonne idée.

— Et toi, tu es content ?

*Que répondre ? C'était formidable. Et déroutant…*

— Oui, finis-je par dire. Très content.

— Tu as eu l'air de te détendre.

— Parce que tu étais en sécurité.

Elle fronce les sourcils.

— Christian, tu vas tomber raide mort à quarante ans si tu continues à t'angoisser comme ça. Et j'ai l'intention de vieillir auprès de toi.

*Je m'inquiéterai toujours pour toi, bébé. Tu es ma vie.*

Je préfère changer de sujet.

— Ta main, ça va ?

— Beaucoup mieux, merci.

— Tant mieux, madame Grey. Prête à affronter Gia ?

Elle grimace.

— Je vais peut-être te demander de rester à l'écart, pour te protéger, ironise-t-elle.

— Me protéger ?

*Eh bien, les rôles s'inversent, on dirait.* Je réprime un rire.

— Comme toujours, monsieur Grey. Je veux vous protéger des prédatrices sexuelles, dit-elle à voix basse.

Je me brosse les dents, ravi que nous ayons validé les plans de Gia. L'équipe d'Elliot démarre le chantier lundi. Je réfléchis à la suite. J'ai beaucoup à faire la semaine prochaine, mais ma priorité est de m'assurer que Hyde soit condamné pour de bon. De son côté, Welch continue d'enquêter pour savoir si ce salopard avait un complice.

*J'espère que non. J'aimerais tellement que tout ça soit derrière nous.*

— Tout va bien ? demande Ana lorsque je la rejoins dans la chambre.

Dans sa nuisette en satin, elle a tout d'une déesse.

Mettant de côté mes réflexions, je m'allonge près d'elle.

— Je ne suis pas pressée de revenir à la réalité, soupire-t-elle.

— Ah bon ?

Elle secoue la tête et me caresse le visage.

— J'ai passé un week-end merveilleux. Merci.

— C'est toi, ma réalité, Ana.

Je l'embrasse.

— Ça te manque ?

— Quoi ?

— Tu sais bien. Les cannes… tout ça…

*Où veut-elle en venir ?* Je me creuse les méninges. La canne en bambou de ce matin ?

— Non, Anastasia, ça ne me manque pas. Le Dr Flynn m'a dit une chose que je n'ai jamais oubliée quand tu m'as quitté. Il m'a dit que je ne pouvais pas faire ces choses-là si tu n'en avais pas envie. Ça a été une révélation.

John m'a encouragé à me laisser guider par Ana.

*Et regarde où nous en sommes…*

— Je ne connaissais rien d'autre, Ana. Maintenant, si. Notre histoire a été… instructive.

— Moi, je t'ai instruit ? s'esclaffe-t-elle.

— Et toi, ça te manque ?

— Je ne veux pas que tu me fasses mal, mais j'aime bien jouer, Christian. Tu le sais. Si tu as envie de quelque chose…

Elle hausse timidement les épaules.

— Quelque chose ?

— Tu sais, avec le martinet ou la cravache…

Elle s'interrompt et pique un fard.

*Le martinet ou la cravache, hein ?*

— Eh bien… on verra. Pour l'instant, j'ai envie d'un bon vieux sexe-vanille.

## Jeudi 1er septembre 2011

Bastille me fait passer un sale quart d'heure.

— Le mariage vous rend tout mou, Grey ! fanfaronne-t-il, alors que je suis à terre. (C'est la troisième fois qu'il m'envoie au tapis.) C'est ça, l'effet du bonheur ?

Il esquisse un grand sourire, fonce vers moi et tente un coup de pied circulaire. Mais je le bloque, me dégage sur la droite, et le fauche de ma jambe gauche.

— Peut-être bien, réponds-je, mon corps saturé d'adrénaline.

Je me relève d'un bond, les poings levés, prêt à l'envoyer au sol une nouvelle fois.

— C'est mieux, jeune homme.

En buvant mon café, je songe à ces derniers jours et aux paroles de Bastille. *C'est ça, l'effet du bonheur ?*

Le bonheur. Voilà une étrange sensation. Et depuis que j'ai rencontré Ana, j'en ai souvent éprouvé. À mes yeux, ce phénomène reste néanmoins passager, prodiguant parfois de l'allégresse, parfois une joie absolue. Ça n'a jamais été un compagnon permanent. Pourtant il a fini par s'insinuer en moi, par m'habiter tout entier. En même temps, j'ai toujours un poids sur la poitrine : on peut me reprendre ce bonheur à tout moment.

« *Je ne veux pas que vous sabotiez votre bonheur, Christian. Même si vous pensez ne pas le mériter.* » Les mots de Flynn me reviennent encore une fois en mémoire.

Saboter mon bonheur ?

Pourquoi ferais-je une chose pareille ?

C'est comme l'amour. L'amour, c'est terrifiant aussi, et pourtant je lui ai ouvert la porte.

Pourquoi ne puis-je pas simplement accepter ce sentiment, le savourer ? Je pourrais me plonger corps et âme dans ses flammes délicieuses et renaître purifié, tel un phénix… ou périr dans le brasier, avec ce moignon de cœur qu'il me reste.

*Monsieur verse dans la poésie ! Reprends-toi, Grey !*

Bastille a peut-être raison. Ces dernières semaines ont été idylliques : côté boulot, tout va bien ; et à la maison, aucune dispute avec ma femme – juste du bon temps et des rires.

Elle a été… mon Ana.

Je me souviens du dîner il y a quelques jours où, à ma demande, elle a porté des boules de geisha toute la soirée. Comment elle a pu tenir, mystère ! Mais quand nous sommes rentrés à la maison, elle n'en pouvait plus. À cette pensée, je m'agite sur mon siège.

Mon téléphone sonne, interrompant le fil érotique de mes pensées.

— Oui ?

— J'ai Welch en ligne.

— Merci, Andrea.

— Monsieur Grey… (Sa voix rocailleuse met définitivement un terme à mon excitation naissante.) L'audience pour la libération sous caution de Hyde a lieu cet après-midi. Je vous tiens au courant dès que la juge a rendu son verdict.

— Espérons qu'elle prendra la bonne décision.

— À mon avis, c'est ce qu'elle va faire.

— Tant mieux. Tenez-moi au courant.

Au moment où je raccroche, un SMS de Leila arrive sur mon BlackBerry.

« Je voulais vous remercier en personne
pour tout ce que vous avez fait pour moi.
Pourquoi refusez-vous de me voir ?
C'est douloureux.
Je vous dois tant.
Leila. »

*À quoi elle joue ?*

J'éteins mon téléphone et retourne à mon café. Elle n'aurait pas dû me contacter. Je pensais que Flynn lui avait fait entendre raison. Je le vois tout à l'heure. J'aborderai le sujet avec lui.

Mia est encore plus agitée que d'habitude quand elle me retrouve pour déjeuner dans mon restaurant de sushis préféré. Elle se jette carrément dans mes bras.

— Comme je suis contente de te voir !

— Tu m'as vu ce week-end.

— Sauf que cette fois, je t'ai pour moi toute seule ! Et j'ai une grande nouvelle à t'annoncer. J'ai trouvé du travail !

Elle lève les bras en l'air en signe de victoire avant de s'asseoir.

— C'est vrai ? Enfin !

Sa joie est contagieuse et j'ai hâte de connaître les détails.

— Ça a pris un temps fou. Je suis excitée comme une puce. Je vais bosser pour Crissy Scales.

— Le traiteur ?

— Oui. Mariages, cocktails. Tous les gros trucs. Je veux lancer ma propre boîte un jour, mais il faut que j'apprenne les ficelles du métier.

— Génial. Tu commences quand ?

— Vendredi prochain.

— Raconte-moi tout.

Ma petite sœur est toujours enthousiaste. Ça fait longtemps que nous n'avons pas déjeuné ensemble, juste tous les deux. Pendant que nous savourons sashimis et makis, elle me parle de ses grands espoirs pour sa nouvelle carrière et de ses dernières tentatives pour conquérir le cœur d'Ethan.

— Mia, je ne suis pas sûr de vouloir parler avec toi de ta vie amoureuse.

— Hé, Christian, bien sûr que j'ai une vie amoureuse ! Je ne me suis pas privée à Paris !

— Quoi ?

— Absolument. Il y a eu Victor, Alexandre…

— Il y en a eu plusieurs ! Arrête !

— Ne fais pas ta sainte-nitouche.

— Moi, une sainte-nitouche ! réponds-je en feignant d'être vexé.

Ça la fait rire.

— Alors… tu penses avoir une chance avec Ethan ?

— Certaine !

C'est ce que j'aime chez elle : sa détermination et son optimisme.

— D'accord. Bonne chance, alors.

Je demande l'addition au serveur.

— On recommencera ? On ne se voit plus assez. Ça me manque.

— Promis. Mais pour l'instant, je dois filer au bureau. J'ai une réunion.

Je suis au labo avec Barney et Fred. Nous examinons le dernier prototype de notre tablette solaire. Il est plus léger, plus simple et moins cher, adapté au marché des pays émergents. C'est la partie de mon travail que j'aime le plus. Barney m'abreuve d'explications :

— Il faut huit heures de charge pour trois jours d'autonomie.

— On peut faire mieux ?

— Je crois qu'on a atteint la limite compte tenu de la technologie actuelle en matière de batteries, répond Fred en remontant ses lunettes sur son nez. On a un écran noir et blanc type E-Ink qui ne consomme rien. Et c'est beaucoup plus solide.

— Et pour le marché intérieur ?

— Un écran tactile couleur.

Barney me tend l'autre prototype.

Je le soupèse.

— Il est beaucoup plus lourd.

— À cause de l'écran couleur.

— Et il paraît plus haut de gamme.

— On n'a que quatre heures d'autonomie pour l'instant, pour huit heures au soleil.

— Ça se comprend. Mais on peut le charger de façon classique ?

— Bien sûr. Ici. (Barney me montre la prise sous l'appareil.) Un port USB standard. Le tout recyclable.

— C'est un bon atout marketing.

Mon téléphone sonne. C'est Welch.

— Deux minutes, les gars.

Je m'éloigne et prends l'appel.

— Alors ?

— On ne lui a pas accordé de libération sous caution. La date du procès n'est pas encore fixée.

— Ce n'est que justice. Il ne la mérite pas. Merci pour l'info.

Je raccroche et envoie un mail à Ana.

---

**De** : Christian Grey
**Objet** : Hyde
**Date** : 1er septembre 2011 15:24
**À** : Anastasia Grey

Anastasia,

Pour info, Hyde n'a pas été libéré sous caution, et il a été placé en détention provisoire. Il est inculpé de tentative d'enlèvement et d'incendie criminel. La date de son procès n'a pas encore été fixée.

Christian Grey
P-DG, Grey Enterprises Holdings, Inc.

Je reviens vers Fred et Barney pour poursuivre notre discussion sur le développement de la tablette.

De retour dans mon bureau, je m'aperçois qu'Ana a répondu.

---

**De** : Anastasia Grey
**Objet** : Hyde
**Date** : 1er septembre 2011 15:53
**À** : Christian Grey

Bonnes nouvelles. Tu vas alléger les dispositifs de sécurité ? Je ne suis pas tout à fait sur la même longueur d'onde que Prescott.

Anastasia Grey
Éditrice, SIP

De : Christian Grey
Objet : Hyde
Date : 1er septembre 2011 15:59
À : Anastasia Grey

Non. Le dispositif de sécurité reste en place. Pas de discussion. Qu'est-ce qui ne va pas avec Prescott ? Si tu ne l'aimes pas, on la remplace.

Christian Grey
P-DG, Grey Enterprises Holdings, Inc.

On frappe à la porte. Je m'attends à voir Ros pour notre rendez-vous de 16 heures, mais c'est Andrea qui apparaît sur le seuil.

— Monsieur Grey, Ros va être en retard. Elle sera là dans dix minutes. Vous avez besoin de quelque chose ?

— Non, tout va bien, Andrea. Merci.

Après son départ, j'étudie dans le détail l'acquisition de Geolumara. Je veux vérifier que toutes mes instructions figurent bien dans le contrat. Quand je relève le nez de mes papiers, j'ai une réponse d'Ana.

De : Anastasia Grey
Objet : Pas la peine de t'arracher les cheveux !
Date : 1er septembre 2011 16:03
À : Christian Grey

Je posais simplement la question (elle lève les yeux au ciel).
Et pour Prescott, je réfléchirai.

Range ta main qui te démange !
Ana x

Anastasia Grey
Éditrice, SIP

---

**De** : Christian Grey
**Objet** : Ne me tente pas
**Date** : 1er septembre 2011 16:11
**À** : Anastasia Grey

Je puis vous assurer, madame Grey, que mes cheveux sont très fermement accrochés à ma tête – ne vous en êtes-vous pas assurée vous-même à plusieurs reprises en tirant dessus avec vos blanches mains ?
Cependant, ma main me démange.
Il faudra peut-être que je la soulage ce soir.
x

Christian Grey
P-DG pas encore chauve, Grey Enterprises Holdings, Inc.

---

**De** : Anastasia Grey
**Objet** : Frétillements
**Date** : 1er septembre 2011 16:20
**À** : Christian Grey

Des promesses, toujours des promesses… Bon, arrête de m'embêter, j'essaie de travailler. J'ai rendez-vous avec un auteur. J'essaierai de ne pas me laisser distraire en pensant à toi durant la réunion.
A x

Anastasia Grey
Éditrice, SIP

On toque à nouveau à la porte. Cette fois, c'est Ros, avec vingt minutes de retard.

— Vous paraissez en forme, déclare Flynn en m'invitant à entrer.

— C'est vrai. Merci.

Je m'assois à ma place habituelle et attends qu'il s'installe. Il me regarde avec insistance.

— Alors, que s'est-il passé ?

Je lui résume les événements de la semaine en commençant par mon retour précipité de New York. Ses sourcils se haussent sur son front.

— C'est tout ? me demande-t-il quand j'ai terminé mon récit.

— En gros, oui.

— Donc, si je vous ai bien compris, vous avez annulé deux rendez-vous très importants pour rentrer chez vous. Parce que Anastasia n'avait pas suivi à la lettre vos instructions. Et là vous avez appris que Hyde était entré dans votre appartement pour kidnapper votre femme.

— Dans les grandes lignes, c'est ça.

— Et elle a utilisé le mot d'alerte – ce qui n'était jamais arrivé. Je ne veux pas savoir ce qui s'est passé, à moins que vous ne teniez vraiment à me le raconter. Après ça, vous avez parlé et réglé vos différends, et puis vous avez fait un cauchemar, où vous l'avez vue morte.

Je hoche la tête, tentant de refouler les images terribles qui me reviennent à l'esprit.

— Autre chose ?

— Je l'ai emmenée à Aspen avec quelques amis. J'ai cogné un type parce qu'il l'avait touchée. Et cet après-midi, la juge a refusé de libérer Hyde sous caution. Et j'ai reçu un SMS de Leila.

Flynn ferme un moment les yeux.

— Christian, cela fait beaucoup de choses. Vraiment beaucoup. Et, contre toute attente, vous semblez plutôt calme.

— Certes. En réalité, mon angoisse a été atténuée par quelque chose de totalement nouveau pour moi – nouveau et très inquiétant.

— Ah bon ?

— Oui. Vous y avez d'ailleurs fait allusion lors de nos dernières séances.

— Continuez, je vous écoute.

— Il s'agit du bonheur. Une sensation insidieuse, omniprésente, qui s'est immiscée en moi. C'est vraiment troublant.

— Je vois.

— Ah oui ?

— C'est plutôt évident. Pour moi, du moins.

Son visage reste impénétrable. C'est agaçant.

— S'il vous plaît, docteur. Éclairez-moi.

— La tentative de kidnapping a exacerbé votre inquiétude au sujet de la sécurité d'Ana, c'est compréhensible. La menace toutefois n'existe plus puisque Jack Hyde est en prison. Vous pouvez donc baisser la garde. Ana ne risque plus rien.

*C'est du bon sens !*

— En même temps, ce que vous éprouvez n'a rien de nouveau. Vous avez vécu beaucoup de moments heureux ces derniers mois. Les fiançailles. Le mariage, le voyage de noces. Nous en avons déjà parlé ici. Vous vous focalisez sur le but, la destination, mais vous négligez le chemin. Vous vouliez vous marier et vous aviez peur que cela n'arrive pas. Et pourtant c'est fait.

(Il marque un silence.) Christian, vous êtes le maître de votre vie. J'imagine que dans votre subconscient, vous pensez ne pas avoir droit au bonheur. Cependant, écoutez bien ce que je vais vous dire : vous le méritez. Vous avez la permission d'être heureux. Le droit au bonheur pour tout citoyen, c'est écrit noir sur blanc dans la Constitution.

— C'est la *recherche* du bonheur qui est un droit inaliénable dans la Constitution.

— Mouais… bonnet blanc et blanc bonnet. Ce que je vois dans cette situation c'est que vous avez entre les mains la clé du bonheur. Il vous suffit de lui ouvrir la porte. Au lieu de paver son chemin de chausse-trappes.

Je regarde les orchidées sur la table basse.

— Vous croyez que je peux ? réponds-je sans même m'en rendre compte.

— Comment ça ?

— Lui ouvrir la porte.

— C'est à vous de décider.

— Et si Ana s'en va ?

Flynn lâche un soupir.

— En ce bas monde, hormis la mort et les impôts, il n'existe aucune certitude. Tout le monde risque d'être blessé. Vous le savez très bien. Et vous avez eu plus que votre lot dans votre enfance. Mais vous n'êtes plus un enfant. Autorisez-vous à aimer votre vie et votre épouse.

*C'est aussi simple que ça ?*

— Passons à présent à Leila.

Lundi 5 septembre 2011

Taylor se gare et je regarde Ana et Prescott entrer dans le bâtiment de la SIP. Ma sensation de félicité est toujours là. Nous avons passé un week-end magique… rires et délices avec Mme Grey. Cette joie qui m'a tant manqué dans ma vie.

— Monsieur.

C'est Taylor qui m'arrache à mon petit nuage de bonheur.

— Oui ?

— Le R8 Spyder pour Mme Grey sera prêt en fin de semaine.

— Parfait. Merci.

Son regard, dans le rétroviseur, reste rivé au mien. Oui, Taylor ?

— Gail a une proposition à vous faire, pour l'anniversaire de Mme Grey.

— Oh ? (J'attends qu'il m'en dise davantage, mais il continue de rouler sans rien dire.) Je vous écoute.

Quand ses yeux reviennent dans le rétroviseur, je comprends qu'il ne veut pas vendre la mèche.

— D'accord, je verrai ça avec elle.

— Merci, monsieur.

Mon téléphone vibre. Un SMS d'Elliot.

« C'est parti ! »

Il a mis en PJ une photo de son équipe abattant un des murs de notre maison. L'image est saisissante : le ciel bleu, un trou béant dans la paroi, un nuage ocre de poussière et cinq types avec des casques jaunes brandissant des masses.

« Ouah ! Impressionnant.
Ne rase pas tout ! »

« Ne fais pas dans ton froc !
On suit juste les plans ! »

« J'espère bien !
Bon courage ! »

Dans l'ascenseur de Grey House, je consulte mes mails.

---

**De** : Anastasia Grey
**Objet** : Voile, glisse et fessée
**Date** : 5 septembre 2011 09:18
**À** : Christian Grey

Cher mari,
Tu sais vraiment faire passer un bon moment à une femme. Bien entendu, je m'attendrai à recevoir ce genre de traitement tous les week-ends.
Tu me gâtes. J'adore.
Ta femme xx

Anastasia Grey
Éditrice, SIP

Une fois dans mon bureau, je lui écris.

De : Christian Grey
Objet : Mon but dans la vie…
Date : 5 septembre 2011 09:25
À : Anastasia Grey

… est de vous gâter, madame Grey. Et de te protéger, parce que je t'aime.

Christian Grey
P-DG énamouré, Grey Enterprises Holdings, Inc.

« Énamouré » est trop loin de la vérité. Je me demande ce que Mme Jones a en tête. Je lui parlerai ce soir. En attendant, j'aimerais offrir autre chose à Ana que cette voiture… Un cadeau un peu plus personnel.

Tandis que je bois mon café, une idée me vient.

La célébration de toutes nos premières…

Sa réponse ne se fait pas attendre.

De : Anastasia Grey
Objet : Mon but dans la vie…
Date : 5 septembre 2011 09:33
À : Christian Grey

… est de te laisser faire – parce que, moi aussi, je t'aime. Maintenant, arrête d'être aussi sentimental. Tu vas me faire pleurer.

Anastasia Grey
Éditrice tout aussi énamourée, SIP

Je souris. Nous sommes tous les deux dans le même état.

Mardi 6 septembre 2011

Chez Astoria Fine Jewelry, ils se sont surpassés. Mon expédition de midi a été un succès et je suis ravi du cadeau que j'ai trouvé pour Ana. J'espère que ça lui plaira. Je contemple son portrait au mur, son sourire énigmatique tandis qu'elle regarde l'objectif. Magnifique et toujours aussi mystérieuse.

Je me surprends à sourire comme un benêt. Un homme amoureux de sa femme.

*Grey ! Reprends-toi !*

Mon programme pour l'anniversaire d'Ana se met peu à peu en place. Mme Jones compte préparer un dîner surprise et j'attends de savoir si tous nos invités vont répondre présent. Mon jet ira récupérer Carla et Bob. Ray est enthousiaste et mon frère et ma sœur ont déjà dit oui. Mais je n'ai pas encore la réponse de mes parents. Ana ne se doute de rien. C'est la première fête que j'organise de ma vie. Quand j'ai acheté mon appartement sur plan, le promoteur ne cessait de vanter les volumes propices à de grandes soirées. Jamais je n'aurais pensé en faire usage un jour. Ce n'était pas ma vie d'alors. Et maintenant, deux ans plus tard, je prépare une grande réception ici.

Pour ma femme.

Peut-être devrais-je emmener tout le monde visiter notre nouvelle maison dimanche après le déjeuner et vérifier comment Elliot et ses démolisseurs s'en sortent ? Ou bien nous pourrions y aller avant, juste Ana et moi ? Vendredi par exemple ? Je commence à consulter mon planning, mais un SMS de Taylor m'interrompt, aussitôt suivi d'un mail d'Ana.

---

**De :** Anastasia Grey
**Objet :** Visiteuses
**Date :** 6 septembre 2011 15:27
**À :** Christian Grey

Christian,
Leila est ici, elle monte me voir. Prescott restera avec moi. Si besoin, je me servirai de mon nouveau talent pour les gifles, puisque je n'ai plus mal à la main.
Essaie de ne pas t'inquiéter. Je suis une grande fille.
Je t'appelle dès que je lui ai parlé.
A x

Anastasia Grey
Éditrice, SIP

J'essaie aussitôt de joindre Ana. *Pas question qu'elle rencontre Leila !*

Ça sonne, encore et encore. Ana ne décroche pas. Et ma tension artérielle monte à chaque sonnerie. Elle grimpe si haut que j'en ai le tournis. La boîte vocale prend le relais et me demande de laisser un message. Je raccroche. Je suis trop énervé. Mieux vaut me taire.

Merde !

Je lis le texto de Taylor.

« Mme Grey est avec Leila Williams.
Prescott est avec elles.
Je vais chercher la voiture. »

Prescott a dû le prévenir.

— Andrea !

Je crie si fort que la vitre derrière moi vibre.

Je réponds à Taylor.

« Vous allez à la SIP ? »

Andrea ne prend pas la peine de frapper, elle déboule dans mon bureau.

— Monsieur Grey ?

— Passez-moi l'assistante d'Ana. Vite !

— Oui, monsieur.

À quoi joue Leila, putain ! Elle sait que c'est interdit ! Et Prescott ? Leila est sur sa liste des personnes à surveiller. La liste noire.

Mon téléphone fixe sonne. Andrea me passe Hannah.

— Monsieur Grey, bonjour !

Son ton faussement enjoué m'insupporte.

— Passez-moi ma femme. C'est urgent.

— Oh… je crains qu'elle ne soit occupée. Elle est en rendez-vous.

— Je le sais bien ! Sortez-la de cette pièce !

— C'est que je ne…

— Faites-le. Maintenant. Ou vous êtes virée !

— Bien, monsieur.

Il y a un gros bruit quand elle repose le téléphone. J'en ai les oreilles qui sifflent.

Je patiente. Encore une fois, j'attends le bon vouloir d'Anastasia Stee… Grey.

Je tapote nerveusement le bord de mon bureau.

Je devrais peut-être y aller moi-même ? Non, c'est ridicule ! Et John ? Il a parlé à Leila ?

Mon BlackBerry vibre. C'est un SMS de Taylor.

« Je suis dans la voiture.
Devant l'entrée. »

« Attendez-moi. »

« OK. »

Je ne comprends pas ce que fabrique Prescott. Comment a-t-elle pu laisser faire ça ?

J'entends un raclement. Puis un choc. Hannah a lâché le combiné. Qu'est-ce qu'elle peut être empotée !

— Monsieur… monsieur Grey ?

— J'écoute.

— Ana est désolée, mais elle… elle ne peut vous parler. Elle vous rappellera.

*Quelle langue de bois !*

— Très bien.

Je raccroche. Que faire ?

Prescott ! Bien sûr ! Elle est avec Ana. Elle a un téléphone. Mais je n'ai pas son numéro personnel.

— Andrea ! (L'instant suivant, elle est sur le seuil, hésitante.) Appelez Prescott sur son portable et passez-la-moi !

Elle reste un moment perplexe.

— Belinda Prescott ! La garde du corps d'Ana ! Vite, bordel !

— Tout de suite, monsieur.

Andrea disparaît.

*Tu es vraiment un connard, Grey !*

Je prends une grande inspiration pour me calmer. Je me lève, fais les cent pas derrière mon bureau. L'image de Leila braquant un pistolet sur Ana ne cesse de me hanter. Quelle torture ! Mon angoisse monte, atteint des sommets sur l'échelle de Richter.

Enfin, mon téléphone sonne. Je me jette dessus.

— Vous avez la sécurité de Mme Grey en ligne, m'annonce Andrea.

— Monsieur Grey ?

— Prescott, je ne saurais dire à quel point vous me décevez. Passez-moi ma femme.

— Oui, monsieur.

J'entends des voix assourdies.

— Christian ? lance Ana.

À son ton, je sais qu'elle est furieuse.

— Tu joues à quoi, là ?

— Ne me crie pas dessus.

— Comment ça « Ne me crie pas dessus » ? (Mais je hurle encore plus.) Je t'ai donné des instructions précises auxquelles tu as désobéi – encore. Putain, Ana, je suis fou de rage.

— On en reparlera quand tu te seras calmé.

— Ne me raccroche pas au nez !

— Au revoir, Christian.

— Ana ! Ana !

Elle l'a fait ! Je suis prêt à exploser comme le mont St. Helens. Pris d'un accès de fureur, j'attrape ma veste, mon téléphone, et sors en trombe de mon bureau.

J'aboie sur Andrea.

— Annulez mes rendez-vous ! Et prévenez Taylor que je descends.

— Oui, monsieur.

L'ascenseur met exactement seize secondes à arriver. Une éternité. Je le sais avec précision, car à chaque seconde ma colère a monté d'un cran. J'entre dans la cabine, écrase le bouton du rez-de-chaussée, serre les poings de rage, enfonce mes ongles dans mes paumes. D'accord, j'ai perdu cette bataille.

Mais je suis prêt à me battre. Avec mon épouse. *Encore une fois*. Avec Leila. *Qu'est-ce qui lui a pris !*

Taylor est debout devant la voiture. Il a déjà ouvert la portière. Au moins, lui est sur le coup. Nous roulons en silence vers la SIP. J'appelle Flynn. Je tombe sur sa boîte vocale. Je raccroche en fulminant. Je ne peux même pas passer mes nerfs sur lui.

*C'est un coup monté, c'est ça ?* Leila sait que si elle s'approche d'Ana, je vais rappliquer illico.

Elle me tient. Je suis son jouet. Peu m'importe !

Après ce trajet qui m'a paru interminable, Taylor se gare devant la SIP. Je sors du véhicule, ne prends pas la peine de me faire annoncer à la réception et fonce vers le bureau d'Ana. Hannah me regarde interloquée, mais je m'en fous.

— Monsieur Grey, elle ne..., bredouille-t-elle.

J'ouvre la porte si violemment que des papiers s'envolent de sa table de travail. Personne !

*Merde !*

Je me sens ridicule. Je fais volte-face.

— Où est-elle ?

Chacun de mes mots est plein d'hostilité. Hannah tressaille et désigne l'autre bout de l'open space.

— Dans la salle de réunion. Je... je vais vous y conduire.

— Je me débrouille très bien, merci.

Je lui jette un regard noir et repars dans l'autre sens. Je dois me souvenir que ce n'est pas la faute d'Ana. Ignorant les regards interloqués des employés, je repasse par la double porte donnant dans le hall. Taylor est là, il s'approche. Derrière lui, j'aperçois Susannah Shaw, assise sur l'un des canapés Chesterfield.

*Qu'est-ce qu'elle fiche ici ? Toutes mes soumises se sont passé le mot, ou quoi ?*

Elle lit un magazine et ne m'a pas vu.

Je repère Leila derrière la paroi vitrée de la salle de réunion. Sans frapper, j'entre, et trois paires d'yeux me fixent. Chez Ana, la stupéfaction se mue aussitôt en colère. Leila écarquille les yeux, mais baisse rapidement la tête. Elle fait bien. Prescott regarde droit devant elle. Ouf ! Ana va bien. C'est ma première pensée. Puis ma fureur reprend aussitôt le dessus.

— Vous, lancé-je à Prescott, vous êtes virée. Foutez le camp.

Ana laisse échapper un hoquet de surprise.

— Christian…

Elle repousse sa chaise. Elle va se lever et me défier. Je brandis mon doigt.

— Non.

Je m'efforce de garder mon calme. Prescott, le visage fermé, sort de la pièce.

Je me tourne aussitôt vers Leila. Elle est comme dans mon souvenir : en forme et élégante. Je suis content qu'elle ait repris le dessus. Et je la féliciterais bien si je n'étais pas aussi en colère contre elle. Je plaque mes mains sur le bois froid de la table et me penche vers elle.

— Qu'est-ce que tu fiches ici ?

— Christian ! proteste Ana.

Je l'ignore et insiste :

— Eh bien ?

Elle relève les yeux vers moi et son visage pâlit.

— Je voulais vous voir, murmure-t-elle.

— Alors tu es venue jusqu'ici pour harceler ma femme ?

Leila baisse à nouveau la tête.

*Eh bien, je suis là ! Tu as ce que tu veux !* Je déteste être manipulé. Ce qui me rend plus furieux encore, c'est de la voir ici avec Ana.

— Leila, si jamais tu t'approches encore d'elle, je supprime toutes tes aides. Médecins, études, assurance maladie – tout ça, c'est terminé. Compris ?

Ana tente de s'interposer.

— Christian…

Elle a l'air affolée. Je m'en contrefiche et je la fais taire d'un geste.

— Oui, dit-elle d'une voix à peine audible.

— Et Susannah, qu'est-ce qu'elle fout là ?

— Elle m'a accompagnée.

Je me redresse, glisse la main dans mes cheveux.

*Qu'est-ce que je vais faire d'elle ?*

— Christian, s'il te plaît, insiste Ana. Leila voulait simplement te remercier, c'est tout.

Je l'ignore et continue d'interroger Leila :

— Tu habitais chez Susannah pendant que tu étais malade ?

— Oui.

— Elle était au courant de tes agissements ?

— Non, elle était en vacances.

Je ne vois pas Susannah accepter ça. Elle m'a toujours paru sensée et raisonnable. Je pousse un soupir.

— Pourquoi veux-tu me voir ? Tu sais parfaitement que tu dois me faire parvenir tes demandes par l'intermédiaire du Dr Flynn. Tu as besoin de quelque chose ?

Leila passe son doigt sur le bord de la table et le silence tombe dans la pièce.

— Il fallait que je sache, répond-elle en relevant soudain les yeux vers moi.

— Que tu saches quoi ?

— Que vous alliez bien.

*Qu'est-ce qu'elle raconte ? Je n'y crois pas une seconde !*

— Que j'allais bien ?

— Oui, insiste-t-elle, presque avec effronterie.

— Je vais bien. Voilà, tu as la réponse. Maintenant, Taylor va te raccompagner à Sea-Tac. Si tu fais un pas à l'ouest du Mississippi, tu perds tout. Compris ?

— Oui. Je comprends, articule-t-elle d'une voix enfin soumise.

— Bien.

Ana intervient :

— Ce n'est peut-être pas pratique pour Leila de repartir tout de suite. Elle a des projets.

— Anastasia, tout ça ne te regarde pas, lui réponds-je d'un ton glacial. C'est moi que Leila est venue voir, pas toi.

— J'avais des ordres, madame Grey. Et j'ai désobéi.

Ana nous regarde tour à tour.

— C'est ce Christian-là que j'ai connu, ajoute-t-elle presque avec nostalgie.

*Quoi ?* Notre relation était un simulacre. Une comédie, putain. Et la dernière fois, elle tenait une arme braquée sur ma femme.

Leila se lève. Je brûle de lui donner mon point de vue. Mais à quoi bon ?

— J'aimerais rester jusqu'à demain. Mon vol est à midi.

— J'enverrai quelqu'un te prendre à 10 heures pour t'emmener à l'aéroport.

— Merci.

— Tu habites chez Susannah ?

— Oui.

— Très bien.

Leila se tourne vers Ana.

— Au revoir, madame Grey. Merci de m'avoir reçue.

Ana se lève et les deux femmes se serrent la main.

— Euh… au revoir. Bon courage.

Leila hoche la tête, esquisse un sourire, puis se tourne vers moi.

— Au revoir, monsieur.

— Au revoir, Leila. Le Dr Flynn, n'oublie pas.

— Non, monsieur.

J'ouvre la porte pour la laisser sortir, mais elle s'arrête sur le seuil et m'observe.

— Je suis heureuse que vous soyez heureux. Vous le méritez.

Je la regarde s'éloigner, troublé. Après avoir fermé le battant, je prends une grande inspiration et me tourne vers ma femme.

— Ne t'avise pas de te fâcher contre moi, lance-t-elle. N'y pense même pas. Appelle Claude Bastille pour lui taper dessus, ou va voir Flynn.

Elle est carrément rouge de colère.

*D'accord. L'attaque est la meilleure défense !*

Pourtant autre chose me tracasse.

— Tu avais promis que tu ne le ferais plus.

— Faire quoi ?

— Me défier.

— Non, je ne t'ai rien promis, je t'ai dit que j'aurais plus d'égards pour toi. Je t'ai averti qu'elle était ici. J'ai demandé à Prescott de la fouiller, elle et ton autre petite copine, et Prescott est restée avec moi tout le temps. Tu as viré cette pauvre Prescott alors qu'elle ne faisait que m'obéir. Je t'ai demandé de ne pas t'inquiéter, et pourtant tu es là. Je ne me rappelle pas avoir reçu de bulle papale décrétant que je n'avais pas le droit de voir Leila. Je ne savais même pas que mes visiteurs étaient soumis à une liste noire.

*Impressionnant, madame Grey.*

Comment fait-elle pour s'opposer à moi tout en étant si désarmante. Et garder son sens de la formule.

— Une bulle papale ?

C'est plus fort que moi, ça me fait sourire. Ana reste de marbre.

— Quoi encore ?

J'espérais qu'on allait pouvoir passer à autre chose, puisqu'elle a vidé son sac. Mais non !

— Pourquoi as-tu été aussi dur avec elle ?

Je soupire et m'appuie contre la table.

— Anastasia, tu ne comprends pas. Leila, Susannah – toutes ces filles – n'étaient qu'un passe-temps agréable, c'est tout. Tu es le centre de mon univers. La dernière fois que Leila et toi avez été dans la même pièce, elle te menaçait avec un flingue, alors pas question qu'elle s'approche de toi.

— Mais, Christian, elle était malade à ce moment-là !

— Je le sais. Et je sais qu'elle va mieux maintenant, mais je ne veux pas lui accorder le bénéfice du doute. C'est impardonnable, ce qu'elle t'a fait.

— Et toi, tu es tombé dans le panneau. Elle voulait te revoir, et elle savait que tu arriverais en courant si elle venait me voir, moi.

— Je ne veux pas que tu sois souillée par mon ancienne vie.

— Christian… si tu es ce que tu es, c'est à cause de ton ancienne vie. Ce qui t'atteint m'atteint aussi.

Quand j'ai accepté de t'épouser, j'ai accepté tout ça, parce que je t'aime.

Elle me regarde, le visage empreint de compassion. Sauf que cette fois, cette compassion n'est pas pour moi, mais pour Leila.

*Voilà que ma femme soutient Leila. On aura tout vu !*

— Elle ne m'a pas fait de mal. Elle t'aime, elle aussi.

— Je m'en fous.

*Et non, Leila ne m'aime pas. Impossible.* Elle me connaît trop bien, elle sait ce dont je suis capable… Ana me regarde, comme si elle me voyait pour la première fois.

*Oh, bébé ! Je te l'ai dit il y a longtemps.* Cinquante nuances !

— Pourquoi est-ce que tu la défends tout d'un coup ?

— Écoute, Christian, Leila et moi, ça m'étonnerait qu'on se mette à échanger des recettes de cuisine et des modèles de tricot. Mais je ne comprends pas pourquoi tu te montres aussi dur avec elle.

— Je t'ai dit un jour que j'étais sans cœur, rétorqué-je d'un ton revêche.

Elle lève les yeux au ciel.

— Ce n'est pas vrai, Christian. Ne dis pas de conneries : tu ne te fous pas d'elle. Autrement, tu ne lui paierais pas ses études, et tout le reste.

Je me remémore Leila, abattue et crasseuse quand je lui ai fait prendre un bain dans l'appartement d'Ana. Je pense à ce que j'ai ressenti en la voyant dans cet état. *Merde ! Ça suffit !*

— La discussion est close. On rentre à la maison.

Ana jette un coup d'œil à sa montre.

— Il est trop tôt.

— À la maison !

*S'il te plaît, Ana.*

— Christian, j'en ai marre d'avoir toujours la même dispute avec toi.

*Quelle dispute ?*

— Chaque fois que je fais un truc qui t'énerve, tu te venges. En général, avec un truc de cul pervers, soit hyper-jouissif, soit cruel.

*Cruel ? N'importe quoi !*

*Grey, elle t'a dit le mot d'alerte…*

— Hyper-jouissif ? dis-je pour occulter l'option « cruel ».

— En général, oui.

— Par exemple ?

— Tu sais bien, s'agace-t-elle.

— Je peux deviner.

Des images suggestives flottent dans mon esprit. Ana offerte, sanglée à la barre d'écartement, attachée au montant du lit, Ana sur la croix… ou Ana dans ma chambre d'enfant…

— Christian, je…

Elle a le souffle court. L'effet de diversion a fonctionné.

— J'aime te faire plaisir.

J'effleure sa lèvre inférieure.

— Je sais.

Sa voix est douce comme un pétale, une caresse irrésistible.

— C'est même la seule chose que je sais faire, lui murmuré-je à l'oreille.

Quand je me redresse, Ana a les yeux fermés. Elle les rouvre brusquement et plisse les lèvres, sans doute en réaction à mon sourire lascif.

Je veux lui faire l'amour. Pas m'engueuler avec elle.

— Qu'est-ce qui était hyper-jouissif, Anastasia ?

— Tu veux une liste ?

— Tu as fait une liste ?

— Eh bien, les menottes, par exemple.

L'espace d'un instant, elle semble perdue dans les souvenirs de notre voyage de noces.

Je lui prends la main et caresse son poignet de mon pouce. Mon regard cherche le sien, l'implore.

— On rentre à la maison.

— J'ai du travail.

— À la maison !

*Je t'en prie, Ana, je ne veux pas me battre avec toi.*

Nous nous regardons. Notre champ de bataille, c'est cet espace qui nous sépare. Elle est fâchée. Et je crains d'avoir fait précisément ce contre quoi Flynn me mettait en garde : saboter mon couple. Gâcher mon propre bonheur.

Je veux qu'elle me dise que tout va bien entre nous.

Ses pupilles s'agrandissent, son regard s'assombrit et devient plus pénétrant. Je ne peux y résister. J'approche ma main, lui caresse la joue.

— Ou alors on pourrait rester ici.

Ma voix chevrote de désir. Je veux retrouver notre communion. Elle secoue la tête et s'écarte.

— Christian, je ne veux pas baiser ici, surtout que ton ex-maîtresse vient de sortir de cette pièce.

— Elle n'a jamais été ma maîtresse.

*Seule Elena a droit à ce titre. C'est bon, Grey, ne t'aventure pas sur ce terrain-là !*

— Simple question de sémantique, Christian, réplique-t-elle d'un ton las.

— N'analyse pas trop tout ça, Ana. Leila, c'est du passé.

Et ça s'applique d'ailleurs aux deux : à Leila comme à Elena.

Ana lâche un soupir et m'observe, comme si elle avait devant elle une énigme à résoudre. Soudain son expression change. Elle paraît horrifiée. Je crois l'entendre murmurer « Non… ».

— Si, bredouillé-je d'un ton implorant.

Et je presse mes lèvres contre les siennes pour lui ôter tous ses doutes.

— Christian, parfois tu me fais peur.

Elle prend mon visage dans ses mains et me rend mon baiser. Je suis perdu. Moi ? lui faire peur ? Je la serre dans mes bras et murmure dans son oreille :

— Quoi ?

— Si tu peux te détourner d'elle aussi facilement…

— Tu crois que je pourrais me détourner de toi, Ana ? Pourquoi vas-tu t'imaginer ça ? Qu'est-ce qui te le fait penser ?

— Rien. Ramène-moi à la maison.

Ses lèvres trouvent les miennes une fois encore, mais là, je perçois son désespoir.

Oh, mon Ana… Qu'est-ce qui t'inquiète ?

Cette question est soudain emportée par sa langue avide.

Ana se cabre sous moi.

— S'il te plaît, me supplie-t-elle.

— Chaque chose en son temps.

Je l'ai menée exactement là où je voulais. Dans notre lit à l'Escala, écartée et offerte. Elle gémit, tire sur ses liens qui relèvent ses genoux sanglés à ses coudes. Elle est ouverte, impuissante, et je m'attarde sur son clitoris avec la pointe de ma langue. Elle gémit. Je la tourmente, réveille son volcan intérieur. Je le sens se tendre, enfler sous mon assaut implacable.

*Dieu que j'aime ça !*

Ses doigts trouvent mes cheveux, les agrippent. Pourtant je ne m'arrête pas. Elle veut étirer ses jambes. Elle y est presque.

— Ne jouis pas. (Mes mots courent sur sa chair humide.) Si tu jouis, tu auras la fessée.

Elle se tortille, tire sur ses liens.

— Le contrôle, Ana, tout est une question de contrôle.

Et je redouble ma torture, ma langue continuant à la fouiller, la menant toujours plus près du point de rupture. C'est une bataille perdue pour elle. Elle est si proche, tout au bord.

— Ah ! crie-t-elle tandis que son orgasme la traverse de part en part.

Elle renverse la tête en arrière, creuse les reins. *Oui !* Je ne m'arrête pas, l'emporte jusqu'au bout de ses glapissements.

— Ah, Ana ! la grondé-je en lui mordillant l'intérieur de la cuisse. Tu as joui.

Je la retourne sur le ventre et lui claque les fesses. Elle pousse des petits piaillements.

— Le contrôle. Tout est là.

Je l'agrippe par les hanches et la pénètre.

Elle pousse un nouveau râle.

Je m'immobilise en elle. Je la savoure. C'est là où je veux être. Mon antre. Mon havre de paix.

Je me penche et détache ses liens. Une fois libérée, je la redresse contre moi et m'enfonce plus loin en elle. Je lui caresse le cou, la mâchoire, me délectant de ses fesses collées à moi, son dos contre mon torse.

— Bouge, lui soufflé-je à l'oreille.

Elle gémit, va et vient le long de mes hanches.

— Plus vite.

Elle m'obéit. Accélère ses mouvements. De plus en plus. C'est elle qui me prend.

*Oh bébé…* C'est le paradis. La sentir là, partout.

Je renverse sa tête en arrière, embrasse sa gorge, tandis que de mon autre main je caresse son ventre, descends entre ses cuisses. Mes doigts effleurent son sexe, trouvent son clitoris encore hypersensible.

— Ah, Ana. Tu es à moi. Tu es la seule.

— Oui, crie-t-elle.

Elle est à nouveau prête. Incroyable. Ça amplifie encore mon désir.

Et les premières ondes déferlent.

— Jouis pour moi.

Elle lâche tout, et je la tiens alors qu'elle s'abandonne.

— Christian !

L'entendre hurler mon nom me fait basculer. Je n'y tiens plus.

— Ah, Ana, je t'aime.

Je gémis et je jouis. Toute la tension accumulée se libère d'un coup, telle une vague puissante.

Elle s'écroule sous moi. Nous sommes bras et jambes emmêlés. J'embrasse son épaule, écarte ses cheveux avant de me redresser sur un coude. Tout en caressant ses fesses rougies par mes claques.

— Est-ce que ça mérite de faire partie de la liste, madame Grey ?

— Mmm.

— C'est un oui ?

— Mmm.

Ses lèvres se retroussent. Je souris. Elle est dans une autre dimension. *Bien joué, Grey !* J'embrasse à nouveau son épaule et elle roule sur le côté pour me regarder.

— Alors ?

— Oui, ça mérite de faire partie de la liste. (Ses yeux pétillent de malice.) Mais la liste est longue.

Elle a l'art de me valoriser ! Ma colère est totalement oubliée. Merci, Ana. Je l'embrasse.

— Tant mieux. On mange ?

Elle acquiesce et fait courir ses doigts sur mon torse.

— J'ai envie de te dire quelque chose.

— Quoi ?

— Ne te fâche pas.

— Qu'est-ce que c'est, Ana ?

— Tu ne te fous pas de Leila.

Je perçois une telle empathie, une telle sincérité dans sa voix que j'en ai le souffle coupé.

— Je veux que tu l'admettes, parce que le Christian que je connais et que j'aime n'est pas comme ça.

*Pourquoi se lance-t-elle sur ce terrain ?* Les images de Leila, de Susannah, et de mes autres soumises, se bousculent dans ma mémoire. Tout ce qu'elles ont fait pour moi. Et moi pour elles.

Leila brisée, une vraie loque.

C'était une torture. Jamais je n'ai voulu qu'il lui arrive une chose pareille, ni à elle, ni à aucune d'entre elles. Jamais !

— Non. Non, je ne m'en fous pas. Satisfaite ?

— Oui. Tout à fait, souffle-t-elle, le regard adouci.

Je fronce les sourcils.

— Je n'arrive pas à croire que je suis en train de te parler d'elle, ici, dans notre lit…

Elle pose son doigt en travers de ma bouche.

— On n'en parle pas. On va manger. J'ai faim.

Cette femme me surprendra toujours. *Pourquoi est-ce si important pour elle ?* Ma tendre épouse, si douce, si attentive.

— Madame Grey, vous m'ensorcelez et me déroutez.

— Tant mieux.

Elle m'embrasse, sa langue cherche la mienne. Et bientôt plus rien ne compte que nous deux.

Vendredi 9 septembre 2011

— Bonjour, monsieur Grey, lance Andrea toute guillerette.

*Elle est comme moi.* La vie de couple lui va bien !

— Bonjour, Andrea, lui réponds-je avec un sourire attendri.

— Un café ?

— Oui. Avec plaisir. Où est Sarah ?

— Partie faire les courses pour la réunion de tout à l'heure. Noir, le café ?

— Oui. Et nous passerons en revue les préparatifs pour aujourd'hui et ce week-end.

Une fois installé à mon bureau, j'étudie les documents ouverts devant moi. Aujourd'hui nous rencontrons les Hwang de Taiwan pour parler de notre participation dans leur chantier naval. J'ai leurs chiffres, leur organigramme, le détail de leurs activités, la liste de leurs fournisseurs et sous-traitants, et celle de leurs clients. C'est impressionnant. Une part de moi continue pourtant de s'interroger. Pourquoi ces gens cherchent-ils un partenariat avec une société américaine ? Ça me tracasse depuis le début des négociations. Lors de leurs dernières visites, ils nous ont expliqué qu'ils voulaient élargir leur carnet de commandes, pour être moins dépendants du marché intérieur et de l'est de l'Asie. Seulement Grey Holdings pourrait se retrouver dans une position délicate, politiquement.

Aujourd'hui, il est temps de poser les questions qui fâchent.

Andrea me rejoint. Avec un café bien fort.

— Excellent ! (Je lève ma tasse et elle me gratifie d'un sourire.) Où en êtes-vous côté organisation de la fête pour Ana ?

— Votre famille arrive demain. Raymond Steele viendra en voiture après sa partie de pêche dans l'Oregon. Le Gulfstream décolle cet après-midi pour Savannah afin de récupérer M. et Mme Adams. Ils seront à Seattle demain après-midi. Reste à caler l'hôtel.

— Inutile. Ils dormiront chez nous.

— Alors je crois qu'on a fait le tour pour ce week-end. Pour le reste, je verrai ça avec Mme Jones.

— Parfait. Passons maintenant aux Taiwanais. (Je jette un coup d'œil à ma montre.) Ils doivent arriver à 11 heures.

— Tout est prêt. (Comme à son habitude, Andrea est d'une efficacité exemplaire.) Ils sont au Fairmont Olympic Hotel. En plus des propriétaires, M. et Mme Hwang, et de M. Chen leur directeur d'exploitation, il y aura leur interprète. Je suis désolée, je n'ai pas son nom. Marco les retrouvera à la réception et les fera monter en salle de réunion.

— C'est bizarre. Pourquoi sont-ils venus avec un interprète ? Ils parlent tous anglais.

Andrea hausse les épaules.

— La table pour le déjeuner est réservée à votre nom, au Four Seasons, pour 13 h 30.

— Merci, Andrea. Tout me semble parfait.

— Ce sera tout ?

— Pour le moment, oui.

Une fois qu'elle a quitté le bureau, je consulte mes mails. Je remarque aussitôt l'objet du message d'Ana.

---

**De** : Anastasia Grey
**Objet** : La liste
**Date** : 9 septembre 2011 09:33
**À** : Christian Grey

Le truc d'hier, c'est tout en haut de la liste, c'est sûr.
:D
A x

Anastasia Grey
Éditrice, SIP

Je m'esclaffe et remue sur mon siège à l'évocation de ce délicieux souvenir. Ma femme sanglée à la barre d'écartement et particulièrement coopérative la nuit dernière. Comme elle l'est toutes les nuits depuis que Leila a fait irruption dans nos vies. Par chance, le psychodrame est terminé. Leila est rentrée chez elle et Flynn m'a assuré qu'elle était très heureuse de reprendre le cours de sa vie dans le Connecticut.

Ana est toujours plus insatiable ! *Je suis un putain de veinard.*

**De** : Christian Grey
**Objet** : Dis-moi quelque chose que je ne sais pas encore
**Date** : 9 septembre 2011 09:42
**À** : Anastasia Grey

Tu n'arrêtes pas de répéter ça depuis trois jours. Décide-toi. Ou alors… on pourrait essayer encore autre chose.
;)

Christian Grey,
P-DG qui aime bien ce petit jeu, Grey Enterprises Holdings, Inc.

Ana fait pression pour que je reprenne Prescott. C'est là notre seule source de conflit. Je suis perdu puisque Ana avait des réserves au sujet de cette femme. J'ai promis à Ana que je lui écrirai une lettre de recommandation. Et ça s'arrêtera là. Pour moi, l'affaire est close. Je retourne à mes dossiers. Ce n'est pas le moment d'avoir l'esprit ailleurs.

Dès que j'ai fini, j'ouvre à nouveau ma boîte mail. Aucun message d'Ana. Je suis impatient de commencer cette réunion, mais elle est programmée dans quarante-cinq minutes. Il faut que je me dégourdisse les jambes. J'attrape mon téléphone et sors du bureau.

— Andrea, je vais voir Ros. J'ai mon portable.

C'est alors que je m'aperçois que la batterie est vide. *Merde !*

— Vous voulez bien le mettre en charge ?

— Bien sûr, monsieur Grey.

Il faut que j'évacue ce trop-plein d'énergie avant la réunion. Je fonce vers l'escalier pour descendre à pied jusqu'au bureau de Ros.

Ros a une montagne de questions à poser aux Hwang. Nous sommes en pleine discussion stratégique lorsqu'on toque à la porte. C'est Andrea.

— Mme Grey vous a appelé… Ça avait l'air urgent. J'ai pensé que vous voudriez en être informé.

Elle me tend mon téléphone.

— Merci.

J'ai un mauvais pressentiment. Je sors du bureau de Ros et compose le numéro d'Ana.

— Christian ? répond Ana, le souffle court.

Un frisson me traverse de part en part.

— Mon Dieu, Ana, qu'est-ce qui se passe ?

— Ray a eu un accident.

— Merde !

— Je suis en route pour Portland.

— Portland ? S'il te plaît, dis-moi que Sawyer est avec toi.

— Oui, il est au volant.

— Où est Ray ?

— À l'OHSU.

Ros sort du bureau.

— Christian, ils arrivent bientôt. On n'a pas fini.

Je regarde l'heure. 10 h 48.

— Oui, Ros. Je sais !

La réunion va durer au moins deux heures. Merde ! Et je dois les emmener déjeuner !

Ros et Marco peuvent s'en charger.

— Excuse-moi, bébé – je peux être là dans trois heures environ. J'ai un truc à terminer ici. Je prendrai l'hélico.

Heureusement, Charlie Tango est réparé.

— J'ai une réunion avec des types de Taiwan, je ne peux pas annuler, on travaille sur ce contrat depuis plusieurs mois. Je pars dès que possible.

— D'accord, murmure-t-elle d'une petite voix.

Mon cœur se serre. Ce n'est pas la Ana que je connais.

— Mon bébé…

Je suis submergé par l'émotion. J'ai envie de tout lâcher pour aller la retrouver. Elle a besoin de moi. Mais c'est impossible. J'ai des responsabilités à assumer. Sawyer est avec elle. C'est déjà ça.

— Ça va aller, Christian, prends ton temps, ne te presse pas, je ne veux pas avoir à m'inquiéter pour toi, en plus. Sois prudent.

— Promis.

— Je t'aime.

— Je t'aime, moi aussi, bébé, je te rejoins dès que je peux. Garde Luke avec toi.

— D'accord.

— À tout à l'heure.

— Au revoir.

— Tout va bien ? me demande Ros.

Je secoue la tête.

— Non. Le père d'Ana a eu un accident.

— Oh non…

— Il est à l'hôpital de Portland. Elle est en route. Il faut que je passe un appel. J'en ai pour une minute.

Je compose le numéro de ma mère et, petit miracle, Grace décroche.

— Christian ! Comme je suis contente de t'entendre.

— Maman, le père d'Ana a eu un accident.

— Oh non… pauvre Ray. Il va bien ? Où est-il ?

— À l'hôpital de Portland. L'OHSU.

— C'est grave ?

— Je n'en sais rien. Ana est en chemin. Malheureusement, j'ai une réunion importante ici, et je ne peux pas la rejoindre tout de suite.

— Je vois. J'ai une amie de Yale qui travaille là-bas. Je vais l'appeler.

— Merci, maman. Je dois te laisser.

J'appelle Andrea, en espérant qu'elle est de retour à son bureau.

— Monsieur Grey.

— Le père d'Ana est à l'hôpital. Un accident. Il faut que Stephan m'emmène à Portland avec Charlie Tango après la rencontre avec les Taiwanais. Demandez, s'il vous plaît, à Beighley de conduire le Gulfstream à Savannah. Elle aura besoin d'un copilote. Et contactez Taylor. Je veux qu'il vienne avec moi.

— Bien, monsieur. Je m'en occupe.

Je raccroche. Je me tourne vers Ros qui rassemble les papiers pour notre rendez-vous.

— Vous allez devoir gérer les Hwang après la réunion. Emmenez-les déjeuner. Il y a une table réservée au Four Seasons. Il faut que j'aille retrouver Ana.

— Bien sûr. Je demanderai à Marco de se joindre à nous.

— Il est temps d'y aller.

Ryan va me conduire avec Taylor à l'héliport du centre-ville. C'est une idée d'Andrea. Mieux vaut partir de là que de Boeing Field. Ça nous fera gagner du temps. Les échanges avec les Hwang ont été un vrai succès. J'ai acheté un chantier naval, et les conditions de l'acquisition semblent convenir aux deux parties. Je laisse Ros et Marco peaufiner les détails. Je suis invité, avec Ros, à visiter leurs installations la semaine prochaine. Pour l'heure, je dois rejoindre ma femme et savoir ce qui est arrivé à mon beau-père.

Pendant que Ryan sort l'Audi du parking, je me souviens de la dernière fois où nous avons décollé de l'héliport. C'était pour emmener Ana à l'exposition de José à Portland. Une manœuvre dans ma grande campagne de reconquête.

Je m'autorise un instant d'autosatisfaction. Mon plan a fonctionné au-delà de toutes mes espérances, puisqu'elle m'a épousé.

*Qui l'aurait cru, Grey ?*

Taylor et moi nous frayons un chemin jusqu'à l'ascenseur qui nous mène à l'héliport installé sur le toit de l'immeuble. Les portes s'ouvrent et je l'aperçois : Charlie Tango !

Ma joie, ma fierté. Magnifique.

Je l'ai laissé dans une clairière au beau milieu du parc national de Gifford. Il a désormais deux moteurs neufs, et après une révision complète par Eurocopter, il est rutilant comme au premier jour. Stephan sort du cockpit, tout sourire, et s'avance vers moi.

— Il est parfait. Exactement comme avant ! m'annonce-t-il en guise de bonjour.

— J'ai hâte d'en prendre les commandes.

Malgré mon inquiétude pour le père d'Ana, je ne peux m'empêcher de savourer cet instant.

— Je m'y attendais ! rétorque Stephan.

Avec un large sourire, il ouvre la porte côté pilote pour que je puisse prendre place, et s'installe sur le siège du copilote. Taylor monte à l'arrière. Une fois ma ceinture bouclée, je chausse les écouteurs et commence la check-list.

— Je n'ai rien oublié ? dis-je.

— Non, monsieur, répond Stephan. Belle mémoire.

Je vérifie la vitesse du rotor puis préviens la tour de contrôle par radio.

— C'est bon, les gars. Prêts ?

— OK, répond Taylor dans l'Intercom.

Stephan lève le pouce. En douceur, j'augmente le pas collectif et Charlie Tango s'élève dans le soleil de Seattle, tel un phénix. Un grand soulagement s'empare de moi. Dans une heure, je serai avec ma femme.

Ce vol pour l'Oregon est une diversion bienvenue. Charlie Tango répond bien, il est maniable, élégant, comme autrefois. Et sur l'héliport de Portland, il atterrit avec cette grâce qui le caractérise.

— Vous me le tenez au chaud, Stephan ?

— Avec plaisir, monsieur.

Il va attendre mes instructions. Je ne sais pourtant pas quand, ni comment, je vais retourner à Seattle.

Devant le bâtiment, un Suburban nous attend. L'employé de l'agence de location tend les clés à Taylor et nous filons vers l'hôpital. Pendant le trajet, je sors mon téléphone pour contacter Ana, mais j'ai un appel manqué de ma mère. Pour gagner du temps, je lui téléphone directement. Elle ne décroche pas. Merde ! J'écoute ma boîte vocale. Grace va droit au but. C'est le médecin qui parle. « Chéri, je n'ai pas beaucoup d'infos sur ton beau-père. Il est en salle d'opération depuis un petit moment déjà. Son état est sérieux. On en saura davantage quand ils auront le résultat des examens. J'ignore quand exactement. Si tu es à l'hôpital, appelle-moi. »

Je regarde mon téléphone en fronçant les sourcils. Son état est « sérieux » ?

— Taylor, nous risquons de passer la nuit ici. Vous voulez bien acheter le nécessaire pour Ana et moi ?

— Des affaires de toilette ?

— Oui. Et aussi un ou deux vêtements de rechange. Pour tous les deux.

— Bien, monsieur.

J'appelle Andrea. Elle décroche à la première sonnerie.

— Monsieur Grey ?

— Andrea, nous allons sans doute devoir rester à Portland cette nuit. Vérifiez qu'il y a une suite de libre au Heathman.

— Entendu. Vous voulez que je vous envoie votre ordinateur portable ?

— Je l'ai. Taylor l'a récupéré.

*Et c'est l'anniversaire d'Ana demain !*

— Appelez Mme Jones. Je ne sais pas si nous serons là pour le repas demain. Je l'avertirai plus tard.

— Je fais revenir le Gulfstream ?

— Non, laissez-le atterrir à Savannah. Ana voudra peut-être avoir sa mère auprès d'elle. Je vous rappelle dès que j'en sais plus.

Je raccroche. Et maintenant que faire ? Taylor croise mon regard.

— Oui ?

— Monsieur, je peux vous déposer à l'hôpital. Aller vous acheter ce qu'il faut. Laisser les sacs à l'hôtel, puis retourner à Seattle avec Stephan et revenir avec la R8. Comme ça, elle sera ici demain matin pour Mme Grey.

— C'est une bonne idée. Attendons de voir comment va son père et je vous préviendrai. Vous pourriez également me rapporter quelques petites choses.

— Bien sûr, monsieur.

Je me souviens tout à coup que c'est le premier jour de travail de Mia. Je lui envoie un SMS d'encouragement, alors que Taylor se gare devant le OHSU.

J'ai un nœud au ventre. Ma mère a beau être médecin, je déteste les hôpitaux.

Dans l'ascenseur, alors que je me dirige vers le service de chirurgie, mon téléphone vibre. Un SMS d'Andrea. Elle a réservé ma suite habituelle au Heathman. Une infirmière au troisième étage me conduit dans la salle d'attente. Je prends une grande inspiration, j'ouvre la porte. Dans la pièce spartiate, je découvre Ana assise sur une chaise en plastique. Elle est pâle, terrifiée, et elle a sur les épaules un blouson en cuir. Elle tient la main de José Rodriguez. Le père de José est là, dans un fauteuil roulant.

— Christian ! s'écrie-t-elle.

Je lis le soulagement et l'espoir sur son visage. Elle bondit de sa chaise pour se jeter dans mes bras, coupant court à mon accès de jalousie. Je ferme les yeux et la serre contre moi. Elle sent la pomme et une odeur d'eau de toilette bon marché.

*C'est le blouson de José ?*

Je fronce le nez en espérant que personne n'a vu ma grimace. José se lève, mais son père reste assis. Il a l'air mal en point. Il devait être dans la voiture.

— Des nouvelles ?

Elle secoue la tête.

Tout en tenant ma femme contre moi, je salue José. Sawyer est assis dans un coin. Il me fait un petit signe. Je suis soulagé de le savoir ici, avec Ana.

— Christian, voici mon père, José Senior, m'annonce José.

— Monsieur Rodriguez, nous nous sommes rencontrés au mariage. Si je comprends bien, vous étiez au volant ?

Je serre doucement sa main libre.

— Nous étions tous là, répond José. On partait à Astoria pour une journée de pêche. On a été percutés par un chauffard soûl. Il a réduit en charpie la voiture de papa. C'est un miracle que je m'en sois sorti indemne. Mon père a été un peu blessé, mais Ray…

Il s'interrompt et déglutit avant de reprendre d'une voix contrainte, en jetant un coup d'œil à Ana :

— Il a été salement touché. Ils l'ont transporté en hélico d'Astoria. On est venus ici dès qu'on a pu – quand ils ont fini de s'occuper de mon père.

M. Rodriguez a un bras et une jambe dans le plâtre, et tout le côté droit du visage tuméfié. Il ne semble pas en état de voyager.

— Je sais, répond José comme s'il lisait dans mes pensées. Mais mon père n'a rien voulu savoir.

— On ne voudrait pas être ailleurs, confirme M. Rodriguez d'une voix souffrante.

Je n'insiste pas, prends la main d'Ana et la ramène vers les chaises.

— Tu as mangé ? Tu as faim ? (Elle secoue deux fois la tête.) Mais tu as froid ?

À nouveau, je capte l'odeur du blouson. La porte s'ouvre et un homme en blouse blanche entre. Il est grand, les cheveux bruns. Son visage est grave.

Ana se lève d'un bond. Je me tiens à côté d'elle.

— Ray Steele ? lance-t-elle d'une voix blanche.

— Vous êtes de sa famille ?

— Je suis sa fille, Ana.

— Mademoiselle Steele…

— Madame Grey, rectifié-je aussitôt.

— Pardon, bafouille le médecin. Je suis le Dr Crowe. L'état de votre père est stationnaire, mais demeure critique.

Ana chancelle.

— Il a subi de graves blessures internes, principalement au diaphragme, mais nous avons pu sauver sa rate. Malheureusement, il a eu un arrêt cardiaque durant l'opération à cause d'une hémorragie. Nous avons réussi à faire redémarrer son cœur, mais ce qui nous préoccupe le plus, c'est qu'il a un œdème cérébral.

*Oh non…*

— Nous l'avons placé en coma artificiel, poursuit le Dr Crowe, pour qu'il ne bouge pas pendant que nous surveillons l'évolution de l'œdème.

Ana pousse un petit gémissement et s'effondre un peu plus dans mes bras.

— C'est la procédure habituelle dans ce genre de cas. Pour l'instant, on ne peut qu'attendre.

— Quel est le pronostic ? demandé-je en veillant à garder une voix calme.

— C'est difficile à dire, répond le médecin. Il est possible qu'il se rétablisse complètement. Mais, en ce moment, il est entre les mains de Dieu.

— Combien de temps allez-vous le garder dans le coma ?

— Tout dépend de la façon dont son cerveau réagit. En général, de soixante-douze à quatre-vingt-seize heures.

— Je peux le voir ? s'enquiert Ana.

— Oui, vous pourrez le voir dans une demi-heure environ. Pour l'instant, on l'emmène au service des soins intensifs, au sixième étage.

— Merci, docteur.

Le Dr Crowe nous salue et s'en va.

— Au moins, il est vivant, murmure Ana.

Elle s'efforce de montrer de l'optimisme, malgré les larmes qui roulent sur ses joues.

— Assieds-toi, lui dis-je en la reconduisant sur sa chaise.

— Papa, je pense qu'on devrait y aller, annonce José à son père. Tu as besoin de te reposer et on n'aura pas de nouvelles avant un bon moment. On peut revenir demain matin, quand tu auras récupéré un peu. (Il se tourne vers nous.) Ça ne te dérange pas, Ana ?

— Bien sûr que non.

— Vous habitez Portland ? demandé-je. (José acquiesce.) Vous avez besoin qu'on vous raccompagne ?

— Je vais appeler un taxi.

— Luke peut s'en charger.

Sawyer se lève, tandis que José semble un peu perdu.

— Luke Sawyer, précise Ana.

— Ah… Ouais, ce serait gentil, merci, Christian.

Avec précaution, Ana serre dans ses bras le père, puis le fils, cette fois avec beaucoup moins de retenue. Il lui murmure quelque chose à l'oreille. Je suis suffisamment près pour entendre.

— Courage, Ana. Ray est en bonne santé et en forme. Toutes les chances sont de son côté.

— J'espère.

Sa voix angoissée me transperce comme une dague, je ne peux absolument rien faire. Elle retire le blouson puant et le lui rend.

*Enfin !*

— Garde-le, si tu as encore froid.

— Non, ça ira, merci, répond-elle tandis que je m'approche pour lui tenir la main. S'il y a du nouveau, je vous préviens tout de suite.

José esquisse un sourire et emmène son père vers la porte que Sawyer lui ouvre aussitôt. Mais M. Rodriguez lui fait signe de s'arrêter.

— Je prierai pour Ray, articule le vieil homme. J'étais heureux de le retrouver après toutes ces années. Il est devenu un ami très cher.

— Je sais, souffle Ana.

Ils s'en vont. Nous sommes enfin seuls.

— Tu es toute pâle, lui dis-je en caressant sa joue. Viens là.

Je la fais asseoir sur mes genoux et referme mes bras autour d'elle. Elle enfouit sa tête contre ma poitrine. Je lui embrasse les cheveux.

Nous restons immobiles, chacun perdu dans nos pensées. Comment la réconforter ? Aucune idée. Je suis impuissant et je déteste ça. Je lui prends la main et la serre.

— Et Charlie Tango, c'était comment ?

Même dans cette situation, elle pense à moi ! Mon sourire est explicite.

— « Yar. »

— « Yar » ?

— C'est une réplique du film préféré de Grace : *Indiscrétions*, avec Cary Grant et Katherine Hepburn.

— Je ne le connais pas.

— Je crois que je l'ai à la maison. On pourra le regarder en se pelotant.

Je pose mes lèvres sur ses cheveux. Comme elle sent bon. Enfin, elle n'empeste plus l'eau de toilette bon marché de José.

— Est-ce que je peux te convaincre de manger quelque chose ?

— Pas maintenant. Je veux d'abord voir Ray.

Surtout ne pas la brusquer.

— Et avec les Taiwanais, ça s'est bien passé ? reprend-elle, pour changer de sujet de conversation.

— Ils ont été conciliants.

— C'est-à-dire ?

— Ils m'ont vendu leur chantier naval à un prix inférieur à celui que j'étais disposé à payer.

— Donc, tu es satisfait ?

— Oui.

— Mais je croyais que tu avais déjà un chantier naval à Seattle ?

— C'est vrai. On va l'utiliser pour l'armement des navires, mais c'est moins cher de construire les coques en Extrême-Orient.

— Et les ouvriers qui sont ici, qu'est-ce que tu en fais ?

*Très bonne question, madame Grey !*

— On va les reconvertir. On devrait pouvoir limiter les licenciements au minimum. (Du moins je l'espère.) On va voir Ray ?

Raymond Steele est dans le dernier lit de la salle de soins intensifs. Ça fait un choc de le voir branché à tous ces tuyaux avec ces batteries d'appareils autour de lui. Cet homme m'intimide beaucoup, mais là, il paraît si fragile et vulnérable. Ils l'ont plongé dans un coma artificiel et mis sous respirateur. Sa jambe est dans le plâtre et son torse entièrement bandé. Une fine couverture cache sa nudité.

Ana est choquée, elle fond en larmes. *Que faire ? Que dire ?*

Une infirmière surveille les moniteurs. Sur son badge on peut lire son prénom : Kellie.

— Je peux le toucher ? demande Ana en prenant la main de son père, sans attendre la réponse.

— Oui, assure Kellie gentiment.

Je me tiens au bout du lit et regarde Ana. Brusquement, elle s'effondre et se met à sangloter, le visage enfoui dans le bras de son père. *Oh non…* Je m'approche aussitôt pour la réconforter, pose ma main sur son épaule.

— Papa, s'il te plaît, guéris… s'il te plaît.

— Toutes les fonctions vitales de M. Steele sont bonnes, explique l'infirmière.

— Merci, dis-je un peu bêtement.

— Il peut m'entendre ? veut savoir Ana.

— Il dort profondément, mais qui sait ?

— Je peux rester ici un moment ?

— Pas de problème.

Ana est là où elle doit être. Je vais m'arranger pour que nous puissions rester à Portland. Pas question de rentrer à la maison ce soir. Je serre plus fort son épaule.

— Il faut que je passe un coup de fil. Je serai dans le couloir. Je vais te laisser un moment seule avec ton père.

Dans la salle d'attente du sixième étage, j'appelle ma mère. Cette fois, elle décroche et je lui donne des nouvelles de Raymond.

— Ça semble sérieux. Je vais passer le voir et…

— Maman, ne te sens pas…

— Non, Christian. J'y tiens. Ana fait partie de la famille. Je veux être là. On va prendre la route avec Carrick.

— Je peux vous faire venir par les airs.

— Comment ça ?

— Mon hélicoptère est ici, mais Taylor rentre à Seattle avec. Stephan peut vous récupérer là-bas.

— Très bonne idée. Faisons comme ça.

— Parfait. Je préviens Taylor. Et vous vous organiserez avec lui.

— Entendu. Ne t'inquiète pas, Ray est entre de bonnes mains.

— Merci, maman.

J'appelle Taylor pour l'avertir. Puis je contacte Andrea.

— Bonjour, monsieur. Comment va M. Steele ?

— Son état est sérieux. Nous allons rester à Portland au moins deux nuits. On risque de fêter l'anniversaire d'Ana ici. Si tant est qu'on ait le cœur à ça. On pourrait organiser un dîner, si elle se sent d'attaque. J'aimerais que sa famille et ses amis puissent être présents. Enfin, il faut attendre de voir comment va se passer cette nuit pour Raymond Steele.

— Je peux appeler le Heathman, voir s'ils ont un salon disponible pour le repas.

— Parfait. Ana a besoin que sa mère soit là. Faites-la venir, elle et son mari, comme prévu. Réservez des chambres pour eux, pour ma famille et les autres invités. Et organisez les transports. Ma mère va nous rejoindre ce soir. Prenez-lui une chambre au Heathman, s'il vous plaît.

— Ce sera fait.

— Trouvez-moi le numéro de portable de José Rodriguez. J'aimerais l'inviter aussi.

— Je vous l'envoie par texto.

— Merci, Andrea.

Je raccroche et appelle Mme Jones pour lui annoncer que le dîner de demain à l'Escala est annulé.

— J'espère que M. Steele va vite se remettre, dit Gail.

— Oui. Moi aussi. Désolé de vous faire faux bond.

— Pas de problème, monsieur Grey. Il y aura d'autres occasions.

— Bien sûr. Merci, Gail.

Je raccroche et retourne dans l'unité de soins intensifs. Au bureau des infirmières, je donne à Kellie nos numéros de portable, avec pour consigne de nous appeler dès qu'il y a du nouveau. Il est l'heure que ma femme mange quelque chose.

Quand je reviens dans la salle, Ana parle à son père inconscient. Ses larmes ont cessé. Son visage rayonne d'amour pour cet homme alité.

Je me sens de trop. Mais je ne veux pas partir. Sans bruit, je prends un siège et j'écoute la voix douce et aimante d'Ana. Elle lui parle d'Aspen, là où je voulais l'emmener pêcher. Ses mots me serrent le cœur. Elle fait partie de la famille, comme maman l'a dit, et donc son père aussi. Je nous imagine côte à côte sur la Roaring Fork River ou sur le lac Snowmass. Ray silencieux. Moi détendu, et tout aussi silencieux.

Ensuite, nous boirions une bière.

— M. Rodriguez et José seront les bienvenus aussi, lui dit-elle. C'est une maison magnifique. Il y a de la place pour vous tous. Je t'en prie, papa, reste avec nous pour faire ça.

*Ray. José père, José fils et moi. Tout le monde apporte ses cannes !*

Ana se tourne et remarque ma présence.

— Salut, fais-je.

— Salut.

— Alors il paraît que je vais aller à la pêche avec ton père, M. Rodriguez et José ? (Elle hoche la tête.) D'accord. Allez, on va manger. Laisse-le dormir.

Elle fronce les sourcils, elle ne veut pas le quitter.

— Ana, il est dans le coma. J'ai donné nos numéros de portable aux infirmières. S'il y a du nouveau, on sera prévenus. On va manger, aller à l'hôtel, se reposer, et revenir demain matin.

Elle lance un regard vers Ray chargé de regret.

— D'accord, répond-elle, la mort dans l'âme.

Ana s'arrête sur le seuil de notre suite et contemple la grande pièce. Elle est sous le choc. Ou alors elle se souvient de la première fois que je l'ai amenée ici. Mais j'en doute. Elle était totalement ivre.

— C'est comme une deuxième maison, ici, dis-je en posant mon attaché-case sur l'un des canapés.

Du moins, ça l'était quand je poursuivais Mlle Steele de mes ardeurs et que je voulais en faire ma soumise. Depuis, les choses ont bien évolué. *Nous sommes devenus mari et femme.*

Elle finit par entrer dans la chanbre.

— Tu veux prendre une douche ? Un bain ? Tu as envie de quoi, Ana ?

— Un bain. J'aimerais bien prendre un bain, murmure-t-elle.

— Un bain, bon, OK.

Je quitte la pièce, soulagé d'avoir une mission. J'ouvre les robinets. L'eau coule, j'ajoute dans la baignoire des huiles parfumées. Ça se met tout de suite à mousser. Mon téléphone vibre quand je retire ma veste et ma cravate. C'est un SMS d'Andrea. Elle me donne le numéro de portable de José. Je m'en occuperai plus tard.

Dans la chambre, Ana est en arrêt devant les sacs de Nordstrom.

— J'ai envoyé Taylor faire des courses.

Elle hoche la tête, mais reste silencieuse, le visage blême.

— Ana, je ne t'ai jamais vue comme ça, tu es toujours tellement courageuse et forte.

Elle me regarde, mutique, referme ses bras autour d'elle comme s'il y avait un courant d'air glacial. Je la prends contre moi, la serre pour lui transmettre la chaleur de mon corps.

— Bébé, il est vivant. Ses fonctions vitales sont bonnes. Il faut être patient, maintenant. Viens.

Je saisis sa main pour la conduire à la salle de bains. Je la déshabille doucement et la fais entrer dans l'eau. Elle attache ses cheveux, un chignon improvisé qui défie la gravité. Elle se laisse couler sous la mousse, ferme les yeux. Je prends ça pour une invitation. Je me déshabille à mon tour et la rejoins. Je grimpe derrière elle, me glisse dans l'eau chaude et l'attire à moi.

Petit à petit, posée sur mon torse, ses pieds sur les miens, elle se détend.

Je pousse un soupir de soulagement et m'accorde, à moi aussi, un moment de répit. Ça fait du bien de sentir disparaître cette boule que j'ai dans le ventre.

*Pourvu que Ray s'en sorte.*

Je caresse ses cheveux tandis qu'elle fait éclater nonchalamment les bulles de mousse.

— Tu n'es pas entré dans la baignoire avec Leila, dis-moi ? La fois où tu lui as donné un bain ? demande-t-elle à brûle-pourpoint.

— Euh… non.

— C'est bien ce que je pensais. Tant mieux.

J'empoigne son chignon et tourne son visage vers moi. Je veux voir ses yeux.

— Pourquoi cette question ?

— Curiosité malsaine. Je ne sais pas… sans doute parce que je l'ai vue cette semaine.

*Et heureusement, ce sera la dernière fois.*

— Je vois. En effet, c'est un peu malsain.

— Tu comptes lui donner du fric longtemps ?

— Jusqu'à ce qu'elle retombe sur ses pieds. Je ne sais pas. Pourquoi ?

— Il y en a d'autres ?

— D'autres ?

— Des ex que tu aides financièrement ?

— Il y en a eu une autre, oui. Plus maintenant.

— Ah ?

— Elle faisait des études de médecine, elle a son diplôme maintenant, et elle a trouvé quelqu'un d'autre.

— Un autre dominant ?

— Oui.

— Leila m'a dit que tu avais deux tableaux d'elle.

— En effet, mais je ne les aimais pas tellement. Techniquement, ils étaient assez réussis, mais je les trouvais trop criards. Je crois que c'est Elliot qui les a pris. Il a mauvais goût, lui, c'est bien connu.

Elle réprime un petit rire. Ce son est si doux à mes oreilles que je referme mes bras autour d'elle – malheureusement avec un peu trop d'enthousiasme et je fais déborder l'eau de la baignoire.

— J'aime mieux ça, murmuré-je en lui embrassant la tempe.

— Il n'a pas si mauvais goût que ça puisqu'il épouse ma meilleure amie.

— Mettons que je n'aie rien dit. On va manger ?

Le visage d'Ana s'assombrit aussitôt. Mais je ne compte pas céder. Je me redresse, sors de la baignoire et attrape un peignoir.

— Profite du bain. Je vais appeler le room-service.

Après avoir commandé à manger, je fouille dans les sacs et trouve des vêtements pour moi. Taylor a encore une fois été impeccable. J'aime bien le jean noir et le pull gris en cachemire. Dans le salon, j'ouvre mon ordinateur portable et vérifie mes mails. Alors que je fais défiler les messages, une idée me vient.

De : Christian Grey
Objet : Conducteur ivre. Police d'Astoria
Date : 9 septembre 2011 17:34
À : Grey, Carrick

Salut papa,
Maman t'a sans doute annoncé que Raymond Steele a eu un accident. Sa voiture a été percutée par un conducteur soûl ce matin à Astoria. Ray est en ce moment en soins intensifs. Tu peux appeler tes contacts à la police pour avoir des infos sur ce chauffard ?
Merci.

Christian Grey
P-DG, Grey Enterprises Holdings, Inc.

Je retourne dans la chambre et m'adosse au chambranle pendant qu'Ana explore les sacs de Nordstrom.

— À part la fois où tu es venu m'emmerder chez Clayton's, tu es déjà entré dans un magasin pour faire des courses ?

— T'emmerder ?

Je m'approche d'elle en tentant de dissimuler mon amusement.

— Oui. M'emmerder, réplique-t-elle dans un demi-sourire.

— Tu étais nerveuse, si je me souviens bien. Et puis ce garçon qui s'est jeté sur toi… Comment, déjà ?

— Paul.

— L'un de tes nombreux admirateurs.

Elle lève les yeux au ciel. Je fonds littéralement et lui plante un petit baiser sur les lèvres.

— Voilà, je te retrouve bien là. Allez, habille-toi, je ne veux pas que tu prennes froid.

Ana n'est guère intéressée par ce que j'ai commandé. Elle grignote deux frites et un demi-beignet de crabe. C'est tout. Je soupire et la laisse regagner la chambre. Je ne peux la forcer à manger, pourtant ça m'inquiète. Tout en réfléchissant à mes options, j'envoie un SMS à José pour l'inviter avec son père au dîner surprise si – et je dis bien « si » – la fête d'anniversaire est maintenue et que José père est en état de venir.

Sur mon ordinateur, je trouve un mail de Carrick.

---

**De :** Grey, Carrick
**Objet :** Conducteur ivre. Police d'Astoria
**Date :** 9 septembre 2011 17:42
**À :** Christian Grey

Ça marche. Ta mère doit être arrivée à Portland à l'heure qu'il est.
Papa

Carrick Grey, avocat
Cabinet Grey, Krueger, Davis & Holt.

C'est une bonne nouvelle. Ma mère sera avec Ray quand on retournera à l'hôpital.

Ana revient dans le salon, elle porte un sweat à capuche bleu et un jean.

— Je suis prête, murmure-t-elle.

Elle paraît si jeune. Peut-être parce qu'elle est triste et inquiète et que son visage est tout pâle.

— Tu as l'air d'une gamine. Dire que tu auras vingt-deux ans demain…

Son sourire contrit me fend le cœur.

— Je n'ai pas tellement envie de fêter ça. Bon, on va voir Ray ?

— Oui, mais j'aimerais bien que tu manges quelque chose. Tu as à peine touché à ton dîner.

— Christian, s'il te plaît. Je n'ai pas faim. Peut-être après qu'on sera passés voir Ray. Je veux lui souhaiter bonne nuit.

À notre arrivée dans l'unité de soins intensifs, nous croisons José. Il part.

— Ana, Christian, salut.

— Où est ton père ? demande Ana.

— Il était trop fatigué pour revenir, ses analgésiques l'ont assommé. Il a fallu que je me batte pour voir Ray parce que je ne suis pas de la famille.

— Et ? s'enquiert Ana d'une voix vibrante.

— Ça va, Ana. Toujours pareil, mais… tout va bien. Pas de nouvelles, bonnes nouvelles.

Elle hoche la tête, soulagée, je suppose.

— On se voit demain pour que je te souhaite bon anniversaire ?

*Hé ! Ce crétin va me griller ma surprise !*

— Bien sûr, répond Ana.

José me lance un coup d'œil puis enlace Ana. Je le vois fermer les yeux de plaisir !

— *Hasta mañana.*

Il la relâche enfin et nous nous souhaitons bonne nuit. Je le regarde s'éloigner en direction des ascenseurs. Je soupire :

— Il est encore fou de toi.

— Mais non. Et puis, même s'il l'était…

Elle hausse les épaules. Elle s'en fiche.

— En tout cas, je te félicite, lance-t-elle.

*Quoi ?*

— Tu n'as pas eu l'écume aux lèvres en disant ça !

Même en ce moment pénible, elle trouve le moyen de se moquer de moi.

— Je n'ai jamais l'écume aux lèvres. (Je joue l'offensé et vois chez elle un soupçon de sourire – c'était bien le but.) Allez, on va voir ton père, j'ai une surprise pour toi.

— Une surprise ?

— Viens, lui dis-je en la prenant par la main.

Ma mère se tient debout devant le lit de Ray et écoute le Dr Crowe, ainsi qu'une femme en blouse blanche. Son visage s'éclaire quand elle nous aperçoit.

— Christian.

Elle m'embrasse puis serre ma femme dans ses bras.

— Ma petite Ana… Tu tiens le choc ?

— Moi, ça va. C'est mon père qui m'inquiète.

— Il est entre de bonnes mains. J'ai fait mes études à Yale avec le Dr Sluder, c'est une autorité dans son domaine.

— Madame Grey. (Le Dr Sluder serre la main d'Ana. Elle a un petit accent chantant du Sud.) Je suis le médecin responsable de votre père, et je suis heureuse de vous annoncer que tout va pour le mieux. Ses fonctions vitales sont stables et résistantes. Nous sommes persuadés qu'il se remettra complètement. L'œdème cérébral n'augmente plus, il commence même à se résorber, ce qui est très encourageant au bout de si peu de temps.

— Que des bonnes nouvelles, alors, conclut Ana en reprenant aussitôt des couleurs.

— Tout à fait, madame Grey. Ne vous en faites pas, on s'occupe bien de lui. (Le Dr Sluder se tourne ensuite vers ma mère.) Ça m'a fait très plaisir de te revoir, Grace.

— Moi aussi, Lorraina.

— Docteur Crowe, laissons donc ces personnes en tête à tête avec M. Steele.

Ana contemple son père, qui dort en paix. Grace lui prend la main.

— Ana, ma chérie, assieds-toi avec lui, parle-lui, c'est bon pour lui. Je vais passer un petit moment avec Christian dans la salle d'attente.

— Comment va-t-elle ? me demande ma mère.

— Difficile à dire. Elle tient le coup, mais je la sens très angoissée. D'habitude, elle est si forte.

— C'est un grand choc pour elle, mon chéri. Heureusement que tu es ici avec elle.

— Merci d'être venue, maman. Ce que tu lui as dit l'a beaucoup rassurée, j'en suis sûr.

Grace me regarde en souriant.

— Tu l'aimes tant.

— C'est vrai.

— Que veux-tu faire pour son anniversaire demain ?

— Je ne sais pas encore. Je pensais organiser un petit dîner ici entre nous.

— C'est une bonne idée. Je vais rester à Portland ce soir. Je n'ai pas si souvent l'occasion d'avoir du temps pour moi.

— Andrea a réservé une chambre pour toi et papa au Heathman.

— Tu penses à tout. Comme toujours.

Ce compliment me réchauffe le cœur, un vrai rayon de soleil.

Je retire mon tee-shirt blanc. Ana l'attrape et l'enfile avant de grimper dans le lit.

— Tu as l'air d'aller un peu mieux.

Je passe mon pyjama, tout heureux de voir qu'Ana porte mon tee-shirt.

— Ça m'a fait beaucoup de bien de parler avec le Dr Sluder et ta mère. C'est toi qui as demandé à Grace de venir ?

Je me glisse sous les draps et l'attire à moi, son dos collé à mon torse – exactement comme j'aime tenir ma chérie.

— Non, c'est elle qui voulait venir voir ton père.

— Comment était-elle au courant ?

— Je l'ai prévenue ce matin…

Ana laisse échapper un soupir.

— Dors, bébé, tu es crevée.

— Mmm, marmonne-t-elle avant de pivoter la tête pour me regarder en fronçant les sourcils.

*Quoi ?* Elle se tourne et se love auprès de moi. La chaleur de son corps m'enveloppe. Je caresse ses cheveux. J'ignore à quoi elle pensait, mais c'est passé.

— Promets-moi quelque chose, la supplié-je doucement.

— Mmm ?

— Promets-moi que tu mangeras demain. J'arrive à supporter de te retrouver avec le blouson d'un autre homme sur les épaules sans écumer, mais Ana… tu dois manger, je t'en supplie.

— Mmm, grogne-t-elle en guise d'assentiment. Merci d'être ici, ajoute-t-elle en déposant un baiser sur ma poitrine.

— Où voudrais-tu que je sois ? Je veux être partout où tu seras, Ana.

*Tu es ma femme. Tu es ma famille, maintenant.*

Je contemple le plafond et me rappelle notre première fois ensemble dans cette chambre. C'est si loin. Et si proche.

— Le fait de revenir ici, ça me fait penser à tout le chemin qu'on a parcouru. À la première nuit où j'ai dormi avec toi. Quelle nuit ! Je t'ai regardée pendant des heures. Tu étais… « yar ».

Je sens Ana sourire contre mon torse. *Oh, bébé…*

— Dors.

Ce n'est pas une requête. C'est un ordre.

## Samedi 10 septembre 2011

Grand-pa me tend une pomme. Elle est rouge. Et bien sucrée. C'est la maison, les étés sont longs – les jours n'en finissent pas. La brise légère chatouille mes joues. Ça fait du bien avec le soleil. Nous nous tenons face à face dans le verger. Son visage tout ridé par les années et le soleil raconte une myriade d'histoires. Il lève le bras et un tremblement parcourt sa main. Il n'est plus aussi solide qu'avant… « *Grand-pa !* » Il attrape mon épaule, ses yeux sont voilés mais encore lumineux, pleins de sagesse et d'amour… d'amour pour moi. Je le remarque enfin. « Tu te souviens comme les pommes étaient bonnes quand tu étais un petit garçon ? » Je souris. Elles sont toujours bonnes. Les arbres donnent encore. Il me rend mon sourire et sa peau se fripe tout autour de ses yeux. « Et toi, tu étais une pomme vraiment bizarre. Tu ne voulais pas parler. Une pomme timide ! Et maintenant, regarde-toi ! Tu es le maître de ton univers. Je suis fier de toi. Tu as bien grandi. Dans le bon sens. » La chaleur de ses paroles se confond avec celle du soleil. Derrière lui, j'aperçois maman, papa, Elliot, Mia et Ana qui traversent le grand pré verdoyant, avec une couverture et un panier de pique-nique. Ana rit à quelque chose que lui raconte Mia. Elle renverse la tête en arrière, ses cheveux scintillent sous les rayons dorés. Maman se met à rire aussi. Ils rient tous. « C'est ça la famille, mon garçon. La famille d'abord. Toujours. » Ana se tourne vers moi, resplendissante. Son sourire est un soleil qui m'éclaire de toutes parts. Ana, ma lumière. Mon amour. Ma famille.

Je me réveille. Avant d'ouvrir les yeux, je savoure mon bonheur. Tout va bien dans le meilleur des mondes. Tout est à sa place. Et je sais que ce sont juste les échos de mon rêve que j'ai déjà oublié.

Je soulève les paupières. *Où suis-je ? Au Heathman. Merde… Ray.*

La grisaille s'insinue. Je tourne la tête et vois Ana pelotonnée contre moi. Ma belle endormie. À en juger par la lumière qui filtre des rideaux, il est encore tôt. Je reste allongé un moment.

C'est l'anniversaire d'Ana. Et son père est à l'hôpital. Il y a un juste équilibre à trouver, un équilibre ténu entre la joie et la compassion.

Je sors du lit sans bruit. Une fois douché et habillé, je me rends discrètement dans le salon pour laisser Ana dormir. Je dois prendre une décision au sujet de ce soir. Alors sans tarder, j'appelle le service de soins intensifs. Je parle à une infirmière. Elle m'explique que Ray a passé une nuit correcte et que ses constantes sont bonnes. Puis le médecin de garde me confirme que tout va bien, qu'il y a tout lieu de rester optimiste. Je décide donc de lancer le dîner.

Avant toute chose, il me faut ses cadeaux. Pour les deux, c'est Taylor qui s'en occupe. Je consulte ma montre : 7 h 35. Je lui envoie un SMS.

« Bonjour.
Vous avez le cadeau pour
Ana ? »

« Oui, monsieur.
Je vous l'apporte ? »

« S'il vous plaît. Elle dort encore ! »

Quelques instants plus tard, on toque doucement à la porte. C'est Taylor, dans son costume irréprochable.

— Bonjour, monsieur, chuchote-t-il, par respect pour ma belle au bois dormant.

Avec le pied, j'empêche la porte de se refermer et rejoins Taylor dans le couloir. Il dépose dans ma main un paquet enveloppé de papier cadeau rose décoré d'un ruban de satin.

— Joli emballage. C'est votre œuvre ?

— C'est pour Mme Grey, bredouille-t-il en rougissant. Voici la carte qui va avec.

— Merci. Nous allons finalement organiser ce dîner surprise pour Ana. Il va falloir caler l'arrivée des invités.

— Andrea m'a prévenu. Et Sawyer est là. À nous deux, on va gérer.

— Et nous aurons la nouvelle voiture. Inutile de prévoir quelque chose pour Ana et moi.

— J'ai pris la liberté d'apporter les deux jeux. (Il me tend la clé de la R8.) Le voiturier a le double.

— Sage précaution. (Je glisse la clé dans ma poche.) On en a pour une heure encore, a priori. Je vous envoie un SMS quand on sera prêts. Vous pourrez apporter l'Audi devant l'entrée.

— Dans le parking, je risque de ne pas avoir de réseau. Je vais prévenir le concierge. Il me passera l'info au bureau des voituriers.

— Parfait. (J'ai un grand sourire aux lèvres.) À tout à l'heure.

Il tourne les talons et je souris toujours. Quand ai-je eu ce genre de conciliabule dans un couloir ? Avec Taylor – un ancien Marine ?

Dans la chambre, Ana dort encore. Ça ne m'étonne pas. Elle doit être épuisée après tous les événements de la veille. J'ai le temps d'envoyer un mail à Andrea.

---

**De** : Christian Grey
**Objet** : Dîner anniversaire d'Ana
**Date** : 10 septembre 2011 07:45
**À** : Andrea Parker

Bonjour Andrea,
J'ai décidé d'organiser ce dîner surprise pour Ana.
Veuillez me confirmer que tout est en ordre avec l'hôtel et pour le gâteau (au chocolat !).
Tenez-moi informé des dispositions prises pour faire venir les invités. Sawyer et Taylor sont ici et disponibles pour aller les chercher à l'aéroport. Voyez ça avec eux.
Merci.

Christian Grey
P-DG, Grey Enterprises Holdings, Inc.

Que faire d'autre ?

Je m'assois au bureau avec le cadeau d'Ana à la main. Je regarde fixement la carte. Heureusement, je sais exactement quoi écrire :

*Pour toutes nos premières fois,*
*en ce premier anniversaire depuis que tu es devenue*
*ma femme adorée.*
*Je t'aime*
*C x*

Je place la petite carte dans l'enveloppe et retourne à mon ordinateur. Ana voudra quelque chose pour s'habiller, et je me souviens de ce qu'elle m'a dit hier. Je ferais mieux de choisir moi-même une robe plutôt que d'envoyer Taylor. Je consulte le site de Nordstrom et découvre qu'ils ont un magasin à deux pas d'ici et qu'on peut passer commande sur Internet.

Je commence à regarder.

Vingt minutes plus tard, j'ai acheté tout ce dont Ana aura besoin. J'espère qu'elle aimera mes choix. Je préviens Taylor par texto. Il enverra Luke chez Nordstrom pendant que nous serons avec Ray à l'hôpital.

Il est temps de réveiller Ana.

Elle remue quand je m'assois sur le bord du lit, et bat des paupières, éblouie par la clarté du matin. Elle paraît heureuse et détendue, puis tout à coup son expression change.

— Merde ! Papa !

— Hé !

Je lui caresse la joue et la force à me regarder.

— J'ai appelé l'hôpital ce matin. Ray a passé une bonne nuit. Tout va bien.

Elle me remercie et se redresse, soulagée. Je me penche vers elle et l'embrasse sur le front. Je ferme les yeux pour savourer son odeur.

*Ma belle ensommeillée.*

— Bonjour, Ana.

— Salut.

— J'aimerais te souhaiter bon anniversaire. Je peux ?

Son sourire me semble hésitant, mais elle caresse ma joue.

— Oui, bien sûr. Merci. Pour tout.

— Tout ?

— Tout.

Pourquoi me remercie-t-elle ? C'est troublant. Je suis trop impatient de lui donner son cadeau.

— Tiens.

Elle me regarde. Ses yeux brillent de joie lorsqu'elle prend le paquet et ouvre la carte.

— Moi aussi, je t'aime.

— Ouvre.

Elle me lance un grand sourire et ôte le ruban, puis retire délicatement le papier cadeau et découvre un écrin en cuir de chez Cartier. Ses yeux s'écarquillent quand elle l'ouvre. À l'intérieur, il y a un bracelet en or blanc avec des breloques. Chacune évoque nos premières fois ensemble : un hélicoptère, un catamaran, un planeur, un taxi londonien, la tour Eiffel, un lit… Elle plisse le front en examinant le cornet de glace et me regarde d'un air interrogateur.

Je prends un air contrit.

— Vanille ?

Elle s'esclaffe.

— Christian, c'est magnifique. Merci. C'est « yar ».

Elle effleure le petit médaillon en forme de cœur. Ça me paraissait fort à propos : je n'ai jamais donné mon cœur à personne. Ana est la première à avoir su l'ouvrir, et à s'y installer comme chez elle.

*C'est vraiment cucul, Grey !*

— Tu peux mettre une photo dedans.

— Une photo de toi. (Elle me lance un coup d'œil.) Comme ça, tu seras toujours dans mon cœur.

Elle soulève les breloques C et A, puis la petite clé, et me regarde à nouveau.

— La clé de mon âme et de mon cœur, répliqué-je dans un murmure.

Elle pousse un petit gémissement étranglé et se jette dans mes bras. Je la prends sur mes genoux.

— Je l'adore. Merci.

*Oh, bébé…* Je la serre plus fort.

— Je ne sais pas ce que je ferais sans toi, sanglote-t-elle.

— Je t'en prie, ne pleure pas.

— Excuse-moi, lâche-t-elle en reniflant. Mais je suis à la fois heureuse et angoissée. C'est une sensation douce-amère.

— Hé. (Je lui redresse la tête, pose mes lèvres sur les siennes.) Je comprends.

— Je sais.

— J'aurais préféré que les circonstances soient plus heureuses et que nous soyons à la maison. Mais bon… (*Personne ne pouvait prévoir ça.*) Allez, debout. On ira voir Ray après avoir mangé.

— D'accord, sourit-elle.

Je la laisse s'habiller. De retour dans le salon, je commande le petit déjeuner : muesli, yaourt et fruits rouges pour elle, omelette pour moi.

Je suis content de voir qu'Ana a de nouveau de l'appétit. Elle dévore tout, une vraie gloutonne. Je m'abstiens toutefois de faire le moindre commentaire. Je veux qu'elle soit heureuse.

— Merci d'avoir commandé mon petit déjeuner préféré.

— C'est ton anniversaire… et puis cesse de me remercier tout le temps !

— Je voulais juste que tu saches que j'apprécie.

— Anastasia, je suis comme ça.

*Je veux que tu sois bien avec moi. Je te l'ai répété cent fois.*

Elle sourit.

— En effet.

Quand elle a terminé, le plus nonchalamment possible, je lui annonce qu'il est temps de se mettre en route. Je suis si impatient de lui offrir sa voiture.

— Il faut que je me brosse les dents.

— Vas-y, réponds-je en riant.

Ses sourcils forment un petit *v*. Elle doit se douter de quelque chose. Elle file en silence dans la salle de bains. J'envoie un SMS à Taylor pour le prévenir que nous allons descendre.

Lorsque nous atteignons les ascenseurs, je remarque qu'Ana porte le bracelet. Je lui soulève la main et lui embrasse les doigts. Du pouce, j'effleure le petit hélicoptère.

— Il te plaît ?

— Plus que ça. Je l'adore. Vraiment !

Je lui baise à nouveau la main en attendant que les portes s'ouvrent.

C'est précisément dans cet ascenseur que tout a commencé. C'est là que j'ai perdu le contrôle. *Tu ne l'as pas perdu, Grey ! Tu l'as cédé. C'est elle qui te tient en laisse, à présent !* Ana me lance un coup d'œil plein de sous-entendus en pénétrant dans la cabine.

— Arrête, dis-je en enfonçant le bouton du rez-de-chaussée.

— Quoi ?

— De me regarder comme ça.

Avec ces grands yeux ensorceleurs.

— Oh, et puis merde pour la paperasse ! lance-t-elle.

J'éclate de rire et l'attire à moi.

— Un jour, je louerai cet ascenseur pour tout un après-midi.

— Seulement un après-midi ?

Elle hausse un sourcil, taquine.

— Madame Grey, vous êtes insatiable.

— Insatiable de toi.

— Je suis ravi de l'entendre.

Je l'embrasse tendrement puis, au moment où je m'apprête à m'écarter, les mains d'Ana se referment sur ma nuque et m'attirent contre elle à nouveau. Sa bouche est avide, sa langue insistante. Elle quémande, exige. Ana me plaque contre la paroi, presse son corps contre le mien. Et le désir jaillit en moi comme une comète.

Un baiser qui se voulait une simple marque d'affection se mue en autre chose, de plus grave, de plus impérieux. Sa langue s'affole, s'unit à la mienne.

*Et merde !* Je la veux. Maintenant. Dans cet ascenseur. *Encore une fois.* Nous nous embrassons. Nos langues. Nos lèvres. Nos mains. Mes doigts agrippent ses cheveux, ses mains caressent mon visage.

— Ana…

— Je t'aime, Christian Grey. (Elle me regarde, haletante.) N'oublie jamais ça.

L'ascenseur s'arrête, les portes s'ouvrent. Ana s'écarte. Mon sang bouillonne dans tous mes membres.

— Allons voir ton père avant que je décide de louer ce truc aujourd'hui même.

Je lui plaque un baiser, lui prends la main, et nous sortons dans le hall. Heureusement que je porte une veste !

Le concierge nous aperçoit. Je lui fais un petit signe. Ana le remarque, mais je lui lance mon petit sourire chut-c'est-une-surprise. Elle fronce les sourcils.

— Où est Taylor ?

— Il arrive.

— Et Sawyer ?

— Il fait des courses.

Nous sortons de l'hôtel et nous arrêtons sur le trottoir. C'est une belle journée. Les arbres sur Broadway ont encore toutes leurs feuilles, mais une petite fraîcheur dans l'air annonce déjà l'automne. Aucun signe de Taylor. Je regarde la rue de gauche à droite. Ana m'imite.

— Qu'est-ce qu'il y a ? demande-t-elle.

Je hausse les épaules, feins la nonchalance. Je ne veux rien dire.

Et enfin je l'entends… le grondement du V10. Taylor apparaît à bord du R8 Spyder d'un blanc immaculé. La nouvelle voiture flambant neuve de ma femme.

Ana recule d'un pas, stupéfaite, elle regarde tour à tour l'Audi et moi.

*La dernière fois que tu lui as acheté une bagnole, ça s'est mal passé ! C'est quitte ou double !*

Mais c'est toi qui l'as dit, Ana : *Tu pourrais m'en acheter une pour mon anniversaire… blanche, je pense.*

— Bon anniversaire, murmuré-je en sortant la clé de ma poche.

— C'est de la folie ! bredouille-t-elle.

Elle admire la merveille de mécanique et d'ingénierie garée devant elle. Puis elle reprend ses esprits, saute littéralement de joie et se jette dans mes bras. Je la soulève de terre, la fais tourner, ravi et soulagé par sa réaction.

— Tu es fou ! Je l'adore ! Merci !

Je la repose par terre et la renverse en arrière comme un danseur de tango, la prenant de court. Elle s'agrippe à mes biceps.

— Je ferais n'importe quoi pour vous, madame Grey. (Je l'embrasse et la redresse.) Allez, on va voir ton père.

— Je peux la conduire ?

Je vais le regretter, pourtant j'acquiesce.

— Évidemment, puisqu'elle est à toi.

Elle file vers la portière côté conducteur que Taylor lui tient ouverte.

— Bon anniversaire, madame Grey ! lance-t-il.

— Merci, Taylor.

À mon grand étonnement, elle le serre un court instant dans ses bras. Je lève les yeux au ciel et m'installe sur le siège passager. Ana caresse le volant, le visage radieux, tandis que Taylor referme la portière.

— Soyez prudente, madame, grogne-t-il sans parvenir à cacher son affection.

Malgré moi, ça me fait sourire.

— Promis ! répond Ana, excitée comme une puce.

*Je déteste être passager. Sauf avec Taylor.*

— Vas-y doucement. Pas de rodéo aujourd'hui.

Elle démarre et le moteur rugit. Ana règle les rétroviseurs, enclenche la marche avant, fait demi-tour et écrase l'accélérateur.

— Hou là ! fais-je en m'agrippant à mon siège.

— Quoi ?

— Je n'ai aucune envie que tu te retrouves à côté de ton père en soins intensifs. Ralentis !

Cette R8, ce n'était peut-être pas une bonne idée. Heureusement, Ana décélère aussitôt.

— C'est mieux comme ça ?

— Beaucoup mieux.

Finalement, nous allons peut-être en sortir vivants.

Sept minutes plus tard, nous entrons sur le parking de l'hôpital, et j'ai vieilli de dix ans. Mon pouls doit être à 180. Être le passager de ma femme, ce n'est pas pour les cardiaques.

— Ana, il faut que tu conduises moins vite. Ne me fais pas regretter de t'avoir acheté ce bolide. (Je lui lance un regard noir tandis qu'elle coupe le moteur.) Je te rappelle que ton père est dans le coma parce qu'il a eu un accident de voiture.

— Tu as raison, répond-elle en prenant ma main. Je vais être vigilante.

Je veux encore lui faire la leçon, mais c'est son anniversaire. *Et c'est ton cadeau, Grey !*

— Très bien. Allons-y.

Une fois Ana auprès de Ray, je me réfugie dans la salle d'attente pour passer quelques coups de fil. D'abord Andrea.

— Bonjour, monsieur.

— Bonjour, Andrea. Je viens aux nouvelles.

— Tout le monde est en chemin pour Portland. Je cale le programme tout à l'heure avec Stephan. J'attends encore la réponse du Heathman. S'ils ne peuvent préparer un gâteau au chocolat, je trouverai une pâtisserie qui puisse en réaliser un dans la journée.

— Bon travail.

— M. et Mme Adams décollent à 10 h 30 ce matin, heure de la côte Ouest. Ils devraient arriver à Portland vers 16 h 30.

— Ils savent pourquoi la fête a lieu ici ?

— Je ne suis pas entrée dans les détails.

Parfait. Je ne veux pas que Carla s'inquiète pendant le vol.

Andrea poursuit :

— Mme Adams a sciemment omis d'appeler sa fille, pour ne pas éventer la surprise.

— Très bien. Prévenez-moi quand ils auront quitté Savannah.

— Entendu.

— Merci d'avoir organisé tout ça.

— C'est un plaisir, monsieur. J'espère que l'état de santé de M. Steele s'améliore.

— Nous en reparlerons plus tard.

Je raccroche et ouvre un mail qui a attiré mon attention.

---

**De** : Grey, Carrick
**Objet** : Conducteur ivre. Police d'Astoria
**Date** : 9 septembre 2011 17:42
**À** : Christian Grey

Ta mère pense que Raymond Steele est entre de bonnes mains.
Je la retrouverai plus tard pour la fête d'Ana.
Quant au conducteur, j'ai quelques infos. Mais je préfère t'en parler de vive voix.
À ce soir, mon fils.
Papa

Carrick Grey, avocat
Cabinet Grey, Krueger, Davis & Holt.

J'appelle Carrick mais je tombe sur sa boîte vocale. Je laisse un message et m'assois pour étudier la note que m'a envoyée Ros au sujet de notre rencontre avec les Hwang hier.

Une demi-heure plus tard, mon père me rappelle.

— Christian ?

— Bonjour, papa. Tu as des nouvelles ? m'enquiers-je en contemplant les gratte-ciel de Portland.

— J'ai parlé à l'un de mes contacts à la police d'Astoria. Le gars s'appelle Jeffrey Lance. Il est bien connu des services. Et pas seulement à Astoria mais à Portland. Il vit dans un mobile-home au sud-est de la ville.

— Astoria, c'est pas à côté.

— Son alcoolémie était de 0,28 pour cent.

— Ce qui signifie ?

Je me retourne. Ana est là et me regarde, inquiète. Je ne l'ai pas entendue arriver.

— C'est trois fois et demie au-dessus du seuil autorisé, répond mon père.

— Tant que ça ?

Je n'en reviens pas ! Maudit poivrot ! Je les hais. Du plus profond de moi remontent des images de cauchemar, des images douloureuses, où se mêlent l'odeur des Camel, du whisky, et la puanteur des corps.

« *Ah te voilà, petit merdeux...* »

*Merde.* Le mac de la pute camée.

— Oui, trois fois et demie, répète mon père.

— Je vois.

— Et ce n'est pas la première fois. On lui a déjà retiré son permis. Il n'a pas d'assurance. La police dresse toutes les charges et l'avocat du type compte plaider coupable pour alléger la sentence, mais...

— Oui, attaque-le sur tout, l'interromps-je. (Je suis furieux. *Quel salaud !*) Le père d'Ana est en soins intensifs. N'omets aucun chef d'accusation, papa !

— Fiston... je ne peux pas m'en occuper, à cause des liens familiaux. Mais l'une de mes collègues est spécialisée dans ce genre d'affaires. Si tu es d'accord, je peux lui demander de représenter ton beau-père. Et elle veillera à ce que le gars prenne le max.

Je pousse un long soupir.

— Bien.

— Je dois te laisser. J'ai un autre appel. On se voit plus tard.

— Tiens-moi au courant.

— Entendu.

Ana s'approche quand je coupe la communication.

— Le chauffard ?

— Un prolo raide bourré du sud-est de Portland.

Elle me regarde avec de grands yeux. Mes paroles la choquent sans doute, pourtant c'est bien ce qu'est ce Jeffrey Lance. Je prends une grande inspiration pour me calmer.

— Tu as fini ta visite ? Tu veux t'en aller ?

— Euh… non.

— Qu'est-ce qui ne va pas ?

— Rien. Ray est en train de passer un scanner pour voir si son œdème cérébral a diminué. J'aimerais attendre les résultats.

— D'accord. Attendons.

Je m'assois, ouvre les bras pour qu'elle vienne se jucher sur mes genoux. Je caresse son dos, hume la douce odeur de ses cheveux.

— Ce n'est pas comme ça que je prévoyais de fêter ton anniversaire.

— Moi non plus. Mais je suis plus optimiste, maintenant. Ta mère m'a beaucoup rassurée, c'était gentil à elle de venir, hier soir.

— Ma mère est une femme extraordinaire.

Je pose mon menton sur le haut de sa tête.

— C'est vrai. Tu as beaucoup de chance de l'avoir.

*Je suis bien d'accord.*

— Au fait, il faut que j'appelle ma mère pour la prévenir, déclare-t-elle.

*Aïe !* En ce moment, sa mère est dans mon jet, en route pour Portland.

— D'ailleurs, ça m'étonne qu'elle ne m'ait pas encore téléphoné.

— Elle a peut-être essayé de te joindre, dis-je, un peu honteux de ce mensonge.

Ana sort son BlackBerry mais ne voit aucun appel manqué. Elle parcourt ses SMS. Une série de « Bon anniversaire » défile. Comme convenu, aucun provenant de sa mère. Elle secoue la tête, incrédule.

— Essaie de l'appeler, lui proposé-je, sachant pertinemment qu'elle ne pourra pas répondre.

Ana s'exécute, tombe sur la boîte vocale et raccroche.

— Je rappellerai plus tard, quand j'aurai les résultats du scanner.

Je la serre contre moi, embrasse ses cheveux. Mon téléphone sonne. Sans lâcher Ana, je le sors de ma poche.

— Andrea.

— Monsieur. Juste pour vous tenir au courant : M. et Mme Adams ont décollé de Savannah il y a un quart d'heure.

— Bien.

— Taylor est au courant. Il ira les chercher à l'aéroport.

— L'heure d'arrivée est prévue pour quand ?

Je ne veux pas qu'Ana tombe sur eux en rentrant avec moi à l'hôtel.

— Pour l'instant, 16 h 30, à l'heure dite.

— Et les autres, euh… (Je surveille Ana du coin de l'œil, je ne veux pas éveiller ses soupçons.)… colis ?

— Tout est OK. Votre père arrive en voiture. Votre frère, votre sœur, Kate et Ethan Kavanagh viendront avec Stephan. Ils ne peuvent décoller avant 17 h 30, à cause du nouveau travail de votre sœur. Ils devraient arriver vers 18 h 30.

— Le Heathman a tous les détails ?

— Les chambres sont réservées. Le dîner est organisé pour douze personnes à 19 h 30. Ils proposent un menu complet et il y aura un gâteau, au chocolat comme convenu.

— Bien.

— Ros demande si vous avez lu sa note pour l'accord avec les Taiwanais. Si ça vous convient, elle peut vous envoyer le contrat définitif pour signature.

— Ça peut attendre lundi matin, mais envoyez un mail à tout hasard. Je l'imprimerai, je le signerai et je vous renverrai un scan.

— Samir et Helena ont un problème à la DRH dont ils voudraient vous entretenir. Et Marco souhaiterait vous parler deux minutes.

— Ça attendra. Rentrez chez vous, Andrea.

Je crois l'entendre sourire à l'autre bout du fil.

— Si vous avez besoin d'autre chose, vous pouvez me joindre sur mon portable.

— Non, c'est bon, merci.

Et je raccroche.

— Tout va bien ? s'inquiète Ana.

— Oui.

— C'est ton truc de Taiwan ?

— Oui.

— Je suis trop lourde ?

*Toi, trop lourde ?*

— Non, bébé.

Elle me demande si j'ai des soucis avec ce contrat. Je lui assure que non.

— Je croyais que c'était important.

— Ça l'est. La survie du chantier de Seattle en dépend, il y a énormément d'emplois en jeu, et si ça ne marche pas avec les Taiwanais, il va falloir qu'on essaie de le revendre aux syndicats. Ça, c'est le boulot de Sam et Ros. Vu le tour que prend l'économie, on n'aura pas trop le choix.

Elle bâille.

— Je vous ennuie, madame Grey ? fais-je, amusé.

— Non ! Jamais… Mais je suis tellement bien sur tes genoux. J'aime que tu me parles de tes affaires.

— Vraiment ?

— Évidemment. Je m'intéresse à tout ce que tu daignes partager avec moi.

— Toujours aussi avide d'information, madame Grey.

— Alors, dis-moi ?

Elle pose à nouveau sa tête contre ma poitrine.

— Te dire quoi ?

— Pourquoi tu fais ça ?

— Faire quoi ?

— Travailler autant.

— Il faut bien gagner sa vie.

C'est l'évidence même, non ?

— Christian, tu fais plus que gagner ta vie.

Elle me lance un regard insistant. Cette fois, elle veut la vérité.

— Je ne veux plus jamais être pauvre.

*La faim. Le danger. Se sentir si vulnérable. Et la peur…*

*Grey ! Ne sois pas si glauque ! C'est son anniversaire.*

— En plus… c'est un jeu. Un jeu où il faut gagner. Un jeu que j'ai toujours trouvé très facile.

— Contrairement à la vie, marmonne-t-elle, presque pour elle-même.

— Oui, si on veut. (*Toujours aussi perspicace, madame Grey !*) Mais avec toi, c'est plus facile.

Elle me serre contre elle.

— Ce n'est pas seulement un jeu. Tu es un grand philanthrope.

Je hausse les épaules, guère convaincu.

— Dans certains domaines, peut-être.

*Ana, tu m'idéalises beaucoup trop !* Je peux me permettre d'être généreux.

— J'aime ce Christian philanthrope, susurre-t-elle.

— Seulement celui-là ?

— Bon, j'aime aussi le Christian mégalo, le Christian maniaque du contrôle, le Christian expert du sexe, le Christian pervers, le Christian romantique, le Christian timide… la liste est interminable.

— Ça en fait, des Christian.

— Au moins cinquante, je dirais.

Je me mets à rire.

— Cinquante nuances, murmuré-je dans ses cheveux.

— Mon Cinquante Nuances.

Je me redresse, renverse sa tête et l'embrasse.

— Eh bien, madame Cinquante, allons voir comment va ton père.

— D'accord.

Le Dr Sluder a de bonnes nouvelles. L'œdème cérébral s'est résorbé. Ils ont donc décidé de le sortir du coma demain matin.

— Je suis très satisfaite de l'évolution de son cas. Son état s'est amélioré très rapidement. Il se remet vite. Tout ça est très bon signe, madame Grey.

— Merci, docteur, bredouille Ana, les yeux brillant de reconnaissance.

— Allons déjeuner, lui dis-je en lui prenant la main.

— On peut faire une balade ? demande-t-elle en lançant le V10.

— Bien sûr. C'est ton anniversaire. On fait tout ce que tu veux.

En un instant, je suis téléporté dans un autre parking de Seattle, où l'insatiable Ana avait pris les choses en mains. Elle me regarde fixement, ses prunelles s'agrandissent.

— Ah bon ? souffle-t-elle. Tout ce que je veux ?

— Absolument tout.

— Eh bien… (Encore sa voix de séductrice, irrésistible.) J'ai envie de rouler.

— Alors roule, bébé.

Nous échangeons un sourire complice. Pour un peu, je lui sauterais dessus…

*Tiens-toi, Grey !*

Ana sort du parking puis, à une allure raisonnable, roule vers l'I-5. C'est bon, mon rythme cardiaque ne s'emballe pas. Mais une fois sur l'autoroute, elle appuie sur l'accélérateur et nous sommes écrasés au fond de nos sièges baquet.

Elle a volontairement endormi mes défenses ! C'est de la pure traîtrise.

— Doucement, bébé.

Elle ralentit. *Ouf !* Nous traversons le pont. Par chance, il n'y a pas beaucoup de circulation. Je contemple la Willamette River et me rappelle toutes les fois où j'ai couru sur ses berges quand j'étais à Portland et que je poursuivais Mlle Ana Steele.

*Et maintenant la demoiselle est devenue Mme Grey.*

— Tu as prévu un endroit pour déjeuner ? me demande-t-elle.

— Non. Tu as faim ?

— Oui.

— Où veux-tu aller ? C'est ta journée, Ana.

— Je connais un endroit parfait.

Elle quitte l'I-5 et entre dans le centre-ville. Elle se gare finalement devant le restaurant où nous avons mangé après être allés voir l'exposition de José.

*Le jour où je l'ai reconquise.*

— J'ai cru une minute que tu allais m'emmener dans ce bar minable d'où tu m'avais appelé quand tu étais bourrée, dis-je pour la taquiner.

— Pour quoi faire ?

— Pour voir si les azalées ont survécu.

Je lui lance un regard en coin et elle pique un fard.

*Absolument, bébé. Quand tu as vomi à mes pieds !*

— Ne me rappelle pas ça ! En plus… tu m'as quand même ramenée dans ta chambre d'hôtel.

— La meilleure décision de ma vie.

— C'est vrai.

Elle se penche pour m'embrasser. Je demande :

— Tu crois que ce connard prétentieux de serveur travaille toujours là ?

— Prétentieux ? Je l'avais trouvé très bien.

— Il essayait de t'impressionner.

— Alors il a réussi.

Ana, tu es bien trop « impressionnable ».

— On va voir s'il est là ? suggère-t-elle, malicieuse.

— Je vous suis, madame Grey.

Je me pince l'arête du nez. Pendant les deux dernières heures, j'ai travaillé non-stop dans la salle d'attente de l'unité de soins intensifs. Ana est restée auprès de son père depuis notre retour du restaurant. La dernière fois que je suis passé, elle lui faisait la lecture.

C'était touchant. Comme elle a dû être heureuse avec lui pour lui montrer tant de dévouement.

J'en ai profité pour prendre connaissance du contrat pour le rachat du chantier naval. Et j'ai de nombreuses questions à poser à Ros, mais ça peut attendre lundi.

Mon téléphone sonne. C'est Taylor. Il me prévient qu'il a déposé la mère d'Ana et son mari au Heathman. Je consulte l'heure. 17 heures passées. Je dois prévenir Carla. À contrecœur, j'appelle l'hôtel et demande à avoir la chambre des Adams.

— Allô ? répond Carla.

Je prends une grande inspiration.

— Carla, c'est Christian.

— Christian ! Notre vol était magnifique. Merci de tout cœur.

— Tant mieux. Je m'en réjouis… Carla, j'ai une mauvaise nouvelle à vous annoncer.

— C'est Ana ? Que se passe-t-il ?

— Non, il ne s'agit pas d'Ana, mais de Ray. Il a eu un accident de voiture. Il est ici, à l'hôpital. En soins intensifs. Son état s'améliore. Il est encore placé en coma artificiel et ils vont le réveiller demain.

— Oh non… Et Ana ? Comment va-t-elle ?

— Elle tient le coup. Comme la guérison de Ray est en bonne voie, je me suis dit qu'on pouvait fêter son anniversaire.

— Oui. Oui, bien sûr.

— Je voulais quand même vous prévenir. En revanche, ce serait bien de garder l'effet de surprise. Il ne faut pas qu'elle sache que vous êtes là.

— Bien sûr. C'est pour ça que je n'ai pas contacté Ana.

— C'est gentil de votre part. Merci. Encore une fois, je suis désolé d'être le porteur de mauvaises nouvelles.

— Au contraire. Vous avez bien fait. J'ai beaucoup de tendresse pour Raymond.

— On se voit plus tard.

— Absolument.

Elle raccroche. Finalement, ça ne s'est pas si mal passé.

Maintenant, il est temps de rentrer à l'hôtel. J'éteins mon ordinateur, me lève et m'étire.

Ana est toujours en pleine lecture. Je l'observe du bout du lit. Elle caresse la main de Ray, relève de temps en temps les yeux pour le regarder. Je lis tant d'amour sur son visage.

Elle remarque ma présence lorsque l'infirmière Kellie arrive.

— On doit y aller, Ana, dis-je doucement.

Elle étreint la main de son père. J'insiste.

— Tu dois te nourrir. Viens, il est tard.

— Il faut que je fasse la toilette de M. Steele, explique l'infirmière.

— Bon, d'accord. Je reviendrai demain matin, ajoute-t-elle en se penchant pour déposer un baiser sur la joue de son père.

Ana est toute silencieuse et pensive quand nous rejoignons la voiture sur le parking.

— Tu veux que je conduise ?

Elle me défie du regard.

— Non, ça va, réplique-t-elle en ouvrant la portière.

Ana, le roc.

Je souris et m'installe sur le siège passager.

Dans l'ascenseur, elle se mure à nouveau dans le silence. Son esprit est avec Ray. Je n'ai pas grand-chose à lui offrir.

Sinon moi. Et la chaleur de mon corps.

Je la serre contre moi tandis que la cabine s'élève.

— J'ai pensé qu'on pourrait dîner en bas, dans un salon privé, dis-je en ouvrant la porte de notre suite.

— Vraiment ? lance-t-elle en haussant un sourcil. Pour reprendre là où on s'est quittés la dernière fois qu'on y était ?

— Vous pouvez toujours rêver, madame Grey.

— Christian, je n'ai rien à me mettre.

*Ça, c'est ce que tu imagines !*

Dans la chambre, j'ouvre la porte du dressing. La robe est là, dans sa housse.

— Taylor ?

— Non, moi.

Elle rit, comme si elle ne me croyait qu'à moitié, ouvre la housse et sort la robe. Elle pousse un petit cri quand elle la tient à bout de bras.

— C'est superbe. Merci. J'espère seulement que j'entrerai dedans.

— Ne t'en fais pas pour ça. (Du moins je l'espère.) Et tiens ! (Je récupère une boîte au fond du placard.) Je t'ai pris des chaussures.

*Avec des talons baise-moi. Mes favoris.*

— Tu penses vraiment à tout. Merci, s'exclame-t-elle en me donnant un baiser.

Je lui tends un deuxième sac de Nordstrom, tout léger. Ana y plonge la main et trouve un bustier noir pour aller avec la robe. Je lui relève la tête et l'embrasse doucement.

— J'ai hâte de te l'enlever tout à l'heure.

— Moi aussi j'ai hâte, souffle-t-elle.

Aussitôt ma queue tressaille.

*Patience, Grey !*

— Je te fais couler un bain ?

— Oui, merci.

Pendant qu'Ana se détend dans la baignoire, je vérifie avec la réception que tout est au point pour ce soir. Apparemment Andrea a tout géré de main de maître, jusqu'à la décoration de la salle.

*Augmente-la, Grey.*

Pour tromper le temps, j'ouvre mon ordinateur, affiche le bilan comptable de Geolumara et passe plusieurs minutes à l'étudier.

Leurs ventes pourraient être meilleures. Mais leur trésorerie est saine, pour une société aussi jeune. Toutefois, vu leurs frais pharaoniques, leur marge est très faible. En tout cas, bien moins haute que je ne l'escomptais. Nous pouvons améliorer ça. Je prends des notes quant à la marche à suivre, lorsque soudain j'entends le vrombissement du sèche-cheveux.

J'ai perdu la notion du temps. Je me dirige vers la chambre. Ana est assise sur le bord du lit, enveloppée d'une serviette.

— Laisse-moi faire, lui dis-je en désignant la chaise devant le miroir.

— Tu veux me coiffer ?

*Ana, ça m'est arrivé souvent.* Seulement, je doute qu'elle ait envie d'apprendre que c'était là une récompense que je réservais à mes soumises.

— Viens.

Elle s'installe en me regardant dans la glace, visiblement dubitative. À mesure que je brosse ses cheveux, elle se détend. Cette tâche occupe bientôt toutes mes pensées… démêler les mèches, les sécher avec méthode. Et ça me ramène dans le passé, bien plus loin que je ne le voudrais…

Une petite chambre… un taudis à Detroit. *Non, pas cet endroit !*

— Toi, tu as déjà fait ça, commente Ana.

Je lui souris, mais ne réponds pas. *Tu n'aimerais pas savoir, Ana.* Quand j'ai terminé, ses cheveux sont doux et soyeux. Les lumières de la coiffeuse y projettent des reflets mordorés.

— Merci, lance-t-elle, en secouant la tête.

Ses cheveux retombent en douces ondulations. Je dépose un baiser sur son épaule nue et lui annonce que je vais prendre une douche. Elle sourit, mais je vois bien qu'il y a encore de la tristesse dans ses yeux. Je ne suis pas sûr que ce soit une bonne idée, cette fête…

Toutes ces pensées me tracassent, à tel point que je me surprends à dire une prière.

*Faites que Ray s'en sorte.*

*Je vous en prie.*

Quand je sors de la salle de bains, Ana m'attend. Elle est belle à couper le souffle. La robe lui va à la perfection et épouse son corps magnifique. Le bracelet scintille à son poignet. Elle tourne sur elle-même, puis me présente son dos pour que je remonte la fermeture.

— Tu es magnifique, et ça tombe bien puisque c'est le jour de ton anniversaire.

Elle pivote vers moi, pose ses mains sur mon torse nu.

— Toi aussi.

Elle me regarde de ses grands yeux. Et tout à coup j'ai très chaud.

*Ana…*

— Je ferais mieux de m'habiller avant que je change d'avis et t'arrache cette robe.

— Vous l'avez bien choisie, monsieur Grey.

— Non, c'est vous qui la portez à merveille, madame Grey.

Mia m'a prévenu par SMS que tout le monde est bien dans la salle à manger. Je prends la main d'Ana et nous sortons de l'ascenseur pour rejoindre la mezzanine. J'espère qu'elle aime les surprises. Ma femme magnifique à mon bras, je me dirige vers les salons privés. Elle ne semble pas savoir à quel point elle est belle. Au bout du couloir, je m'arrête un court instant avant d'ouvrir la porte, puis nous entrons.

Tout le monde crie : « Surprise ! »

Maman, papa, Kate, Elliot, les José père et fils, Mia, Ethan, Bob et Carla lèvent leurs verres. Nos familles, nos amis ! Ana se tourne vers moi, stupéfaite. Je souris. Tout a marché à merveille. Carla s'avance et prend Ana dans ses bras.

— Ma chérie, comme tu es belle ! Bon anniversaire.

— Maman ! s'écrie Ana en étouffant un sanglot.

C'est un son doux et amer à la fois. Je m'écarte pour leur laisser un peu d'intimité.

Je suis heureux de les voir tous ici – même José. Son père et lui paraissent en bonne forme, plus reposés et moins choqués que la veille. Elliot et Ethan parlent de Charlie Tango, Mia et Kate du luxe de l'hôtel.

— Et je suis venue dans ton hélicoptère ! lance Mia en se jetant à mon cou. Merci ! Merci !

Je lui demande comment se passe son nouveau travail.

— Pour l'instant, tout va bien. (Elle me sourit.) Attends, je vais voir Ana. C'est mon tour !

Elle file embêter ma femme.

— Merci pour tout, Christian, me glisse Kate. Je sais qu'Ana est très touchée.

— Je l'espère.

Quand je reviens vers ma chérie, Elliot la serre dans ses bras. Je prends la main d'Ana et l'attire vers moi.

— Bon, ça suffit ! Arrête de peloter ma femme et va peloter ta fiancée, dis-je en feignant d'être jaloux.

Elliot fait un clin d'œil à Kate.

Un serveur nous présente des flûtes de champagne rosé – La Grande Année, bien sûr, notre préféré. Je m'éclaircis la gorge. Les conversations cessent et tout le monde se tourne vers moi.

— Cette journée serait parfaite si Ray était ici avec nous, mais il n'est pas loin, il va de mieux en mieux, et je sais qu'il voudrait que tu t'amuses, Ana. Merci à tous d'être venus partager l'anniversaire de ma ravissante épouse, le premier d'une longue série que nous fêterons ensemble. Joyeux anniversaire, mon amour.

Je lève mon verre. Nous répétons tous en chœur « Joyeux anniversaire ». Et les yeux de ma belle brillent d'émotion.

Je dépose un baiser sur sa tempe. Je voudrais tellement que son chagrin se dissipe. Soudain inquiet, je lui demande :

— La surprise te plaît ?

— Oui. Beaucoup. C'est une magnifique surprise. Merci mon homme merveilleux.

Elle approche ses lèvres des miennes et me donne un chaste baiser, car nos familles sont là.

Durant le dîner, Ana n'est pas aussi gaie que d'habitude. L'inquiétude pour son père ne la quitte pas. Elle suit les conversations, rit quand il le faut, se laisse porter par la bonne humeur ambiante. Cependant, au fond d'elle, ma belle souffre. De temps en temps, je la vois se mordre la lèvre. Parfois, même, elle est carrément ailleurs, perdue dans ses pensées.

*Je ne peux alléger son tourment.*

Elle ne mange quasiment rien, mais je lui fiche la paix. Heureusement qu'elle a bien déjeuné à midi.

Elliot et José sont en forme. Je ne savais pas que notre photographe pouvait être aussi drôle. Kate a remarqué qu'Ana était dans sa bulle. Elle est pleine de sollicitude, et pendant qu'elles parlent à voix basse, je les regarde rire. Ana lui montre le bracelet, et Kate semble apprécier. Ma rancœur envers elle s'atténue un peu plus.

*C'est bien. Change-lui les idées.*

Finalement, un superbe gâteau au chocolat entre en scène, décoré de vingt-deux bougies. Il faut deux serveurs pour le porter. Elliot entonne un *Joyeux anniversaire* que nous reprenons tous à l'unisson. Mais le sourire d'Ana reste voilé de tristesse.

— Fais un vœu, lui murmuré-je à l'oreille.

Comme une enfant, elle ferme très fort les paupières, puis souffle toutes les bougies d'un coup. Elle relève les yeux vers moi.

Elle a pensé à Ray, bien sûr.

— Il va s'en sortir, Ana. Il faut juste être patiente.

Nous souhaitons bonne nuit à nos invités et remontons dans notre chambre. Cette soirée a été un succès, je crois. Et malgré les circonstances, Ana a apprécié d'être entourée de ses proches. Je referme la porte et m'y adosse tandis qu'elle se tourne vers moi.

— Enfin seuls, dis-je.

Elle s'avance et glisse ses mains sur ma veste.

— Merci pour cette merveilleuse fête d'anniversaire. Tu es le mari le plus prévenant, le plus attentionné et le plus généreux du monde.

— Tout le plaisir est pour moi.

— Justement… ton plaisir… si on s'en occupait un peu ? chuchote-t-elle en approchant ses lèvres des miennes.

Dimanche 11 septembre 2011

Ana est pelotonnée sur le canapé, elle lit un manuscrit qu'elle a imprimé au business center du Heathman. Un petit *v* s'est formé entre ses sourcils, tandis qu'elle annote le texte de signes typographiques mystérieux. De temps en temps, elle se mordille la lèvre. Est-ce parce qu'elle n'aime pas ce qu'elle lit ? Ou juste parce qu'elle est concentrée ? En tout cas, chaque fois ça produit son petit effet sur moi.

*Je veux moi aussi mordre cette lèvre.*

Avec tendresse, je me souviens de mon réveil surprise de ce matin. Ana devient de plus en plus entreprenante en matière de sexe, et c'est moi qui en profite ! Avoir vu ses proches en ce moment difficile lui a sans doute fait du bien.

La matinée a été émotionnellement intense. Après un petit déjeuner en famille, nous avons dit au revoir à tout le monde. Seuls Carla et Bob restent ici. Mes parents rentrent à Seattle, Stephan a ramené en hélicoptère Elliot, Mia, Kate et Ethan. Ryan, qui est toujours à Seattle, les récupérera à Boeing Field.

Une fois tout le monde parti, nous sommes allés rendre visite à Raymond avec Carla. Enfin, juste Carla et Ana pour être précis. Je les ai laissées tranquilles toutes les deux et suis allé travailler dans la salle d'attente. Puis nous avons confié Carla et Bob aux bons soins de Beighley et sa copilote qui nous attendaient à l'aéroport, à côté du Gulfstream. Les adieux entre Ana et sa mère ont été déchirants.

De retour à l'hôtel, nous nous reposons après un déjeuner léger. Ana doit lire ce manuscrit pour ne pas penser à Ray.

J'espère qu'il va se réveiller bientôt. Nous pourrons alors organiser son retour à Seattle, car j'ai hâte de rentrer à l'Escala. Évidemment, je ne dis rien. Ana a assez de soucis comme ça.

Quant à moi, j'ai eu mon compte de lecture et, pour passer le temps, j'ai commencé un photomontage pour les fonds d'écran de mon ordinateur et de mon téléphone. J'ai une belle collection de clichés de notre voyage de noces. Sur tous, Ana est saisissante de beauté. Je suis ravi d'avoir pu saisir ses diverses humeurs : quand elle est heureuse, boudeuse, pensive, intriguée, détendue, comblée. Sur certaines photos, on la voit même fâchée – contre moi ! Ce sont celles-là qui m'attendrissent le plus.

Je me souviens du choc quand j'avais vu les portraits immenses d'Ana à l'exposition de José.

« J'aimerais bien te voir aussi détendue avec moi », lui avais-je dit.

Encore une fois, je l'observe à la dérobée. Oui. Elle l'est. Détendue. Totalement absorbée par son travail.

*Mission accomplie, Grey !*

Nous accrocherons ces photographies dans notre nouvelle maison. Et peut-être en mettrai-je une dans mon bureau à l'Escala.

Elle relève la tête.

— Qu'est-ce qu'il y a ?

Je tapote mes lèvres et secoue la tête.

— Rien. Comment est ce texte ?

— C'est un thriller politique. Ça se passe dans un futur dystopique.

— À te voir, ça paraît passionnant.

— C'est le cas. C'est l'*Enfer* de Dante revisité par un jeune écrivain de Seattle. Boyce Fox, explique-t-elle, visiblement sous le charme du récit.

— J'ai hâte de le lire.

Elle me sourit et retourne à son manuscrit.

Et moi, à mes photos.

Au bout d'un moment, elle se lève, s'étire et vient vers moi, le visage plein d'espoir.

— On peut y retourner ?

— Bien sûr.

Je referme mon portable, ravi de mon photomontage.

— Tu veux bien conduire ?

— Pas de problème.

Taylor est allé voir sa fille et j'ai donné à Sawyer sa journée.

— J'achèterai en chemin l'*Oregonian*. Comme ça je pourrai lire à papa les pages sport.

— Bonne idée. Ils en ont sûrement à la réception. Allons-y.

Je saisis mon ordinateur, ma veste, et nous voilà partis.

Ray dort paisiblement sur son lit d'hôpital. Il nous faut quelques secondes pour nous apercevoir que les chuintements d'air de la machine ont cessé et qu'il respire sans assistance. Le visage d'Ana s'éclaire. Avec une infinie tendresse, elle caresse la joue de son père, où pousse une barbe naissante, et lui essuie un filet de salive avec un mouchoir en papier.

Je me sens de trop. L'amour d'une fille pour son père est une chose trop intime. Je n'ai pas ma place ici. Et Ray serait mortifié d'apprendre que je l'ai vu dans cet état. Je m'éloigne, avec l'intention de trouver un médecin pour avoir des nouvelles. Kellie et sa collègue sont au bureau des infirmières.

— Le Dr Sluder est en chirurgie, annonce Kellie en décrochant son téléphone. Elle va revenir d'un instant à l'autre. Vous voulez que je la bipe ?

— Non. Ne la dérangez pas. Merci.

Je laisse les deux femmes et rejoins la salle d'attente que je connais trop bien. Une fois seul, installé sur une de ces maudites chaises en plastique, j'allume mon ordinateur et affiche la dernière version de mon photomontage. Je veux ajouter quelques clichés du mariage.

Je suis totalement absorbé par la création de mon œuvre quand Ana débarque. Elle pleure de joie.

— Il s'est réveillé !

*Enfin ! Dieu merci !*

Je pose mon portable et prends Ana dans mes bras.

— Comment va-t-il ?

Elle se blottit contre ma poitrine, les yeux clos.

— Il parle, il a soif, il est perdu. Et il ne se rappelle pas du tout l'accident.

— Maintenant qu'il est conscient, je voudrais le faire transférer à Seattle. Comme ça, on pourra rentrer à la maison, et ma mère pourra le suivre.

— Je ne sais pas s'il est en état d'être déplacé.

— Je demanderai son avis au Dr Sluder.

— Ça te manque, d'être à la maison ?

— Oui.

*Tu n'imagines pas à quel point !*

— D'accord.

Nous retournons ensemble dans la salle de soins intensifs. Ray est assis sur le lit. Il paraît encore sous le choc, et plutôt embarrassé de me voir ici.

— Ray. Vous voilà revenu parmi nous.

— Merci, Christian, marmonne-t-il. Si vous êtes ici tous les deux, c'est que je vous ai causé bien du tracas.

— Aucun problème, papa. C'est notre place ici. Nulle part ailleurs, le rassure Ana.

Le Dr Sluder arrive. Toujours aussi directe.

— Monsieur Steele, bienvenue chez vous.

— Tu n'as pas arrêté de sourire, dis-je à Ana, en lui caressant les cheveux, tandis qu'elle se gare avec la R8 devant le Heathman.

— Je suis soulagée. Et heureuse.

Elle me gratifie d'un sourire désarmant.

— Tant mieux.

Nous sortons de l'Audi. Ana tend les clés au voiturier. Il commence à faire nuit et la température est en chute libre. Elle frissonne. Je passe mon bras autour de ses épaules pour la réchauffer et nous regagnons les portes de l'hôtel.

— Alors, on va fêter ça ? dis-je en désignant le bar.

— Fêter quoi ?

— Ton père.

Elle glousse.

— Ça m'a manqué, ce rire.

— On pourrait grignoter un truc dans la chambre ? Je n'ai pas envie de sortir.

— Bien sûr. Viens.

Je lui prends la main et la conduis aux ascenseurs.

Ana engloutit son dîner.

— Cette tarte Tatin était parfaite, annonce-t-elle en repoussant son assiette.

— C'est la première fois que je te vois manger de si bon appétit depuis que nous sommes arrivés ici.

— J'avais faim.

Elle se laisse aller au fond de son siège, repue. Ça fait plaisir à voir. Elle est toute fraîche depuis qu'elle est sortie du bain et ne porte que mon tee-shirt et sa petite culotte. Je ne vois que ses yeux, ses longs cils, son sourire, sa queue-de-cheval, ses jambes… ses jambes qui n'en finissent pas.

Je lève mon verre de vin, bois une gorgée.

— Alors, tu veux faire quoi, maintenant ?

Je veille à garder un ton tranquille, quoique un peu charmeur. Mon iPod passe de la musique en fond. Moi, je sais ce que je veux, sauf que sa journée a été éprouvante.

— Et toi ? me demande-t-elle.

*C'est une question piège ?*

— Ce que j'ai toujours envie de faire.

— C'est-à-dire ?

— Madame Grey, ne faites pas votre mijaurée.

Elle esquisse cette moue dont elle a le secret, puis se penche au-dessus de la table, me prend la main. Avec une grande douceur, elle laisse courir son index sur ma paume. Un frisson délicieux me parcourt. Soudain, je manque d'air.

— J'aimerais que tu me touches avec ça…

Elle a une voix si grave, si ensorcelante, alors que son doigt s'attarde sur mon index.

Ses mots me pénètrent. *Partout.* Je m'agite malgré moi sur ma chaise.

— Seulement ça ?

— Peut-être ça aussi ?

Elle trace une ligne le long de mon majeur et revient sur ma paume.

— Et ça. (Elle remonte son doigt le long de mon annulaire.) Oui, sûrement ça. (Elle s'arrête sur l'alliance, caresse le métal.) C'est très sexy, ce truc.

— Vraiment ?

— Absolument. Ça dit : *cet homme est à moi.*

*Putain, je bande !*

Avec la pointe de son ongle, elle explore la racine du doigt, là où la paume frotte contre l'alliance. Elle ne me quitte pas des yeux. Ses pupilles se dilatent, grignotent le bleu de ses iris.

Elle m'ensorcelle ! Je lui saisis le menton.

— Madame Grey, seriez-vous en train de me séduire ?

— Je l'espère bien.

— Anastasia, c'est gagné d'avance. (*Comme toujours !*) Viens là.

Je la juche sur moi.

— J'aime avoir accès à toi.

Pour joindre le geste à la parole, je remonte ma main sur sa cuisse jusqu'à ses fesses. De l'autre, je lui saisis la nuque, incline sa tête et l'embrasse à pleine bouche. Je l'explore, la fouille de ma langue, tandis que ses doigts s'enfoncent dans mes cheveux.

Elle a le goût de la tarte aux pommes. Avec une pointe subtile de chablis. Une association irrésistible.

— Allons au lit, murmuré-je, haletant.

— Au lit ?

*Tiens donc !*

Je me redresse, tire sur ses cheveux pour la forcer à me regarder.

— Vous avez une autre idée, madame Grey ?

Elle hausse les épaules. Pleine de défi.

— Étonne-moi.

— Tu es bien fougueuse, ce soir.

— J'ai peut-être besoin d'être attachée ?

— Peut-être bien. Tu commences à devenir autoritaire, avec l'âge.

— Des mots, toujours des mots…

Elle se carre devant moi, prête à la bagarre.

*Oh, Ana.*

— J'ai une idée. Si tu t'en sens la force.

— Cher monsieur Grey, vous avez été d'une telle douceur avec moi ces derniers jours… Je ne suis pas en sucre, vous savez.

— Tu n'aimes pas la douceur ?

— Avec toi, bien sûr. Mais tu sais… la variété, c'est le sel de la vie.

Elle bat ostensiblement des paupières, mutine.

— Alors tu aimerais quelque chose d'un peu moins doux ?

— Une affirmation de la vie.

— Une affirmation de la vie ?

Je soutiens son regard. Toutes sortes de scénarios excitants me viennent à l'esprit. Elle hoche la tête, se mordille la bouche.

*Elle le fait exprès. Pour m'exciter.*

— Arrête de te mordre la lèvre.

Je l'empoigne plus fort et la soulève du sol. Elle pousse un petit cri de surprise, s'accroche à mes bras, pendant que je l'emporte et vais la déposer sur le canapé au bout de la pièce.

J'ai un plan. Je veux voir jusqu'où va sa nouvelle assurance en matière de sexe !

— Attends là, ne bouge pas.

Elle me suit du regard alors que je me dirige vers la chambre. Je repère l'un des cadeaux qu'elle a ouverts ce matin au petit déjeuner – des produits de beauté offerts par Kate. Dans la boîte, je trouve un flacon d'huile parfumée. Ambre et bois de santal.

Parfait ! Je glisse la fiole dans la poche arrière de mon jean. Dans la salle de bains, je récupère les ceintures des deux peignoirs et aussi la plus grande serviette de toilette.

De retour dans le salon, je constate avec plaisir qu'Ana est toujours sur le canapé.

*Elle obéit. Enfin !*

J'arrive par-derrière. Elle ne peut pas me voir. Ni m'entendre, car je suis pieds nus. Je me penche au-dessus d'elle et empoigne le tee-shirt.

— Je crois qu'on peut se passer de ça.

Je le lui retire et le balance par terre. Avec délectation, je regarde ses tétons qui se froncent et durcissent au contact de l'air froid. J'empoigne sa queue-de-cheval, renverse sa tête en arrière et réclame un baiser.

— Debout.

Elle s'exécute. Hormis sa culotte, elle est entièrement nue. J'étends la serviette sur le canapé, ne voulant pas tacher les coussins avec de l'huile ou autre chose.

— Ôte ta culotte.

Elle déglutit. Sans me quitter des yeux, elle s'exécute. Pas une once d'hésitation.

*Ça, c'est une version d'Ana que j'apprécie !*

— Assise.

À nouveau, je saisis sa queue-de-cheval à pleine main, enroule ses cheveux autour de mes doigts. Je tire fort et me penche au-dessus d'elle.

— Tu me diras d'arrêter si ça va trop loin, d'accord ?

Elle acquiesce.

— Dis-le.

— Oui !

Sa voix tremble un peu, mais ce n'est pas la peur, c'est l'excitation. Volontairement, je prends une voix grave et sourde :

— Bien. Alors, madame Grey… À la demande générale, je vais vous attacher.

C'est pour ça que j'ai choisi ce canapé.

— Ramène tes genoux contre ta poitrine.

Encore une fois, elle obéit. Je prends sa jambe gauche et noue l'une des ceintures au bas de sa cuisse, juste au-dessus du genou.

— Une ceinture de peignoir ?

— J'improvise.

Je fixe l'extrémité au pommeau gauche du sofa et tire un grand coup, pour lui écarter la jambe.

— Ne bouge pas.

Je fais pareil avec la jambe droite. Ana est écartelée, ses cuisses ouvertes, révélant ce qui m'intéresse.

— Ça va ? dis-je tout en me délectant de la vue.

Elle hoche la tête et me regarde. Ana si tendre, si douce, si vulnérable. *Ana, tout à moi.* Je me penche au-dessus d'elle et l'embrasse.

— Tu ne sais pas à quel point tu es bandante. (Je frotte mon nez contre le sien, tâchant de ne pas penser à ce que je lui réserve.) Bon, on va changer de musique.

La liste des artistes défile. Je choisis une piste. Appuie sur « lecture ».

« Look at Me ». Parfait.

Tandis que la voix de velours de Gabriella Cilmi emplit la pièce, je contemple ma femme offerte, nue. Ana ne me quitte pas des yeux. Je m'agenouille devant elle – ma déesse de l'amour.

Elle écarte les lèvres, haletante. *Voyons jusqu'où va ton assurance.* J'imagine comment elle doit se sentir.

— Exposée ? Vulnérable ?

Elle s'humecte les lèvres, acquiesce.

— Très bien. (*À toi de jouer, bébé.*) Tends les mains.

Je sors le flacon de ma poche. Ana ouvre ses paumes en coupe et j'en verse un peu. L'odeur est puissante, mais pas déplaisante.

— Frotte-toi les mains.

Elle se trémousse sur les coussins.

— Ne bouge pas. (Elle cesse de remuer.) Maintenant, Anastasia, je veux que tu te touches.

Elle bat des paupières, surprise peut-être.

— Commence au niveau de ta gorge et descends. (Elle mord sa lèvre inférieure.) Ne sois pas timide, Ana. Fais-le.

*Allez !*

Elle pose ses mains de part et d'autre de son cou, puis les fait glisser vers la naissance de ses seins, laissant sur sa peau une traînée luisante.

— Plus bas.

Après une hésitation, ses mains se referment sur ses seins.

— Titille-toi.

Sans me quitter des yeux, elle agrippe ses tétons entre le pouce et l'index et les pince doucement.

— Plus fort. (*Je suis la tentation, le serpent du jardin d'Eden.*) Comme je fais.

Je referme mes mains sur mes cuisses pour m'empêcher de la toucher. Elle gémit, pince et tire ses tétons qui grossissent entre ses doigts.

— Oui, comme ça, encore.

Elle ferme les yeux, grogne, fait rouler ses pointes qui se dressent et s'allongent.

— Ouvre les yeux.

Ma voix est rauque. Elle obéit.

— Continue, je veux voir tes yeux quand tu te donnes du plaisir.

Ses prunelles se voilent d'un désir ardent et sombre, sa respiration devient courte, plus profonde, tandis que le feu la consume. Et mon envie grandit avec la sienne.

Mon jean est plus serré de seconde en seconde !

— Tes mains. Plus bas.

Elle rue, soubresaute.

— Ne bouge pas, Ana, absorbe le plaisir. Plus bas.

— Fais-le, toi.

— Bientôt. (*Elle ne sait pas combien elle m'excite.*) À toi. Plus bas. Tout de suite.

Elle a ses mains sous ses seins, puis sur son estomac, son ventre. Son corps se cabre, tire sur ses liens.

— Ne bouge pas. (Je pose mes mains sur ses genoux pour la tenir en place.) Allez, Ana, plus bas.

Ses mains dépassent son ventre.

— Plus bas.

— Christian, s'il te plaît, me supplie-t-elle.

Mes mains quittent ses genoux, descendent le long de ses cuisses, vers leur jonction offerte.

*Mon Graal ! Le sien aussi.*

— Allez, Ana. Touche-toi.

Elle baisse les yeux vers son sexe et commence à passer ses doigts en rond autour de son clitoris. Lentement.

— Oh, souffle-t-elle de sa bouche ouverte, qui forme un cercle frémissant.

— Encore.

C'est à la fois une supplique et un ordre.

Elle gémit, manque d'air, ferme les yeux. Elle renverse la tête sur le dossier tandis que sa main la tourmente.

— Encore.

Elle geint plus fort. Je ne veux pas la laisser jouir sans moi. J'attrape ses mains, la tiens fermement et me penche entre ses cuisses. Je fais courir mon nez, ma langue sur son clitoris. De haut en bas. Encore et encore. L'emmenant toujours plus loin. Elle est trempée. Trempée de désir.

— Ah !

Elle crie, pleure, tente de libérer ses mains. Mais je serre plus fort ses poignets et continue à la torturer.

— Ne bouge pas, ou je te les attache, soufflé-je, ma bouche au plus près de son intimité.

Ana grogne. Je la lâche et insère lentement deux doigts en elle. Elle si mouillée, si avide. Ma paume écrase son clitoris.

— Je vais te faire jouir très vite, Ana. Prête ?

— Oui.

Elle n'en peut plus, dodeline de la tête. Je bouge ma main. Fort. Rapidement. Je stimule à la fois l'intérieur et l'extérieur. Sa tête s'agite de droite à gauche, frénétique, ses orteils se crispent, ses doigts agrippent la serviette sous elle. Je sais qu'elle veut étendre ses jambes pour faire refluer la vague, la rendre supportable. Mais ça lui est impossible.

Elle est tout près, je le sens. Je continue. C'est le début. Le début de la délivrance.

— Lâche-toi, dis-je dans un souffle.

Et elle crie. Des cris puissants. Tandis que je presse de ma paume son clitoris, que je tiens son orgasme dans ma main, recevant chacune de ses convulsions.

*Oh, Ana…*

De mon autre main, je détache les ceintures, l'une après l'autre.

Alors qu'elle redescend sur terre, je lui murmure :

— À mon tour.

Je retire mes doigts, me redresse et la retourne sur le ventre, les genoux posés au sol. J'ouvre mon jean, écarte ses jambes et donne une grande claque sur son joli cul.

— Ah ! crie-t-elle.

Et je m'enfonce en elle, le plus profond possible, et je commence à bouger. Vite. Fort. Elle s'excite encore. Avec moi. Elle veut que ce soit rude. Brutal.

Nous sommes ensemble. Je suis en elle, tout en elle. Je m'abandonne, m'égare. Ses gémissements m'emmènent toujours plus loin, plus haut.

Elle va encore jouir.

— Allez, Ana !

Elle crie à nouveau, et son orgasme m'emporte dans son abîme vertigineux.

Je la tire par terre. Elle s'affale sur moi, et nous restons tous les deux étendus, le nez au plafond, haletants.

— Alors, c'était une affirmation de la vie ? demandé-je en lui embrassant les cheveux.

— Oh oui.

Ses mains sont sur mes cuisses et elle tire sur mon pantalon.

— On remet ça ? Mais cette fois, tu te déshabilles.

*Encore ?*

— Putain, Ana, laisse-moi un peu respirer.

Elle rigole. Et son rire est communicatif.

— Je suis heureux que Ray ait repris conscience. Tous tes appétits te sont revenus.

Toujours étalée sur moi, elle se tourne pour me faire face.

— Tu oublies hier soir et ce matin ? réplique-t-elle en faisant mine de bouder.

— Comment oublier ?

J'attrape sa croupe des deux mains.

— Vous avez un cul superbe, madame Grey.

— Et le vôtre ? (Elle lève les sourcils.) Je vais vous déshabiller, monsieur Grey.

Je souris, gagné par son enthousiasme.

— Tu sais que tu es adorable ? ajoute-t-elle.

*Oh non…*

— Tu ne me crois pas ?

Elle se hisse et m'embrasse le coin de la bouche. Je ferme les yeux, l'enlace.

— Christian, c'est vrai. Grâce à toi, j'ai passé un week-end merveilleux malgré l'accident de Ray. Merci encore.

Ses yeux immenses me regardent à nouveau et plongent en moi.

— C'est parce que je t'aime, réponds-je.

— Je sais. Moi aussi, je t'aime. (Elle passe sa main sur ma joue.) Tu m'es précieux, tu le sais, non ?

*Moi ? Précieux ?*

Soudain, une bouffée de panique m'envahit. Je ne sais pas quoi dire. « *Pas maintenant, Asticot…* » *Merde !* Je ferme les yeux. Je ne veux pas de ce souvenir.

— Tu dois me croire, chuchote-t-elle.

Je rouvre les paupières. Ses yeux bleus m'observent, m'épient.

— J'ai du mal, murmuré-je si bas que je ne suis pas sûr qu'elle m'ait entendu.

Je ne veux pas parler de ça. C'est trop dur. Pas maintenant. Je ne sais pas pourquoi je panique.

*Parce qu'elle a un trop grand pouvoir sur moi. Voilà pourquoi !*

— Essaie. Essaie de me croire, parce que c'est vrai.

Elle caresse mon visage. Je sais qu'elle est sincère. Mais cette terreur est tapie au fond de moi.

— Tu vas prendre froid, dis-je. Viens.

Je roule sur le côté, me lève et la remets sur ses jambes. Nous abandonnons les vestiges de notre séance de baise et Ana passe son bras sur mes hanches. J'éteins l'iPod et nous nous dirigeons vers la chambre. Je suis encore troublé par ma réaction. *Pourquoi est-ce si douloureux de l'entendre me déclarer son amour ?* Je secoue la tête.

— Tu veux qu'on regarde la télé ? me demande-t-elle, dans l'espoir de retrouver la légèreté de nos échanges.

— J'espérais un deuxième round.

Elle me sonde du regard.

— Eh bien, dans ce cas, cette fois, c'est moi qui commande.

*Oh !*

Elle me pousse brutalement et me fait tomber à la renverse sur le lit. Avant de comprendre ce qui m'arrive, elle m'a cloué sur le matelas en me tenant les poignets de part et d'autre de ma tête.

— Alors, madame Grey, maintenant que vous m'avez, qu'allez-vous faire de moi ?

Elle se penche, son souffle me chatouille l'oreille.
— Je vais te baiser avec ma bouche.
Je ferme les yeux. Elle effleure ma mâchoire de ses dents, et je rends les armes. Je les dépose aux pieds de l'amour de ma vie.

Lundi 12 septembre 2011

Ana dort encore quand je sors de la salle de bains. Comme à son habitude, elle n'a rien lâché hier. Elle a été d'une ténacité exemplaire.

Avide de sexe et insatiable.

Un souvenir incroyable. Je récupère mes vêtements et me rends dans le salon pour m'habiller. Des traces de nos ébats traînent sur le canapé. Je dénoue les ceintures, attrape la serviette, plie le tout et vais les poser sur la console, à côté de la porte de la chambre. Je me demande ce qu'aurait pensé la femme de ménage si elle avait trouvé ça.

Je commande un petit déjeuner. Il faut compter une demi-heure et je suis affamé. Pour tromper l'attente, je m'installe au bureau et allume mon ordinateur. Aujourd'hui, je veux organiser le transfert de Raymond au Northwest Hospital de Seattle, où ma mère pourra veiller sur lui. Je consulte mes mails. Contre toute attente, il y en a un de l'inspecteur Clark. Il veut poser des questions à Ana, au sujet de ce connard de Hyde.

Je lui réponds que nous sommes à Portland et qu'il devra attendre notre retour à Seattle. J'appelle ma mère et lui laisse un message pour la prévenir de l'arrivée de Ray. Puis je poursuis la lecture de mes mails. Ros m'annonce que les Hwang nous invitent à visiter leur chantier naval en fin de semaine.

Ce sera sans doute possible, mais je ne peux pas le confirmer tant que je ne sais pas comment va évoluer l'état de mon beau-père. *Je ne veux pas qu'Ana se retrouve toute seule à gérer.*

Au moment où j'envoie mon message à Ros, je reçois la réponse du policier. Il vient à Portland. *Ça ne pouvait pas attendre ?*

— Bonjour, lance Ana, rompant le cours de mes pensées.

Je la découvre sur le seuil de la pièce, vêtue uniquement d'un drap, de son doux sourire et de ses cheveux en désordre qui tombent en cascade sur ses seins. Ses yeux sont lumineux. Une déesse grecque !

— Vous êtes bien matinale, madame Grey.

J'ouvre les bras et elle se précipite vers moi. Le drap voletant derrière elle laisse entrevoir ses jambes nues.

— Toi aussi, rétorque-t-elle en me sautant sur les genoux.

Je lui embrasse les cheveux.

— Je travaille.

— Quoi ?

Elle s'écarte et me sonde du regard. Elle a compris que quelque chose me tracasse.

— Je viens d'avoir un mail de l'inspecteur Clark, il veut te parler de Hyde.

— Ah ?

— Je lui ai répondu que tu étais à Portland et qu'il devrait attendre, mais il veut te parler tout de suite. Il arrive.

— Il vient ici ?

— Apparemment.

Son visage se rembrunit.

— Qu'est-ce qui peut être tellement important que ça ne puisse pas attendre ?

— Il ne l'a pas dit.

— Il arrive quand ?

— Tout à l'heure.

— Je n'ai rien à cacher. Je me demande ce qu'il veut savoir.

— On le saura bientôt. Je suis curieux, moi aussi. J'ai commandé le petit déjeuner. Ensuite, on ira voir ton père.

— Tu peux rester ici, si tu veux. Tu as sûrement des trucs à faire.

— Non, je veux venir avec toi.

— D'accord.

Son sourire revient. Elle est contente que je l'accompagne. Elle m'embrasse, puis repart vers la chambre en faisant des petits mouvements de danse. Une fois arrivée sur le seuil, elle me lance un regard lascif, laisse tomber le drap au sol et pénètre dans la pièce.

*C'est bien ce que je dis : une déesse.*

Et donc une priorité. Les mails et le petit déjeuner attendront. Je la suis dans la chambre.

Ray est réveillé, mais il est d'humeur ronchonne. Après lui avoir dit bonjour, je le laisse avec Ana et retourne dans la salle d'attente – mon nouveau bureau. J'ai déjà reçu l'accord de principe du Dr Sluder pour le transfert à Seattle. Et j'attends que ma mère confirme qu'il y a bien un lit pour lui au Northwest Hospital. Le Dr Sluder pense qu'on pourra l'emmener dès demain. Elle doit cependant faire quelques examens avant de donner son accord définitif.

J'appelle Andrea.

— Bonjour, monsieur Grey.

— Bonjour, Andrea. J'espère pouvoir faire transférer Raymond Steele demain. Vous pouvez trouver un hélicoptère ambulance ? Pour aller du OHSU de Portland au Northwest Hospital de Seattle. Ma mère doit connaître une société sérieuse. Je vais demander au Dr Sluder s'il faut prévoir du matériel médical particulier à bord. On vous tiendra au courant.

— Je vais appeler le Dr Grey.

— Parfait. J'attends de savoir si elle a une chambre disponible.

— Je m'en charge.

— En ce qui concerne Taiwan, Ros et moi allons peut-être devoir y aller jeudi soir. Nous aurons besoin du jet.

— Vous êtes à la WSU le jeudi matin.

— Je sais. Prévenez quand même Stephan et l'équipage. On ne sait jamais.

— Très bien, monsieur. Justement, Ros voudrait vous parler.

— D'accord, passez-la-moi.

Ros et moi avons une courte discussion. Nous décidons que la signature du contrat avec les Taiwanais peut attendre demain – avec un peu de chance, je serai de retour à Seattle. Dès que je raccroche, mon téléphone sonne à nouveau. C'est Clark.

— Monsieur Grey. Merci de me recevoir aujourd'hui. 16 heures, ça vous convient ?

— Pas de problème. Nous serons au Heathman.

— Je vous retrouverai là-bas.

Ana arrive dans la salle d'attente. Elle ne sourit pas. *Un problème ?*

— Entendu, dis-je au policier avant de raccrocher.

Je me tourne vers Ana.

— Clark arrive à 16 heures.

— Bon, répond-elle en fronçant les sourcils. Ray veut du café et des donuts.

Je m'esclaffe. Je ne m'attendais pas à ça.

— Demande à Taylor d'y aller.

— Non, je veux y aller moi-même.

— Alors emmène Taylor avec toi.

— D'accord, cède-t-elle, en levant ostensiblement les yeux au ciel.

J'esquisse un sourire. *Quelle impertinence !*

— Nous sommes seuls, ici.

Visiblement, ces mots pleins de sous-entendus ne sont pas tombés dans l'oreille d'un sourd. Elle se carre devant moi, et redresse le menton de défi.

Mais un jeune couple entre. L'homme soutient sa compagne en pleurs. *Merde. Ce doit être grave.* Ana les regarde avec compassion, puis se tourne vers moi, hausse les épaules avec fatalisme et regret.

*Elle était vraiment partante !*

Je prends mon ordinateur, saisis la main d'Ana et nous quittons la salle d'attente.

— Ils ont plus besoin d'être seuls que nous, lui chuchoté-je. On s'amusera plus tard.

Taylor attend dans la voiture. Je suggère :

— On va aller chercher du café et des donuts tous ensemble.

On pourrait même en prendre pour nous. Ana me retourne mon sourire.

— Au Voodoo Doughnut ! Ils font les meilleurs du monde, déclare-t-elle avant de grimper à l'arrière du SUV.

L'inspecteur Clark est ponctuel. Taylor le conduit jusqu'à notre suite. Le policier entre, et paraît encore plus grognon que d'habitude.

— Monsieur Grey, madame Grey, merci de prendre le temps de me recevoir.

— Inspecteur Clark.

Je lui serre la main, l'invite à s'installer, puis m'apprête à rejoindre Ana sur le canapé en face, celui où je l'ai ficelée la veille.

— C'est à Mme Grey que je veux parler, précise Clark avant que j'aie le temps de m'asseoir.

D'un ton sec, le policier s'adresse autant à moi qu'à Taylor.

*Fallait pas me dire ça. Maintenant, je ne veux pas en perdre une miette !*

Je fais un signe à Taylor. Il comprend le message et s'éclipse. Il referme la porte derrière lui.

— Tout ce que vous dites à ma femme, vous pouvez le dire devant moi.

— Vous êtes sûre que vous voulez que votre mari reste ? insiste Clark en se tournant vers ma femme.

Ana semble déconcertée.

— Évidemment. Je n'ai rien à cacher. Vous voulez simplement me poser quelques questions, n'est-ce pas ?

— Oui.

— Alors j'aimerais que mon mari reste.

*Voilà ! C'est bien ce que je disais !* Je lance au flic un regard noir, ravi qu'Ana ait pris ma défense. Je m'assois à côté d'elle, m'efforçant de cacher mon agacement.

— Très bien, grommelle Clark. (Il s'éclaircit la voix.) Madame Grey, M. Hyde soutient que vous l'avez harcelé sexuellement et que vous lui avez fait des avances indécentes à plusieurs reprises.

Ana est à la fois choquée et amusée. Elle pose sa main sur ma cuisse, mais ça ne m'arrête pas.

— C'est grotesque !

Elle plante carrément ses ongles dans ma chair pour me faire taire.

— C'est faux, répond Ana en regardant Clark dans les yeux, avec une sérénité tranquille. Au contraire, c'est lui qui m'a fait des propositions sexuelles très agressives. C'est d'ailleurs pour ça qu'il a été licencié.

L'inspecteur Clark pince les lèvres comme s'il s'attendait à cette réponse.

— Hyde prétend que vous avez monté cette histoire de toutes pièces pour le faire renvoyer, parce qu'il avait repoussé vos avances et parce que vous vouliez son poste.

Le visage d'Ana est rouge de colère.

— Il ment.

— Inspecteur, ne me dites pas que vous êtes venu jusqu'ici pour répéter ces accusations grotesques à ma femme !

Clark me lance un regard plein de lassitude.

— C'est à Mme Grey de parler, monsieur.

Ana presse à nouveau ma cuisse. Je ne veux rien entendre.

— Tu n'as pas à écouter ces conneries, Ana !

— Je crois que je devrais raconter à l'inspecteur Clark ce qui s'est réellement passé.

Elle plante ses yeux azur dans les miens, m'implorant de la boucler. *D'accord, bébé. Vas-y. Fais-le à ta façon.* Ana croise les mains sur ses cuisses et poursuit :

— Ce que Hyde affirme est complètement faux. (Sa voix est calme, forte et claire.) M. Hyde m'a abordée un soir dans la cuisine du bureau. Il m'a dit que c'était grâce à lui que j'avais été embauchée et qu'il s'attendait à des faveurs sexuelles en retour. Il m'a menacée de me faire chanter en se servant de mails que j'avais envoyés à Christian, qui n'était pas encore mon mari à l'époque.

Je ne savais pas que Hyde surveillait mes mails. Il m'a même accusée d'être l'espionne de Christian, de l'aider à prendre le contrôle de l'entreprise. Il ne savait pas que Christian avait déjà acheté la SIP à ce moment-là.

Elle secoue la tête, ses doigts se crispent au souvenir de ce moment pénible.

— À la fin, je… j'ai été obligée de le neutraliser.

— De le neutraliser ? s'étonne Clark.

— Hyde… euh, m'a touchée. Mon père est un ancien militaire, il m'a appris à me défendre.

Elle me lance un regard en coin. J'ai du mal à cacher ma fierté. *Ne jamais chercher de noises à ma belle !*

— Je vois.

Avec un soupir, Clark se laisse aller au fond du canapé. Je lui demande :

— Avez-vous interrogé les anciennes assistantes de Hyde ?

Je veux savoir si les flics en ont appris davantage que Welch.

— Oui. Aucune ne souhaite témoigner. D'après elles, c'était un patron exemplaire, même si aucune n'est restée plus de trois mois.

— Nous avons également rencontré ce problème, confirmé-je. Mon responsable de la sécurité a interrogé les cinq dernières assistantes de Hyde.

Clark fronce les sourcils et me regarde fixement.

— Et pourquoi donc ?

— Parce que ma femme travaillait pour lui, et que je mène une enquête sur tous ceux qui travaillent avec ma femme.

— Je vois. (Il marque un silence, pensif.) À mon avis, tout ça cache quelque chose. On va fouiller son appartement de façon plus approfondie demain. On trouvera peut-être un indice. Bien qu'apparemment il ne l'habite plus depuis un bon moment.

— Vous avez déjà fait une perquisition ?

— Oui, mais on va recommencer, cette fois en le ratissant au peigne fin.

— Vous ne l'avez toujours pas inculpé de tentative d'assassinat sur ma personne et celle de Ros Bailey ?

*Peut-être est-ce le pré carré du FBI ?*

— Pour le sabotage de votre hélicoptère, on manque encore de preuves, monsieur Grey. Il nous faudrait plus qu'une empreinte partielle. Pendant qu'il est en détention préventive, on va essayer d'étayer le dossier.

— C'est tout ce que vous êtes venu faire ici ?

Clark n'apprécie pas la pique.

— Oui, monsieur Grey, à moins que vous n'ayez quelque chose à ajouter au sujet du message ?

Encore une fois Ana me regarde, mais cette fois elle fronce les sourcils d'un air interrogatif.

— Non, je vous l'ai déjà dit, je n'y comprends rien.

*Je veux laisser Ana en dehors de ça !*

— Et je ne vois toujours pas pourquoi on n'aurait pas pu avoir cet entretien au téléphone.

— Quand j'interroge un témoin, je préfère le regarder dans les yeux. (Et il ajoute, presque penaud :) Et puis j'en profite pour aller voir ma grand-tante qui habite Portland.

— Bon, si vous avez fini… J'ai du travail.

Je me lève, en espérant que Clark va m'imiter. Ce qu'il fait.

— Merci de m'avoir reçu, madame Grey.

Ana hoche la tête.

— Monsieur Grey.

J'ouvre la porte et il s'en va. *Pas trop tôt, bordel !* Ana se laisse aller contre le dossier du canapé.

— Mais quel enculé, celui-là ! pesté-je en me passant nerveusement la main dans les cheveux.

— Clark ?

— Non, l'autre fils de pute, Hyde.

— Incroyable.

— Putain, mais à quoi il joue ?

— Je ne sais pas. À ton avis, Clark m'a crue ?

— Évidemment, il sait que Hyde est complètement cinglé, cet enfoiré.

— Tu es très ordurieux tout d'un coup, déclare Ana.

— Ordurieux ? Ça n'est pas un mot, ça.

— Ça l'est maintenant.

D'un coup de baguette magique, son humour fait fondre ma colère. Émerveillé par ses dons, je me rassois à côté d'elle et la serre contre moi.

— Ne pense pas à ce salopard. Allez, on va voir ton père et on demandera aux médecins si on peut le transférer à Seattle demain.

— Il dit qu'il veut rester à Portland pour ne pas nous gêner.

— Je vais lui parler.

Elle tripote maladroitement les boutons de ma chemise.

— Je veux faire le trajet avec lui.

— D'accord, dis-je après un moment de réflexion. Alors je viens aussi. Sawyer et Taylor prendront les voitures. Je vais laisser Sawyer conduire ta R8 ce soir.

Elle me gratifie d'un sourire empreint de gratitude. Et une fois de plus, je me sens bien meilleur que je ne suis. Encore la magie d'Ana.

Ray a capitulé. Et il est d'une tout autre humeur que ce matin. Les donuts ont produit leur effet. Je crois aussi qu'il est content de voler en hélicoptère demain.

Il ne se souvient pas de son transfert depuis Astoria. Un de ces jours, je lui ferai faire un tour à bord de Charlie Tango.

Pendant qu'Ana est avec lui, je me rends dans la salle d'attente. Andrea a tout organisé. Elle est, à n'en pas douter, la meilleure assistante que j'ai eue.

— Merci, Andrea.

— À votre service, monsieur Grey. Autre chose ?

— Non. Tout va bien. Rentrez chez vous.

— Merci, monsieur.

J'envoie un mail à Samir pour qu'il revoie à la hausse le salaire d'Andrea, et je lui demande d'être généreux.

Avant de retourner auprès d'Ana, je pense à la visite de l'inspecteur, à ce que j'ai dit et à ce que j'ai tu. Manifestement, il est en relation avec le FBI pour le sabotage de Charlie Tango. Et il va fouiller à nouveau l'appartement de Hyde. Pourquoi ? A-t-il une autre piste ? Nous cache-t-il quelque chose ? Où se trouvait exactement Hyde quand il organisait sa tentative de kidnapping ? De toute évidence, il était à Seattle. J'ai les images des caméras de surveillance pour le prouver.

J'envoie un mail à Welch et Barney pour leur demander de suivre les déplacements de la fourgonnette blanche de Hyde avant son arrivée à l'Escala.

Peut-être trouveront-ils quelque chose.

Mardi 13 septembre 2011

Je raccroche après ma conversation avec ma mère et croise le regard monochrome d'Ana. Elle me regarde, dans son cadre accroché au mur de mon bureau, ses yeux lumineux, pétillants d'intelligence. Il y a trois heures à peine, j'étais avec elle, et elle me manque déjà. Que fait-elle en ce moment ? Sans doute est-elle à son travail, et si tout s'est bien passé, Ray devrait être dans sa nouvelle chambre du Northwest Hospital. J'espère qu'il est bien installé, du moins aussi bien que possible. Visiblement, il a apprécié son vol en hélicoptère, mais il n'est pas du genre démonstratif. Il n'aime pas se faire remarquer. Comme sa fille.

*Et voilà, je repense à elle !* La dernière fois que je l'ai vue, elle était dans l'ambulance qui emmenait son père à l'hôpital.

Je consulte ma montre. Oui, elle est forcément à la SIP.

Je lui envoie un petit mail.

De : Christian Grey
Objet : Tu me manques
Date : 13 septembre 2011 13:58
À : Anastasia Grey

Madame Grey,

Je suis revenu au bureau il y a trois heures seulement, et vous me manquez déjà.
J'espère que Ray est bien installé dans sa nouvelle chambre. Ma mère va passer cet après-midi pour voir comment il va. Je passe te prendre vers 18 heures, on pourrait lui rendre visite avant de rentrer à la maison, ça te va ?
Ton mari qui t'aime,

Christian Grey
P-DG, Grey Enterprises Holdings, Inc.

Je clique sur envoi, puis ouvre le rapport posé sur mon bureau et commence ma lecture. Dans la seconde un ping se fait entendre. Un mail d'Ana ?

Non, de Barney.

De : Barney Sullivan
Objet : Jack Hyde
Date : 13 septembre 2011 14:09
À : Christian Grey

Les caméras de surveillance de la municipalité montrent que la fourgonnette blanche est partie de South Irving Street. Avant ça, je n'en trouve aucune trace, ce qui signifie que Hyde était dans le secteur.
Comme Welch vous l'a déjà dit, la voiture suspecte a été louée avec un faux permis de conduire par une femme

non identifiée, mais rien ne la relie au secteur de South Irving Street.
Vous trouverez les dossiers des employés de GEH et de la SIP vivant dans le secteur en pièce jointe. Je les ai également fait parvenir à Welch.
Il n'y avait rien sur l'ordinateur SIP de Hyde au sujet de ses anciennes assistantes.
Pour mémoire, voici la liste des documents récupérés :

**Adresses personnelles des Grey :**
Cinq propriétés à Seattle
Deux propriétés à Detroit

**CV détaillés de :**
Carrick Grey
Elliot Grey
Christian Grey
Dr Grace Trevelyan-Grey
Anastasia Steele
Mia Grey

**Articles journaux et Internet concernant :**
Dr Grace Trevelyan-Grey
Carrick Grey
Christian Grey
Elliot Grey

**Photos :**
Carrick Grey
Dr Grace Trevelyan-Grey
Christian Grey
Elliot Grey
Mia Grey

Je poursuis mon enquête.

Barney Sullivan.
Directeur informatique, GEH

Je me demande pourquoi Hyde a tant d'informations sur ma famille. A-t-il commencé ces recherches avant de travailler avec Ana ? Ou après m'avoir rencontré ? Je m'apprête à poser la question à Barney quand Ana répond à mon précédent mail.

---

**De** : Anastasia Grey
**Objet** : Tu me manques
**Date** : 13 septembre 2011 14:10
**À** : Christian Grey

Comme tu veux.
X

Anastasia Grey
Éditrice, SIP

Oh, je suis un peu déçu. Je lance un coup d'œil à la déesse souriante accrochée au mur. Je pensais qu'on allait un peu badiner par mail. D'ordinaire, elle a toujours de l'humour. Ça ne lui ressemble pas.

---

**De** : Christian Grey
**Objet** : Tu me manques
**Date** : 13 septembre 2011 14:14
**À** : Anastasia Grey

Ça va ?

Christian Grey
P-DG, Grey Enterprises Holdings, Inc.

En attendant sa réponse, je consulte le fichier que Barney m'a mis en pièce jointe. Il y a deux employés de Grey Holdings et un de la SIP, un poste haut placé : Elizabeth Morgan, la DRH. Ce nom me dit quelque chose. Il faudra que je demande à Welch d'enquêter sur elle. Il n'empêche que j'ai du mal à croire que l'une de ces personnes puisse être de mèche avec Hyde.

Je chasse ces pensées. Ana a des soucis, j'en suis sûr. Je suis tenté de l'appeler, mais au moment où je prends mon téléphone, un mail arrive.

---

**De** : Anastasia Grey
**Objet** : Tu me manques
**Date** : 13 septembre 2011 14:17
**À** : Christian Grey

**Ça va. Je suis occupée. On se voit à 18 heures.**

Anastasia Grey
Éditrice, SIP

Bien sûr qu'elle est occupée. Elle a raté plusieurs jours de travail et ma chérie a une grande conscience professionnelle.

*Du calme, Grey !*

Je retourne au message de Barney et parcours la liste une nouvelle fois. Rien ne me vient, mais il peut peut-être m'ôter d'un doute.

De : Christian Grey
Objet : Jack Hyde
Date : 13 septembre 2011 14:23
À : Barney Sullivan

Barney,

Merci pour votre mail. Vous pouvez savoir quand Hyde a commencé ses recherches concernant ma famille ?

Christian Grey
P-DG, Grey Enterprises Holdings, Inc.

Je consulte ma montre. J'ai rendez-vous avec Ros.

Taylor et moi attendons Ana devant la SIP. Je surveille l'entrée, espérant la voir sortir d'un instant à l'autre. Un mail arrive sur mon téléphone.

De : Barney Sullivan
Objet : Jack Hyde
Date : 13 septembre 2011 17:35
À : Christian Grey

Les recherches internet de Hyde ont eu lieu entre le lundi 13 juin, 19:32 et mercredi 15 juin 17:14.

Barney Sullivan.
Directeur informatique, GEH

Intéressant. Je me rappelle que je l'ai rencontré le vendredi précédent, au bar où je devais retrouver Ana. Une grande gueule. Je regarde par la fenêtre. Ana apparaît enfin. Elle fonce vers la voiture pour échapper à la pluie. Sawyer la suit de près. Je souris en la voyant courir, mais ma joie s'arrête net quand je vois son visage.

Elle est blanche comme un linge. *Merde !* Sawyer lui ouvre la portière et elle s'assoit à côté de moi.

— Salut, dis-je avec circonspection.

— Salut.

Elle détourne les yeux, bien trop vite. Son malaise est évident.

— Qu'est-ce qui ne va pas ?

Elle secoue la tête, alors que Taylor s'engage dans la rue.

— Rien.

*C'est faux.*

— Le boulot, ça va ?

— Ça va, répond-elle d'une voix contrainte.

— Ana, qu'est-ce qui ne va pas ? dis-je d'un ton plus sec que je ne l'aurais voulu.

— Tu m'as manqué, c'est tout. Et puis je m'en fais pour Ray.

*Oh. Bien sûr. Ce n'est que ça.*

— Ray va bien. J'ai parlé à maman cet après-midi et elle est épatée par ses progrès. (Je tends le bras pour lui prendre la main.) Qu'est-ce que ta main est froide ! Tu as mangé aujourd'hui ?

Elle rougit.

— Ana…

— Je n'ai pas eu le temps.

Je frotte sa paume pour la réchauffer.

— Tu veux que j'ajoute « nourrissez ma femme » à la liste des tâches des gardes du corps ?

Je remarque le regard amusé de Taylor dans le rétroviseur.

— La journée a été bizarre, c'est tout. Tu sais, le fait de transférer papa, tout ça…

*J'imagine.* Elle se détourne de moi et regarde par la fenêtre. *Non, il y a autre chose. Arrête, Grey, fais-lui confiance.*

Pour sonder son humeur, je lui donne la nouvelle du jour :

— Je vais peut-être devoir aller à Taiwan.

— Ah. Quand ?

*Là, j'ai capté son attention.*

— Plus tard dans la semaine. Peut-être la semaine prochaine.

— Bon.

— Je veux que tu viennes avec moi.

— Christian. J'ai mon boulot, répond-elle en pinçant les lèvres. On ne va pas encore se disputer à ce sujet.

Je pousse un soupir, incapable de cacher ma déception.

— Ça valait la peine d'essayer.

— Tu pars combien de temps ? me demande-t-elle d'une voix douce, la tête ailleurs.

— Pas plus de deux ou trois jours. J'aimerais bien que tu me dises ce qui te tracasse.

— Eh bien, maintenant que mon mari adoré s'en va, j'ai une bonne raison, non ?

Sa voix se brise quand je porte sa main à mes lèvres pour lui embrasser les doigts.

— Je ne serai pas parti longtemps.

— Tant mieux.

Elle esquisse un sourire, mais je sens qu'elle est préoccupée.

Je regarde à mon tour par la fenêtre. J'envisage plusieurs scénarios expliquant son trouble. Un seul me paraît plausible : son père vient d'avoir un grave accident et sa convalescence va être longue et difficile. C'est sûrement ça.

*Lâche-la, Grey !*

Raymond Steele est content de nous voir.

— Je n'en reviens pas que tu aies organisé tout ça.

D'un geste circulaire, il montre la chambre agréable, les yeux brillants de reconnaissance.

— Ray, c'est la moindre des choses. (Sa gratitude me met mal à l'aise. Je change de sujet.) Je vois que vous avez un stock de magazines de sports !

— C'est grâce à Annie. J'ai lu un article sur les Mariners et sur leur saison qui s'annonce difficile.

Ray se lance dans une diatribe, l'équipe le déçoit beaucoup cette année. Je suis bien d'accord avec lui. Elle n'excelle pas vraiment. Puis la conversation dérive vers la pêche. Il regrette sa sortie à Astoria, gâchée par cet accident. Pour lui remonter le moral, je lui parle de ma dernière expédition à Aspen.

— La Roaring Fork… je connais bien.

— Vous devriez venir à Aspen. Un week-end, quand vous serez remis sur pied.

— Avec plaisir, Christian.

Pendant toute notre conversation, Ana reste silencieuse. Bien trop silencieuse. Ray réprime un bâillement. Ana me lance un regard explicite.

— Papa, on va te laisser dormir.

— Merci, Ana, ma chérie. Ça m'a fait plaisir que tu passes. J'ai vu ta mère aussi aujourd'hui, Christian. Elle a été très rassurante. Et c'est une fan des Mariners.

— Mais elle ne raffole pas de la pêche.

— Je ne connais pas beaucoup de femmes qui aiment la pêche, rétorque Ray avec un sourire forcé.

Il faut vraiment qu'on le laisse se reposer.

— On se voit demain, papa, d'accord ? déclare Ana en déposant un baiser sur son front.

Il y a de la tristesse dans sa voix, je le sens bien.

— Viens.

Je lui tends la main. Est-ce juste parce qu'elle est fatiguée ? Peut-être qu'avec une bonne nuit de sommeil. En se couchant tôt…

Ana est restée silencieuse dans la voiture, et aussi une fois rentrés à la maison. Et maintenant elle triture sa nourriture du bout de sa fourchette, l'esprit ailleurs. Mon inquiétude passe en alerte rouge.

— Bordel, Ana ! Tu vas enfin me dire ce qui ne va pas ? (Je repousse mon assiette vide avec agacement.) S'il te plaît, je deviens fou.

Avec appréhension, elle relève les yeux vers moi.

— Je suis enceinte.

*Quoi ?* Je la regarde. Un frisson glacé parcourt ma colonne. D'un coup, je suis devant la porte ouverte d'un avion, je me cramponne, je dois sauter, mais je n'ai pas de parachute. Sauter dans le vide. Le néant.

— Quoi ?

Je ne reconnais pas le son de ma propre voix.

— Je suis enceinte.

*Je croyais que tout était sous contrôle ?*

— Comment ?

Elle incline la tête et lève un sourcil.

Putain ! La colère explose en moi. Je n'ai jamais été aussi furieux.

— Ta piqûre ? Tu as oublié ta piqûre ?

Ses yeux sont voilés. Son regard semble passer au travers de moi, se porter au loin. Elle reste silencieuse. *Je ne veux pas d'enfant. C'est trop tôt !*

La panique s'empare de moi, me noue la gorge, alimente encore ma fureur.

— Nom de Dieu, Ana ! (Je cogne la table du poing.) Tu n'as qu'une chose, une seule chose à te rappeler. Putain, merde, je n'y crois pas. Comment as-tu pu être aussi stupide !

Elle ferme les yeux, puis contemple ses doigts.

— Je suis désolée, murmure-t-elle.

— Désolée ! C'est tout ce que tu trouves à dire ?

*Un enfant ? Qu'est-ce que je vais faire d'un enfant !*

— Je sais que le moment est mal choisi…

— Mal choisi ? (Je hurle carrément.) Putain, on se connaît depuis cinq minutes, je veux te montrer le monde entier, et maintenant… Putain. Des couches, du vomi, des emmerdes !

Je ferme les yeux.

— Avoue, tu l'as fait exprès ?

— Non, répond-elle d'une voix glaciale.

— Je croyais qu'on s'était mis d'accord ?

Je continue à crier. J'en ai rien à foutre si on nous entend. Elle grimace, se recroqueville devant ma colère.

— Je sais. Je suis désolée.

— Voilà. Voilà pourquoi j'aime tout contrôler. Pour que des merdes comme ça ne viennent pas tout foutre en l'air.

— Christian, je t'en prie, ne me crie pas dessus.

*Merde ! Je vais perdre ma place !*

Elle commence à pleurer.

— Ne me sors pas les grandes eaux maintenant. Bordel de merde ! (De rage, je passe la main dans mes cheveux. Comment avons-nous pu en arriver là.) À ton avis, je suis prêt à être père ?

Malgré moi, ma voix se brise sur le dernier mot. Elle relève la tête vers moi, les yeux pleins de larmes.

— Je sais qu'on n'est prêts ni l'un ni l'autre, mais je suis sûre que tu seras un père formidable. On s'en sortira.

Je vocifère de plus belle :

— Comment le sais-tu, bordel de merde ? Explique-moi un peu ?

Elle ouvre la bouche et se ravise, tandis que les larmes roulent sur ses joues. Et puis je vois son regret. Un regret qui gagne tout son visage. Je la déçois…

*C'est insupportable !*

— Ah, et puis merde !

Je recule, en agitant les mains. *Faut que je sorte d'ici !* J'attrape ma veste et m'en vais en claquant la porte. Impatient, j'appuie sur le bouton de l'ascenseur. Même si la cabine est là, je trouve que les portes mettent bien trop de temps à s'ouvrir.

*Un enfant ? Un putain de gosse ?* J'entre dans l'ascenseur, mais en pensée je suis sous la table de la cuisine, dans ce taudis infâme et sinistre. Il va me trouver !

*« Te voilà, petit merdeux. »*

*Non, pas ça !*

Arrivé au rez-de-chaussée, je passe les portes de l'Escala et marche sur le trottoir. J'inspire une grande goulée d'air, mais ça n'apaise ni ma colère ni ma peur. Il faut que je parte ! Loin, très loin. Par habitude, je tourne à droite et poursuis mon chemin. Il pleut, je le remarque à peine.

Je marche et marche encore. Comme dans un brouillard.

Je me concentre sur mes gestes, mettre un pied devant l'autre et recommencer… Pour occulter toutes mes pensées. Toutes. Sauf une.

*Comment a-t-elle osé me faire ça ? Comment pourrais-je aimer un enfant ? Je commence tout juste à apprendre à l'aimer, elle !*

Je me retrouve devant le cabinet de Flynn. Bien sûr, il n'est pas là. La porte reste close. Je l'appelle et je tombe sur son répondeur. Je ne laisse pas de message. Je me méfie de ce que je pourrais dire dans mon état.

Je plonge les mains dans mes poches et me remets à marcher, ignorant les passants. Je ne sais pas où je vais.

Quand je relève à nouveau la tête, Elena ferme son salon, vêtue de noir comme à son habitude. Nous nous regardons à travers la vitrine. Elle déverrouille la porte et l'ouvre.

— Bonjour, Christian. Tu as une tête de déterré.

Je la dévisage, muet.

— Tu entres ou pas ?

Je secoue la tête et recule d'un pas.

*À quoi tu joues, Grey !*

— Allons boire un verre. Ça te va ?

— D'accord.

— Le Mile High Club ?

— Non. Il y a trop de monde là-bas.

— Je vois, répond-elle en tentant de dissimuler sa surprise.

— Il y a un bar au coin de la rue.

— Oui, je connais. C'est tranquille. Attends deux secondes, je prends mon sac.

Je reste sur le trottoir, un peu hagard. Je viens de fuir la maison parce que ma femme est enceinte. Je suis encore tellement furieux…

*Pour la deuxième fois, à quoi tu joues, Grey ?*

Je chasse cette voix loin dans ma tête. Elena sort du salon, ferme la porte à clé et me fait signe de la suivre. J'enfouis mes mains plus profond dans mes poches et nous nous dirigeons vers le bar.

L'endroit a bien changé depuis la dernière fois où je suis venu. Ce n'est plus un boui-boui, mais un *lounge* haut de gamme, avec des boiseries partout, des banquettes de velours. Elena a raison. C'est tranquille, hormis la voix mélancolique de Billie Holiday que la sono diffuse en sourdine.

Nous nous installons dans un box et, d'un geste, Elena appelle la serveuse.

— Bonjour, je m'appelle Sunny. Qu'est-ce qui vous ferait plaisir, messieurs dames ?

— Pour moi, un verre de votre pinot noir, le Willamette, répond Elena.

— Une bouteille, dis-je sans regarder la jeune femme.

Elena fronce les sourcils un bref instant, tout en gardant son air détaché. Peut-être est-ce ce que je recherche ? Le détachement et la distance.

— Je vous apporte ça tout de suite ! annonce la serveuse en s'en allant.

— Alors, tout ne va pas si bien dans le monde enchanté de Christian Grey ? reprend Elena. C'est ça ? (Comme je ne réponds pas, elle enchaîne.) Tu as reçu mon SMS ?

— Le jour de mon mariage ?

— Oui.

— Je l'ai effacé.

— Christian, je sens ton hostilité à deux mètres ! De grosses ondes me parviennent. Pourtant, si j'étais vraiment ton ennemie, tu ne serais pas là.

Je lâche un soupir, me laisse aller au fond de mon siège. Elle insiste :

— Alors je te pose la question : qu'est-ce que tu fais ici ?

— Je n'en sais rien.

— Elle t'a quitté ?

— Non.

*Je ne veux pas parler d'Ana.*

Elena se pince les lèvres alors que la serveuse revient. Nous la regardons ouvrir la bouteille et remplir un verre pour que nous goûtions le vin.

— Je suis sûr qu'il est très bien, dis-je en lui indiquant de nous servir.

— Bonne dégustation ! déclare-t-elle gaiement en laissant la bouteille sur notre table.

Elena lève son verre.

— Aux retrouvailles de vieux amis, lance-t-elle avant de boire une gorgée.

Je lâche un grognement. Le poids sur mes épaules s'allège un peu.

— Aux vieux amis.

J'avale de grosses gorgées sans prendre le temps de savourer le Willamette. Encore une fois, Elena tique mais reste silencieuse. Elle attend.

Il va falloir que je dise quelque chose…

— Comment vont les affaires ?

— Bien. C'était très généreux de ta part de me faire don des salons. Je te remercie.

— C'est la moindre des choses.

Elle regarde son verre tandis que le silence s'installe entre nous.

— Puisque tu es ici, reprend-elle finalement. Je te présente mes excuses pour ce qui s'est passé chez tes parents.

En voilà une surprise. Le mantra de Mme Lincoln a toujours été : « Pas d'excuse, pas de justification. »

— J'ai dit des choses que je regrette, ajoute-t-elle.

— Pareil pour moi. C'est du passé.

Je m'apprête à la resservir mais elle décline mon offre. Son verre est encore à moitié plein. Le mien est vide et je le remplis à nouveau.

— Mon cercle d'amis s'est drastiquement réduit depuis, soupire-t-elle. Ta mère me manque. Ça me fait mal qu'elle ne veuille plus me voir.

— Effectivement, ce ne serait pas une bonne idée de la contacter.

— Je sais. Je la comprends. Je ne pensais pas qu'elle nous entendait. Grace est une tigresse quand il s'agit de protéger sa progéniture. (Elle reste pensive un moment.) On a partagé tellement de bons moments toutes les deux. Pour faire la fête, elle n'était pas la dernière.

— Je ne tiens pas à connaître les détails.

Elena s'esclaffe.

— Tu l'as toujours mise sur un piédestal !

— Je ne suis pas ici pour parler de ma mère.

— Et tu veux parler de qui, Christian ? De quoi ?

Elle m'observe en penchant la tête sur le côté, passe son ongle écarlate sur le pourtour de ses lunettes, plante son regard glacial dans le mien.

Je secoue la tête et prends une nouvelle gorgée de vin.

— Elle t'a quitté, n'est-ce pas ?

— Non, je te dis !

*En l'occurrence, c'est moi qui suis parti. Quel homme abandonnerait sa femme enceinte ? Finalement mon père avait raison : « Tu dois assumer tes responsabilités et être un homme décent, digne de confiance. Et te montrer capable d'être un bon mari. »*

Je chasse ces pensées tandis qu'Elena ne me lâche pas des yeux.

— Ça te manque, c'est ça ? Ton ancienne vie ? Cette jeune femme ne te donne pas tout ce que tu veux ?

*Va te faire foutre, Elena ! Je ne suis pas prêt à entendre ces conneries.*

Je commence à me lever.

— Christian, ne t'en va pas. Je suis désolée. (Elle tend le bras vers moi, puis suspend son geste. Elle repose sa main sur la table et la referme.) Je te demande pardon. Reste, s'il te plaît.

Deux excuses en si peu de temps ? Je me rassois, méfiant. Elle adopte une autre tactique.

— Comment va Anastasia ?

— Elle va bien, réponds-je finalement, en espérant ne rien laisser paraître.

Elena plisse les yeux, elle n'en croit pas un mot.

De guerre lasse, je lâche :

— Elle veut des enfants.

— Évidemment ! s'exclame Elena comme si elle venait de résoudre l'énigme du Sphinx. C'était couru d'avance. Même si je la trouve bien jeune pour porter ton rejeton.

— Mon rejeton ?

Elle a dit ça avec une pointe de dégoût. Elena n'a jamais voulu d'enfants et n'a pas la fibre maternelle.

— Un petit Grey ! raille-t-elle. C'est sûr qu'il va te falloir tirer un trait sur tes plaisirs. À moins que ce ne soit déjà fait ?

— Elena, arrête. Je ne suis pas ici pour parler de ma vie sexuelle.

Je vide mon verre d'un trait puis je nous ressers. On a fini la bouteille. Le vin commence à opérer son effet. Je suis déjà moins tendu. D'ordinaire, je n'aime pas cette sensation d'engourdissement, mais ce soir je veux bien y trouver l'oubli. Je fais signe à la serveuse de nous en apporter une autre.

— Elle a fait quelque chose qui t'a contrarié ? Je ne t'ai pas vu boire comme ça depuis des années.

C'est un reproche. Je m'en fous.

— Et Isaac ? Il va bien ?

Je préfère orienter la conversation vers son amant. Mon mariage ne la regarde pas.

Elle esquisse un sourire et croise les bras.

— D'accord. Message reçu. Tu ne veux pas vraiment parler.

Elle se tait et attend que je vide mon sac. Ce sont mes secrets. Je ne lâcherai rien.

— Isaac va bien, reprend-elle enfin. Merci de te soucier de lui. En réalité, ça va très bien entre nous.

Elle se met à me raconter leur dernière aventure sexuelle – mais pourquoi ? Je l'écoute à moitié, me laissant bercer par le Willamette.

— Alors, c'est le boulot qui t'amène, lâche-t-elle en voyant mon air absent. Un problème dans tes affaires ?

— Non, tout va bien. J'ai acheté un chantier naval.

Elle hoche la tête, impressionnée, je suppose. Je remplis nos verres et lui résume ce qui se passe chez GEH : la tablette à énergie solaire, notre développement dans la fibre optique, le rachat de Geolumara, et bien sûr le chantier naval.

— Tu n'as pas chômé.

— Tu me connais.

— Bref, tu es bien loquace sur ton métier, mais pas sur ton épouse.

— Et ?

*Où est le problème ?*

— Je sais que tu vas revenir, murmure-t-elle.

*Quoi ?*

— Pourquoi bois-tu autant ?

— Parce que j'ai soif.

*Et que je veux oublier mon comportement, deux heures plus tôt.*

— Tu as soif ? me demande-t-elle en plissant les paupières. Tu as soif de quoi, au juste ?

Elle se penche vers moi, prend ma main. Je me raidis quand ses doigts se glissent sous ma paume, remontent vers mes poignets. Ses ongles vernis pressent ma peau, cherchent mon pouls.

— Peut-être pourrais-je l'apaiser, cette soif ? Je suis sûre que ça te manque.

Son souffle est rance, pas frais et sucré comme celui d'Ana. Ses mains s'agrippent à mes poignets et, venus de nulle part, des cercles de ténèbres enserrent ma poitrine, remontent en spirale dans ma gorge. Je n'ai pas ressenti ça depuis un certain temps. Et là, ça me retombe dessus, puissance dix ! C'est douloureux à en hurler.

— Qu'est-ce que tu fais ?

*Ça m'écrase. C'était comme ça. Toujours…* Moi, luttant contre la peur, alors qu'elle posait ses mains sur moi.

— Ne me touche pas.

Je repousse ses mains. Elle pâlit et me regarde, déconcertée.

— Ce n'est pas ça que tu veux ?

— Non !

— Ce n'est pas pour ça que tu es ici ?

— Non, Elena. En aucun cas. Ça fait des années que je n'ai pas pensé à toi, pas comme ça. (Je secoue la tête. Comment a-t-elle pu se méprendre ainsi sur mes intentions ?) J'aime ma femme.

Elena m'observe. Ses joues pâles rougissent à présent. Le vin ? L'embarras ?

— Pardon. Je suis désolée, souffle-t-elle.

Excuse numéro Trois. C'est le grand jour.

— Je ne sais pas ce qui… ce qui m'a pris. (Elle lâche un rire – un rire forcé.) Je dois y aller, déclare-t-elle en attrapant son sac à main. Christian, je te souhaite le meilleur pour toi et ton épouse. (Elle vrille ses yeux dans les miens.) Tu me manques. Bien plus que tu ne peux l'imaginer.

— Au revoir, Elena.

— Cette fois-ci, c'est vraiment fini. Je le vois. Ta réponse est claire.

Je reste de marbre. Elle hoche la tête.

— Ce sera douloureux, mais je comprends. Je suis contente de t'avoir vu. C'est bien que nous ayons éclairci la situation entre nous.

*Éclairci quoi ?* Il n'y a pas de « entre nous ».

— Au revoir, madame Lincoln.

C'est bien la dernière fois que je prononce ces mots. Elle acquiesce.

— Bonne chance, Christian Grey. (Elle se lève.) C'était bon de te revoir. J'espère que tu vas pouvoir trouver une solution à ce qui te tracasse. Je suis certaine que tu vas y parvenir. Et si c'est le fait de devenir papa qui t'angoisse. Tu seras un père merveilleux.

Elle repousse ses cheveux en arrière et quitte le bar sans un regard derrière elle, me laissant devant une demi-bouteille de Willamette et un sentiment proche du remords.

Je veux rentrer à la maison. Retrouver Ana. *Qu'est-ce que j'ai fait ?* J'enfouis ma tête dans mes mains. Ana va être furieuse à mon retour.

J'attrape la bouteille, mon verre, et regagne le bar pour payer. Je me juche sur un tabouret libre et remplis à nouveau mon verre. *Il ne faut pas gâcher. Jamais...*

Je déteste quand Ana est fâchée contre moi. Si je rentre maintenant à la maison, je risque encore de dire des choses que je vais regretter. En plus, j'ai trop bu. Je ne veux pas qu'Ana me voie dans cet état. Bien sûr, je l'ai déjà vue soûle... la première nuit au Heathman, et aussi après sa soirée d'enterrement de vie de jeune fille...

Ses paroles reviennent me hanter, si excitantes.

« *Tu vas me punir ?*

*— Te punir ?*

*— De m'être soûlée ? Une baise de punition. Tu peux faire ce que tu veux de moi.* »

*Grey ! Arrête ! Tu te fais du mal !*

Je me demande quand elle est tombée enceinte.

Durant notre voyage de noces ? Dans notre lit ? Dans la Chambre rouge ?

*Merde... Un Grey junior !*

Il va nous falloir un monospace ! *Bordel !* Aura-t-il les yeux d'Ana ? Mon caractère ? Oh non ! Mon verre est vide. Je le remplis et termine la bouteille.

Si Ana apprend que j'ai bu un verre avec Elena, je vais le payer cher.

« *Christian, franchement, s'il s'agissait de ton fils, comment réagirais-tu ?* »

Oh Ana... Ana... Je ne veux pas y penser. Pas maintenant. C'est trop dur, trop douloureux.

C'est l'oubli qu'il me faut. Je veux oublier qui je suis. Comment j'étais avant. Avant Mrs Robinson. Le barman se tourne vers moi.

— Un bourbon, s'il vous plaît.

Mercredi 14 septembre 2011

— Nous y sommes, m'annonce le chauffeur avec un grand sourire qui dévoile ses dents de cheval.

— Quoi ?

Je suis dans une voiture… un taxi. J'ai le visage plaqué contre la vitre froide, la tête qui tourne. Et merde… En plissant les yeux, j'examine la façade du bâtiment devant lequel nous sommes garés. Le réverbère en cuivre brille dans l'obscurité.

— C'est l'Escala ? demande l'homme.

— Oh oui…

Je plonge la main dans ma poche à la recherche d'un billet, le tends au conducteur. J'espère que c'est assez.

— Merci.

J'ouvre la portière et m'écroule sur le macadam.

— Merde !

— Ça va, monsieur ?

— Ouais.

Je reste allongé une seconde, à regarder le ciel. J'attends que le monde cesse de tourner. Les étoiles scintillent, me font des clins d'œil. C'est si paisible…

*Debout, Grey !*

Une forme apparaît au-dessus de moi, occulte d'un coup la lumière du lampadaire. Un frisson glacé me transperce.

— Attrapez ma main, fait une voix.

Oh… il est ici pour m'aider… c'est qui ? Le chauffeur de taxi ?

Il me remet sur pied.

— Le dernier pour la route était de trop, marmonné-je.

— C'est sûr. Et il y en a eu plus d'un !

Par bravade, je le repousse. Il remonte dans sa voiture. Je me tourne vers le bâtiment et avance en zigzag, profitant de la force d'inertie à chaque virage pour me rapprocher des portes, puis des ascenseurs. Vite, au lit ! Et tout ira mieux. Les portes s'ouvrent. J'entre en titubant dans la cabine, compose le code sur le clavier. Rien ne bouge.

Seconde tentative. Toujours rien.

Je ferme un œil et appuie une troisième fois sur les touches. Enfin, ça marche. Les portes se referment et l'ascenseur émet un bourdonnement. C'est qu'il doit être en marche ! Non… tout tourne ! Pas seulement la cabine. Je me plaque contre la paroi et ferme les paupières pour arrêter ça. Ping ! On est arrivé. Je rouvre les yeux et sors en chancelant dans le vestibule.

Aïe ! Je me suis cogné contre un truc.

— Merde !

*Qui a mis cette putain de console dans le passage !* Je pose mes mains sur la table pour me soutenir, mais elle tourne aussi !

— Merde…

Le raclement des pieds sur le sol me vrille les tympans. Je m'élance vers la double porte du salon.

— Christian ça va ?

Je relève la tête. Elle est là ! Ma déesse. Mon Aphrodite. Ma femme. Mon cœur s'emplit d'amour et de lumière. Elle est si belle.

— M'ame Grey.

Le chambranle me barre la route.

— Hé… T'es mignonne comme ça, Anastasia.

Soudain elle est tout près de moi. Et je dois cligner des yeux, sinon elle est floue.

— Où étais-tu ? demande-t-elle d'une voix inquiète.

*Oh non…* Je ne dois pas lui dire. Elle va être très fâchée. Je porte mon index à mes lèvres.

— Chut !

— Je pense qu'il vaut mieux que tu te mettes au lit.

*Au lit. Avec Ana.* Oui, c'est là que je veux être.

— Avec toi…

Je lui offre mon plus beau sourire. Elle fronce les sourcils. *Raté !*

— Je vais t'aider à te coucher. Appuie-toi sur moi.

Elle passe son bras autour de ma taille. Je me penche vers elle, hume l'odeur de ses cheveux. Un nectar divin.

— T'es belle, Ana.

— Christian, avance. Je vais te mettre au lit.

Un vrai sergent-chef ! Je veux me faire bien voir.

— D'accord.

Nous nous engageons dans le couloir. Un pas après l'autre. Enfin, nous arrivons en vue de la chambre à coucher !

— Au lit…, dis-je avec un sourire benêt.

— Oui, au lit, confirme Ana.

Son visage est dans le brouillard. Mais elle est si jolie. Je la serre fort.

— Viens avec moi.

— Christian, je pense qu'il vaut mieux que tu dormes.

*Oh non…*

— C'est comme ça que ça commence, il paraît.

— Quoi ?

— Les bébés. Fini le sexe !

— Mais non, autrement on serait tous enfants uniques.

Mme Grey a réponse à tout. Elle et sa bouche insolente.

— T'es marrante, toi !

— Tu es soûl.

— Oui.

Beaucoup ! *« Te voilà, petit merdeux… »*

— Allez, au lit.

Ma douce Ana. Ma passionnée. Mon insatiable.

Me voilà enfin sur le lit. C'est si confortable. Je voudrais rester là pour toujours. Elle se tient au-dessus de moi, dans sa nuisette de soie ou de satin, bandante comme Ève au premier jour ! Je tends les bras vers elle.

— Viens avec moi.

— D'abord, on va te déshabiller.

*Mmm… Nu avec Ana…*

— Ah, quand même !

— Assieds-toi. Je vais te retirer ta veste.

— La chambre tourne.

— Christian, assieds-toi.

Je lui souris.

— Madame Grey, vous êtes une petite chose autoritaire.

— Oui. C'est ça. Maintenant, assieds-toi.

Elle place ses mains sur moi. Et tente de garder son sérieux…Elle est tellement charmante.

Je lutte contre le matelas pour me redresser. *Oui ! J'ai gagné !* Elle attrape ma cravate. Elle est si près de moi.

— Tu sens bon.

— Toi, tu sens l'alcool.

— Ouais… bour… bon.

Merde ! Ça tourne de plus en plus vite. Je m'accroche aux mains d'Ana. Ouf, ça ralentit. Sa nuisette est chaude, si douce. Ma propre température monte en flèche.

— J'aime bien ce truc que tu portes, Anasta… shia. (Bien sûr, elle n'est plus toute seule maintenant. Je l'attire à moi pour parler à Junior. Il faut que l'on pose certaines règles.) Tu devrais toujours porter de la soie ou du satin. Et là-dedans, on a un envahisseur. Tu vas m'empêcher de dormir la nuit, hein ?

Les mains d'Ana fouillent mes cheveux. Je lève les yeux vers elle. Ma Madone. La mère de mon enfant. Et à cet instant, je lui confesse mes terreurs les plus sombres.

— Tu vas l'aimer plus que moi, celui-là.

— Christian, tu dis n'importe quoi. Ne sois pas ridicule – je n'ai pas de choix à faire. Et puis ce sera peut-être une fille.

— Une fille… oh mon Dieu.

Un bébé fille ? Non, pas ça… La chambre se met à tourner de plus en plus vite et je retombe sur le lit…

C'est Bébé Mia, avec sa touffe de cheveux noirs et ses yeux sombres. Ana la tient dans ses bras. Une petite brise court sur mes joues. Ça fait du bien par ce soleil. Nous sommes dans le verger. Le visage d'Ana rayonne d'amour. Elle sourit au bébé puis lève vers moi un regard triste. Elle s'éloigne, sans se retourner. Et je reste planté là, la regarde partir. Elle continue à marcher et disparaît dans le parking du Heathman. Elle ne se retourne toujours pas. Tous mes tendons, tous mes os me font mal, jusqu'au moindre atome de ma moelle. *Non !* Je veux l'appeler. Je ne peux pas parler. Je n'ai plus de mots. Je suis recroquevillé par terre. Ficelé, bâillonné. J'ai mal. Mal partout. Le claquement des talons rouges résonne sur les dalles.

« Alors tu as bu. Encore. » Elena a mis son gode ceinture et a une longue canne à la main. Non. Non. Ça va être dur à prendre. « Pardon ? Je ne t'ai pas dit que tu pouvais parler ! » Son ton est sec. Froid. Je me raidis. Me recroqueville. Elle fait glisser la canne le long de ma colonne vertébrale. Et soudain, je ne la sens plus. Un court instant de répit avant qu'elle ne l'abatte sur mes fesses. Je prends une grande inspiration pour accepter la morsure brûlante sur ma peau. Elle presse le bout de sa canne sur ma tête. La douleur irradie sous mon crâne. La porte s'ouvre avec fracas et il apparaît sur le seuil, gigantesque. Elena se met à hurler. Encore et encore. Ses cris me déchirent les tympans. Il est là. Et il me frappe, un grand crochet du poing gauche. La douleur explose sous mon crâne.

J'ouvre les yeux. Les lames de lumière sont tranchantes comme des scalpels. Je referme aussitôt les paupières. *Merde, ma tête*. Ça cogne dedans, à coups de marteau.

*Qu'est-ce que je fais là ?*

Je suis allongé sur le lit. Tout habillé. J'essaie de me souvenir. Lentement, mon esprit ouvre les rideaux de la veille, me révélant mes écarts.

J'ai bu. Beaucoup.

Je me redresse, trop vite : ma tête se met à tourner et une boule de bile remonte dans ma gorge. Je me contrôle et me frotte les tempes. Des images imprécises remontent à la surface, des flashs, des bribes d'images. Du vin rouge et du bourbon ? Qu'est-ce qui m'a pris ?

*Le bébé !*

Je cherche Ana du regard mais elle n'est pas dans le lit. Et il est évident qu'elle n'a pas dormi là cette nuit.

Je m'inspecte. Pas de blessures. J'ai toujours mes habits de la veille. Et je pue. Quelle heure est-il ? Je regarde l'horloge : 7 h 05. Je me mets debout, chancelant. Je suis pieds nus. Je ne me souviens pas d'avoir enlevé mes chaussettes.

Où est ma femme ? J'ai un nœud au ventre. *Qu'est-ce que j'ai fait ?*

Mon téléphone est sur la table de nuit. Je le ramasse et me rends dans la salle de bains. Ana n'est pas là. Ni dans la chambre à côté.

Mme Jones est dans la cuisine. Elle me lance un coup d'œil et reporte son attention sur son travail.

— Bonjour, Gail ? Où est Ana ?

— Je ne l'ai pas vue, monsieur, répond-elle d'un ton glacial.

*Elle m'en veut ?*

Je me rends dans la bibliothèque. Personne. Mon malaise grandit d'un cran. En évitant le regard de Gail, je retraverse le salon pour aller inspecter mon bureau et la salle télé, puis je monte à l'étage vérifier dans les deux chambres d'amis. Aucune trace d'Ana.

Elle est partie. Putain ! Je descends l'escalier quatre à quatre, malgré les coups de boutoir dans mes tempes, et fonce dans le bureau de Taylor. Il relève la tête.

— Où est Ana ?

— Je ne l'ai pas vue, monsieur.

— Nom de Dieu, il y a plein de monde ici ! Et pas un n'a vu ma femme !

Taylor me regarde, blême. *Du calme, Grey !*

— Elle est sortie ? m'enquiers-je d'un ton radouci.

— Il n'y a rien dans le registre, monsieur.

— Elle n'est nulle part.

Il lance un regard vers les moniteurs des caméras de surveillance.

— Tous les véhicules sont là. Et personne ne peut entrer.

Je me décompose. Aurait-elle été kidnappée ?

— Personne ne peut entrer, répète Taylor en voyant mon expression affolée.

— Pourtant Leila Williams et Jack Hyde l'ont fait !

— Mme Williams avait une clé. Et pour Hyde, c'est Ryan qui l'a fait entrer, réplique Taylor. Je vais jeter un œil dans l'appartement, monsieur Grey.

J'acquiesce et le suis.

Elle ne partirait pas comme ça, n'est-ce pas ? Je fouille dans mon crâne encore embrumé. Je revois Ana – hier sans doute – dans sa nuisette de satin, belle, avec son odeur irrésistible et son sourire. Taylor se dirige vers notre chambre. Bien sûr qu'il doit aussi vérifier là… J'ai peut-être loupé un détail.

Mon téléphone ! Il me suffit de l'appeler !

Tiens ? Il y a un texto d'elle, écrit en majuscules :

> « VEUX-TU QUE MME LINCOLN
> SE JOIGNE À NOUS
> QUAND NOUS DISCUTERONS
> DE CE SMS ? COMME ÇA,
> TU N'AURAS PAS À TE DÉPLACER.
> TA FEMME. »
>
> Fwd : ELENA
>
> « Ça m'a fait plaisir de te voir.
> Je comprends mieux maintenant.
> Ne t'en fais pas. Tu feras un père
> merveilleux. »

Oh non…

Ana a lu mes SMS. Quand ça ? Comment a-t-elle osé ?

Une bouffée de colère monte en moi. J'appelle Ana. Ça sonne. Ça ne fait que sonner ! Finalement, je suis renvoyé sur sa boîte vocale. « Où es-tu, putain ? » grogné-je dans mon BlackBerry, furieux de savoir qu'elle a lu mes messages, qu'elle sache que j'ai vu Elena, furieux aussi contre Elena. Mais surtout, je suis furieux contre moi-même.

Peut-être qu'elle m'a quitté ?

Où irait-elle ? Chez Kate, évidemment ! Je l'appelle aussitôt :

— Allô ? répond Kate après plusieurs sonneries, la voix ensommeillée et pâteuse.

— C'est Christian.

— Qu'est-ce qui se passe ? Ana va bien ?

D'un coup, elle est complètement réveillée.

— Elle n'est pas avec toi ? dis-je.

— Non. Pourquoi ? Elle devrait ?

— Non. Ce n'est rien. Rendors-toi.

— Christian, je…

Je lui raccroche au nez.

Ma tête me fait un mal de chien et ma femme a disparu ! J'essaie à nouveau d'appeler Ana. Même résultat. Je fonce dans la cuisine où Gail prépare le café.

— Vous pouvez me donner un Advil, s'il vous plaît ?

J'essaie d'être le plus aimable possible. Elle esquisse un sourire. *Pourquoi ? Ça l'amuse de me voir inquiet ?* Je me renfrogne, tandis qu'elle dépose sans un mot la boîte sur le comptoir. Elle me laisse me débattre avec les comprimés et va me remplir un verre au robinet. J'en avale un avec une gorgée d'eau.

Berk, elle est tiède. Avec un sale goût.

Elle l'a fait exprès. Je repose le verre sur le comptoir, énervé, et monte à l'étage pour chercher à nouveau Ana, en espérant que l'ibuprofène va apaiser les coups de marteau dans ma tête.

Taylor sort de l'ancienne chambre des soumises. J'essaie la salle de jeux. La porte est toujours fermée à clé, mais je tourne quand même la poignée pour m'en assurer. Puis j'appelle Ana dans le couloir. Aussitôt je regrette d'avoir crié, des éclairs de douleur me transpercent le crâne.

— Rien ? demandé-je à Taylor.

— Non, monsieur. Personne non plus dans la salle de gym. J'ai alerté Sawyer et Ryan. Ils inspectent les pièces du personnel.

— Il va nous falloir un plan.

— Faisons ça en bas.

De retour dans la cuisine, nous sommes rejoints par Sawyer et Ryan. Ce dernier a les traits tirés. Il semble avoir encore moins dormi que moi.

— Mme Grey a disparu, dis-je. Sawyer, vérifiez les bandes des caméras. Voyons si on peut suivre ses mouvements. Ryan et Taylor, fouillons à nouveau l'appartement.

Soudain, tous se figent. Un mouvement à la périphérie de mon champ de vision attire mon attention. C'est Ana ! Elle est sur le palier et nous regarde.

*Oh, merci, mon Dieu ! Elle est ici.* Durant quelques instants, le soulagement m'emplit tout entier, efface mes angoisses, mais je remarque son expression froide et distante, ses yeux bouffis, ourlés de cernes noirs. Elle est emmitouflée dans un duvet, pâle et menue. Adorable.

Et elle est furieuse…

Un frisson d'appréhension me remonte le long de la colonne, faisant dresser les poils de ma nuque. Elle se tient droite, le menton levé, avec cet air de défi que je lui connais bien. M'ignorant avec superbe, elle s'adresse à Luke :

— Sawyer, je serai prête à partir dans vingt minutes environ.

— Voulez-vous votre petit déjeuner, madame ? lui propose Gail avec douceur.

Surpris, je me tourne vers Mme Jones, mais son regard glisse sur moi, insaisissable.

— Je n'ai pas faim, merci, répond Ana.

C'est pour me punir qu'elle ne mange pas ? Une nouvelle tactique ? Mais ce n'est ni le moment ni le lieu pour se disputer.

— Où étais-tu ?

Derrière moi, j'entends de l'agitation. Le personnel part vaquer à ses occupations pour nous laisser un peu d'intimité. Ana détourne la tête et se dirige vers la chambre.

— Ana ! Réponds-moi !

Je la suis. Elle entre dans la chambre, puis dans la salle de bains et ferme la porte à clé.

*Merde !*

— Ana !

Je tape à la porte, appuie sur la poignée.

— Ana, ouvre cette putain de porte.

— Va-t'en ! crie-t-elle derrière le battant.

J'entends l'eau couler. Elle a lancé la douche.

— Je reste ici jusqu'à ce que tu m'ouvres.

— Fais comme tu veux.

— Ana, s'il te plaît.

Je secoue la porte pour lui montrer ma colère, mais ça ne fait qu'augmenter ma frustration. Comment ose-t-elle fermer la porte à clé ? Je dois rassembler tout mon self-control pour ne pas la défoncer. En même temps, ça ne ferait qu'aggraver mon mal de crâne.

Pourquoi m'en veut-elle à ce point ?

C'est elle qui est en colère – après la bombe à dix doigts et dix orteils qu'elle m'a lâchée dessus ?

Au fond, je sais bien où est le problème : Elena.

Pourquoi a-t-il fallu qu'elle m'envoie ce SMS ? Je savais que c'était une erreur de passer la voir. *Tu as bien merdé, Grey !*

Comme dit ma mère, il faut être deux pour danser le tango. Les épouses font toujours des crises à leurs maris, non ? C'est normal. Je regarde avec agacement cette porte verrouillée.

*Trouvez votre havre de paix.* Les paroles du Dr Flynn me reviennent en mémoire alors que je m'adosse contre le mur. En tout cas, il n'est pas ici. Mon havre de paix est sous la douche ! Et on m'en a refusé l'accès !

Les pulsations cognent dans ma tête. Au moins, les bruits d'eau ne sont pas trop douloureux pour mes tympans. Je vais peut-être devoir me doucher dans la chambre d'amis. Mais elle pourrait en profiter pour filer. Il faut que j'attende que Mme Grey daigne se montrer.

Encore une fois.

Je pense à hier soir. À Elena. De quoi avons-nous parlé ? Dès que je fouille ma mémoire, mon malaise refait surface. Du travail ? Oui, bien sûr. De ses boutiques, aussi. De Isaac. Et du fait qu'Ana veuille des enfants. Je n'ai pas dit qu'Ana était enceinte. Enfin, je crois.

Non, j'en suis sûr !

Mon *rejeton*. C'est le terme qu'a employé Elena.

Et elle s'est excusée. Ça, c'était une première.

De quoi d'autre avons-nous discuté ? Ça effleure ma conscience, mais je n'arrive pas à me rappeler. Quel crétin ! Pourquoi ai-je bu autant ? Je déteste perdre le contrôle. Je hais les gens ivres.

Un souvenir plus sombre remonte à ma mémoire, bien plus ancien, que je voudrais enfouir à jamais. Cet homme… le mac de la pute, défoncé à la fois par l'alcool bon marché et par la saloperie qu'il a prise avec elle.

Non…

Ce n'est pas mon havre de paix ! Une sueur glacée coule dans mon dos quand la puanteur de l'homme me revient, son odeur de crasse et de tabac. Il a sa Camel entre les dents. Il tire une longue bouffée qui fait rougeoyer le bout. Une peur panique m'envahit…

*Grey ! C'est du passé.*

J'entends la porte s'ouvrir. J'ouvre les yeux et vois Anastasia Grey, une serviette enroulée sur la tête, une autre nouée sur son corps. Elle passe devant moi sans m'accorder un regard et disparaît dans le dressing pour choisir sa tenue de la journée.

— Tu fais comme si je n'existais pas ?

— Quelle perspicacité !

Je la regarde. Misérable.

Elle a ses vêtements à la main et s'avance vers moi puis se plante sous mon nez, l'œil implacable, l'air de me dire : « Pousse-toi, connard. » Je suis vraiment dans la merde. Je ne l'ai jamais vue aussi furieuse contre moi, sauf la fois où elle m'a lancé sa brosse à cheveux à la figure sur le *Fair Lady*. Je m'écarte, alors que je voudrais tant la prendre dans mes bras, la plaquer contre le mur et l'embrasser. Je la suis juste comme un brave toutou et reste planté sur le seuil tandis qu'elle ouvre les tiroirs de la commode.

*Regarde-moi !*

Elle détache la grande serviette qui tombe au sol, dévoilant son corps nu. Mon sexe se réveille. Ce qui ajoute encore à ma colère. Nom de Dieu qu'elle est belle ! Sa peau parfaite, la douce ondulation de ses hanches, ses fesses rebondies, ses longues jambes, interminables. Je meurs d'envie de les sentir s'enrouler autour de moi. Personne ne pourrait soupçonner qu'il y a un envahisseur dans son ventre.

Merde ! Voilà que je pense encore à Junior.

Combien de temps va-t-il me falloir pour la mettre dans mon lit ?

*Grey ! Ce n'est pas le moment.*

— Pourquoi fais-tu ça ? dis-je en essayant de cacher mon désespoir.

— À ton avis ?

Elle pioche une culotte dans le tiroir.

— Ana…

Mon souffle se coince dans ma gorge alors qu'elle se penche pour enfiler le sous-vêtement, en bougeant son joli petit cul. Elle le fait exprès ! Malgré ma migraine et mon humeur de dogue, j'ai envie de la baiser. Maintenant ! Juste pour être certain qu'il n'y a pas de problème entre nous.

— Pose la question à ta Mrs Robinson. Je suis sûre qu'elle t'expliquera.

Elle fouille à nouveau dans le tiroir en m'ignorant ostensiblement.

C'est donc Elena. *Évidemment, Grey !*

— Ana, je te l'ai déjà dit, elle n'est pas ma…

— Je ne veux pas le savoir, Christian. (Elle lève une main pour me faire taire.) C'est hier qu'il fallait me parler, mais au lieu de ça, tu as décidé de piquer ta crise et d'aller te bourrer la gueule avec une femme qui a abusé de toi pendant des années. Appelle-la. Je suis sûre qu'elle sera ravie de t'écouter, elle.

Ana choisit un soutien-gorge – le noir avec des dentelles –, l'enfile et l'attache. Je m'approche et pose mes mains sur mes hanches en la regardant fixement.

— Alors, tu lis mes messages, maintenant ? Pourquoi ?

— Là n'est pas la question, Christian. La question, c'est que, chaque fois que ça se complique, tu cours la rejoindre.

— Ça ne s'est pas passé comme ça.

— Ça ne m'intéresse pas.

Elle regagne le lit. Elle est si froide. Je ne la reconnais plus. Elle s'assoit sur le bord du matelas, étire une jambe, pointe le pied en avant et enfile délicatement un bas sur sa cuisse délicieuse. D'un coup, j'ai la bouche toute sèche en regardant ses doigts effleurer sa peau nue.

— Où étais-tu cette nuit ?

C'est la seule phrase cohérente qui me vient à l'esprit !

Toujours sans me regarder, elle passe l'autre bas, avec la même lenteur, la même grâce sensuelle. Puis elle se lève, me tourne le dos et se penche pour sécher ses cheveux. Je dois faire appel à toute ma volonté pour ne pas la soulever et la jeter sur le lit. Elle se redresse, secoue sa crinière châtain et ses mèches tombent en cascade dans son dos, bien en dessous de l'attache de son soutien-gorge.

— Réponds-moi, murmuré-je.

Elle se contente de retourner à la commode et prend un sèche-cheveux. Elle l'allume et l'agite sous mon nez comme une arme. Le bruit du moteur me vrille les nerfs.

Comment suis-je censé réagir ?

Elle passe ses doigts dans ses mèches pour accélérer le séchage. Je serre les poings. Surtout ne bouge pas ! Je brûle de la toucher, de mettre fin à cette comédie absurde. Mais ses paroles pleines de fiel me reviennent en mémoire, lorsque je l'avais frappée avec la ceinture.

*Pauvre cinglé !*

Je pâlis. Je ne veux pas revivre ça. Je la regarde, silencieux, perdu. Il y a quelques jours à peine, elle me laissait lui sécher les cheveux. Elle le fait exprès. Et ça ravive ma colère.

— Où étais-tu ?

— Qu'est-ce que ça peut te faire ?

— Ana, arrête. Tout de suite.

Elle hausse les épaules et me nargue carrément. Mes poils se hérissent. Je marche vers elle, ne sachant trop ce que je vais tenter, mais elle fait volte-face, les yeux étincelants tel un ange vengeur.

— Ne me touche pas, siffle-t-elle entre ses dents serrées.

Et tout à coup je me retrouve dans la salle de jeux, le soir où elle m'a quitté.

Ça me calme aussitôt.

— Où étais-tu ? répété-je en serrant les poings pour cacher mes tremblements.

— Moi, en tout cas, je n'étais pas en train de me bourrer la gueule avec mon ex. Tu as couché avec elle ?

— *Quoi ?* Non !

*Comment peut-elle imaginer ça ? Moi, coucher avec Elena !*

— Tu crois que je te trompe ?

Mon nœud au ventre se resserre encore, et un souvenir me revient, du fond des brumes du vin et du bourbon.

— Tu m'as trompée en allant tout déballer à cette bonne femme, comme un lâche, peste-t-elle entre ses dents.

— C'est ça que tu crois ? Que je lui ai tout déballé ?

*Je savais que j'avais merdé, mais là, c'est pire que tout !*

— Christian, j'ai vu le SMS. Je ne *crois* pas : je sais.

— Ce SMS ne t'était pas adressé !

— C'est vrai, mais je l'ai vu quand ton BlackBerry est tombé de ta veste pendant que je te déshabillais, parce que tu étais trop bourré pour le faire tout seul. Tu sais à quel point tu m'as blessée en allant voir cette femme ? (Elle respire à peine.) Tu te rappelles, hier soir, quand tu es rentré ? Tu te rappelles ce que tu as dit ?

*Bien sûr que non !*

— Eh bien, tu avais raison. Si je dois choisir entre toi et ce bébé sans défense, c'est lui que je choisis. (Mon monde s'arrête de tourner.) Comme le ferait n'importe quelle mère. Comme ta mère aurait dû le faire pour toi. Si elle l'avait fait, on ne serait pas en train d'avoir cette conversation. Mais tu es un adulte, maintenant. Grandis, bordel ! Arrête de te conduire comme un ado capricieux !

Je fronce les sourcils. Elle m'impressionne. Elle est nue, hormis ces dessous affriolants, avec sa crinière qui dévale et ondule sur ses seins, ses grands yeux brillants et tristes. La colère et la douleur la traversent par vagues et pourtant elle reste miraculeusement belle. Je suis complètement dérouté.

— D'accord, tu n'es pas heureux que je sois enceinte, poursuit-elle. Moi non plus je ne suis pas folle de joie, figure-toi, vu ta réaction. Mais soit tu fais ça avec moi, soit je le fais toute seule. C'est à toi de décider. Moi, pendant que tu te vautres dans l'auto-apitoiement, je vais travailler. Ce soir, je déménage dans la chambre d'en haut.

Elle me quitte ? Elle a choisi le bébé au lieu de moi ? C'est comme un coup de couteau dans le ventre.

— Maintenant, si tu veux bien m'excuser, j'aimerais finir de m'habiller.

Je suis au bord de l'abîme. *Elle s'en va.*

— C'est ça que tu veux ? dis-je en reculant d'un pas.

Ma voix n'est qu'un souffle.

— Je ne sais plus ce que je veux, lance-t-elle avec ses grands yeux de biche blessée.

Elle détourne la tête pour faire face au miroir et étaler de la crème sur son visage.

— Tu ne veux plus de moi ?

Je manque d'air !

— Je suis encore là, pas vrai ? lâche-t-elle en se mettant du mascara.

*Comment peut-elle être aussi glaciale.*

— Tu vas me quitter ?

— Quand un mari préfère la compagnie de son ancienne maîtresse, ça n'est pas bon signe, en général.

Son mépris suinte dans chacune de ses paroles et me rapproche du précipice. Elle étire les lèvres et se passe tranquillement du gloss – si tranquillement, alors que le gouffre béant s'ouvre sous mes pieds.

Elle attrape ses bottes, retourne s'asseoir sur le lit. Je la regarde, impuissant. Elle les enfile, se lève et se plante devant moi, les mains sur les hanches.

*Merde…*

Avec ses cuissardes, sa lingerie et sa crinière de lionne, elle ne demande qu'à être domptée.

Le rêve de tout Dominant. Mon rêve. Je la veux. Je veux qu'elle me dise qu'elle m'aime. Qu'elle aime l'amour que je lui donne.

*Charme-la, Grey !*

— Je sais ce que tu es en train de faire, dis-je en prenant un ton plus grave.

— Ah, vraiment ?

Je perçois la vibration dans sa voix. Aurais-je percé son armure ? L'espoir aussitôt grandit dans mes entrailles. Oui, ça peut marcher… je m'avance, mais elle recule d'un pas et lève les mains.

— Ne t'avise pas de faire ça, Grey.

Ses mots sont si cinglants ! Comme autant de balles me traversant le cœur.

— Tu es ma femme.

— Je suis la femme enceinte que tu as abandonnée hier soir. Et si tu me touches, je hurle.

— Tu ferais ça ?

— Je crierais à l'assassin.

— Personne ne t'entendrait, soufflé-je.

— Tu essaies de me faire peur ?

*Quoi ? Mais non ! Jamais de la vie !* Je recule aussitôt.

— Ça n'était pas mon intention.

Je suis en chute libre ! *Parle-lui, Grey. Dis-lui la vérité !*

Lui dire quoi ? Qu'Elena m'a dragué, que ses intentions étaient parfaitement claires. *Pas ça, putain !*

— J'ai pris un verre avec quelqu'un dont j'étais proche, dans le temps. On s'est expliqués. Je ne la reverrai pas.

*Crois-moi, Ana, je t'en prie !*

— Tu es allé la retrouver quand tu es parti hier soir ?

— Pas tout de suite. J'ai d'abord essayé de voir Flynn. Puis je me suis retrouvé au salon de coiffure.

Elle plisse les yeux, ses prunelles étincellent de fureur.

— Et tu t'attends à ce que je te croie, quand tu me dis que tu ne vas pas la revoir ? Qu'est-ce qui va se passer, la prochaine fois que je transgresserai tes règles imaginaires ? Tu vas encore courir la rejoindre.

*Pas du tout !*

— Je ne vais plus la revoir. Elle a fini par comprendre ce que j'éprouve.

— C'est-à-dire ?

Je ne peux pas lui dire que j'ai repoussé les avances d'Elena. Ana va s'effondrer. *Pourquoi es-tu allé la voir, Grey ?* Je contemple ma femme, magnifique dans sa colère. Et je suis coincé.

— Pourquoi est-ce que tu peux lui parler à elle, mais pas à moi ? murmure Ana.

Ce n'est pas ça. Tu ne comprends pas. Elle était ma seule amie.

— J'étais furieux contre toi. Je suis encore furieux.

C'est le désespoir qui me fait parler.

— Sans blague ! Eh bien, moi aussi, je suis furieuse contre toi en ce moment. Furieuse que tu te sois montré aussi froid et mesquin hier quand j'avais besoin de toi. Furieuse que tu m'aies accusée d'être tombée enceinte exprès, alors que c'est faux. Furieuse que tu m'aies trahie.

*Mais je ne t'ai pas trahie !*

— J'aurais dû suivre mon traitement plus rigoureusement, mais je n'ai pas fait exprès de tomber enceinte. Cette grossesse, c'est un choc pour moi aussi. En plus, d'après le médecin, il est possible que l'injection n'ait pas fait effet.

*Nous ne sommes pas prêts à avoir un bébé. Je ne suis pas prêt.*

— Tu as vraiment déconné hier, souffle-t-elle. Et j'ai eu tellement de soucis durant ces dernières semaines.

— Et toi, tu as vraiment déconné quand tu as oublié ton injection.

— Évidemment, tout le monde ne peut pas être parfait comme toi !

*Belle contre-attaque, Anastasia !*

— Quel numéro, madame Grey.

— Je suis ravie de constater que, même en cloque, tu me trouves toujours distrayante.

— Il faut que je prenne une douche, dis-je en serrant les dents.

— Et tu as assez profité du spectacle.

— Sacré spectacle, murmuré-je volontairement.

Je m'approche. Dernier essai. Mais elle recule.

— Arrête.

— Je déteste que tu ne me laisses pas te toucher.

— Plutôt ironique, non ?

Ouch ! J'encaisse le coup. Quand ma douce Ana est blessée, elle sort les griffes.

— On n'a pas résolu grand-chose, on dirait, conclus-je d'une voix lasse.

C'est un échec. Je ne suis pas parvenu à la faire revenir vers moi.

— Non, en effet. Sauf que je ne dors plus dans cette chambre.

Alors elle ne me quitte pas ? Je m'accroche à ce fol espoir pour ne pas tomber dans l'abîme.

*Un dernier essai, Grey ! C'est ton mariage qu'il s'agit de sauver !*

— Cette femme n'est plus rien pour moi.

*Alors que toi, tu es tout.*

— Sauf quand tu as besoin d'elle.

— Je n'ai pas besoin d'elle. J'ai besoin de toi.

— Et hier ? Cette bonne femme, c'est une limite à ne pas franchir pour moi, Christian.

— Elle est sortie de ma vie.

— J'aimerais bien te croire.

— Enfin, merde, Ana…

— Laisse-moi m'habiller, je te prie.

Je lâche un soupir, passe la main dans mes cheveux. Que faire ? Elle ne veut pas que je m'approche d'elle. Elle est trop en colère. Je dois reprendre mes esprits et trouver une autre stratégie. Pour l'instant, il vaut mieux que je reste loin, avant de faire quelque chose que je pourrais regretter.

— À ce soir.

Je file dans la salle de bains et m'y enferme. Comme elle. Pour la première fois, j'ai besoin de m'isoler, de me protéger. Ana peut me blesser bien plus que quiconque. Je m'adosse contre la porte, renverse la tête en arrière, ferme les yeux.

J'ai vraiment merdé. La dernière fois que j'ai merdé comme ça, elle m'a quitté.

*« Tu ne veux plus de moi ? »*

*« Je suis encore là, pas vrai ? »*

Je m'accroche à ces mots. Pour l'instant, il me faut une douche, laver toute cette crasse.

L'eau est un délice. J'incline la tête sous le jet. La chaleur me fait du bien. Rien n'est simple quand il s'agit d'Ana. Je devrais pourtant le savoir.

*« Cette bonne femme, c'est une limite à ne pas franchir pour moi, Christian. »*

L'existence d'Elena agace Ana depuis le début. Et maintenant, à cause de ce satané SMS, Elena est désormais un problème pour moi aussi. La nuit dernière était censée mettre un terme à tout ça. Un terme définitif. Mais elle a envoyé ce texto !

Ses paroles me hantent encore : « *Peut-être pourrais-je l'apaiser, cette soif ? Je suis sûre que ça te manque.* »

Quelle merde !

Quand je sors de la salle de bains, Ana est partie. Je ne sais pas si je suis soulagé ou déçu.

Le cœur gros, je m'habille, choisis ma cravate porte-bonheur. Dans la cuisine, Mme Jones est toujours aussi glaciale. C'est agaçant et en même temps mérité. Toutefois, elle m'a préparé un bon petit déjeuner.

— Merci, marmonné-je.

En guise de réponse, elle m'adresse un bref sourire. Elle a dû nous entendre nous disputer.

*Grey, tu gueulais comme un âne !*

Je regarde les rues à travers la vitre tandis que Taylor se faufile dans la circulation du matin. Ana ne m'a pas dit au revoir. Elle est partie comme ça, avec Sawyer.

— Taylor, prévenez Sawyer que je veux qu'il colle aux basques de Mme Grey. Qu'il ne la lâche pas d'une semelle. Je veux savoir si elle mange.

— Bien, monsieur, répond Taylor.

Même lui a un ton froid.

Je me demande si Ana va mettre sa menace à exécution et déménager à l'étage. J'espère que non.

Elle a merdé avec sa contraception, et on se retrouve avec un marmot sur les bras bien avant l'heure… et c'est moi qui suis en quarantaine ? Je ne sais même pas comment elle est tombée enceinte. Je vais devoir appeler le Dr Greene quand je serai au bureau. Elle pourra peut-être m'expliquer comment elle a pu rater sa piqûre.

Mon téléphone sonne. Immédiatement, mon cœur se met à battre à cent à l'heure. *Ana ?* Non, c'est Ros.

— Grey, j'écoute !

— Vous vous êtes levé du pied gauche, Christian ?

— Qu'est-ce qu'il y a, Ros ?

Elle marque un temps d'arrêt, puis passe aux affaires :

— Hansell, du chantier naval, veut vous voir. Et la sénatrice Blandino aussi.

Merde. Le syndicat et la politique ! La journée ne peut pas plus mal commencer.

— Ils sont au courant pour Taiwan ?

— Apparemment. Et ils veulent vous parler.

— D'accord. Cet après-midi. Calez ça. Je veux que Samir soit là aussi.

— Entendu.

— C'est tout ?

— Oui.

— Parfait, dis-je en raccrochant.

Que faire pour ma femme ? Je suis encore ébranlé par la colère d'Anastasia. Elle a de la ressource ! Personne ne m'a engueulé comme ça… jamais ! À part ma mère et mon père, à ma propre soirée d'anniversaire. Et c'était là aussi à cause d'Elena. Je lâche un rire amer.

Je secoue la tête. Pourquoi suis-je allé la trouver ?

L'Advil a fait effet ainsi que le solide petit déjeuner de Mme Jones. Je me sens presque humain, humain mais malheureux… tellement malheureux.

Où est Ana en ce moment ? Je l'imagine dans son minuscule bureau, avec sa robe prune. Peut-être qu'elle m'a envoyé un mail ? J'attrape mon téléphone. Non, aucun message.

Songe-t-elle à moi comme je songe à elle ? J'espère. Je veux être dans ses pensées, toujours.

Taylor se gare devant Grey House. Je prends une grande inspiration. La journée promet d'être longue.

— Bonjour, monsieur Grey, lance Andrea quand je sors de l'ascenseur, mais son sourire s'efface dès qu'elle voit mon air maussade.

— Appelez le Dr Greene. Et dites à Sarah de m'apporter un café.

— Bien, monsieur.

— Quand j'aurai fini de m'entretenir avec le Dr Greene, joignez Flynn. Ensuite, on reverra ensemble mon planning de la journée. Ros vous a parlé de la visite d'Hansell et Blandino ?

— Oui.

— Parfait.

— Le Dr Flynn est parti tôt ce matin pour assister à une conférence à New York.

*Merde !*

— J'ai oublié. Voyez s'il peut m'accorder un moment par téléphone.

— Entendu. La télévision que vous avez demandée pour M. Steele sera installée cet après-midi.

— Et les séances de rééducation ?

— Elles commencent demain.

— Très bien. Passez-moi le Dr Greene dès que vous l'aurez en ligne.

Sans attendre de réponse, je file dans mon bureau et m'assois sous le portrait de ma femme. Je pousse un long soupir en me demandant si son ami le photographe l'a déjà vue dans cet état. Quand elle se transforme d'Aphrodite en Athéna, la déesse de la guerre – une Athéna pleine de courroux, à la fois charmeuse et terrible.

Mon téléphone sonne.

— J'ai le Dr Greene en ligne.

— Merci, Andrea. Bonjour, docteur Greene.

— Monsieur Grey. Que puis-je pour vous ?

— Je croyais que la piqûre était une forme de contraception sûre. (Il y a un long silence au bout du fil.) Docteur Greene ?

— Monsieur Grey, aucun moyen de contraception n'est fiable à cent pour cent. Si on cherche le score parfait, c'est l'abstinence, la vasectomie pour vous, ou la ligature des trompes pour votre épouse. (Son ton est glacial.) Je pourrai vous envoyer de la documentation si vous voulez en savoir plus.

Je soupire.

— Non, ce ne sera pas nécessaire.

— En quoi puis-je vous être utile, monsieur Grey ?

— J'aimerais comprendre comment ma femme peut être enceinte.

— C'est plutôt à Mme Grey de vous l'expliquer ?

— Je vous pose la question à vous, docteur. C'est pour ça que je vous paie.

— Ma patiente est Mme Grey. Adressez-vous à votre épouse. Elle vous donnera tous les détails. Je peux faire autre chose pour vous ?

Je bous littéralement.

*Du calme, Grey !*

— S'il vous plaît…

— Monsieur Grey. Parlez à votre femme, au revoir.

Et elle raccroche. Je regarde fixement le combiné, m'attendant à le voir fondre sous mon regard tellement je suis furieux. Pour le contact avec les patients, il y a une bonne marge de progression chez cette Dr Greene.

On frappe à la porte. Sarah apparaît avec mon café.

— Merci. (Je tente de cacher ma colère.) Demandez à Andrea de venir. Je veux revoir mon planning.

Sarah sort et je contemple mon Ana monochrome accrochée au mur.

*Même ton médecin est contre moi !*

La tristesse ne me quitte pas durant les réunions, le déjeuner, y compris pendant ma séance de kickboxing avec Bastille.

— Vous êtes morose comme un week-end de pluie, Grey.

— C'est exactement ça.

— Voyons si j'arrive à retourner cette moue en smiley.

*Ah oui ?*

Je l'envoie deux fois au tapis. Fallait pas me chercher !

À 16 h 30, toujours aucune nouvelle de ma femme, pas même un mail de reproche écrit en lettres majuscules. Sawyer m'a rapporté qu'elle a mangé un bagel au déjeuner. C'est déjà ça. Il me reste un quart d'heure avant que ne rappliquent Brad Hansell, le chef du syndicat des chantiers navals, et la sénatrice Blandino. La réunion promet d'être tendue. Mon équipe m'a préparé une note, mais je ne parviens pas à me concentrer. Au lieu de ça, je regarde fixement l'écran de mon ordinateur, en espérant recevoir un mail. Je n'ai pas eu de nouvelles d'Ana de toute la journée.

Je n'aime pas ça. Et j'aime encore moins être la raison de sa colère. J'enfouis mon visage dans mes mains. Peut-être… peut-être devrais-je m'excuser ? Qu'a dit Flynn à ce propos ? « *Parfois, mieux vaut concéder une bataille pour gagner la guerre.* »

Au fond de moi, je sais que j'ai tout fait foirer. Mais j'espérais qu'elle m'aurait pardonné.

De : Christian Grey
Objet : Pardon
Date : 14 septembre 2011 16:45
À : Anastasia Grey

Pardon Pardon Pardon Pardon Pardon Pardon
Pardon Pardon Pardon Pardon Pardon Pardon
Pardon Pardon Pardon Pardon Pardon Pardon
Pardon Pardon Pardon Pardon Pardon Pardon
Pardon Pardon Pardon Pardon Pardon Pardon
J'ai merdé sur toute la ligne. Pardonne-moi.

Christian Grey
P-DG et mari pénitent, Grey Enterprises Holdings, Inc.

Je n'ai pas envie de rentrer à la maison et d'affronter sa colère. Je veux ses rires, sa douceur, son amour. Je lève les yeux vers son portrait souriant. Je voudrais qu'elle me regarde comme ça. Je retourne à mon mail, me demandant si je vais l'envoyer. La réunion risque de s'éterniser. J'appelle Mme Jones.

— Monsieur Grey.

— Je risque de ne pas être là pour dîner. Veillez s'il vous plaît à ce que Mme Grey mange.

— Bien, monsieur.

— Faites-lui un bon petit plat.

— Très bien.

— Merci, Gail.

Je raccroche et efface mon mail. Ce n'est pas assez. Des bijoux peut-être ? Des fleurs ? Mon téléphone sonne.

— Oui, Andrea.

— M. Hansell et la sénatrice Blandino sont là avec leurs équipes.

— Prévenez Ros et Samir.

— Bien, monsieur.

Ça va batailler ferme sur les licenciements. Je serre les dents. Parfois, je hais mon boulot.

La sénatrice tente d'apaiser les débats dans la salle de réunion.

— Ce sont les réalités économiques en 2011, déclare-t-elle à Hansell qui est assis en face de moi, rouge de colère.

J'en ai assez. Nous sommes pourtant loin d'en avoir terminé.

Mon téléphone sonne. Mon pouls s'affole. C'est ma femme…

— Veuillez m'excuser…

Je quitte la table, sous le regard de sept paires d'yeux, et sors de la pièce. Elle a appelé ! J'en ai presque le tournis ! Mon cœur cogne contre mes côtes, comme s'il voulait s'échapper.

— Ana !

— Salut.

C'est si bon d'entendre sa voix.

— Salut.

Je ne sais pas quoi lui dire. J'aimerais tant qu'elle ne m'en veuille plus.

— Tu rentres ?

— Plus tard.

— Tu es au bureau ?

— Oui. Tu penses que je suis où ? fais-je, renfrogné.

— Alors je te laisse travailler.

Quoi ? Mais… il y a tant de choses que je veux t'expliquer. Le silence grandit, tel un gouffre entre nous, et des gens m'attendent, très mécontents.

— Bonne nuit, Ana.

*Je t'aime.*

— Bonne nuit, Christian.

Je raccroche avant elle, et pense à toutes nos conversations téléphoniques qui n'en finissaient pas parce que ni l'un ni l'autre ne voulaient y mettre un terme. Au moins, elle est à la maison. Peut-être que je lui manque. Ou alors elle me surveille. Peu importe. Dans l'un ou l'autre cas, je compte à ses yeux. Une petite braise rougeoie au fond de moi. Vite, terminons cette réunion et rentrons à la maison.

Il est tard lorsque nous trouvons un compromis. Je savais que cette confrontation avec le syndicat était inévitable, et il est important que chaque partie ait pu exprimer son point de vue. Samir et Ros entameront les négociations sur ces nouvelles bases et arracheront un accord. Comparé à la bataille qui se joue à la maison, ça s'est plutôt bien passé. Ros est une négociatrice hors pair. Je lui annonce qu'elle ira à Taiwan sans moi demain soir.

— Entendu, Christian. Mais il faudra vraiment que vous fassiez le déplacement.

— Je trouverai le temps. Pas avant la fin du mois, sans doute.

Elle pince les lèvres sans rien ajouter.

Je ne peux lui avouer que je ne veux pas laisser Ana quand nous sommes ainsi à couteaux tirés. La vérité, c'est que j'ai peur que ma femme ne soit plus là à mon retour.

En rentrant, tout est éteint dans l'appartement. Ana doit être couchée. Je me dirige vers notre chambre et mon cœur se serre lorsque je découvre qu'elle n'est pas là. Contenant ma panique, je monte à l'étage. Dans la faible lumière du couloir, je distingue une forme pelotonnée sous la couette dans son ancienne chambre.

*Son ancienne chambre ?*

C'est un peu exagéré. Elle a dû y dormir, quoi, deux fois ?

Elle semble si petite. J'allume le variateur pour mieux la voir, mais je laisse l'intensité au plus bas. J'approche le fauteuil du lit, m'assois et l'observe. Sa peau est pâle, presque translucide. Elle a pleuré. Ses paupières et ses lèvres sont gonflées.

*Oh bébé… Je suis tellement désolé.*

Je sais à quel point sa bouche est douce quand elle a pleuré… Je veux m'allonger contre elle, la prendre dans mes bras, la serrer contre moi, mais elle dort. Elle a besoin de repos, en particulier en ce moment.

Je me laisse aller au fond du siège et cale ma respiration sur la sienne. Ça m'apaise. Pour la première fois depuis ce matin, je retrouve un semblant de paix. Je l'ai regardée dormir exactement comme maintenant le jour où Hyde est entré dans notre appartement. Elle était sortie avec Kate, et j'étais furieux.

Pourquoi suis-je si souvent furieux contre ma femme ? Parce que je l'aime et qu'elle n'en fait qu'à sa tête !

*Seigneur,*
*donne-moi la sérénité d'accepter les choses*
*que je ne peux pas changer.*
*Le courage de changer*
*celles que je peux.*
*Et la sagesse*
*d'en connaître la différence.*

Je grimace en me souvenant de cette prière de la sérénité que me cite souvent le Dr Flynn. Une invocation que répètent les alcooliques comme les hommes d'affaires en pleine dépression. Je consulte ma montre, même si je sais qu'il est bien trop tard pour appeler New York. J'essaierai demain. Je pourrai alors parler de ma future paternité avec lui.

Je secoue la tête. *Moi, père ?*

Qu'ai-je à offrir à un enfant ? Je défais ma cravate et le col de ma chemise. Il y a certes l'aspect matériel. Au moins, il ne connaîtra pas la faim. Pas avec moi ! Ana dit qu'elle s'en chargera toute seule. Ah oui ? Et comment ? Elle est bien trop… j'allais dire « fragile », parce que c'est l'impression que j'ai parfois. Mais non, elle est forte, plus forte encore que Grace.

Je la contemple, endormie. J'ai été un vrai connard hier. Elle n'est pas du genre à reculer devant un défi, et elle s'attendait à ma réaction quand elle me parlerait du bébé.

*Elle me connaît mieux que personne.*

Se savait-elle enceinte avant d'aller à Portland ? Non, je ne pense pas. Elle me l'aurait dit. Elle a dû l'apprendre hier. Et lorsqu'elle m'en a parlé, ma peur a pris le dessus.

— Je suis désolé, Ana. Pardonne-moi.

Je me penche et dépose un baiser sur son front. Elle remue la tête, fronce les sourcils.

— Christian, murmure-t-elle, la voix chargée de regret.

Cet appel me bouleverse.

— Je suis là. (Mais elle se retourne, soupire et replonge dans un profond sommeil.) Je t'aime, Anastasia Grey. À demain matin.

Merde, non !

Je dois partir pour Portland afin de rencontrer la commission de financement à la WSU. Je décolle très tôt.

Je pose ma cravate favorite à côté d'elle sur l'oreiller, pour qu'elle sache que j'étais là. Ça me rappelle la première fois que j'ai attaché ses mains. À ce souvenir, un délicieux frisson descend jusqu'à ma queue.

J'ai porté cette cravate pour sa remise de diplôme.

Le jour de notre mariage.

— À demain, bébé, chuchoté-je. Dors bien.

Je fais l'impasse sur le piano, bien que j'aie très envie d'en jouer. Je ne veux pas la réveiller. Et même si je regagne seul notre chambre, mon cœur est chargé d'espoir. Elle a murmuré mon nom.

*Ne m'abandonne pas, Ana.*

## Jeudi 15 septembre 2011

Il est 5 h 30. Je suis dans la salle de gym, à suer sur le tapis de course. J'ai passé une nuit agitée, et durant les rares moments où j'ai dormi, mon sommeil a été hanté par des rêves.

*Ana qui disparaît dans le parking au Heathman sans se retourner.*

*Ana, telle une sirène furieuse, brandissant une cravache, les yeux étincelants, vêtue uniquement de ses dessous affriolants et de ses cuissardes, et ses mots qu'elle me jette à la figure comme du fil barbelé.*

*Ana étendue sur la moquette verte toute tachée. Elle ne bouge plus.*

Je chasse cette dernière image et accélère le rythme de mes foulées, poussant mon corps jusqu'à ses limites. Je veux sentir la brûlure dans mes poumons, la douleur dans mes jambes. Et rien d'autre. À la télévision, je suis les infos de Bloomberg avec « Pump It » dans mes écouteurs. Je me coupe du monde… et de ma femme, qui dort profondément deux pièces plus loin.

*Elle rêve de moi. Je lui manque.*

Sous la douche, alors que je lave mon corps en sueur après la séance, je m'interroge. Dois-je aller lui dire au revoir ? Je pars pour Portland avec Charlie Tango ce matin. J'aimerais emporter le souvenir de son sourire.

*Laisse-la dormir, Grey.*

Elle est tellement en colère contre moi que le sourire n'est pas même garanti.

Mme Jones est toujours aussi distante. Je l'interroge quand même :

— Ana a mangé hier soir ?

— Oui. Absolument.

Elle prépare une omelette pour moi. Je crois que je n'aurai pas d'autres informations ce matin. Je bois mon café tout en explorant mes cinquante nuances de regret.

Dans la voiture qui me conduit à Boeing Field, j'envoie un mail à Ana.

*Reste factuel, Grey.*

---

**De :** Christian Grey
**Objet :** Portland
**Date :** 15 septembre 2011 06:45
**À :** Anastasia Grey

Ana,
Je vais à Portland pour la journée. J'ai des affaires à conclure avec l'université. Je me suis dit que tu aimerais être au courant.

Christian Grey
P-DG, Grey Enterprises Holdings, Inc.

La réelle intention de ce message n'est pas de l'informer mais de susciter une réponse de sa part.

*L'espoir… toujours l'espoir.*

Stephan est prêt à nous mener à Portland. Après ma mauvaise nuit, je suis épuisé. Si je m'écroule de sommeil, je serai mieux à l'arrière. Alors, pour la première fois, Taylor va s'installer dans le cockpit à côté du pilote. Je retire ma veste et m'assois dans la cabine. Je parcours les notes que j'ai prises pour la réunion, puis me laisse aller contre le dossier et ferme les yeux.

Ana court dans le pré devant la nouvelle maison. Elle rit tandis que je la pourchasse. Je ris aussi. Je l'attrape et l'allonge dans les herbes hautes. Elle glousse et je l'embrasse. Ses lèvres sont douces parce qu'elle pleure. Non, ne pleure pas ! Bébé, non ! Elle ferme les yeux. Elle dort. Elle ne va pas se réveiller. Ana ! Elle est sur cette moquette crasseuse. Immobile. Ana ! ANA !

Je me réveille en sursaut, désorienté. Je suis dans Charlie Tango et nous venons d'atterrir à Portland. Les rotors tournent encore et Stephan est en communication avec la tour de contrôle. Je me frotte le visage, détache ma ceinture.

Taylor ouvre sa porte, descend à terre pendant que j'enfile ma veste, en veillant à ne pas accrocher le fil de l'Intercom.

— Merci, Stephan, dis-je dans le micro.

— À votre service, monsieur.

— Nous serons de retour vers 13 heures, je pense.

— Pas de problème. Nous ne bougeons pas.

Je vois à son visage que quelque chose le tracasse. J'espère que ça n'a rien à voir avec moi. Je retire mes écouteurs et rejoins Taylor au sol. Il fait frais ce matin. Il y a plus de soleil qu'à Seattle, mais le vent froid est déjà automnal. Aucun signe de Joe, le vieux gars qui s'occupe des départs et des arrivées à l'héliport. Peut-être est-il trop tôt ? Ou est-il en congé ?… Ou alors c'est un signe, un mauvais présage…

*Stop, Grey !*

Notre chauffeur m'attend à la sortie du bâtiment. Taylor ouvre la portière de l'Escalade, je m'installe sur la banquette, tandis qu'il prend place à l'avant sur le siège passager.

Mon cauchemar avec Ana me poursuit. J'appelle Sawyer.

— Monsieur Grey.

— Luke. Ne lâchez pas madame Grey d'une semelle.

— Entendu, monsieur.

— Elle a pris un petit déjeuner ?

Je baisse la voix, un peu honteux de poser une telle question. Mais je veux savoir si elle va bien.

— Je crois bien, monsieur. Nous partons dans un quart d'heure pour la SIP.

— Parfait. Merci.

Je raccroche et contemple la Willamette River en contrebas. Ses eaux grises paraissent glacées sous les piles du Steel Bridge. Je frissonne. Il faut que je parle à Ana. On ne peut pas continuer comme ça.

Je ne vois qu'une solution…

*Excuse-toi, Grey.*

Les mots d'Ana me reviennent en mémoire : « *Grandis, bordel ! Arrête de te conduire comme un ado capricieux !* »

Ce n'est pas le bon moment. Je dois aider le département des sciences de l'environnement de la WSU à obtenir des subventions du ministère de l'Agriculture. C'est vital pour la poursuite des travaux de la Pr Gravett et de son équipe. Les premiers résultats se révèlent très prometteurs sur notre site d'essai au Ghana. Ça peut tout changer. Cette technologie pourrait être non seulement la clé pour nourrir toute la planète et en finir avec la pauvreté, mais aussi, par son effet « piège de carbone », ralentir le changement climatique. Je sors mes notes de ma mallette et les relis une fois de plus.

La réunion est un succès. Le ministère de l'Agriculture nous a accordé un million de dollars. Apparemment, lutter contre la faim dans le monde est une priorité du gouvernement fédéral. Les remerciements des Prs Choudury et Gravett me font chaud au cœur alors que Taylor me ramène vers l'héliport de Portland. Je consulte mon téléphone. Pas de nouvelles de ma femme – pas même une réponse agacée à mon mail. C'est déprimant. Je suis impatient d'arriver et de trouver le moyen de lui faire rentrer ses griffes.

Je pourrais l'inviter au restaurant ? Au cinéma ? Faire du planeur ? Du bateau ?

Lui faire l'amour ?

*Elle me manque tellement.*

L'Escalade se gare devant l'entrée de l'héliport alors que Taylor passe un coup de fil.

— Sawyer, j'ai lu ton message, murmure-t-il.

D'un coup, je passe en alerte rouge.

*Un message ? Il y a un problème avec Ana ?*

Taylor fronce les sourcils en écoutant Sawyer.

— Bien reçu. (Taylor me regarde.) Je vois. Ne quitte pas. (Il s'adresse à moi.) Mme Grey ne se sent pas bien. Sawyer la reconduit à l'appartement.

— C'est grave ?

— Non, je ne crois pas.

— D'accord. On va directement à l'Escala.

— Bien, monsieur. Nous allons changer le plan de vol.

— Veillez bien sur elle ! lancé-je en haussant la voix pour que Sawyer m'entende.

— Tu as entendu M. Grey. Envoie un texto s'il y a du nouveau.

Taylor raccroche.

Avec un sentiment d'urgence, nous entrons tous les deux dans le bâtiment. L'ascenseur est là. Un coup de chance.

*J'espère qu'Ana va bien… et le bébé aussi…*

Je devrais peut-être joindre ma mère, lui demander de passer à la maison. Ou le Dr Greene – quoique cette dernière risque de ne pas prendre mon appel. Il nous faut une heure pour rentrer à Seattle. C'est trop long ! Je vais essayer ma mère, mais je n'ai pas de réseau – nous sommes dans l'ascenseur. Je ne peux pas appeler Ana non plus.

Si c'était sérieux, elle m'aurait téléphoné, non ?

Les portes de l'ascenseur s'ouvrent. Charlie Tango est là où on l'a laissé. Stephan nous attend dans le cockpit.

Pas question. C'est moi qui pilote. Je préfère m'occuper l'esprit avec le vol, plutôt que de m'inquiéter pour Ana.

J'espère qu'elle est couchée. Dans notre lit, cette fois.

Stephan descend nous accueillir.

— Je vais prendre le manche, l'informé-je. Changement de programme. On va à l'Escala.

— Bien, monsieur.

Il ouvre la porte côté pilote pour moi. Je vois bien qu'il est surpris. Je grimpe à bord, attache mon harnais et commence la check-list.

— Je n'ai rien oublié ? m'enquiers-je.

— Reste à allumer le transpondeur.

— Ah oui… Je dois vite retourner à la maison voir ma femme. Taylor, vous êtes attaché ?

— Oui, monsieur, me dit sa voix désincarnée dans mes écouteurs.

J'appelle la tour par radio. Ils sont parés.

— Très bien, messieurs, on rentre.

Je tire le pas collectif, Charlie Tango s'élève doucement dans le ciel, puis je mets le cap sur Seattle. J'ai eu raison de piloter. Je dois me concentrer sur mon vol, mais tout au fond de moi l'inquiétude continue de me grignoter les entrailles.

Nous nous posons à l'heure, 14 h 30 exactement.

— Bon vol, monsieur Grey, me félicite Stephan.

— Ramenez-le à Boeing Field. Amusez-vous bien.

— Promis, répond-il avec un grand sourire.

Je me détache, allume mon BlackBerry et suis Taylor sur le toit de l'Escala. Taylor fronce les sourcils en regardant son écran. Je m'arrête tandis qu'il écoute sa boîte vocale.

— C'est Sawyer, annonce Taylor en élevant la voix pour se faire entendre dans les bourrasques. Mme Grey est à la banque.

*Je croyais qu'elle était malade ? Qu'est-ce qu'elle fout à la banque ?*

— Sawyer l'a suivie là-bas. Elle a tenté de le semer.

L'angoisse me vrille l'estomac, mon cœur est serré comme dans un étau. Mon téléphone se met à biper dans tous les sens, sous le flot des alertes. Un SMS d'Andrea, il y a quatre minutes, deux appels manqués de la banque, un autre de Welch.

*C'est quoi ce bordel ?*

« Troy Whelan de votre banque
cherche à vous joindre.
C'est urgent. »

J'ai un raccourci clavier pour Whelan. Il décroche immédiatement.

— Whelan, c'est Christian Grey. Que se passe-t-il ?

— Bonjour, monsieur Grey. J'ai votre femme ici, elle… elle voudrait retirer cinq millions de dollars.

*Quoi ?*

Mon sang se glace.

— Cinq millions ?

Je n'en reviens pas. Pourquoi veut-elle cinq millions ?

*Putain, elle me quitte !*

Mon monde s'effondre et s'enflamme, un gouffre s'ouvre sous mes pieds.

— Oui, monsieur. Comme vous le savez, la loi m'interdit de donner cet argent en liquide.

— Bien sûr. (Je suis sous le choc, au bord de l'abîme.) Passez-moi Mme Grey, dis-je d'une voix monocorde.

— Certainement, monsieur. Ne quittez pas.

C'est une véritable torture. Je trouve un endroit où m'abriter du vent, impatient d'entendre la voix de ma femme – terrifié aussi. *Qu'est-ce que je vais devenir sans elle ?* J'entends un clic sur la ligne.

— Salut.

Sa voix est rauque et aiguë.

— Tu me quittes ?

Les mots m'échappent.

— Non ! lance-t-elle.

Et c'est presque un cri, un cri déchirant. *Oh putain ! Merci !* Mon soulagement est de courte durée.

— Oui, se reprend-elle comme si elle venait de changer d'avis.

*Quoi ?*

— Ana, je…

Je ne sais pas quoi dire. Je veux la supplier de rester.

— Christian, s'il te plaît. Non…

— Tu pars ?

*Tu pars vraiment ?*

— Oui.

Non ! non ! non ! Je tombe en chute libre, je dégringole. Je tombe toujours plus loin, toujours plus profond. Je tends le bras pour me retenir au mur. J'ai mal à en crever.

*Merde !* Ça finit donc toujours comme ça ? Peut-être qu'elle ne m'a jamais aimé ?

— Mais pourquoi l'argent ? Ça a toujours été pour l'argent ?

*Dis-moi que ce n'est pas pour ça. Je t'en prie !*

— Non, répond-elle un peu trop rapidement.

Est-ce que je peux la croire ? C'est parce que j'ai vu Elena ? *Bordel de merde !* À cet instant, ma haine pour Elena atteint des sommets. Je prends une grande inspiration, m'efforçant de garder l'esprit clair.

— Cinq millions, ça suffit ?

*Comment vais-je pouvoir vivre sans Ana ?*

— Oui.

— Et le bébé ?

Elle va emporter notre enfant ? Un couteau me transperce l'âme.

— Je m'occuperai du bébé.

— C'est ça que tu veux ?

— Oui.

Sa voix est un souffle à peine audible. Mais je l'entends. C'est déchirant. Elle veut que je raccroche. Je le sens. Elle veut en finir. En finir avec moi.

— Prends tout.

— Christian, sanglote-t-elle, cet argent est pour toi, pour ta famille. Je t'en prie. Arrête.

C'est insupportable.

— Prends tout, Anastasia.

Je renverse la tête en arrière et pousse un hurlement silencieux en regardant le ciel chargé de nuages gris.

— Christian…

Elle prononce mon nom comme une supplique. C'est trop douloureux.

— Je t'aimerai toujours, lui murmuré-je, parce que c'est la vérité.

Ce sont les derniers mots d'un condamné. Je raccroche. Un vide béant s'ouvre en moi.

*Je ne suis qu'une enveloppe d'homme. Je n'ai pas de cœur.*

Je lui ai dit ça une fois. Sous la douche.

Et puis je lui ai dit que je l'aimais.

— Monsieur Grey ? lance Taylor.

Je l'ignore et rappelle Whelan.

— Troy Whelan, j'écoute.

— Ici Christian Grey. Donnez l'argent à ma femme. Donnez-lui ce qu'elle veut.

— Monsieur Grey, je ne peux…

— Je sais que vous avez la réserve pour le Nord-Ouest Pacifique. Transférez la somme du compte de dépôt. Ou liquidez certains de mes actifs. Je m'en fous. Donnez-lui cet argent.

— Monsieur Grey, c'est totalement illicite.

— Faites ce que je vous demande, Whelan. Trouvez une solution, sinon je clôture tous mes comptes et je vais voir ailleurs, c'est clair ?

Il y a un silence au bout de la ligne.

— On s'occupera de la paperasse plus tard, ajouté-je d'un ton plus conciliant.

— Très bien, monsieur Grey.

Mes yeux piquent. Je voudrais tout lâcher, pleurer toutes les larmes de mon corps là, sur ce toit, mais je ne suis pas seul. Je ferme les paupières.

— Monsieur Grey, insiste Taylor.

Je me tourne vers lui : il est tout pâle.

— Quoi ? grogné-je.

— C'est Hyde. Il a été libéré sous caution. Il est dehors.

Hyde a été libéré ? Comment est-ce possible ? Je pensais que son cas était réglé ?

Taylor et moi échangeons un regard horrifié.

*« Tu me quittes ? »*

*« Non ! »*

*« Cet argent est pour toi, pour ta famille. »*

— Ana ! Elle tente en ce moment de sortir cinq millions de dollars.

Taylor écarquille les yeux.

— Merde !

Nous parvenons à la même conclusion. J'appuie sur le bouton de l'ascenseur, mon désespoir se mue soudain en terreur. Ana, ma femme…

— Où est Sawyer ?

— À la banque. Il a suivi sa voiture.

Nous nous engouffrons dans la cabine et j'enfonce le bouton du parking tandis que les rotors de Charlie Tango redémarrent. Le bruit est assourdissant.

— Vous avez les clés de l'Audi ? crié-je à Taylor alors que les portes se referment.

— Oui, monsieur.

— On va à la banque. On sait où est Hyde en ce moment ?

— Non. Je vais prévenir Welch.

— Il a laissé un message. Merde… ce doit être des nouvelles de Hyde.

L'ascenseur met une éternité à atteindre le parking. Que fait Ana ? Pourquoi ne m'avoue-t-elle pas qu'elle a des soucis ? La peur me serre le ventre, m'étrangle de l'intérieur. Qu'est-ce qui pourrait être pire que le départ d'Ana ? L'image funeste de mon rêve flotte en moi, convoquant d'autres souvenirs : celui d'une femme sans vie gisant au sol. Je ferme les yeux, terrifié.

*Non. Par pitié. Pas ça !*

— Nous allons la retrouver, m'assure Taylor avec détermination.

— Il le faut.

— Je vais suivre son téléphone, annonce-t-il.

Enfin les portes s'ouvrent et Taylor me lance les clés du Q7.

*Il veut que je conduise ?*

*Calme-toi, Grey !*

Nous montons dans la voiture et je démarre. Dans un crissement de pneus, je fonce vers la sortie. La barrière met un temps infini à se lever.

— Allez ! Allez ! Allez !

Je m'engage dans la rue, pied au plancher, direction la banque. Taylor pose son téléphone sur le tableau de bord, attendant d'avoir du réseau.

— Elle est toujours à la banque ! annonce-t-il finalement.

— Très bien.

La circulation est dense. Ça m'énerve. Pourquoi Ana fait ça ? Pourquoi ne me dit-elle rien ? Elle n'a pas confiance en moi ?

Je pense à mon comportement de ces deux derniers jours. D'accord, je n'ai pas été exemplaire, loin de là, mais ce n'est pas une raison pour qu'elle supporte tout toute seule.

— Ana Grey ! lancé-je à l'intention du système Bluetooth.

Après quelques instants, le téléphone se met à sonner, encore et encore… puis la boîte vocale se déclenche. Une boule me monte à la gorge lorsque j'entends la voix d'Ana.

— Bonjour, vous êtes bien sur le répondeur d'Ana. Je ne peux prendre votre appel pour l'instant. Laissez-moi un message, je vous rappellerai le plus vite possible.

— Ana ! Qu'est-ce qui se passe, bordel ! J'arrive. Rappelle-moi.

Et je raccroche.

— Elle est toujours à la banque, m'informe Taylor.

— Sawyer est encore là-bas ?

— Oui, monsieur.

— Luke Sawyer ! crié-je à mon kit mains libres.

Il décroche.

— Monsieur ?

— Où est Ana ?

— Elle vient de faire demi-tour devant moi. Elle est repartie dans les bureaux.

— Allez la chercher !

— Monsieur, je suis armé. Je ne pourrais pas passer les détecteurs. Je suis dans le hall et je surveille Anasta… Mme Grey. Et je parais déjà très suspect. Si je retourne à la voiture pour déposer mon arme, j'ai peur qu'elle en profite pour filer.

Putain d'arme à feu !

— Comment a-t-elle pu vous échapper ?

— Mme Grey est une femme très inventive, grommelle-t-il en serrant les dents de frustration.

Je compatis. Moi aussi, elle a l'art de me faire tourner en bourrique !

— Vous me ferez un rapport complet quand on aura récupéré Ana. Jack Hyde a finalement été libéré sous caution. Taylor et moi pensons que les agissements de ma femme ont peut-être un lien avec Hyde.

— Merde ! lâche-t-il.

— Tout juste ! Nous sommes à cinq minutes de la banque. Ne la laissez pas vous échapper encore une fois !

— Oui, monsieur.

Je raccroche. Taylor et moi restons silencieux tandis que je tente de me frayer un chemin dans la circulation.

Que vais-je faire de toi quand je t'aurai récupérée ? Comment vais-je te châtier ?

Divers scénarios me viennent à l'esprit. Une bouffée d'excitation me traverse.

*Hé, Grey ! Ce n'est pas le moment !*

— Ça y est ! lance Taylor. Elle bouge.

— Quoi ?

Sous la montée d'adrénaline, mon cœur s'accélère.

— Elle se dirige au sud, par la 2e Avenue.

— Luke Sawyer !

Le système Bluetooth compose à nouveau son numéro.

— Monsieur ?

— Elle bouge !

— Quoi ? Mais elle n'est pas ressortie !

— Elle est sur la 2e ! Direction sud ! précise Taylor.

— J'y vais. Je rappellerai de la voiture. (À entendre sa respiration rapide, il doit être en train de courir.) Elle est dans un autre véhicule ! La Saab est encore là.

— Elle tourne à gauche, prévient Taylor, sur Yesler.

Nous passons devant la banque. Inutile de s'arrêter.

— C'est trois rues plus loin ?

— Oui, monsieur.

Pour la millième fois, je me félicite que Taylor soit avec moi. Il connaît cette ville comme sa poche. Ce qui est curieux puisqu'il vient du fin fond du Texas.

Trois minutes plus tard, nous prenons à l'est sur Yesler.

— Elle a tourné au sud. Sur la 23e ! grogne Taylor, les yeux rivés sur son téléphone. Au huitième feu.

— Je suis juste derrière vous, annonce Sawyer dans les haut-parleurs.

— Restez collé. On va se frayer un chemin dans la circulation. (Je jette un regard vers Taylor.) J'aurais préféré que vous soyez au volant.

— Vous vous débrouillez très bien.

*Où va-t-elle, putain ? Avec qui est-elle ?*

Je me concentre sur la route, pendant que Taylor nous annonce les directions. Nous piquons au sud, puis encore à l'est. Nous traversons un quartier résidentiel.

— Elle a pris au sud, sur la 13e.

Quelques centaines de mètres plus loin, elle tourne à nouveau à l'est.

— Elle s'est arrêtée. Sur South Day Street. Au deuxième carrefour.

J'ai l'estomac noué tandis que je fonce dans ces petites rues. Trois minutes plus tard, je déboule sur South Day.

— Doucement ! m'ordonne Taylor d'un ton sec. (Malgré ma surprise, je m'exécute.) Elle est par ici, tout près.

Il se penche à la fenêtre. Nous observons chacun un côté de la route. Devant moi défile une succession de bâtiments à l'abandon.

Sur un parking, j'aperçois une femme les mains en l'air, à côté d'une Dodge noire. La Dodge ! Je donne un coup de volant et m'y engage. Et là, je vois Ana…

Elle gît au sol, les yeux fermés. Immobile.

*Ana… non !* Tout à coup, le temps se dilate, ralentit. C'était mon pire cauchemar. Et il se réalise. Maintenant !

— Ana.

Taylor saute de la voiture avant même que je me sois arrêté. Je lui emboîte le pas, laissant le moteur tourner.

— ANA !

*Non… Oh mon Dieu… non… je vous en prie… non…*

Elle est inanimée sur le macadam. Devant elle, ce salaud de Hyde se roule de douleur, en tenant sa cuisse juste au-dessus du genou. Du sang coule entre ses doigts. La femme recule, les bras toujours levés alors que Taylor sort son arme.

Mais c'est Ana qui attire mon attention.

Je m'agenouille à côté d'elle. Je n'ose pas la toucher. Taylor ramasse le revolver près de la main d'Ana et ordonne à la femme de se coucher à plat ventre.

— Ne me tuez pas ! Ne me tuez pas ! bredouille-t-elle.

Je la reconnais : c'est Elizabeth Morgan, de la SIP.

Sawyer nous rejoint. Il sort son pistolet et se plante à côté d'Elizabeth.

Hyde hurle :

— Aidez-moi ! Cette salope m'a tiré dessus !

Nous l'ignorons. Taylor pose deux doigts sous la mâchoire d'Ana.

— Elle est vivante. Le pouls est stable, annonce-t-il. (*Dieu merci !* Puis il se tourne vers Sawyer.) Appelle les secours. Et la police.

Sawyer prend son téléphone, pendant que Taylor palpe doucement Ana, à la recherche d'une blessure.

— Je ne vois pas de plaie ouverte.

— Je peux la toucher ?

— Elle a peut-être des fractures. Le mieux, c'est d'attendre les infirmiers.

*Oh non… ma chérie.*

Je caresse doucement ses cheveux, ramène une mèche derrière son oreille.

Le salaud ! Il l'a frappée et elle lui a tiré dessus.

Je me lève et m'approche de Hyde qui se tortille au sol. Pris d'une pulsion subite, je lui donne un grand coup de pied dans le ventre. Puis un deuxième. Et un troisième. En y mettant toutes mes forces.

Il beugle.

— C'est toi qui as fait ça à ma femme, enculé !

Emporté par ma rage, je recommence à le frapper. Il se recroqueville pour se protéger, alors je cogne sa cuisse qui pisse le sang. Il hurle à nouveau, mais cette fois c'est un vagissement primal, de la douleur pure. Je me baisse, le soulève par le col et lui cogne la tête par terre. Une fois. Deux fois. Il écarquille les yeux de terreur, s'accroche à mes mains, me mettant du sang partout.

— Je vais te tuer, espèce de salaud. Te tuer !

Comme du bout d'un tunnel, très loin, j'entends des voix. « Monsieur Grey ! Christian ! Arrêtez ! » Des mains m'attrapent, me tirent en arrière.

— Christian, stop ! Ça suffit ! me lance Taylor en me retenant par les épaules.

Je le repousse. *Ne me touche pas !*

Il me regarde comme si j'étais une bête féroce, prête à attaquer. Je prends une grande inspiration pour me calmer.

— C'est bon… c'est bon…

— Allez vous occuper de votre femme, monsieur, ordonne-t-il.

J'acquiesce. Je jette un dernier regard à cette ordure. Cette sous-merde. Il se balance de droite à gauche, chouine et pleurniche, les mains agrippées à sa cuisse.

Je m'agenouille auprès d'Ana et me penche pour écouter son souffle. Je n'entends rien. Une bouffée de panique me submerge. Je regarde Taylor et lui demande :

— Elle respire encore ?

— Regardez sa poitrine, elle se soulève. (Il se baisse, tâte encore son pouls.) Tout va bien.

*Oh, Ana… Pourquoi prendre autant de risques ? Et le bébé ?* Les larmes me montent aux yeux. Je déteste être aussi impuissant… Je veux la prendre dans mes bras, pleurer dans son cou – mais il ne faut pas la déplacer. Et cette putain d'ambulance ? Qu'est-ce qu'elle fout ?

— La fille…, bredouille soudain Elizabeth, toujours couchée au sol. La fille à l'intérieur…

Du menton, elle désigne le bâtiment à côté. *C'est un piège ?*

— Va voir ! lance Taylor à Sawyer.

Au loin, j'entends des sirènes. Enfin !

— C'est Mlle Grey ! s'écrie Sawyer, sur le pas de la porte. Ils ont pris Mlle Grey !

— Christian, vous ne bougez pas d'ici, me dit Taylor en levant son index avec autorité.

*Mia ? Ma petite sœur ?* La peur me noue les entrailles. Qu'est-ce que ce salaud a fait à ma sœur ? Tétanisé, je regarde Taylor disparaître dans le bâtiment.

« *Cet argent est pour toi, pour ta famille…* »

Tout s'éclaire. Je contemple Ana. Elle aurait pu se faire tuer pour nous ! Une boule de bile me remonte dans la gorge. Le temps s'arrête.

— Elle va bien, lance Taylor en ressortant de l'entrepôt. Elle a été droguée. Je ne vois aucune trace de coups. Aucune blessure. Et elle est encore tout habillée. Je préfère ne pas la manipuler.

Les sirènes se rapprochent.

Pourquoi ma sœur ? Qu'est-ce que Hyde voulait lui faire ? Il geint toujours, comme un chien blessé. Il a dû perdre beaucoup de sang. Tant mieux ! Qu'il crève, lentement, dans la douleur… Deux ambulances débarquent, suivies de deux voitures de police et d'un fourgon de pompiers. Ils vont sauver ce salaud !

Dans l'ambulance, alors que nous traversons Seattle à toute allure, je vis un cauchemar éveillé, assis entre Mia et Ana. Je me tiens la tête dans les mains, nauséeux, et je prie pour elles. Je ne suis pas croyant, pourtant en cet instant je suis prêt à tout, même à implorer Dieu, pour lui demander de protéger ma femme, mon enfant et ma sœur.

— Les constantes sont bonnes, pour toutes les deux, m'annonce l'infirmier.

— Ma femme est enceinte.

Il regarde Ana.

— Il n'y a aucun signe d'hémorragie.

Je sais qu'il veut me rassurer, mais ça ne marche pas.

— Pourquoi est-elle toujours inconsciente ?

— Les médecins nous diront ça quand on sera à l'hôpital.

Mia remue et marmonne. Elle a été droguée, elle est calme. Je prends sa main et la serre.

— Tout va bien, Mia. Je suis là.

Elle tente de bredouiller quelque chose, mais n'ouvre toujours pas les yeux. En revanche, elle presse ma main et c'est bon signe. Puis elle replonge. Dans un sommeil paisible, j'espère.

Ma sœur, mon épouse, mon enfant… j'aurais dû tuer Hyde quand j'en avais l'occasion. Une rage irrépressible me tord l'estomac. À nouveau, je dois fermer les yeux pour repousser cette vague de haine.

Comme une torture, mes derniers mots avec Ana me reviennent.

*« Tu me quittes ?*

*— Non !*

*— Cet argent est pour toi, pour ta famille. »*

Au moins, je lui ai dit que je l'aimerai toujours…

Ana était-elle réellement malade ? Ou était-ce un stratagème ? Tout ce stress, toute cette tension… ça ne doit pas être bon pour le bébé.

*Comment vas-tu, Junior ?*

Enfin, nous arrivons aux urgences. Immédiatement, les équipes entrent en action.

Maman et papa sont là. Ils se précipitent vers le chariot où se trouve Mia. Grace a les larmes aux yeux. Elle lui prend la main. « Mon bébé, mon bébé, je t'aime… », gémit-elle tandis que les brancardiers emportent sa fille. Papa ne peut les suivre. Il reste dans la salle et regarde impuissant sa femme partir avec Mia dans la salle de triage.

Une infirmière et un médecin s'emparent du chariot d'Ana.

— Attention avec ma femme. Elle est enceinte, dis-je d'une voix tremblante.

— Nous allons nous occuper d'elle, me rassure l'infirmière.

Je lâche la main d'Ana et ils l'emmènent comme Mia.

Carrick me rejoint, le teint terreux. Il semble avoir vieilli de dix ans.

— Papa…

— Oh, fiston.

Il ouvre les bras et, pour la première fois de ma vie, je me blottis contre lui. Je refoule mon émotion et m'accroche à sa veste. Sa force tranquille me fait du bien, sa présence rassurante, son odeur familière, mais plus que tout, son amour.

— Ça va aller, mon garçon. Elles vont s'en sortir, toutes les deux.

— Oui, elles vont s'en sortir… (Je répète ces mots comme un mantra.) Elles vont s'en sortir.

*Il n'en sait rien. Je prie juste pour que ce soit vrai.*

Je recule, prenant soudain conscience que nous sommes deux adultes enlacés à l'entrée des urgences. Carrick sourit et pose sa main sur mon épaule.

— Allons dans la salle d'attente. Tu vas me raconter ce qui s'est passé et on te nettoiera un peu.

Je regarde mes mains. Elles sont pleines du sang de ce salaud.

Ana est pâle, à l'exception d'un hématome à la joue où ce salaud l'a frappée. Ses paupières sont closes, comme si elle dormait. En vérité, elle est toujours inconsciente. Elle paraît si jeune, si fragile. Son corps est branché à un tas de tuyaux. Mon cœur se serre quand je la vois dans cet état, mais le Dr Bartley est sereine.

— Elle a des contusions et une légère fracture du crâne, mais ses fonctions vitales sont stables et intactes.

— Pourquoi est-elle toujours inconsciente ?

— Mme Grey a subi un choc important à la tête, mais son activité cérébrale est normale et elle n'a aucun œdème. Elle reviendra à elle lorsqu'elle sera prête. Ce n'est qu'une question de temps.

— Et le bébé ? murmuré-je.

— Le bébé va bien.

— Dieu merci… Dieu merci…

Un immense soulagement me submerge. *Oh oui… merci, mon Dieu.*

— Monsieur Grey. Vous avez d'autres questions ?

— Elle peut m'entendre ?

Le Dr Bartley sourit.

— Allez savoir ? Si c'est le cas, je suis sûre qu'elle aimerait entendre votre voix.

*Je n'en suis pas si certain. Elle m'en voulait à mort.*

— Ma collègue, le Dr Singh, passera la voir plus tard.

— Je vous remercie.

Après le départ du Dr Bartley, j'approche une chaise du lit et m'assois. Doucement, je prends la main d'Ana. C'est si bon de sentir la chaleur de sa peau.

— Réveille-toi, bébé, s'il te plaît. Sois furieuse contre moi, mais réveille-toi, je t'en prie. Pardon. Pardon pour tout.

Je referme mes deux mains sur la sienne, pose mon front sur ses doigts et prie : *Dieu tout-puissant, rendez-moi ma femme. Par pitié. Faites-la revenir.*

Ana dort, sa chambre est plongée dans la pénombre, à l'exception du petit rond de lumière de la lampe de chevet et du rai qui filtre sous la porte. Avachi sur ma chaise, avec ma veste en guise de couverture, je lutte contre le sommeil.

La porte s'ouvre. C'est Grace.

— Bonjour, mon chéri, souffle-t-elle.

Son visage est pâle, sans maquillage. Elle paraît aussi fatiguée que moi.

— Bonjour, maman.

— Je viens juste aux nouvelles et après je vais dormir un peu. Carrick reste avec Mia.

— Comment va-t-elle ?

— Ça va. Pas contente. Elle subit encore les effets de la drogue. Et Ana ?

— Pas de changement.

Grace examine la fiche médicale au bout du lit. Soudain, elle relève la tête vers moi.

— Elle est enceinte ? (J'acquiesce. Je suis trop fatigué pour chercher à mentir.) Oh, Christian, c'est une merveilleuse nouvelle ! Félicitations !

Elle vient me serrer dans ses bras.

— Merci, maman. Mais c'est tout frais.

— Je comprends. Les couples préfèrent annoncer ça après la douzième semaine. Chéri, tu dois être épuisé. Rentre donc te coucher.

Je secoue la tête.

— Je dormirai quand Ana se sera réveillée.

Elle pince les lèvres mais ne fait aucun commentaire.

— Elle va se réveiller, Christian, m'assure-t-elle en déposant un baiser sur ma tête. Laisse-lui un peu de temps.

— Au revoir, maman.

Elle m'ébouriffe les cheveux.

— Je te vois demain matin.

Elle s'en va aussi silencieusement qu'elle est arrivée, en me laissant seul avec moi-même, plus démuni encore. Comme pénitence, et aussi pour me tenir éveillé, je me remémore tous mes comportements absurdes et déplacés de ces derniers jours. J'ai été un vrai con, sur toute la ligne – le bébé, Elena, mon refus de m'excuser… Et, pour couronner le tout, je l'ai crue… je l'ai crue quand elle a dit qu'elle me quittait.

Mes paupières se ferment. D'un coup, je pique du nez et me redresse en sursaut. *Merde !* Je regarde Ana. Je voudrais tant qu'elle ouvre les yeux.

— Et je te présenterai mes excuses. Comme il le faut. S'il te plaît, bébé. (Je lui prends la main, la porte à mes lèvres une fois encore. J'embrasse chacun de ses doigts, un à un.) Tu me manques tellement.

Je me renfonce dans mon siège, ferme les yeux. Juste une seconde, pas plus…

## Vendredi 16 septembre 2011

Je me réveille un moment plus tard. *Merde ! J'ai dormi longtemps ?* Je consulte ma montre – près de 3 heures. Ana a toujours les paupières fermées.

Mais Ana ne dort pas. Elle est inconsciente. Je lui murmure à nouveau :

— Reviens-moi, bébé.

— Christian…, dit une voix.

— Papa ! Tu m'as fait peur.

— Pardon ! souffle Carrick en sortant de l'ombre.

— Ça fait longtemps que tu es là ?

— Pas très. Je ne voulais pas te réveiller. L'infirmière est passée vérifier les constantes. Tout est OK. (Il contemple Ana.) Grace m'a dit qu'elle était enceinte. Je vais être grand-père ?

— Oui. C'est vrai.

— Félicitations, fiston.

Je lui retourne un pâle sourire.

— Elle s'est mise en danger, elle et l'enfant qu'elle porte.

Je frissonne. Et je doute que ce soit à cause de la climatisation.

Carrick serre les lèvres, l'air grave, puis se tourne vers moi.

— Tu es épuisé. Rentre chez toi.

— Je reste ici.

— Christian, tu devrais aller dormir.

— Non, papa, je veux être là quand elle reprendra conscience.

— Je vais veiller sur elle. C'est le moins que je puisse faire après qu'elle a sauvé ma fille.

— Comment va Mia ?

— Elle est groggy… Elle a peur, elle est en colère. Il faudra encore plusieurs heures pour que le Rohypnol cesse de faire effet.

— Nom de Dieu.

— Quel con j'ai été de la laisser sortir sans garde du corps. Tu m'avais prévenu, mais Mia est tellement têtue. Sans Ana…

— Nous pensions tous que Hyde était hors d'état de nuire. Et ma femme, comme une idiote… Pourquoi ne m'a-t-elle rien dit ?

Toutes les larmes que je retiens me brûlent la gorge.

— Christian, calme-toi, répond-il en s'approchant de moi. Ana est une jeune femme remarquable. Elle a été incroyablement courageuse.

— Courageuse, obstinée et stupide.

Malgré moi, ma voix se brise. « *Sans Ana…* » ? Qu'est-ce qui serait arrivé à Mia, *sans Ana…* ?

Je suis perdu. Il y a trop d'émotions contradictoires dans ma tête. J'enfouis mon visage dans mes mains.

— Hé, murmure Carrick en me serrant l'épaule. (Ce contact me fait du bien.) Ne sois pas si dur avec elle, ou avec toi-même… Il vaut mieux que j'aille retrouver ta mère. Il est plus de 3 heures du matin, Christian, tu devrais vraiment essayer de dormir.

Carrick pousse un soupir.

— Elle ne pouvait pas abandonner Mia. Elle est entêtée, comme toi. Encore toutes mes félicitations pour le bébé. C'est une nouvelle bien joyeuse après toutes ces épreuves.

Le vertige me prend. Jamais je ne serai un père aussi bon que Carrick.

— Tout va bien. Tu vas savoir gérer.

Je suis presque agacé qu'il puisse voir aussi clair en moi. Papa, l'extralucide !

— Tu seras un père génial, Christian. Arrête de t'inquiéter. Et tu as plusieurs mois pour te faire à cette idée. (Il tapote mon épaule.) Je reviens demain, dans la matinée.

— Bonne nuit, papa.

Je le regarde quitter la chambre. Moi, un père génial ? Pour l'instant, je veux que ma femme se réveille. C'est tout ce qui compte. J'essaie de ne pas penser au bébé.

Je me lève et m'étire. Je suis tout engourdi. Et l'inquiétude n'arrange rien. Je lui embrasse la joue. Sa peau est si douce, d'une chaleur si rassurante.

— Réveille-toi, bébé. J'ai besoin de toi.

— Bonjour, monsieur Grey.

*Quoi ?* Encore une fois, je sursaute quand l'infirmière ouvre les rideaux pour laisser entrer le soleil. C'est la plus âgée. Je ne me souviens plus de son nom.

— Je dois vérifier la perfusion.

— D'accord. Vous préférez que je sorte ?

— Comme vous voulez.

— Je vais me dégourdir un peu les jambes.

Je me lève, lance un dernier regard à Ana et sors dans le couloir, le pas incertain. Il me faut un café.

Taylor arrive vers 8 h 30 avec mon chargeur de téléphone et de quoi grignoter. (Merci madame Jones !) Je me demande si cette attention pour moi est sa version du calumet de la paix. J'inspecte le sac en papier : deux croissants jambon fromage. Ça sent rudement bon. Et il y a une bouteille Thermos de vrai café !

— Remerciez Gail pour moi.

— Je n'y manquerai pas. Comment va Mme Grey ?

— Toutes les constantes sont bonnes. On attend juste qu'elle se réveille. C'est fou, on est abonnés aux hôpitaux ! Le dernier week-end, on l'a passé au OHSU, et celui-ci au Northwest.

Taylor hoche la tête, compatissant.

— Restez donc ici pour me faire un topo. Je ne veux pas sortir de la chambre.

Pendant que je mange mon petit déjeuner, Taylor me raconte ce qui s'est passé après le départ des ambulances.

— … et la police a retrouvé le téléphone de Mme Grey.

— Ah bon ?

— Elle l'avait placé dans l'un des sacs qui contenaient les billets.

— Elle a fait ça ? (Je lance un coup d'œil à ma femme. Une idée de génie.) Nous suivions donc l'argent ?

— En effet. (Lui aussi est impressionné par l'ingéniosité d'Ana.) La police a récupéré les sacs.

C'est la première fois que je pense à ces cinq millions de dollars.

— Ils nous les rendront ?

— Ça prendra du temps. Mais oui, nous les récupérerons.

C'est le cadet de mes soucis.

— Je vais demander à Welch de se mettre en rapport avec eux pour gérer la restitution de cet argent.

— Hyde est ici, sous bonne garde. Ils l'ont recousu.

— Dommage qu'elle ne lui ait pas tiré dans la tête.

Taylor ne répond rien. Je me rappelle qu'il m'a retenu quand je voulais réduire Hyde en bouillie. Je ne suis toujours pas convaincu qu'il ait eu raison. Mais s'il m'avait laissé faire, je serais en cellule à l'heure qu'il est !

— L'inspecteur Clark aimerait vous parler, reprend Taylor pour changer de sujet, alors que j'attaque mon second croissant.

— Plus tard.

— Ryan a récupéré la Saab. À part une amende pour le stationnement, tout va bien. (Il esquisse un sourire.) Sawyer s'en veut à mort de s'être fait avoir.

— J'imagine.

— Il y a des journalistes devant l'hôpital.

*Merde !* Mon téléphone vibre. C'est Ray.

— Ray. Bonjour.

— Je veux voir Annie.

Il est au courant des exploits de sa fille, grâce aux médias. Il est le seul homme à qui je ne sais pas dire non.

J'envoie Taylor. Une demi-heure plus tard, Ray, en fauteuil roulant, entre dans la chambre.

— Ma petite Annie..., murmure-t-il d'une voix tremblante tandis que je l'approche du lit. Qu'est-ce qui lui est passé par la tête ?

Il est rasé et porte un bermuda et une chemise. Malgré sa jambe brisée et ses ecchymoses, il semble en bonne forme.

— Je ne sais pas, Ray. Elle nous le dira quand elle se réveillera.

— Si tu ne lui flanques pas une bonne fessée, je m'en charge. À quoi elle pensait, bon sang ?

— Faites-moi confiance, Ray, j'y songe.

*Si elle me laisse faire*. Je presse la main d'Ana.

— Vous savez qu'elle lui a tiré dessus ? Avec un revolver.

Il ouvre la bouche en grand.

— Sur le kidnappeur ?

— Absolument.

— Ça alors !

— Merci de lui avoir appris à se servir d'une arme à feu. Faudra peut-être que vous me donniez des cours un de ces jours.

— Avec plaisir, Christian.

Nous contemplons tous les deux ce petit bout de femme si courageuse.

— Préviens-moi quand elle ne sera plus inconsciente.

— C'est promis, Ray.

— Je vais appeler Carla.

— Je veux bien. Merci.

Il embrasse la main d'Ana. Ses yeux sont brillants de larmes. Je détourne la tête.

Après son départ, j'appelle le bureau, puis Welch, qui est à Detroit pour continuer son enquête sur Hyde. Il n'en revient pas que ce salopard ait pu trouver quelqu'un pour payer sa caution. Qui a fait ça ? Pourquoi ? Répondre à ces questions sera sa priorité à son retour. Il va appeler son contact à la police de Seattle et tenter de se renseigner.

Tout en discutant au téléphone, je marche de long en large devant la fenêtre pour chasser la fatigue, sans quitter ma femme des yeux. Elle dort quand je téléphone, elle dort quand on livre des bouquets envoyés par ses amis et la famille (à présent, sa chambre ressemble à la boutique d'un fleuriste !), et elle dort quand ils appellent pour prendre de ses nouvelles.

Tout le monde aime Ana. Forcément. Tout est adorable chez elle. Je caresse ses joues pâles en refoulant mes larmes.

— Bébé, réveille-toi. Sois encore fâchée. Crie-moi dessus, déteste-moi. Tout ce que tu voudras, mais réveille-toi, je t'en prie.

Je me rassois et attends.

Kate débarque dans la chambre, sans frapper évidemment.

— Salut.

Elle me fait un signe de tête, fonce vers le lit d'Ana et lui prend la main.

— Comment va-t-elle ?

J'en ai ma claque de répéter la même chose.

— Elle est inconsciente.

— Ana ! Ana ! aboie-t-elle. Debout !

Mlle Kavanagh dans ses œuvres !

— J'ai déjà essayé, Kate. On m'a dit qu'elle se réveillera quand ce sera le bon moment pour elle.

Kate pince les lèvres.

— Elle n'a jamais eu la moindre notion du temps !

*Cette fois, je suis bien d'accord avec elle !*

— Et toi ? Tu tiens le coup ? s'enquiert-elle.

— Ça va. (Je suis surpris qu'elle se soucie de mon bien-être.) Mais je suis inquiet. Et fatigué.

— Tu as une sale tête, c'est vrai. Vous vous êtes rabibochés, tous les deux ?

— On n'a pas eu le temps. Mais dès qu'elle se réveillera, je…

Je n'en dis pas plus et Kate n'insiste pas.

— Alors ? Qu'est-ce qui s'est passé ? Comment s'est-elle mise dans ce bourbier ?

Elle croise les bras. Voyant qu'elle ne me lâchera pas, je lui fais un rapide résumé des événements : le kidnapping de Mia et l'entreprise d'Ana, aussi héroïque que suicidaire.

— Quelle mouche l'a piquée ! Je croyais qu'elle avait de la jugeote.

— Moi aussi.

— Comme tu le sais, elle tient beaucoup à toi.

— Oui, sinon, elle n'aurait pas fait une chose pareille.

*Comme je m'en veux d'avoir douté d'elle !*

— Tu lui diras que je suis passée.

— Bien sûr.

— Essaie de dormir un peu.

Elle lance un dernier regard vers son amie, serre sa main, puis s'en va.

*Ouf !*

On frappe à la porte. Le bruit me réveille. C'est l'inspecteur Clark. C'est bien la dernière personne que j'ai envie de voir.

— Désolé de vous déranger. Je me demandais si je pouvais parler à Mme Grey.

— Inspecteur, comme vous pouvez le constater, ma femme n'est pas en état de répondre à vos questions.

Je me lève néanmoins mais j'ai la tête qui tourne. Heureusement, sa visite est brève. Mais instructive. Il m'annonce qu'Elizabeth Morgan coopère totalement. Il semble que Hyde l'ait piégée avec une vidéo. Il a pu ainsi la faire chanter et la contraindre à lui prêter main-forte. C'est Elizabeth qui a attiré Mia à la salle de sport.

— Hyde est vraiment tordu, marmonne Clark. Il vous en veut à mort, à votre père et à vous.

— Vous savez pourquoi ?

— Pas encore. Je reviendrai quand Mme Grey sera réveillée. Elle est en sécurité ici. Jack Hyde est menotté à son lit et on a placé des gardes devant sa porte. Il ne peut aller nulle part.

— C'est rassurant. Nous pourrons récupérer l'argent ?

— La rançon ? (Il fronce les sourcils, puis finit par sourire.) Oui, monsieur Grey. Ça va être possible.

— Tant mieux.

— Je vous laisse vous reposer.

— Merci.

Je grimace quand le policier referme la porte derrière lui. Hyde est ici, dans cet hôpital ! La colère monte à nouveau. *Je pourrais le retrouver et finir le boulot !*

*Il y a des policiers, Grey !*

Le Dr Bartley revient.

— Comment allez-vous, monsieur Grey ?

— Bien. C'est ma femme qui m'inquiète.

— Je vais l'ausculter.

Je m'écarte pour la laisser travailler.

— Pourquoi ne s'est-elle toujours pas réveillée ?

— C'est une bonne question. Je pensais qu'elle le serait à présent. Ce qu'elle a enduré était traumatisant, peut-être a-t-elle besoin de plus de temps pour gérer tout ça. Aurait-elle d'autres sources de stress en ce moment ? demande le Dr Bartley en me regardant droit dans les yeux.

— Le fait qu'elle soit enceinte, par exemple ?

Je ne veux pas entrer dans les détails.

— J'ai peut-être une idée pour l'inciter à se réveiller, mais ce ne sera pas immédiat. Et puis je n'aime pas trop garder une femme enceinte avec une sonde urinaire. On risque une IVU.

— Je comprends. Vous voulez que je sorte ?

— Comme vous voulez.

— Je vais aller chercher un café.

Une fois dans le couloir, mon téléphone sonne. C'est John Flynn.

— Christian, j'ai appris pour Ana ! Comment va-t-elle ?

Je soupire et, encore une fois, résume la situation.

— Elle devrait se réveiller d'un moment à l'autre. C'est juste que…

— Je sais. Ce doit être difficile pour vous. Je suis certain qu'elle est entre de bonnes mains. J'ai eu un appel manqué de vous l'autre jour. J'étais à la réunion parents-professeurs de mon fils.

Ah oui… La nuit de toutes mes transgressions ! *Dommage que vous n'ayez pas décroché, John.*

— Nous nous parlons la semaine prochaine ?

— Absolument.

— Appelez-moi au besoin.

— Entendu. Merci, John.

— Bonjour, mon chéri ! lance ma mère qui débarque dans la chambre le soir avec une glacière.

— Bonjour.

Elle me serre un court instant dans ses bras, puis sonde mon visage, l'air soucieux.

— Quand as-tu mangé ?

Je fouille ma mémoire.

— Au petit déjeuner, je crois.

— Oh, Christian, il est plus de 20 heures ! (Elle pose sa main sur ma joue.) Je t'ai préparé des macaronis au fromage.

Je suis si épuisé que mes yeux me piquent.

— Merci.

Ma femme ne s'est toujours pas réveillée, mais je suis affamé.

— Je vais te les faire réchauffer. Il y a un four à micro-ondes dans la salle des infirmières. J'en ai pour deux minutes.

Grace fait les meilleurs macaronis de la terre – meilleurs encore que ceux de Gail. Quand elle revient, des arômes délicieux embaument la chambre. Nous nous asseyons côte à côte et commençons à parler tout en regardant ma jolie épouse qui refuse toujours de revenir parmi nous.

— Mia est rentrée à la maison ce matin. Carrick est avec elle.

— Comment elle va ?

— Christian ! Ne parle pas la bouche pleine !

— Pardon, réponds-je toujours en pleine mastication.

Ça la fait sourire, et pour la première fois depuis longtemps, j'esquisse un sourire moi aussi.

— Voilà qui est mieux.

Les yeux de Grace brillent d'un amour maternel.

Je dois reconnaître que d'avoir ma mère à côté de moi me redonne de l'espoir. Je finis la dernière bouchée et pose mon assiette vide par terre, trop fatigué pour me lever.

— C'était délicieux. Merci, maman.

— Il n'y a pas de quoi, mon chéri. Elle est très courageuse, ta petite femme.

— Et stupide.

— Christian !

— Je t'assure.

Grace plisse les yeux et me regarde avec intensité.

— Qu'est-ce qui se passe ?

— Quoi ?

— Il y a autre chose. Autre chose que toi épuisé à veiller sur Ana inconsciente.

*Comment le sait-elle ?*

Elle ne dit rien, mais son regard est éloquent. Le silence retombe dans la pièce, ponctué par le bourdonnement du tensiomètre. Ma mère et son sixième sens ! Comme d'habitude, je craque sous la pression de ses prunelles.

— On s'est disputés.

— Ah bon ?

— Oui. Avant que ce truc n'arrive, on était fâchés.

— Comment ça, vous étiez fâchés ? Qu'est-ce que tu lui as fait ?

— Maman…

*Pourquoi part-elle du principe que c'est ma faute ?*

— Christian ! Qu'est-ce que tu lui as fait ?

Je déglutis. J'ai la gorge qui brûle. Le chagrin, la fatigue, l'angoisse…

— J'étais tellement furieux…

Grace me prend la main.

— Contre Ana ? Pourquoi ? Qu'est-ce qu'elle a fait de mal ?

— Rien. Rien du tout.

— Je ne te suis pas.

— C'est le bébé. Ça m'a fait un choc. Je suis parti de la maison.

Elle me serre la main plus fort, et d'un coup je veux tout confesser.

— J'ai vu Elena.

Les yeux de ma mère s'écarquillent. J'ai tellement honte…

— Comment ça, tu as *vu* Elena ? réplique-t-elle avec un immense dégoût dans la voix.

*Tu as couché avec elle ?* C'est sa question implicite, celle que m'a justement posée Ana… quand ? Hier. Il y a à peine un jour.

— Non, pas du tout. Putain de merde, maman !

— Ne jure pas devant moi, Christian ! Qu'est-ce que je suis censée comprendre ?

— On a juste parlé. Et j'ai bu. Trop bu.

— Tu t'es soûlé ! Qu'est-ce qui t'a pris, putain !

— Maman, ne jure pas devant moi !

Elle pince les lèvres.

— Tu es le seul de mes enfants qui me pousse à proférer ces grossièretés. Tu m'avais dit que tu avais complètement rompu ?

— Je sais. En la revoyant, j'ai enfin compris. Tu sais… avec le bébé, pour la première fois, j'ai compris que… ce que nous avions fait… c'était mal.

— Ce qu'*elle* a fait, mon chéri… (Elle plisse à nouveau les lèvres et soupire.) C'est ça, quand on a des enfants. On voit le monde différemment.

— Elle a enfin compris le message… moi aussi. Mais j'ai fait souffrir Ana.

— On fait toujours souffrir ceux qu'on aime, mon chéri. Tu vas devoir lui demander pardon. Il faut que ça soit sincère, et il faudra lui donner du temps.

— Elle m'a dit qu'elle me quittait.

— Tu l'as crue ?

— Au début, oui.

— Mon chéri, tu imagines sans cesse le pire de tout le monde, toi compris. Depuis toujours. Ana t'aime énormément, et tu l'aimes aussi, c'est évident.

— Elle m'en voulait à mort.

— Je n'en doute pas. Moi aussi, je t'en veux en ce moment. Je crois qu'on ne peut être réellement furieux que contre ceux qu'on aime.

— J'ai réfléchi. Elle m'a prouvé à quel point elle m'aimait… au point de risquer sa vie.

— En effet, mon chéri.

— Maman, pourquoi est-ce qu'elle ne se réveille pas ?

Ma voix se brise. Ma gorge est trop serrée. J'étouffe. Je ne peux plus contenir tout ça : la dispute, Ana qui me quitte, qui manque de mourir, Hyde, Mia…

— J'ai failli la perdre…

Les mots se bloquent dans ma gorge, ils sont à peine audibles. Et au moment où je veux exprimer ma peur absolue, tout se rompt en moi.

— Oh, Christian…

Grace me serre contre elle et, pour la première fois de ma vie, je pleure dans les bras de ma mère : je pleure pour mon épouse, ma femme blessée, pour moi-même, pour le parfait connard que je suis.

Grace me berce, m'embrasse les cheveux et me murmure des mots doux alors que je sanglote.

— Ça va aller, mon petit. Ça va aller.

Elle me tient contre elle. Me serre fort. Je ne veux pas qu'elle s'en aille.

Maman.

La première femme qui m'a sauvé.

Je me redresse, m'essuie le visage. Je vois que Grace pleure aussi.

— Putain, maman, pas toi.

Elle esquisse un sourire, sort des mouchoirs en papier de son sac, m'en tend un et en prend un pour elle.

— Il a fallu vingt-quatre ans pour que tu me laisses te tenir dans mes bras, comme ça…

— Je sais, maman. Je suis heureux qu'on se soit parlé.

— Moi aussi. Mon chéri, je suis toujours là pour toi. (Elle me regarde, pleine d'amour.) Je n'arrive pas à croire que je vais être grand-mère ! ajoute-t-elle avec un sourire.

Il fait plus sombre. Je ne sais pas l'heure qu'il est. Je suis trop épuisé pour regarder ma montre. Ana est toujours recluse dans son monde.

— Bébé, s'il te plaît, reviens. Pardon. Pardon. Réveille-toi. Tu me manques. Je t'aime…

C'est un contact délicat, ces doigts qui courent dans mes cheveux, et dans ce rêve je m'abandonne à cette douce sensation… Je me réveille en sursaut et me redresse. Ana me regarde avec ses grands yeux bleus, miraculeux. La joie me soulève de terre. Ces yeux que j'ai tant attendus…

— Salut, dit-elle d'une voix rauque.

— Oh, Ana !

*Oh merci ! Merci, mon Dieu ! Merci !* Je lui attrape la main et la plaque contre ma joue.

— Il faut que j'aille aux toilettes, chuchote-t-elle.

— D'accord.

Elle essaie de s'asseoir.

— Ana, ne bouge pas, j'appelle une infirmière.

Je tends la main vers la sonnette à côté de son lit.

— S'il te plaît, insiste-t-elle. Il faut que je me lève.

— Veux-tu bien obéir, pour une fois ?

— J'ai vraiment besoin de faire pipi.

L'infirmière arrive et elle est contente de voir Ana enfin réveillée.

— Madame Grey, bienvenue parmi nous ! Je vais avertir le Dr Bartley que vous avez repris connaissance. (Elle s'approche du lit.) Je m'appelle Nora. Savez-vous où vous êtes ?

— Oui. À l'hôpital. Il faut que je fasse pipi.

— Je vais vous apporter un bassin.

Ana est horrifiée.

— S'il vous plaît, je veux me lever.

— Madame Grey…

Nora ne paraît guère convaincue.

— S'il vous plaît.

— Ana ! dis-je tandis qu'elle tente de s'asseoir.

— Monsieur Grey, je suis sûre que votre épouse apprécierait un peu d'intimité.

Elle me lance un regard appuyé. Autrement dit, elle me met à la porte.

*Dans tes rêves, chérie !*

— Je reste.

— Christian… (Ana me prend la main, je la serre. Je suis tellement heureux qu'elle soit de retour.) S'il te plaît.

*Et merde !*

— Très bien ! (Je passe la main dans mes cheveux, agacé et frustré. Je me tourne vers l'infirmière.) Vous avez deux minutes !

Je me penche et dépose un baiser sur le front d'Ana avant de quitter la chambre.

Je marche de long en large dans le couloir. Ana ne veut pas de moi. Peut-être ne supporte-t-elle plus de me voir. Je la comprends. *C'est insupportable !* Je reviens dans la chambre alors que Nora aide Ana à sortir du lit.

— Laissez-moi faire, dis-je.

— Monsieur Grey, je peux me débrouiller seule, grommelle Nora en me lançant un regard noir.

— Nom de Dieu, c'est ma femme !

Je pousse la potence de la perfusion qui me gêne.

— Monsieur Grey !

Mais je l'ignore, passe mon bras sous les épaules d'Ana et la soulève. Elle s'accroche à moi, et je l'emporte dans la salle de bains. Nora nous suit avec la perfusion.

— Madame Grey, vous êtes trop légère, dis-je en la déposant au sol.

Je la soutiens. Elle semble instable sur ses jambes. J'allume la lumière.

— Assieds-toi avant de tomber.

Je continue de la retenir. Maladroitement, elle s'exécute. Une fois qu'elle est assise, je la lâche.

— Va-t'en.

Elle agite la main.

— Non. Fais pipi, Ana.

— Non, je ne peux pas, pas devant toi, m'implore-t-elle avec ses grands yeux.

— Tu pourrais tomber.

— Monsieur Grey ! intervient Nora, furieuse, tandis que nous l'ignorons tous les deux.

— Christian, s'il te plaît.

*Putain, Grey ! Lâche-la !*

— J'attends dehors. Je laisse la porte ouverte.

Je sors de la salle de bains. Nora me fusille du regard.

— Retourne-toi, s'il te plaît, m'ordonne Ana.

Je réprime un sourire. Nous avons fait tant de choses tous les deux… pourquoi cette pudeur-là ? Je lève les yeux au ciel, mais obéis.

Nora marmonne. Elle parle d'ingérence et je ne sais quoi d'autre, mais je suis trop heureux de voir Ana réveillée. Rien ne peut m'atteindre.

Après une minute ou deux, Ana annonce qu'elle a fini. Je la soulève à nouveau. Et sentir ses mains dans mon cou me rend tout chose. J'enfouis mon nez dans ses cheveux. Ce n'est pas son odeur habituelle, plutôt celle des médicaments, de l'hôpital et de la douleur. Peu importe. Elle est revenue.

— Vous m'avez manqué, madame Grey, chuchoté-je dans son oreille avant de la déposer sur le lit.

Nora nous suit avec sa potence sur roulettes, tel un chaperon acariâtre.

— Quand vous aurez fini, monsieur Grey, j'aimerais bien examiner Mme Grey.

Je recule d'un pas, mains en l'air.

— Je vous la laisse.

Nora pousse un soupir excédé, puis adresse un grand sourire à Ana.

— Comment vous sentez-vous ?

— J'ai mal partout et j'ai soif. Très soif.

— Je vais aller vous chercher de l'eau dès que j'aurai vérifié vos fonctions vitales et que le Dr Bartley vous aura examinée.

Elle referme le brassard d'un tensiomètre sur le haut du bras. Ana ne me quitte pas des yeux. Puis fronce les sourcils.

*Quoi ? Elle se rappelle qu'elle veut me quitter ? C'est ça ?*

*Tu dois surtout avoir une sale tête, Grey !*

Je m'assois sur le bord du lit, hors de portée de Nora.

— Comment te sens-tu ?

— J'ai les idées embrouillées, j'ai mal et j'ai faim.

— Tu as faim ?

Elle hoche la tête avec vigueur.

— Tu veux manger quoi ?

— N'importe quoi. De la soupe.

— Monsieur Grey, il va falloir l'accord du médecin avant que Mme Grey puisse s'alimenter.

L'infirmière et moi ne sommes décidément pas sur la même longueur d'onde. Je sors mon BlackBerry et appelle Taylor.

— Monsieur ?

— Ana veut de la soupe au poulet…

— Excellente nouvelle ! Gail est partie chez sa sœur, mais je vais appeler l'Olympic. Le service restauration est encore ouvert à cette heure.

— Bien…

— J'arrive tout de suite.

— Merci.

Je raccroche. Nora est carrément fâchée, mais je m'en fiche.

— Taylor ? demande Ana.

J'acquiesce.

— Votre tension est normale, madame Grey. Je vais aller chercher le médecin.

Elle retire le brassard et, sans un mot, sort de la chambre.

— Je crois que tu as contrarié l'infirmière.

— Je fais souvent cet effet-là aux femmes !

Ana commence à rire puis grimace brusquement, la main plaquée contre son flanc.

— Oui, c'est vrai, souffle-t-elle.

— Ana, j'aime tellement t'entendre rire.

*Mais pas si ça te fait souffrir !*

L'infirmière revient avec une carafe d'eau. Ana et moi nous nous taisons, pendant que Nora remplit un verre.

— Rien que des petites gorgées, prévient-elle.

— Oui, madame.

Ana avale une lampée, ferme les yeux de plaisir. Puis les rouvre et me regarde.

— Mia ?

— Grâce à toi, elle est saine et sauve.

— Ils la détenaient vraiment ?

— Oui.

— Comment l'ont-ils enlevée ?

— Elizabeth Morgan.

— Non !

— Elle est devenue copine avec Mia à la salle de sport.

Ana fronce les sourcils comme si le machiavélisme de Hyde dépassait son entendement.

— Je t'expliquerai plus tard. Mia va bien, étant donné les circonstances. Elle a été droguée. Elle est encore groggy et secouée mais, par miracle, on ne lui a pas fait de mal. Ce que tu as accompli… (Je choisis soigneusement mes mots :)… était incroyablement courageux et incroyablement stupide. Tu aurais pu te faire tuer.

— Je ne savais pas quoi faire d'autre, murmure-t-elle en baissant les yeux.

— Tu aurais pu me parler !

— Il m'a dit qu'il la tuerait si je parlais. Je ne pouvais pas courir ce risque.

Je ferme les yeux. *Pas Mia ! Pas Ana !* Je murmure :

— J'ai souffert mille morts depuis jeudi.

— Quel jour on est ?

— Presque samedi. (Je consulte ma montre.) Tu as été inconsciente plus de vingt-quatre heures.

— Jack et Elizabeth ?

— En détention. En fait, Hyde est ici, sous bonne garde. Il a fallu qu'on extraie la balle que tu lui as mise dans la jambe. Je ne sais pas dans quel service il se trouve, heureusement d'ailleurs, parce que j'irais probablement le tuer de mes propres mains.

Ses yeux s'écarquillent de terreur.

— Hé ! (Je lui prends son verre, le pose sur la table de nuit et la serre doucement dans mes bras.) Tu es en sécurité, maintenant.

— Christian, je te demande pardon, sanglote-t-elle.

— Chut.

— Pardon pour ce que j'ai dit. Je n'ai jamais eu l'intention de te quitter.

— Chut, bébé, je sais.

— Vraiment ?

Elle s'écarte et m'observe derrière ses larmes.

— J'ai fini par comprendre. Franchement, Ana, qu'est-ce qui t'est passé par la tête ?

— Quand on s'est parlé à la banque, tu m'as prise au dépourvu en t'imaginant que je te quittais. Je pensais que tu me connaissais mieux que ça. Je t'ai dit mille fois que je ne te quitterais jamais.

Je pousse un long soupir.

— Mais après la façon inadmissible dont je me suis conduit… (Je resserre mes bras autour d'elle.) J'ai cru que je t'avais perdue.

— Non, Christian, jamais. Je ne voulais pas que tu t'en mêles et que tu mettes la vie de Mia en danger.

*M'en mêler ?*

— Et alors, tu as compris comment ? ajoute-t-elle.

Je cale l'une de ses mèches derrière son oreille.

— Je venais d'atterrir à Seattle quand la banque a téléphoné.

— Tu étais à Portland quand Sawyer t'a appelé de la voiture ?

— Oui, on était sur le point de décoller. Il m'a dit que tu te sentais mal, et j'étais inquiet pour toi.

— Vraiment ?

— Évidemment. (Je caresse du pouce sa lèvre inférieure.) Je passe ma vie à m'en faire pour toi, tu le sais bien.

Après cette remarque, je récolte un petit sourire. C'est déjà ça.

— Jack m'avait donné deux heures pour trouver l'argent. Il fallait que je sorte, et j'ai choisi l'excuse la plus plausible.

— Tu as échappé à la surveillance de Sawyer. Au fait, lui aussi, il est furieux contre toi.

— Lui aussi ?

— Comme moi.

Elle lève la main, effleure ma barbe naissante. Je ferme les yeux au contact de ses doigts.

— Ne sois pas fâché contre moi, je t'en prie.

— Je suis ivre de rage. Ce que tu as fait était d'une stupidité phénoménale. À la limite de la folie.

— Je te le répète, je ne savais pas quoi faire d'autre.

— On dirait que tu te fiches de ta propre sécurité. Il ne s'agit plus seulement de toi, maintenant.

À cet instant, la porte s'ouvre et le médecin entre.

— Bonsoir, madame Grey. Je suis le Dr Bartley.

Je la salue d'un signe de tête et m'écarte pour qu'elle puisse l'examiner. J'en profite pour appeler mon père et lui annoncer qu'Ana est réveillée.

— Magnifique, mon garçon… (Il marque un silence, visiblement pour écouter ce que lui dit Grace.) Ta mère te rappelle que tu dois t'excuser.

— C'est prévu !

— Pourquoi tu dois t'excuser ? Qu'est-ce qui s'est passé ?

— C'est une longue histoire, papa.

— D'accord. Dis bien à Ana qu'on l'aime. On passera la voir demain.

J'appelle Carla pour lui annoncer la bonne nouvelle. Elle fond en larmes.

— Oh merci, Christian !

Et ensuite Kate Kavanagh.

— Dieu merci ! lance-t-elle. Et j'espère que vous avez fait la paix.

— Oui, oui, réponds-je, même si cela ne la regarde pas. Je te laisse, je dois appeler Ray.

— OK. Et dis à Ana que la chasse aux kidnappeurs, c'est fini !

— Entendu.

Ray est tellement soulagé qu'il reste silencieux plusieurs secondes, le temps de reprendre ses esprits.

— Merci de m'avoir prévenu, Christian, finit-il par articuler. Dis à Annie que je l'aime.

— Je n'y manquerai pas.

Quand je raccroche avec mon beau-père, je vois que le Dr Bartley palpe les côtes de sa patiente. Ana grimace.

— Vous avez des hématomes, mais vos côtes ne sont ni fêlées ni cassées. Vous avez eu beaucoup de chance, madame Grey.

Ana me regarde. Je lui réponds silencieusement en articulant : *Tu es folle !*

— Je vais vous prescrire des analgésiques. Vous en aurez besoin pour vos côtes et pour votre mal de tête. Mais tout semble en bon état. Essayez de dormir. Demain matin, ma collègue, le Dr Singh, passera vous voir. Selon la façon dont vous vous sentirez, nous vous laisserons peut-être rentrer chez vous.

— Merci.

On frappe à la porte. C'est Taylor qui arrive avec une boîte du service restauration du Fairmont Olympic.

— De la nourriture ? s'étonne le Dr Bartley.

— Ma femme a faim. C'est de la soupe au poulet.

— De la soupe, c'est parfait. Mais seulement le bouillon. Pas d'aliments solides.

Elle nous regarde tour à tour pour s'assurer que le message est bien passé, puis sort de la chambre, suivie de Nora.

Il y a une tablette sur roulettes dans un coin. Je l'approche et Taylor dépose le carton.

— Content de vous revoir, madame Grey, déclare-t-il avec une expression attendrie.

— Bonsoir, Taylor. Merci.

— Je vous en prie, madame. Et…

Il s'interrompt. Je le regarde tandis que je déballe le repas. Je ne sais pas ce qu'il comptait dire. Peut-être voulait-il la réprimander ? Ça se comprendrait ! Mais il se contente de lui sourire.

En plus du Thermos de soupe, il y a un panier de petits pains, une nappe de lin, un bol en porcelaine et une cuillère en argent.

— C'est génial, Taylor ! lance Ana.

— Ce sera tout ?

— Oui, merci, réponds-je. Vous pouvez retourner vous coucher.

— Merci, Taylor.

— Vous avez besoin d'autre chose, madame ?

Elle m'observe et fronce les sourcils.

— Des vêtements de rechange pour Christian.

Taylor me lance un regard en coin et sourit.

— Oui, madame.

Quoi ? J'examine mes vêtements. Je ne me suis pas taché. D'accord, je ne me suis ni lavé ni rasé depuis longtemps et je dois avoir une tête de déterré.

— Tu la portes depuis combien de temps ? me demande-t-elle en désignant ma chemise, tandis que Taylor s'en va.

— Jeudi matin. Taylor est fâché contre toi, lui aussi, dis-je.

Je dévisse le bouchon du Thermos pour verser la soupe au poulet dans le bol.

Ana y plonge aussitôt sa cuillère. Jamais je ne l'ai vue aussi affamée. Dès la première gorgée, elle ferme les yeux d'extase.

— C'est bon ?

Elle hoche la tête avec enthousiasme et prend aussitôt une autre cuillerée. Elle s'essuie la bouche et me demande :

— Raconte-moi ce qui est arrivé après que tu as compris ce qui se passait.

— Ana, qu'est-ce que c'est bon de te voir manger…

— J'ai faim. Raconte.

J'essaie de me remémorer tous les événements, dans le bon ordre.

— Après le coup de fil à la banque, j'ai cru que mon univers s'effondrait…

Ana me regarde, perplexe. Malgré moi, je prends un ton sévère pour continuer :

— Si tu t'arrêtes de manger, j'arrête de parler.

Décontenancée, elle reprend sa cuillère. *Voilà qui est mieux !*

— Peu de temps après qu'on s'est parlé, toi et moi, Taylor m'a appris que Hyde avait été libéré sous caution. Comment, je ne le sais pas. Je pensais qu'on avait réussi à déjouer toutes ses tentatives de ce côté-là. Mais ça m'a fait réfléchir à ce que tu avais dit… et j'ai compris qu'il se passait quelque chose de grave.

— Ça n'a jamais été pour l'argent, réplique-t-elle avec colère. Comment as-tu pu le croire un seul instant ? Ça n'a jamais été pour ton putain d'argent !

*Hé ! Tout doux !*

— Surveille ton langage ! Calme-toi et mange. (Elle me lance un regard noir.) Ana…

— Ça m'a blessée plus que tout, Christian. Enfin, presque autant que le fait que tu revoies cette bonne femme.

Je ferme les yeux. Mes remords me reviennent en pleine figure !

— Je sais. Et j'en suis désolé. Plus que tu ne peux l'imaginer. S'il te plaît, mange pendant que ta soupe est chaude.

Elle reprend sa cuillère, pioche un petit pain.

— Continue, articule-t-elle entre deux bouchées.

— On ne savait pas que Mia avait disparu. Je pensais qu'il te faisait peut-être chanter. Je t'ai rappelée, mais tu n'as pas répondu. Je t'ai laissé un message, puis j'ai appelé Sawyer. Taylor a tracé ton portable, je savais que tu étais à la banque, alors on y est allés.

— Je ne sais pas comment Sawyer m'a retrouvée. Il traçait mon portable, lui aussi ?

— La Saab est équipée d'une balise de géolocalisation, comme toutes nos voitures. Quand on est arrivés à la banque, tu étais déjà partie, alors on t'a suivie. Pourquoi souris-tu ?

— Je savais que tu localiserais mon portable.

— Et pourquoi ça t'amuse ?

— Jack a exigé que je me débarrasse de mon téléphone. Alors j'ai emprunté celui de Whelan, et c'est celui-là qu'Elizabeth a jeté. J'ai mis le mien dans le sac pour que tu puisses suivre ton argent.

Je lâche un soupir.

— *Notre* argent, Ana. Mange.

Une fois encore, je suis surpris par son sang-froid et son intelligence. Mais je ne montre rien. Je me contente de la regarder saucer son bol avec le reste du pain.

— Fini !

— Bravo, bébé.

On toque à la porte. C'est encore Nora. Elle a dans la main un petit gobelet.

— Pour la douleur, annonce-t-elle tandis que je range dans le carton les reliefs du repas.

— Ça ne nuira pas au bébé ?

— Non, madame Grey. (Elle tend à Ana les cachets avec un verre d'eau.) C'est du Lortab, ça n'affectera pas le bébé.

Ana les avale, puis réprime un bâillement.

— Vous devriez vous reposer, madame Grey.

Nora se tourne ostensiblement vers moi. Je hoche la tête. *Oui, oui. Message reçu.*

— Tu t'en vas ? demande-t-elle, brusquement paniquée.

— Madame Grey, si vous vous imaginez que j'ai l'intention de vous abandonner un seul instant, vous vous fichez le doigt dans l'œil.

Agacée, Nora rajuste l'oreiller d'Ana pour l'inciter à s'allonger.

— Bonne nuit, madame Grey.

Elle s'en va en me jetant un regard en coin.

— Je ne crois pas que Nora m'approuve, dis-je.

Je contemple ma femme. Consciente. Alerte. Nourrie. Enfin !

— Toi aussi, tu as besoin de te reposer, Christian. Rentre, tu as l'air crevé.

— Je ne te quitte pas. Je peux dormir sur la chaise.

Elle fronce les sourcils, puis sourit, comme si une blague lui traversait l'esprit.

— Dors avec moi.

*Quoi ?*

— Non, je ne peux pas.

— Pourquoi ça ?

— Je ne veux pas te faire mal.

— Tu ne me feras pas mal. S'il te plaît, Christian.

— Tu as une perfusion.

— Christian… S'il te plaît.

C'est si tentant. Mais il ne faudrait pas que… En revanche, je pourrais la tenir contre moi, et cette pensée est… irrésistible.

— S'il te plaît, me supplie-t-elle en soulevant le drap pour m'inviter dans son lit…

— Oh, et puis merde, après tout…

J'ôte mes chaussures et mes chaussettes, et la rejoins sous la couverture. Doucement, je l'enlace et elle pose sa tête sur mon torse. *Comme c'est bon. Son contact. Ana.* J'embrasse ses cheveux.

— Je doute que l'infirmière soit très satisfaite de cet arrangement, lui dis-je à l'oreille.

Elle glousse, puis s'arrête aussitôt.

— Ne me fais pas rire, ça me fait mal.

— Ah, mais j'adore ce son.

*Je t'aime, Ana. De toute mon âme.*

Je suis désolé, bébé, tellement, tellement désolé.

Je l'embrasse à nouveau et je sens son odeur derrière celle de l'hôpital. Elle est là. Ma femme. Ma femme magnifique.

Elle pose sa main sur mon cœur. Je pose aussi ma main sur son cœur. Et ferme les yeux.

— Pourquoi es-tu allé voir cette femme ?

— Ana, tu tiens vraiment à en discuter maintenant ? On ne peut pas laisser tomber ? Je regrette, d'accord ?

— J'ai besoin de savoir.

— Je t'expliquerai demain. (Je suis trop épuisé pour être agacé par cette question.) Ah, l'inspecteur Clark veut te parler. Allez, dors, maintenant.

— Tu sais pourquoi Jack a fait tout ça ?

— Mmm…

Le sommeil me tombe dessus, une masse de plomb. Après toutes ces heures d'angoisse, de regret, de lutte, je rends les armes et plonge dans un néant sans rêve.

## Samedi 17 septembre 2011

Ana est toute froide. Je ne peux pas la réveiller. Ouvre les yeux, Ana. Réveille-toi ! Elena s'approche et s'assoit à côté de moi. Elle est nue. Elle porte juste ses longs gants de cuir qui lui montent jusqu'aux coudes. Et ses talons aiguilles aux semelles rouges. Elle prend ma main. *Non.* Ses doigts se referment sur ma cuisse. *Non. Ne me touche pas. Je ne veux plus. Seulement Ana.* Ses yeux étincellent de colère, mais la flamme s'éteint. Vaincue, elle se lève. Elle est habillée, maintenant. Tout en noir. *Adieu, Christian.* Elle rejette ses cheveux en arrière et se dirige vers la porte sans se retourner. Ana s'est réveillée, elle me sourit. *Rejoins-moi. Dors avec moi. Reste avec moi.* Mon cœur me fait mal. Ses mots me donnent tant de joie. Je caresse sa joue. *Reste avec moi. S'il te plaît.* Elle me supplie. Comment résister à ça ? Elle m'aime. Elle m'aime vraiment. Et moi aussi, je l'aime.

Quand je me réveille, il me faut un moment pour me souvenir que je suis à l'hôpital, avec Ana. Elle dort face à moi, la tête sur l'oreiller, les yeux clos, les lèvres entrouvertes, les joues pâles hormis la trace bleuâtre du coup que lui a donné Hyde. La vue de cet hématome me serre le ventre. La colère me submerge à nouveau.

*Passe à autre chose, Grey. Elle est ici. À l'abri.*

Je cligne des paupières. Je me sens reposé, mais sale. Je veux me doucher, me raser, passer des vêtements propres. Il est 6 h 20 à ma montre. J'ai le temps. Maintenant qu'Ana est de retour dans le monde des vivants, je peux m'absenter un moment. Avec un peu de chance, je serai de retour avant qu'elle se réveille. Sans bruit, je sors du lit et enfile mes chaussures. J'effleure son front d'un semblant de baiser, puis attrape mon téléphone, le chargeur, ma veste, et quitte la pièce sur la pointe des pieds, comme si je fuyais une scène de crime.

Cette pensée me fait sourire. *Nous sommes mari et femme !*

Parfait, Nora et les autres infirmières ne sont pas à leur bureau. Personne ne me voit.

Décidément, c'est mon jour de chance : il y a un taxi devant l'entrée, et pas de paparazzis. Comme il est tôt, j'arrive vite à l'Escala. Quand les portes de l'ascenseur s'ouvrent à mon étage, mon humeur est au beau fixe.

Taylor est dans l'entrée, prêt à partir. Surpris de me voir, il recule, mais reprend vite contenance.

— Bonjour, monsieur. Bienvenue chez vous.

— Bonjour, Taylor.

— Je serais venu vous chercher. J'allais vous apporter des vêtements de rechange, comme me l'a demandé votre épouse. Et aussi le *Seattle Times*.

— Tout va bien. Je prends une douche et nous retournons là-bas.

Il acquiesce.

L'eau chaude coule sur moi. *Me laver de mes péchés !* Après tout ce que j'ai fait… si c'était aussi simple. Ana veut tout savoir de mon entrevue avec Elena. Qu'est-ce que je vais pouvoir lui dire ?

*La vérité, Grey !*

Elle ne va pas apprécier. Ma bonne humeur se dissout aussitôt. En me rasant, je regarde le parfait connard en face de moi dans le miroir. *Tu lui dois bien ça. Après tout ce qu'elle a fait pour toi. Elle a sauvé ta sœur. Elle t'a sauvé, toi !*

Je ferme les yeux. C'est la vérité. Cette femme m'a chaque fois pris de court. Elle a abattu mes défenses, percé des brèches, fait entrer la lumière, sa lumière. Elle ne s'est pas laissé impressionner. Elle m'a sorti de mes ténèbres, sans peur, en vraie Amazone. Elle m'a offert l'espoir en retour, parce qu'elle m'aime.

*Et elle porte mon enfant*. Putain ! *Un enfant !*

Le connard dans la glace m'observe ; perdu.

Et elle a fait tout ça par amour, et aussi parce qu'elle est quelqu'un de bien. Et moi, comment l'ai-je traitée ?

*C'est inexcusable, Grey.*

Les paroles d'Ana me hantent : « *Si je dois choisir entre toi et ce bébé sans défense, c'est lui que je choisis. Comme le ferait n'importe quelle mère. Comme ta mère aurait dû le faire pour toi. Si elle l'avait fait, on ne serait pas en train d'avoir cette conversation. Mais tu es un adulte, maintenant. Grandis, bordel ! Arrête de te conduire comme un ado capricieux !* »

Et j'ai cru qu'elle me quittait ! Je m'essuie le visage.

*Il est temps d'en finir, Grey !*

En chemin vers l'hôpital, nous nous arrêtons pour que Taylor aille récupérer au coffee-shop la commande qu'il a passée. Il revient avec dans les bras un petit déjeuner gargantuesque pour Ana. J'espère qu'elle a faim. Sawyer se gare devant l'entrée du Northwest, mais quand je sors de la voiture, je suis assailli par deux photographes qui commencent à me mitrailler.

— Comment va votre femme, monsieur Grey ?

— Monsieur Grey, vous allez porter plainte ?

Je les ignore et fonce dans le hall. Taylor me suit, avec le petit déjeuner.

Nous nous dirigeons vers la salle des infirmières et disposons les victuailles sur un plateau. Merde ! je n'ai pas apporté de vase ; j'aurais pu chiper quelques fleurs dans les bouquets. Cela aurait été un bon préambule pour les excuses.

— Monsieur, me prévient Taylor alors que je m'apprête à emporter le plateau, Gail a préparé le sauté de poulet que Mme Grey aime tant. Si vous voulez, j'irai le chercher pour le déjeuner.

— Merci pour l'info. Mais j'espère la ramener à la maison ce matin.

Taylor hoche la tête et m'ouvre la porte de la chambre d'Ana. Je m'attends à un accueil chaleureux.

Non ! Elle est partie. Je panique.

— Ana !

— Dans la salle de bains !

*Oh merci. Merci mon Dieu !*

Taylor déboule dans la chambre aussi inquiet que moi.

— Tout va bien, lui dis-je.

Il ressort, sans doute pour s'installer dans le couloir. Je dépose le repas sur la tablette et attends Ana. Cette fois, sans impatience. Quelques minutes plus tard, elle apparaît sur le seuil avec un grand sourire. Je suis heureux de la voir debout et en forme.

— Bonjour, madame Grey. Je vous ai apporté votre petit déjeuner.

Elle grimpe sur le lit, pendant que j'approche le plateau et soulève le couvercle. Ses yeux s'écarquillent de plaisir. Que demander de plus ! Elle se jette sur le jus d'orange qu'elle boit d'un trait, et attaque le porridge. Je m'installe au bord du lit et profite du spectacle. Non seulement elle a faim, mais ses joues ont retrouvé des couleurs.

— Quoi ? demande-t-elle, la bouche pleine.

— J'aime bien te regarder manger. Comment te sens-tu ?

— Mieux.

— Je ne t'ai jamais vue manger d'aussi bon appétit.

Elle prend soudain un air sérieux.

— C'est parce que je suis enceinte, Christian.

Je laisse échapper un petit rire et tente une plaisanterie pour éviter le sujet.

— Si j'avais su qu'en te mettant en cloque je réussirais à te faire manger, je l'aurais fait plus tôt.

— Christian Grey ! s'écrie-t-elle en posant sa cuillère.

— Ne t'arrête pas de manger.

— Christian, il faut qu'on parle.

— Parler de quoi ? On va avoir un bébé, voilà ! Pas de quoi en faire tout un plat.

Je hausse les épaules d'un air nonchalant. Mais Ana ne se laisse pas abuser. Elle repousse le plateau et prend ma main. Je la regarde, tétanisé.

— Tu as peur. Je comprends, dit-elle gentiment, en rivant ses yeux bleus aux miens. Moi aussi, j'ai peur. C'est normal.

Je m'aperçois que je ne respire plus. *Comment pourrais-je aimer un enfant ? Je viens juste d'apprendre à t'aimer, toi.*

— Quelle sorte de père je ferai ?

Les mots ont du mal à sortir tellement j'ai la gorge serrée.

— Ah, Christian… (Elle prononce mon nom presque dans un sanglot. Ça me fend le cœur.) Un père qui fait de son mieux. On ne peut pas faire plus que ça.

— Ana, je ne sais pas si je peux…

— Évidemment, que tu peux : tu es affectueux, drôle, fort, tu sais établir des limites. Notre enfant ne manquera de rien.

*Y a-t-il de la place dans mon cœur pour quelqu'un d'autre ? Et dans le tien ? Y a-t-il assez de place pour lui et moi ?*

— Je suis d'accord, poursuit-elle. Idéalement, il aurait mieux valu attendre, avoir plus de temps rien que tous les deux. Mais on sera trois, on grandira tous ensemble, et ton enfant t'aimera inconditionnellement, comme moi.

Les larmes lui montent aux yeux et roulent sur ses joues.

— Ah, Ana, j'ai cru que je t'avais perdue… Et puis en te voyant par terre, pâle, froide, inconsciente, j'ai pensé que mes pires craintes se réalisaient. Et maintenant tu es là, courageuse, forte… et tu me redonnes espoir. Tu m'aimes encore, après tout ce que j'ai fait.

— Oui, je t'aime, Christian. Désespérément. Je t'aimerai toujours.

Je prends son visage dans mes mains et essuie ses joues.

— Moi aussi, je t'aime, dis-je en l'embrassant doucement. (Je lui suis tellement reconnaissant d'être toujours là, avec moi.) J'essaierai d'être un bon père.

— Tu réussiras. De toute façon, tu n'as pas tellement le choix, parce que le Petit Pois et moi, on n'a pas l'intention de s'en aller.

— Le Petit Pois ?

— Le Petit Pois.

— Dans ma tête, je l'appelle Junior.

— Alors, on l'appellera Junior.

— Mais le Petit Pois, ça me plaît bien.

Je l'embrasse à nouveau, taquine ses lèvres. À ce contact, je m'enflamme aussitôt.

*Non, il ne faut pas !* Je m'écarte.

— J'aimerais bien t'embrasser toute la journée mais, pendant ce temps-là, ton petit déjeuner refroidit. (Les yeux d'Ana ont la couleur d'un ciel d'été. Elle semble amusée par ma réaction.) Mange !

Elle retourne au lit et je replace le plateau roulant devant elle, telle une barrière entre nous.

— Tu sais, dit-elle en attaquant les pancakes, si ça se trouve, le Petit Pois est une fille.

— Deux femmes à la maison ?

— Tu as une préférence ?

— Une préférence ?

— Garçon ou fille ?

— Tant que le bébé est en bonne santé, ça m'est égal. (*Une fille ? Qui ressemblerait à Ana ?*) Mange !

— Je mange, je mange… Bon sang, lâche-moi les baskets, Grey.

Je m'écarte du lit et m'assois sur la chaise, heureux que nous ayons abordé le sujet…

*Le Petit Pois. Oui, j'aime bien ce nom.*

J'attrape le journal. Merde ! Ana est en première page.

— Vous êtes encore dans le journal aujourd'hui, madame Grey.

— Encore ?

— Les journalistes ressassent les articles d'hier, mais au moins les faits sont exacts. Tu veux lire ?

— Fais-moi la lecture. Je mange.

*Tes désirs sont des ordres, tant que tu t'alimentes !*

Je lis l'article à haute voix. Ana ne réagit pas, mais, à la fin, elle en veut encore.

— S'il te plaît, lis-moi autre chose. J'aime bien t'écouter.

Ses mots ont le don de me réchauffer l'âme.

Elle termine son petit déjeuner, puis m'écoute lui faire la lecture. Soudain, on toque à la porte. C'est l'inspecteur Clark et ma bonne humeur vole en éclats.

— Je vous dérange ?

— Oui.

Clark ignore ma remarque. Quel culot ! Quelle arrogance !

— Je suis heureux de constater que vous avez repris conscience, madame Grey. Il faut que je vous pose quelques questions. On peut faire ça maintenant ?

— Comme vous voulez, acquiesce Ana, mais je vois bien que cela ne lui plaît pas.

— Ma femme doit se reposer.

— Je serai bref, monsieur Grey. Plus vite ce sera fait, plus vite vous serez débarrassés de moi.

Le raisonnement se tient. À contrecœur, je me lève pour lui laisser mon siège et vais m'installer de l'autre côté du lit. Je prends la main d'Ana tandis qu'elle fait le récit des événements. Les mots terribles qui décrivent ce cauchemar sonnent bizarrement dans sa bouche. Elle a une voix si douce, si tendre. De temps en temps, quand la colère monte en moi, je serre plus fort sa main. À la fin de cette évocation douloureuse, il est clair qu'Ana s'est souvenue d'une foule de détails.

— C'est parfait, madame Grey.

— Je regrette que tu n'aies pas visé plus haut, dis-je, furax.

— Mme Grey aurait sans doute rendu service à la gent féminine, acquiesce Clark.

Étonnée, Ana nous regarde tour à tour. Mais pour l'instant, il est préférable de ne rien lui dire.

— Merci, madame Grey, ce sera tout pour l'instant.

— Vous ne le laisserez plus ressortir, cette fois ? demande-t-elle, alors que Clark est sur le départ.

— Ça m'étonnerait.

— Savez-vous qui a payé sa caution ? dis-je.

— La personne a demandé que son identité reste confidentielle.

Au moment où le policier quitte la pièce, le Dr Singh et deux internes entrent. Je ramasse les restes du petit déjeuner et rejoins l'inspecteur dans le couloir.

— Au revoir, monsieur Grey, me salue Clark.

Taylor se lève de sa chaise et me suit dans la salle des infirmières, où je dépose le plateau.

— Je vais m'en occuper, annonce-t-il.

— Merci.

Je le laisse nettoyer tout ça et retourne dans la chambre, où j'attends que le Dr Singh ait terminé de l'examiner.

— Tout va bien. Vous pouvez rentrer chez vous, déclare-t-elle avec un grand sourire.

Magnifique !

— Madame Grey, si vos maux de tête empirent ou si votre vision se brouille, revenez immédiatement à l'hôpital.

Ana hoche la tête, à la fois soulagée et ravie à l'idée de quitter l'hôpital. J'interviens :

— Docteur, je peux vous dire un mot ?

— Oui, monsieur Grey, aucun problème.

Nous sortons dans le couloir. Par chance, Taylor est encore en train de nettoyer le plateau dans la salle des infirmières.

— Ma femme… je…

— Oui ?

— Ses blessures… Est-ce que ça nous empêche de faire…

— De faire quoi ?

— Est-ce que les relations sexuelles sont…

Elle m'interrompt très vite :

— Non, monsieur Grey, aucun problème. (Puis elle baisse la voix et ajoute :) Tant que votre femme est consentante.

Je lui retourne un grand sourire.

Lorsque je reviens dans la chambre, Ana me demande aussitôt :

— Tu lui as parlé de quoi ?

— De sexe.

— Et alors ? s'inquiète-t-elle en rougissant.

— On peut y aller.

— Pas ce soir, chéri, j'ai la migraine, me taquine-t-elle.

— Je sais. Tu resteras en quarantaine pendant un petit moment, mais je voulais savoir.

Elle paraît déçue.

Nora fait irruption dans la chambre et, après m'avoir adressé un regard noir, elle retire la perfusion. Ana la remercie. Je lance un sourire à l'infirmière quand elle repart avec la potence. En fait, je n'ai rien contre elle. Au contraire. Cette femme s'est bien occupée d'Ana pendant tout son séjour. Je ferai un don à l'hôpital pour le personnel.

— Alors, je te ramène à la maison ? dis-je à Ana une fois seuls.

— J'aimerais d'abord voir Ray.

— Bien sûr.

— Il sait, pour le bébé ?

— J'ai pensé que tu voudrais lui annoncer toi-même la nouvelle. Je n'en ai pas parlé à ta mère non plus.

— Merci.

— Ma mère est au courant. Elle a vu ton dossier. J'en ai parlé à mon père, mais à personne d'autre. D'après maman, les couples attendent normalement la douzième semaine… pour être sûrs.

— Je ne suis pas certaine d'être prête à l'annoncer à Ray.

Je la comprends. De toute façon, la décision lui revient.

— Je te préviens, il est fou de rage. Il m'a même conseillé de te donner la fessée.

Ana me regarde bouche bée.

— Je lui ai répondu que j'y songeais.

— Tu n'as pas dit ça ?

Elle fait mine d'être horrifiée, mais en même temps je vois bien que ça l'amuse.

*Est-ce que cela durera ainsi toute notre vie ? Faire rire ma femme ? La taquiner ? J'ai déjà tellement de chance de pouvoir le faire encore maintenant.*

Je lui lance un clin d'œil.

— Tiens, Taylor t'a apporté des vêtements de rechange. Je vais t'aider à t'habiller.

Ray est ravi de voir sa fille mais ne le montre pas. Toutefois, la lumière dans ses yeux est tangible. Un mélange de soulagement, d'amour et de colère. Sachant qu'il va lui passer un savon, je bats en retraite et retrouve Taylor dans le couloir.

— Il y a des photographes devant l'entrée, m'annonce-t-il.

— Trouvez une autre sortie. Et que Sawyer soit prêt à nous récupérer en voiture.

— Entendu.

Alors qu'il s'éloigne, j'appelle Welch.

— Monsieur Grey ?

— Des nouvelles ?

— Oui. Je suis en salle d'embarquement. Attendez deux secondes que je trouve un endroit tranquille. (J'entends en arrière-plan des annonces pour des vols – mais aucun pour Seattle.) C'est bon… J'ai trouvé des infos sur Hyde. Je vous les apporte. Je préfère vous les remettre en main propre plutôt qu'en parler au téléphone.

— Vous ne pouvez rien me dire ?

— C'est trop risqué. Je ne suis pas seul ici, et nous ne sommes pas sur une ligne sécurisée.

*Ce qu'il a trouvé est donc si important que ça ?*

— En plus, la police a récupéré des clés USB dans l'appartement de Hyde. Lors de leur deuxième perquisition. Des *sex tapes*. Avec ses anciennes assistantes. On y trouve Elizabeth Morgan. Et c'est carrément trash.

*Merde !* Mes cheveux se dressent sur mon crâne.

— À mon avis, il s'est servi de ces vidéos pour acheter leur silence, et aussi forcer la main d'Elizabeth Morgan.

Pour Elizabeth, j'étais au courant. Mais ses autres assistantes ? Heureusement que j'ai empêché Ana d'aller avec lui à New York.

— Ça s'ajoutera sans doute aux chefs d'accusation, poursuit Welch. Mais le dossier n'est pas encore bouclé.

— Et pour la caution. On sait qui l'a payée ?

— Rien de sûr. Mais je me mets dessus dès mon retour.

— Vous rentrez à quelle heure ?

— Vers 17 heures.

— On se verra alors à ce moment-là, dis-je en raccrochant.

*Je me demande ce qu'il a trouvé sur Hyde.*

Ana est silencieuse alors que nous nous dirigeons vers l'entrée de service de l'hôpital, à l'arrière du bâtiment. Son père lui a remonté les bretelles et, si j'avais été là, il est fort possible que j'aurais été du côté de Ray. En même temps, ce ne doit pas être agréable de subir ses foudres.

Une fois dans la voiture, Ana appelle sa mère.

— Bonjour, maman..., bredouille-t-elle d'une petite voix. (À l'autre bout du fil, j'entends des cris de joie et des sanglots.) Maman...

C'est trop pour Ana aussi. Ses yeux s'embuent de larmes. Je lui prends la main et la presse pour lui montrer mon soutien. Mais je n'écoute pas leur conversation. J'ai l'esprit ailleurs. Pourquoi Welch n'a-t-il rien voulu me dire ?

*Est-ce que je tiens vraiment à le savoir ?* Je détourne la tête et regarde par la fenêtre.

— Qu'est-ce qui ne va pas ? me demande Ana après avoir terminé son appel avec sa mère.

— Welch a demandé à me voir.

— Welch ? Pourquoi ?

— Il a découvert quelque chose sur cet enculé de Hyde.

Dès que je prononce son nom, une bouffée de haine m'envahit. Non, ce n'est pas de la *haine*, ce serait trop doux. C'est de l'exécration. De l'exécration absolue. J'abomine tout chez cet individu, et tout ce qu'il a fait.

Ana me regarde toujours. Elle attend d'en savoir plus.

— Il n'a pas voulu m'en parler au téléphone, dis-je.

— Ah ?

— Il rentre de Detroit cet après-midi.

— Tu crois qu'il a trouvé quelque chose ?

Je hoche la tête.

— Quoi, à ton avis ?

— Je n'en ai aucune idée.

C'est irritant, mais j'y penserai plus tard. Pour l'instant, je dois m'occuper de ma femme.

— Heureuse de rentrer à la maison ? demandé-je alors que nous montons dans l'ascenseur de l'Escala.

— Oui.

Mais je vois son visage qui pâlit. Elle lève les yeux vers moi, se met à trembler. *Et merde ! Ça y est. C'est le contrecoup !*

Je la prends dans mes bras.

— Hé ! Tu es chez toi, tu es en sécurité.

Je lui embrasse les cheveux. Sa douce odeur remplace enfin celle de l'hôpital.

— Oh, Christian…

Un sanglot monte dans sa gorge.

— Chut.

Je presse sa tête contre moi. Je veux chasser sa peur, sa souffrance. Tout ce qu'elle a gardé en elle. Je déteste la voir pleurer. Pourtant elle en a besoin. *Vas-y, bébé. Lâche tout.*

Lorsque les portes de l'ascenseur s'ouvrent, je la soulève dans mes bras et l'emporte jusqu'à notre salle de bains. Je la dépose avec précaution sur la chaise, comme si elle était en verre.

— Un bain ?

Elle secoue la tête et grimace aussitôt. *Merde ! Elle a toujours mal au crâne.*

— Une douche ?

Elle acquiesce, tandis que ses larmes continuent de couler. La voir dans cet état me fend le cœur et m'emplit de colère. Je dois prendre de grandes inspirations pour ne pas me laisser emporter par ce flot d'émotions – la rage contre Hyde, mais aussi contre moi-même, parce que je n'ai pas su empêcher cette horreur d'arriver.

J'ouvre le robinet. En me retournant, je vois Ana se balancer d'avant en arrière en gémissant en sourdine, le visage enfoui dans ses mains.

— Hé… (Je m'agenouille devant elle, lui saisis doucement les mains et cherche son regard.) Tu es en sécurité. Vous êtes en sécurité, tous les deux.

Son chagrin me renvoie une fois de plus à mon impuissance et mon inutilité.

— Arrête, je ne supporte pas de te voir pleurer.

J'essuie ses joues avec mes pouces, mais c'est peine perdue. Ses larmes sont irrépressibles.

— Pardon, Christian. Pardon pour tout. De t'avoir inquiété, d'avoir tout risqué… de tout ce que j'ai dit.

— Chut, bébé, s'il te plaît. (J'embrasse son front.) Moi aussi, je regrette. Comme dit ma mère, il faut être deux pour danser le tango, Ana. (Je tente un petit sourire.) J'ai dit et fait des choses dont je ne suis pas fier.

C'est pour cette raison que je veux garder le contrôle sur tout. *Pour ne pas tout foutre en l'air.* La honte me brûle les entrailles.

*Grey ! Rends-toi utile !*

— Bon, allez, on te déshabille.

Ana s'essuie le nez du revers de la main. Et ce geste enfantin me fait fondre. J'embrasse encore son front. Je veux qu'elle sache que je l'aime, quoi qu'elle fasse. Je l'aide à se relever, la dévêts, en veillant à retirer son tee-shirt avec précaution. Je la guide vers la cabine, ouvre la porte et ôte vite mes vêtements. Quand je suis nu, je reprends sa main et nous entrons tous les deux dans la douche.

Sous le jet d'eau chaude, je la tiens contre moi. *Jamais je ne pourrai la lâcher.* Elle continue de pleurer, mais l'eau emporte ses larmes. Je la berce tendrement, et les lentes oscillations de nos corps nous apaisent. *Enfin, j'espère que c'est le cas pour elle aussi.* Et, ce faisant, je berce mon enfant, au fond d'elle.

Cette pensée me fait un drôle d'effet.

J'embrasse encore ses cheveux. Je suis si heureux qu'elle soit de retour à la maison, avec moi, alors que j'ai cru que… *Arrête, Grey !*

Soudain, je l'entends renifler un grand coup avant de se redresser. Apparemment, elle a fini de pleurer.

— Ça va mieux ?

Elle acquiesce.

— Bien. Laisse-moi te regarder.

Je veux voir ce que ce salopard a fait à ma femme. Je lui prends la main et l'aide à pivoter. J'examine son éraflure au poignet, celle au coude, et l'hématome à son épaule, gros comme un poing. Je me baisse pour embrasser chaque bleu, chaque meurtrissure. J'attrape le gant et le gel douche.

— Retourne-toi.

Ana m'obéit. La sachant fragile et blessée, je savonne ses bras, son cou, ses épaules, son dos, avec le plus de douceur possible. Elle ne se plaint pas, et la tension dans ses épaules diminue peu à peu. Je l'exhorte à se tourner encore pour examiner l'ecchymose à sa hanche. Mes doigts explorent la zone pourpre. Elle grimace.

*Salaud.*

— Ça ne me fait pas mal, souffle-t-elle.

*Je n'en crois pas un mot !*

— J'ai envie de le tuer, et j'ai failli le faire.

La rage que j'avais éprouvée à ce moment-là brûle encore. Je reporte toute mon attention sur le gant de toilette que j'imprègne de gel douche. Je savonne son corps – ses flancs, ses fesses. Je m'agenouille et lui lave les jambes. Je m'arrête devant l'hématome au genou et pose mes lèvres sur la chair meurtrie avant de m'occuper de ses pieds. Elle s'accroche à mes cheveux, son expression n'est que tendresse. En me relevant, je fais courir mon doigt sur ses côtes, la vue des bleus ravive ma colère. Je m'efforce de la réprimer.

— Ah, bébé…

— Je vais bien.

Elle m'attire à elle pour que je l'embrasse. Son baiser est doux et sucré. Je me maîtrise car elle est blessée. Mais sa langue me fouille, m'explore. Et les flammes qui s'allument en moi ne sont plus celles de la colère.

— Arrête, chuchoté-je contre ses lèvres. (Je m'écarte légèrement.) Allez, laisse-moi te laver.

Ana me regarde avec ses grands yeux comme elle sait si bien le faire, puis remarque mon érection naissante. Elle relève la tête avec une moue taquine. Soudain, l'ambiance entre nous est plus légère. Souriant comme un idiot, je lui donne un petit baiser.

— Pour l'instant, on vise la propreté. Ce n'est pas le moment de faire des saletés.

— J'aime bien faire des saletés.

— Moi aussi, madame Grey. Mais pas maintenant. Pas ici.

J'attrape le shampoing, en verse dans mes paumes, et entreprends de lui laver les cheveux, avec précaution.

Après l'avoir rincée, je ferme le robinet et sors de la douche. Je l'enveloppe d'un drap de bain, en enroule un autour de moi et lui tends une serviette pour qu'elle se sèche les cheveux.

— Tiens.

Je préfère que ce soit elle qui le fasse. Elle saura ne pas dépasser la limite, parce qu'elle a une fracture du crâne.

— Je ne comprends toujours pas les rapports d'Elizabeth avec Jack, déclare brusquement Ana.

— Moi, si.

Elle n'insiste pas, mais son regard court sur moi.

— Tu te rinces l'œil ?

— Comment le sais-tu ?

— Que tu te rinces l'œil ?

— Non, pour Elizabeth.

Je pousse un soupir.

— L'inspecteur Clark m'a un peu raconté.

Ana fronce les sourcils en attendant que je lui en dise plus.

— Hyde avait des vidéos sur des clés USB. Des vidéos de lui en train de baiser Elizabeth. De baiser toutes ses assistantes.

Elle en reste bouche bée.

— Des trucs hard. Comme ça, il pouvait les faire chanter.

*Moi aussi j'aime les trucs hard.* Du coup, je me dégoûte !

— Non ! s'exclame Ana.

Ce mot claque comme un fouet.

— Non, quoi ?

— Tu n'as rien en commun avec lui. (*Elle lit carrément dans mes pensées !*) Rien.

*Oh, ma douce Ana… tu te trompes.*

— Nous sommes faits de la même étoffe.

— Pas du tout ! (Son ton est sans appel.) Son père est mort à la suite d'une bagarre dans un bar. Sa mère était alcoolique. Il est passé de foyer en foyer quand il était petit… et d'ennuis en ennuis. Vols de voitures, essentiellement. Il a séjourné en centre de détention pour mineurs. (Putain, elle se souvient de tout ce que je lui ai raconté dans l'avion pour Aspen.) Vous avez tous deux eu une enfance difficile, et vous êtes tous deux nés à Detroit. Ça s'arrête là, Christian.

Elle pose ses poings sur ses hanches d'un air de défi. Mais elle ne me convaincra pas, même si elle n'est vêtue que d'une serviette. *Je sais très bien ce que je suis.*

Toutefois, je ne veux pas la contrarier. Se disputer ne serait pas bon pour elle, ni pour le bébé.

— Ana, ta foi en moi est touchante, surtout après ce qui s'est passé ces derniers jours. On en saura plus avec Welch.

— Christian…

Je dépose un baiser sur ses lèvres pour clore le sujet.

— Assez. Ne boude pas. Viens, je vais te sécher les cheveux.

Elle pince les lèvres mais, à mon grand soulagement, elle ne me pose plus de questions.

Je l'entraîne dans la chambre, puis m'habille rapidement dans le dressing : un jean et un tee-shirt. Et je lui apporte un pantalon de survêt et un de mes tee-shirts.

Pendant qu'elle enfile les vêtements, je branche le sèche-cheveux, m'assois sur le lit et lui fais signe de me rejoindre. Ana se cale entre mes jambes. J'adore passer la brosse dans ses cheveux. C'est tellement apaisant.

Nous nous taisons tous les deux. Seul le vrombissement de l'appareil déchire le silence. Je sens les épaules d'Ana se détendre.

— Clark t'a dit autre chose pendant que j'étais inconsciente ?

Sa question interrompt notre douce torpeur.

— Pas que je me souvienne.

— J'ai entendu quelques-unes de tes conversations, tu sais…

— Ah bon ?

— Oui. Mon père, ton père, l'inspecteur Clark… ta mère.

— Et Kate ?

— Kate est passée ?

— En vitesse, oui. Elle aussi est furieuse contre toi.

— Tu veux bien arrêter ta rengaine « le monde entier est fâché contre Ana » ? lance-t-elle sur un mode presque aussi strident que le sèche-cheveux.

— Je dis ce qu'il en est, c'est tout.

— Bon, d'accord, reprend-elle, j'ai fait une connerie, mais je te rappelle que ta sœur était en danger.

— Oui, c'est vrai.

*Dans le mille, Ana. Chaque fois, tu mets dans le mille.*

J'éteins le sèche-cheveux et attrape son menton, pour la regarder dans les yeux – des yeux où je pourrais me noyer. *Non, je ne suis pas furieux, madame Grey. C'est de l'admiration que j'ai pour vous.*

— Merci. Mais plus d'imprudences, compris ? Parce que la prochaine fois, tu auras une fessée qui te mettra le cul à vif.

Elle s'étrangle.

— Tu ne ferais pas ça ?

— Si. (J'ai du mal à cacher mon amusement.) Et avec la bénédiction de ton père !

Le regard d'Ana devient soudain plus intense. La tension sexuelle est palpable dans l'air. Il suffirait d'une étincelle…

*Ana, non…*

Et elle me saute dessus.

Je l'attrape, la plaque sur le lit. Mais je la vois grimacer de douleur. Je la gronde :

— Reste sage !

Je ne suis pas en colère. Pas du tout.

— Désolée.

Elle caresse ma joue. Je prends sa main et embrasse sa paume.

— Franchement, Ana, tu ne te soucies vraiment pas de ta sécurité.

Je soulève le bas de son tee-shirt et effleure son ventre.

Une vibration nouvelle me parcourt. Il y a de la vie, là-dessous. *La chair de ma chair. Notre enfant.*

— Il ne s'agit plus seulement de toi, dis-je en glissant mes doigts sous l'élastique de son pantalon.

Ana se tend, prend une longue inspiration. Je connais ce son.

*Le désir d'Ana. Irrésistible. Notre alchimie qui se met en branle.* Mais c'est impossible. Elle est blessée. À contrecœur, je retire ma main, rajuste son tee-shirt, puis coince une mèche rebelle derrière son oreille.

— Arrête.

— Ne me regarde pas comme ça, j'ai vu tes bleus, et la réponse est non.

— Christian, gémit-elle, implorante.

— Non. Au lit.

Je me redresse pour couper court à la tentation.

— Au lit ?

— Tu as besoin de te reposer.

— J'ai besoin de toi.

Ce n'est plus une plainte, mais un appel, un besoin impérieux. Je ferme les yeux pour rassembler mon courage.

— Fais ce qu'on te dit, Ana.

— Compris, répond-elle avec une moue taquine.

— Je vais t'apporter ton déjeuner, dis-je, soulagé de la voir prendre mon refus avec humour.

— Tu vas faire la cuisine ? s'étonne-t-elle.

— Je vais réchauffer quelque chose, Mme Jones a tout préparé.

— Christian, laisse-moi m'en occuper. Enfin, si j'ai envie de sexe, je suis en état de faire la cuisine !

Elle tente de se relever mais grimace aussitôt de douleur.

*Nom de Dieu, Ana !*

— Au lit !

Je lui indique l'oreiller. Je suis inflexible.

— Alors viens te coucher avec moi, tente-t-elle une dernière fois.

Mais qu'est-ce qu'elle a dans le corps ! *En tout cas pas toi, Grey ! Et depuis un bout de temps !*

— Ana, au lit. Tout de suite.

Elle se renfrogne, se lève, et laisse tomber son pantalon d'un geste théâtral. Malgré son air grincheux, elle est adorable. Je réprime un sourire et ajoute en tirant la couette :

— Tu as entendu le Dr Singh. Elle t'a dit de te reposer.

Ana se glisse dans le lit et croise les bras, pour bien montrer son mécontentement.

— Ne bouge pas.

Je contemple une dernière fois son beau visage et file à la cuisine à la recherche du sauté de poulet dont Taylor m'a parlé ce matin.

Ça fait plaisir de voir Ana dévorer le plat de Mme Jones. Je suis assis en tailleur sur le lit et mange aussi. En plus d'être délicieux, ce sauté de poulet est très nourrissant, et c'est parfait pour Ana.

— Tu l'as très bien réchauffé, raille-t-elle d'une voix ensommeillée.

*Et sans me brûler, cette fois !*

— Tu as l'air fatiguée.

Je dépose mon assiette, descends du lit et récupère le plateau.

— Mouais, concède-t-elle.

— Tant mieux. Dors. (Je l'embrasse sur le front.) J'ai du boulot, je travaillerai ici si ça ne t'embête pas.

Elle hoche la tête et ferme les yeux. Quelques secondes plus tard, elle s'est assoupie.

Ros m'a envoyé un premier compte rendu de sa visite à Taiwan. Même si ce qu'elle a vu est très encourageant, il est important que je vienne en personne visiter les installations. Et le plus tôt sera le mieux. Je trouve bizarre de lire ce rapport. Voilà des jours que je n'ai pas pensé au travail, au chantier naval, ni même au reste du monde. Concentré sur la santé de ma femme, j'ai perdu le fil du temps. Je relève la tête. C'est bien, elle dort toujours.

Je consulte mes autres mails. Il y a une projection détaillée des profits avec Geolumara, et un mail très optimiste de Hassan concernant GEH-Fibres optiques. Le moral est au plus haut et le travail avance bien. Apparemment, ma visite a remotivé les troupes.

Taylor frappe à la porte.

— Welch est ici, monsieur.

Il parle si bas que je l'entends à peine. Après avoir lancé un dernier regard à ma belle endormie, je suis Taylor dans le salon.

Welch est debout devant les baies et admire la vue. Il tient une grosse enveloppe kraft.

*C'est le moment, Grey !*

— Bonjour, Welch.

— Bonjour, monsieur Grey.

— Vous voulez qu'on aille dans mon bureau ?

J'écoute la respiration d'Ana et me cale sur la sienne. Me concentrer sur l'air qui entre et sort de ses poumons me permet de ne pas penser aux photographies que Welch m'a montrées.

Pourquoi Carrick et Grace ne m'ont-ils rien dit ?

*J'ai vécu avec Jackson Hyde !*

J'ai fouillé tous les recoins de ma mémoire sans rien trouver. L'époque où j'ai été placé en famille d'accueil est enfouie dans les limbes du passé. Je ne me souviens de rien. Rien. Tout est parti.

*Non. Tout a été effacé.* À la place, il y a un trou, un trou noir béant, plein d'incertitudes.

C'est très troublant. Je devrais me souvenir… Me rappeler quelque chose, non ? Pourquoi ce rien ?

Ana remue. Elle ouvre les yeux, trouve les miens.

— Qu'est-ce qui ne va pas ?

— Welch est passé.

— Et ?

— J'ai vécu avec ce fils de pute.

C'est si énorme que j'ai du mal à prononcer ces mots.

— Avec Jack ? Vous êtes parents ?

— Non. Non, Dieu merci.

Elle se décale dans le lit et soulève la couette, m'invitant à la rejoindre. Cette fois, je ne me fais pas prier. J'ai besoin d'elle. Elle est mon ancre, mon havre. Elle seule peut m'aider à comprendre pourquoi il y a ce trou en moi. J'ôte mes chaussures, prends les photographies et me glisse dans le lit. Je pose ma tête sur son ventre, mon bras sur le haut de sa cuisse. Elle passe doucement la main dans mes cheveux. Ce geste est si réconfortant, si apaisant.

— Alors quoi ? Je ne comprends pas…

Je ferme les yeux. Je revois Welch, entends sa voix éraillée… je lui résume ce qu'il m'a dit :

— Entre le moment où la pute est morte et celui où Carrick et Grace m'ont adopté, j'ai vécu dans une famille d'accueil. (Je m'interromps, je manque d'air.) Mais je n'en ai aucun souvenir.

La main d'Ana s'immobilise.

— Pendant combien de temps ?

— Environ deux mois.

— En as-tu parlé à tes parents ?

— Non.

— Tu devrais, ils pourraient peut-être t'aider à te rappeler.

Je la serre plus fort. Ana. Ma bouée de sauvetage.

— Tiens.

Je lui tends les photos. Je les ai examinées sous toutes les coutures dans l'espoir que cela raviverait mes souvenirs, mais en vain. Sur le premier cliché, il y a une petite maison avec une porte jaune. Sur le deuxième, un couple prend la pose, des gens modestes, avec leur marmaille – trois gamins comme on en voit partout – plus Jackson Hyde, âgé de huit ans, et… moi. J'ai quatre ans. Un rebut de l'humanité. Des guenilles pour vêtements, un regard farouche, avec dans les mains une couverture infâme. Il est évident que je suis sous-alimenté. Voilà pourquoi je tiens tant à voir Ana manger !

— C'est toi ?

— C'est moi, réponds-je d'une voix presque inaudible.

Je contemple le soir qui tombe derrière les fenêtres. Le ciel est strié d'orange et de rose, signes annonciateurs de l'obscurité. Des ténèbres qui vont réclamer leur dû : moi ! Parce que je leur appartiens.

Une enveloppe d'homme. Une coquille vide. Il me manque certaines parts de moi-même. Des morceaux dont j'ignorais l'existence jusqu'à aujourd'hui. Et cela me terrifie.

Que s'est-il passé à l'époque ? Pourquoi ai-je tout occulté ? Tout ce qui me reste, c'est cette colère sourde sous ma peau. Et à présent elle est dirigée contre Carrick et Grace.

*Pourquoi ne m'ont-ils rien dit, bordel ?*

Je ferme les yeux. Je ne veux pas retourner dans les ténèbres. J'y suis resté trop longtemps. Je veux Ana. La lumière d'Ana !

— C'est Welch qui t'a apporté ces photos ?

— Oui, mais je ne me souviens pas de tout ça.

— Pourquoi te souviendrais-tu de cette famille ? Tu étais tout petit, Christian. Pourquoi est-ce que ça t'inquiète autant ?

— Je me rappelle ce qui s'est passé avant et après, mais ça… c'est comme s'il y avait un grand gouffre dans ma vie.

— Le petit rouquin, c'est Jack ?

— Oui.

Ana reste silencieuse un moment. Je la serre plus fort.

— Quand Jack m'a appelée pour me prévenir qu'il détenait Mia, il m'a dit que, si les choses s'étaient passées autrement, ça aurait pu être lui.

Un frisson me traverse. Un frisson de dégoût.

— Ce fils de pute !

— Tu crois que, s'il a fait tout ça, c'est parce que les Grey t'ont adopté, toi, plutôt que lui ?

— Qui sait ?

— Il savait peut-être déjà que j'étais avec toi quand j'ai passé mon entretien d'embauche. Il avait peut-être décidé de me séduire dès le début, pour t'atteindre.

Je perçois aussi la peur dans la voix d'Ana.

— Je ne crois pas. Il a entamé ses recherches sur ma famille une ou deux semaines après ton embauche à la SIP. Barney connaît les dates exactes. En plus, Ana, avant toi, il avait baisé toutes ses assistantes et il les avait filmées.

Ana ne répond rien. À quoi pense-t-elle ?

*Oui, j'aurais pu finir comme Hyde si je n'avais pas été adopté.*

*Bordel !* Je suis comme Hyde ! *Un monstre.* C'est ça que comprend Ana, en ce moment ?

— Christian, je pense que tu devrais parler à tes parents.

Elle bouge. Je soulève mon bras et elle glisse dans le lit pour venir à ma hauteur.

— Laisse-moi les appeler. (Je secoue la tête.) S'il te plaît.

Il y a tant de compassion dans son regard, tant d'amour. Peut-être que je ne suis pas le clone de Hyde à ses yeux.

*Appeler mes parents ?* Ont-ils les pièces manquantes du puzzle ?

— Je vais les appeler, moi.

— On peut aller les voir ensemble, ou tu peux y aller seul. Comme tu veux.

— Non. Il vaut mieux qu'ils viennent ici.

— Pourquoi ?

— Je ne veux pas que tu bouges.

— Christian, je suis capable de faire un trajet en voiture.

— Non. De toute façon, dis-je avec un sourire, on est samedi soir, ils ont sans doute des mondanités prévues.

— Appelle-les. Cette nouvelle t'a bouleversé, c'est évident. Ils pourront peut-être t'éclairer.

Je la regarde, mais je ne vois aucun jugement dans ses yeux. Il n'y a que de l'amour, comme un rai de lumière perçant mes ténèbres.

— D'accord.

Je décroche le téléphone sur la table de chevet et appelle mes parents sur leur ligne fixe. Ana m'enlace et pose sa tête sur mon torse pendant que ça sonne.

— Allô, papa ?

Ils sont chez eux !

— Suis ravi de t'entendre, fiston. Comment va Ana ?

— Ana va bien. On est à la maison. Welch vient de s'en aller. Il a trouvé un rapport entre Hyde et moi.

— Un rapport ? Comment ça ?

— Une famille d'accueil à Detroit.

Carrick reste un moment silencieux.

— Je ne me rappelle rien de tout ça, dis-je, sentant la honte et la colère monter en moi.

Un cocktail détonant. Ana me serre plus fort.

— Christian. Ça fait si longtemps. C'est normal que tu ne te souviennes pas. Mais ta mère et moi pouvons tout t'expliquer.

— Ah oui ? fais-je plein d'espoir.

— On peut passer, si tu veux. Maintenant, ça te va ?

— Vous pouvez faire ça ? dis-je, sidéré.

— Bien sûr. J'apporterai les papiers de l'époque. On arrive tout de suite. Et on sera contents de voir Ana.

*Des papiers ? Quels papiers ?*

— Génial.

Je raccroche et me tourne vers Ana.

— Ils arrivent.

J'ai demandé de l'aide à mes parents et… ils rappliquent.

— Je devrais m'habiller, suggère Ana.

Je ne la lâche pas.

— Reste là.

— D'accord.

Elle m'offre le plus doux des sourires et se blottit à nouveau contre moi.

Nous sommes dans l'entrée, main dans la main, prêts à accueillir mes parents. Le visage de Grace s'illumine quand elle voit Ana. À contrecœur, je la lâche pour que ma mère puisse la serrer dans ses bras.

— Ana, Ana, Ana, ma chérie, chuchote-t-elle, tu as sauvé deux de mes enfants, je ne pourrai jamais assez te remercier.

*C'est vrai. Elle m'a sauvé aussi !*

Papa l'étreint à son tour, les yeux brillants de tendresse paternelle. Il l'embrasse sur le front. Derrière eux, Mia est là. Je ne m'y attendais pas. Elle se jette dans ses bras.

— Merci de m'avoir sauvée de ces ordures.

Ana grimace de douleur.

— Mia ! Attention ! Tu lui fais mal !

*Au ton sec de ma voix, tout le monde sursaute.*

— Oups ! Désolée !

— Ça va, répond Ana avec un petit sourire contraint.

— Ne sois pas si rabat-joie ! lance ma petite sœur en me prenant par la taille.

Je me renfrogne, mais la garde serrée contre moi. *Dieu merci, Mia va bien.*

Ma mère nous rejoint et je lui montre les photographies de Welch. Elle examine le portrait de famille, puis laisse échapper un petit cri et se couvre la bouche d'effarement. Papa s'approche et passe son bras sur ses épaules.

— Mon chéri…, murmure Grace en me caressant la joue.

Son regard est fébrile et douloureux. *Pourquoi ? Elle me cache quelque chose ?*

Taylor nous interrompt :

— Monsieur Grey ? Mlle Kavanagh, son frère et le vôtre sont en train de monter.

*Quoi ?*

— Merci, Taylor.

— J'ai appelé Elliot pour lui dire qu'on venait ici, explique Mia, comme ça, on va pouvoir fêter tous ensemble le retour d'Ana à la maison !

Mes parents paraissent soudain inquiets.

— Bon, alors on va sortir des trucs à grignoter ! propose Ana en m'adressant un regard complice. Mia, tu viens me donner un coup de main ?

— Avec plaisir.

Ma sœur prend le bras de ma femme, et toutes deux se dirigent vers la cuisine.

Mes parents me suivent dans mon bureau. Je les fais asseoir et me plante devant eux. D'un coup, j'ai l'impression d'être mon père quand il s'apprêtait à me réprimander lorsque j'avais fait une bêtise ! S'ils sont ici, c'est qu'ils sont disposés à m'apporter des réponses.

Grace est la première à parler, avec sa voix forte et claire de médecin.

— Sur ces photos, ce sont les Collier. Ils ont été ta famille d'accueil. Tu as été placé chez eux après la mort de ta mère biologique. Parce que, selon la loi du Michigan, nous devions attendre de voir si des membres de ta famille se manifestaient pour te prendre en charge. (Elle ferme les yeux, comme si elle revivait un cauchemar.) Une attente atroce. Deux mois entiers.

Je me racle la gorge pour contenir mon émotion.

— Sur cette photo, dis-je en désignant le cliché dans les mains de Grace. Le garçon aux cheveux roux. C'est Jack Hyde.

Carrick s'approche et ils examinent ensemble l'image.

— Je ne me souviens pas de lui, déclare Carrick.

Maman secoue la tête.

— Moi non plus. On n'avait d'yeux que pour toi, Christian.

— Ces gens… ils étaient… gentils ?

Les yeux de Grace s'emplissent de larmes.

— Oh, mon chéri. Ils étaient merveilleux. Mme Collier t'adorait.

Je pousse un soupir de soulagement.

— Je ne savais pas. Je ne m'en souviens pas.

Grace me prend la main et m'observe avec intensité.

— Christian, tu avais subi un énorme traumatisme. Tu ne pouvais – ou ne voulais plus – parler. Tu étais tout maigre. Je ne peux imaginer les horreurs que tu as vécues quand tu étais tout petit. Mais avec les Collier, ça a pris fin. (Elle me serre fort la main, pour que je la croie.) C'étaient de bonnes personnes.

— Dommage que je ne me souvienne pas d'eux.

Elle se lève.

— C'est normal. Pour nous cela a duré une éternité, mais il ne s'agissait que de deux mois. Notre dossier d'adoption avait déjà été approuvé. Heureusement. Sinon, cela aurait été beaucoup plus long.

— Ce doit être éprouvant d'être dans le flou comme ça, intervient mon père, mais j'ai ici quelques petites choses de cette époque. Cela t'aidera peut-être à te souvenir.

Il sort une enveloppe de sa poche. Je m'assois avec raideur derrière le bureau et l'ouvre. À l'intérieur, je trouve un curriculum vitæ de M. et Mme Collier, et des détails sur leur famille : une fille et deux garçons. Il y a des lettres et deux dessins… mes dessins ?

Je les regarde et je frémis.

Ce sont deux esquisses au crayon de couleur. Une vue enfantine de la maison à la porte jaune. Avec des silhouettes sur le perron. Deux adultes et cinq enfants.

Le soleil brille. Énorme. Bardé de rayons.

L'autre dessin est semblable, mais tous les enfants ont un cornet de glace à la main.

C'est une image plutôt joyeuse.

— Elle nous envoyait des nouvelles de toi toutes les semaines. Et nous te rendions visite tous les week-ends.

— Pourquoi vous ne m'en avez jamais parlé ?

Grace et Carrick échangent un regard.

— Le sujet n'est jamais venu sur la table, répond mon père, la bouche pincée, comme s'il était plein de remords. Nous voulions que tu oublies, que tu oublies tout ça…

Je hoche la tête.

Que j'oublie ma vie avec la pute camée. Et son mac. Que j'oublie ma vie avant eux.

Je ne leur en veux pas. Moi aussi, j'aurais aimé oublier.

— J'espère que cela aura répondu à quelques-unes de tes questions, ajoute papa.

— Oui. J'ai bien fait de vous appeler. C'était une idée d'Ana.

Carrick sourit.

— Ana est une femme courageuse, Christian.

Puis il lance un coup d'œil vers Grace. Elle acquiesce comme si elle donnait un consentement silencieux. Alors il me tend une autre enveloppe.

Je les regarde, étonné. À l'intérieur, il y a un certificat de naissance.

ÉTAT DU MICHIGAN
CERTIFICAT DE NAISSANCE

| | |
|---|---|
| 121-83-757899 | 29 Juin 1983 |
| NUMÉRO D'INSCRIPTION | DATE |

Kristian Pusztaï
PRÉNOM(S) ET NOM DE L'ENFANT

| | | |
|---|---|---|
| 18 juin 1983 | masculin | Detroit, Comté de Wayne |
| DATE DE NAISSANCE | SEXE | LIEU DE NAISSANCE DE L'ENFANT |
| Életke Pusztaï | 19 | Budapest, Hongrie |
| NOM DE LA MÈRE | ÂGE DE LA MÈRE | LIEU DE NAISSANCE DE LA MÈRE |
| NOM DE NAISSANCE | | |
| Inconnu | Inconnu | Inconnu |
| NOM DU PÈRE | ÂGE DU PÈRE | LIEU DE NAISSANCE DU PÈRE |

Les informations reproduites sur ce document sont conformes à celles inscrites au registre de l'état civil que nous détenons.

*Kristian !* Un frisson me parcourt le dos. C'est mon prénom !

Et la pute camée avait elle aussi un nom !

Et du fond de ma mémoire remonte le cri du mac : « Ella ! »

Ella… le diminutif de Életke.

Mais le plus souvent, il l'appelait *sale pute*.

Je chasse ces souvenirs.

— Pourquoi me donner ça maintenant ?

— Je l'ai trouvé avec les lettres et les dessins, répond ma mère. Dans les lettres de Mme Collier, elle t'appelait Christian avec un K…

— Pourquoi avez-vous changé l'orthographe de mon nom ?

— Parce que tu étais un don du ciel pour nous. Un don de Dieu.

Je la regarde, médusé. *Un don du ciel. Moi ?* Après tout ce que je leur ai fait subir ?

— On s'est dit qu'on Lui devait bien ça. Tu as toujours été un cadeau pour nous, Christian, murmure Carrick.

Les larmes me montent aux yeux. Je prends une longue inspiration pour les contenir.

Un cadeau…

— Les enfants sont des dons du ciel. Toujours.

Les yeux de Grace brillent d'une adoration maternelle. Et je sais ce qu'elle ne dit pas : « Tu le découvriras à ton tour dans quelques mois. » Je lui retourne son sourire, me lève et la prends dans mes bras.

— Merci, maman.

— Tout le plaisir est pour nous, mon chéri.

Carrick s'approche et nous enlace tous les deux. Je ferme les yeux et laisse mes larmes couler.

L'amour sans condition. L'amour de mes parents. Comme devrait être l'amour de tous les parents du monde.

*Ça suffit.* Je me redresse.

— Je lirai les lettres plus tard, dis-je d'une voix tremblante. Allons rejoindre les autres.

— Tu ne te souviens vraiment de rien ? insiste mon père.

Je secoue la tête.

— Un jour ça te reviendra. Ou pas. Mais n'en fais pas une montagne, mon garçon. Nous sommes là. Nous sommes ta famille. Et comme te l'a dit ta mère, les Collier étaient de gentilles personnes.

Doucement, il pose sa main sur mon bras. Sa chaleur et son affection de père m'enveloppent tout entier.

Lorsque nous retournons dans le salon, j'ai l'impression de me déplacer au ralenti, d'être déconnecté de la réalité. Ma tête va exploser avec toutes ces nouvelles informations. Je cherche Ana du regard. Elle est avec Elliot et Kate au comptoir de la cuisine et grignote des petits fours.

Soudain, une image remonte du plus profond de ma mémoire : une famille rassemblée autour d'une table en bois. Tout le monde rit, se taquine et mange… des macaronis au fromage.

Les Collier !

Mais quand je vois Ana avec une coupe de champagne à la main, je reviens d'un coup sur terre. *Junior !*

Je m'apprête à lui ôter son verre des mains quand Kate se plante devant moi.

— Kate.

— Christian, réplique-t-elle d'un ton aussi froid que le mien.

— Pas avec vos médicaments, madame Grey.

D'un air de reproche, je regarde fixement son verre. Ana plisse les yeux et lève le menton d'un air de défi. Puis Grace prend la coupe pleine qu'Elliot a dans les mains, s'approche d'Ana et lui murmure quelque chose à l'oreille. Les deux femmes échangent un sourire et trinquent.

*Maman !* Je leur lance un regard noir mais elles m'ignorent avec superbe.

— Salut, champion ! s'exclame Elliot en me donnant une grande claque dans le dos.

— Salut, frangin.

Je ne quitte pas Ana des yeux, tandis que je vais m'asseoir avec Elliot sur le canapé.

— Tu as dû t'inquiéter à mort, non ?

— Oui.

— Heureusement ce connard a été arrêté. Et il va rester un bon bout de temps en prison.

— Oui.

Elliot fronce les sourcils.

— Tu as raté le match.

— Ah bon ?

Il ne va quand même pas me parler baseball ? Peut-être qu'il souhaite juste me changer les idées ? Il est furieux parce que les Mariners ont perdu contre les Rangers aujourd'hui, mais j'ai du mal à m'intéresser à ce qu'il dit – mon attention est ailleurs, fixée sur Ana. Carrick la rejoint. Grace les laisse discuter et va s'installer à côté de Mia et Ethan affalés sur le canapé.

À voix basse, Ana et mon père se lancent dans une grande conversation.

*De quoi parlent-ils ? De moi ?*

— Tu ne m'écoutes pas du tout, s'agace Elliot.

— Mais si. Les Rangers.

Il me donne un coup de poing dans le bras.

— C'est bon. Tu as eu des jours difficiles. Vous devriez venir visiter la maison, ça vous changera les idées.

— Oui, ce serait sympa. C'est ce qu'on prévoyait de faire quand cette merde est arrivée.

— Ana et Mia, putain ! Une chance que ta femme ait tiré sur cet enfoiré.

Je hoche la tête.

— Salut, Christian ! lance Ethan qui se joint à nous.

Cette diversion tombe à point nommé.

— Tu as vu le match ? lui demande Elliot.

Et les deux garçons évoquent le *home run* frappé par Beltré contre les Mariners.

Ana nous rejoint à son tour.

— Ça fait plaisir de voir tout le monde, dit-elle à Carrick en s'asseyant à côté de moi.

— On t'a dit une gorgée, marmonné-je en lui prenant la coupe des mains.

— Oui, monsieur, répond-elle en battant des cils de façon désarmante.

J'en ai des frissons dans tout le corps. *Nom de Dieu, Ana ! Nous ne sommes pas seuls !*

Je passe mon bras autour de ses épaules et lui lance un regard appuyé. *Tiens-toi, femme !*

Ana est pelotonnée sur le lit et me regarde me déshabiller.

— Pour mes parents, tu marches sur l'eau, dis-je en posant mon tee-shirt sur la chaise.

— Heureusement, toi, tu sais ce qu'il en est vraiment.

— Oh, je ne sais pas.

— Ils t'ont donné des détails ?

— Quelques-uns. J'ai habité deux mois chez les Collier pendant que mes parents attendaient que les formalités soient accomplies. Ils avaient déjà adopté Elliot, donc ils avaient reçu l'agrément en tant que parents adoptifs, mais ce délai est exigé par la loi. Il fallait attendre de savoir si j'avais de la famille qui aurait pu me réclamer.

— Et qu'est-ce que tu ressens, par rapport à ça ?

— De ne pas avoir été réclamé par ma famille ? Je les emmerde, s'ils ressemblaient à la pute camée…

*Merci, mon Dieu, de m'avoir donné papa et maman. Ce sont eux mes dons du ciel !*

J'enfile un pyjama, grimpe dans le lit et me love contre Ana. Je suis si heureux qu'elle soit là. Elle penche la tête de côté. Son regard est doux, mais je vois bien qu'elle attend que je lui en dise davantage.

— Ça commence à me revenir. (*Les macaronis au fromage !*) La nourriture, par exemple. Mme Collier était bonne cuisinière. En tout cas, maintenant, on sait pourquoi cet enculé était aussi obsédé par ma famille.

Des images me reviennent en mémoire. *C'est elle, assise au bord de mon petit lit ? Elle qui me tend un livre ?*

— Putain !

— Quoi ?

— J'ai compris !

— Quoi ?

— Bébé Oiseau. Mme Collier m'appelait Bébé Oiseau.

Ana me regarde, perplexe.

— Et qu'est-ce que ça te fait comprendre ?

— Le message de rançon qu'on a retrouvé sur Hyde. Il disait quelque chose comme : « Tu sais qui je suis ? Parce que moi, je sais qui tu es, Bébé Oiseau. »

Ana est toujours perdue.

— Ça vient d'un livre pour enfants. Le titre, c'était… *Es-tu ma maman ?* (Je revois la couverture. Un petit oiseau et un vieux chien triste.) Je l'adorais, ce bouquin. Mme Collier m'en faisait la lecture. C'est à ça que Hyde faisait allusion.

Pourtant, je n'ai aucun souvenir de lui.

— Tu vas en parler aux flics ?

— Oui, mais Dieu sait ce que Clark va faire de cette information.

Tous mes souvenirs que je croyais perdus… ils sont tous ici. Dans ma tête. C'est un tel soulagement. Une fois encore, je suis heureux que mes parents soient venus ce soir. Ils ont permis de déloger ce qui les bloquait.

Ana me sourit, elle est heureuse pour moi. Mais ça suffit pour aujourd'hui. On a assez parlé de mon passé de merde. Je dois des explications à Ana. Par où commencer ? Elle est peut-être trop fatiguée ? Elle s'est démenée toute la soirée pour s'occuper de tout le monde.

— En tout cas, merci.

— De quoi ?

— D'avoir improvisé de quoi nourrir ma famille à la dernière minute.

— C'est Mia et Mme Jones qu'il faut remercier : le garde-manger était bien garni.

Ana, accepte les compliments ! *Comme elle peut être exaspérante parfois !*

— Comment vous sentez-vous, madame Grey ?

— Bien, et toi ?

— Bien.

Ses yeux brillent et ses doigts font un pas de deux sur mon ventre.

— Oh non ! Pas de ça, lui dis-je en lui attrapant la main.

Elle fait la moue et me regarde à nouveau avec ses grands yeux.

— Ana, Ana, Ana, qu'est-ce que je vais faire de toi ?

— J'ai quelques idées derrière la tête.

Elle commence à se frotter contre moi, mais grimace à nouveau.

*Ana, tu es toute cassée !*

Elle me lance un sourire pour me rassurer.

— Bébé, pas dans ton état. En plus, j'ai une histoire à te raconter. Tu voulais savoir… (Je ferme les yeux et déglutis. Je retourne dans le passé. J'ai quinze ans…) Il était une fois… Un adolescent qui cherchait à se faire de l'argent de poche pour se payer à boire en cachette.

J'ouvre les yeux, mais je me revois en pensée : grand et maigre, vêtu d'un short coupé dans un jean, avec des cheveux cuivrés et un air revêche.

Je roule sur le côté pour me mettre face à Ana. Elle a les yeux grands ouverts, pleins d'interrogation. Je prends une grande inspiration pour me donner courage.

— J'étais dans le jardin des Lincoln, en train de dégager des gravats et des ordures de l'annexe que M. Lincoln venait de faire construire…

Je ferme à nouveau les yeux. Instantanément, je suis projeté là-bas. L'odeur des fleurs d'été flotte dans l'air. Les insectes bourdonnent. Je les chasse de la main. Il est midi. La chaleur est écrasante. J'ôte mon tee-shirt. Et il y a Elena. Elle porte une petite robe. Je n'en ai jamais vu d'aussi courte. Elle dévoile presque tout son corps.

Je risque un coup d'œil vers Ana. Elle me regarde toujours, attentive.

— C'était l'été, il faisait chaud et je travaillais dur. (Je laisse échapper un petit rire. C'est sans doute l'une des rares fois où j'ai fait un travail manuel !) C'était un boulot éreintant de transporter les gravats. J'étais tout seul, et El... Mme Lincoln est sortie de la maison pour m'apporter une limonade. On a plaisanté, j'ai fait mon insolent... et elle m'a giflé.

Machinalement, je porte ma main à ma joue.

*« Mes yeux sont ici, mon garçon ! » lance-t-elle en pointant ses deux doigts vers ses prunelles.*

*Elle m'a surpris en train de reluquer ses seins. En même temps, ils sont incontournables ! Merde ! Je bande. À m'en faire péter la braguette.*

*Elle baisse les yeux vers mon érection. C'est si humiliant.*

*« Tu aimes donc ça ! » dit-elle tandis que ses lèvres se retroussent en un sourire lubrique.*

*Je crois que je vais jouir dans mon pantalon !*

— Tout de suite après, elle m'a embrassé. Puis elle m'a encore giflé.

*Sa bouche est si chaude. Mouillée. Puissante. Exactement comme dans mes fantasmes.*

— Personne ne m'avait jamais embrassé comme ça. Ou giflé.

Ana ne peut réprimer un hoquet de dégoût.

*Merde ! Qu'est-ce que je fais ?*

— Tu veux que je te raconte ?

Elle me regarde avec des yeux ronds et murmure :

— Seulement si tu en as envie.

— J'essaie simplement de t'expliquer le contexte.

Elle hoche la tête ; on dirait qu'elle a vu un fantôme. Je sonde son regard. Ce que j'y vois, ce n'est pas de la peur, mais de la curiosité. Elle veut savoir. Tout savoir.

Je roule sur le dos, contemple le plafond et poursuis mon récit :

— Bref… Évidemment, j'étais à la fois dérouté, furieux et excité comme un dingue qu'une femme plus âgée, super-bandante, me fasse ce genre d'avances…

C'était la première fois qu'on m'embrassait ! Putain c'était divin ! Le paradis ! L'enfer, aussi…

— Et puis elle est rentrée dans la maison en me laissant tout seul dans la cour, comme si de rien n'était. Je ne savais pas comment réagir. (*Je voulais me branler, là, tout de suite, mais bien sûr, je ne pouvais pas faire ça.*) Alors je me suis remis à charrier les gravats dans la benne. Quand je suis parti, elle m'a demandé de revenir le lendemain, sans dire un mot sur ce qui s'était passé. Alors je suis revenu. J'avais hâte de la revoir. (Je parle tout bas, comme si j'étais dans un confessionnal.) Elle ne m'avait pas touché quand elle m'avait embrassé.

*Juste mon visage, pour m'attraper et m'attirer à elle. Et cela avait été une révélation.* Je me tourne vers Ana.

— Il faut que tu comprennes… à cette époque-là ma vie était un enfer. J'avais quinze ans, j'étais grand pour mon âge, et mes hormones étaient en ébullition… J'étais une érection ambulante, mais les filles au lycée…

Certes, elles étaient intéressées. Seulement… je ne supportais pas qu'on me touche. Je les repoussais toutes. De rage et de désespoir.

— J'étais en colère contre le monde entier. Je n'avais pas d'amis. Mon psy de l'époque était un con. Mes parents me tenaient en laisse ; ils ne me comprenaient pas.

Je regarde à nouveau le plafond. Carrick et Grace ont été si compréhensifs ce soir…

— Je ne supportais pas qu'on me touche, dis-je. Je ne supportais pas qu'on s'approche de moi, je me bagarrais… Putain, qu'est-ce que je me bagarrais ! Des bagarres épouvantables. J'ai été renvoyé de deux lycées. Mais c'était une façon de me défouler. De tolérer une sorte de contact physique.

Je serre les poings, en me souvenant d'une bagarre en particulier. Cela avait été sanglant. Le type s'en prenait aux plus petits.

— Bref, ça te donne une idée de ce que je vivais à ce moment-là. Quand elle m'a embrassé, elle n'a touché que mon visage, pas mon corps.

Cela a été un tel soulagement. Enfin connaître ce genre de contact. C'était si excitant. Ma vie a basculé à cet instant.

— Le lendemain, je suis retourné chez elle sans savoir à quoi m'attendre. Je te passe les détails scabreux, mais les choses se sont déroulées à peu près de la même façon.

*Je peux mater un petit sauvage comme toi.* Sa voix résonne encore dans ma tête.

*Un sauvage ?* Elle sait ! Elle lit en moi. Je suis de la mauvaise graine.

— Et c'est comme ça que notre histoire a commencé. (Je secoue la tête pour chasser ces souvenirs et regarde à nouveau ma femme, mon ancre.) Et tu sais quoi, Ana ? Tout est devenu plus clair pour moi. Clair et net. Tout. C'était exactement ce qu'il me fallait. Comme un souffle d'air frais. Elle prenait toutes les décisions, elle se chargeait de tout, et ça me permettait de respirer. Même après, quand ça a été fini, le monde est resté clair grâce à elle. Et ça a continué comme ça jusqu'à ce que je te rencontre.

Un flot d'émotions me submerge. *Ana ! Mon amour.*

J'approche ma main de son visage pour caler sa mèche rebelle derrière son oreille. Il faut que je la touche, c'est plus fort que moi – un besoin primal. Essentiel.

— Tu as tout bouleversé. (Je revois son visage pâle et triste lorsque les portes de l'ascenseur se sont refermées.) Dans ma vie, tout était ordonné, contrôlé, et puis tu es arrivée avec ton ironie, ton innocence, ta beauté, ta témérité tranquille… et tout ce que j'avais connu avant toi m'a paru terne, médiocre, vide… (Je l'entends retenir son souffle.) Je suis tombé amoureux.

Je caresse sa joue.

— Moi aussi, dit-elle.

— Je sais.

— Tu le sais ?

— Oui.

*Tu es encore là, alors que je te raconte cette histoire, cette histoire sordide. Tu m'as sauvé.*

— Enfin ! souffle-t-elle avec un petit sourire.

— Et ça a tout remis en perspective. Quand j'étais plus jeune, Elena était le centre de mon univers, j'aurais fait n'importe quoi pour elle et elle a beaucoup fait pour moi : elle m'a aidé à arrêter de boire, elle m'a poussé à travailler à l'école… Elle m'a offert un mécanisme de survie alors que je n'en avais jamais eu. Elle m'a permis de vivre des choses que je n'aurais jamais pensé vivre.

— Te laisser toucher.

— D'une certaine manière.

Ana se renfrogne, ses yeux brillent de mille questions. Je n'ai pas d'autre choix que de tout lui dire.

— Quand on grandit avec une image de soi totalement négative, qu'on a l'impression d'être un laissé-pour-compte, un sauvage qui ne mérite pas d'être aimé… on pense qu'on mérite d'être battu. (Je marque un silence, pour observer sa réaction.) Ana, c'est tellement plus facile de porter sa souffrance à l'extérieur…

*Plutôt que la garder en soi.* Mais je préfère ne pas m'attarder sur ce sujet.

— Elle a canalisé ma colère. Elle l'a retournée vers l'intérieur. Le Dr Flynn me le rabâche depuis des années, mais je viens seulement de le comprendre. De voir mes rapports avec elle pour ce qu'ils étaient. J'ai compris le jour de mon anniversaire.

Ana grimace à ce souvenir.

— Pour elle, cet aspect de notre relation n'était pas seulement une question de sexe, mais aussi de contrôle. Elle se sentait seule, et ça la réconfortait d'avoir une espèce de joujou sexuel à sa disposition.

— Mais toi aussi, tu aimes le contrôle.

— Oui. C'est vrai, et ça ne changera pas, Ana, parce que je me suis construit comme ça. Pendant une certaine période, j'ai laissé quelqu'un d'autre prendre toutes les décisions pour moi parce que je ne pouvais pas décider moi-même – je n'étais pas en état de le faire. Mais, à travers ma soumission à elle, je me suis trouvé, et j'ai trouvé la force d'être responsable de ma propre vie… de la contrôler. De prendre mes propres décisions.

— De devenir un Dominant ?

— Oui.

— C'était ta décision ?

— Oui.

— Et quitter Harvard ?

— Ma décision, la meilleure que j'aie prise jusqu'à ce que je te rencontre.

— Moi ?

— Oui, la meilleure décision que j'aie prise de ma vie, c'était de t'épouser.

— Pas de fonder ton entreprise ?

Je secoue la tête.

— Pas d'apprendre à piloter ?

*Non, bébé.*

— Toi. (Je caresse sa joue, m'émerveillant encore de la douceur de sa peau.) Elle savait.

— Elle savait quoi ?

— Que j'étais amoureux de toi. Elle m'a encouragé à aller à Savannah pour te voir, et elle avait raison. Elle savait que tu allais flipper et me quitter. Et tu l'as fait. (Ana cligne les paupières. Son visage pâlit.) Elle croyait que je n'arriverais pas à vivre sans tous les avantages dus à mon style de vie.

— En tant que Dominant ?

*Exactement.*

— Ça me permettait de maintenir les autres à distance, de garder le contrôle, de rester détaché… En tout cas, c'est ce que je croyais. Je suis sûr que tu as compris pourquoi.

— Ta mère biologique ?

— Je ne voulais plus jamais être blessé. Et puis tu m'as quitté et je me suis effondré. (Je revois les portes de l'ascenseur qui se ferment sur Ana. Et moi, prostré dans l'entrée pendant des heures.) J'ai fui l'intimité toute ma vie… je ne sais pas comment m'y prendre.

— Tu t'y prends très bien.

Elle caresse le contour de mes lèvres avec son index. J'embrasse le bout de son doigt en rivant mes yeux aux siens. Encore une fois, je me noie dans le bleu de ses iris.

— Ça te manque ?

— Quoi ?

— Ton… style de vie.

— Oui.

À en juger par son expression, elle n'a pas l'air convaincue.

— Ce qui me manque, c'est de ne pas pouvoir tout contrôler, surtout quand ma femme prend sur elle de risquer sa vie… (Ma femme si magnifique, courageuse et irréfléchie !) Mais c'est comme ça que j'ai su.

— Su quoi ?

— Que tu m'aimais.

— Comment ça ?

— Parce que tu as risqué ta vie… pour ma sœur… pour ma famille… pour moi. (Elle se renfrogne. Je passe mon doigt sur son front.) Quand tu fronces les sourcils, ça fait un *v*, là. C'est très doux à embrasser. (Elle se détend.) Je suis méchant avec toi… et pourtant, tu es toujours là.

— Pourquoi ça t'étonne ? Je t'ai dit mille fois que je ne te quitterais jamais.

— Ça m'étonne à cause de la façon dont j'ai réagi quand tu m'as dit que tu étais enceinte. (Mon doigt descend le long de sa joue, comme mû par sa propre volonté.) Tu as raison, je suis un adolescent.

— Christian, sur le coup, j'ai dit des choses affreuses…

Je pose mon index sur mes lèvres.

— Chut. Je méritais de les entendre. Laisse-moi parler. (Je me remets sur le dos.) Quand tu m'as annoncé que tu étais enceinte… (Je m'efforce de rassembler tout mon courage pour poursuivre :) J'avais cru qu'on serait seuls tous les deux, toi et moi, pendant des années. Les enfants, j'y pensais, mais de façon abstraite. Je me disais vaguement qu'on en aurait un, tôt ou tard. Tu es encore jeune, et je sais que tu es ambitieuse, à ta façon. Bref, je suis tombé de haut. Jamais, au grand jamais, quand je t'ai demandé ce qui n'allait pas, je ne me serais attendu à ce que tu répondes que tu étais enceinte.

Je lâche un soupir, atterré par ma propre réaction.

— J'étais fou de rage. Contre toi, contre moi-même, contre le monde entier. Et puis ça m'a repris, cette sensation de ne plus rien contrôler. Il fallait que je sorte. Je suis allé voir Flynn, mais il assistait à une réunion de parents d'élèves.

— Quelle ironie ! commente-t-elle en notant le comique de la situation.

Nous échangeons un sourire.

— Alors j'ai marché, marché, et… je me suis retrouvé devant le salon de coiffure. Elena était sur le point de fermer. Elle a été très étonnée de me voir et moi aussi, j'étais étonné de me retrouver là. Elle a deviné que j'étais en colère, et elle m'a proposé d'aller prendre un verre. On est entrés dans un petit bar tranquille et on a bu une bouteille de vin. Elle s'est excusée pour la façon dont elle s'était conduite la dernière fois. Elle souffre que ma mère ait rompu avec elle – ça a restreint son cercle d'amis –, mais elle comprend. On a parlé du salon de coiffure, qui se porte bien malgré la récession… et puis, à un moment donné dans la conversation, j'ai mentionné au passage que tu voulais des enfants.

— J'ai cru que tu lui avais raconté que j'étais enceinte !

— Pas du tout.

— Tu aurais dû me le dire.

Je hausse les épaules.

— Tu ne m'as pas laissé parler.

— Mais si !

— Le lendemain matin, quand je t'ai retrouvée, tu étais tellement fâchée…

— C'est vrai.

— En tout cas, au cours de la soirée – on avait bu environ la moitié de la deuxième bouteille –, elle s'est penchée vers moi pour me toucher, et j'ai eu un mouvement de recul.

Je me cache le visage, mortifié. *Allez, Grey ! Crache le morceau !*

— Elle l'a remarqué, reprends-je. Ça nous a fait un choc, à tous les deux.

Ana tire sur mon bras pour me forcer à la regarder dans les yeux.

*Pardon, bébé.*

— Et alors ?

Je déglutis, tentant de chasser ma honte.

— Elle m'a fait des avances. C'était comme si le temps s'était figé. Quand elle a vu ma tête, elle a compris qu'elle était allée trop loin. J'ai dit… non. Je ne l'avais pas vue sous cet angle-là depuis des années, et en plus… (Je m'interromps, puis ajoute d'une voix blanche :) Je t'aime. C'est ce que je lui ai dit : « J'aime ma femme. »

Ana me regarde, silencieuse. *Oh, mon amour, dis-moi à quoi tu penses !*

Je poursuis mon récit :

— Elle a fait machine arrière en prétendant qu'elle plaisantait, qu'elle était heureuse avec Isaac, qu'elle ne nous en voulait pas, ni à toi ni à moi. Elle m'a dit que mon amitié lui manquait, mais qu'elle pouvait comprendre que ça aurait été difficile de continuer à me voir, étant donné ce qui s'était passé la dernière fois, alors on s'est dit adieu pour toujours.

— Vous vous êtes embrassés ?

— Non !

*Quelle idée !*

— Je n'aurais pas supporté de la toucher. J'étais malheureux, je voulais rentrer, mais après la façon dont je m'étais conduit avec toi, je ne savais pas si je serais le bienvenu, alors je suis resté dans ce bar pour finir la bouteille de vin. Ensuite, je suis passé au bourbon. Et j'ai repensé à ce que tu m'as dit un jour, quand on parlait d'Elena. Tu m'as demandé comment j'aurais réagi s'il s'était agi de mon fils… Ça m'a fait penser à Junior, à la façon dont tout avait commencé avec Elena, et je me suis senti… mal à l'aise. Je n'y avais jamais songé de cette manière auparavant.

— C'est tout ?

— À peu près.

— Ah.

— Ah ?

— Alors c'est fini ?

— Oui, c'est fini depuis que j'ai posé les yeux sur toi. Je m'en suis définitivement rendu compte ce soir-là, et elle aussi.

— Je suis désolée.

— De quoi ?

— De m'être autant fâchée le lendemain.

— Bébé, la colère, c'est une chose que je comprends.

*Colère, c'est mon deuxième prénom !*

— Ana, je te veux pour moi tout seul, je n'ai pas envie de te partager. Ce qu'on a tous les deux, je ne l'ai jamais eu. Je veux être le centre de ton univers, au moins pendant un moment.

— Rien ne va changer.

— Ana. (Je tente un sourire, mais il est déjà résigné.) Ce n'est pas vrai, et tu le sais très bien.

Des larmes brillent dans ses yeux.

— Merde… Ne pleure pas, Ana. Je t'en prie, ne pleure pas.

— Excuse-moi, souffle-t-elle, les lèvres tremblantes.

— Non, Ana. Non, ne t'excuse pas. Tu auras une autre personne à aimer autant que moi, c'est dans l'ordre des choses.

— Le Petit Pois va t'aimer aussi. Tu seras le centre de son univers. Les enfants aiment leurs parents inconditionnellement, Christian. (Je suis sur le point de défaillir.) C'est comme ça qu'ils arrivent dans le monde : programmés pour aimer. (Elle est si sûre d'elle, si inflexible.) Tous les bébés… même toi. Pense à ce livre pour enfants que tu aimais bien quand tu étais petit. Tu voulais quand même ta maman, tu l'aimais.

Ella.

*Hé Asticot ! Viens, on va chercher tes voitures.*

Je suis sur le point d'être emporté par un maelstrom.

— Non.

Les larmes d'Ana roulent sur ses joues.

— Si, tu l'aimais, évidemment que tu l'aimais. Ça n'est pas optionnel. C'est pour ça que tu souffres autant.

Je n'arrive plus à respirer. Tout l'air de la pièce a été emporté. Et moi avec.

— Mais c'est aussi pour ça que tu es capable de m'aimer. Pardonne-lui. Elle luttait contre ses démons, c'était une mauvaise mère, mais tu l'aimais.

Le vortex m'a attrapé. Je suffoque.

*« Si on faisait une tarte, Asticot ? »*

*Maman sourit et m'ébouriffe les cheveux.*

*« Allez vas-y. » Maman me donne sa brosse.*

*Elle a de longs cheveux. Elle chante. Aujourd'hui, elle est heureuse.*

Oui, il y a eu des moments de bonheur…

— Je lui brossais les cheveux. Elle était jolie.

— Il suffit de te regarder pour le savoir.

— Mais c'était une mauvaise mère.

Ana acquiesce, ses yeux brillent de compassion. Je ferme les paupières.

— J'ai peur d'être un mauvais père.

— Christian, t'imagines-tu une seconde que je te laisserais faire ?

J'ouvre les yeux et la contemple. Et le miracle se produit à nouveau. La lumière d'Anastasia Steele. Mon Amazone, ma guerrière, prête à se battre pour moi, contre moi… pour notre enfant.

J'en ai le souffle coupé. J'esquisse un sourire plein d'admiration.

— Non. Je ne crois pas. (Je caresse son visage.) Bon sang, qu'est-ce que tu es forte. Je t'aime tellement. Je ne savais pas que j'en étais capable.

— Ah, Christian…

— Bon, allez, maintenant que je t'ai raconté ton histoire, dodo !

— Tu parles d'une histoire…

— Et ta tête, ça va ?

— Ma tête ?

— Tu as mal ?

— Non.

— Bien. Tu devrais dormir, maintenant. (Elle ne semble guère décidée.) Dors, tu en as besoin.

— J'ai une question à te poser.

— Ah ? Laquelle ?

— Pourquoi est-ce que, tout d'un coup, tu es devenu aussi… disons, communicatif ? Tu m'as raconté tout ça spontanément, alors que, normalement, t'extirper des informations, c'est comme t'arracher une dent.

— Ah bon ?

— Ne fais pas l'innocent.

— Pourquoi est-ce que je suis devenu communicatif ? Je n'en sais rien. Peut-être parce que je t'ai vue à moitié morte. (À ce souvenir, je frémis. C'est insupportable. Je préfère penser à Junior.) Ou parce que je vais être père. Tu voulais savoir, et je ne veux pas qu'Elena soit un obstacle entre nous – tout ça, c'est fini, comme je te l'ai répété des milliers de fois.

— Si elle ne t'avait pas fait des avances… vous seriez encore amis ?

— C'est une deuxième question, ça.

— Pardon, tu n'es pas obligé de me répondre. (Elle rougit et c'est bon de la voir retrouver des couleurs.) Tu m'en as déjà raconté plus que je n'osais l'espérer.

— Non, je ne crois pas qu'on serait restés amis. Mais, depuis mon anniversaire, j'avais l'impression qu'on avait encore des choses à régler, elle et moi. S'il te plaît, crois-moi, je ne la reverrai jamais. Tu m'as dit que, pour toi, elle était une limite à ne pas franchir et c'est un terme que je comprends.

Elle sourit.

— Bonne nuit, Christian. Merci de m'avoir parlé.

Elle se penche vers moi et pose ses lèvres sur les miennes. Sa langue tente de s'insinuer. Mon corps vibre aussitôt, mais je m'écarte.

— Non. Je crève d'envie de te faire l'amour, murmuré-je dans un souffle.

— Alors fais-moi l'amour.

— Non, tu dois te reposer, et il est tard. Dors.

J'éteins la lampe de chevet.

— Je t'aime inconditionnellement, Christian, chuchote-t-elle en se lovant contre moi.

— Je sais, réponds-je doucement, réconforté par sa lumière.

*Toi… mes parents… un amour sans condition.*

Dimanche 18 septembre 2011

Il est près de minuit. À part une grosse séance en salle de gym ce matin, j'ai passé une journée tranquille avec ma femme. Nous avons rendu visite à Ray qui va de mieux en mieux. Hormis cette sortie, j'ai insisté pour qu'Ana reste au lit et se repose. Elle a accepté mais a quand même lu deux manuscrits – ma femme obstinée !

Mme Jones est repartie voir sa sœur et elle nous a préparé un repas pantagruélique pour ce soir. À l'évidence, elle tient autant que moi à ce qu'Ana se nourrisse bien.

Ana s'est endormie peu après 22 heures.

J'ai rattrapé mon travail en retard et maintenant j'examine les notes que Mme Collier envoyait à mes parents pendant que j'étais sous sa garde. Elle a une écriture nette et précise, et ses mots me rappellent de vagues souvenirs, éclairent un peu le trou noir au fond de ma mémoire.

> *Kristian ne veut pas que je le lave, mais il ne sait pas comment se rincer. Il a fallu deux bains pour le récurer ! Et j'ai dû lui montrer comment se laver les cheveux. Il ne supporte pas que je le touche.*

*Kristian va mieux aujourd'hui. Il refuse toujours de parler. Nous ne savons pas s'il en est capable ou non. Il a un sacré caractère quand même. Les autres enfants ont peur de lui.*

*Kristian n'accepte toujours pas qu'on le touche. Il pique une crise si on s'avise de le faire.*

*Kristian est affamé. Il a un appétit d'ogre pour un poids plume comme lui. Ses plats favoris sont les pâtes au fromage et les glaces.*

*Phoebe, notre fille, l'a pris en affection. Elle l'adore et il accepte sa présence. Elle dessine avec lui. Je ne pense pas qu'il ait souvent dessiné.*

*Kristian suit Phoebe partout.*

*Aujourd'hui, Kristian a eu une crise. Il ne voulait pas se séparer de sa couverture. Mais elle est crasseuse. Il a fallu que je le fasse asseoir devant la machine à laver pendant qu'elle tournait. C'est la seule chose qui a pu le calmer.*

Les souvenirs remontent par vagues, mais le trait commun c'est cette sensation d'être submergé, impuissant. Je suis dans un lieu que je ne connais pas, dans une famille que je ne connais pas. Cela a dû être très traumatisant pour moi. Voilà pourquoi j'ai choisi d'oublier cette période. Mais après avoir lu ces notes, je sais qu'on ne m'a pas fait de mal là-bas. Maintenant, je me souviens de Phoebe. Elle me chantait des chansons. Des comptines idiotes. Elle était gentille, en particulier avec moi.

Je suis heureux que mes parents aient gardé ces lettres. Elles montrent comment j'ai évolué. Je ne suis plus cet enfant effrayé. Il n'existe plus.

Peut-être que je devrais les montrer à Ana. En même temps, je me souviens de sa réaction avec les photos, de sa peine de voir un enfant aussi maigre et négligé. Et ça me rappelle ce connard de Hyde… tout ce qu'on a en commun, lui et moi.

*Ça suffit !*

Ana a eu son compte d'horreurs ces derniers jours.

Je glisse les notes, les dessins et les photographies dans une pochette que j'étiquette KRISTIAN et la range dans mon armoire à dossiers. Je la lui montrerai un autre jour quand elle sera complètement rétablie. De toute façon, il faut que je parle de tout ça à Flynn. C'est lui mon thérapeute. Pas ma femme.

Je referme l'armoire. Ana dort lorsque je me glisse dans le lit et me blottis contre elle. Elle marmonne quelque chose pendant que je respire son odeur apaisante.

Mon attrape-rêves.

Lundi 19 septembre 2011

Ana est lovée contre moi, toujours endormie. Il est 7 h 16. D'ordinaire, je me lève plus tôt, mais ces derniers jours ont été éprouvants pour moi aussi. C'est peut-être à cause de ma séance de gym de la veille. Non seulement j'ai couru, mais j'ai fait deux séries aux agrès et une heure au rameur. Je souris, le nez au plafond – j'ai très envie d'aller courir à nouveau ce matin. Je déborde d'énergie.

Peut-être devrais-je laisser Ana s'occuper de moi à sa manière.

C'est tentant ! Trop tentant.

Je prends une grande inspiration pour réfréner mes pulsions, récupère mon téléphone et sors du lit. Je reviendrai peut-être tout à l'heure quand elle sera réveillée. Pour l'instant, j'ai faim !

— Bonjour, monsieur ! lance Gail dans la cuisine.

Si elle est surprise de me voir en pyjama, elle ne montre rien et file vers la Gaggia pour me préparer un café.

— Bonjour, madame Jones.

— Comment allez-vous ce matin ?

— Encore un peu vaseux.

Elle réprime un petit sourire.

— Qu'est-ce que je vous prépare ?

— Une omelette, s'il vous plaît.

— Avec bacon, champignons et fromage ?

— Parfait, dis-je alors qu'elle pose devant moi une tasse de café.

Je feuillette le *Seattle Times*. Ma femme ne fait plus la une. Tant mieux ! Alors que je m'interroge sur notre programme de la journée, je tombe sur la section « Biens immobiliers ».

*Mais oui !*

— Gail ! Si Ana est en forme aujourd'hui, nous irons peut-être faire un tour dans notre nouvelle maison. Vous voulez bien nous préparer un panier pique-nique ?

— Avec plaisir, monsieur. Je demanderai à Taylor de le descendre dans la R8 quand ce sera prêt.

— Merci.

J'appelle Andrea pour lui demander de déplacer tous mes rendez-vous de la journée.

— Très bien, monsieur, répond-elle, imperturbable. Comment va Mme Grey ?

— Mieux. Beaucoup mieux. Merci.

— C'est une bonne nouvelle.

— Vous pouvez mc joindre sur mon portable, au besoin.

L'omelette est parfaite. Je mange avec appétit quand j'aperçois Ana sur le seuil. Elle paraît reposée. L'hématome sur sa joue s'est estompé. Bizarrement, elle est habillée, comme si elle s'apprêtait à sortir. Elle porte une petite jupe qui frise l'indécence. On ne voit que ses longues jambes et ses talons hauts spécial « baise-moi ».

— Bonjour, madame Grey, dis-je. Vous allez quelque part ?

— Au bureau.

Son sourire radieux illumine toute la pièce.

— Ça m'étonnerait. Le Dr Singh t'a donné une semaine d'arrêt de travail.

— Christian, je n'ai aucune envie de passer la journée toute seule à traîner au lit, alors autant aller au bureau. Bonjour, Gail.

— Madame Grey, répond Mme Jones en s'efforçant de cacher son sourire. Voulez-vous votre petit déjeuner ?

— S'il vous plaît.

— Du muesli ?

— Je préférerais des œufs brouillés avec des toasts au blé complet.

— Très bien, madame.

— Ana, tu ne vas pas au bureau.

Ça m'amuse de la voir croire au père Noël !

— Mais…

— Non, ne discute pas.

*Je suis le patron de ton patron ! Et le big boss a dit non !*

Elle plisse les yeux de courroux, puis peu à peu son expression passe à l'étonnement lorsqu'elle me voit toujours en pyjama.

— Tu ne vas pas travailler ?

— Non.

— On est bien lundi, non ?

— Aux dernières nouvelles, oui, lui réponds-je avec un sourire jusqu'aux oreilles.

— Tu sèches ?

— Je ne compte pas te laisser seule ici pour que tu fasses encore des bêtises.

Elle se juche sur le tabouret à côté de moi, sa jupe se retrousse plus haut encore, laissant apparaître ses cuisses parfaites.

— Tu es superbe. (Taquine, elle croise les jambes.) Vraiment superbe. Surtout ça… (Incapable de résister, je fais courir mon doigt au-dessus de ses bas, sur sa peau nue.) Elle est très courte, cette jupe.

— Ah bon ? Je n'avais pas remarqué.

Elle se met à rougir. Décidément, elle ne saura jamais mentir !

— Vraiment, madame Grey ? Je ne suis pas certain que cette tenue convienne au bureau.

— Mais puisque je ne vais pas au bureau, ton argument est caduc.

— Caduc ?

— Caduc.

Encore ce mot ! Je me retiens de sourire et retourne à mon omelette.

— J'ai une meilleure idée.

— Ah bon ?

Je croise son regard et soudain… C'est là, immanquable. Je reconnais cette lueur avide dans ses yeux. Aussitôt, une tension délicieuse flotte dans l'air. Notre connexion personnelle.

Elle prend une longue inspiration et, pour la faire marcher, je susurre d'un ton lascif :

— On pourrait aller voir les travaux de la nouvelle maison.

D'abord déconcertée, elle finit par sourire.

— Avec plaisir. Mais dis-moi, tu n'es pas obligé d'aller au bureau ?

— Non, Ros est rentrée de Taiwan. Tout s'est bien passé.

*L'avantage d'être le patron !*

— Je pensais que c'était toi qui devais aller à Taiwan ?

— Ma femme était à l'hôpital.

— Ah.

— Oui, alors aujourd'hui, j'ai décidé de profiter d'elle.

J'avale une gorgée du bon café de Mme Jones.

— Profiter de moi ? répète-t-elle d'une voix vibrante.

*Oh, bébé.*

Mme Jones dépose ses œufs brouillés devant elle.

— Profiter de toi.

Ana regarde tour à tour son assiette et moi. Et ce sont les œufs qui gagnent.

— C'est bon de te voir manger. (Je me lève et embrasse ses cheveux.) Je vais prendre une douche.

— Je peux venir te savonner le dos ?

— Non. Mange.

Je me dirige vers la salle de bains, sentant son regard dans mon dos. Juste avant de quitter la pièce, j'ôte mon tee-shirt pour la faire enrager.

*Grey ! On se reprend !*

Ana a d'abord voulu voir son père. Mais nous ne restons pas longtemps car il est avec M. Rodriguez, et les deux hommes regardent le match de foot de la veille – Manchester contre Chelsea. Manchester mène deux buts à zéro, ce qui semble mettre en joie le père de José.

Je lâche un soupir. J'ai beau faire des efforts, le football européen m'ennuie à mourir.

Ana a pitié de moi et écourte mes souffrances.

*Merci, bébé !*

Je me laisse aller au fond du siège de la R8 tandis que nous roulons vers notre nouvelle maison. Je suis curieux de découvrir ce qu'a fait Elliot, le Grand Destructeur, et de voir notre nouveau foyer sortir de terre.

Ana a troqué ses Louboutin contre de sages ballerines. Je vois son pied battre la cadence avec les voix de Crosby, Stills & Nash qui emplissent l'habitacle. Elle a l'air heureuse de sortir. Ces deux jours au lit lui ont fait du bien. Ses joues ont repris des couleurs et elle me gratifie d'un sourire quand je la regarde en coin. Sa dernière rencontre avec Hyde semble appartenir au passé.

*Pour toi aussi, Grey ! N'y pense plus !*

Je ne me doutais pas que tout raconter à Ana aurait un effet aussi bénéfique. Je me sens plus léger, plus libre. Même si je suis toujours attaché, par la plus exquise des chaînes, à la merveilleuse femme à côté de moi. Elle me connaît si bien. Elle repousse les ténèbres, laisse entrer la lumière. La chaleur de son amour m'inonde.

Je tends le bras, pose ma main sur sa cuisse, puis remonte les doigts vers sa peau nue au-dessus du bas. Ana arrête mon geste.

— Tu vas continuer longtemps à m'allumer comme ça ?

*Pardon, c'était involontaire.*

— Peut-être.

— Pourquoi ?

— Parce que je peux.

Mes doigts remontent plus haut, vers son entrejambe.

— On peut être deux à jouer à ce petit jeu-là, souffle-t-elle.

— Allez-y, madame Grey.

Elle prend ma main et la repose sur mon genou.

— Dans ce cas, bas les pattes.

— Comme vous voulez, madame Grey.

J'ai du mal à dissimuler mon sourire. J'aime taquiner Ana.

Non, je l'aime tout court. C'est aussi simple que ça.

Je m'arrête devant l'entrée de notre maison. Je compose le code d'accès. Le grand portail en métal s'ouvre en grinçant. Il va falloir le remplacer, mais c'est un détail. Alors que nous remontons l'allée, je regrette de ne pas avoir décapoté. L'herbe est haute et un beau soleil de septembre brille dans le ciel. Les arbres se sont parés des couleurs chatoyantes de l'automne. Le détroit de Puget au loin miroite de mille feux. L'endroit est idyllique.

Et c'est chez nous.

Au détour d'un virage, notre maison apparaît, cernée par les camions de l'entreprise d'Elliot. La bâtisse est masquée par les échafaudages et des ouvriers s'activent sur le toit. Je me gare devant le perron, coupe le moteur et me tourne vers Ana.

— Allons retrouver Elliot.

— Il est là ?

— J'espère, vu combien je le paie.

Elle éclate de rire et nous sortons de voiture. Aussitôt, une voix retentit :

— Hé, frangin !

Il nous faut quelques instants pour le repérer. Il est perché sur le toit et agite les bras, tout content. À le voir sourire ainsi comme un benêt, on croirait le chat du Cheshire !

— Ben dis donc, il était temps ! Restez là, je descends tout de suite.

Je prends la main d'Ana et, en l'attendant, nous contemplons la façade de la maison. Elle est plus grande que dans mon souvenir.

*Il y aura plein de chambres pour notre enfant.* Mon nouveau mode de pensée ne laisse pas de me surprendre.

Enfin, Elliot apparaît à la porte d'entrée, couvert de poussière.

— Salut, vieux ! (Cet idiot m'attrape le bras et le secoue comme s'il s'agissait du levier d'une pompe !) Et comment va la petite dame ?

Il la soulève par la taille, la fait tourner en l'air.

— Mieux, merci, répond-elle en riant malgré la douleur.

*Tout doux ! Elle a les côtes en vrac !*

Je lance un regard noir à mon frère, mais ça ne lui fait ni chaud ni froid. C'est son jour de gloire et rien ne saurait le gâcher !

— Allons dans le bureau de chantier. Il faut que vous portiez un machin comme ça.

Il donne une tape sur son casque.

Elliot nous fait visiter la maison, du moins ce qu'il en reste. Il a quasiment abattu tous les murs. Avec force détails, il nous explique les travaux en cours et combien de temps chaque étape va prendre. Quand il est dans son élément, Elliot est passionnant. Ana et moi sommes tout ouïe.

Le mur du fond a disparu. C'est là que sera installée la grande baie de Gia, et la vue sera spectaculaire. Il y a quelques voiliers sur l'eau et je suis tenté de prendre le *Grace* pour aller naviguer après notre visite. Mais ce serait une mauvaise idée. Ana a besoin de repos.

— On espère avoir fini pour Noël, annonce Elliot.

— Plutôt pour l'année prochaine, non ? fais-je remarquer.

— Va savoir. Si tout va bien, c'est jouable.

La visite se termine par la cuisine.

— Bon, je vous laisse explorer.

— Merci, Elliot.

En nous lançant un grand salut, il remonte l'escalier pour retrouver son équipe sur le toit.

— Alors, heureuse ? dis-je en prenant la main d'Ana.

— Très ! J'adore !

— Moi aussi.

— Tant mieux. J'ai pensé qu'on pourrait accrocher les natures mortes ici, suggère-t-elle en désignant un mur.

J'acquiesce.

— Il faut aussi que tu décides où mettre les portraits que José a faits de toi.

— Là où je ne les verrai pas souvent, répond-elle, ses joues se parant d'un rose délicieux.

— Ne dis pas ça. Ce sont mes photos préférées. J'adore celle qui est dans mon bureau.

— Je ne vois vraiment pas pourquoi.

— Il y a pire que de regarder ton beau visage souriant toute la journée. Tu as faim ?

— Faim de quoi ?

*Oh, bébé, ne me tente pas !*

— De nourriture, madame Grey.

Je lui donne un léger baiser pour chasser sa mine déconfite. Elle pousse un long soupir.

— Ces jours-ci, j'ai toujours faim.

— On pourrait faire un pique-nique, tous les trois.

— Tous les trois ? Tu attends quelqu'un ?

— Dans sept ou huit mois environ.

Son visage s'éclaire.

— J'ai pensé que tu aimerais peut-être manger en plein air.

— Dans le pré ?

— D'accord.

Cette idée l'enchante. Encore une fois, elle a l'art de me rendre fier de moi.

— Ça va être un endroit formidable pour élever une famille, dis-je en posant ma main sur son ventre. J'ai du mal à le croire !

Aussitôt ses doigts viennent recouvrir les miens.

— J'ai une preuve. Une photo.

— C'est vrai ? Le premier sourire de bébé ?

De son portefeuille, elle sort un papier et me le tend.

— Tu vois ?

C'est une image en noir et blanc, très granuleuse et grisâtre. Au milieu, il y a une sorte de poche sombre et, tout au fond, une petite forme, une anomalie, grise sur le gris de l'arrière-plan, mais parfaitement visible.

— Ah… le Petit Pois. (Soudain, j'ai du mal à respirer.) Je comprends mieux maintenant.

*Notre Petit Pois. Notre minuscule petit homme. Bébé Grey.*

Je regrette de n'avoir pas vécu ce moment avec elle.

— Ton enfant, murmure-t-elle.

— *Notre* enfant.

— Le premier d'une longue série.

— Une longue série ?

— Au moins deux, déclare-t-elle d'un ton plein d'espoir.

— Deux ? On pourrait y aller un à la fois, pour l'instant ?

Elle me sourit.

— Pas de problème.

Je lui prends la main et nous sortons de la maison. L'après-midi est splendide. L'odeur de l'océan, de l'herbe grasse, des fleurs des champs embaume l'air. C'est le paradis sur terre. Et bientôt nous serons trois.

— Tu vas l'annoncer quand à tes parents ?

— Je pensais l'annoncer à Ray ce matin mais M. Rodriguez était là.

Je comprends et vais ouvrir le coffre de la R8. Je récupère le panier d'osier et le plaid qu'Ana a acheté chez Harrods à Londres.

— Viens.

Main dans la main, nous nous dirigeons vers le pré. Quand nous nous sommes suffisamment éloignés de la maison, nous étalons la couverture. Je m'assois à côté d'elle, retire ma veste, mes chaussures et mes chaussettes. Pendant un moment, je me contente de respirer, d'avaler de grandes goulées d'air frais. Nous sommes protégés par les hautes herbes, coupés du monde, dans notre petite bulle de bonheur. Au moment où Ana ouvre le panier pour découvrir les douceurs que nous a préparées Mme Jones, mon téléphone vibre.

C'est Ros.

— … merci pour votre réponse et je suis ravie qu'Ana aille bien, me dit Ros au téléphone.

— Pas de problème.

C'est la deuxième fois qu'elle appelle et c'est mon troisième coup de fil depuis le début du pique-nique.

— Vous ne devriez pas être aussi indispensable.

— Vous me flattez, Ros !

Ana est étendue à côté de moi, écoutant à moitié la conversation. À ma dernière remarque, elle fronce les sourcils.

— Prenez donc deux jours de congé, dis-je à Ros. Vous avez passé quasiment votre week-end à revenir de Taiwan.

— C'est une bonne idée. Je pourrais prendre le jeudi et le vendredi, si ça vous va.

— Bien sûr, Ros. Allez-y.

— Alors c'est entendu. Merci, Christian. Au revoir.

Je lâche mon téléphone sur le plaid et regarde mon épouse. Elle a une expression rêveuse. Je pioche une fraise qui reste du pique-nique et la passe doucement sur ses lèvres. Avec la pointe de sa langue, elle joue avec le fruit puis ouvre la bouche et l'avale dans son antre chaud.

Mon entrejambe frémit.

— C'est bon ?

— Très, souffle-t-elle.

— Assez ?

— Assez de fraises, oui.

Personne ne peut nous voir…

*Non, Grey ! Tiens-toi !*

— Mme Jones prépare de sacrés bons pique-niques.

— C'est vrai.

Je m'allonge, pose la tête sur son ventre, ferme les yeux et m'efforce de ne pas penser à toutes les choses que je voudrais lui faire à cet instant. Elle caresse mes cheveux. *Comme c'est bon…*

Mon BlackBerry sonne à nouveau.

C'est Welch ! Qu'est-ce qu'il veut ?

Agacé, je décroche.

— Welch ?

— Monsieur Grey, j'ai du nouveau. C'est Eric Lincoln de Lincoln Timber qui a payé la caution de Hyde.

*Mais quel enculé !*

Je me redresse. Tous mes signaux d'alerte passent au rouge.

— J'aimerais le surveiller, poursuit mon enquêteur. Si vous n'y voyez pas d'objection.

— Vingt-quatre heures sur vingt-quatre !

Comment Lincoln a-t-il osé pactiser avec Hyde ? C'est un *casus belli* !

— Je m'en occupe. Je ne sais pas ce qu'il a pu prévoir encore, ni comment ces deux-là se sont trouvés. Mais je finirai par le savoir.

— Merci.

Je raccroche. J'ai toutes les peines du monde à contenir ma fureur. Je serre mon téléphone. Il est temps de régler mes comptes. Mon plan est prêt depuis longtemps et, comme on dit, la vengeance est un plat qui se mange froid. Je lance un petit sourire à Ana et appelle Ros.

— Christian ? Encore ? Je pensais que vous aviez pris un jour de congé !

J'attaque tout de suite dans le vif du sujet.

— Ros, on a combien d'actions Lincoln Timber ?

— Attendez deux secondes, je regarde… On détient soixante-six pour cent, en comptant toutes nos sociétés écrans.

*Parfait.*

— Bon, consolidez les actions et virez le conseil de direction.

— Tous les membres ?

— Sauf le P-DG.

— Pourquoi, Christian ? Personne ne va comprendre.

— Je m'en fous.

— Il ne restera plus rien de la société. Le P-DG ne pourra plus rien faire. Si vous voulez liquider la société, ce n'est pas comme cela qu'il faut s'y prendre.

— Je comprends, mais faites-le, réponds-je en contenant ma colère.

Ros pousse un soupir résigné.

— Entendu. C'est votre argent.

— Merci.

— Je vais mettre Marco sur le coup.

— Tenez-moi au courant.

Quand je raccroche, Ana me regarde, inquiète.

— Qu'est-ce qui se passe ?

— Linc.

— Linc ? L'ex-mari d'Elena ?

— C'est lui qui a payé la caution de Jack.

Elle en reste bouche bée.

— Ça ne va pas lui porter chance, commente-t-elle. Hyde a profité de sa liberté pour commettre d'autres crimes.

— Vous ne croyez pas si bien dire, madame Grey.

— Qu'est-ce que tu viens de faire, à l'instant ? demande-t-elle en s'asseyant devant moi.

— Je viens de l'entuber.

— Comme ça, sur un coup de tête ?

— Je suis du genre spontané.

— J'en sais quelque chose.

— Ça fait un bon moment que j'y pense, j'attendais l'occasion.

*Un rachat hostile.*

— Ah bon ?

Ana voudrait en savoir davantage. Je le lui dis ou pas ? Je prends une grande inspiration et lui lance un regard appuyé. *Attention Ana, ça va être hard…*

— Il y a plusieurs années – j'avais vingt et un ans à l'époque –, Linc a tabassé sa femme quand il a découvert qu'elle couchait avec moi : il lui a cassé la mâchoire, le bras gauche et quatre côtes. Et maintenant je viens d'apprendre qu'il a payé la caution d'un homme qui a essayé de me tuer, qui a enlevé ma sœur et qui a fracturé le crâne de ma femme. Il est temps de lui rendre la monnaie de sa pièce.

Je me souviens aussi lorsqu'il m'a frappé moi. Il m'avait presque démis le maxillaire. Par automatisme, je pose la main sur mon menton. Je n'ai perdu conscience que quelques minutes, et ça lui a suffi pour réduire en bouillie Elena.

Et je n'ai rien fait. J'étais sonné… sous le choc…

*Arrête, Grey ! Arrête ça tout de suite !*

Le visage d'Ana est tout pâle.

— En général, je ne suis pas motivé par la vengeance, reprends-je, mais je ne peux pas le laisser s'en tirer comme ça. Elena aurait dû porter plainte, mais elle ne l'a pas fait. C'était sa prérogative. (Je serre les dents.) En s'attaquant à ma famille, Linc en a fait une affaire personnelle. Je vais démanteler sa boîte et la revendre en pièces détachées au plus offrant. Je vais le ruiner.

Ana m'observe avec intensité.

— En plus, ajouté-je pour détendre l'atmosphère, ça va être une opération rentable. (Elle bat des paupières. *Me découvre-t-elle avec horreur sous un jour nouveau ?*) Pardon, je ne voulais pas te faire peur.

— Tu ne m'as pas fait peur.

Je hausse un sourcil. C'est vrai, ou dit-elle cela juste pour me rassurer ?

— Tu m'as surprise, c'est tout.

Je prends son visage dans mes mains et effleure ses lèvres des miennes.

— Je ferais n'importe quoi pour te protéger, pour protéger ma famille, pour protéger le petit.

Je pose ma main sur son ventre. Ana laisse échapper un hoquet. Ses yeux cherchent les miens. Et encore une fois, cet abîme bleu exerce sa magie. Il m'appelle, m'envoûte.

Je la veux.

Elle est si excitante. Je descends mes doigts, presse son sexe par-dessus le tissu. Ana attrape ma tête, s'agrippe à mes cheveux et ses lèvres se soudent aux miennes. Aussitôt, sa langue pénètre ma bouche, la fouille.

Le désir me transperce à la vitesse de l'éclair et vibre jusqu'au bout de ma queue. *Putain, je bande !* Je grogne en lui rendant son baiser. Ma langue s'enroule à la sienne.

Ça fait si longtemps…

Son goût, son contact… Elle est mon Tout.

— Ana…, murmuré-je dans sa bouche.

Je suis ensorcelé, mes mains enveloppent son cul magnifique, descendent sur ses cuisses.

*Merci à toi, petite jupe !*

Elle commence à déboutonner ma chemise. Ses doigts rendus gauches par l'impatience me font revenir un instant sur terre.

— Hou là, Ana… Stop.

Avec un grand effort de volonté, je trouve la force de m'écarter.

— Non, gémit-elle, en attrapant de ses dents ma lèvre inférieure. Non, j'ai trop envie de toi.

*Ana, tu es blessée !*

Mais mon corps est en manque, comme le sien.

— S'il te plaît, m'implore-t-elle. J'ai besoin de toi.

Comment résister à ça ! *Bordel, je suis foutu !* Je suis emporté. Ma bouche trouve la sienne. Je l'embrasse à nouveau, la butine… D'une main, je lui tiens la tête, de l'autre j'enserre sa taille, et je l'allonge à côté de moi, sans jamais rompre le contact de nos bouches. Enfin ! Nos retrouvailles !

Quand je me redresse pour reprendre ma respiration, je la dévore du regard.

— Vous êtes belle, madame Grey.

— Vous aussi, monsieur Grey. À l'intérieur comme à l'extérieur.

*Ce n'est pas si sûr.*

Elle passe son doigt sur une ride de mon front.

— Ne fais pas la tête. Pour moi, tu es beau même quand tu es en colère.

Ses paroles sont si gentilles. Je l'embrasse à nouveau. C'est tellement bon de la sentir réagir, de sentir son corps se cambrer contre le mien.

— Tu m'as manqué.

Mes mots sont bien faibles comparés à ce que j'éprouve. Elle est mon monde, mon cosmos.

Je fais courir mes dents le long de sa mâchoire.

— Toi aussi, tu m'as manqué. Ah, Christian…

Son désir m'enveloppe. Mes lèvres courent sur sa gorge, laissant une trace humide sur sa peau. Je déboutonne son chemisier, l'ouvre et embrasse la courbe délicieuse de ses seins.

*Ils sont plus gros que d'habitude. Déjà ?*

— Ton corps change.

Mon pouce excite son téton sous le soutien-gorge, jusqu'à ce que la pointe se dresse, impatiente.

— Ça me plaît…

*J'ai vraiment dit ça ?* Peut-être bien. Je suis tellement amoureux de ma femme. J'insinue mon nez sous la dentelle blanche. Avec les dents, je soulève le bonnet pour libérer son téton que la fraîcheur de la brise automnale fait froncer. Je le prends dans ma bouche et le suce avec ardeur.

Ana pousse un petit cri. *Merde, ses côtes !* Je m'arrête aussitôt.

— Ana ! Voilà, c'est bien ce que je disais, tu ne sais pas te protéger. Je ne veux pas te faire mal.

— Non, n'arrête pas… Je t'en prie.

*Mon corps entier hurle…* Mais il ne faut pas…

*Et merde !*

Avec douceur je la fais asseoir sur moi, mes mains remontent sur ses cuisses, jusqu'à la lisière des bas. Comme elle est belle ! Ses cheveux tombent en cascade sur moi, ses yeux étincellent de désir.

— Voilà, tu seras mieux comme ça, et puis ça me permet de profiter du spectacle.

Je glisse un doigt sous le second bonnet pour libérer l'autre sein, puis les prends tous les deux dans mes mains. Ana gémit, renverse la tête en arrière.

*Oh, bébé…*

Je pince ses tétons, les fais rouler, et les sens grandir sous mes doigts. Je veux sa bouche. Je me soulève pour être face à elle et je l'embrasse. Je continue de l'exciter avec ma langue et mes doigts.

Ana se bat avec les derniers boutons de ma chemise. Elle m'embrasse avec une telle ardeur que nous allons nous embraser – une combustion spontanée par excès de désir ! Son baiser est une supplique, une imploration fébrile.

— Hé ! Doucement. On n'est pas pressés.

— Christian, ça fait tellement longtemps, bredouille-t-elle, haletante.

*Je sais. Mais tu es blessée…*

— Doucement. (Je lui embrasse le coin droit de la bouche.) Doucement. (Puis le coin gauche.) Doucement, bébé. (Avec les dents, je tire sur sa lèvre inférieure.) On y va doucement.

Ma langue s'insinue dans sa bouche, cherche la sienne. De ses doigts, elle caresse mon visage, mon menton, ma gorge et recommence à s'attaquer à mes boutons. Elle ouvre les pans de ma chemise, effleure mon torse, puis me pousse pour me forcer à me rallonger.

Les yeux rivés aux miens, elle se frotte sur mon sexe. Je me cambre pour profiter de ses ondulations sur ma queue impatiente.

La bouche entrouverte, elle effleure mes lèvres de ses doigts ; ils suivent la ligne de la mâchoire, descendent dans mon cou, jusqu'à ma gorge. Puis elle se penche sur moi, et sa langue suit le chemin invisible de ses doigts, papillonne sur mon visage, mon cou. Je m'abandonne à sa caresse, les yeux fermés, la tête renversée en arrière. Sa bouche continue son voyage, descend le long de mon sternum, ma poitrine. Elle s'attarde sur deux de mes cicatrices et les bécote tendrement.

*Ana...*

Je veux plonger en elle, tout au fond d'elle. J'attrape ses hanches, je cherche ses yeux assombris par le désir.

— Tu veux ? Ici? dis-je d'une voix rauque.

— Oui.

Elle plonge à nouveau vers ma poitrine, saisit mon téton entre ses dents, le taquine de la pointe de sa langue.

— Ah, Ana.

Des ondes de plaisir me traversent le corps. Je la soulève, pour libérer ma queue dressée, puis la redescends. Et elle se remet à bouger sur moi.

Ah... je veux tant être en elle ! Je remonte les mains sur ses jambes, m'arrête à la lisière des bas. Je caresse du pouce sa peau nue et remonte plus haut, vers la dentelle entre ses cuisses.

Ana halète.

— J'espère que tu ne tiens pas à cette culotte, dis-je en glissant mes pouces sous le tissu.

*Elle est prête à m'accueillir.*

Je crochète mes doigts sur le tissu et tire un grand coup. La culotte se déchire.

*Oui !*

Je cale mes paumes tout en haut de ses cuisses et titille son clitoris avec mes pouces, tandis que je me tords de plus belle pour accentuer le frottement contre mon sexe. Elle glisse littéralement sur moi.

— Je sens que tu mouilles.

*Ana, ma déesse de la baise !*

Je me redresse pour planter mes yeux dans les siens. Je passe mon bras autour de sa taille.

— On va y aller doucement, madame Grey. Je veux te sentir tout entière.

Je la soulève à nouveau et l'empale lentement sur moi. Je la remplis petit à petit, langoureusement. Je ferme les yeux, savourant chaque centimètre d'elle.

Elle est une bénédiction.

Elle gémit, s'accroche à mes bras. Elle tente de se redresser pour commencer à bouger, mais je la tiens fermement.

— Moi tout entier, dis-je en cambrant les reins, réclamant mon dû.

Elle pousse une plainte étranglée et rejette sa tête en arrière.

— Je veux t'entendre. (Elle tente encore un mouvement.) Non, ne bouge pas. Sens.

Elle me regarde, bouche ouverte, figée dans un cri silencieux de plaisir. Elle a les yeux égarés, ne respire plus. Je m'enfonce encore en elle, toujours prisonnière entre mes bras. Elle grogne quand je me penche pour embrasser sa gorge.

— C'est mon endroit préféré, dis-je. En toi.

— Bouge, allez !

Mais je veux la faire languir. Faire durer le plaisir. Comme ça, elle ne risquera pas d'avoir mal.

— Doucement, madame Grey.

Je me cambre à nouveau, m'enfonçant plus profond. Elle caresse mon visage, m'embrasse. Sa bouche m'aspire, me dévore.

— Aime-moi, s'il te plaît, Christian.

Mes bonnes résolutions s'écroulent. Mes dents effleurent sa mâchoire jusqu'à son oreille.

— Vas-y.

*Je suis à toi, Ana.*

Elle me plaque au sol et commence à remuer, de haut en bas, de plus en plus vite, prise de frénésie. Elle veut tout ce que j'ai à donner. Tout prendre.

*Oh, mon Dieu…*

Je saisis ses mains et la suis dans sa chevauchée sauvage. Je me cambre encore et encore. Elle est au-dessus de moi, magnifique, ma femme contre le bleu du ciel. Je ferme les yeux, la tiens par les cuisses, remonte mes mains vers ce point précieux entre ses jambes. Là, je presse mes deux pouces contre son clitoris. Elle crie, explose, un orgasme absolu qui m'emmène au bord, tout au bord.

— Ana !

Et je la rejoins.

Lorsque j'ouvre les yeux, elle est étendue sur moi. Je l'enlace et nous restons immobiles, unis.

*Ça m'a tellement manqué.*

Sa main est posée sur mon cœur qui, petit à petit, retrouve un rythme normal. C'est bizarre. Il n'y a pas si longtemps, je n'aurais pas supporté ses mains sur moi. Et maintenant ce contact me comble de bonheur. Je lui demande :

— Ça va mieux ?

Elle relève la tête, un sourire radieux aux lèvres.

— Beaucoup mieux. Et toi ?

— Vous m'avez manqué, madame Grey.

— Toi aussi, tu m'as manqué.

— Plus d'héroïsme, d'accord ?

— Promis.

J'insiste pour faire bonne mesure :

— Tu devrais toujours me parler.

— Ça vaut pour toi aussi, Grey.

— J'essaierai.

Comme à son habitude, elle ne se laisse pas impressionner.

— Je crois qu'on sera heureux, ici, murmure-t-elle.

— Ouais. Toi, moi et… le Petit Pois. Au fait, comment te sens-tu ?

— Bien. Détendue. Heureuse.

— Tant mieux.

— Et toi ?

— Moi aussi.

*Délicieusement heureux, Ana.* Elle me lance un drôle de regard.

— Quoi ?

— Tu sais, tu es très autoritaire quand on baise.

— C'est un reproche ?

— Non, mais je me demandais… tu m'as dit que ça te manquait.

De quoi parle-t-elle au juste ? Du contrôle ? C'est sûr que ça me manque ! Ou de la salle de jeux ? De ce qu'on y fait ? Je la revois sanglée aux montants du lit. Avec le motet de Tallis qui résonne dans la pièce. Et la croix… la cravache marron en cuir… Tant de souvenirs, affolants. J'en conviens :

— Parfois.

Elle esquisse un sourire.

— Eh bien, on verra ce qu'on peut faire pour que tu ne te sentes pas privé, déclare-t-elle en plantant un baiser sur mes lèvres.

*Ça devient intéressant.*

— Moi aussi, j'aime bien jouer.

*Décidément, ce jour parfait atteint des sommets !*

— Tu sais, j'aimerais vraiment explorer tes limites.

— Mes limites pour quoi ?

— Le plaisir.

— Je crois que j'aimerais aussi.

— Quand on rentrera à la maison…

Je la serre contre moi, émerveillé. Elle compte tant pour moi.

Qui aurait cru que je tomberais amoureux ? Éperdument amoureux ?

Mercredi 21 septembre 2011

Flynn est à court de mots. *Une première !*

Je lui ai fait un résumé des événements qui se sont déroulés depuis notre dernière séance.

— C'est donc pour cela que vous vouliez me parler ? marmonne-t-il en secouant la tête.

— Exact.

— Bon, tout d'abord, comment va Ana ?

— Bien. Elle se rétablit. Et brûle de retourner au bureau.

— Pas de stress post-traumatique ?

— Je ne crois pas. Mais c'est peut-être trop tôt pour le dire ?

— Je peux vous recommander quelqu'un, si elle a besoin de consulter un thérapeute. (Il s'interrompt et se tapote les lèvres de l'index.) Procédons dans l'ordre : parlons du fait qu'elle soit enceinte et de votre réaction.

— Ce n'est pas un grand moment de gloire, dis-je en évitant de le regarder dans les yeux.

— C'est le moins qu'on puisse dire ! (J'aurais préféré une réponse plus nuancée.) Comment vous sentez-vous par rapport à ça, aujourd'hui ?

Je soupire, me penche sur le fauteuil et cale mes coudes sur mes genoux.

— Résigné. Excité. Terrorisé. À parts égales. J'aurais préféré attendre un peu. Mais bon, Junior est en route…

Flynn me regarde d'un air compatissant (enfin, je crois).

— On ne comprend ce qu'est un amour inconditionnel que lorsqu'on va avoir un enfant.

— C'est ce que prétend Ana. Je viens tout juste d'apprendre à l'aimer elle alors…

*Je suis incapable de terminer ma phrase.*

— Alors comment pourriez-vous aimer une autre personne ? C'est bien ça ?

Je réprime une grimace.

— Christian, reprend-il, connaissant votre besoin maladif de protéger ceux qui vous entourent, il ne fait nul doute que vous saurez aimer votre enfant.

— J'espère que vous avez raison.

— Vous en aurez la preuve dans quelques mois, répond-il en s'autorisant un sourire. Passons maintenant à Mme Lincoln. Où en êtes-vous avec elle ?

— Le chapitre est clos.

Flynn hoche la tête.

— Je crois que ça a été une bonne chose que je raconte tout à Ana. Comment ça a commencé, comment ça s'est terminé.

— Oui, je pense. Des regrets ?

— De l'avoir dit à Ana ? Non. Aucun. D'avoir coupé les ponts avec Elena ? Oui. Enfin non.

Voyant John pincer les lèvres, je m'empresse d'ajouter :

— Certes, ce qu'on a fait ensemble, Elena et moi, n'était pas bien… enfin, ce qu'elle a fait. Elle s'est comportée comme une prédatrice. Je m'en rends compte aujourd'hui. Je suis d'accord avec vous. Mais je ne rejette pas tout. Comment le pourrais-je ? À l'époque, je croyais qu'il me fallait quelqu'un comme elle. Elle m'a tant appris.

Flynn soupire.

— Elle a tiré avantage d'un adolescent vulnérable, Christian. Il faut appeler un chat un chat.

Je le regarde fixement. *Il n'a pas tort.* Je ne suis pourtant pas prêt à l'accepter…

— Il me faut encore un peu de temps.

— Nous reviendrons sur ce sujet, bien sûr. On creusera quand vous serez prêt. Maintenant, j'aimerais que vous me parliez de votre conversation avec vos parents, concernant votre placement en famille d'accueil. Comment vous sentez-vous ?

— Bizarre. Pour plusieurs raisons.

— Vous pouvez expliciter ?

— D'abord, j'ai été étonné qu'ils répondent aussi vite à mon appel au secours.

— C'était la première fois ?

— Non. Maman m'a bien aidé avec Ray, quand il a eu son accident.

— Mais c'était différent. Elle faisait ça en qualité de médecin.

— Voilà. Je ne crois pas leur avoir déjà demandé de l'aide pour quelque chose d'aussi personnel. J'ai dû baisser les bras il y a longtemps. Comme vous le savez, quand j'étais ado, mes relations avec eux étaient assez conflictuelles. Ils ont été très déçus quand j'ai abandonné Harvard. Vraiment fâchés.

Flynn acquiesce.

— Quand on est parent, on croit toujours savoir ce qui est le mieux pour son enfant. Cela mérite de s'en souvenir. Abandonner vos études, à l'évidence, vous a plutôt bien réussi.

— Mais l'autre soir quand ils sont venus, ils ont fait plus que m'aider. Ils m'ont apporté tous ces documents.

Je désigne la chemise que Flynn a déjà parcourue. Il sort la photographie de la famille Collier avec les deux enfants placés.

— Et là, c'est Hyde ? (Il montre le garçon roux.) Et le plus petit, c'est vous.

— Oui.

— Cela a dû être très déstabilisant de n'avoir aucun souvenir de cette période.

— C'est vrai.

— Et maintenant ? La mémoire vous revient ?

— Oui. Il y a eu un déclic, je crois, quand ma mère m'a assuré que les Collier étaient gentils avec moi, qu'on ne m'a pas fait de mal quand j'étais chez eux. Je me suis autorisé à me souvenir. Avant ça, j'avais trop peur. Je m'imaginais les pires choses… comme chaque fois qu'on ne sait pas.

— Oui. Je comprends. Et vous croyez votre mère ?

— Oui. Les souvenirs qui me reviennent sont tous agréables.

— Et si on parlait de Kristian Pusztaï ?

— Il n'existe plus.

Flynn fronce les sourcils.

— Vous en êtes sûr ?

— Non. Mais je pense qu'il est temps de grandir et de tourner la page. C'est ce que ma femme m'a dit très clairement.

Flynn lâche un grognement.

— Elle est au courant ? Vous lui avez dit ? Pour ça…, précise-t-il en montrant le certificat de naissance.

— Non.

— Pourquoi ?

Je hausse les épaules.

— C'est Christian Grey qu'elle connaît.

Flynn reste pensif un moment.

— Cet enfant fait partie de vous.

— Je sais. Mais je vais le garder pour moi un petit peu. Le temps de m'habituer.

— Et vous lui direz ?

— Bien sûr.

— Vous ne le connaissez que depuis quelques jours. Vous pouvez le garder pour vous autant que vous voulez, Christian. Le temps d'apprendre à l'aimer. À lui pardonner.

*Lui pardonner ?*

— Qu'est-ce qu'il a fait de mal ?

John m'adresse un grand sourire.

— Il a survécu.

D'un coup, je suis tétanisé. Je le regarde fixement.

— Et pas sa pauvre mère, poursuit-il. À elle aussi, vous pourriez lui offrir un peu de votre pardon.

Je reste figé pendant un temps qui me paraît être une éternité, puis je jette un coup d'œil à l'horloge.

*Ouf ! C'est l'heure.*

— Je vais y réfléchir, dis-je. Comme toujours, vous me donnez du grain à moudre pour la prochaine fois.

— C'est le but. Nous avons encore beaucoup de choses à discuter.

— Mais on y arrive, non ? Petit à petit.

Flynn me sourit.

— Cela prendra du temps. Rien que votre peur de vous attacher à quelqu'un pourrait nous occuper une année entière !

— Je sais, réponds-je en riant.

— Mais vous commencez à vous ouvrir à votre épouse. À accepter d'être vulnérable. C'est un pas de géant.

J'ai l'impression d'avoir reçu un bon point.

— Je crois, oui, dis-je fièrement.

— À la semaine prochaine. Et félicitations, Christian.

Je fronce les sourcils.

— Pour le bébé, précise Flynn.

— Oh, Junior… Merci.

La lumière dorée du crépuscule baigne la pièce. Les mains dans les poches, je contemple Seattle et les eaux du détroit de Puget, du haut de « ma tour d'ivoire », comme dirait Ana. Mais aujourd'hui, je la corrigerais : *non, Ana,* notre *tour d'ivoire.*

Au dîner, elle était joyeuse et volubile, ravie de pouvoir se remettre au travail. Après le repas, elle est partie dans son antre – la bibliothèque – pour lire son courrier professionnel qu'un coursier lui a apporté. Elle pourra sans doute se rendre à son bureau demain. Je pense qu'elle est suffisamment rétablie.

Je songe à ma conversation avec Flynn.

*Pardonne-leur, Grey, à lui, comme à elle.*

C'est peut-être le moment. J'ai passé tant de temps à détester la pute camée. Je ne suis pas sûr de pouvoir oublier ma rancœur, mais Ana a mis tant d'énergie à la défendre : « *Pardonne-lui. Elle luttait contre ses démons, c'était une mauvaise mère, mais tu l'aimais.* »

Mon psy et ma femme me conseillent la même chose. Peut-être devrais-je les écouter.

Je me dirige vers le piano, m'assois et commence à interpréter la première Arabesque de Debussy. Un morceau que je n'ai pas joué depuis longtemps. La mélodie emplit la pièce, emporte mes pensées.

Le téléphone vibre pendant la seconde Arabesque. Un mail de ma femme.

---

**De** : Anastasia Grey
**Objet** : Le plaisir de mon mari
**Date** : 21 septembre 2011 20:45
**À** : Christian Grey

Monsieur,
J'attends vos instructions.
Bien à vous,
Mme G.

Une bouffée de désir m'envahit.

*Ne jamais faire attendre une dame !* J'écris aussitôt ma réponse.

---

**De** : Christian Grey
**Objet** : Le plaisir de mon mari ← j'adore cet intitulé, bébé
**Date** : 21 septembre 2011 20:48
**À** : Anastasia Grey

Madame G.
Je suis curieux. Je viens vous retrouver.
Préparez-vous.

Christian Grey
P-DG allumé, Grey Enterprises Holdings, Inc.

Elle ne peut pas être dans la salle de jeux – je l'aurais vue monter à l'étage. J'ouvre la porte de notre chambre. Elle est là, agenouillée devant l'entrée – les yeux baissés, elle porte un débardeur bleu ciel assorti à sa culotte. Sur le lit, elle a posé mon jean spécial Dominant.

Mon cœur s'emballe quand je la contemple dans toute sa splendeur : ses lèvres entrouvertes, ses longs cils, ses cheveux ondulés qui dessinent des courbes lascives jusque sous ses seins. Sa respiration est rapide. Elle est excitée. Ma belle s'offre à moi, tout entière. Encore une fois.

*La dernière fois que nous étions dans la salle de jeux, elle a prononcé le mot d'alerte.*

Et pourtant, elle a confiance en moi, elle est prête à recommencer. Qu'ai-je fait pour mériter un tel cadeau ?

*Attention, Grey, elle est encore en convalescence.*

Mais elle a semé tant d'indices ces derniers jours. Qu'allons-nous pouvoir organiser ?

Des images me reviennent – sa première fois dans la salle de jeux, son inquiétude, mon excitation…

Si c'est ce qu'elle veut… alors elle l'aura. Je récupère mon jean et vais me changer dans le dressing. On va commencer *piano… pianissimo.*

Et puis je vais te rendre folle.

Un frisson d'excitation me parcourt, jusque dans ma queue.

*Que le spectacle commence, madame Grey !*

Je reviens dans la chambre et m'agenouille devant elle.

— Alors, tu veux jouer ?

— Oui.

Oh, Ana. Tu peux faire mieux que ça.

— Oui, qui ?

— Oui, monsieur.

— C'est bien, ma belle. (Je caresse ses cheveux.) Et maintenant, je crois qu'il vaut mieux qu'on monte.

Je lui tends la main pour l'aider à se relever.

Arrivés devant la porte de la salle de jeux, je me penche pour l'embrasser. Puis je lui attrape les cheveux, la regarde au fond des yeux et murmure contre ses lèvres :

— Tu sais que tu es en train de dominer sans en avoir l'air ?

Elle réussit ce prodige depuis le début. Elle est la maîtresse de mon âme et de mon corps.

— Pardon ? s'étonne-t-elle.

— Je m'y ferai.

*Jusqu'à ce que la mort nous sépare, Anastasia Grey.*

De mon nez je suis la ligne de sa mâchoire, humant son odeur, et lui chuchote à l'oreille :

— Une fois entrée, agenouille-toi, comme je t'ai montré.

— Oui… monsieur.

Ana me regarde de ses grands yeux ourlés de cils, tandis que son petit sourire me dit : « Tu es à moi ! »

Ça me fait sourire aussi.

Parce que c'est vrai. Elle est mon tout.

Et je suis à elle.

Maintenant, allons fêter ça…

# ÉPILOGUE

## Lundi 30 juillet 2012

Je reste allongé, sans bouger, contemplant mon épouse étendue à côté de moi. C'est l'aurore et des rais de lumière allument des reflets dorés dans les cheveux d'Ana et éclairent son visage de madone. Toute concentrée à donner le sein à notre fils, elle n'a pas remarqué que je suis réveillé. Elle le regarde en souriant, lui murmure des mots doux et caresse ses petites joues dodues.

Ana a tant d'amour à donner. À lui. À moi. Elle me montre le chemin. Oui, il est naturel de ressentir ce frisson, cette passion pour un être si petit.

*Ted. Mon fils.*

Je suis fou d'eux. De la mère et de l'enfant.

Elle tourne la tête vers moi.

— Bonjour, monsieur Grey, me dit-elle avec un grand sourire.

Je me redresse sur un coude et dépose un petit baiser sur ses lèvres, et un autre sur la tête blonde de Ted. Je ferme les yeux, savourant son odeur. Après celle d'Ana, c'est la plus douce de la terre.

— Il sent si bon.

— C'est parce que j'ai changé sa couche il y a dix minutes.

*Tant mieux, je n'aurai pas à le faire !*

Lisant dans mes pensées, elle lève les yeux au ciel. Teddy nous ignore. Les paupières closes, ses petites mains étalées sur le sein rebondi d'Ana, il est trop occupé à téter son petit déjeuner. Et il dort avec nous ! C'était une bataille perdue d'avance. Certes, ça a réduit drastiquement nos activités au lit, mais c'est rassurant de le savoir là pendant que nous dormons. Quand je pense qu'avant de rencontrer Ana, je ne supportais pas de passer la nuit avec quelqu'un. Et maintenant il y a deux personnes dans mon lit !

— Il s'est réveillé ?

— Pas depuis que je l'ai nourri à minuit, répond-elle en caressant à nouveau sa joue. (Puis elle chantonne à son intention :) Oui, tu as dormi toute la nuit, mon petit homme.

Pour toute réponse, notre enfant pétrit la rondeur du sein, en regardant sa mère avec des yeux aussi bleus que les siens. Et je connais bien ce regard.

Celui de l'adoration absolue.

Comme moi, mon fils, tu es victime du même enchantement !

Il ferme les paupières et cesse de téter. Délicatement, Ana glisse un doigt dans sa bouche pour libérer son téton.

— Le petit déjeuner est terminé. Je vais le remettre dans son berceau.

— Attends, je vais m'en occuper.

Aujourd'hui, c'est un jour spécial. Je m'assois et prends le bébé dans mes bras. J'aime sentir sa chaleur et le poids de son petit corps contre mon torse. J'embrasse encore une fois le haut de sa tête et l'emporte dans la pièce à côté – la chambre où il devrait dormir ! Par miracle, il ne se réveille pas quand je le dépose dans le berceau et remonte la couverture sur lui. Une bouffée d'émotion me submerge. Cela me fait ça de temps en temps : une vague d'amour, irrépressible, qui déferle. Cet être minuscule a gagné mon cœur et s'en est emparé pour ne plus le lâcher. Flynn avait raison. Je l'aime d'un amour inconditionnel.

Je frissonne. Ce sentiment me terrifie chaque fois. Je contemple sa chambre. Les murs ont un décor de verger. Un jour, avec son homonyme, grand-pa Theodore, nous lui apprendrons à faire pousser des pommes bien rouges et bien sucrées, même s'il n'y a au début que des petites pommes vertes et acides. J'allume le babyphone, attrape le récepteur et retourne dans notre chambre à coucher.

Ana s'est déjà rendormie.

Merde ! Je n'ai pas eu le temps de lui souhaiter un bon anniversaire.

Pendant un moment, j'envisage de la réveiller, mais ce ne serait pas juste. Ana est très fatiguée. Le sommeil est une denrée rare. Maintenant que Ted a près de trois mois, j'espère qu'elle va pouvoir se reposer davantage.

Avec une pointe de regret (qui est parfaitement déplacée et égoïste), je vais dans le dressing pour enfiler ma tenue de jogging.

Je fais défiler mes morceaux sur mon téléphone et en trouve un qu'Ana a dû télécharger récemment. Ça me fait sourire.

Alors que « We Found Love » de Rihanna hurle dans mes écouteurs, je commence mon jogging sur la 4$^{e}$ Avenue. Il est tôt et les rues sont quasiment vides, hormis çà et là un promeneur de chien, un camion frigorifique livrant un restaurant et quelques lève-tôt se rendant au travail. Courir me vide la tête. Concentré sur le rythme et la longueur de mes foulées, je prends la direction du nord-ouest ; le soleil brille, les arbres sont verts et bien feuillus. J'ai l'impression que je pourrai courir ainsi jusqu'à la fin des temps. Tout est pour le mieux dans mon meilleur des mondes.

Soudain, une idée me vient.

Par nostalgie, je décide de mettre le cap vers l'ancien appartement d'Ana, là où Kate et Ethan vivent aujourd'hui.

Leur vie va bientôt changer aussi. Kate et Elliot vont se marier ce week-end. Dès qu'elle a appris qu'Ana était enceinte et su la date de l'accouchement, Kate a changé tous ses plans pour que ma femme puisse être son témoin. Cette femme dirige tout. J'espère qu'Elliot sait où il met les pieds.

Son enterrement de vie de garçon a été épique et bien plus agité que le mien. *Ce qui se passe à Cabo San Lucas reste à Cabo !* En ma qualité de témoin, c'était à moi d'organiser la fiesta, mais durant ces quelques jours ma femme et mon fils m'ont manqué, c'est quasiment tout ce que je retiens de cette aventure.

Alors que je tourne à l'angle de Vine Street, je me souviens de mes sinistres périples ici lorsque Ana m'avait quitté.

J'étais vraiment taré à cette époque.

*Non, Grey, tu étais fou d'amour !* Et je ne m'en rendais pas compte.

Alors que je m'approche de mon ancienne cachette, j'ai presque envie de m'y arrêter. Mais non, ce serait idiot. Ces jours sombres sont derrière moi. Et je ne veux pas laisser Ana trop longtemps seule.

Je prends à gauche, sur Western Avenue, et songe à tout le chemin parcouru depuis qu'on s'est passé la bague au doigt. Bien sûr, le plus grand changement a été l'arrivée de Theodore Raymond Grey, le 2 mai, qui a depuis la mainmise sur nos vies et nos cœurs.

Dieu que je l'aime ce petit !

Même s'il m'a pris ma femme, le gredin ! « *Si je dois choisir entre toi et ce bébé sans défense, c'est lui que je choisis. Comme le ferait n'importe quelle mère.* »

Ces paroles trouvent un nouvel écho aujourd'hui. C'est dur de laisser sa place, bien sûr. Mais je le fais. Pour lui. Et pour le bonheur de voir Ana s'occuper de notre enfant. Elle donnerait sa vie pour lui.

Je sais que, à sa manière, ma mère biologique a fait la même chose pour moi. Comment autrement aurais-je pu survivre jusqu'à quatre ans ? Ça me réconcilie avec Ella… Un peu.

En un sens, j'envie Ted d'avoir Ana pour mère. Elle se battrait jusqu'à la mort pour lui. Une vraie tigresse ! C'est ainsi qu'il squatte notre lit. « *Tant que je le nourrirai au sein, il sera ici avec nous. C'est non négociable !* »

Et bien sûr, ce bébé m'a eu, moi aussi ! Je ferai tout ce que je peux pour le protéger. Cet enfoiré de Hyde est sous les verrous. Le procès a été pénible, mais nécessaire : il a été condamné pour kidnapping, incendie criminel, extorsion et sabotage. Verdict : trente ans de prison. C'est trop peu, mais au moins il est là où il doit être – en cellule. Loin de nos vies.

Eric Lincoln est en faillite et poursuivi pour fraude. Il est en détention provisoire et j'espère que lui aussi restera derrière les barreaux. Ma vengeance est…

*Grey ! Ça suffit !*

Mes pensées reviennent à ma famille tandis que je traverse Pike Place Market. J'adore ces premières heures matinales : les fleuristes installent leurs vitrines multicolores, les poissonniers étalent la glace pilée dans leurs bacs, les primeurs empilent leurs fruits et légumes sur les étals. C'est le cœur tranquille et vibrant de la ville avant l'arrivée des touristes.

Le mariage aura lieu à la maison de Eamon Kavanagh à Medina au bord du lac Washington. Je dois encore écrire le discours et, au grand dam de Kate, je refuse de le lui montrer avant.

Ça lui fera les pieds, à cette grande maniaque du contrôle ! Je ne sais pas comment Elliot va pouvoir la supporter !

Ana et Mia font partie des amies intimes de la mariée – Ana comme témoin, et Mia comme demoiselle d'honneur. J'espère que cela ne va pas être trop gênant pour Ethan.

Je secoue la tête. *Tu ne l'intéresses pas, Mia.*

Je continue à courir et accélère l'allure sur Stewart Street, terminant la boucle qui me ramène à l'Escala – notre maison. Enfin l'une de nos maisons.

Nous partageons notre temps entre nos deux résidences : l'Escala la semaine et le week-end la Grande Maison, comme l'appelle Ana. Et, pour l'instant, tout se passe bien.

En entrant dans le hall, je consulte ma montre. J'ai fait un bon temps.

Dans l'ascenseur, je retiens mon souffle. Je profite d'être seul pour m'étirer.

Mme Jones s'affaire en cuisine. Je file droit vers la chambre à coucher. Je vais voir Ted. Il dort. Tout va bien, sa poitrine se soulève régulièrement. Hope, la nounou, devrait arriver bientôt pour s'occuper de lui.

Ana est elle aussi dans les bras de Morphée.

Je me déshabille dans le dressing, mets mes vêtements trempés de sueur dans le bac à linge, puis file prendre une douche.

L'eau chaude sur mon corps moite est un délice. Pendant que je me lave les cheveux, j'entends la porte de la cabine s'ouvrir. Les bras d'Ana se referment autour de moi et elle m'embrasse dans le dos, presse son corps contre le mien.

*La journée s'annonce bien.*

Je veux bouger, mais Ana m'enserre toujours en plaquant ses mains sur ma poitrine.

— Non, souffle-t-elle entre deux baisers. Je veux te tenir. Contre moi.

Nous restons immobiles et silencieux, jusqu'à ce que je n'en puisse plus. Je me retourne, l'attire dans mes bras, savourant la douceur et la chaleur de son corps contre le mien. Elle ouvre les lèvres, son regard devient plus intense.

— Bonjour, madame Grey. Joyeux anniversaire.

— Joyeux anniversaire, Christian.

Sa voix est rauque de désir.

J'approche ma bouche de la sienne, et tout mon corps se réveille. Comme celui d'Ana. Elle pousse un gémissement en accueillant mon baiser. Nos langues s'unissent avec ardeur, déversant toute la frustration d'une semaine d'abstinence, tandis que ses mains courent sur mon dos, mes épaules. Elle me saisit par les cheveux et me coince contre le mur carrelé.

Haletante, elle mord ma mâchoire, mon oreille.

— Tu m'as manqué, souffle-t-elle tandis que l'eau coule sur nos corps.

Ses mots sont de l'essence versée sur un feu. Mon érection grandit contre son ventre. Je la veux. Mes doigts fouillent ses cheveux, renversent sa tête parce que je veux sa bouche. Encore. Je la veux tout entière.

Je m'attendais à ce qu'on fasse l'amour doucement, comme la dernière fois. Mais pas à ça.

Ana est affamée ! Ses dents éraflent ma joue, crissent sur ma barbe naissante. Ses doigts tirent sur mes cheveux tandis que mes mains empoignent son cul, le pressent contre mon érection. Elle ondule, se frotte. Avec autorité.

— Ana ? Ici ?

— Oui. Je ne suis pas en verre, Christian.

Elle bécote la ligne de ma clavicule, ses mains descendent vers mes reins, mes fesses. Elle les serre fort. Puis sa main empoigne ma queue.

— Ah ! fais-je entre mes dents.

— Ça aussi, ça m'a manqué.

Ses doigts se referment sur mon sexe et commencent à aller et venir, de haut en bas. Sa bouche est collée à la mienne.

Je m'écarte pour la regarder. Ses yeux sont des braises. Elle resserre sa main sur moi. Les yeux rivés aux siens, je me cambre en rythme avec elle, pour ruer dans sa main. Elle passe sa langue sur ses lèvres, se délecte.

*Oh non. Et merde !*

Je veux la pénétrer. *Bien sûr que tu n'es pas en verre !* Je la soulève.

— Accroche-toi à moi avec tes jambes.

Elle ne se fait pas prier. Et se hisse sur mes hanches avec une agilité surprenante. Ce doit être l'effet des séances avec Bastille.

Et de son excitation…

Je me tourne pour la caler contre le mur.

— Tu es si belle.

Et lentement, je la pénètre.

Elle renverse la tête en arrière, pousse un long cri.

Le son me traverse le corps et fait vibrer ma queue. Je commence à bouger.

Vite. Fort.

— Oui ! Oui ! gémit-elle.

Je ne sais pas si c'est une plainte ou une promesse.

*Ana. Mon amour !*

Soudain, l'orgasme l'emporte. Elle hurle, lâche prise, s'abandonne, et je la rejoins en appelant son nom.

Quand je reprends mes esprits, je me blottis contre elle, en la tenant toujours sur moi. Ana ouvre ses cuisses et glisse lentement le long de mon corps, et nous nous retrouvons debout, enlacés sous la douche. Je pose mon front contre le sien. Peu à peu, nous retrouvons notre souffle.

Puis elle relève la tête, referme les mains sur ma nuque, approche ses lèvres des miennes et les effleure tendrement.

— Putain, j'en avais besoin, souffle-t-elle.

— Moi aussi ! réponds-je en riant.

Je l'embrasse à nouveau, mais cette fois c'est pour lui dire merci.

— On va faire la seconde mi-temps dans la chambre ? propose-t-elle, taquine.

— Et le travail ?

Ana secoue la tête.

— J'ai pris ma journée. Cette journée, je veux la passer avec toi au lit. C'est notre premier anniversaire de mariage, et je veux fêter ça comme il se doit, en faisant ce que nous savons faire le mieux.

Je la regarde conquis, émerveillé par son amour.

— Madame Grey, vos désirs sont des ordres.

Je la soulève dans mes bras et l'emporte vers notre lit et nous nous enlaçons sur les draps, nos corps dégoulinants d'eau.

Ana dort, sur le ventre, nue. Je lui embrasse l'épaule et me lève. Dans le dressing, j'enfile un pantalon de survêtement, un tee-shirt et pars en quête de nourriture. Je passe voir notre fils. Hope est avec lui et lui change sa couche.

— Bonjour, monsieur Grey, déclare-t-elle de sa voix chantante du Sud.

— Bonjour, Hope.

Elle s'occupe de Teddy quand Ana est au travail, et elle habite à l'étage avec le reste de l'équipe. Elle a une petite quarantaine d'années et n'a jamais été mariée ni eu d'enfant. Je suis sûr qu'il y a une histoire triste derrière ça, qu'Ana découvrira tôt ou tard. Ma femme a le chic pour faire parler les gens.

C'est ce qu'elle a fait avec moi.

Hope est avec nous depuis trois mois et pour l'instant tout se passe bien. Ana voulait une personne plus âgée qu'elle – une nounou expérimentée. « *Je veux quelqu'un qui puisse m'apprendre. Ma mère vit trop loin et la tienne est bien trop occupée.* »

Évidemment, Hope désapprouve que Ted dorme dans notre lit. Même si j'adore ce petit, je suis d'accord avec elle. Teddy glousse de joie quand Hope lui embrasse le ventre. C'est un joli son.

— Je vous laisse, dis-je.

À la cuisine, Mme Jones est déjà derrière les fourneaux.

— Bonjour, Gail.

— Bonjour, monsieur Grey. Joyeux anniversaire !

— Merci. J'aimerais apporter à Ana son petit déjeuner au lit.

— C'est une bonne idée. Qu'est-ce que vous voulez manger tous les deux ?

— Pancakes, bacon, myrtilles, café.

— Je vous prépare ça tout de suite. Il y en a pour vingt petites minutes.

— Parfait.

Je me rends dans mon bureau pour récupérer mon premier cadeau pour Ana. Le second, un anneau d'éternité – symbole de mon amour –, je le lui offrirai au dîner ce soir. J'ouvre le tiroir de ma table de travail pour m'assurer que l'écrin rouge avec la bague est toujours là, mais mon regard est attiré par la photo d'Ella Pusztaï dans son cadre argenté. Ana a fait agrandir la photo que j'avais dans ma chambre d'enfant et l'a fait encadrer. C'était son cadeau pour mon dernier anniversaire. Chaque fois que j'ouvre ce tiroir, la vue de cette photo me cause un choc.

*« Tu voulais quand même ta maman, tu l'aimais. »*

Ma femme a de la suite dans les idées. Elle a également trouvé l'endroit où elle est enterrée. Un jour nous nous y rendrons. Peut-être en apprendrai-je davantage sur elle ? Peut-être après ça aura-t-elle droit à une place sur mes étagères ?

*« À elle aussi, vous pourriez lui offrir un peu de votre pardon. »*

*Je m'y emploie, John. Je m'y emploie.*

*Ça suffit, Grey !*

Je referme le tiroir et récupère mon cadeau pour Ana. J'espère qu'elle l'aimera. Je consulte ma montre : 8 h 30. Andrea devrait être arrivée chez Grey House. Je l'appelle.

— Bonjour, monsieur Grey.

— Bonjour, Andrea. Annulez tous mes rendez-vous aujourd'hui. Je prends ma journée.

Petit silence à l'autre bout de la ligne.

— Oui, monsieur.

— Et ne m'appelez pas. Sous aucun prétexte.

— Euh… d'accord.

Je ris.

— Merci. Prévenez Ros. Quoi qu'il se passe, cela attendra demain.

— Entendu, monsieur, répond-elle gaiement. Profitez bien de votre journée !

Cela nous met tous les deux de bonne humeur.

Ana dort toujours quand je lui apporte son plateau. Le drap négligemment jeté sur son corps magnifie ses formes. Un tableau de maître ! Ses cheveux sont ébouriffés suite à nos précédents ébats et s'étalent sur l'oreiller en volutes irrésistibles. Elle a passé un bras au-dessus de sa tête, un sein et une jambe s'offrent à mon regard. La lumière du matin caresse son corps. On dirait un Titien. Ou un Vélasquez.

*Mon Aphrodite. Ma déesse.*

Elle a perdu du poids depuis la naissance de Ted. Et je sais qu'elle veut maigrir encore, mais pour moi, elle est plus belle que jamais.

Le tintement des tasses la réveille. Elle m'offre son sourire qui me fait fondre chaque fois.

— Un petit déjeuner au lit ? Tu me gâtes !

Je dépose le plateau et m'assois à côté d'elle.

— C'est gargantuesque ! s'exclame-t-elle. J'ai tellement faim !

Elle attaque tout de suite le pancake et le bacon.

— C'est Mme Jones qu'il faut remercier. Je n'y suis pour rien.

— Je le ferai, répond-elle la bouche pleine.

Nous mangeons dans un doux silence, chacun savourant d'être près de l'autre.

C'est une sensation curieuse. Une sorte de plénitude. Une satisfaction toute simple, évidente, et en même temps absolue. Il n'y a qu'avec Ana que je ressens ça.

J'ai une femme magnifique, intelligente et amoureuse.

Un beau garçon.

Et mes affaires vont bien. Toutes les sociétés que nous avons achetées ces dernières années se sont révélées très rentables. La tablette à énergie solaire est un succès, et nous développons une nouvelle technologie autour de ce produit, spécifiquement conçue pour les pays en voie de développement.

Être dans ce lit, avec ma femme, à manger des pancakes, est le summum du bonheur.

— J'ai quelque chose pour toi, dis-je quand j'ai terminé de manger, et cela au moins, j'y suis pour quelque chose.

Je récupère le cadeau à côté du lit.

— Tiens !

Ana s'essuie les mains avec sa serviette tandis que j'écarte le plateau. Elle me lance un regard interrogateur en découvrant le grand paquet de forme rectangulaire.

— On fête nos noces de coton. C'est le seul indice que je te donnerai.

Elle sourit et déballe le cadeau avec précaution, en prenant soin de ne pas déchirer le papier. À l'intérieur, il y a une grande chemise de cuir. Ana défait la boucle qui la maintient fermée et soulève le rabat. Elle laisse échapper un hoquet de surprise en découvrant une photo en noir et blanc d'elle avec Ted. Elle lui sourit, et lui la regarde avec adoration. La lumière, parfaite, les enveloppe dans un doux halo. J'ai pris ce cliché voilà deux semaines, exprès pour cette série de tirages grand format. Ana ressemble à la Vierge du petit sanctuaire de la cathédrale St. James de Seattle.

— C'est charmant, murmure-t-elle.

Je suis fier de ces photos. Je compte accrocher ces tirages dans l'entrée, à la place de certaines de mes madones. Sur le cliché suivant, tenant toujours Ted dans les bras, elle me regarde, avec dans les yeux de l'amusement et aussi quelque chose de plus grave, à mon intention. J'aime beaucoup ce regard.

Il y a ainsi quatre tirages d'Ana et Teddy, et un autre, un dernier.

Elle lâche un nouveau petit cri. Cette fois, c'est moi avec Teddy. Un selfie. Il est dans mes bras, avec son corps potelé de nourrisson, blotti sur mon torse nu, dormant à poings fermés, alors que je regarde l'objectif.

— Oh, Christian. Elle est magnifique. Je l'adore ! (Elle se tourne vers moi, les larmes aux yeux.) Les deux hommes de ma vie !

— Et ils t'aiment tous les deux. Beaucoup.

— Moi aussi, je t'aime. (Elle referme la chemise, la pose avec précaution, et se jette dans mes bras. Les tasses et les assiettes tintent sur le plateau.) Tu es les trois vœux de la lampe d'Aladin, le gros lot de la loterie et le remède contre le cancer. Tu es tout à la fois ! Tout en un !

J'éclate de rire et lui caresse la joue.

— Non, Ana. Tout ça, c'est toi.

## REMERCIEMENTS

Merci à :

Dominique Raccah et à toute son équipe de SourceBooks, pour m'avoir accueillie dans ma nouvelle maison avec tant d'enthousiasme et de gentillesse, et pour le travail fabuleux que vous avez effectué sur ce livre.

Mon éditrice, Anne Messitte, qui, une fois encore, a été mon guide dans le chaos labyrinthique de Christian Grey.

Kathleen Blandino pour sa pré-lecture et tout ce qui concerne le site Web. Ruth Clampett, pour sa lecture aussi en amont, et ses encouragements constants. Debra Anastasia, pour les sprints d'écriture et son soutien – on a réussi finalement ! Crissy Maier, pour son expertise en procédure policière. Et Amy Brosey, pour le travail monumental effectué sur le manuscrit.

Becca, Bee, Belinda, Britt, Jada, Jill, Kellie, Kelly, Leis, Liz Nora, Rachel, QT, et Taylor – mesdames, vous êtes toutes extraordinaires et des rocs pour moi. Merci aussi pour les américanismes. Chaque fois vous me rappelez que nous appartenons à quatre grandes nations séparées par une langue commune. Qui pouvait imaginer que la fente pour passer un bouton, le *buttonhole* en Grande-Bretagne, s'appelle aux États-Unis, une *boutonnière* ?

Vanessa, Emma, Zoya, Crissy, pour avoir été des amies et mes promotrices dans les médias sociaux.

À tous les blogueurs et blogueuses qui me soutiennent. Vous êtes trop nombreux pour que je puisse vous citer ! Je vous lis et vous remercie pour tout ce que vous faites, pour moi et pour la communauté des auteurs.

Philippa et tous mes supporters des réseaux sociaux qui m'ont fait connaître. Un grand merci.

Les Bunker Babes, vous êtes toujours aussi géniales !

Tous mes amis du monde du livre qui êtes une source intarissable d'inspiration. Vous vous reconnaîtrez. J'espère qu'un jour nous aurons l'occasion de nous voir.

Julie McQueen, pour son aide extérieure et tout ce qu'elle a fait pour moi et mes proches.

Val Hoskins. Mon agente. Mon amie. Quelle chance j'ai de l'avoir rencontrée.

Niall Leonard, merci pour la première révision, les tasses de thé, les remarques avisées, le soutien indéfectible.

Et à mes deux beaux garçons. Mon amour pour vous me submerge parfois. Vous êtes ma joie. Merci d'être de merveilleux jeunes hommes et mes premiers supporters. (Et merci à Minor pour son aide au poker !)

Et à mes lecteurs, merci pour votre patience.

La genèse de ce livre a pris
beaucoup plus de temps que je ne l'imaginais,
mais j'espère que vous l'apprécierez.
Je l'ai fait pour vous.
Merci pour tout ce que vous m'avez offert.

DE LA MÊME AUTRICE
AUX ÉDITIONS LATTÈS :

*Cinquante nuances de Grey*, 2012.
*Cinquante nuances plus sombres*, 2013.
*Cinquante nuances plus claires*, 2013.
*Grey, cinquante nuances de Grey par Christian*, 2015.
*Darker, cinquante nuances plus sombres par Christian*, 2017.
*Monsieur*, 2019.

PAPIER À BASE DE FIBRES CERTIFIÉES

Le Livre de Poche s'engage pour l'environnement en réduisant l'empreinte carbone de ses livres. Celle de cet exemplaire est de :
450 g éq. $CO_2$
Rendez-vous sur www.livredepoche-durable.fr

Composition réalisée par NORD COMPO

Achevé d'imprimer en mai 2022 en France par
MAURY IMPRIMEUR – 45330 Malesherbes
Dépôt légal 1re publication : juin 2022
N° d'impression : 262523
LIBRAIRIE GÉNÉRALE FRANÇAISE
21, rue du Montparnasse – 75298 Paris Cedex 06

84/0647/6